Die Frauen

TEXT

HERAUSGEGEBEN VON
ELKE FREDERIKSEN

PHILIPP RECLAM JUN. STUTTGART

Für Norm und Kirsten

Universal-Bibliothek Nr. 7737
Alle Rechte vorbehalten
© 1981 Philipp Reclam jun. GmbH & Co., Stuttgart
Gesamtherstellung: Reclam, Ditzingen. Printed in Germany 1994
RECLAM und UNIVERSAL-BIBLIOTHEK sind eingetragene
Warenzeichen der Philipp Reclam jun. GmbH & Co., Stuttgart
ISBN 3-15-007737-0

Inhalt

Einleitung: Zum Problem der Frauenfrage um die
Jahrhundertwende 5

I. Allgemeine Positionen zur Frauenfrage 45
   Programme in Frauenzeitschriften. 46
   Einzelstimmen zur bürgerlichen Frauenbewegung . 66
   Einzelstimmen zur proletarischen Frauenbewegung 88
   Zur Politisierung bürgerlicher und proletarischer Positionen 107

II. Die Stellung der Frau in Ehe und Familie 123
    Positionen der bürgerlichen Frauenbewegung zu Ehe und Familie 123
    Positionen der proletarischen Frauenbewegung zu Ehe und Familie 154
    Alternativen zur traditionellen Rolle der Frau . . . 170

III. Mädchenerziehung und Frauenbildung 200
     Erfahrungen und Forderungen bürgerlicher Frauen 201
     Erfahrungen und Forderungen proletarischer Frauen 268

IV. Frauenarbeit 296
    Bürgerliche und proletarische Positionen zur Frauenarbeit 297
    Formen und Bedingungen von Frauenarbeit 325
    Forderungen zur Verbesserung der Arbeitsbedingungen 364

V. Zur politischen Gleichberechtigung der Frau . . . 372
   Erfahrungen und Forderungen bürgerlicher Frauen 373

Erfahrungen und Forderungen proletarischer
Frauen 407

Editionsbericht 431
Literaturhinweise 433
Verzeichnis der Autorinnen, Autoren, Titel und
Quellen 451

Einleitung

Zum Problem der Frauenfrage um die Jahrhundertwende

> »Die Menschenrechte haben kein Geschlecht.«
> (Hedwig Dohm: *Der Frauen Natur und Recht*,
> 1876)

Die sozialhistorische Bedeutung der Frauenfrage in Deutschland gegen Ende des 19. und zu Beginn des 20. Jahrhunderts ist von der feministisch orientierten Forschung der letzten zehn Jahre wiederholt hervorgehoben worden.[1] Im Gegensatz dazu hat die traditionelle sozialhistorische Forschung bis vor kurzem der Frauenfrage in Deutschland nur wenig Beachtung geschenkt. Sie wurde als unwichtige Randerscheinung abgetan.[2] Noch 1973 ignoriert Hans-Ulrich Wehler die Frauenfrage in seinem Buch *Das deutsche Kaiserreich 1871–1918*[3], das immerhin in der Bundesrepublik Deutschland als eines der Standardwerke über das Wilhelminische Zeitalter gilt. Eine Ausnahme bildet Hans-Günter Zmarzliks Aufsatz »Das Kaiserreich in neuer Sicht?«, der als Reaktion auf Wehler progressive Bewegungen während des Wilhelminischen Zeitalters hervorhebt und dabei die Bedeutung der Frauenfrage betont: »Eine seit Jahrtausenden hingenommene Frauenlage wird zum ersten Mal im Kaiser-

---

1 Vgl. u. a.: Amy Hackett, *The Politics of Feminism in Wilhelmine Germany 1890–1918*, Diss. Columbia University 1976. – Richard J. Evans, *The Feminist Movement in Germany 1894–1933*, London 1976. – Richard J. Evans, »Liberalism and Society: The Feminist Movement and Social Change«, in: *Society and Politics in Wilhelmine Germany*, hrsg. von R. J. E., London 1978. – Marie-Louise Janssen-Jurreit, *Sexismus*, München ²1977. – Ursula Krechel, *Selbsterfahrung und Fremdbestimmung*, Darmstadt ²1976. – Jutta Menschik, *Feminismus. Geschichte, Theorie, Praxis*, Köln 1977.
2 Evans, »Liberalism and Society«, S. 186–188.
3 Göttingen 1973.

reich zur kritisch formulierten ›Frauenfrage‹. Zwischen 1890 und 1914 sind mehr als eine halbe Million Frauen organisiert worden – mit gesellschaftlich bedeutenden Forderungen, die bis heute z. T. noch einzuholen wären.«[4] Für die Zeitgenossen vor 1914 waren Frauenfrage und Frauenbewegungen keineswegs ein Randphänomen. Richard J. Evans schreibt: »Women's emancipation was one of the great social issues of the day; the woman's movement was bracketed with the youth movement and the labour movement as one of the greatest and most dangerous threats to the civilisation and social order of their time«.[5] Kaiser Wilhelm II. warnte die deutschen Frauen 1910 in einer Rede vor dem Feminismus.[6]

Die jetzige, sich intensivierende wissenschaftliche Auseinandersetzung mit der deutschen Frauenfrage um die Jahrhundertwende läßt die Forderung nach Texten laut werden, die zum größten Teil kaum noch zugänglich sind. Hier soll diese Anthologie eine Lücke schließen, indem sie längst vergessene repräsentative Texte neu vorstellt und damit einen Beitrag zur Diskussion über die Frauenfrage in den Jahren 1865–1915 leistet.

Der Band ist als Einführung in die Entwicklung und die wichtigsten Probleme der deutschen Frauenfrage dieser Zeit gedacht, wobei auch Österreich mit einigen Texten von Adelheid Popp vertreten ist, die mit Clara Zetkin und Ottilie Baader, den führenden Vertreterinnen der deutschen proletarischen Frauenbewegung, in enger Verbindung stand. Die fünf Themenkreise der Sammlung wurden von den Frauen selbst immer wieder als Hauptpunkte ihres Interesses erwähnt. Das erste Kapitel stellt allgemeine theo-

---

4 Hans-Günter Zmarzlik, »Das Kaiserreich in neuer Sicht?«, in: *Historische Zeitschrift* 222 (1976) S. 118 f. Mit den Gründen für die Unterbewertung oder völlige Negierung der Frauenfrage setzt sich Richard J. Evans in dem Artikel »Liberalism and Society« eingehend auseinander.
5 Evans, »Liberalism and Society«, S. 188.
6 Ebd., S. 189.

retische Positionen der bürgerlichen und proletarischen Frauenbewegungen vor; die darauf folgenden Themenkreise konzentrieren sich auf die Stellung der Frau in Ehe und Familie, auf Mädchenerziehung und Frauenbildung, auf Frauenarbeit und schließlich auf die politische Gleichberechtigung der Frau. Die Komplexität der Frauenfrage ist gerade in Deutschland – viel stärker als in anderen Ländern wie den USA, England und Frankreich – durch das Wechselspiel zwischen bürgerlicher und proletarischer Frauenbewegung gekennzeichnet. Deshalb werden Texte von Vertreterinnen beider Bewegungen in jedem Themenkreis einander gegenübergestellt. So lassen sich auch am besten Konflikte und Gemeinsamkeiten aufweisen. Zeitlich begrenzt sich die Auswahl auf die Jahre 1865–1915, einerseits weil in diesen Jahren die Auseinandersetzung mit der Frauenfrage in steigendem Maße ein entscheidender Faktor im gesellschaftlichen Leben wurde und im Hinblick auf Agitation und Organisation um die Jahrhundertwende (1890–1908) einen Höhepunkt erreichte. Andererseits macht die Komplexität des Themas und das Einschließen beider Bewegungen die zeitliche Begrenzung notwendig. Sowohl 1865 als auch 1915 bieten sich als natürliche Einschnitte an; das Jahr 1865 reflektiert in der ersten deutschen Frauenkonferenz und in der Gründung des Allgemeinen Deutschen Frauenvereins die erneute Aktivität der bürgerlichen Frauen. Die Jahre 1914/15 bedeuteten nach Anbruch des Ersten Weltkrieges für viele Frauen eine Umorientierung von speziellen Frauenproblemen auf Kriegsprobleme hin.

Von den wenigen vorhandenen Textanthologien zur Frauenfrage wäre auf Margrit Twellmanns umfangreiche Sammlung hinzuweisen, die Quellen aus den Jahren 1843–1889 zusammenstellt, sich aber auf die bürgerliche Frauenbewegung beschränkt.[7] Ausschließlich autobiographische Texte von

---

7 *Die Deutsche Frauenbewegung. Ihre Anfänge und erste Entwicklung. Quellen 1843–1889*, hrsg. von Margrit Twellmann, Meisenheim am Glan 1972.

8 Einleitung

Arbeiterinnen stellt die beachtenswerte Anthologie *Arbeiterinnen kämpfen um ihr Recht* vor, die das gesamte 19. und 20. Jahrhundert umfaßt.[8] Sowohl bürgerliche als auch proletarische Texte bringen nur Jutta Menschik in *Grundlagentexte zur Emanzipation der Frau* und Gisela Brinker-Gabler in *Frauenarbeit und Beruf*.[9] Menschik bietet jedoch nur sieben Texte für die zweite Hälfte des 19. Jahrhunderts, weil die Sammlung vorwiegend auf das 20. Jahrhundert ausgerichtet ist. Brinker-Gabler bringt Texte aus der Zeit von 1850 bis 1937.

Die betonte Gegenüberstellung von Texten aus bürgerlicher und proletarischer Perspektive im Hinblick auf die wichtigsten Gebiete der Frauenfrage wird hier also erstmals praktiziert. Wenn einige Autorinnen stärker vertreten sind als andere, wie z. B. Hedwig Dohm oder Lily Braun, dann liegt das daran, daß ihre Alternativen für die Frauenprobleme heute noch weitaus mehr Gültigkeit haben und mehr Interesse wecken als viele Äußerungen von Vertreterinnen des gemäßigten Flügels der Frauenbewegung, obwohl auch die gemäßigten Stimmen wichtig für ihre Zeit waren und durchaus historischen Stellenwert besitzen. Dieser Band macht es sich nicht zuletzt zur Aufgabe, gerade auf die Frauen des radikalen Flügels der bürgerlichen Bewegung hinzuweisen, wie Hedwig Dohm, Minna Cauer, Lida Gustava Heymann, Anita Augspurg und Helene Stöcker, die heute fast vergessen sind. Die Geschichte der Frauenbewegung wurde nicht von ihnen, sondern von den konservativen Frauen aufgeschrieben, deren häufig einseitige Interpretationen heute oft die einzigen bekannten sind.[10] Die Frontenbildung inner-

---

8 Richard Klucsarits / Friedrich G. Kürbisch, *Arbeiterinnen kämpfen um ihr Recht*, Wuppertal 1975.
9 *Grundlagentexte zur Emanzipation der Frau*, hrsg. von Jutta Menschik, Köln ²1978. – *Frauenarbeit und Beruf*, hrsg. von Gisela Brinker-Gabler, Frankfurt a. M. 1979.
10 Vgl. Evans, »Liberalism and Society«, S. 188. Als Beispiele könnten Helene Langes und vor allem Gertrud Bäumers Bearbeitungen gelten oder auch Agnes von Zahn-Harnack, *Die Frauenbewegung. Geschichte, Pro-

halb der bürgerlichen Frauenbewegung ist bis heute in der Forschung viel zu wenig beachtet worden, obwohl hier im Ansatz die Möglichkeit für eine Umbewertung der Geschichtsauffassung der Wilhelminischen Periode vorhanden ist. Diese Anthologie bringt theoretische Auseinandersetzungen, Resolutionen, Petitionen und autobiographische Erfahrungen. Die autobiographische Form des Schreibens wurde von proletarischen Frauen fast ausschließlich benutzt, weil diese oft nicht die Bildung besaßen, um ihre Erfahrungen zu abstrahieren und in theoretischer Analyse wiederzugeben. Autobiographien von Frauen wurden im 19. Jahrhundert aber auch für viele bürgerliche Frauen ein wichtiger Katalysator für die entstehende Frauenbewegung.[11] Es werden einerseits Texte vorgestellt, die historischen Stellenwert besitzen, weil sie primäre Probleme ihrer Zeit ansprechen; andererseits sollen viele dieser Texte zeigen, daß damals angesprochene Probleme heute noch ungelöst sind, wie z. B. die Doppelbelastung der Frau in Beruf und Familie.

Der Titel *Frauenfrage* ist bewußt gewählt, weil möglichst viele verschiedene Texte geboten werden sollten, um dadurch die Komplexität gerade der deutschen Situation um die Jahrhundertwende zu unterstreichen. Eine Zusammenfassung unter Begriffen wie »Feminismus« oder »Frauenbewegung« oder auch »Frauenemanzipation« hätte eine Einschränkung der Problematik bedeutet, denn mit verschiedenen Aspekten der Frauenfrage setzten sich auch Frauen auseinander, die nach den heute geltenden Definitionen von Feminismus nur bedingt als feministisch bezeichnet werden können. Im Gegensatz zum amerikanischen und englischen Konzept des Feminismus, das um 1900 vorwiegend auf dem

bleme, Ziele, Berlin 1928, die die Verdienste der radikalen bürgerlichen Frauen völlig verschweigt.

11 Kay Goodman, »Die große Kunst nach innen zu weinen. Autobiographien deutscher Frauen im späten 19. und frühen 20. Jahrhundert«, in: *Die Frau als Heldin und Autorin. Neue kritische Ansätze zur deutschen Literatur*, hrsg. von Wolfgang Paulsen, Bern 1979, S. 125–135.

Prinzip der Gleichberechtigung von Mann und Frau beruhte, ging es den deutschen bürgerlichen Frauen und vor allem den Vertreterinnen des gemäßigten Flügels der bürgerlichen Frauenbewegung um den Beitrag der *Frau* zur Kultur und um den Unterschied der Geschlechter. Sie betonten die Eigenart der weiblichen Natur, die für sie hauptsächlich biologisch bestimmt war und nicht durch soziale Bedingungen. Ausdruck fand diese Überzeugung z. B. in der Überbetonung des Mutterideals. Ebenso tauchte die Forderung des Rechts auf Persönlichkeitsentwicklung immer wieder auf, sowohl bei Helene Lange als auch schon bei Louise Otto-Peters.[12]

Im Hinblick auf das Ausmaß des Frauenproblems wäre eine Beschränkung auf »Frauenbewegungen« im Titel ebenso begrenzend, weil von erfolgreich organisierten Frauenbewegungen in Deutschland erst seit den 1890er Jahren gespro-

---

12 Hackett, *The Politics of Feminism*, S. V; S. XIII. Hackett bringt eine ausführliche, überzeugende Darstellung der Eigenart des deutschen Feminismus um die Jahrhundertwende unter Beachtung des anglo-amerikanischen Feminismuskonzepts. Unter Ausschluß der Aspekte »equality« und »rights« versucht sie eine Definition von Feminismus, die auf fünf Kriterien basiert:
   1. die Forderung nach Selbstbestimmung (S. XVI);
   2. die Haltung Männern gegenüber; keine Ablehnung des männlichen Geschlechts, sondern eher eine Unzufriedenheit mit dem Status quo (S. XVI);
   3. biologische und/oder erfahrungsbedingte Gemeinsamkeiten zwischen Frauen (S. XVI);
   4. Analyse aller Fragen unter dem Aspekt der Wirkung auf Frauen, was gefährlich sein kann, wenn angeborene Unterschiede betont werden (S. XVI f.);
   5. Frauen müssen Veränderungen für Frauen selbst wollen und nicht in erster Linie zum Beispiel für den Sozialismus oder aus nationalen Gründen (S. XVII).

   Diese letzte Bedingung schien den deutschen Frauen Schwierigkeiten zu bereiten, da sie immer vorsichtig auf die politische Wirkung ihrer Handlungen bedacht waren.
13 Amy Hackett weist darauf hin, daß die Frage der Teilnahme an einer »Frauenbewegung« unter sozialistischen Frauen ambivalent war (S. III).

chen werden kann.[13] Der Begriff »Frauenfrage« umreißt hingegen die Gesamtproblematik, wobei Bewußtseinsäußerungen feministischer Art und verschiedenste Aspekte der Frauenbewegungen gleichermaßen zur Diskussion gehören.

I. Allgemeine Positionen zur Frauenfrage

Die Anfänge einer Auseinandersetzung mit der Frauenfrage liegen in Deutschland zu Beginn des 19. Jahrhunderts. Aus Frankreich und England waren Ideen der Frauenbefreiung nach Deutschland gedrungen. In Frankreich hatte Olympe Marie de Gouges 1791 den *Droits de l'Homme* ihre *Déclaration des Droits de la Femme et de la Citoyenne* gegenübergestellt, und in England war Mary Wollstonecraft 1792 mit der Schrift *A Vindication of the Rights of Woman* für die Emanzipation der Frau eingetreten. Zur gleichen Zeit erschien in Deutschland Theodor von Hippels *Über die bürgerliche Verbesserung der Weiber*, eine Schrift, die dann auch deutsche Frauen zur theoretischen Auseinandersetzung anregte, wie z. B. Amalia Holst in der Studie *Über die Bestimmung des Weibes zur höhern Geistesbildung* (1802).[14] Im Gegensatz zu Frankreich gab es in Deutschland zunächst keine organisierten Frauenvereinigungen; die freiheitlichen Ideen fanden vielmehr lebhaften Ausdruck in der Korrespondenz einiger Romantikerinnen, die sich zur Stellung der Frau in der bürgerlichen und manchmal auch adligen Gesellschaft ihrer Zeit äußerten und diese Probleme in ihren Salons diskutierten. Da wäre vor allem an Caroline Schlegel-Schelling, Rahel Varnhagen und Bettina von Arnim zu denken, obwohl letztere sich eher zur Frage der Emanzipation allge-

14 Kommentierte Textbeispiele von Hippel und Holst sind in der folgenden Anthologie zu finden: *Die Frau ist frei geboren. Texte zur Frauenemanzipation*, Bd. 1: *1789–1870*, hrsg. von Hannelore Schröder, München 1979.

mein als speziell zur Frauenproblematik äußerte. Obwohl diese Frauen nur Einzelerscheinungen waren, sind sie dennoch als Vorbilder und Vorläuferinnen der deutschen frauenemanzipatorischen Entwicklung von großer Bedeutung.
Erst in den vierziger Jahren des 19. Jahrhunderts fanden die Forderungen nach Rechten für die Frau ihren ersten öffentlichen Ausdruck durch Louise Otto-Peters, die Gleichberechtigung aller Frauen im Staat verlangte. Andere Frauen, wie Louise Aston, Mathilde Franziska Anneke, Fanny Lewald oder Luise Mühlbach, setzten sich zu dieser Zeit für die Frauenemanzipation ein.[15] Nach der 48er Revolution gerieten diese Gedanken in Vergessenheit, lebten dann aber um 1865 wieder auf und führten zur ersten Frauenkonferenz in Leipzig, die den Allgemeinen Deutschen Frauenverein gründete (1865). Während sich die Hauptforderungen auf Bildung und das Recht auf Arbeit konzentrierten – wie später genauer ausgeführt wird – wurde politische Gleichberechtigung zunächst als Fernziel verschoben. Die folgenden Jahre bis 1908 zeigten in engem Zusammenhang mit wirtschaftlichen und sozialen Veränderungen eine Intensivierung der Frauenfrage, die durch die Organisation der Frauen auf bürgerlicher Seite zur Frauenbewegung wurde und sich zu einem entscheidenden gesellschaftlichen Faktor entwickelte. Einhergehend mit der Präzisierung und Ausweitung der Forderungen der Frauen ließ sich eine Radikalisierung erkennen, die sich vor allem im linken Flügel der bürgerlichen Frauenbewegung und bei den proletarischen Frauen äußerte. Im Gegensatz zu den Frauenbewegungen in England und den USA kommt es in Deutschland nach der Gründung des Bundes Deutscher Frauenvereine (BDF, 1894), der keine Arbeiterinnenvereine aufnahm, offen zum Bruch zwischen bürgerlichen und proletarischen Frauen. Grundsätzliche ideologische Gegensätze hatten sie schon lange vorher voneinander getrennt. Während bürgerliche

15 Vgl. *Frauenemanzipation im deutschen Vormärz. Texte und Dokumente*, hrsg. von Renate Möhrmann, Stuttgart 1978.

Frauen für eine allmähliche Reformierung der Stellung der Frau innerhalb der bestehenden Gesellschaftsstruktur eintraten, sahen proletarische Frauen die Möglichkeit einer Veränderung nur durch totale Umwälzung der bürgerlichen Klassengesellschaft. Auch darauf wird in den folgenden Ausführungen zurückzukommen sein.
Die sich intensivierende Aktivität der bürgerlichen und der proletarischen Frauenbewegung und ihre Wirkung auf ein breiteres Publikum fanden gegen Ende des 19. Jahrhunderts vor allem in verschiedenen Zeitschriften ihren Niederschlag. In Programmen und Leitartikeln legten die Herausgeberinnen, die gleichzeitig führende Persönlichkeiten in ihrer Bewegung waren, ihre Ziele dar. Die Zeitschrift *Neue Bahnen* wurde 1865 als erstes Zeugnis einer Wiederbelebung emanzipatorischer Ideen von Louise Otto-Peters und Auguste Schmidt herausgegeben und diente als Organ des Allgemeinen Deutschen Frauenvereins. Louise Otto-Peters brachte reichlich Erfahrung in dieses Unternehmen, denn schon 1849 hatte sie die erste erfolgreiche Frauenzeitung herausgegeben. Diese wurde bis 1852 verlegt und dann eingestellt, weil Frauen als Redakteure gesetzlich verboten waren. Während diese Zeitung sich unter dem Motto »Dem Reich der Freiheit werb' ich Bürgerinnen« für die Mitarbeit der Frauen im Staat eingesetzt und auch die Rechte der Arbeiterinnen verfochten hatte, schlugen die Herausgeberinnen in *Neue Bahnen* einen sehr viel gemäßigteren Ton an. Die Frauenfrage als »Not- und Brotfrage« (S. 47) zwang ihrer Meinung nach zur Forderung nach Erwerb und freier Berufswahl und als Vorbedingung dafür zur Forderung nach gleichwertiger Bildung für Frauen. Erreicht werden sollten diese Forderungen allerdings durch maßvolles Handeln; man nahm Abstand von zu radikalen Forderungen und warnte vor zu raschem Handeln, und darin lag sicher ein Grund für das lange Bestehen der Zeitschrift (1865–1919). In den neunziger Jahren erschien dann eine größere Anzahl von Frauenzeitschriften: *Die Frau* (1893)

und das *Centralblatt des Bundes Deutscher Frauenvereine* (1899) auf bürgerlich-gemäßigter Seite; *Frauenwohl* (1893) und *Die Frauenbewegung* (1895) auf bürgerlich-radikaler Seite; *Die Arbeiterin* (1890), die Ende 1891 in *Die Gleichheit* umbenannt wurde, auf sozialistischer Seite. Die Programme der *Frau* (S. 49–54) und der *Frauenbewegung* (S. 55–57) wiesen ganz deutlich auf unterschiedliche Zielsetzungen innerhalb der bürgerlichen Frauenbewegung hin, die sich dann in späteren Jahren zur Konfliktsituation verschärften. Das dürfte nicht überraschen, da einerseits die extreme Verherrlichung des Mutterberufes als des höchsten Berufes der Frau im Mittelpunkt der Forderungen stand und eine besondere Entwicklung der Eigenart der Frau als Ergänzung zum Mann verlangt wurde (*Die Frau*), während andererseits die Betonung auf kompromißloser Gleichberechtigung der Geschlechter lag und Teilnahme am politischen Leben erstrebt wurde (*Die Frauenbewegung*).

Die Arbeiterin war bald nach der Aufhebung des Sozialistengesetzes (1890) erschienen und wurde ab 1891/92 von Clara Zetkin, der unbestrittenen Führerin der proletarischen Frauenbewegung, redigiert. Die Umbenennung der Zeitschrift in *Die Gleichheit* entsprach ganz der Überzeugung Zetkins, daß die Frauenfrage als Teilproblem der sozialen Frage nur im Klassenkampf mit Männern und Frauen gemeinsam gelöst werden könne. Den Vorwurf, daß *Die Gleichheit* zu viel Theorie bringe, zu elitär sei und sich auf einem zu hohen Niveau bewege, wies Zetkin mit dem Hinweis zurück, daß die Zeitschrift eine der wenigen notwendigen Möglichkeiten für die Arbeiterin biete, sich theoretisch zu bilden. Zetkin wurde 1917 aus der Redaktion der *Gleichheit* entlassen.

Die gegensätzlichen Haltungen innerhalb der bürgerlichen Frauenbewegung einerseits und zwischen bürgerlichen und proletarischen Frauen andererseits wurde in den Äußerungen einzelner führender Frauen immer wieder deutlich. Hedwig Dohm wurde als großes Vorbild vom radikalen

Flügel der bürgerlichen Frauenbewegung verehrt, dem außerdem Minna Cauer, Anita Augspurg, Lida Gustava Heymann, Maria Lischnewska, Käthe Schirmacher und Helene Stöcker angehörten.
Hedwig Dohm war eine der radikalsten Kämpferinnen für die Rechte der deutschen Frauen und hatte schon in den siebziger Jahren in ihren brillanten polemischen Schriften die Stellung der Frau in Familie und Gesellschaft scharf kritisiert. »Hedwig Dohm [...] war die erste mutige Frau im Deutschland Bismarcks, die geheiligte Institutionen des preußischen Männerstaats angriff: die protestantischen Pastoren, dann die deutschen Philosophen und die Frauenärzte«, schreibt Marie-Louise Janssen-Jurreit.[16] Der S. 66–68 angeführte Text von Dohm leitet wie ein Aufruf ihre 1876 erschienene Aufsatzsammlung *Der Frauen Natur und Recht* ein, in der sie, ausgehend von Überlegungen über die Psyche der Frau und ihre soziale Stellung, das Recht zur wissenschaftlichen Ausbildung und vor allem das Stimmrecht als Grundlage zur völligen Gleichberechtigung mit dem Mann fordert. Schon 1896 wurde *Der Frauen Natur und Recht* ins Englische übersetzt, mit folgendem Hinweis im Vorwort: »The little volume contains a great deal of information in a small compass, and, as far as I could discover, it had no English equivalent.« Was von Hedwig Dohm manchmal etwas zu vage formuliert und zu vereinfacht dargestellt worden war, wurde von den fortschrittlichen Zeitschriften, Organisationen und Frauenvereinen aufgenommen, konkretisiert und als praktische Forderungen geäußert. Die Erfolge zeigten sich in größerem Rahmen auf dem Internationalen Frauen-Kongreß in Berlin 1904, der vom Bund Deutscher Frauenvereine veranstaltet wurde. Damit wurde eine Tradition fortgesetzt, die mit Internationalen Frauenkongressen in Chicago 1893 und in London 1899 begonnen hatte. Dabei muß erwähnt werden, daß die deutsche Frauenbewegung inzwischen nach den USA und

16 *Sexismus*, S. 11.

England die drittgrößte Zahl von Mitgliedern aufweisen konnte, wenn sie sich auch sonst im Hinblick auf grundsätzliche Forderungen von den anderen Bewegungen unterschied. Programmgemäß zeigte der Kongreß eine Ausweitung der Interessengebiete, die sich nicht mehr auf Fragen von Bildung und Recht auf Erwerb beschränkten, obwohl derartige Probleme in weitaus differenzierterer und komplexerer Form immer noch zur Debatte standen. Auf dem Programm erschien schließlich auch die Stellung der Frau im politischen Bereich unter besonderer Hervorhebung der Frauenstimmrechtsfrage. Als Vorsitzende des Bundes Deutscher Frauenvereine leitete Marie Stritt den Kongreß, die ideologisch den Radikalen zuneigte und dann auch 1908 aus diesem Grunde als Vorsitzende des BDF abgesetzt und durch die sehr viel konservativere Gertrud Bäumer ersetzt wurde. Evans bezeichnet Stritt als eine der bedeutendsten deutschen Frauenrechtlerinnen um die Jahrhundertwende, die heute zu Unrecht viel unbekannter sei als Helene Lange oder Gertrud Bäumer.[17] Helene Langes Vortrag »Das Endziel der Frauenbewegung« war einer der wichtigsten Beiträge des Internationalen Frauen-Kongresses, der die Position des gemäßigten Flügels der bürgerlichen Frauenbewegung noch einmal klar zusammenfaßte. Das Hervorheben der geistigen Hintergründe und Voraussetzungen für die Entwicklung der Bewegung zeigt, wie tief die bürgerlichen Frauen im deutschen Idealismus verwurzelt waren. Charakteristisch sind außerdem die Betonung des Weiblichkeitsideals und die Warnung vor zu eiligem Voranschreiten. Als Einblick und Zusammenfassung dient der Artikel Lida Gustava Heymanns (S. 85–88), der die Gegensätze innerhalb der bürgerlichen Frauenbewegung aus radikaler Perspektive beleuchtet. Den gemäßigten Standpunkt vertritt Helene Lange in dem Auszug »Es gab keine sozialdemokratischen Frauenvereine« (S. 112–117).

17 Evans, »Liberalism and Society«, S. 188.

Während Helene Lange vor allem den geistigen Ursachen der Frauenbewegung nachging, sahen August Bebel und Clara Zetkin das Frauenproblem als Frage des Materialismus. Bebel entwickelte seine Ideen in seinem 1879 erschienenen Werk *Die Frau und der Sozialismus* (s. S. 88–96, 154–162), das als 2. Auflage unter dem neutraleren Titel *Die Frau in der Vergangenheit, Gegenwart und Zukunft* erschien. Erst 1891 mit der 9. Auflage griff Bebel auf den ursprünglichen Titel zurück. Auf die starke und anhaltende Wirkung haben verschiedenste Vertreterinnen der proletarischen Frauenbewegung hingewiesen. Lily Braun bezeichnete das Erscheinen des Buches als eines der bedeutendsten Ereignisse, weil hier zum erstenmal der Zusammenhang zwischen Frauenfrage und sozialer Frage aufgezeigt und ferner bewiesen werde, daß erst die wirtschaftliche Befreiung der Frau die Emanzipation vollenden könne.[18] Clara Zetkin nannte es »die ideologische Krönung der Anfänge der proletarischen Frauenbewegung Deutschlands«.[19] Andere führende Frauen des Proletariats wie Rosa Luxemburg, Ottilie Baader und Adelheid Popp bezeugten die Wirkung der Bebelschen Aufklärungsschrift. Auch heute noch setzen sich Feministinnen in der Bundesrepublik Deutschland mit Bebel auseinander, zum Teil sehr kritisch, obwohl sein historisches Verdienst nicht in Frage gestellt wird.[20] In der DDR wird er als einer der bedeutendsten und wichtigsten Vorbereiter für die Befreiung der Frau gefeiert, wie auch der 1979 in englischer Sprache erschienene Gedenkband *Women in the GDR* beweist, der dem hundertsten Jahrestag von Bebels *Die Frau und der Sozialismus* gewidmet ist. Sicher ist Richard J. Evans zuzustimmen, der

---

18 *Die Frauenfrage. Ihre geschichtliche Entwicklung und ihre wirtschaftliche Seite*, Leipzig 1901, S. 452.
19 *Geschichte der proletarischen Frauenbewegung Deutschlands*, Frankfurt a. M. ²1971, S. 118.
20 Am ablehnendsten äußern sich Roswitha Burgard und Gaby Karsten: *Die Märchenonkel der Frauenfrage: Friedrich Engels und August Bebel*, Berlin 1975.

Bebels Werk »immer noch als ein erstaunlich radikales und prophetisches Dokument und als inspirierte Verurteilung der Unterdrückung der Frau in der Gesellschaft des späten 19. Jahrhunderts« bezeichnet, obwohl Bebel als »ein Mann seiner Zeit« verstanden werden müsse.[21] Ebenso bedeutend wie Bebel wurde Clara Zetkin für die Entwicklung und Organisation der proletarischen Frauenbewegung. Schärfer noch als Bebel und im Gegensatz zur bürgerlichen Frauenbewegung betonte sie, daß die Emanzipation der Frau nur in enger Zusammenarbeit mit dem Arbeiter möglich sei, der wie die Frau vom Kapitalismus ausgebeutet werde. Als Delegierte auf dem Internationalen Arbeiterkongreß vom 14.–20. Juli 1889 – unter den 400 Delegierten waren nur 6 Frauen – hielt sie ihre aufsehenerregende Rede »Für die Befreiung der Frau!« (S. 96–104). Zetkin sah hier noch die wirtschaftliche Unabhängigkeit der Frau durch Frauenarbeit als die entscheidende Forderung an und wandte sich damit auch gegen die Lassalleaner, die Frauenarbeit aus Angst vor Lohndrückerei ablehnten. Für Arbeiterinnenschutz setzte sie sich hier nur in beschränktem Maße ein, ganz im Gegensatz zu späteren Schriften, in denen Zetkin auf die Überbelastung der Proletarierin durch Beruf und Hausarbeit hinwies und den Achtstundentag forderte.

Adelheid Popp, eine der führenden Persönlichkeiten der österreichischen Arbeiterinnenbewegung, die in enger Verbindung mit Zetkin, Baader und Zietz stand, fügte dem Ideal der Gleichberechtigung der Frau außerhalb ökonomischer Abhängigkeit eine weitere, wichtige Komponente hinzu, nämlich die Bewußtseinsbildung der Arbeiterin.

Im Jahre 1894 kam es zum offenen Bruch zwischen der bürgerlichen und der proletarischen Frauenbewegung. Die bürgerlichen Frauen gründeten als Dachorganisation den Bund Deutscher Frauenvereine, wobei die sozialistisch den-

---

21 *Sozialdemokratie und Frauenemanzipation im deutschen Kaiserreich*, Berlin 1979, S. 51.

kenden Vereine ausgeschlossen wurden, angeblich weil sie politisch seien und weil man nicht gegen das Reichsvereinsgesetz verstoßen wollte, das die Existenz politischer Frauenvereine verbot. So jedenfalls behaupteten Auguste Schmidt und Helene Lange (vgl. S. 112f.). Clara Zetkin nahm dieses Ereignis zum Anlaß, in drei aufeinanderfolgenden Aufsätzen in der *Gleichheit* über die »reinliche Scheidung« zwischen bürgerlichen und proletarischen Frauen Klarheit zu schaffen.[22] Die Spaltung der Frauenbewegung sei bedingt durch die grundsätzlichen Unterschiede in Ausgangspunkt, Weg und Zielsetzung. Die bürgerlichen Frauen wollten soziale Gleichstellung mit dem Mann als Vorbedingung für die Entfaltung ihrer Individualität, ein Ziel, das innerhalb des Rahmens der damaligen Gesellschaft liege. Der Weg dahin sei für die bürgerliche Frau »der Kampf von Geschlecht zu Geschlecht«, während es der Proletarierin um den »Kampf von Klasse zu Klasse« gehe, mit dem Ziel der Aufhebung der Klassengegensätze, die nur auf revolutionärem Wege an der Seite des Mannes erkämpft werden könne.

Die Trennung bürgerlicher und proletarischer Frauen war schon in den achtziger Jahren deutlich geworden, als das Interesse der bürgerlichen Frauen an der Arbeiterfrage nachließ und die Forderung nach Hochschulstudium und dementsprechenden Berufsmöglichkeiten an Bedeutung zunahm. Seit Louise Otto-Peters' »Adresse eines Mädchens« (1848) war die Arbeiterinnenfrage immer ein Anliegen der bürgerlichen Frauen gewesen, wie u. a. die Gründung des Arbeiterinnenbildungsvereins (1865) bewies. Ebenso entwickelte sich die Wohlfahrts- und Sozialbetätigung zu einer ihrer Hauptaufgaben. In den siebziger und achtziger Jahren waren jedoch unter den Arbeiterinnen selbst Ansätze eines Solidaritätsgefühls und ein Bewußtwer-

---

22 Der erste Aufsatz Zetkins ist S. 107–112 abgedruckt. Die folgenden Aufsätze unter den Titeln »Noch einmal ›reinliche Scheidung‹« s. *Die Gleichheit* 4 (1894) Nr. 13, S. 102f.; 4 (1894) Nr. 15, S. 115–117.

den ihrer Ziele festzustellen, trotz aller Hindernisse durch das Sozialistengesetz (1878–90). Eine Entfernung von den Forderungen der bürgerlichen Frauen war die natürliche Folge. Als Gertrud Guillaume-Schack 1884 das Ehrenpräsidium für den Verein zur Vertretung der Interessen der Arbeiterinnen übernahm und auf ihren Agitationsreisen 16 Arbeiterinnenvereine gründete, kam es zu Streitigkeiten mit anderen Führerinnen der bürgerlichen Frauenbewegung, die sich vor allem gegen das politische Element wehrten. Hier zeigten sich also die ersten Anzeichen der Spaltung zwischen beiden Bewegungen, die sich dann immer mehr verschärfte.

II. Die Stellung der Frau in Ehe und Familie

Eines der wichtigsten Phänomene des neunzehnten Jahrhunderts waren die Veränderungen in der Familie. Der durch die industrielle Entwicklung bedingte Wandel der Familie von einer Produktions- in eine Konsumtions- und Erwerbsgemeinschaft entzog ihr wichtige Funktionen. Fabriken übernahmen die Herstellung von Waren und Gebrauchsgegenständen, die durch Massenproduktion billiger verkauft werden konnten (vgl. S. 98). Diese Veränderungen übten einen entscheidenden Einfluß auf die Stellung der Frau aus. Bürgerliche und proletarische Frauenbewegungen entstanden, die sich mit den Problemen dieser veränderten Situation auseinandersetzten. Die Frau nahm in zunehmendem Maß am Erwerbsleben teil, jedoch unter verschiedenen Bedingungen, die jeweils von ihrer Klassenzugehörigkeit abhingen. Während die Proletarierin vorwiegend aus materieller Notwendigkeit zur Fabrikarbeit gezwungen wurde und der skrupellosen Ausbeutung durch die besitzende Klasse ausgesetzt war, erkämpfte sich die bürgerliche Frau das Recht auf Erwerb, zum Teil aus finanziellen Gründen, was besonders für die alleinstehende Frau

galt, die ihrer Familie nicht länger zur Last fallen wollte; zum Teil aber auch, weil die Massenproduktion von Gebrauchsgütern die Tätigkeit der Hausfrau wesentlich erleichtert hatte. Die außerhäusliche Beschäftigung der Frau wurde ein wesentlicher Grund für die Veränderung innerfamiliärer Verhältnisse.[23] Als eines der wichtigsten Probleme, das bis heute noch keine zufriedenstellende Lösung gefunden hat, erwies sich schon damals die Schwierigkeit der Doppelrolle der Frau, die sie als Hausfrau und Mutter und als Berufstätige erfüllen mußte. Die verschiedenen Reaktionen auf gerade dieses Problem unterstreichen deutlich die Scheidung der frauenrechtlerischen Geister. Radikale Vertreterinnen der bürgerlichen Frauenbewegung wie Hedwig Dohm und Maria Lischnewska forderten berufliche Betätigung für die Mutter und sahen keine unüberwindbaren Schwierigkeiten in einer Verbindung beider Aufgaben. Entscheidend war dabei jedoch, daß Hedwig Dohm die Perspektive der gutsituierten bürgerlichen Frau vertrat, obwohl sie sich des Elends der Arbeiterin durchaus bewußt war. Lischnewska hingegen schreibt: »Die verheiratete Arbeiterin in der Fabrik ist nicht eine soziale Krankheitserscheinung, sie ist – wirtschaftlich gefaßt – der Typus der neuen Frau«.[24]
Anderer Meinung waren Helene Lange und Gertrud Bäumer, die führenden Frauen des gemäßigten Flügels, und sogar Käthe Schirmacher, die im Verband fortschrittlicher Frauenvereine eine führende Stellung einnahm, sprach sich gegen einen außerhäuslichen Beruf der verheirateten Mutter aus. In ihrem Aufsatz »Die Stellung der Frauenbewegung zu Ehe und Familie« (S. 127–148) vertrat Helene Lange die Auffassung der meisten bürgerlichen Frauen, für die nur die Alternative Beruf *oder* Mutterschaft galt, wobei letztere als

---

23 Jutta Menschik, *Gleichberechtigung oder Emanzipation? Die Frau im Erwerbsleben der Bundesrepublik*, Frankfurt a. M. [5]1975, S. 150.
24 »Kurze Übersicht des Referats von Maria Lischnewska, Spandau«, in: Käthe Schirmacher, *Die wirtschaftliche Reform der Ehe*, Leipzig 1906, S. 6.

idealster Beruf der Frau gepriesen wurde. Berufstätigkeit wurde hauptsächlich für die Frau vor der Ehe, für die Alleinstehende und für die Ehefrau ohne Kinder gefordert. Helene Lange setzte sich also mit zwei Hauptproblemen der Frauenfrage auseinander, einmal mit der Einordnung der Frau ins Erwerbsleben und zum andern mit den Problemen, die sich aus der Neugestaltung der Familie auf der Grundlage der neuen Bedingungen der Zeit ergaben. Ihr geht es dabei ebenso um die gesetzliche Regelung der Beziehungen als um sittliche und soziale Fragen, die sich auf das persönliche Verhältnis der Geschlechter zueinander auswirkten.
Wie andere Vertreterinnen beider Frauenbewegungen zu den von Helene Lange angeschnittenen Problemen Stellung nehmen, zeigen die Texte Seite 123–169. Für die verheiratete Proletarierin war die Doppelaufgabe von Mutterschaft und Arbeit nichts Ungewöhnliches, weil ihre Arbeitskraft von Anfang an ein wichtiger Teil des industriellen Produktionsprozesses gewesen war. Der Proletarierin ging es schließlich nicht mehr um »Recht auf Erwerb«, sondern um Schutz vor zuviel Arbeit. Sie verlangte deshalb mehr Zeit für die Familie durch verkürzte Arbeitszeit, höhere Löhne und Arbeiterinnenschutz. Lily Braun, Emma Ihrer und auch Clara Zetkin in ihren späteren Schriften begannen sich für diese Ziele einzusetzen. Auf der bürgerlichen Seite ist vor allem Helene Stöcker zu nennen, die 1905 in Zusammenarbeit mit Ruth Bré, Maria Lischnewska und anderen den Bund für Mutterschutz gründete. Ziel des Bundes war in erster Linie der Schutz lediger Mütter und ihrer Kinder vor wirtschaftlicher und sittlicher Gefährdung und die Beseitigung der Vorurteile gegen sie. Bezeichnenderweise lehnte der Bund Deutscher Frauenvereine 1910 die Aufnahme des Bundes für Mutterschutz ab, weil befürchtet wurde, daß die Forderungen dieser Frauen »die heilige Dreieinigkeit« von Liebe, Ehe, Familie gefährdeten.
Der Unterschied zwischen bürgerlicher und proletarischer Frauenbewegung in ihrer Stellung zu Ehe und Familie zeigte

sich vor allem darin, daß die bürgerlichen Frauen eine Stärkung der Kleinfamilie wollten, gesichert durch stärkere Anerkennung von Hausfrauentum und Mutterschaft und dadurch, daß der Frau im innerhäuslichen Bereich mehr Rechte verschafft wurden. Für sie waren die Probleme, die die traditionellen Einrichtungen von Ehe und Familie in Frage stellten, ebensosehr sittlicher als sozialer und wirtschaftlicher Art. Für die proletarischen Frauen hingegen konnte die Verbesserung ihrer Lage nur durch entscheidende wirtschaftliche Veränderungen herbeigeführt werden, die einen Teil der familiären Aufgaben auf die Gesellschaft übertragen würden, wie z. B. Kinderbetreuung in Kindergärten.

III. Mädchenerziehung und Frauenbildung

Die Rückständigkeit Deutschlands in der Emanzipation der Frau wird bei einer Untersuchung der Bildungsfrage besonders deutlich. In England, Frankreich und den USA konnten die Bestrebungen um eine dem männlichen Geschlecht gleichwertige Ausbildung schon im 19. Jahrhundert erhebliche Erfolge aufweisen. Im Jahre 1833 hatte das Oberlin College (USA) nach dem Konzept der Koedukation Männer und Frauen zum Studium zugelassen, und erstklassige, anspruchsvolle Colleges für Frauen wurden immer zahlreicher: Mount Holyoke 1837, Vassar 1865, Smith und Wellesley 1875.[25] Forderungen nach gleichwertiger Bildung der Frau waren in Deutschland dagegen in der ersten Hälfte des 19. Jahrhunderts nur vereinzelt laut geworden. Um 1850 hatte sich Louise Otto-Peters in ihrer *Frauenzeitung* dafür eingesetzt. Eine erste praktische Auswirkung zeigten diese Forderungen 1865 in der Gründung des Frauenbildungsvereins. Auf der im gleichen Jahr stattfindenden ersten Frauenkonferenz riefen die Frauen – neben dem Anspruch auf das

25 Judith Hole/Ellen Levine, *Rebirth of Feminism*, New York ²1973, S. 2.

Recht zur Arbeit – zu lebhafter Agitation durch Frauenbildungsvereine auf, die sich für die Gründung von Industrieschulen einerseits, andererseits aber auch für »die Pflege höherer wissenschaftlicher Bildung« einsetzen sollten.[26] Zwei weitere Aspekte gewannen hier Bedeutung für die bürgerliche Frauenbewegung; nämlich die Forderung nach freier Selbstbestimmung der Frau, die sie durch eigene Kraft und eigenen Willen erzielen müsse; außerdem traten die bürgerlichen Frauen zu Beginn der Bewegung nicht nur für die Bedürfnisse ihres eigenen Standes, sondern auch für die Fortbildung und Aufklärung der Arbeiterinnen ein. Die Texte S. 200–295 spiegeln die Tatsache wider, daß sich die bürgerlichen Frauen mit der Bildungsfrage als primärem Problem auseinandersetzten, während es für die Proletarierinnen nur sekundäre Bedeutung hatte.

Als erste Schulgründungen sind die Lehranstalt des Lette-Vereins[27] und das Viktoria-Lyceum zu nennen, das unter dem besonderen Schutz der Kaiserin Viktoria von Preußen stand, deren Einflußnahme jedoch durch den frühen Tod Kaiser Friedrichs III. (1888) jäh beendet wurde. Gegen »Luxusinstitute« wie das Viktoria-Lyceum wandte sich Fanny Lewald in ihrer Schrift *Für und wider die Frauen* (S. 203), da diese nur wenigen wohlhabenden Frauen zugänglich seien. Sie forderte statt dessen staatlich unterstützte Schulen, die der breiten Masse der Frauen eine solide Bildung vermittelten und deren Anforderungen denen der Männer vergleichbar seien. Damit äußerte Lewald im Ansatz ähnliche Gedanken wie wenige Jahre später Hedwig Dohm, die wiederholt die privaten höheren Töchterschulen scharf kritisierte und sich statt dessen für Koedukation und

---

26 v. Zahn-Harnack, *Die Frauenbewegung*, S. 166.
27 Der Lette-Verein wurde 1865 von Dr. Adolf Lette angeregt und trat als Verein zur Förderung der Erwerbstätigkeit des weiblichen Geschlechts für die Ausbildung von Frauen der bürgerlichen und der proletarischen Klasse ein. Er wurde im Gegensatz zum Allgemeinen Deutschen Frauenverein von Männern geleitet.

Zulassung von Frauen zu allen Studiengebieten einsetzte. Dohms Forderungen fanden im Jahre 1888 Widerhall in der Konstituierung des Frauenvereins Reform, der von ihr selbst in Zusammenarbeit mit Hedwig Kettler und sieben anderen Frauen gegründet wurde. Sie vertraten damit die Ansichten des radikalen Flügels der bürgerlichen Frauenbewegung, zu dem auch Lida Gustava Heymann mit ihrem Reformschulenkonzept zählte. Ein weiterer Unterschied zur gemäßigten bürgerlichen Bewegung bestand darin, daß sie sich vorwiegend für die unverheirateten Frauen einsetzten.

Eine öffentliche Formulierung gegensätzlicher Positionen innerhalb der bürgerlichen Bewegung im Hinblick auf die Bildung der Frauen begann erst in den achtziger Jahren des vorigen Jahrhunderts. Den Anstoß dazu hatte Helene Lange mit ihrer sogenannten »Gelben Broschüre« gegeben. Diese war unter dem Titel »Die höhere Mädchenschule und ihre Bestimmung« (S. 207–226) im Jahre 1887 als Begleitschrift zu einer Petition von Helene Lange und fünf anderen Frauen erschienen. Sie war an den preußischen Unterrichtsminister und das preußische Abgeordnetenhaus gerichtet und verlangte bessere Ausbildungsmöglichkeiten für die Lehrerinnen an höheren Mädchenschulen. Es war allerdings nicht so sehr die Petition, sondern vielmehr die Begleitschrift, die Aufsehen erregte. Mit scharfer und zum Teil ironischer Kritik griff Helene Lange hier die Weimarer Denkschrift deutscher Pädagogen (1872) an, die das Ziel der Mädchenbildung nur darin sah, daß »der deutsche Mann nicht durch die geistige Kurzsichtigkeit und Engherzigkeit seiner Frau an dem häuslichen Herde gelangweilt« werde (S. 210). Bis dahin hatte nur Hedwig Dohm es gewagt, die männlichen Institutionen so scharf anzugreifen, wobei sie eher auf witzige, geistreiche, polemische Art und Weise vorging, während Helene Lange jetzt nüchtern und bestimmt klare, konkrete Forderungen formulierte.[28] Sie

---

28 Twellmann, *Die deutsche Frauenbewegung*, S. 89.

betonte die Erziehung der Frau zur selbständigen Persönlichkeit, die nicht mit positivem Wissen und Fakten vollgestopft werden, sondern Kritikfähigkeit entwickeln solle. Langes Forderungen waren jedoch im Vergleich zu Dohm gemäßigt, denn sie betonte, daß in der Frau nicht nur der Mensch, sondern »auch das Weibliche erzogen werden soll«; außerdem schien die Erziehung hauptsächlich für die verheiratete Frau und Mutter gedacht. Helene Lange schreibt: »Schafft uns bessere *Lehrerinnen*, und wir werden bessere *Mütter* und durch diese bessere *Menschen* haben« (S. 221). So ist auch die Reaktion des Vereins Reform zu verstehen, der sich für unverheiratete Frauen – damals immerhin 40 % aller Frauen[29] – einsetzte (vgl. S. 230 f.). Eine weitere wichtige Forderung Helene Langes, die jedoch schon auf Louise Otto-Peters zurückging, war der Anspruch auf Frauen in den Lehrpositionen der höheren Klassen und in der Schulleitung, obwohl sie dabei nicht übersah, daß Frauen erst dazu erzogen werden mußten. Ein dreijähriger Studienkurs für mindestens zwanzigjährige junge Frauen schien ihre Lösung zu sein.

Gegen Ende der achtziger Jahre lassen sich innerhalb der bürgerlichen Frauenbewegung über die Bildungsfrage drei theoretische Konzeptionen erkennen:

1. das Programm des Frauenvereins Reform, das Koedukation mit gleichen Rechten für Mädchen im gymnasialen Bereich und im Universitätsbereich forderte und damit am progressivsten war;
2. der Allgemeine Deutsche Frauenverein, der »Gabelung der höheren Töchterschule und Einrichtung eines gymnasialen Zweiges im 13./14. oder 15. Lebensjahr« verlangte und Zulassung zum Studium (zunächst zum Medizinstudium) forderte;[30]
3. die Forderungen Helene Langes, die für die Reform der zehnklassigen höheren Töchterschule eintrat und als

29 Ebd., S. 91.
30 Ebd., S. 94.

Fortbildung »Realkurse« vorschlug, die jedoch eher eine Vervollständigung der Allgemeinbildung zum Ziel hatten als die Vorbereitung auf ein Universitätsstudium.
Langes Konzeption setzte sich im Gegensatz zu den anderen durch, wahrscheinlich, weil sie weniger radikal war und sich dem damaligen politischen Klima im Wilhelminischen Deutschland mehr anpaßte.
Trotz der konservativen Züge in Helene Langes Forderungen darf die Bedeutung ihrer »Gelben Broschüre« nicht unterschätzt werden, die sich zum erstenmal programmatisch gegen das gesamte Mädchenschulwesen wandte. Wie wenig sich jedoch noch 1907 auf dem Gebiet der Frauenbildung verbessert hatte, macht ein Leitartikel unter dem Titel »Zur Frauenbildungsfrage« in der *Frauenbewegung*[31] deutlich. Beim Kampf um Frauenbildung sei nach Ansicht der anonymen Verfasserin des Artikels in den letzten 40 Jahren nicht viel herausgekommen; eine durchgreifende Reform hätte nicht stattgefunden und sei dringend notwendig. Nach mehreren Konferenzen waren schließlich geringe Fortschritte durch Mädchenschulreformen in Preußen (1908), in Sachsen (1910) und in Bayern und Hessen (1911) zu verzeichnen.
Wie schon anfangs erwähnt, ging auch der Kampf um Zulassung zum Universitätsstudium auf die sechziger und siebziger Jahre zurück. Jedoch erst 1894 promovierte Käthe Windscheid als erste Frau an der Universität Heidelberg. Sechs Jahre später (1900) wurde an den Universitäten Freiburg und Heidelberg den Frauen offiziell das Immatrikulationsrecht gewährt; Preußen folgte als letzter Staat 1908. Aus eigener Erfahrung schrieb zu diesem Problemkomplex auch Ricarda Huch, die 1887 in Zürich als eine der ersten deutschen Frauen studierte, während die deutschen Universitäten den Frauen noch verschlossen waren. Sie promovierte 1892 mit einer Dissertation über ein historisches

---

31 *Frauenbewegung* 13 (1907) Nr. 19.

Thema. Ricarda Huch plädiert in ihrem Essay »Über den Einfluß von Studium und Beruf auf die Persönlichkeit der Frau« (S. 256–267) nicht nur für den positiven Einfluß des Studiums auf die Entwicklung der Frau als Mensch, sondern greift wie Helene Lange das damals schon heftig umstrittene Thema der berufstätigen und verheirateten Mutter auf. Huch betont, daß eine Frau wegen ihrer Berufstätigkeit und der vorhergehenden Ausbildung durchaus keine ungesunden Kinder gebäre, eine Ansicht, die etwa auch von Nietzsche vertreten wurde.

Für die Arbeiterin bedeutete zu Beginn ihrer Organisierung die Bildungsfrage kein Hauptproblem. Clara Zetkin wies in der *Gleichheit* 1892 darauf hin, daß es sich bei der höheren Bildung nicht um eine allgemeine Frauenfrage, sondern um eine »Damenfrage« handele, weil hier Bedürfnisse und Interessen gewisser Frauen des Bürgertums vertreten würden, die der Arbeiterin nichts nützten. Für Zetkin ist auch die Bildungsfrage »in letzter Linie eine Brot- und Magenfrage«, die nur durch Veränderung der Gesellschaft gelöst werden könne.[32] Die Erfahrungen Ottilie Baaders (S. 268 bis 273) unterstreichen Zetkins Ansicht, denn aus wirtschaftlicher Not konnte vielen Arbeiterkindern nicht einmal eine vollständige Volksschulbildung vermittelt werden. Auf die Bedeutung einer Grundausbildung für die Arbeiterin wiesen jedoch sowohl Wally Zepler in ihrem Vortrag über den Wert der Bildung für die Arbeiterin hin (S. 273–285) als auch Zetkin in ihrer 1904 gehaltenen Rede über die Schulfrage (S. 287–295). Zepler erkannte die Vorteile der Arbeiterinnenbildungsvereine, die sich an die erwachsene Arbeiterin richteten und ihr unter anderm historisches Verständnis für die eigene Situation vermittelten. Zetkin forderte eine gute Ausbildung von Grund auf und scheute vor Anklagen und detaillierten Forderungen nicht zurück.

---

32 *Gleichheit* 2 (1892) Nr. 5, S. 41 f.

IV. Frauenarbeit

»Die ganze Entwicklung der Frauenarbeit [...] muß jedem, der nicht blind ist oder sein will, das Eine klar vor Augen führen: keine andere Erscheinung in der Neuzeit wirkt so revolutionierend wie sie.« So beurteilte Lily Braun um die Jahrhundertwende den Eintritt der Frau in die öffentliche Welt der Arbeit.[33] Erst durch Arbeit werde »das Weib, das konservativste Element im Völkerleben, zu einem strebenden und denkenden Menschen; sie allein ist seine große Emanzipatorin, die sie aus der Sklaverei zur Freiheit emporführt«. Eine genauere Untersuchung dieser allgemeinen Beurteilung der Neugestaltung des wirtschaftlichen und sozialen Lebens durch die Arbeit der Frau deckt einen der komplexesten und problematischsten Aspekte der Frauenfrage überhaupt auf. Einen entscheidenden Einschnitt für die Entwicklung der Frauenarbeit bedeutete die Industrialisierung, die in Deutschland in den dreißiger und vierziger Jahren des neunzehnten Jahrhunderts erste tiefergehende Wirkungen zeigte. Durch billige Massenproduktionen von Gebrauchsgütern aller Art (Arbeitsgeräte, Gebrauchsgegenstände und Nahrungsmittel), die vor der Industrialisierung innerhalb der Familie hergestellt worden waren, wurden jetzt den Frauen – wie schon vorher erwähnt - wichtige häusliche Funktionsbereiche entzogen. Das damit verbundene Freiwerden eines Teils ihrer Arbeitskraft war mit ein Grund für die Einbeziehung der Frau in den industriellen Produktionsprozeß. Ein weiterer Grund war aber auch die Notwendigkeit des zusätzlichen Einkommens für den Familienunterhalt, den der Arbeiter mit seinem geringen Lohn nicht allein bestreiten konnte. Dabei beschränkt sich die Armut nicht nur auf Fabrikarbeiterfamilien, sondern ebenso

---

33 Lily Braun, *Die Frauenfrage. Ihre geschichtliche Entwicklung und ihre wirtschaftliche Seite*, Leipzig 1901, S. 278.

auf im Elend lebende Handwerker und Heimarbeiter oder ländliche, landlose Unterschichten.[34]

Durch den Anstieg der Frauenarbeit und durch die Notwendigkeit, Arbeit für geringen Lohn anzunehmen, wurden Frauen in immer stärkerem Maße zu Lohndrückerinnen. Aus diesem Grunde und aus der sich daraus ergebenden Konkurrenzfurcht von männlicher Seite ist die Forderung der Lassalleaner in den sechziger Jahren zu verstehen, daß die Proletarierfrau sich wieder auf ihre Rolle als Hausfrau und Mutter konzentrieren müsse. Dagegen protestierten jedoch sowohl Vertreterinnen der bürgerlichen Frauenbewegung, ihnen voran Louise Otto-Peters in ihrer 1866 erschienenen Schrift *Das Recht der Frauen auf Erwerb* (S. 297–304), als auch Frauen der proletarischen Bewegung unter Clara Zetkins Führung, die »Recht auf Arbeit« forderte. »Die Sozialisten müssen wissen, daß bei der gegenwärtigen wirtschaftlichen Entwicklung die Frauenarbeit eine Notwendigkeit ist; [...] daß es nicht die Frauenarbeit an sich ist, welche durch Konkurrenz mit den männlichen Arbeitskräften die Löhne herabdrückt, sondern die Ausbeutung der Frauenarbeit durch den Kapitalisten, der sich dieselbe aneignet« (S. 97). Diese Forderung, die auch von Zetkins engem Mitarbeiter August Bebel vertreten wurde, setzte sich schließlich durch. Trotz dieser scheinbaren Übereinstimmung in der Forderung des Rechts auf Arbeit unterscheiden sich proletarische und bürgerliche Frauenbewegung in ihren Zielen und Forderungen in bezug auf Frauenarbeit grundlegend, hauptsächlich bedingt durch die unterschiedliche soziale und ökonomische Ausgangsposition.

Historisch gesehen, entwickelte die bürgerliche Frauenbewegung viel früher als die proletarischen Frauen ein präzises Emanzipationskonzept. Mit der Gründung des Allgemeinen Deutschen Frauenvereins 1865 waren die Forderungen des Rechts auf Arbeit, auf freie Berufswahl und in engem

---

34 Ute Gerhard, *Verhältnisse und Verhinderungen. Frauenarbeit, Familie und Rechte der Frauen im 19. Jahrhundert*, Frankfurt a. M. 1978, S. 69.

Zusammenhang damit das Recht auf Bildung zum erstenmal programmatisch formuliert worden. Es ging den Frauen der bürgerlichen Frauenbewegung dabei vorwiegend um das Gleichheitsprinzip. Sie erstrebten »eine völlig freie Konkurrenz mit den Männern in den bürgerlichen Berufen« und dadurch »einen Abbau traditioneller männlicher Privilegien«.[35] Dabei darf allerdings nicht vergessen werden, daß diese Forderung nach Gleichberechtigung Einschränkungen enthielt, denn gewisse Berufe wurden als ungeeignet für Frauen angesehen.

Anders als die Arbeiterin mußte die bürgerliche Frau und vor allem die unverheiratete die traditionelle bürgerliche Familienstruktur mit ihren Vorurteilen durchbrechen, um sich zunächst einmal das Recht auf öffentliche Arbeit zu erkämpfen. Ihre Forderungen waren also häufig gegen den Mann gerichtet und gegen gesetzliche Bestimmungen, die Frauen am Aufstieg hinderten. Ute Gerhard vertritt die Ansicht, daß der Eintritt der bürgerlichen Frau in die Welt der Arbeit meistens zu einseitig interpretiert worden sei, seitdem nämlich die Frau sich zum Luxusartikel für den Mann entwickelt hatte, weil Hausarbeit und Kindererziehung von der Dienerschaft verrichtet wurden.[36] Sowohl Hedwig Dohm als auch Clara Zetkin hatten sich dementsprechend geäußert. Neuere Untersuchungen beweisen jedoch, daß nach der Reichsgründung im Jahre 1871 eigentlich nur 10 Prozent aller Bürger sorgenlos leben konnten. Nur für wenige wohlhabende Bürgerfrauen läßt sich deshalb von einem Funktionsverlust im häuslichen Bereich sprechen. Die meisten bürgerlichen Hausfrauen hatten infolge der industriellen Revolution nicht weniger zu tun, sondern anderes. Es läßt sich statt eines Funktionsverlustes eher ein Funktionswandel erkennen.[37] Die Aufgaben reichten von

---

35 Werner Thönnessen, *Frauenemanzipation. Politik und Literatur der deutschen Sozialdemokratie zur Frauenbewegung 1863–1933*, Frankfurt a. M. ²1976, S. 43.
36 Gerhard, *Verhältnisse und Verhinderungen*, S. 64.
37 Ebd.

der immer mehr beachteten Erziehung der Kinder, die vorwiegend der Mutter überlassen wurde, bis zur Instandhaltung des immer aufwendiger werdenden Haushalts. Im »gut bürgerlichen« Hause wurde die Hausfrau schließlich zur Dienstbotin ihrer eigenen Familie.[38]

Um ihre Forderungen durchzusetzen, schlossen sich bürgerliche Frauen, die zumeist unverheiratet waren, in Vereinen zusammen. Als einer der ersten Vereine, der sich für eine bestimmte Berufsgruppe einsetzte, wäre der Verein Deutscher Lehrerinnen und Erzieherinnen in Berlin zu nennen, der 1869 von Auguste Schmidt und Marie Calm gegründet worden war. Durch Petitionen versuchten diese Vereine, ihre Ziele zu erreichen; aber sie bemühten sich, wie auch bei anderen Forderungen, nur »sanften Druck« auszuüben. Der Erfolg blieb dann auch auf die Zulassung zu Schulen und zu Universitäten und auf die Öffnung einiger höherer Berufe beschränkt, obwohl diese Fortschritte nicht zu unterschätzen sind.

Für die Proletarierinnen bot sich eine ganz andere Ausgangssituation. Schon seit Beginn der Industrialisierung waren sie selbst Teilnehmer am Arbeitsprozeß, und nach der Rückweisung der Lassalleaner stieg die Zahl der Arbeiterinnen in den Fabriken weiter rapide an. Zwischen 1882 und 1907 verdreifachte sich ihre Zahl von 540 000 auf 1 560 000,[39] obwohl viele Frauen gezwungenermaßen arbeiteten. Das zentrale Problem für die Arbeiterinnen war nicht das Recht auf Erwerb wie bei den Bürgerfrauen, sondern die Ausbeutung ihrer Arbeitskraft. Clara Zetkin, die in ihren frühen Ansprachen und Schriften vor allem gleiche Frauenarbeit gefordert und jegliche Sonderrechte abgelehnt hatte, erkannte, daß die Arbeiterfrauen dazu noch stärker unter der Ausbeutung zu leiden hatten als die Männer. Wie die

---

38 Dieter und Karin Claessens, *Kapitalismus als Kultur. Entstehung und Grundlage der bürgerlichen Gesellschaft*, Düsseldorf 1973, S. 220.
39 Ingeborg Weber-Kellermann, *Die Familie. Geschichte, Geschichten und Bilder*, Frankfurt a. M. 1976, S. 185.

Männer litten sie an Ausnutzung durch zu lange Arbeitszeit, die sich oft auf 18–20 Stunden täglich erstreckte, erschwerend kam ungleicher Lohn für gleiche Arbeit hinzu und ständige Belästigungen durch die Arbeitgeber, wie in Autobiographien von Ottilie Baader, Adelheid Popp und anderen Arbeiterinnen berichtet wird.

Die ausgewählten Textbeispiele geben einen Einblick in die Bedingungen der am häufigsten vertretenen Formen von Frauenarbeit. Über die Ausnutzung der Dienstmädchen hatte sich schon 1873 Hedwig Dohm sehr kritisch in ihrer Schrift *Der Jesuitismus im Hausstande* geäußert. Auswüchse zeigten vor allem auch Kinderarbeit und weitverbreitete Prostitution, die vielen Arbeiterinnen als einziger Ausweg aus materieller Misere erschien. Schon Louise Otto-Peters hatte 1848 in ihrer »Adresse eines Mädchens« in der *Leipziger Arbeiterzeitung* auf die Auswüchse der Prostitution hingewiesen und Verbesserung der ökonomischen Lage der Arbeiterinnen verlangt. Hinzu trat für alle verheirateten Frauen und Mütter das schon erwähnte Problem der Doppelbelastung. Lily Braun setzte sich in ihrem Buch *Die Frauenfrage* ausführlich damit auseinander. Auf ergreifende Weise schildert sie das von Hunger, Krankheit und Erschöpfung gekennzeichnete Leben zahlreicher proletarischer Mütter, die, wenn sie außerhalb der Fabrikstädte wohnten, sich oft schon um vier Uhr morgens auf den Weg zur Arbeit machten und abends um zehn Uhr heimkehrten: »Eine Schar bleicher, magerer Frauen, in Schweiß gebadet, ohne schützende Hülle, bloßfüßig waten sie im Schmutz, [...] daneben laufen eine Menge Kinder, nicht minder schmutzig, nicht minder abgezehrt, bedeckt mit Lumpen, triefend vom Öl der Maschine, das in der Fabrik dauernd auf sie niederträufelte.«[40] Nach langem Arbeitstag warteten Hausarbeit und kleine Kinder auf die erschöpft und müde heimkehrende Mutter. Auch die bürgerlichen Frauen waren sich des Problems der Doppelbelastung bewußt; dennoch

---

40 Braun, *Die Frauenfrage*, S. 234.

unterschieden sich die Versuche zur Lösung dieser Probleme grundsätzlich. Helene Langes Aufsatz »Die wirtschaftlichen Ursachen der Frauenbewegung« (S. 311–320) ist repräsentativ für die gemäßigte Haltung der bürgerlichen Frauenbewegung. Sie wies im Hinblick auf das Problem der Doppelbelastung auf den »Gegensatz zwischen Familieninteresse und Produktionsinteresse« hin, sah aber im Unterschied zu Clara Zetkin keine Lösung durch Kollektivierung der Produktionsmittel. Sie hielt wie andere Frauen des gemäßigten Flügels der bürgerlichen Frauenbewegung Erfolge nur durch schrittweise Reformen für möglich, die im Grunde auf individueller Basis erkämpft werden müssen. Zetkins gegensätzliche Haltung, die für die proletarische Frauenbewegung repräsentativ war, verlangte auch hier völlige Umwälzung in der wirtschaftlichen Stellung der Frau. Für Zetkin war eine Lösung nur unter neuen, gänzlich veränderten Produktionsbedingungen möglich. Und damit sich das wachsende weibliche Proletariat einerseits nicht gegen die Interessen des männlichen stellte, aber andererseits die Forderungen zur Verbesserung der Lage der Arbeiterinnen durchsetzte, forderten sowohl Zetkin als auch Popp und Baader systematische Organisation und ökonomische und politische Aufklärung der Industriearbeiterinnen (S. 364). Während Zetkin in ihrer 1889 verfaßten Schrift *Die Arbeiterinnen- und Frauenfrage der Gegenwart* theoretische Begründungen für die Notwendigkeit der Organisation gab, beschrieb Ottilie Baader um 1901 konkrete Forderungen (S. 364–367) wie Verbot der Nachtarbeit, Einführung des Achtstundentages, Anstellung weiblicher Fabrikinspektoren und praktische Strategien zur Erfüllung dieser Ziele. Die Beschreibungen der Streikversuche (S. 367–371) geben einen Eindruck von der politischen Wirkung der Aufklärungsversuche unter den Arbeiterinnen. Das Verdienst der führenden Frauen der proletarischen Frauenbewegung ist um so beachtlicher, wenn man sich die Schwierigkeiten vor Augen führt, die sich ihnen in den Weg stellten. Viele Arbeiterfrauen waren durch Doppelbelastung von Familie und Fabrik zeitlich nicht imstande, an Versammlungen teilzunehmen. Außerdem mangelte es ihnen meistens an Bildung und politischem Bewußtsein. Um diesem Mangel abzuhelfen, waren von bürgerlicher Seite zwar der Verein zur Fortbildung und geistigen Anregung der Arbeiterfrauen sowie der Verein zur Vertretung der Interessen der Arbeiterinnen gegründet worden, aber eine nachhaltige Wirkung blieb aus, da beide Organisationen nicht lange bestanden. Die Arbeiterinnenvereine wurden einer nach dem andern verboten, weil sie gegen den § 8 des preußischen Vereinsgesetzes verstießen, der forderte: »Vereine, welche bezwecken, politische Gegenstände in Versammlungen zu erörtern, dürfen keine Frauenspersonen, Schüler oder Lehrlinge als Mitglieder aufnehmen.«[41] Wirklich organisatorische Erfolge erzielten die führenden Frauen der Arbeiterinnen erst in den Jahren 1889–1913.

V. Zur politischen Gleichberechtigung der Frau

»Die Frauen fordern das Stimmrecht als ein ihnen natürlich zukommendes Recht. [...] Erst mit dem Stimmrecht der Frauen beginnt die Agitation für jene großartigen Reformen, die das Ziel unserer Bestrebungen sind. Die Teilnahme am politischen Leben macht alle anderen Fragen zu offenen.«[42] Schon 1876 erhob Hedwig Dohm diese Forderungen und war damit in Deutschland eine der ersten. Selbst August Bebels Buch *Die Frau und der Sozialismus*, in dem er sich für das Stimmrecht der Frauen einsetzte, erschien erst drei Jahre später. Dennoch blieb Hedwig Dohm zunächst innerhalb der bürgerlichen Frauenbewegung eine Einzelerschei-

---

41 Anna Blos, *Die Frauenfrage im Lichte des Sozialismus*, Dresden 1930, S. 18.
42 Hedwig Dohm, *Der Frauen Natur und Recht*, Berlin 1876, S. 159.

nung. Im Gegensatz zu England und den USA traten in Deutschland programmatische Forderungen zur politischen Gleichberechtigung und als Grundvoraussetzung dafür zum Frauenstimmrecht sehr viel später in den Vordergrund. Der Hauptgrund lag im reaktionären politischen Klima in der zweiten Hälfte des 19. Jahrhunderts, das in allen deutschen Staaten vorherrschte, besonders jedoch in Preußen, das bis 1908 an dem Reichsvereinsgesetz festhielt, welches den Frauen Betätigung und Teilnahme in politischen Vereinen verbot. Die Bestimmungen dieses Gesetzes wirkten sich auf die politische Entwicklung beider Frauenbewegungen, sowohl der bürgerlichen als auch der proletarischen, entscheidend aus, obwohl beide Bewegungen im Hinblick auf politische Gleichberechtigung unterschiedliche Mittel und Ziele verfolgten. Eine getrennte Betrachtung der jeweiligen Entwicklung erscheint deshalb angebracht.

Als erste hatte sich 1843 Louise Otto-Peters, die Begründerin der organisierten bürgerlichen Frauenbewegung, zur politischen Rolle der Frau in der Gesellschaft geäußert. Die Teilnahme der Frauen am Staat sei kein Recht, sondern eine Pflicht, schrieb sie in den *Sächsischen Vaterlandsblättern*. Diese Forderung blieb jedoch ohne praktische Folgen. Von Bedeutung ist, daß Otto-Peters sich in späteren Jahren nicht mehr so fortschrittlich äußerte, sondern mit den Vertreterinnen des gemäßigten Flügels übereinstimmte, die von konkreten politischen Forderungen Abstand nahmen und das Frauenstimmrecht höchstens als Krönung aller anderen Rechte (Bildung, Arbeit) für die Zukunft in Betracht zogen. Noch im Jahre 1896 betonte Helene Lange in ihrer Schrift *Frauenwahlrecht* (S. 382–397), daß das Stimmrecht der Frau als Fernziel zu betrachten sei, als Belohnung für Leistungsbeweise, vor allem auf sozialen Gebieten wie Kranken- und Armenpflege. Nur aufgrund dieser vorsichtigen Forderungen ist die duldende Haltung der Behörden den bürgerlichen Frauenvereinen gegenüber zu verstehen.

Die radikal ausgerichtete Zeitschrift *Die Staatsbürgerin*, die Gertrud Guillaume-Schack 1885 als Vereinszeitschrift der Arbeiterinnen herausgab, setzte sich offen für politische Gleichberechtigung ein und wurde sofort verboten.[43] Dennoch muß erwähnt werden, daß die bürgerlichen Frauen – trotz der Ablehnung politischer Aktivität – in den siebziger und achtziger Jahren in ein »Stadium der Information« eintraten, dem später ein Stadium der Meinungsbildung folgte, d. h. »ausführliche agitatorische schriftliche und mündliche Stellungnahmen der führenden Frauen über die Notwendigkeit des Frauenstimmrechts und die mitbestimmende Teilnahme der Frauen auf allen Gebieten des öffentlichen Lebens«, also der Beginn einer »politischen Schulung« der Mitglieder. Darauf folgte »das Stadium der Beschlußfassung«, das im ersten Jahrzehnt des 20. Jahrhunderts die Gründung von Frauenstimmrechtsvereinen zur Folge hatte und »eine systematischere ›politische Schulung‹ der Mitglieder« verlangte. Im vierten »Stadium der Realisierung = Stadium des Kampfes« sollten die Frauenforderungen in den Parlamenten durchgesetzt werden.[44] Das Ergebnis war dann schließlich das aktive und passive Wahlrecht für Frauen im Jahre 1918. Die politische Entwicklung der bürgerlichen Frauenbewegung verlief sehr langsam; der Ausschluß der proletarischen Frauen aus dem Bund Deutscher Frauenvereine 1894 ist sicher ein Beweis dafür. Man täte jedoch den progressiven Frauen der bürgerlichen Frauenbewegung Unrecht, wenn man nur die gemäßigte Seite betonte, obwohl dies meistens in kritischen Bearbeitungen der Fall ist.[45] Denn gerade in den neunziger Jahren entfernte sich eine Anzahl radikal gesinnter Frauen ganz entschieden von

---

43 Diese Zeitschrift legte »den Grund zum Kampf um staatsbürgerliche und menschliche Gleichberechtigung der Arbeiterinnen« und kann als Vorläuferin der späteren sozialistischen Frauenzeitschriften bezeichnet werden (vgl. Blos, *Die Frauenfrage im Lichte des Sozialismus*, S. 17).
44 Twellmann, *Die deutsche Frauenbewegung*, S. 208.
45 Evans, »Liberalism and Society«, S. 188.

der konservativen Haltung des Allgemeinen Deutschen Frauenvereins, unter ihnen Minna Cauer, Maria Lischnewska, Anita Augspurg und Lida Gustava Heymann. Minna Cauer gab 1895 in Zusammenarbeit mit Lily von Gizycki (Lily Braun) die ersten Exemplare der Zeitschrift *Die Frauenbewegung* heraus, die sich als Reaktion auf den Entschluß des Bundes Deutscher Frauenvereine auch an die proletarische Frau wandte. *Die Frauenbewegung* stellte in ihrem Programm zwar keine politischen Forderungen, wies aber statt dessen auf die größeren Erfolge der englischen, amerikanischen und französischen Frauen hin. Wenn man den Hinweis in Verbindung mit den stark politisch orientierten Suffragetten Englands sieht, ist die Implikation deutlich erkennbar. Der radikale Flügel der bürgerlichen Frauenbewegung richtete sein Interesse dann auch auf die Frage, wie politische Gleichberechtigung, insbesondere das Frauenstimmrecht, zu erreichen sei. Das organisatorische, agitatorische Moment erschien dabei am wichtigsten. Zeugnis davon geben Lida Gustava Heymanns Erinnerungen an die Gründung des Deutschen Vereins für Frauenstimmrecht am Neujahrstag 1902 in Hamburg (S. 401). Die aufopfernde organisatorische und agitatorische Kleinarbeit, die das politische Bewußtsein der deutschen bürgerlichen Frau heben sollte, kulminierte schließlich in der Gründung der *Zeitschrift für Frauenstimmrecht*, die am 15. Januar 1907 von Anita Augspurg zum erstenmal als Beilage zur *Frauenbewegung* herausgegeben wurde. Wichtigstes Ziel waren fachliche Orientierung und Schulung der Frauen auf dem Gebiet des Frauenstimmrechts, das als »mächtige internationale Zeitströmung« große politische Bedeutung erlangt hatte (S. 403). Um 1900 war auch der Bund Deutscher Frauenvereine in eine liberalere Phase eingetreten. Schon 1899 hatte sich der Verband fortschrittlicher Frauenvereine gebildet, der innerhalb des Bundes bestand, obwohl er hauptsächlich den Vertreterinnen des linken Flügels die Möglichkeit gab, ihre Forderungen, durch eine große Organisation gestützt, nach außen zu vertreten. Unterstützt wurden die radikalen Frauen durch Marie Stritt, die 1899 zur Vorsitzenden des Bundes gewählt worden war. Sie verfocht einen klaren feministischen Standpunkt und gehörte ideologisch der jüngeren Bewegung innerhalb der bürgerlichen Frauenbewegung an. Mit ihrer Hilfe kam es dann auch 1902 zu der offiziellen Unterstützungserklärung des Bundes für das Frauenstimmrecht. Dieses fortschrittliche Element scheint bis 1907 im Bund die Oberhand gehabt zu haben. In einer Erklärung der Prinzipien und Forderungen der Frauenbewegung wurde unter anderm passives und aktives Wahlrecht für Frauen gefordert und die Abschaffung des § 218, der Abtreibung bestrafte.[46] Diese Forderung war es dann auch, die gemäßigte und konservative Frauen zu offener Opposition organisierte. Marie Stritt wurde als zu radikal bezeichnet und 1910 durch Gertrud Bäumer ersetzt, die als treue Anhängerin und Freundin Helene Langes einen konservativen Ton anschlug und den Hauptakzent auf das Weiblichkeits- und Mütterlichkeitsideal legte, das in dieser extremen Ausprägung die deutsche Bewegung von der Entwicklung in anderen Ländern trennte. Eine Wende zum Konservativen hin hatte sich schon einige Jahre vorher angebahnt; entscheidend war der Erlaß des Reichsvereinsgesetzes im Jahre 1908 gewesen, dessen Bedeutung Richard J. Evans so charakterisiert: »For it was on 15 May of that year that the single most significant legislative improvement in the position of women to be enacted in Wilhelmine Germany came into force: the Imperial Law of Association (Reichsvereinsgesetz).«[47] Damit wurde das Verbot der Bildung politischer Vereine aufgehoben und gab vielen Frauen der bürgerlichen Klasse den Mut, sich der Frauenbewegung anzuschließen, die sonst vor den politischen Zielen zurückgeschreckt waren. Die Anzahl der Mitglieder stieg im BDF von etwa 120 000

---

46 *Centralblatt des Bundes deutscher Frauenvereine* 9 (1907) Nr. 7, S. 49–51. Zitiert nach Evans, »Liberalism and Society«, S. 209.
47 Ebd., S. 193.

(1910) auf eine viertel Million (1914) an. Die Frauenbewegung wurde zur Massenbewegung, worin der Hauptgrund für die Verwässerung der liberalen frauenemanzipatorischen Ideen zu sehen ist. »The women's movement proved unable to combine liberal ideology with mass support.«[48]

Die Entwicklung der politischen Ziele der proletarischen Frauenbewegung beruht auf ganz anderen ideologischen Voraussetzungen. Wie die ökonomische Gleichberechtigung wurde die politische als Teil der gesamten gesellschaftlichen Umwälzung gesehen, die nur in enger Zusammenarbeit mit Männern des Proletariats erreicht werden könne. So jedenfalls forderte es Clara Zetkin. Im Eisenacher Programm 1869 hatte allerdings noch die Forderung gestanden: »Erteilung des allgemeinen, gleichen, direkten und geheimen Wahlrechts an alle Männer vom 20. Lebensjahre an ...«.[49] Das Gothaer Programm (1875) forderte Wahl- und Stimmrecht für »alle Staatsangehörigen«, und das Erfurter Programm (1891) betonte hier: »ohne Unterschied des Geschlechts«.[50] 1889 hatte sich auch Clara Zetkin in ihrer Schrift *Die Arbeiterinnen- und Frauenfrage der Gegenwart* für das Wahlrecht der Frau eingesetzt. »Rechtlich und politisch bilden die Frauen einen fünften Stand in der heutigen Gesellschaft«, stellte sie anklagend fest und forderte öffentliche Rechte für die Frau (S. 414). Sie sah aber auch, daß sich das öffentliche Bewußtsein der Arbeiterin nicht in der Enge des Hauses hinter dem Ofen entwickeln konnte, und rief zur Agitation und Organisation auf (S. 415 f.). Konkrete Forderungen dazu stellte Lily Braun (S. 416–422). In den Frauenwahlvereinen wurden diese Forderungen erfüllt. Die Aufgabe der Frau lag hauptsächlich darin, beim Wahlkampf zu agitieren. Bei den proletarischen Frauen spielte also das Wie

---

48 Ebd., S. 195.
49 *Revolutionäre deutsche Parteiprogramme*, hrsg. von Lothar Berthold und Ernst Diehl, Berlin 1967, S. 46.
50 Ebd., S. 48, 84.

der Führung des Wahlkampfes eine große Rolle. Fragt man nach der Rolle des Frauenwahlrechts im Hinblick auf die gesamte Veränderung der Gesellschaft, so kann wenigstens für die unmittelbare Jahrhundertwende auf Clara Zetkins Äußerungen hingewiesen werden, die das Frauenstimmrecht als eine Etappe, aber nicht als Endziel des Klassenkampfes ansah. Das Jahr 1908 bedeutete für die Geschichte der proletarischen Frauenbewegung ebenso wie für die der bürgerlichen Frauenbewegung einen Wendepunkt. Das Reichsvereinsgesetz, das die Frau dem Mann gleichstellte, war angenommen worden. Ottilie Baader berichtet in ihrer Autobiographie *Ein steiniger Weg* von den Auswirkungen des neuen Gesetzes für die Organisation der proletarischen Frauen (vgl. S. 423). Ihr Neuorganisationsvorschlag enthält unter anderem die Forderungen, daß jede Genossin verpflichtet sei, der sozialdemokratischen Parteiorganisation ihres Ortes beizutreten, und daß politische Sonderorganisationen der Frauen nicht gestattet seien. Unabhängig sollten Frauen sich nur zu praktischen und theoretischen Schulungszwecken treffen. Die Frauen sollen prozentual der weiblichen Mitgliederanzahl entsprechend im Parteivorstand vertreten sein. Auf der fünften Frauenkonferenz proletarischer Frauen 1908 in Nürnberg wurden diese Vorschläge angenommen. Wie bei den bürgerlichen Frauen zeigte sich bei den Proletarierinnen nach 1908 eine Wende zum Konservativen, die sich in einer Angleichung ans Bürgertum und an die bestehende Gesellschaft ausdrückte. Zetkin kritisierte die proletarischen Frauen scharf und löste sich von ihnen. Sie trat statt dessen der kommunistischen Partei bei.

Um die Jahrhundertwende erreichte die Entwicklung der Frauenfrage in Deutschland ohne Zweifel einen Höhepunkt, wenn auch die Fragestellungen vieler Vertreterinnen im Gegensatz zu anderen Ländern (England, USA) konservativ erscheinen. Nachdenklich stimmt die Tatsache, daß es beiden Frauenbewegungen nicht gelang, ihre Ziele zu vereinigen, obwohl beide letzten Endes Ähnliches wollten, nämlich »Emanzipation«, »Befreiung von Unterdrückung« und »Überwindung der Entfremdung des Menschen«.[51] Janssen-Jurreit sieht den Hauptgrund darin, daß sozialdemokratische Frauen von Anfang an nur eine zweitrangige Stellung innerhalb ihrer Partei einnahmen und die »autonome Frauenbewegung«, die bürgerliche, bekämpften.[52] Die Antwort darauf scheint jedoch wesentlich komplexer zu sein, wie aus einigen Texten im ersten Kapitel dieser Anthologie hervorgehen dürfte.

Aufschlußreich ist dennoch, daß einige der angeführten Autorinnen (Hedwig Dohm, Lily Braun, Helene Stöcker) Probleme artikulieren und Lösungsvorschläge anbieten, die sehr modern und fortschrittlich sind und zum Teil bis heute noch keine zufriedenstellenden Lösungen gefunden haben. Nicht zu vergessen ist dabei, daß den frauenemanzipatorischen Entwicklungen durch den Nationalsozialismus zunächst einmal der Todesstoß versetzt wurde. Die Situation nach 1945 gab Zetkins Idee der »reinlichen Scheidung« proletarischer und bürgerlicher Frauen durch die politische Teilung Deutschlands eine besondere Art von Wirklichkeit. Die sozialistische Seite proklamierte die Emanzipation der Frau, in Anlehnung an Bebel, Engels und Zetkin, als notwendige Folge der politischen und gesellschaftlichen Veränderung. Daß praktische Verwirklichung den theoretischen Forderungen in der DDR bis jetzt – trotz aller Fortschritte – nicht folgen konnte, ist bekannt. In der Bundesrepublik wurden frauenemanzipatorische Forderungen erst wieder in den späten sechziger Jahren laut, in Verbindung mit den Studentenunruhen. Daß auch hier Ansprüche und deren Befriedigung noch immer auseinanderklaffen, ist offensichtlich. Trotz differenzierterer Fragenkomplexe als um 1900 gibt es innerhalb der heutigen autonomen Frauenbewegung

51 Janssen-Jurreit, *Sexismus*, S. 252.
52 Ebd., S. 253.

in der Bundesrepublik – wie schon um 1900 antizipiert – immer noch zwei Grundkonzeptionen: einerseits die Gleichheitstheorie, die den Gleichheitsanspruch mit Männern als Hauptziel fordert, und andererseits die Differenzierungshypothese, die eine Theorie der Weiblichkeit als neue Möglichkeit sucht. Die Auseinandersetzung mit der Vergangenheit wird dabei unumgänglich und aufschlußreich sein.

I. Allgemeine Positionen zur Frauenfrage

»Mehr Stolz, ihr Frauen! Wie ist es nur möglich, daß ihr euch nicht aufbäumt gegen die Verachtung, die euch noch immer trifft.
Auch heute noch? Ja, auch heute noch. Der stehende Glückwunsch bei Eheschließungen in Italien lautet noch immer: ›Salute e figli maschi‹ (Gesundheit und männliche Kinder). Die Väter sind noch immer enttäuscht, wenn ihr Erstgeborenes ein Mädchen ist.
Selbst die Sozialisten, die die völlige Gleichberechtigung der Geschlechter proklamieren, stehen dieser Emanzipation nicht sympathisch gegenüber. [...] Bebel ist der erste, der die Emanzipation der Frau in sein Programm aufgenommen hat. Für Marx, Engels, Lassalle existierte die Frauenfrage nicht.
Mehr Stolz – ihr Frauen! Der Stolze kann mißfallen, aber man verachtet ihn nicht. Nur auf den Nacken, der sich beugt, tritt der Fuß des vermeintlichen Herrn.
Es ist die Majorität, die auch heut noch in der Frauenbewegung kaum etwas anderes sieht und von ihr erwartet als die Entlastung der Gesellschaft von den weiblichen Parasiten, die keinen männlichen Versorger finden. ›Alte Jungfern aller Länder vereinigt euch‹ ist das Motto, das ein witziger Gegner den Frauen für ihr Freiheitsmanifest empfiehlt.«

(Hedwig Dohm: *Die Antifeministen*, 1902)

Programme in Frauenzeitschriften

Neue Bahnen.
Organ
des allgemeinen deutschen Frauenvereins.

Anzeigen werden die gespaltene Zeile mit 1 Ngr. berechnet.

Herausgegeben von

Louise Otto und Auguste Schmidt.

Diese Zeitung ist durch alle Buchhandlungen und Postämter zu beziehen.

№ 1.   Erscheint monatlich zwei Mal.   X. Band.   Preis pro Band (24 Nummern) 1 Thlr.   1875.

An die Leserinnen!

Wenn eine Zeitschrift ihren *zehnten* Jahrgang beginnen kann und wenn dabei Tendenz, Redaktion und Verlag dieselben blieben, so ist daraus sowohl auf die Lebensfähigkeit des Blattes wie der *Sache* zu schließen, der es gewidmet ist. Indem wir in dieser glücklichen Lage sind und in wenig Wochen bereits den Stiftungstag des ersten Jahrzehntes unseres *Frauenbildungsvereins* in Leipzig feiern können, der im Februar 1865 gegründet die Wiege des *Allgemeinen Deutschen Frauenvereins* und gleichsam der erste Wegweiser zu den *Neuen Bahnen* ward, dürfen wir wohl mit fröhlichem Mute den neuen Jahrgang beginnen.

Es ist im allgemeinen in diesem Jahrzehnt, seitdem die sogenannte Frauenfrage auf die Tagesordnung gesetzt worden ist, eine große Wandlung der Ansichten, ein großer Fortschritt der öffentlichen Meinung zu ihrem Vorteil geschehen. Wenn wir auch weit entfernt sind von jener Eitelkeit und Selbstüberschätzung, die gern mit Erfolgen prahlt und sich selbst zuschreibt, was naturgemäße Entwikkelung ist, so dürfen wir uns doch das Zeugnis geben, daß der Verein, dessen Organ dies Blatt ist, und so auch dieses selbst immer bestrebt gewesen, so viel sie nur vermochten mitzuwirken, daß die Frauenfrage immer vielseitiger aufgefaßt und beleuchtet werde und daß sie eine immer bestimmtere Fassung, eine immer klarere Beantwortung gewinne.

Die Frauenfrage trat bei uns in Deutschland, als sie vor 10 Jahren ihre neueste Wiederbelebung fand, hauptsächlich als eine Not- und Brotfrage auf, und in dieser dem Realismus der Zeit am entsprechendsten Fassung erwarb sie sich am leichtesten Eingang. Wir, indem wir Frauen*bildungs*vereine gründeten, betonten von Anfang an noch ein anderes Element und steckten uns höhere Ziele als jene, welche hauptsächlich Erwerbsvereine ins Leben riefen. Uns ist die Frauenfrage eine Frage des *Prinzips*, eine Frage des *Menschenrechtes*, und von diesem Standpunkte aus hat sie unser Blatt vertreten und wird dies nach wie vor mit Gewissenhaftigkeit und mit jener maßvollen Haltung tun, die eben diejenigen immer bewahren können, welche wissen, was sie wollen, und keinen Augenblick darüber in Zweifel sind, daß sie einer Sache dienen, welche die Gewißheit ihres Sieges in sich selbst trägt.

Nach einem so fortschrittsreich zurückgelegten Jahrzehnt haben wir wohl das Recht, mit etwas mehr Sichermütigkeit aufzutreten als anfangs. Wenn auch noch lange nicht genug, so ist doch schon unendlich viel mehr im Fraueninteresse erreicht worden, als man damals nur zu wünschen und nicht einmal auszusprechen, viel weniger zu hoffen wagte. So werden wir denn weiterschreiten – die Zeit mit uns und wir mit der Zeit. Eine jede geistige Weissagung erblaßt ihrer Erfüllung gegenüber. – Manches, was in den ersten Jahrgängen dieses Blattes ausgesprochen und gefordert ward, erschien zu kühn, zu weitgehend, unmöglich! Jetzt hat es schon die Zeit gebracht und überholt!

Die Zeit! ja so sagt man – was aber die Zeit bringt, ist im Grunde doch nichts anders als das Produkt eifrigen und treuen Mühens solcher, deren Gedankenarbeit sie dahin gebracht hat, ihrer Zeit voraus zu sein, und die es nun drängt, für die Verwirklichung ihrer Ideale im Dienst der Menschheit zu leben und zu wirken!

Diese Aufgabe hat sich der Allgemeine Deutsche Frauenverein gestellt – es kann also auch sein Organ, dies Blatt, keine andere haben! So bitten wir dann auch alle unsere Leserinnen, alle denkenden Frauen und Männer, deren Zeit es erlaubt, uns dabei zu unterstützen, sei es durch Mitarbeiten an den *Neuen Bahnen*, sei es durch Verbreitung derselben in den ihnen zugänglichen Kreisen.

Wir hoffen auch, daß uns alle unsere bisherigen Abonnenten treu bleiben und daß sie durch ihre Empfehlung uns neue zuführen.

Und somit ein fröhliches Neujahr und ein segensreiches Jahrzehent!

Die Herausgeberinnen [Louise Otto / Auguste Schmidt]

Die Frau

Monatsschrift für das gesamte Frauenleben unserer Zeit.

1. Jahrg. Heft 1. — Oktober 1893.

Herausgegeben von Helene Lange.

Verlag: W. Moeser Hofbuchhandlung. Berlin S.

Was wir wollen

Es gibt Worte, die an und für sich ein ganzes Programm bedeuten, besonders wenn ihnen die Zeitströmung eine bestimmte Färbung verleiht. So ist es mit dem Titel unserer Zeitschrift: *Die Frau*. Eine Fülle von Bildern und Gedanken, von Beziehungen und Interessen quillt aus dem einen Wort. Die Poesie des häuslichen Herdes, die schaffende und sorgende Mutter, die treue Pflegerin und Erzieherin, auch manch lachendes Bild voll sorgloser Anmut, der Lilie gleich auf dem Felde, steigt vor unseren Blicken empor.

Aber unsere Zeit hat über alle diese Bilder einen ernsteren Ton gebreitet. Eine rauhe Hand hat den häuslichen Herd gestreift und Millionen von Frauen hinausgewiesen in die Welt; die Mutter, die Erzieherin, sieht ihre Aufgaben wachsen und sich vertiefen, und die lachende Anmut ist nur zu oft ernster Sorge gewichen. Wir alle wissen, wie es gekommen: wie zu derselben Zeit, wo die ehernen Netze sich weit über die Länder breiteten und den menschlichen Verkehr auf ungeahnte Höhen hoben, wo dem Manne sich neue, lohnende Felder der Tätigkeit erschlossen, das Sausen der Maschinen begann, die in der Werkstatt erzeugten, was emsige Frauenhand bisher im Hause geschaffen. Bei Tausenden von alleinstehenden Frauen hielt bittere Not, bei Tausenden unfreiwillige Muße und *geistige* Not ihren Einzug. Auch im gesicherten Heim empfand die Gattin, die Mutter den Wandel der Dinge; die Aufgabe der Frau, die ihr fest und sicher von der Natur gegeben, die natürliche Entwickelung der Frau, die unter »der Notwendigkeit heiliger Macht« in gewiesenen Bahnen sich zu vollziehen schien, sie waren in Frage gestellt.

In dem Ringen mit den erschwerten Existenzbedingungen, mit veralteten Anschauungen und Vorurteilen, haben die Frauen besonders bei uns in Deutschland lange allein gestanden; ihr Streben, den neuen Lebensverhältnissen sich anzupassen, traf Hohn und Spott. Manch eine ist zugrunde gegangen, geistig und leiblich; manch eine hat sich zurückgesehnt in »die gute alte Zeit«, wo in irgendwelcher Gestalt eine Versorgung im Schutz des Hauses sich bot. Nicht wenige aber empfanden den Geist des Hölderlinschen Wortes: »Triumph! die Paradiese schwanden!«, sie empfanden, daß nach den Gesetzen der Weltentwickelung aus der scheinbaren Stockung eine höhere Ordnung sich entfalten müsse. Sie sahen eine neue Zeit heraufziehen, wo die Frau – nicht weniger Frau als bisher – vor größeren Aufgaben stehen, wo ihr Gesichtskreis sich weiten, ihr Blick sich vertiefen würde; wo Kräfte, die bisher geschlummert, sich eigenartig entfalten müßten. Sie sahen eine Zeit, wo nebeneinander beide Geschlechter zur freien Entwickelung ihrer Fähigkeiten gelangen und ihre volle Pflicht im Dienst der Menschheit ausüben würden. Und diese Zeit herbeiführen zu helfen, der Frau das geistige und leibliche Rüstzeug zu schaffen, das sie erforderte, haben sich auch bei uns die Frauen, stiller als in anderen Ländern, aber nicht weniger eifrig an die Arbeit gemacht unter unendlichen Mühen; schwerlich wird jemand die geräuschlose Arbeit deutscher Frauen zur inneren und äußeren Befreiung ihres Geschlechts in den letzten fünfundzwanzig Jahren jemals auf ihren richtigen Wert schätzen können.

Die Zeit des *geschlossenen* Widerstandes der deutschen Männer gegen die Frauenbewegung ist vorüber. Wenn wir auch von ungebildeten Lippen des Hohns noch genug hören können über das ernste Streben der Frauen, die für eine vernunftgemäße Befreiung und Förderung ihres Geschlechts eintreten, so stehen doch heute diesen Frauen Männer von hoher Bedeutung zur Seite. Mit Stolz weisen wir auf die Namen derer hin, die wir als Mitarbeiter an unserer Zeitschrift nennen dürfen. Und wir wissen es: Mit dem, was sie in diesen Blättern sagen werden, sprechen sie nicht nur ihre *eigenen* Überzeugungen aus, sondern hinter ihnen steht noch mancher, der diese Überzeugungen teilt. Denn es wächst die Erkenntnis, daß mit dem Geschick der Frauen das Geschick des Volkes in engster Wechselwirkung steht; daß die Frauenfrage auch eine Männerfrage ist; daß mit dem Sinken des Frauenwerts, mit dem Schwinden eines veredelnden Fraueneinflusses ein Sinken des Volkes überhaupt verbunden ist. Es wächst die Erkenntnis, daß eine Erneuerung und Veredelung des Familienlebens, deren unsere Zeit so dringend bedarf, untrennbar verknüpft ist mit einer Vertiefung der Weltanschauung, einer Erweiterung des geistigen Gesichtskreises bei unseren Müttern: daß innere Selbständigkeit und das lebendige Gefühl einer hohen Verantwortung allein sie den schwierigen Aufgaben genügen lassen kann, die unsere Zeit ihnen stellt.

Denn unerschüttert steht eins auch in der neuen Zeit: der Gedanke, daß der *höchste* Beruf der Frau der *Mutterberuf* ist, insofern er den Beruf der Erzieherin des heranwachsenden Geschlechts in sich schließt. Nur törichte oder böswillige Auffassung macht es der Frauenbewegung zum Vorwurf, daß sie die Frau diesem höchsten Beruf entfremden wolle. Aber eben um ihm zu genügen, um dem Ausspruch Goethes zu entsprechen, wonach die vorzüglichste Frau die ist, die den Kindern zur Not auch den *Vater* ersetzen kann, eben darum soll eine andere, tiefgründigere Erziehung, eine bessere geistige Ausbildung, eine strengere Gewöhnung zur

Pflichterfüllung im Berufsleben oder im Dienst der Allgemeinheit die Frau schulen – bis die Gelegenheit *sie findet*, die sie selbst jetzt nur zu oft in unwürdiger Weise *sucht*. Erst dann, um mit Harald Höffdings[1] Worten zu reden, »kann sie ihren Platz in der Ehe ausfüllen, wenn ihr die Möglichkeit geboten ist, auch außerhalb derselben einen Platz auszufüllen. Nur dann wird ihre Wahl frei, wenn beide Möglichkeiten sich ihr darbieten. Was sie auch wählen möge, so wird dies gewählt, nicht bloß als ein Mittel, sich eine Existenz zu sichern, sondern als eine Lebensaufgabe.« Und darum werden wir es für eine unserer ersten und wichtigsten Aufgaben halten, in unserer Zeitschrift auf eine Änderung der Mädchenerziehung nach der angedeuteten Richtung hin zu wirken.

Wenn die tüchtige äußere und innere Schulung einerseits der künftigen Gattin und Mutter nottut, so ist sie andererseits den Millionen von Frauen unentbehrlich, die allein im Leben stehn und um der eigenen Befriedigung oder um des Unterhalts willen einen Beruf ergreifen. Hier zu helfen, ihnen die Wege zu bahnen durch praktische Ratschläge, mit der Zeit auch durch direkte Stellennachweise, wird eine andere wichtige Angelegenheit für uns sein müssen. Wenn wir in erster Linie die Berufe der Ärztin und der wissenschaftlich gebildeten Lehrerin der deutschen Frau erschlossen sehen möchten, weil mit diesen Berufen eine tiefgreifende Einwirkung auf die Entwickelung der Jugend und die gesunde Gestaltung des Frauenlebens verbunden ist, so wird doch unsere Sorge und Sorgfalt allen anderen der Frau bereits erschlossenen und zugleich der Eröffnung neuer Berufszweige zugewendet sein, um nach Kräften der Not zu steuern und zugleich mit der äußeren die innere Selbständigkeit zu fördern.

---

1 *Harald Höffding:* Dänischer Philosoph (1843–1931), Professor in Kopenhagen. Von Kant, Schopenhauer und der englischen Moralphilosophie beeinflußt. Seine empirisch-psychologischen Analysen des Bewußtseins wirkten auf den deutschen Positivismus.

Auf die mancherlei Hemmnisse aber, die der Erreichung dieser äußeren und inneren Selbständigkeit der Frau entgegenstehen, auf die Unwürdigkeiten, denen sie – vielfach unter gesetzlichem Schutz – noch ausgesetzt ist, auf die Vorurteile rein äußerlicher Art, die von vielen Frauen nicht weniger eifrige Pflege erfahren als von Männern, werden wir hinzuweisen und sie nach Kräften zu bekämpfen suchen.
Räumen wir somit der ernsten Erörterung und den praktischen Zwecken ein weites Feld ein, so wollen wir andererseits auch wertvolle Gaben auf dem Gebiete der Dichtkunst bieten. Nicht den Tendenzroman wollen wir pflegen, und dennoch wird auch dieser Teil unserer Zeitschrift unseren Zielen nicht fremd bleiben. Denn wo der Dichter unserer Tage das Leben schildert, wie es wirklich ist, wo er uns Gestalten vorführt, die den Stempel echten Menschendaseins tragen, da müssen auch die Fragen zum Ausdruck kommen, die heute die Gemüter bewegen. Nicht in theoretischen Erörterungen, die er ihnen in den Mund legt, sondern *in diesen Gestalten selbst* verkörpert er die Probleme unserer Zeit, und was die Macht der Gewohnheit uns im eigenen Leben vielleicht übersehen und ertragen läßt, ergreift uns die Seele, wenn es der Dichter gestaltet, und schreckt uns empor aus der Gleichgiltigkeit, in der noch viele verharren trotz der Mahnungen, die am Schluß des 19. Jahrhunderts mit immer mächtigerem Finger an die Herzen pochen.
Eben nach dieser Richtung hin hoffen wir erfolgreich wirken zu können. Wir hoffen unter den deutschen Männern der Überzeugung Bahn zu brechen, daß es sich in der Frauenbewegung um einen Fortschritt in der Menschheitsentwickelung handelt, wie er noch immer zu verzeichnen war, wo gehemmte edle Kräfte zur Entfaltung gelangten; wir hoffen unter den Frauen die lauen und trägen aufzurütteln zu dem Bewußtsein, daß die Frau die ihr durch die äußere Gestaltung der Verhältnisse gewordene größere Muße mit etwas anderem auszufüllen hat als dem Tand des Tages, daß es gilt,

Kräfte zu sammeln, innerlich zu reifen, aus dem Gattungswesen zur freien Individualität sich zu entwickeln, um dann nach Maßgabe dieser Kräfte auf die Umwelt zu wirken. Wie man auch sonst die Verhältnisse unserer Tage beurteilen mag, wie vielfach man auch auf Spuren des Verfalls zu stoßen meint: für uns Frauen ist diese Zeit eine *große* Zeit, eine Zeit des Wachsens und Werdens, die uns mit Hutten ausrufen lassen möchte: »Es ist eine Lust zu leben, denn die Geister sind erwacht.« Mögen auch die erwachen, die noch schlummern; mögen die prüfen, die in scheinbarer Vornehmheit sich fernhalten von einer Bewegung, die sie mißverstehen. Nicht eine unselbständige Nachahmung des Mannes gilt es, sondern die Ausgestaltung der Eigenart der Frau durch freie Entwickelung aller ihrer Fähigkeiten, um sie in vollem Maße nutzbar zu machen für den Dienst der Menschheit. Nur in *diesem* Zeichen werden wir siegen.

Helene Lange

Die Frauenbewegung

Revue für die Interessen der Frauen.

Zugleich Publikationsorgan der Vereine:

Verein „Frauenwohl" Berlin, Hülfsverein für weibliche Angestellte Berlin, Verein „Jugendschutz" Berlin, Frauen- und Mädchengruppen für soziale Hülfsarbeit Berlin, Rechtsschutzverein Dresden, Verein zur Reform der Litteratur für die weibliche Jugend, Schweizer Frauenbund „Fraternité" Zürich.

Herausgegeben von

Minna Cauer und **Lily von Gizycki.**

Verlag: Ferd. Dümmlers Verlagsbuchhandlung, Berlin SW. 12, Zimmerstraße 94.

I. Jahrgang.	Berlin, den 1. Januar 1895.	Nr. 1.

Programm

Die Deutsche Frauenbewegung hat in den letzten Jahren erfreuliche Fortschritte gemacht. Selbst die Gegner der Forderungen des weiblichen Geschlechts fangen an, die Frauenfrage ernst zu nehmen. Trotzdem sind unsere englischen, amerikanischen und französischen Schwestern uns nicht nur in dem, was sie erreicht haben, sondern auch in der Einmütigkeit ihres Vorgehens voraus. Der Grund liegt zum nicht geringen Teil darin, daß sie publizistische Organe besitzen, welche der Frauenbewegung in allen ihren Gebieten gerecht werden. Sie bilden den Mittelpunkt ihrer Bestrebungen; sie vermitteln die Bekanntschaft der einzelnen Vereine unter sich; sie klären die Fernstehenden auf; sie bilden das wirksamste Agitationsmittel nach außen.

Der Deutschen Frauenbewegung fehlt solch eine Zeitschrift. Wir haben Mode- und Hausfrauen-Zeitungen; wir haben kleine Vereinsorgane aller Art; wir haben Zeitschriften, welche entweder die Bestrebungen der bürgerlichen oder die der proletarischen Frau ausschließlich vertreten.

Die Frauenbewegung wird aber niemals ihr Ziel – die Gleichberechtigung der Geschlechter – erreichen, wenn die

Frauen sich nicht – bei allem Festhalten an ihren Sonderinteressen – untereinander verbunden fühlen.

Wir gründen daher eine Zeitschrift, welche eine Vereinigung aller Einzelbestrebungen für das Wohl des weiblichen Geschlechtes bilden soll.

Wir wollen dem Kampf der Frau um gleiche Bildung ebenso gerecht werden, wie ihrem Kampf um gleichen Lohn. Die geistige und die materielle Not, in der sie sich befindet, soll in diesen Blättern geschildert werden. Auf der andern Seite aber sollen die Erfolge, welche die Frauen in allen zivilisierten Ländern erringen, die weitgehendste Würdigung finden; denn jeder Sieg stärkt den Mut und die Hoffnung derer, die noch inmitten des Kampfes stehen, und ist der stärkste Beweis für die Erreichbarkeit ihrer Ziele. Während wir uns der möglichsten Unparteilichkeit befleißigen wollen, öffnen wir allen in der Frauenbewegung zur Geltung kommenden Richtungen unsere Spalten, denn wir meinen, daß die Kenntnis dieser verschiedenen Richtungen allein zu ihrer gerechten Würdigung führt und daß eine gegenseitige Aussprache die Einigkeit zu fördern am besten geeignet ist.

Der Inhalt der von uns geplanten Zeitschrift soll im wesentlichen folgender sein: *Leitartikel*, welche besonders aktuelle Fragen aus der Frauenbewegung zum Gegenstand haben; *Skizzen* aus dem Leben oder *Interviews* mit solchen Persönlichkeiten, die für die Frauenbewegung arbeiten (auch Übersetzungen aus ausländischen Journalen sind hierbei ins Auge gefaßt); *Berichte* über die Frauenbewegung im In- und Ausland; *Bücherbesprechungen*; *Zeitschriftenschau*; *Aphorismen*; *Gedichte*; *Vereinsnachrichten*.

Wir sind uns bewußt, eine ernste Verantwortung mit der Gründung dieser Zeitschrift auf uns genommen zu haben. Es wird aber nicht nur an uns liegen, ob sie ein vorwärtsstrebender, das Gemeinsamkeitsgefühl stärkender Faktor in der Deutschen Frauenbewegung wird. Wir bedürfen dazu der Mithilfe aller Frauen. Doch wir wenden uns nicht nur an sie, wir wenden uns auch an die für das Wohl der Menschheit

arbeitenden Männer, einerlei, welchen Volkskreisen und welchen Parteien sie angehören. Denn die Sache der Frauen ist ebensowenig Sache einer Partei, wie sie Sache der Frauen allein ist. Sie steht im innigsten Zusammenhang mit all den großen Fragen, deren Lösung nur durch die gemeinsame treue Arbeit beider Geschlechter gefunden werden kann. Alle diejenigen, die sich zu solcher Arbeit berufen fühlen, wünschen wir uns als Leser und Mitarbeiter.
Möchte unser Appell, den wir im Dienst einer guten Sache an die deutschen Frauen und Männer richten, nicht ungehört erklingen.

Die Herausgeberinnen [Minna Cauer und Lily von Gizycki]

Die Arbeiterin

**Zeitschrift
für die Interessen der Frauen und Mädchen des arbeitenden Volkes.**

Organ aller auf dem Boden der modernen Arbeiterbewegung stehenden Vereinigungen der Arbeiterinnen.

Aufruf!

Wir lebten hier in Dämm'rung tief,
In unserm Haupt das Denken schlief.
Wir schafften spät, wir schafften frühe,
Bei hartem Zwang, mit schwerer Mühe.

Man hat von jeher uns gelehrt,
Daß wir nicht haben eignen Wert.
Nichts darf für sich die Frau erstreben,
Für Mann und Kind nur soll sie leben.

So war's gelehrt, so war's geglaubt,
So ward der Frau das Recht geraubt;
Das Recht, zu wollen und zu denken.
Das eigne Schicksal selbst zu lenken.

Doch plötzlich sind wir aufgewacht,
Die bittre Not hat es vollbracht.
Sie pocht an unsres Hirnes Schranken:
Heraus ihr schlummernden Gedanken!

Sie spricht: Ermanne dich, o Frau!
Der Kraft im eignen Busen trau.
Wirf ab der Ketten schwere Bürde
Und fühle deine Menschenwürde.

Im Lichte stehn wir, frei und frank,
O herbe Not, dir werde Dank!
Du hast zu denken uns gelehrt,
Du gabst die Kraft, die dich zerstört.

Nicht mit dem Mann, der unser Feind,
Der unsre Rechte schroff verneint;
Nur mit *Genossen* gleichen Strebens
Geschlossen sei der Bund des Lebens.

Dieselbe Pflicht, dasselbe Recht
Führt Mann und Weib nun ins Gefecht;
Mit gleicher Kraft, mit gleichen Waffen
Ein schönes Leben uns zu schaffen.

In Ost und West, in Nord und Süd,
Arbeiterinnen, hört das Lied!
Erwacht und folgt unsern Bahnen
Und führt zum Siege unsre Fahnen.

So laßt uns wirken, dicht geschart,
Uns Frauen neuer, echter Art,
Daß siegesfroh der Ruf erschalle:
Freiheit und gleiches Recht für alle!

M. H.

Obenstehender poetischer Aufruf von einer unserer beliebtesten Genossinnen spricht bereits aus, welchen Zwecken unsere Zeitung dienen soll: *dem Kampfe für die Gleichberechtigung des weiblichen Geschlechts auf wirtschaftlichem und politischem Gebiete!* Wenn auch heute bereits alle wahren Volksfreunde diesen Kampf mit zu dem ihren machten, wenn die Arbeiterzeitungen auch ebenfalls für die weiblichen Arbeiter eintreten, so hat uns doch bisher ein eigentlicher Zusammenhalt gefehlt, denn eine politische Tageszeitung ist nicht imstande, euch den Raum zu gewähren, den wir brauchen, um genau berichten zu können über den Stand der Arbeiterinnenbewegung und die Organisationen derselben. Auch bedürfen die Frauen ein Organ, das in verständlichster und schlichtester Weise den Frauen die *für das ganze Volk* wichtigen Tagesfragen erläutert, da wir hier ein volles Verständnis nicht voraussetzen können, weil dem größten Teil der Frauen bis jetzt die Vorbildung dafür fehlt.

Wir haben lange gewartet, bevor wir auf den von allen Seiten laut gewordenen Wunsch, eine speziell für die Frauen bestimmte Zeitung herauszugeben, eingingen. Es ist aber nicht das erste Mal, daß ein solches Unternehmen versucht wird und guten Erfolg hat. Bereits in der ersten Hälfte der achtziger Jahre gab Frau Guillaume-Schack die *Staatsbürgerin* heraus (Organ für die Frauen und Mädchen des arbeitenden Volkes), und seit dieses nach kaum einjährigem Erscheinen ebenfalls dem Sozialistengesetz zum Opfer fiel, verband uns nur der gleiche Gedanke, das gleiche Streben miteinander, das Streben nach der völligen Selbständigkeit, auch der Frauen.

Und von allen Frauen und Mädchen, welche schon tätige Mitarbeiterinnen in der Arbeiterinnenbewegung sind, sowie von allen Männern, welche für die Befreiung des arbeitenden Volkes eintreten, erwarten wir tatkräftige Unterstützung dieses Unternehmens. Es stehen uns keine anderen Mittel zur Verfügung als unsere Arbeitskraft, zu der jede einzelne Arbeiterin die eigene hinzufügen möge, damit wir nicht Schiffbruch leiden mit unserm Zeitungsunternehmen, sondern bald beweisen können, was der weibliche Teil des Proletariats aus eigener Kraft vermag, wenn es gilt, den ärgsten Feind aller, den Unverstand, zu bekämpfen und mit diesem die moderne Ausbeutung der Frauen auf allen Gebieten.

»Was wollen die Frauen mit einer eigenen Zeitung?« wird man uns vielseitig entgegenhalten, »sind nicht Arbeiterblätter genug da, die des Lesens wert sind?« Gewiß! Doch gebt

dem ländlichen Arbeiter, der abseits von aller Kultur lebt, eine politische Zeitung, eine Fachzeitung in die Hand, und er wird sie bald wieder ungelesen fortlegen, weil das Interesse für Dinge, die außerhalb seines Gesichtskreises liegen, bei ihm noch nicht geweckt ist. Ganz ebenso bei den Frauen, die man bisher hinter den Herd, das Waschfaß oder die Kinderwiege verwies, wenn sie sich außerhalb des Hauses umsehen wollten.
Wenn wir wollen, daß die Bewegung der Frauen erstarkt, müssen wir darauf bedacht sein, nicht nur die Industriearbeiterin zu gewinnen, sondern auch die Hausfrau, denn die letztere ist teilweise ebenso entmündigt wie die erstere.
Wir wollen nicht nur die *materielle*, sondern auch die *geistige* Hebung der Frauen herbeiführen helfen.
Um die Frauen aber *kampffähig* zu machen, gilt es vor allem, die unwürdigen Fesseln, welche das weibliche Geschlecht einengen, abzustreifen, und dies können wir nur, indem wir jederzeit unsere Selbständigkeit beweisen, indem wir die Lücken unseres Wissens auszufüllen versuchen und uns über alles zu unterrichten trachten, was uns, in falscher Beurteilung des weiblichen Geschlechts, von der heutigen Gesellschaft vorenthalten wird. Doch dies kann nur durch Schriften geschehen, die sich ganz dem Verständnis der Mehrzahl der heutigen Frauen anpassen. Wir wollen Mitkämpferinnen werden für die Emanzipation des arbeitenden Volkes aller Länder. Vorerst aber müssen die Frauen selbst frei werden von allen Ausnahmebestimmungen!
Stets wollen wir kämpfen für Freiheit, Wahrheit und Recht!
An den Frauen und Mädchen, für die diese Zeitung ins Leben trägt, wird es nun liegen, selbst energisch für dieselbe einzutreten, dieselbe soviel als möglich zu verbreiten und auch fleißige Mitarbeiterinnen dafür zu sein, damit wir bald durch eine stattliche Anzahl Abonnentinnen die Berechtigung und Notwendigkeit unserer Zeitung nachweisen können.

Arbeiterinnen werbet für eure Zeitung, es gilt dem Kampf gegen die Sklaverei der Frauen!

Für die weitere Folge haben wir uns um die *Mitarbeit* der bekannten Schriftstellerinnen

Frau *Cl. Zetkin* – Paris,
Frau *Marx-Aveling* – London,
Frau *Kautsky*,
Frau *Guillaume-Schack*

beworben und erwarten wir bereits für nächste Nummer einen Beitrag zu erhalten.

Wir werden den Leserinnen auch Unterhaltendes bieten, indem wir auch Romane und Novellen bringen, die unseren Anschauungen entsprechen und [...]² Belehrung bieten. Auch für Küche und Hauswirtschaft werden wir in Zukunft Interessantes und Wissenswertes bringen und überhaupt den Wünschen der Leserinnen nach allen Richtungen nach Möglichkeit Rechnung tragen.

Die Redaktion [Emma Ihrer]

2 Textverlust durch Faltung.

Die Gleichheit.

Zeitschrift für die Interessen der Arbeiterinnen.

Herausgegeben von Emma Ihrer in Velten (Mark).

An die Leser!

Mit dieser Nummer tritt *Die Gleichheit* an die Stelle der vielen liebgewordenen Zeitschrift *Die Arbeiterin*. Wer *Die Arbeiterin* bisher und unter schwierigen Verhältnissen am Werk gesehen, der kennt mithin auch das Programm, das sich *Die Gleichheit* stellt, die prinzipielle Grundlage, auf der ihre Haltung fußt.

Allein infolge veränderter äußerer Umstände hoffen wir, den Wirkungskreis des Blattes beträchtlich zu erweitern, und für die neu hinzukommenden Leser dürften einige Worte der Erklärung nicht überflüssig sein.

Die Gleichheit tritt für die volle gesellschaftliche Befreiung der Frau ein, wie sie einzig und allein in einer im Sinne des Sozialismus umgestalteten Gesellschaft möglich ist, wo mit der ökonomischen Abhängigkeit eines Menschen von einem anderen Menschen die Grundursache jeder sozialen Knechtung und Ächtung fällt. Sie geht von der Überzeugung aus, daß der letzte Grund der jahrtausendealten niedrigen gesellschaftlichen Stellung des weiblichen Geschlechts *nicht* in der jeweiligen »von Männern gemachten« *Gesetzgebung*, sondern in den durch *wirtschaftliche* Zustände bedingten *Eigentumsverhältnissen* zu suchen ist.

Mag man heute unsere gesamte Gesetzgebung dahin abändern, daß das weibliche Geschlecht rechtlich auf gleichen Fuß mit dem männlichen gestellt wird, so bleibt nichtsdestoweniger für die große Masse der Frauen, die nicht so vorsichtig gewesen, eine hohe Rente mit zur Welt zu bringen, die gesellschaftliche Versklavung in härtester Form weiterbestehen: ihre wirtschaftliche Abhängigkeit von ihren Ausbeutern.

Dieser Auffassung gemäß erblickt *Die Gleichheit* den Feind der Gleichberechtigung des weiblichen Geschlechts weder in dem Egoismus noch in den Vorurteilen der Männerwelt, sie predigt nicht den Krieg von Geschlecht zu Geschlecht, sie glaubt nicht an die Messiasrolle einer zugunsten der Frauen veränderten Gesetzgebung.

Soll damit etwa gesagt sein, daß wir auf den Kampf für die rechtliche Gleichstellung der Frau mit dem Manne verzichten, soweit wir sie innerhalb der heutigen Gesellschaft erhalten können? Mitnichten und im Gegenteil. Wir fordern diese Gleichstellung, wir werden mit aller Energie für dieselbe eintreten, aber sie kann nicht unser letztes Endziel sein, sie ist uns nur ein höchst wertvolles, ja unerläßliches Mittel, dieses Ziel zu erreichen.

Kann die volle Befreiung der arbeitenden Frau nur erfolgen aufgrund einer völligen Umgestaltung der bestehenden Gesellschaftsverhältnisse, so ist damit auch die Haltung vorgeschrieben, die sie in den heutigen gesellschaftlichen Kämpfen einzunehmen hat: Sie muß teilnehmen am Kampf der Arbeiterklasse gegen die kapitalistische Gesellschaft, weil einzig und allein ein siegreiches Proletariat die Macht und den Willen besitzt, die Gesellschaft so umzugestalten, daß jede wirtschaftliche Abhängigkeit des Menschen von dem Menschen ein Ende nimmt. In diesem Kampfe aber sind die ausgedehntesten politischen Rechte – die Arbeiterbewegung hat dies bewiesen – vorzügliche und unentbehrliche Waffen.

Die wohlhabende Frau bedarf zu ihrer Emanzipation, ihrer Befreiung bloß der rechtlichen Gleichstellung mit dem Manne.

Die Frau des Proletariats dagegen bleibt, auch wenn sie ihre rechtliche Gleichstellung mit dem Manne errungen, noch unfrei, abhängig vom Kapitalisten. Sie muß deshalb alle Be-

strebungen unterstützen, welche darauf abzielen, die Macht der Kapitalistenklasse zu beschränken, die Macht der Arbeiterklasse dagegen zu erweitern; sie muß der Bourgeoisie alle die Konzessionen abzuringen suchen, welche geeignet sind, das Proletariat körperlich, geistig und sittlich zu heben.
Die Gleichheit vertritt in erster Linie die Interessen der Proletarierinnen, ohne Unterschied, ob dieselben dem Proletariat der Kopfarbeit oder dem der Handarbeit angehören. Zwar sind sich die ersteren ihrer oft in gefälligere Formen gehüllten, aber um so schwerer lastenden Klassenlage vielfach nicht bewußt oder wollen dieselbe nicht eingestehen. Allein wir sind davon überzeugt, daß ihnen allen, den Lehrerinnen, Buchhalterinnen, Schriftstellerinnen, Komptoiristinnen etc. durch die Entwicklung der wirtschaftlichen Verhältnisse die Erkenntnis dieser ihrer Zugehörigkeit zum Proletariat, die Erkenntnis der Notwendigkeit, in Reih und Glied der kämpfenden Arbeiter zu treten, aufgezwungen wird.
Die große Masse der Proletarierinnen der Handarbeit ist ja auch noch nicht zum Bewußtsein ihrer Klassenlage, ihrer Pflichten und Rechte erwacht, und trotzdem – oder vielmehr gerade deswegen – ist sie es, an welche sich *Die Gleichheit* in erster Linie wendet. Der Proletarierin, die nicht mehr bloß für das Haus und die Familie, sondern auch für den Kapitalisten arbeitet und die sich von der Knechtschaft des letzteren zu befreien suchen muß, liegen noch andere Pflichten als die ob, welche früher ausschließlich ihr Leben und Sein beherrschten. Zu der gewissenhaften Erfüllung dieser Pflichten muß die Frau erzogen werden. Dies Ziel ist um so schwerer zu erreichen, als die Frau bis jetzt mit ihren Interessen und Gefühlen ausschließlich im Hause und nicht im öffentlichen Leben wurzelte, nur der Familie, nicht der Allgemeinheit ihr Interesse entgegenbrachte: Hier gilt es nicht bloß den Geist aufzuklären, vielmehr auch das Gemüt zu bilden, im Herzen die rechte Wärme, die flammende Begeisterung für die neuen Ziele zu erwecken.
Von diesen Gesichtspunkten geleitet, tritt *Die Gleichheit* an

ihre Aufgabe heran, eine Zeitschrift für die Interessen der Arbeiterinnen zu sein. Aber wie ein Blatt wird, das hängt nicht allein von der Redaktion und dem Verlag, sondern auch vom Publikum ab. Möge uns daher die Sympathie und Mitarbeit aller zuteil werden, die mit uns die gleichen Ziele verfolgen.

Die Redaktion [Clara Zetkin] und der Verlag

Einzelstimmen zur bürgerlichen Frauenbewegung

HEDWIG DOHM

Im Schoße der Zukunft ruht das Ideal des Frauentums

Das Auftauchen der Frauenfrage in unserm Zeitalter hat nichts Befremdendes. Nicht Hunger, nicht der Sozialismus, nicht dieser oder jener Schriftsteller haben die Frage lebensfähig gemacht. Die Kulturentwicklung selbst in ihrem normalen Verlauf hat ihr mit Naturnotwendigkeit die Bahn gebrochen.
Und wenn man mir sagt, seit Jahrtausenden dauern diese Zustände an, so antworte ich: Ist das noch nicht lange genug?
Nicht in der Vergangenheit, im Schoße der Zukunft ruht das Ideal des Frauentums. Und wenn man mich fragt: Wo soll die Grenze sein, auf der man der Frau zurufen wird: Bis hierher und nicht weiter!, so antworte ich: Das weiß ich nicht. Niemand weiß es. Doch so gut der Mann stricken, nähen, kochen und weben darf, ebenso gut muß der Frau gestattet sein, Eisen zu schmieden oder Griechisch zu erlernen, wenn sie Lust und Kraft dazu fühlt.

Niemand darf ihr eine Grenze ziehen als der Gott, der ihr im Busen wohnt.
Nicht freiwillig wird der Mann seine Geschlechtsherrschaft fahren lassen, die er für ein legitimes Recht hält und die doch nur ein uraltes Privilegium ist, das im Laufe der Jahrhunderte sein Rechtsbewußtsein korrumpiert hat.
Daß in den Übergangsstadien von dem Magdtum der Frau zu ihrer Freiwerdung, wie bei allen Übergängen, manches Verkehrte, Verworrene oder Phantastische zutage treten wird, ist möglich. Es ist auch möglich, daß durch die Unabhängigkeit der Frauen hier und da einem Manne eine Quantität Hausfrauenliebe verlorengehen kann, deren er sich sonst erfreut haben würde.
Möglich, sogar wahrscheinlich.
Wer aber möchte zu jenem Pöbel gehören, der den Nachtigallen die Augen aussticht, damit sie besser singen sollen?
Möglich ist auch, daß in den ersten Jahrzehnten das wissenschaftliche Studium der Frau weniger günstige Resultate liefern wird, als die Frauen selbst es hoffen und erwarten. Denn zunächst werden es nicht vorzugsweise die begabtesten, sondern die energischen und charaktervollen Mädchen sein – Begabung und Energie decken sich nicht immer –, die sich dem Studium widmen, und diejenigen, die sich in einer finanziell so günstigen Lage befinden, um eine von ihrem Wohnort vielleicht weitentlegene Lehranstalt besuchen zu können. Erst wenn man sämtliche Gymnasien und Universitäten den Mädchen geöffnet haben wird, dürfte man sich nach Ablauf einer Reihe von Jahren einen Rückschluß auf die Befähigung des weiblichen Geschlechts für wissenschaftliche Studien erlauben.
Es sind schon größere Vorurteile als das in der Frauenfrage wirkende besiegt worden.
Wahnsinnige Wut erhob sich gegen Kopernikus, der da behaupten wollte, daß die Sonne sich bewege.
Ein einsamer Nachzügler, ein Pastor, kämpfte noch vor zwanzig Jahren für den sittigen Stillstand der Sonne. Er ist

nun auch dahingegangen. So wird auch die Zahl der Gegner des Frauenrechts von Jahr zu Jahr zusammenschmelzen, bis schließlich ein letzter, einsamer Don Quichotte unter dem Gelächter der Zeitgenossen seine Lanze für den Kochlöffel der Frau einlegen wird.

Wenn ein Mann über die Frauenfrage schreiben will, so bedarf er dazu eines Herzens voll reinster Menschenliebe. Wie soll er sonst imstande sein, die Bitternisse einer Menschenklasse zu verstehen und zu ergründen, vor denen er und sein Geschlecht absolut sicher ist.

Er bedarf aber auch einer tiefen und originellen Denkkraft. Es gilt bei dieser Frage ein Seelen-Palimpsest zu entziffern, das von Jahrtausenden und von allen Völkern der Erde überschrieben worden ist. Es gilt zu entziffern die ursprüngliche Schrift des Palimpsestes – die Urschrift der Natur.

MARIE STRITT

Eröffnungsansprache zum Internationalen Frauenkongreß in Berlin 1904

Hochverehrte Versammlung!
Meine Herren und Damen!

Indem ich den Internationalen Frauenkongreß des Bundes Deutscher Frauenvereine eröffne, heiße ich Sie alle, die unserem Rufe gefolgt sind, auf das herzlichste im Namen des Bundes willkommen – unsere lieben Ehrengäste, die offiziellen Vertreterinnen des Internationalen Frauenbundes, die eingeladenen Rednerinnen, die Vertreter und Vertreterinnen der Presse, alle Teilnehmer und Teilnehmerinnen von nah und fern!

Nach langer mühevoller Vorbereitung ist der Augenblick gekommen, wo wir für eine kurze Woche in diese schönen Räume Einzug halten, in denen Ihnen das ganze weite Gebiet der modernen Frauenbewegung und Frauenarbeit vorgeführt werden soll. Gestatten Sie mir, ehe wir in die Arbeit eintreten, die, so hoffen wir, für uns alle und für unsere große Sache eine fruchtbringende sein soll, noch einmal kurz zusammenfassend die Motive, die uns bei diesem großen nationalen Unternehmen leiteten, und den Plan, der ihm zugrunde liegt, darzulegen.

Als der Vorstand des Bundes Deutscher Frauenvereine vor nun bald 7 Jahren der in London tagenden Vorstandskonferenz des Internationalen Frauenbundes, dem wir uns kurz vorher angeschlossen hatten, die Einladung übersandte, seine nächste Generalversammlung verbunden mit einem Internationalen Frauenkongreß in Deutschland abzuhalten – da ahnte er noch nicht, daß ihm selbst die Veranstaltung des letzteren obliegen würde. Er hätte es sonst *damals* – das dürfen wir heute bekennen – wohl nicht gewagt, die große Verantwortung auf sich zu nehmen. [...]

Die Frauenbewegung hat sich in den letzten 5 Jahren, wie überall, so auch bei uns, in ungeahnter Weise entwickelt. Sie ist – getragen von den mächtigen wirtschaftlichen und geistigen Strömungen der Zeit – ein Faktor von höchster Bedeutung für unser gesamtes Kulturleben geworden. Dementsprechend hat sich auch unsere Arbeit immer mehr entwickelt, organisiert, spezialisiert. Wir selbst, die wir im Dienst dieser Bewegung stehen, sind reifer, sicherer, klarer geworden in dem, *was* wir erreichen wollen und *wie* wir's erreichen wollen. Und wenn sich auch noch weite Kreise der größten Kulturbewegung gegenüber verständnislos verhalten, wenn das Verständnis anderer nur erst bis zu den äußeren Symptomen gedrungen ist, so hat sich doch die öffentliche Meinung unmerklich, aber stetig zu unseren Gunsten gewandelt. Vorurteile, veraltete Einrichtungen, die noch vor wenigen Jahren unüberwindliche Bollwerke schienen, sind gefallen, und was als unmöglich erklärt, was gar nicht ernsthaft diskutiert wurde, ist heute vollendete und – selbstverständliche Tatsache. Bleibt auch noch unendlich viel für uns zu wünschen und zu tun übrig, so ist doch auch schon manches erreicht, worauf wir vor einem Jahrzehnt kaum zu hoffen wagten und worauf sich nun viel leichter weiterbauen läßt. Was von unseren bisherigen positiven Errungenschaften auf dem Gebiet des Frauenstudiums und der wissenschaftlichen Berufe, der allgemeinen gesteigerten Erwerbstätigkeit der Frauen, ihrer Beteiligung an der kommunalen Armen- und Waisenpflege, in der Gewerbeinspektion usw. und was von unseren prinzipiellen und ideellen Errungenschaften in der öffentlichen Meinung direkt, was indirekt auf unsere Bewegung zurückzuführen ist – wie weit eine Wechselwirkung zwischen ihr und anderen inneren und äußeren Faktoren wirtschaftlicher, sozialer, politischer Natur besteht – wie weit wir schoben oder geschoben wurden, das dürfte sich schwer nachweisen lassen. Es kommt aber im Grunde auch gar nicht darauf an. Genug, *daß* wir heute so weit sind, um mit einiger Zuversicht an die Einlösung unseres Versprechens herantreten zu können.

Und auch unsere Mitarbeiterinnen und Mitkämpferinnen aus aller Herren Ländern haben Wort gehalten – sie sind zur Stelle, und ihre Gegenwart gibt uns das Vertrauen, ja die Bürgschaft, daß auch dieser dritte offizielle Kongreß des Weltfrauenbundes – wenn auch nicht von ihm selbst, sondern nur zu seinen Ehren einberufen – doch wie seine Vorgänger seinen Zweck erfüllen, unsere Sache ein Stück vorwärtsbringen und in der Entwickelung der internationalen Frauenbewegung einen Merkstein bezeichnen wird.

Unsere lieben Helferinnen aus den 20 Schwesterverbänden des Internationalen Bundes haben uns ermöglicht, das reichhaltige Programm aufzustellen, das wir im Laufe dieser Woche den Kongreßteilnehmern bieten werden, nicht in wechselnden, bunten Bildern, sondern in systematischer und logischer Aufeinanderfolge, indem eine Forderung sich aus der anderen, eine Arbeit sich aus der anderen ergibt. Die vier gleichzeitig tagenden Arbeitssektionen des Kongresses sollen den mannigfach gearteten Bestrebungen, der mannigfachen Bedeutung der modernen Frauenbewegung Rechnung tragen. Auf der Grundlage der Erziehung und *Bildung* beruht, in ihr vollendet sich alle menschliche Kultur. Wie die Bildung der Frau sich bis jetzt den neuen Kulturidealen angepaßt hat, wie sie sich weiterentwickeln muß, damit auch sie eine vollwertige Trägerin und die rechte Vermittlerin dieser Kultur an die kommende Generation werde, ein freier, aufrechter Mensch und eine Heranbildnerin freier, aufrechter Menschen, das wird die erste Sektion darzulegen haben. Der brennendsten Frauenfrage, der Brotfrage, wird die Sektion für *Frauenerwerb und -berufe* Rechnung tragen und dabei auch die hohe prinzipielle und ethische Bedeutung der wirtschaftlichen Unabhängigkeit der Frau in und außer der Ehe mit allem Nachdruck betonen. Die III. Sektion wird in den mannigfaltig zur Behandlung kommenden *sozialen Einrichtungen* und Bestrebungen das erweiterte und vertiefte Pflichtgefühl und Verantwortlichkeitsbewußtsein der neuen Frau, das ihrem erweiterten Gesichtskreis gemäß über die eigene Familie hinaus sich auf die Allgemeinheit, auf ihr Volk, auf Gemeinde und Staat erstreckt, zum Ausdruck bringen; in der IV. Sektion endlich werden die erweiterten *Rechte*, die diesen erweiterten Pflichten entsprechen, die allein ihre Erfüllung ermöglichen, erörtert werden – von den Forderungen für eine würdigere gesetzliche Stellung der Frau in ihren einfachsten, nächsten Beziehungen als Gattin und Mutter, bis zu ihrer Anerkennung als vollberechtigte und vollverpflichtete Staatsbürgerin.

So werden die vier Kongreßsektionen alle bereits gelösten und noch der Lösung harrenden Frauenfragen, alle Fortschritte und Erfolge, alle Wünsche und Bestrebungen der modernen Frau umfassen und von den verschiedensten Standpunkten beleuchten. Durch die Erörterung besonders wichtiger prinzipieller oder aktueller Themata werden die

allgemeinen Versammlungen noch eine willkommene Ergänzung unseres Programms bilden, das in seiner Zusammensetzung die Universalität der Frauenbewegung unwiderleglich beweist, wie sie heute schon in alle Lebensgebiete eingreift, wie sie sozusagen unser ganzes Kulturleben umspannt und durchdringt.
Und noch manches andere wird, so hoffen wir, der Kongreß auch für solche, die unserer Bewegung noch ferne stehen, die als Zweifler oder als Gegner gekommen sind, mit voller Klarheit zum Ausdruck bringen: den inneren und äußeren *Zusammenhang* aller Frauenfragen und Frauenbestrebungen, gleichviel ob ihre Tragweite klein oder groß, ob ihre Ziele enger oder weiter gesteckt sind – diesen unlöslichen Zusammenhang, den Unkenntnis und Verständnislosigkeit so gerne übersehen, wenn sie von einer berechtigten und einer unberechtigten Frauenbewegung sprechen; *das gleiche Prinzip*, das allen diesen Fragen und Bestrebungen zugrunde liegt – einerlei, ob es sich dabei um eine allerbescheidenste Erweiterung der Erwerbs- und Existenzmöglichkeit der Frau oder um ihr Recht an der Volksvertretung handelt –, das Prinzip, daß die Frau nicht um des Mannes willen, sondern wie er *um ihrer selbst willen* da ist. Vor allem aber wird dieser Kongreß eine nachdrückliche Berichtigung des alten, tausendfach widerlegten, aber immer noch tausendfältig wiederkehrenden Irrtums erbringen, daß die Frauenbewegung, indem sie erweiterte Rechte und erweiterte Pflichten für die Frauen anstrebt, die weibliche Eigenart beeinträchtigen, ja zerstören würde. Er wird vielmehr alle, die hören und verstehen und sich überzeugen lassen *wollen*, davon überzeugen können, daß gerade durch die Emanzipation der Frau – und nur durch sie – ihre weibliche Eigenart veredelt, erhöht, in der Familie wie im weiteren Gemeinschaftsleben, in Gemeinde und Staat, erst zur richtigen Geltung gebracht werden wird. Nicht um dem Manne *gleich* zu werden, sondern um mehr und ganz *sie selbst* sein zu können, fordert die Frau das Recht der freien Selbstbestim-

mung auch für sich – und nicht nur, weil wir, dem Manne gleichwertig, für unsere individuelle Eigenart dieselbe Entwickelungsmöglichkeit beanspruchen dürfen, sondern weil wir anders*artig* der menschlichen Kultur, der Welt da draußen *als Frauen* ganz andere, neue, höchste Werte zu geben haben, Güter, die ihr bis heute gefehlt haben und die ihr der Mann aus seiner Eigenart niemals geben kann.

So lassen Sie uns denn, verehrte Mitarbeiterinnen und Kongreßteilnehmerinnen, mit dieser hohen Zukunftsaufgabe der Frau vor der Seele an die Arbeit gehen und sie im Sinne dieser hohen Aufgabe vollbringen – eingedenk des schönen Wahlspruchs, der mir wie kein anderer auf das neue Frauenideal, dem wir zustreben, auf die freie, starke, echt weiblich-mütterliche Frau der Zukunft zu passen scheint – und der wohl auch in einer internationalen Sprache dem internationalen Charakter unseres Kongresses am besten entspricht – eingedenk des Wahlspruchs: »Fortiter in re, suaviter in modo!«

Hiermit erkläre ich den Internationalen Frauenkongreß des Bundes Deutscher Frauenvereine für eröffnet.

HELENE LANGE

Das Endziel der Frauenbewegung

Man hat in den Kreisen der Frauenbewegung selbst in den letzten Jahren öfter die Ansicht ausgesprochen, daß in der allgemeinen theoretischen Erörterung der Frauenfrage nun genug geschehen sei und daß es jetzt nur darauf ankommen müsse, ihre Spezialgebiete mit Sachkunde und Energie zu bearbeiten, im einzelnen zu verwirklichen, was man im großen erreichen will. In dieser Ansicht liegt zweifellos ein

Stück Wahrheit. Aber sie hat auch ihr Bedenkliches. Je mehr die Arbeit der Frauenbewegung sich spezialisiert, je mehr ihre Trägerinnen sich auf Einzelgebiete verteilen, um so größer ist die Gefahr, daß sie die Fühlung untereinander verlieren und daß das, was schließlich im einzelnen geleistet wird, doch dem Ganzen nicht mehr dient. Darum, meine ich, ist es immer wieder notwendig, die breite Fülle unserer Einzelarbeit durch die Ideen zusammenzufassen, die in der Frauenbewegung einen einheitlichen geschichtlichen Werdeprozeß erkennen lassen. Und ein Augenblick wie der heutige, da das imposante Bild dieser Leistungen in buntem Wechsel an uns vorübergezogen ist, legt es uns besonders nahe, ehe wir uns trennen, noch einmal stillzustehen und zu fragen: Wohin führt all dies Schaffen und Ringen, was ist das Endziel der Frauenbewegung?

Die besonderen wirtschaftlichen und sozialen Verhältnisse, unter denen sich die Frauenbewegung bei uns und in manchen anderen Ländern entwickelt hat, verleiten heute dazu, sie lediglich auf wirtschaftliche Ursachen zurückzuführen und sie nur im Zusammenhang mit diesen Ursachen zu erfassen. Im Hinblick auf das Endziel der Frauenbewegung würde sich aus dieser rein materialistischen Betrachtung der Schluß ergeben – ein Schluß, der in der Tat vielfach gezogen wird –, daß mit der wirtschaftlichen Frauennot, gleichviel, wie sie beseitigt wird, auch Frauenbewegung und Frauenfrage aus der Welt geschafft wären, eine Auffassung, aus der heraus man sogar das drastische Mittel der Zwangsheiraten plausibel zu machen gesucht hat.

Diese Auffassung schaltet die geistigen Ursachen der Bewegung einfach aus. Wie sehr aber diese Ursachen mitgesprochen haben, weiß jeder, der die Entwicklung der Frauenbewegung aus dem Gedankenkreis ihrer ersten Vertreter und Vertreterinnen bis in die Gegenwart hinein verfolgt hat. Läßt sich doch überdies geschichtlich leicht nachweisen, daß ohne diese Ursachen aus der bloßen wirtschaftlichen Frauennot keine Frauenbewegung wird. [...]

Im Mittelalter haben wir Frauenfrage und Frauennot, aber keine Frauenbewegung, weil der geistige Unterbau dafür noch nicht vorhanden ist, weil dem menschlichen Denken auf seinem Wege von außen nach innen die gesellschaftliche Stellung der Geschlechter zueinander noch nicht zum Problem geworden war. Wir haben eine Frauenbewegung im 19. Jahrhundert, weil diese Vorbedingungen jetzt erfüllt sind, weil aus der vorangegangenen Kritik der Gesellschaft die Maßstäbe für die moderne Gestaltung der Frauenfrage gewonnen sind. In der Formulierung des 19. Jahrhunderts heißt nun die Frauenfrage nicht: »Wie sind diese oder jene Gruppen von Frauen, die unsere wirtschaftlichen Verhältnisse um ihre Existenzmöglichkeiten gebracht haben, zu versorgen?«, sondern: »Wie ist die Lage der Frau in ihren wirtschaftlichen und sozialen Beziehungen in Einklang zu bringen mit dem Selbstbewußtsein der vollgültigen sittlichen Persönlichkeit, das den eigentlichen Inhalt der Menschenwürde ausmacht?«

Die Frauen der Revolution, wie Olympe de Gouges[3] und Mary Wolstonecraft[4], die in der Sprache der Zeit die »Menschenrechte« für die Frau forderten, dachten sich die Erfüllung ihrer Forderung leicht. Brauchte doch der Mann nur die Rechte, die er selbst errang, auch der Frau zu gewähren. Was dieser begrifflich so leicht aufzustellenden Lösung tatsächlich im Wege stand, war jenen Idealistinnen nicht klar. Es lag in dem, was Burke[5] damals der auf die Menschen-

---

3 *Olympe de Gouges:* Pseudonym von Marie Aubry (1748–93). Französische Schriftstellerin (Theaterstücke, Romane in Briefform), die sich bei Ausbruch der Französischen Revolution politischen Problemen zuwandte. Verfasserin einer der ersten Emanzipationsschriften für Frauen: *Déclaration des droits de la femme et de la citoyenne* (1791).
4 *Mary Wolstonecraft* (Wollstonecraft): Eine der ersten Verfechterinnen der Frauenrechte in England (1759–97). Verfasserin des bekannten Werkes *A Vindication of the Rights of Woman* (1792), das sich mit der Stellung der Frau in ihrer Gesellschaft auseinandersetzt und von der Romantikerin Henriette Herz ins Deutsche übersetzt wurde.
5 *Burke:* Edmund Burke (1729–97). Britischer Publizist und Politiker. Bekannt wurde er durch seine Schrift *A Vindication of Natural Society*

rechte gerichteten Geistesbewegung entgegenhielt: daß die gesellschaftliche Ordnung nicht allein auf die Vernunft gegründet werden müsse, sondern auf die menschliche Natur, von der die Vernunft nur ein sehr kleiner Teil sei. Und wenn irgendeine soziale Reform mit der Natur des Menschen zu rechnen hatte, so war es diese, die in die persönlichsten, mit dem Instinktleben am engsten verbundenen menschlichen Beziehungen eingreifen mußte. Und eben hier lagen die stärksten widerstrebenden Mächte. Gewiß war der Gedanke sehr plausibel, daß der Mann die Frau zur gleichberechtigten Bürgerin machen könne, wenn er nur wolle. Aber es gehörte mehr geschichtlicher Sinn dazu, als jene Zeit besaß, um zu begreifen, daß er es noch gar nicht *wollen konnte*.

Jahrhunderte hindurch hatte die geistige Persönlichkeit der Frau – immer von einzelnen feinen und hochstehenden Naturen abgesehen – für den Mann keine entscheidende Rolle gespielt. Sein persönliches Verhältnis zu ihr erhielt seine Färbung durchaus durch die Vorherrschaft des Instinktlebens. Dem geistlich gerichteten Asketen erschien das Weib als das sündige Gefäß; dem, der sich unbefangen zu seiner Menschlichkeit bekannte, immer doch vor allem als Geschlechtswesen, dessen Bestimmung in ihm ihren Mittelpunkt hatte. Auf der einen Seite fragte man, ob sie eine Seele haben könne, auf der anderen Seite brachte der Sprichwörterschatz der Völker in unendlichen Wendungen lange Haare und kurzen Verstand zusammen. Wie sollte man dazu kommen, der Frau plötzlich eine soziale Stellung zu geben, als sei ihre geistige Persönlichkeit dem Manne in jeder Hinsicht ebenbürtig? So mächtig sich der voraussetzungslose Rationalismus gezeigt hatte, als er die jahrhundertealten feudalen Herrschafts- und Dienstverhältnisse in Trümmer schlug – hier konnte ihm kein rascher Sieg zufal-

(1756), eine Satire auf rationalistische Aufklärungsideale. In seiner Schrift *Reflections on the Revolution in France* (1790) verurteilte er die Ziele der Französischen Revolution.

Einzelstimmen zur bürgerlichen Frauenbewegung

len. Er konnte nicht mehr als einen Umbildungsprozeß einleiten, der dieses letzte Stück Instinktleben allmählich vergeistigte.

Und so beginnt der Kampf, vielleicht der tiefgreifendste, den die Menschheit gekannt hat. Es gibt kaum ein Lebensgebiet, das er in seinem Verlauf nicht berührt hätte.

Zunächst waren es die wirtschaftlichen Umwälzungen, die diesem Kampf einen breiten Schauplatz gaben. Sie schufen wieder eine Frauennot, die wirtschaftliche Frauenfrage des 19. Jahrhunderts. Und damit wurde der Kampf der Geister in den Lüften übertäubt durch den rasch entbrennenden Konkurrenzkampf auf heiß umstrittener Erde, in dem alle jene ideellen Ansprüche sich zu sehr realen Forderungen verdichten mußten.

Es war selbstverständlich, daß sich hier, wo es um das nackte Dasein ging, die Gegensätze ungeheuer verschärften, Massen von Frauen waren plötzlich, auch ohne ihren Willen, in das öffentliche Leben hinausgedrängt, sie hatten den wirtschaftlichen Mächten ihr tägliches Brot abzuringen wie der Mann. Das Leben legte ihnen seine Lasten und Pflichten auf, ohne Rücksicht auf ihr Geschlecht; wollten sie nicht unterliegen, so mußten sie die gleichen Mittel haben, diese Lasten zu bewältigen: Bildungs- und Berufsfreiheit und schließlich die öffentlichen Rechte, die im modernen Staatsleben mehr und mehr auch das Mittel wirtschaftlicher Selbstbehauptung wurden. So prägte das moderne wirtschaftliche Leben die allgemeinen Prinzipien, die seit Olympe de Gouges und Mary Wolstonecraft aufgestellt waren, in einzelne praktische Forderungen um und teilte ihnen etwas von der mechanischen Wucht realer wirtschaftlicher Notwendigkeiten mit.

Es war gewiß nicht zu verwundern, daß der Mann gewöhnlichen Schlages, der diesen Ansprüchen der Frauen auf seinem eigenen, durch die Vorgänge im Wirtschaftsleben selbst arg bedrängten und erschütterten Berufsgebiet begegnete, nur an die Wahrung seines Besitzstandes dachte und sich zu allen Mitteln wirtschaftlicher Notwehr berechtigt glaubte. Aber es mußte aufs tiefste erbittern, wenn die Frauen auch da nur auf Geringschätzung und ironische Abwehr stießen, wo ein objektives, über persönlichen Interessen stehendes Verständnis für ihre Lage zu erwarten gewesen wäre. Auch die Wissenschaft sprach von der »Weiberemanzipation«, die aus dem »Schlamm der Überbildung« aufgestiegen sei, und schlug mit dem Hinweis auf den bekannten Fehlbestand von 8 Lot Hirngewicht vor den Frauen die Tür zu.

Diese zuerst unüberwindliche Opposition im Zusammenhang mit den so schwierigen und vieldeutigen wirtschaftlichen Verhältnissen ließ auch das eigentliche Wesen der Frauenbewegung nicht immer rein hervortreten. Übersehen wir sie in ihren ersten Anfängen, so erscheint sie uns selbst noch vielfach ihres Weges nicht sicher. Ihr Programm entwickelt sich im Kampf, und es leidet an den Einseitigkeiten eines Kampfprogramms. Man erfaßte wirtschaftlich-mechanische Vorgänge, wie sie z. B. die Regelung der Frauenlöhne bestimmten, als persönliche Ungerechtigkeiten, man täuschte sich dilettantisch über das Gewicht männlicher Kulturleistungen; man übersah, von einzelnen starken Individualitäten auf die Allgemeinheit schließend, wie weit der Frau in ihrer Bestimmtheit durch die Mutterschaft für die Erfüllung voller männlicher Berufssphären Schranken gesetzt waren, und hielt an dem Dogma der vollen Berufsfreiheit auch gegenüber den dringendsten Forderungen des Arbeiterinnenschutzes fest. Man setzte überhaupt die Männerleistung als absoluten Maßstab und übersah, daß das stärkste Argument für die Ansprüche der Frauen die Eigenart ihrer Leistungen ist.

Nicht minder scharfe Formen nahm der Kampf an, als er aus dem engeren Kreis der einzelnen Berufsgebiete auf den weiteren des Staatslebens hinaustrat. Die Frauen sahen und sehen alle Tage, wie einzig der seine Ansprüche durchsetzt, der die Hand auf die Klinke der Gesetzgebung zu legen vermag, und so wird auch von der wirtschaftlichen Seite her eine Forderung bekräftigt, die in Ländern mit ausgeprägt demokratischem Bewußtsein schon im Anfang der Bewegung praktisch verfolgt wurde.

Der wirtschaftliche und der sozialpolitische Inhalt ihres Programms machte die Frauenbewegung zur Massenbewegung, nötigte sie, sich Schlagworte zu prägen, Organisationen zu schaffen, und sammelte eine Gefolgschaft von Tausenden um ihre Fahnen. Es liegt etwas Imposantes in der unbeirrten Überzeugtheit, die sich in eindrucksvollen Massenkundgebungen gegen jahrtausendealte rechtliche und sittliche Begriffe wendet und mit der Zuversicht jenes alten »Gott will es!« der Kreuzfahrer das Land der Zukunft sucht. Daß dabei zugleich eine gewisse Senkung des Niveaus eintreten muß, daß das Gold in kleine gangbare Münzen umgeprägt wurde und nicht eben die feinsten Naturen zuweilen im Vordergrund standen, das ist eine Erscheinung, welche die Frauenbewegung mit jeder anderen Massenbewegung teilt.

An diesem Punkt aber hat sich eine Reaktion entwickelt, die in dem letzten Jahrzehnt das vielgestaltige Gewirr des Kampfes mit neuen Tendenzen durchkreuzt hat. Es ist jener ästhetische Individualismus, wie ihn Ellen Key[6] in die Frauenbewegung eingeführt hat. Solange diese Individualistinnen dem großen sozialen Kampf gewissermaßen vom Bagagewagen aus zusehen und über die Häßlichkeiten darin etwas preziös die Nase rümpfen, haben sie für die Frauenbewegung wenig zu bedeuten. Sie sollten ihr unbefriedigtes ästhetisches Empfinden, das sich von der »Frauensache« verletzt abwendet, mit dem Wort Hölderlins zum Schweigen bringen: »Wie kann man die Schönheit seiner Haltung wahren, wenn man im Gedränge steht?«

---

6 *Ellen Key:* Schwedische Frauenrechtlerin und Reformpädagogin (1849 bis 1926). Behandelte in ihren Schriften besonders Fragen der Frauenbewegung und der Kindererziehung, wobei sie im Sinne Rousseaus eine radikale individualistische »Pädagogik vom Kinde aus« vertrat. Ihr bekanntestes Buch trägt den Titel *Das Jahrhundert des Kindes* (1900).

Aber diese Richtung, die auch der Frauenbewegung mit den Forderungen der »Lebenskunst«, des schönen Egoismus, gegenübertritt, droht doch, den Mittelpunkt ihres ganzen Programms zu verschieben, indem sie das individualistische Prinzip da an die Stelle des sozialen setzt, wo es am verhängnisvollsten werden muß, auf dem Gebiet der sexuellen Sittlichkeit. Denn geht die Frauenbewegung ihrem Ursprung und ihrem ganzen Wesen nach darauf hinaus, das Verhältnis der Geschlechter durch die Betonung der *geistigen* Persönlichkeit der Frau neuen sittlichen Anschauungen zu unterwerfen, so muß sie auf dieses Gebiet schließlich ihren schärfsten Nachdruck legen, wie sie hier dem schärfsten Widerstand begegnen muß. Es ist eine Lebensfrage für sie, ob hier anstelle der Rücksicht auf die Gesamtheit ein individuelles Sichausleben eingesetzt wird, ob man hier über dem zum modernen Schlagwort gewordenen »Schrei nach dem Kinde« das Kind selbst und seine Entwicklungsmöglichkeiten vergißt. Und eben darum muß die Frauenbewegung auch innerhalb ihrer eigenen Reihen den Kampf aufnehmen gegen alle, die das Vorrecht des Instinkts, das sie beim Manne bekämpft, bei der Frau wieder proklamieren wollen.

So wogt der Kampf hin und her auf den verschiedensten Gebieten, so drängt die Bewegung vorwärts, nicht immer den inneren Gesetzen ihres Fortschrittes folgend, nicht immer die Sterne im Auge, die ihr die Richtung geben müssen, auch darin keine Ausnahme von den allgemeinen menschlichen Gesetzen. Auch von diesem Kampf gilt das Wort des Dichters:

»Wer in der Sonne kämpft, ein Sohn der Erde,
Und feurig geißelt das Gespann der Pferde,
Wer brünstig ringt nach eines Zieles Ferne,
Von Staub umwölkt – wie glaubte der die Sterne?«

Doch, so heißt es weiter:

»Doch das Gespann erlahmt, die Pfade dunkeln,
Die ew'gen Lichter fangen an zu funkeln,
Die heiligen Gesetze werden sichtbar,
Das Kampfgeschrei verstummt – der Tag ist richtbar.«

Die Zeit ist nicht fern, da auch unser Tag richtbar sein wird. Schon sehen auch wir durch das Staubgewölk die ewigen Lichter funkeln. Und schon ist es uns möglich, die Formel zu finden, in der das in der Frauenfrage gestellte Problem sich lösen wird.

Man hat wohl gemeint, diese Lösung sei mit dem Tage gegeben, der die volle Rechtsgleichheit der Geschlechter bringt. Ich kann in dieser Rechtsgleichheit nichts weiter erblicken als eine – und nicht einmal die einzige – *notwendige Voraussetzung* für das Ziel, keineswegs das *Ziel selbst*. Sie ist die Schale, nicht der Kern; sie schafft der Frau nur einen *Raum*, und es kommt darauf an, wie sie ihn ausfüllt. Und dieses »Wie« kann nur aus der Verpflichtung abgeleitet werden, die allein dem Menschenleben Sinn und Würde gibt: *die sittlichen Gesetze der eigenen Persönlichkeit in Lebensformen zum Ausdruck zu bringen.*

Auf die Frauen angewandt, bedeutet das nichts anderes als die volle Wirkung ihres Frauentums, ihrer Eigenart, auf alle Lebensäußerungen der Gesamtheit. Nicht darauf kommt es an, daß ihnen hier und da ein Teilgebiet der Manneswelt freigegeben wird, nicht darauf, ob sie diesen oder jenen Beruf ausüben oder nicht, sondern auf etwas viel Größeres und zugleich Innerlicheres: darauf, daß die Frau aus der Welt des Mannes eine Welt schafft, die das Gepräge *beider* Geschlechter trägt. Die Frau will nicht nur äußerlich die gleichen Möglichkeiten haben, zu wirken, am Leben teilzunehmen, sondern sie will in dies Leben ihre eigenen Werte tragen, sie will dadurch eine neue soziale und sittliche Gesamtanschauung schaffen, in der ihre Maßstäbe dieselbe Geltung haben wie die des Mannes.

In der Empfindung dafür, daß *dies*, die Verwertung der

eigenartigen *Frauen*kraft für die Kultur, die letzte Aufgabe der Frauenbewegung sei, liegt das Berechtigte und Fruchtbare jener vorhin gekennzeichneten individualistischen Richtung. Nur muß sie sich hüten, ihre Forderungen utopistisch auf Gebiete anzuwenden, die unter der Herrschaft volkswirtschaftlicher Notwendigkeit stehen. Sie kann weder mechanisch bestimmte Gebiete der Erwerbstätigkeit für die Frau vorbehalten oder sperren, noch darf sie vergessen, daß unsere heutigen Verhältnisse nur sehr wenigen Menschen das Glück gewähren, in ihrem Beruf ihre *Persönlichkeit* zum Ausdruck zu bringen, so sehr das natürlich eine Forderung feinster menschlicher Kultur wäre. Angesichts unserer modernen Arbeitszerlegung ist es eine unberechtigte Einseitigkeit, über »mißbrauchte Frauenkraft« überall da zu klagen, wo die Frau im Beruf nicht ihre *besondere* Kraft verwerten kann. Mit dem gleichen Recht kann man von »mißbrauchter Männerkraft« reden. Aus einer großen amerikanischen Schweineschlächterei wird berichtet, daß ein Mann dort seit 38 Jahren nichts tut, als täglich mit demselben Handgriff zahllose Male die an ihm auf einem Triebrad vorbeigeführten Tiere zu töten. Das ist ein besonders krasses, aber für das Wesen der industriellen Arbeit doch typisches Beispiel. Wenn so das Leben von Millionen von Arbeitern sich um einen und denselben Handgriff dreht, so kann die Frau nicht erwarten, davon eine Ausnahme zu machen. Ob und wie diese Zustände zu ändern sind, ob der größte Teil der Menschheit dauernd darauf verzichten muß, in der Berufsarbeit zugleich die volle innere Befriedigung zu finden, kann niemand voraussagen. Einstweilen aber darf man nicht für die arbeitende Frau Ideale aufstellen, die auch für den Mann unter den heutigen wirtschaftlichen Verhältnissen gar nicht verwirklicht werden *können*. Deshalb bleibt es natürlich doch mit die wichtigste sozialpolitische Aufgabe, durch einen den Verhältnissen vorsichtig angepaßten Arbeiterinnenschutz die Frau aus der ungeheuren Tretmühle der Industrie für ihren Mutterberuf zurückzugewinnen.

Sonst würde hier allmählich ein Stück weiblichen Einflusses verlorengehen, das an keiner anderen Stelle zu ersetzen, auf keine andere Weise wieder einzubringen wäre.
Da aber, wo die Arbeit noch Persönlichkeitsausdruck sein kann, wo wirklich geistige und seelische Werte in ihr Leben gewinnen können, wo es sich um den Aufbau der Kultur im eigentlichen Sinne handelt, soll das weibliche Prinzip überall neben das männliche treten. Wäre die Welt des Mannes die beste der Welten, erfüllte sie tatsächlich, wenigstens in ihren großen Richtlinien, ein sittliches Ideal, so könnte man diesen Anspruch der Frauen bestreiten. Aber wenn die gewaltige wissenschaftliche und technische Kultur unserer Zeit als spezifische Leistung des Mannes anerkannt werden muß, so tragen doch auch die großen sozialen Mißstände, die mit dieser Kultur emporgewachsen sind, ebenso sein Gepräge. Und vieles von dem, was diesen sozialen Mißständen zugrunde liegt, hat seinen natürlichen Gegner in der Frau. Nicht ihr entspricht es, daß immer noch das Faustrecht zwischen den Völkern herrscht, wenn auch unter rechtlichen Formen; nicht sie ist verantwortlich, wenn Verwahrlosung und Alkohol die Gefängnisse füllen und der Staat das sittliche Bewußtsein der männlichen Jugend vergiftet durch das von ihm geduldete und unterstützte Laster. Mit dem Männerstaat sind diese Zustände zu furchtbaren Schäden erwachsen, die jetzt als dunkle Probleme der Kulturmenschheit schier unlösbare Aufgaben stellen.
Nicht als ob von dem Tage an, wo dem öffentlichen Einfluß der Frauen kein äußeres Hindernis mehr entgegensteht, diese Aufgaben sofort gelöst sein würden. Die Frau hat unter Druck und Verwahrlosung so manche Eigenschaft in sich groß werden lassen, die erst unter der Verantwortlichkeit des öffentlichen Lebens allmählich verschwinden muß. Auch sind die Kräfte, die hier ins Spiel kommen, zu fein, zu innerlich, um äußere Einrichtungen schnell umzubilden, die ihnen mit der ganzen Wucht jahrtausendalter Überlieferungen gegenüberstehen. Und dennoch ist in diesen Kräften ein

Korrektiv von höchster Bedeutung gegeben. Und so sicher, wie im organischen Leben neue Kräfte neue Lebensformen schaffen, wird der Einfluß der zum Selbstbewußtsein, zum Glauben an sich erwachten Frau andere, ihr gemäßere soziale Verhältnisse zu schaffen vermögen. Vielleicht sehr langsam – nicht durch wenige äußere Siege der organisierten Frauenbewegung, sondern durch die von innen heraus still und allmählich wachsende Macht eines neuen Willens. Je stärker er wird, um so weniger wird er des äußeren Kampfes bedürfen, um sich durchzusetzen. Den Menschen selbst unbewußt, in jenem heimlichen Spiel geistiger Kräfte, das hinter jedem Werturteil, hinter jeder Willensäußerung und jedem Glaubenssatz der Menschheit steht, wird dieser neue Frauenwille wirksam werden. *Wie weit* es ihm gelingen wird, sich in den sozialen Lebensformen der Zukunft zur Geltung zu bringen, und wie diese Lebensformen beschaffen sein werden, das können wir jetzt nicht voraussagen. Aus einer ernsthaften Betrachtung solcher Probleme müssen alle billigen Zukunftsutopien ausscheiden, um so mehr, als unter dem langsamen Einfluß dieser Kräfte selbst sich allmählich die Maßstäbe ändern werden, die die jetzige Generation allzu eilfertig mit der Gehirnwaage in der Hand bestimmt hat. Aber der *Richtung*, in der sich der Einfluß der Frau auf das Kulturleben äußern wird, ist sich die Frauengeneration der Gegenwart schon bewußt. Er wird in die große Gesellschaftsordnung noch einmal alle die Kräfte einführen, die den geistig-sittlichen Untergrund der Familie gebildet haben: die feine menschliche Rücksicht auf den anderen, gleichviel ob er stark oder schwach, ob er geistig reich oder arm ist, die liebevolle Achtung vor dem Einzelleben überhaupt, die geistigere Auffassung des sexuellen Lebens und das immer gegenwärtige Bewußtsein, daß wir hier im Dienst der Zukunft stehen und der kommenden Generation verantwortlich sind.

Diese Kräfte werden denen des Mannes zur Seite treten, nicht an ihre Stelle. Nur ein ganz unpsychologisches und

ungezügeltes Denken konnte darauf verfallen, die Maßstäbe des Mannes durch die der Frau verdrängen und in der Frau ein neues »führendes Geschlecht« an den Platz des alten setzen zu wollen. Nicht um eine neue Majorisierung der einen durch die andern handelt es sich, sondern um die Verschmelzung der mit den beiden Geschlechtern gegebenen geistigen Welten. Vielleicht wird diese Verschmelzung den geistigen Faktor in der Menschheitsentwicklung so stark machen helfen, daß er den wirtschaftlich-mechanischen Triebkräften die Waage zu halten vermag. Vielleicht könnte so die gewaltige Einbuße an allgemeiner persönlicher Kultur, mit der unsere mächtige äußere Entwicklung erkauft worden ist, wenigstens zum Teil wieder eingebracht und der den materiellen Fortschritt beherrschenden Maschine der Mensch wieder entrissen werden.
Diese Vereinigung der beiden geistigen Welten zu einer sozialen Gesamtanschauung, in der keine etwas von ihrer Kraft einbüßt, das ist *das Endziel der Frauenbewegung*. Wenn es erreicht ist, so wird es kein führendes Geschlecht mehr geben, sondern nur noch führende Persönlichkeiten.

LIDA GUSTAVA HEYMANN/ANITA AUGSPURG

Die konservative und radikale Frauenbewegung

Im politischen Leben Deutschlands merkte man in diesen Jahren nur erst wenig oder nichts vom fröhlich-kraftvollen Kampf der Frauen um ihre Freiheit. Das änderte sich Ende der achtziger Jahre; Frauen begannen sich spürbar zu regen. Kampf setzte ein, und zwar nicht nur der Kampf mit der Umwelt im Männerstaate, sondern der deutschen Frauenwelt selbst, wo sich nun zwei Richtungen gegenüberstanden, die sich nach unserer Auffassung sachlich und kurz

folgendermaßen charakterisieren lassen. Die eine ist als die konservative, die andere als die radikale Richtung zu bezeichnen. Die konservative wollte, immer unter Betonung der Andersartigkeit des weiblichen Geschlechtes, den Frauen Bildungs- und Berufsmöglichkeiten schaffen, um ihnen stufenweise über soziale Tätigkeit in der Gemeinde das Hineinwachsen in eine helfende und unterstützende Betätigung im bestehenden Männerstaat zu ermöglichen. Ihre darauf hinzielende Taktik hieß natürlich immer: »Vorsicht! Nicht anstoßen! Man darf die Männer nicht zu stark herausfordern, denn sie sind die Herrschenden im Staate, einflußreiche Kreise müssen uns geneigt werden, wir brauchen sie. Um Teilerfolge zu erzielen, muß man stets zu Kompromissen bereit sein.«
Anders die radikale Richtung! Sie bestritt einfach unter Hinweis auf die unbefriedigenden Zustände in Staat und Gesellschaft den Männern das Alleinbestimmungsrecht. Für sie war keine Veranlassung da, bei Eroberung der wirtschaftlichen, sozialen und politischen Gleichberechtigung in der Andersartigkeit des weiblichen Geschlechts ein Merkmal ihrer Zweitrangigkeit und Unfähigkeit zu erblicken. Den radikalen Frauen waren die Normen und Zwecke der bestehenden, einseitig von Männergeist und für Männerinteressen geregelten Staaten kein noli me tangere, dem sie sich einund unterzuordnen hätten, sondern im Gegenteil ein vielfach vernunftwidriges, unzulängliches Stück- und Flickwerk, das neuer Impulse, neuer Initiative bedurfte, zu welchen die bisher von aller Mitarbeit ausgeschlossenen Frauen sich ebenso berufen und verpflichtet fühlten wie die Männer. Was aber die politische Unreife der deutschen Frauen betraf, so hatte Erfahrung gelehrt, daß die Unreife der deutschen Frauen keineswegs größer war, als die der Männer gewesen war, als sie 1867 und 1870 in den Besitz politischer Rechte kamen. Schwimmen lernt nur, wer ins Wasser springt.
Die radikalen Frauen verfolgten die Taktik, energisch, deut-

lich und klar auszusprechen, was sie forderten, ohne jede Rücksichtnahme auf Entrüstung und Empfindlichkeit der Männer. Diese sollten erfahren, daß Frauen da waren, die zu keinerlei Kompromissen bereit wären, sondern restlos forderten, was man ihnen seit Jahrhunderten vorenthielt, nämlich: sich nach eigener Erkenntnis und Überzeugung zu entwickeln, ihr Leben zu gestalten, ihren Unterhalt zu verdienen und vereint mit dem Manne anstelle des bisherigen Jammertales eine menschenwürdige Welt einzurichten.

Nach dieser Feststellung wird es begreiflich, daß es innerhalb der organisierten Frauenbewegung in Deutschland seit Ende der 80er Jahre zwischen den beiden Richtungen dauernd zu Reibungen und Auseinandersetzungen kam, mochte es sich um Erziehungs- und Bildungsmöglichkeiten, um Sittlichkeit, Sexualleben, politische Rechte der Frauen oder um Fragen der nationalen wie internationalen Politik, Krieg oder Frieden handeln.

Nur zu häufig ereignete es sich, daß, wenn nach Jahren durch das Vorgehen der radikalen Frauen Erfolge herbeigeführt wurden, die konservativen Frauen diese nicht nur als Ergebnis ihrer Vorsicht und Kompromißbereitschaft buchten, sondern die Resultate skrupellos für sich in Anspruch nahmen und erklärten, sie hätten doch von jeher die erreichten Forderungen angestrebt. [...]

Frauenbewegung wurde erst seit Mitte der 90er Jahre im kaiserlichen Deutschland zum Faktor, mit dem die politischen Männer zu rechnen anfingen. Daß dieser Faktor auf das Konto der radikalen Frauen zu setzen war, geht aus den vorhandenen, von konservativen Frauen herausgegebenen Büchern über die Entwicklung der deutschen Frauenbewegung wie aus den Jahrbüchern des Bundes Deutscher Frauenvereine nicht hervor, und so bleibt es ein irreparabler Fehler der radikalen Frauen, daß sie, ganz hingegeben an die ihnen heilige Sache, ihre ganze Arbeitskraft in lebendige Initiative umsetzten, stets den Augenblick kämpferisch ausnutzten, sich nie die Zeit nahmen, die von ihnen geleistete

Arbeit und gegebenen Anregungen rückschauend für die Nachwelt systematisch zu registrieren. So kam es, daß man im In- wie Auslande der Ansicht begegnete, daß alle Errungenschaften der deutschen Frauenbewegung den Leistungen des Bundes Deutscher Frauenvereine zu verdanken seien. Dieser hat aber kaum jemals die von den radikalen Frauen gestellten Anträge auf Gesamtaktionen für politische Forderungen der Frauen oder internationale Fragen, wie Krieg und Frieden, angenommen oder unterstützt. Solchen Anträgen war im Gegenteil fast ausnahmslos ein mehr oder weniger hohnvolles Begräbnis sicher.

Einzelstimmen zur proletarischen Frauenbewegung

AUGUST BEBEL

Die Frauenfrage ist nur eine Seite der allgemeinen sozialen Frage

Wir leben im Zeitalter einer großen sozialen Revolution, die jeden Tag weitere Fortschritte macht. Eine immer stärker werdende Bewegung und Unruhe der Geister macht sich in allen Schichten der Gesellschaft bemerkbar und drängt nach tiefgreifenden Umgestaltungen. Alle fühlen, daß der Boden schwankt, auf dem sie stehen. Eine Menge Fragen sind aufgetaucht, die immer weitere Kreise beschäftigen, über deren Lösung für und wider gestritten wird. Eine der wichtigsten dieser Fragen, die mehr und mehr in den Vordergrund tritt, ist die sogenannte *Frauenfrage*.
Bei dieser Frage handelt es sich um die Stellung, welche die Frau in unserem sozialen Organismus einnehmen soll, wie

sie ihre Kräfte und Fähigkeiten nach allen Seiten entwickeln kann, damit sie ein volles, gleichberechtigtes, nützlich wirkendes Glied der menschlichen Gesellschaft werde. Von unserem Standpunkt fällt diese Frage allerdings zusammen mit *der* Frage, welche Gestalt und Organisation die menschliche Gesellschaft überhaupt annehmen muß, damit an Stelle von Unterdrückung, Ausbeutung, Not und Elend in zahlloser Gestalt die physische und soziale Gesundheit der Individuen und der Gesellschaft tritt. Die Frauenfrage ist also für uns nur eine Seite der allgemeinen sozialen Frage, die gegenwärtig alle Köpfe erfüllt, alle Geister in Bewegung setzt, und sie kann daher ihre endgiltige Lösung nur finden durch die Aufhebung der gesellschaftlichen Gegensätze und der aus diesen Gegensätzen hervorgehenden Übel.

Dennoch ist notwendig, die sogenannte Frauenfrage speziell zu behandeln. Einmal berührt die Frage, wie die Stellung der Frau früher war, gegenwärtig ist und künftig sein wird, in Europa wenigstens die größere Hälfte der Gesellschaft, da hier das weibliche Geschlecht die *größere* Hälfte der Bevölkerung bildet. Dann aber sind auch die Vorstellungen über die Entwicklung, welche die Frau im Laufe der Jahrtausende erfahren hat, so wenig der Wirklichkeit entsprechend, daß Aufklärung hierüber zum Verständnis der Gegenwart und Zukunft eine Notwendigkeit ist. Beruht doch auf der Nichtkenntnis und dem Nichtverständnis ein gut Teil der Vorurteile, mit welchen man aus den verschiedensten Kreisen, und nicht zuletzt aus dem Kreise der Frauen selbst, die immer stärker werdende Bewegung betrachtet. Behaupten doch viele, daß es keine Frauenfrage gebe, denn die Stellung, welche die Frau früher eingenommen habe, jetzt noch einnehme und auch in Zukunft einnehmen solle, sei durch ihren »Naturberuf«, der sie zur Gattin und Mutter bestimme und auf den Kreis der Häuslichkeit beschränke, gegeben. Was daher jenseits ihrer vier Pfähle oder nicht im nächsten sichtbarsten Zusammenhang mit ihren häuslichen Pflichten vorgehe, berühre sie nicht.

Es stehen sich eben in der Frauenfrage wie in der allgemeinen sozialen Frage, in der die Stellung der Arbeiterklasse in der Gesellschaft die Hauptrolle spielt, verschiedene Parteien gegenüber. Jene, die alles beim alten lassen wollen, sind rasch mit der Antwort bei der Hand und glauben die Sache damit abgetan, daß sie die Frau auf ihren »Naturberuf« verweisen. Sie sehen nicht, daß heute Millionen Frauen gar nicht in der Lage sind, den ihnen vindizierten »Naturberuf« als Hauswirtinnen, Kindergebärerinnen und Kindererzieherinnen zu erfüllen, aus Gründen, die später ausführlich entwickelt werden sollen, daß andere Millionen diesen Beruf zu einem guten Teil verfehlt haben, weil die Ehe für sie zum Joch und zur Sklaverei wurde, und sie in Elend und Not ihr Leben dahinschleppen müssen. Das kümmert freilich diese »Weisen« ebensowenig wie die Tatsache, daß ungezählte Millionen Frauen in den verschiedensten Lebensberufen, oft in unnatürlichster Weise und weit über das Maß ihrer Kräfte, sich abrackern müssen, um das nackte Leben zu fristen. Sie verschließen vor dieser unliebsamen Tatsache ebenso gewaltsam Augen und Ohren wie vor dem Elend des Proletariers, indem sie sich und andere trösten, daß es »ewig« so gewesen sei und »ewig« so bleiben werde. Daß die Frau das Recht habe, an den Kulturerrungenschaften unserer Zeit voll teilzunehmen, sie für die Erleichterung und Verbesserung ihrer Lage auszunutzen, und ihre geistigen und körperlichen Fähigkeiten zu entwickeln und zu ihrem Besten anzuwenden so gut als der Mann, davon wollen sie nichts wissen. Sagt man ihnen nun noch, daß die Frau auch ökonomisch unabhängig sein müsse, um es körperlich und geistig sein zu können, damit sie nicht mehr von dem »Wohlwollen« und der »Gnade« des anderen Geschlechts abhänge, dann hat ihre Geduld ein Ende, ihr Zorn entbrennt, und ein Strom heftiger Anklagen über die »Verrücktheit der Zeit« und »die wahnwitzigen emanzipatorischen Bestrebungen« folgt.
Dies sind die Philister männlichen und weiblichen Ge-

schlechts, die sich aus dem engen Kreis der Vorurteile nicht herauszufinden vermögen. Es ist das Geschlecht der Käuzchen, das überall ist, wo Dämmerung herrscht, und erschreckt aufschreit, wenn ein Strahl von Licht in das ihm behagliche Dunkel fällt.

Ein anderer Teil der Gegner der Bewegung kann vor den laut redenden Tatsachen seine Augen allerdings nicht verschließen; er gibt zu, daß kaum in einem Zeitalter zuvor ein großer Teil der Frauen im Vergleich zum Stande der gesamten Kulturentwicklung sich in so unbefriedigender Lage befunden habe als gegenwärtig und daß es deshalb notwendig sei zu untersuchen, wie man ihre Lage verbessern könne, insofern sie auf sich selbst angewiesen bleiben. Dagegen erscheint diesem Teil der Gegner für jene Frauen, die in den Hafen der Ehe eingelaufen sind, die soziale Frage gelöst. Dementsprechend verlangt dieser Teil, daß wenigstens der unverheirateten Frau alle Arbeitsgebiete, für die ihre Kräfte und Fähigkeiten sich eignen, erschlossen werden, damit sie mit dem Manne in den Wettbewerb eintreten könne. Ein kleiner Teil geht noch weiter und fordert, der Wettbewerb solle nicht auf das Gebiet der niederen Beschäftigungs- und Berufsarten beschränkt bleiben, sondern solle auch auf die höheren Berufe, die Gebiete der Kunst und Wissenschaft, sich erstrecken. Er fordert die Zulassung der Frauen zum Studium an allen höheren Bildungsanstalten, namentlich zu den Universitäten, die in vielen Ländern den Frauen noch verschlossen sind. Man befürwortet die Zulassung zum Studium für die verschiedenen Lehrfächer, den medizinischen Beruf, für Anstellungen im Staatsdienst (Post, Telegraphie, Eisenbahndienst), für welche sie Frauen besonders geeignet halten, und zwar mit Hinweis auf die praktischen Resultate, die besonders in den Vereinigten Staaten durch Anwendung von Frauen erzielt wurden. Der eine und der andere stellt auch die Forderung, politische Rechte den Frauen zu gewähren. Die Frau sei so gut Mensch und Staatsangehöriger als der Mann, die bisherige ausschließliche Handhabung der Gesetzgebung durch die Männer beweise, daß sie dieses Privilegium nur zu ihren Gunsten ausgebeutet und die Frau in jeder Beziehung bevormundet hätten, was künftig verhindert werden müsse.

Das Bemerkenswerte an diesen hier kurz gekennzeichneten Bestrebungen ist, daß sie nicht über den Rahmen der heutigen Gesellschaftsordnung hinausgreifen. Die Frage wird nicht aufgeworfen: ob, wenn diese Ziele erreicht wurden, damit etwas Wesentliches und Durchgreifendes für die Lage der Frauen im allgemeinen erreicht sei. Auf dem Boden der bürgerlichen, d. h. der kapitalistischen Gesellschaftsordnung stehend, betrachtet man die volle bürgerliche Gleichberechtigung von Mann und Frau als die Lösung der Frage. Man ist sich nicht bewußt, oder täuscht sich darüber hinweg, daß, soweit die ungehinderte Zulassung der Frau zu den gewerblichen und industriellen Berufen in Frage kommt, dieses Ziel tatsächlich erreicht ist und von seiten der herrschenden Klasse in ihrem eigenen Interesse die kräftigste Förderung findet, wie weiter unten nachgewiesen werden wird. Unter den gegebenen Verhältnissen kann aber die Zulassung der Frauen zu allen industriellen und gewerblichen Tätigkeiten nur die Wirkung haben, daß der Konkurrenzkampf der Arbeitskräfte immer schärfer wird und immer wilder wütet, und daher ist das notwendige Schlußergebnis: Herabdrückung des Einkommens für die weibliche und für die männliche Arbeitskraft, bestehe dieses Einkommen in der Form von Lohn oder Gehalt.

Daß *diese* Lösung nicht die rechte sein kann, ist klar. Die volle bürgerliche Gleichstellung der Frau ist aber nicht bloß das letzte Ziel der Männer, die auf dem Boden der heutigen Gesellschaftsordnung diesen Frauenbestrebungen freundlich gegenüberstehen, sondern es wird auch von den bürgerlichen Frauen, die innerhalb der Frauenbewegung tätig sind, als solches anerkannt. Diese bürgerlichen Frauen und die ihnen gleichgesinnten Männer stehen also mit ihren Forderungen im Gegensatz zu dem größten Teil der Männerwelt, die teils aus philistriöser Beschränktheit, teils, und zwar soweit die Zulassung der Frauen zum höheren Studium und den besser bezahlten öffentlichen Stellen in Frage kommt, aus niedrigem Eigennutz, aus Konkurrenzfurcht ihnen feindlich gesinnt ist, aber ein prinzipieller Gegensatz, ein Klassengegensatz, wie er zwischen der Arbeiter- und der Kapitalistenklasse vorhanden ist, besteht zwischen diesen bürgerlichen Männer- und Frauenkreisen nicht.

Nimmt man den durchaus nicht unmöglichen Fall an, daß die Vertreter der bürgerlichen Frauenbewegung alle ihre Forderungen für Gleichberechtigung mit den Männern durchsetzten, so wäre damit weder die Sklaverei, die für unzählige Frauen die heutige Ehe bietet, noch die Prostitution, noch die materielle Abhängigkeit der großen Mehrzahl der verheirateten Frauen von ihren Eheherren aufgehoben. Für die große Mehrzahl der Frauen ist es auch gleichgültig, ob einige Tausend oder Zehntausend ihrer Geschlechtsgenossinnen, die den günstiger situierten Schichten der Gesellschaft angehören, in das höhere Lehrfach, die ärztliche Praxis oder in irgendeine wissenschaftliche oder Beamtenlaufbahn gelangen, da hierdurch an der *Gesamtlage* des Geschlechts *nichts* geändert wird.

Das weibliche Geschlecht in seiner Masse leidet in doppelter Beziehung: Es leidet einmal unter der sozialen und gesellschaftlichen Abhängigkeit von der Männerwelt, und diese wird durch formale Gleichberechtigung vor den Gesetzen und in den Rechten zwar gemildert, aber nicht beseitigt, und durch die ökonomische Abhängigkeit, in der sich die Frauen im allgemeinen und die proletarischen Frauen im besonderen, gleich der proletarischen Männerwelt befinden.

Daraus ergibt sich, daß alle Frauen, ohne Unterschied ihrer gesellschaftlichen Stellung, als ein durch den Lauf unserer Kulturentwicklung von der Männerwelt unterdrücktes, beherrschtes und benachteiligtes Geschlecht, das Interesse haben, diesen Zustand zu beseitigen, und dafür kämpfen müssen, ihn zu ändern, soweit dieser Zustand durch Änderungen in den Gesetzen und Einrichtungen innerhalb der bestehenden Staats- und Gesellschaftsordnung geändert werden kann. Aber die enorme Mehrheit der Frauen ist weiter aufs lebhafteste auch dabei interessiert, die bestehende Staats- und Gesellschaftsordnung *von Grund aus* umzugestalten, um sowohl die Lohnsklaverei, unter der das weibliche Proletariat am tiefsten schmachtet, wie die Geschlechtssklaverei, die mit unseren Eigentums- und Erwerbszuständen aufs innigste verknüpft ist, zu beseitigen.

Der überwiegende Teil der in der bürgerlichen Frauenbewegung stehenden Frauen begreift die Notwendigkeit einer solch radikalen Umgestaltung nicht. Beeinflußt von ihrer bevorzugteren gesellschaftlichen Stellung, sehen sie in der weitergehenden proletarischen Frauenbewegung gefährliche und nicht selten verabscheuenswerte Bestrebungen, die sie zu ignorieren, gegebenenfalls zu bekämpfen haben. Der Klassengegensatz, der in der allgemeinen sozialen Bewegung zwischen der Kapitalisten- und Arbeiterklasse klafft und sich bei der Zuspitzung unserer Verhältnisse immer schärfer und schroffer entwickelt, kommt auch innerhalb der Frauenbewegung zum Vorschein und findet in den Zielpunkten und der Handlungsweise der Beteiligten seinen entsprechenden Ausdruck.

Immerhin haben die feindlichen Schwestern weit mehr als die im Klassenkampf gespaltene Männerwelt eine Reihe Berührungspunkte, in der sie, wenn auch getrennt marschierend, vereint schlagend, den Kampf führen können. Das ist auf allen den Gebieten der Fall, auf welchen die Gleichberechtigung der Frauen mit der Männerwelt, auf dem Boden der heutigen Staats- und Gesellschaftsordnung in Frage kommt: also die Betätigung des Weibes auf allen Gebieten menschlicher Tätigkeit, für die ihre Kräfte und Fähigkeiten reichen, und weiter die volle zivilrechtliche und politische Gleichberechtigung mit dem Manne. Das sind sehr wichtige und, wie sich in den weiteren Darlegungen zeigen wird, sehr umfangreiche Gebiete. Daneben hat die proletarische Frauenwelt noch das besondere Interesse, Hand in Hand mit der proletarischen Männerwelt für alle jene Maßregeln und Einrichtungen zu kämpfen, welche die arbeitende Frau vor physischer und moralischer Degeneration schützen und ihr die Lebenskraft und Fähigkeit als Gebärerin und erste Erzieherin der Kinder sichern. Des weiteren hat, wie schon angedeutet, die Proletarierin gemeinsam mit ihren männlichen Klassen- und Schicksalsgenossen den Kampf aufzunehmen für eine Umwandlung der Gesellschaft von Grund aus, um einen Zustand herbeizuführen, der die wirkliche ökonomische und geistige Unabhängigkeit den beiden Geschlechtern ermöglicht, durch soziale Einrichtungen, welche die volle Anteilnahme an allen Kulturerrungenschaften der Menschheit einem jeden gewähren.

Es handelt sich also nicht nur darum, die Gleichberechtigung der Frau mit dem Manne auf dem Boden der bestehenden Staats- und Gesellschaftsordnung zu verwirklichen, wie das als Ziel die bürgerlichen Frauenrechtlerinnen erstreben, sondern darüber hinausgehend alle Schranken zu beseitigen, die den Menschen vom Menschen, also auch das eine Geschlecht von dem anderen, abhängig machen. *Diese Lösung der Frauenfrage fällt also mit der Lösung der sozialen Frage vollkommen zusammen.* Es muß daher, wer die Lösung der Frauenfrage in vollem Umfange erstrebt, notgedrungen mit jenen Hand in Hand gehen, welche die Lösung der sozialen Frage als allgemeine Kulturfrage für die gesamte Menschheit auf ihre Fahne geschrieben haben, das sind die Sozialisten, das ist die Sozialdemokratie.

Von allen bestehenden Parteien ist die sozialdemokratische Partei die *einzige*, welche die volle Gleichberechtigung der Frau, ihre Befreiung von jeder Abhängigkeit und Unterdrückung in ihr Programm aufgenommen hat, nicht aus agitatorischen Gründen, sondern aus Notwendigkeit, aus prinzipiellen Gründen. *Es gibt keine Befreiung der Mensch-*

heit ohne die soziale Unabhängigkeit und Gleichstellung der Geschlechter.

Bis hierher dürften alle Sozialisten mit den dargelegten Grundanschauungen mit uns einverstanden sein. Das kann aber nicht gesagt werden von der *Art und Weise*, wie wir die Endziele uns verwirklicht denken, d. h., wie die Maßnahmen und Einzeleinrichtungen beschaffen sein sollen, die jene erstrebte Unabhängigkeit und Gleichberechtigung aller Gesellschaftsglieder, also auch die von Mann und Frau, begründen.

CLARA ZETKIN

Für die Befreiung der Frau!

Bürgerin Zetkin, Abgeordnete der Arbeiterinnen von Berlin, ergreift unter lebhaftem Beifall das Wort über die Frage der Frauenarbeit. Sie erklärt, sie wolle keinen Bericht erstatten über die Lage der Arbeiterinnen, da diese die gleiche ist wie die der männlichen Arbeiter. Aber im Einverständnis mit ihren Auftraggeberinnen werde sie die Frage der Frauenarbeit vom prinzipiellen Standpunkt beleuchten. Da über diese Frage keine Klarheit herrsche, sei es durchaus notwendig, daß ein internationaler Arbeiterkongreß sich klipp und klar über diesen Gegenstand ausspreche, indem er die Prinzipienfrage behandelt.

Es ist – führt die Rednerin aus – nicht zu verwundern, daß die reaktionären Elemente eine reaktionäre Auffassung haben über die Frauenarbeit. Im höchsten Grade überraschend aber ist es, daß man auch im sozialistischen Lager einer irrtümlichen Auffassung begegnet, indem man die Abschaffung der Frauenarbeit verlangt. Die Frage der Frauenemanzipation, das heißt in letzter Instanz die Frage der Frauenarbeit, ist eine wirtschaftliche, und mit Recht erwartet man bei den Sozialisten ein höheres Verständnis für wirtschaftliche Fragen als das, welches sich in der eben angeführten Forderung kundgibt.

Die Sozialisten müssen wissen, daß bei der gegenwärtigen wirtschaftlichen Entwicklung die Frauenarbeit eine Notwendigkeit ist; daß die natürliche Tendenz der Frauenarbeit entweder darauf hinausgeht, daß die Arbeitszeit, welche jedes Individuum der Gesellschaft widmen muß, vermindert wird oder daß die Reichtümer der Gesellschaft wachsen; daß es nicht die Frauenarbeit an sich ist, welche durch Konkurrenz mit den männlichen Arbeitskräften die Löhne herabdrückt, sondern die Ausbeutung der Frauenarbeit durch den Kapitalisten, der sich dieselbe aneignet.

Die Sozialisten müssen vor allem wissen, daß auf der ökonomischen Abhängigkeit oder Unabhängigkeit die soziale Sklaverei oder Freiheit beruht.

Diejenigen, welche auf ihr Banner die Befreiung alles dessen, was Menschenantlitz trägt, geschrieben haben, dürfen nicht eine ganze Hälfte des Menschengeschlechtes durch wirtschaftliche Abhängigkeit zu politischer und sozialer Sklaverei verurteilen. Wie der Arbeiter vom Kapitalisten unterjocht wird, so die Frau vom Manne; und sie wird unterjocht bleiben, solange sie nicht wirtschaftlich unabhängig dasteht. Die unerläßliche Bedingung für diese ihre wirtschaftliche Unabhängigkeit ist die Arbeit. Will man die Frauen zu freien menschlichen Wesen, zu gleichberechtigten Mitgliedern der Gesellschaft machen wie die Männer, nun, so braucht man die Frauenarbeit weder abzuschaffen noch zu beschränken, außer in gewissen, ganz vereinzelten Ausnahmefällen.

Die Arbeiterinnen, welche nach sozialer Gleichheit streben, erwarten für ihre Emanzipation nichts von der Frauenbewegung der Bourgeoisie, welche angeblich für die Frauenrechte kämpft. Dieses Gebäude ist auf Sand gebaut und hat keine reelle Grundlage. Die Arbeiterinnen sind durchaus davon überzeugt, daß die Frage der Frauenemanzipation keine

isoliert für sich bestehende ist, sondern ein Teil der großen sozialen Frage. Sie geben sich vollkommen klare Rechenschaft darüber, daß diese Frage in der heutigen Gesellschaft nun und nimmermehr gelöst werden wird, sondern erst nach einer gründlichen Umgestaltung der Gesellschaft. Die Frauenemanzipationsfrage ist ein Kind der Neuzeit, und die Maschine hat dieselbe geboren.
Emanzipation der Frau heißt die vollständige Veränderung ihrer sozialen Stellung von Grund aus, eine Revolution ihrer Rolle im Wirtschaftsleben. Die alte Form der Produktion mit ihren unvollkommenen Arbeitsmitteln fesselte die Frau an die Familie und beschränkte ihren Wirkungskreis auf das Innere ihres Hauses. Im Schoß der Familie stellte die Frau eine außerordentlich produktive Arbeitskraft dar. Sie erzeugte fast alle Gebrauchsgegenstände der Familie. Beim Stande der Produktion und des Handels von ehedem wäre es sehr schwer, wenn nicht unmöglich gewesen, diese Artikel außerhalb der Familie zu produzieren. Solange diese älteren Produktionsverhältnisse in Kraft waren, solange war die Frau wirtschaftlich produktiv ...
Die maschinelle Produktion hat die wirtschaftliche Tätigkeit der Frau in der Familie getötet. Die Großindustrie erzeugt alle Artikel billiger, schneller und massenhafter, als dies bei der Einzelindustrie möglich war, die nur mit den unvollkommenen Werkzeugen einer Zwergproduktion arbeitete. Die Frau mußte oft den Rohstoff, den sie im kleinen einkaufte, teurer bezahlen als das fertige Produkt der maschinellen Großindustrie. Sie mußte außer dem Kaufpreis (des Rohstoffes) noch ihre Zeit und ihre Arbeit dreingeben. Infolgedessen wurde die produktive Tätigkeit innerhalb der Familie ein ökonomischer Unsinn, eine Vergeudung an Kraft und Zeit. Obgleich ja einzelnen Individuen die im Schoß der Familie produzierende Frau von Nutzen sein mag, bedeutet diese Art der Tätigkeit nichtsdestoweniger für die Gesellschaft einen Verlust.
Das ist der Grund, warum die gute Wirtschafterin aus der

guten alten Zeit fast gänzlich verschwunden ist. Die Großindustrie hat die Warenerzeugung im Hause und für die Familie unnütz gemacht, sie hat der häuslichen Tätigkeit der Frau den Boden entzogen. Zugleich hat sie eben auch den Boden für die Tätigkeit der Frau in der Gesellschaft geschaffen. Die mechanische Produktion, welche der Muskelkraft und qualifizierten Arbeit entraten kann, machte es möglich, auf einem großen Arbeitsgebiete Frauen einzustellen. Die Frau trat in die Industrie ein mit dem Wunsche, die Einkünfte in der Familie zu vermehren. Die Frauenarbeit in der Industrie wurde mit der Entwicklung der modernen Industrie eine Notwendigkeit. Und mit jeder Verbesserung der Neuzeit ward Männerarbeit auf diese Weise überflüssig, Tausende von Arbeitern wurden aufs Pflaster geworfen, eine Reservearmee der Armen wurde geschaffen, und die Löhne sanken fortwährend immer tiefer.

Ehemals hatte der Verdienst des Mannes unter gleichzeitiger produktiver Tätigkeit der Frau im Hause ausgereicht, um die Existenz der Familie zu sichern; jetzt reicht er kaum hin, um den unverheirateten Arbeiter durchzubringen. Der verheiratete Arbeiter muß notwendigerweise mit auf die bezahlte Arbeit der Frau rechnen.

Durch diese Tatsache wurde die Frau von der ökonomischen Abhängigkeit vom Manne befreit. Die in der Industrie tätige Frau, die unmöglicherweise ausschließlich in der Familie sein kann als ein bloßes wirtschaftliches Anhängsel des Mannes – sie lernte als ökonomische Kraft, die vom Manne unabhängig ist, sich selbst genügen. Wenn aber die Frau wirtschaftlich nicht mehr vom Manne abhängt, so gibt es keinen vernünftigen Grund für ihre soziale Abhängigkeit von ihm. Gleichwohl kommt diese wirtschaftliche Unabhängigkeit allerdings im Augenblick nicht der Frau selbst zugute, sondern dem Kapitalisten. Kraft seines Monopols der Produktionsmittel bemächtigte sich der Kapitalist des neuen ökonomischen Faktors und ließ ihn zu seinem ausschließlichen Vorteil in Tätigkeit treten. Die von ihrer ökonomischen Abhängigkeit dem Manne gegenüber befreite Frau ward der ökonomischen Herrschaft des Kapitalisten unterworfen; aus einer Sklavin des Mannes ward sie die des Arbeitgebers: Sie hatte nur den Herrn gewechselt. Immerhin gewann sie bei diesem Wechsel; sie ist nicht länger mehr dem Mann gegenüber wirtschaftlich minderwertig und ihm untergeordnet, sondern seinesgleichen. Der Kapitalist aber begnügt sich nicht damit, die Frau selbst auszubeuten, er macht sich dieselbe außerdem noch dadurch nutzbar, daß er die männlichen Arbeiter mit ihrer Hilfe noch gründlicher ausbeutet.

Die Frauenarbeit war von vornherein billiger als die männliche Arbeit. Der Lohn des Mannes war ursprünglich darauf berechnet, den Unterhalt einer ganzen Familie zu decken; der Lohn der Frau stellte von Anfang an nur die Kosten für den Unterhalt einer einzigen Person dar, und selbst diese nur zum Teil, weil man darauf rechnete, daß die Frau auch zu Hause weiterarbeitet außer ihrer Arbeit in der Fabrik. Ferner entsprachen die von der Frau im Hause mit primitiven Arbeitsinstrumenten hergestellten Produkte, verglichen mit den Produkten der Großindustrie, nur einem kleinen Quantum mittlerer gesellschaftlicher Arbeit. Man ward also darauf geführt, eine geringere Arbeitsfähigkeit bei der Frau zu folgern, und diese Erwägung ließ der Frau eine geringere Bezahlung zuteil werden für ihre Arbeitskraft. Zu diesen Gründen für billige Bezahlung kam noch der Umstand, daß im ganzen die Frau weniger Bedürfnisse hat als der Mann.

Was aber dem Kapitalisten die weibliche Arbeitskraft ganz besonders wertvoll machte, das war nicht nur der geringe Preis, sondern auch die größere Unterwürfigkeit der Frau. Der Kapitalist spekulierte auf diese beiden Momente: die Arbeiterin so schlecht wie möglich zu entlohnen und den Lohn der Männer durch diese Konkurrenz so stark wie möglich herabzudrücken. In gleicher Weise machte er sich die Kinderarbeit zunutze, um die Löhne der Frauen herabzudrücken; und die Arbeit der Maschinen, um die menschliche Arbeitskraft überhaupt herabzudrücken. Das kapitalistische System allein ist die Ursache, daß die Frauenarbeit die ihrer natürlichen Tendenz gerade entgegengesetzten Resultate hat; daß sie zu einer längeren Dauer des Arbeitstages führt, anstatt eine wesentliche Verkürzung zu bewirken; daß sie nicht gleichbedeutend ist mit einer Vermehrung der Reichtümer der Gesellschaft, das heißt mit einem größeren Wohlstand jedes einzelnen Mitgliedes der Gesellschaft, sondern nur mit einer Erhöhung des Profites einer Handvoll Kapitalisten und zugleich mit einer immer größeren Massenverarmung. Die unheilvollen Folgen der Frauenarbeit, die sich heute so schmerzlich bemerkbar machen, werden erst mit dem kapitalistischen Produktionssystem verschwinden.

Der Kapitalist muß, um der Konkurrenz nicht zu unterliegen, sich bemühen, die Differenz zwischen Einkaufs-(Herstellungs-)preis und Verkaufspreis seiner Ware so groß wie möglich zu machen; er sucht also so billig wie möglich zu produzieren und so teuer wie möglich zu verkaufen. Der Kapitalist hat folglich alles Interesse daran, den Arbeitstag ins Endlose zu verlängern und die Arbeiter mit so lächerlich geringfügigem Lohn abzuspeisen wie nur irgend möglich. Dieses Bestreben steht in geradem Gegensatz zu den Interessen der Arbeiterinnen, ebenso wie zu denen der männlichen Arbeiter. Es gibt also einen wirklichen Gegensatz zwischen den Interessen der Arbeiter und der Arbeiterinnen nicht; sehr wohl aber existiert ein unversöhnlicher Gegensatz zwischen den Interessen des Kapitals und denen der Arbeit.

Wirtschaftliche Gründe sprechen dagegen, das Verbot der Frauenarbeit zu fordern. Die gegenwärtige wirtschaftliche Lage ist so, daß weder der Kapitalist noch der Mann auf die Frauenarbeit verzichten können. Der Kapitalist muß sie aufrechterhalten, um konkurrenzfähig zu bleiben, und der Mann muß auf sie rechnen, wenn er eine Familie gründen will. Wollten wir selbst den Fall setzen, daß die Frauenarbeit auf gesetzgeberischem Wege beseitigt werde, so würden dadurch die Löhne der Männer nicht verbessert werden. Der

Kapitalist würde den Ausfall an billigen weiblichen Arbeitskräften sehr bald durch Verwendung vervollkommneter Maschinen in umfangreicherem Maße decken – und in kurzer Zeit würde alles wieder sein wie vorher.

Nach großen Arbeitseinstellungen, deren Ausgang für die Arbeiter günstig war, hat man gesehen, daß die Kapitalisten mit Hilfe vervollkommneter Maschinen die errungenen Erfolge der Arbeiter zunichte gemacht haben.

Wenn man Verbot oder Beschränkung der Frauenarbeit aufgrund der aus ihr erwachsenden Konkurrenz fordert, dann ist es ebenso logisch begründet, Abschaffung der Maschinen und Wiederherstellung des mittelalterlichen Zunftrechts zu fordern, welches die Zahl der in jedem Gewerbebetriebe zu beschäftigenden Arbeiter festsetzte.

Allein, abgesehen von den ökonomischen Gründen sind es vor allem prinzipielle Gründe, welche gegen ein Verbot der Frauenarbeit sprechen. Eben aufgrund der prinzipiellen Seite der Frage müssen die Frauen darauf bedacht sein, mit aller Kraft zu protestieren gegen jeden derartigen Versuch; sie müssen ihm den lebhaftesten und zugleich berechtigtsten Widerstand entgegensetzen, weil sie wissen, daß ihre soziale und politische Gleichstellung mit den Männern einzig und allein von ihrer ökonomischen Selbständigkeit abhängt, welche ihnen ihre Arbeit außerhalb der Familie in der Gesellschaft ermöglicht.

Vom Standpunkt des Prinzips aus protestieren wir Frauen nachdrücklichst gegen eine Beschränkung der Frauenarbeit. Da wir unsere Sache durchaus nicht von der Arbeitersache im allgemeinen trennen wollen, werden wir also keine besonderen Forderungen formulieren; wir verlangen keinen anderen Schutz als den, welchen die Arbeit im allgemeinen gegen das Kapital fordert.

Nur eine einzige Ausnahme lassen wir zugunsten schwangerer Frauen zu, deren Zustand besondere Schutzmaßregeln im Interesse der Frau selbst und der Nachkommenschaft erheischt. Wir erkennen gar keine besondere Frauenfrage an

– wir erkennen keine besondere Arbeiterinnenfrage an! Wir erwarten unsere volle Emanzipation weder von der Zulassung der Frau zu dem, was man freie Gewerbe nennt, und von einem dem männlichen gleichen Unterricht – obgleich die Forderung dieser beiden Rechte nur natürlich und gerecht ist – noch von der Gewährung politischer Rechte. Die Länder, in denen das angeblich allgemeine, freie und direkte Wahlrecht existiert, zeigen uns, wie gering der wirkliche Wert desselben ist. Das Stimmrecht ohne ökonomische Freiheit ist nicht mehr und nicht weniger als ein Wechsel, der keinen Kurs hat. Wenn die soziale Emanzipation von den politischen Rechten abhinge, würde in den Ländern mit allgemeinem Stimmrecht keine soziale Frage existieren. Die Emanzipation der Frau wie die des ganzen Menschengeschlechtes wird ausschließlich das Werk der Emanzipation der Arbeit vom Kapital sein. Nur in der sozialistischen Gesellschaft werden die Frauen wie die Arbeiter in den Vollbesitz ihrer Rechte gelangen.
In Erwägung dieser Tatsachen bleibt den Frauen, denen es mit dem Wunsche ihrer Befreiung ernst ist, nichts anderes übrig, als sich der sozialistischen Arbeiterpartei anzuschließen, der einzigen, welche die Emanzipation der Arbeiter anstrebt.
Ohne Beihilfe der Männer, ja, oft sogar gegen den Willen der Männer, sind die Frauen unter das sozialistische Banner getreten; man muß sogar zugestehen, daß sie in gewissen Fällen selbst gegen ihre eigene Absicht unwiderstehlich dahin getrieben worden sind, einfach durch eine klare Erfassung der ökonomischen Lage.
Aber sie stehen nun unter diesem Banner, und sie werden unter ihm bleiben! Sie werden unter ihm kämpfen für ihre Emanzipation, für ihre Anerkennung als gleichberechtigte Menschen.
Indem sie Hand in Hand gehen mit der sozialistischen Arbeiterpartei, sind sie bereit, an allen Mühen und Opfern des Kampfes teilzunehmen, aber sie sind auch fest entschlos-

sen, mit gutem Fug und Recht nach dem Siege alle ihnen zukommenden Rechte zu fordern. In bezug auf Opfer und Pflichten sowohl wie auf Rechte wollen sie nicht mehr und nicht weniger sein als Waffengenossen, die unter gleichen Bedingungen in die Reihen der Kämpfer aufgenommen worden sind.
(Lebhafter Beifall, der sich wiederholt, nachdem Bürgerin Aveling diese Auseinandersetzung ins Englische und Französische übersetzt hat.)

> (Protokoll des Internationalen Arbeiter-Congresses zu Paris. Abgehalten vom 14. bis 20. Juli 1889, Nürnberg 1890, S. 80–85.)

ADELHEID POPP

Die neue Frau

Die Umwandlung der gesellschaftlichen Einrichtungen, die von der Sozialdemokratie erstrebt wird, kann nicht durchgeführt werden, wenn nicht auch die Menschen sich umwandeln. Man kann nicht mit den gedrückten, unterernährten, kleinmütigen, vom Kindes- bis zum Greisenalter zur Unterwürfigkeit verurteilten Menschen eine sozialistische Gesellschaft aufrichten. Wenn aber diese Umwandlung auch andersgeartete Menschen erfordert, dann gilt das besonders für die Frauen. Das weibliche Geschlecht kann nicht unfrei, rechtlos, minder gewertet bleiben, wenn der Sozialismus seinen Siegeszug antreten soll, denn vom Sozialismus erhoffen und erwarten alle, die an ihn glauben, die Sprengung aller Fesseln, unter deren Druck sie jetzt leiden. Wer aber sollte mehr hoffen als die, die am gefesseltsten sind, die am meisten leiden? Und wer wollte bestreiten, daß das die

Frauen sind. Selbst unter der glänzendsten Außenhülle verbirgt sich nur allzuoft ein Geschöpf, das nicht wagt, einen eigenen Willen zu äußern, das oft gar nicht empfindet, daß dies möglich sei. Die Frau ist als Arbeiterin unterwürfiger als der Arbeiter, sie ist genügsamer, anspruchsloser, leichter zu befriedigen und denkt gar nicht, daß es anders sein könnte. Auch in der Familie ist die Frau die Fügsamere; sie ist leichter geneigt, das eigene Wohl, die eigene Persönlichkeit preiszugeben, auch wenn keine zwingenden Gründe dafür sprechen. Als Mutter ist die Frau bis zur Schrankenlosigkeit aufopferungsfähig. Das eigene Glück, eine ganze Zukunft sind die Mütter bereit zu opfern, nicht nur für das wirkliche Glück ihrer Kinder, sondern oft nur für ein eingebildetes. Das ist die Eigenart der Frau: Aufopferungsfähigkeit und Unterordnung.
Es ist zu erwarten, daß das Ereignis, das nun schon länger als ein Jahr die Welt erschüttert, der furchtbarste Krieg, den die Menschheit je erlebt hat, auch an der Frau nicht spurlos vorübergehen wird. Die Gattinnen und Mütter aller Klassen, die bisher immer von männlicher Leitung und männlichem Willen beeinflußt wurden, haben die Stütze verloren. Allein stehen sie plötzlich in der Welt, beladen mit der Sorge um ihr und ihrer Kinder Dasein. Frauen, die nie den häuslichen Herd verlassen haben, werden plötzlich hinausgedrängt, dorthin, wo man Arbeitskräfte benötigt. Alles, was das Leben hart und schwer macht, wurde der Frau beschieden. Zehntausende, die noch vor Monaten gewohnt waren, behütet durch das Leben zu gehen, werden nun allein diesen Weg machen müssen. Andere Zehntausende junge weibliche Geschöpfe, deren Entwicklungsbahn bisher nach der Richtung zur Ehe geleitet wurde, werden aus dieser Bahn geschleudert, denn die eheliche Gemeinschaft wird nun, nach dem schrecklichen Männersterben, vielen unerreichbar sein. Das, was bisher der Mehrheit des weiblichen Geschlechts als erstrebenswertes Ziel erschien, die Landung in dem ehelichen Hafen, wird auf lange Zeit vielen versperrt sein.

Es ergibt sich danach von selbst, daß sich die Erziehungsmethode ändern muß, weil die Verhältnisse es erheischen. Wenn es auch sonst nicht immer gut sein mochte, die Ehe als einzigen Lebensinhalt zu betrachten, so erfordern nunmehr die geänderten Bedingungen eine andere Auffassung, eine andere Gedankenrichtung des weiblichen Geschlechts. Die Erkenntnis muß gefördert werden, daß auch die Frau um ihrer eigenen Persönlichkeit willen, um ihres Könnens und ihrer Fähigkeiten wegen Achtung und Schätzung verdient. Was bisher nur einzelnen als Ausnahmen gewährt wurde, muß zum Gemeingut für die Frauen werden.

Das Streben der Frauen nach wirtschaftlicher Unabhängigkeit wird nicht mehr als frauenrechtlerische Schrulle eingeschätzt werden dürfen, sondern als durch die Notwendigkeit und durch die Zeiterfordernisse bedingt. Man wird allgemein lernen müssen, auch in bezug auf die Frau das anzuerkennen, was ist. Die wirtschaftliche Selbständigkeit der Frau wird aber der ganzen Persönlichkeit größere Sicherheit geben und wird auch auf anderen Gebieten Neuerungen unerläßlich machen.

Die sozial zu höherer Bedeutung gelangten Frauen wird man auch rechtlich nicht mehr anders behandeln dürfen als die männlichen Staatsbürger. Die Gesetzgebung wird ihre Türen den Frauen um so eher öffnen müssen, je eher die Frauen selbst erkennen, daß die ihnen auferlegten Pflichten den Anspruch auf dieses Recht erheischen.

Wenn der Krieg die Ursache sein wird, daß die Frauen ihren Zielen näher kommen, so wollen wir den Krieg deshalb nicht preisen, sondern wir wollen die Erinnerung an seine Schrecken und an seine zahlreichen Opfer als heilige, nie verlöschende Flamme bewahren, damit die zu höheren sozialen und politischen Rechten gelangten Frauen es als ihre vornehmste Pflicht ansehen lernen, den größeren Einfluß, den sie gewinnen, für die Verbrüderung der Menschheit einzusetzen.

Die neue Frau, die kommen wird und kommen muß, soll

frei sein von den kleinlichen Gefühlen und engherzigen Anschauungen der alten Zeit. Vorurteilslos soll sie auch gegen ihre Geschlechtsgenossinnen sein. Sie soll sich auch nicht für zu gering halten, auf jedem Gebiet in ihrer Art mit aller Kraft zu wirken. Das Dichterwort »Es wächst der Mensch mit seinen höheren Zwecken« soll sich auch bei den Frauen bewahrheiten. Sie sollen der Welt nicht nur als die Verfechterinnen der Rechte ihres eigenen Geschlechts erscheinen, sondern als die Kämpferinnen für ein neues Menschheitsideal, das uns im Sozialismus verkündet wird.
Möge die neue Frau gewillt und stark genug sein, alle ihre Pflichten zu erkennen, möge es ihr nicht an Mut und Energie fehlen, sie auch zu erfüllen.

Zur Politisierung bürgerlicher und proletarischer Positionen

DIE GLEICHHEIT

Reinliche Scheidung

Am 28. und 29. März tagte in Berlin ein Kongreß bürgerlicher Frauenrechtlerinnen zum Zweck der Gründung eines Verbandes der gemeinnützigen Frauenvereine Deutschlands.
Unsere Leserinnen wissen, daß bürgerliche Frauenrechtelei und proletarische Frauenbewegung zwei grundverschiedene soziale Strömungen sind, so daß letztere zu ersterer mit Fug und Recht sagen kann: »Deine Gedanken sind nicht meine Gedanken, und deine Wege sind nicht meine Wege.« Wir hätten also nicht den geringsten Anlaß, an dieser Stelle über

diesen Kongreß zu berichten, und das um so weniger, als das Programm des gegründeten Verbandes ein ungemein vages und inhaltloses ist, welches nicht hinausgeht über allgemeine Redensarten von dem »organisierten Zusammenwirken der Frauenvereine zur Erhaltung der höchsten Güter der Familie und der Nation, zur Bekämpfung der Unwissenheit und Ungerechtigkeit« etc. etc.
Allein die tagenden Frauenrechtlerinnen erörterten in lebhafter Debatte die Stellung des Verbandes zur Sozialdemokratie. Die große Mehrzahl der Rednerinnen erklärte sich gegen die Aufnahme »offenkundig sozialdemokratischer Vereine«. Die Begründung dieser Stellungnahme – »man wolle die übrigen Elemente nicht abschrecken und die Politik aus dem Verband verbannen« – ist an und für sich gleichgiltig, aber charakteristisch für die farblose, de- und wehmütige deutsche Frauenrechtelei. Während in allen anderen Ländern die bürgerlichen Frauenrechtlerinnen mit aller Energie gerade für die Zuerkennung der politischen Gleichberechtigung kämpfen, wagt ihr Gros in Deutschland nicht einmal, sich offiziell auch nur mit Politik zu beschäftigen!
Was die Stellungnahme zur Sozialdemokratie anbelangt, so sind die verehrten Damen mit ihrer Erklärung etwas zu spät aufgestanden. Wohl war infolge besonderer Umstände die proletarische Frauenbewegung Deutschlands in ihren Anfängen bürgerlich frauenrechtlerisch angekränkelt. Allein sie ist sich ihrer vollen, unüberbrückbaren Gegensätzlichkeit zu der bürgerlichen Frauenrechtelei bewußt geworden. In nicht zu drehender und deutelnder Weise hat sie dies in den letzten Jahren zum Ausdruck gebracht, hat sie erklärt, daß sie sich voll und ganz zu dem Prinzip des Klassenkampfes bekennt, daß sie voll und ganz auf dem Boden der Sozialdemokratie steht. Im vorigen Sommer, auf dem internationalen Züricher Kongreß, war es gerade die Vertreterin der zielbewußten proletarischen Frauen Deutschlands, welche in aller Form und mit aller Schärfe und Entschiedenheit jede

Gemeinsamkeit zwischen bürgerlicher Frauenrechtelei und Arbeiterinnenbewegung zurückwies.
Umsonst war also die Liebesmüh der Frauenrechtlerinnen, den neuen Verband jungfräulich rein zu halten von jeder Berührung mit »offenkundig sozialdemokratischen Vereinen«. Die Damen können Gift darauf nehmen, daß auch ohne ihre Erklärungen es nicht einer einzigen zielbewußten proletarischen Frauenorganisation auch nur im Traume eingefallen wäre, Anschluß an den Verband zu suchen. Die deutsche Arbeiterinnenbewegung ist über die Zeit frauenrechtlerischer Harmonieduselei längst hinaus. Jede klare proletarische Frauenorganisation ist sich bewußt, daß sie sich durch einen solchen Anschluß eines Verrats an ihren Grundsätzen schuldig machen würde. Denn die bürgerlichen Frauenrechtlerinnen erstreben nur durch einen Kampf von Geschlecht zu Geschlecht, im Gegensatz zu den Männern ihrer eigenen Klasse, Reformen zugunsten des weiblichen Geschlechts innerhalb des Rahmens der bürgerlichen Gesellschaft, sie tasten den Bestand dieser Gesellschaft selbst nicht an. Die proletarischen Frauen dagegen erstreben durch einen Kampf von Klasse zu Klasse, in enger Ideen- und Waffengemeinschaft mit den Männern ihrer Klasse – die ihre Gleichberechtigung voll und ganz anerkennen – zugunsten des gesamten Proletariats die Beseitigung der bürgerlichen Gesellschaft. Reformen zugunsten des weiblichen Geschlechts, zugunsten der Arbeiterklasse sind ihnen nur Mittel zum Zweck, den bürgerlichen Frauen sind Reformen der ersteren Art Endziel. Die bürgerliche Frauenrechtelei ist nicht mehr als Reformbewegung, die proletarische Frauenbewegung ist revolutionär und muß revolutionär sein. Die proletarischen Frauen werden durch ihre Klassenlage in das Lager der Revolution geführt, die bürgerlichen Frauen in das der Reaktion. Die Mehrzahl der letzteren muß den Bestrebungen der Sozialdemokratie nicht bloß verständnislos gegenüberstehen, sondern direkt feindlich. »Unbewußter Weisheit froh« hat dies auch die Majorität der Kongreß-

teilnehmerinnen zum Ausdruck gebracht. Daß vier der Delegierten – Frau Cauer, Frau Gebauer, Frau Gizycki und Frau Lina Morgenstern – gegen den Ausschluß der sozialdemokratischen Frauenorganisationen waren und dagegen protestierten, ändert an der Tatsache nichts.

Uns hat die Haltung des Kongresses der Sozialdemokratie gegenüber nicht überrascht, aber sie freut uns. Es freut uns, wenn auf seiten der bürgerlichen Frauenrechtlerinnen die nämliche Klarheit sich Bahn bricht, welche auf seiten der proletarischen Frauenbewegung schon längst vorhanden ist. Hoffentlich haben nun die Versuche ein Ende, die Kluft zwischen bürgerlicher und proletarischer Frauenbewegung durch den Brei ideologischer und frauenrechtlerischer Schlagworte von der Schwesternschaft aller Frauen etc. überkleistern zu wollen. Wir sind von jeher Freund einer klipp und klar gezeichneten Situation gewesen.

Wir freuen uns aber auch der Haltung des Kongresses mit Rücksicht auf die sehr vereinzelten Elemente in unseren Reihen, welche in Reminiszenz der frauenrechtlerisch angehauchten Jugendzeit unserer Arbeiterinnenbewegung oder aus Ritterlichkeit geneigt sind, die bürgerliche Frauenrechtelei mit mehr Entgegenkommen zu behandeln, als irgendeine andere soziale Strömung unserer Zeit. Wir freuen uns der Haltung des Kongresses, weil er hoffentlich jenen die Augen öffnet, die von dem holden Wahn befangen sind, daß man durch taktisch vorsichtiges Vorgehen viele bürgerliche Frauen für den Sozialismus zu gewinnen vermöge. Die Masse der bürgerlichen Frauen wird und muß der Sozialdemokratie feindselig gegenüberstehen, so will es ihre Klassenlage, und diese ist von zwingenderem Einfluß auf ihre Haltung als ihre Geschlechtslage, als der Umstand, daß sie Frauen sind. Auf die vereinzelten bürgerlichen Frauen aber, welche aus dem Lager der Bourgeoisie zu uns herüberkommen können, haben wir keine Rücksicht zu nehmen. Wollen sie sich uns anschließen, gut, sie sind uns willkommen. Wie die Sozialdemokratie niemand seiner Nationalität, seines

Berufs, seines Geschlechts wegen zurückweist, so auch nicht wegen seiner Abstammung aus der oder jener gesellschaftlichen Schicht. Aber das eine haben wir zu verlangen: daß sie sich ohne Vorbehalt zum Prinzip des Klassenkampfes bekennen, daß sie alle Sonderbestrebungen und Quertreibereien aufgeben, daß sie treu und unentwegt für die Ziele der Sozialdemokratie eintreten.
Unsere Bewegung hat weder prinzipiell noch taktisch Rücksicht auf die Gewinnung dieser vereinzelten Elemente der bürgerlichen Frauenwelt zu nehmen, sie darf keine Kräfte vergeuden und zersplittern, um eine Handvoll Damen zu uns herüberzuziehen. Wir haben eine hochentwickelte sozialistische wissenschaftliche und Tagesliteratur, wir verkünden unsere Grundsätze und Ziele in Hunderten von öffentlichen Versammlungen. »Hic Rhodus, hic salta.« Die bürgerlichen Frauen, denen es Ernst ist mit ihrer Sympathie für den Sozialismus, haben hier Gelegenheit die Hülle und Fülle, sich über sein Wesen zu unterrichten. Wollten wir anfangen, die bürgerlichen Frauen durch eine besondere Agitation und Propaganda aufzuklären über die Ziele der Sozialdemokratie im allgemeinen und ihre Stellung zur Gleichberechtigung der Geschlechter im besonderen, so könnten wir auch genau mit der nämlichen Berechtigung eintreten in Bewegungen, um die Kapitalisten für den Sozialismus zu gewinnen, um die Behörden und Staatsgewalten von der Gerechtigkeit unserer Forderungen zu überzeugen, um die Fürsten zu prinzipienfesten, begeisterten Sozialdemokraten zu machen.
Unsere Aufgabe besteht nicht darin, einzelnen bürgerlichen Frauen die Unschädlichkeit des Sozialismus plausibel zu machen. Unsere Aufgabe ist, die Masse der proletarischen Frauenwelt zum Bewußtsein ihrer Klassenlage und Klassenleiden zu bringen, sie von der Notwendigkeit der Beseitigung der kapitalistischen Gesellschaft zu überzeugen, sie zu einem bewußten, energisch handelnden Teil des revolutionären Proletariats zu erziehen.

Anstatt durch taktisch kluges Vorgehen, d. h. durch Verwässerung unseres Standpunktes die Scheidegrenze zwischen bürgerlicher und proletarischer Frauenbewegung zu verwischen, müssen wir durch energisches Betonen der Klassengegensätze und unserer Prinzipien diese Scheidegrenze immer deutlicher hervorheben. In dem einen wie dem anderen Lager muß völlige Klarheit darüber herrschen, daß hier die Losung lautet: »Hie Reform der Gesellschaft«, dort dagegen das Feldgeschrei ist: »Hie Revolution der Gesellschaft.«

[Clara Zetkin]

HELENE LANGE

Es gab keine sozialdemokratischen Frauenvereine

Die Frage, die bei der Gründung des Bundes im Frühjahr 1894 zu den lebhaftesten Auseinandersetzungen führte, war die Stellung zu den der Sozialdemokratie angeschlossenen Frauen. Man hat von manchen Seiten (so Lily Braun in ihren *Memoiren einer Sozialistin*) es so hinzustellen versucht, als hätte eine bürgerlich-engherzige Anschauung der bei der Gründung maßgebenden Kreise die sozialistisch denkenden Frauen ausschließen wollen. Das war *nicht* der Fall. Es handelte sich vielmehr um ein rein formales Problem, das durch das damals geltende Vereinsrecht aufgeworfen wurde. In den meisten deutschen Bundesstaaten durften Frauen nicht Mitglieder politischer Vereine sein; politische Vereine, die Frauen aufnahmen oder aus Frauen bestanden, wurden aufgelöst. So *gab* es im Grunde keine sozialdemokratischen Frauenvereine – es *durfte* sie gesetzlich nicht geben, wenn auch die damals übliche Handhabung des Vereinsgesetzes es fertigbrachte, manche Arbeiterinnenvereine dazu zu stempeln. Solche Vereine durfte der Bund nicht aufnehmen, ohne sich selbst sofort der Gefahr der Auflösung auszusetzen, zumal seine Begründung in Berlin stattfand. Es gab aber gewissermaßen kryptosozialistische Arbeiterinnenvereine. Sie aufzunehmen war der Bund selbstverständlich durchaus bereit, nur mußten sie, wie sie gesetzlich nur als Arbeiterinnenvereine bestanden, auch nur als solche zum Beitritt aufgefordert werden. Das erklärte auf eine etwas provokatorisch gestellte Anfrage Auguste Schmidt in der Gründungsversammlung: Der Bund werde Arbeiterinnenvereine gern aufnehmen, sozialdemokratische Frauenvereine könne er nicht aufnehmen, da sie gesetzlich nicht zulässig seien. Aus dieser, möglicherweise formal nicht ganz scharf gegebenen Erklärung entstand dann die Legende, die ein sehr langes Leben fristete, der Bund habe bei seiner Gründung die Arbeiterinnenvereine ausgeschlossen. Ich persönlich habe bei den Vorbesprechungen der Frage diesen formal ganz unvermeidlichen Standpunkt zur Aufnahme von Arbeiterinnenvereinen geteilt, bin aber bei der Gründung infolge einer Erkrankung nicht dabeigewesen – so ist die von Lily Braun in den *Memoiren einer Sozialistin*, in denen sie mich unter einer sehr durchsichtigen Maske einführt, gegebene Darstellung, soweit sie mich betrifft, glatt erfunden.

Aber diese Legende *wollte* leben, trotzdem es schließlich noch dazu ein Streit um des Kaisers Bart war, denn die sozialistischen Frauen *dachten* gar nicht daran, sich dem Bund anzuschließen. Die hundertmal auseinandergesetzte Auffassung der sozialdemokratischen Frauen war, daß es neben der Klassenbewegung des Proletariats, in der die Frau Schulter an Schulter mit dem Mann kämpfte, eine besondere Frauenbewegung nicht zu geben brauche. Die Befreiung des vierten Standes schließe die Befreiung der Frauen in sich ein. Die Frauenbewegung sei daher der Natur der Sache nach auf das Bürgertum beschränkt, weil sie nur da notwendig sei. Aus diesem Grunde lehnten die sozialdemokratischen Frauen jetzt und später ein Zusammengehen mit der neutra-

I. Allgemeine Positionen zur Frauenfrage

len Frauenbewegung, die eben dadurch zur »bürgerlichen« gestempelt wurde, konsequent ab. Ich fand, man sollte diesen Standpunkt in seiner starken inneren Begründung respektieren und nicht immer neue Versuche machen, die stets nur eine höhnische Abfuhr zur Folge hatten.
Aber es gab Kreise im Bunde Deutscher Frauenvereine, die diese Frage immer wieder zur Demonstration ihrer eigenen Anschauungen brauchten. Damit komme ich zu unserer »Linken« – zu den »Radikalen«.
Es hat sich so gefügt, daß ich ihnen in besonderem Maße zum Stein des Anstoßes wurde – trotzdem ich eigentlich mindestens so »radikal« war wie sie – und daß ich den Kampf mit ihnen in der vordersten Linie zu führen hatte. Es war erst ein Verteidigungskrieg, den ich mit für die zu solchem Kampf wenig geeignete Auguste Schmidt führte – und dann allerdings auch ein Angriffskrieg, den mir mein Verantwortungsgefühl für die Bewegung gebot.
Radikalismus in der Frauenbewegung – was hieß das? Es hieß einerseits das Bakkalaureusgebaren einer Gruppe von Frauen, die zwar nicht durchaus an Jahren, aber an geschichtlicher Reife jünger waren. Es hieß aber auch eine andere Färbung der Anschauungen.
Die Führer dieser Gruppe waren Minna Cauer und Anita Augspurg. Sie konsolidierte sich in dem Verband fortschrittlicher Frauenvereine, der, 1899 gegründet, bis 1913 ein ziemlich geräuschvolles, aber nicht sehr schöpferisches Leben führte.
Diese Frauen fühlten sich uns überlegen, insofern sie »realpolitischer« waren. Der älteren Generation hatte sich Notwendigkeit, Ziel und Weg der Frauenbewegung aus *inneren* Erlebnissen heraus ergeben. Von ihnen aus suchte sie die neuen Formen. Ihr konnte kaum etwas daran gelegen sein, äußere Erfolge ohne diese inneren Vorbedingungen zu erreichen. Sie *wollte* nur organisches Wachstum von innen heraus. Die anderen aber waren Propagandisten der Frauenbewegung, sie wollten »politische« Erfolge mit politischen

Mitteln, sie wollten mit Demonstrationen in die Breite wirken, maßen den Wert ihrer Kundgebungen (buchstäblich!) nach dem Gewicht der Zeitungsausschnitte, die sich mit ihnen beschäftigten, und legten es darauf an, im politischen Sinne Eindruck zu machen. Es vollzog sich die Umwandlung einer erziehlichen in eine politische Bewegung.

Rückblickend bin ich mir über das Stück Berechtigung in solchem Methodenwechsel klar. Nach wie vor aber steht meine Überzeugung fest, daß *niemals* diese nach außen gewandte Agitation den Charakter der Frauenbewegung prägen dürfe, daß immer ihr Wesentlichstes die innere Entwicklung bleibt.

Mit solcher Wendung nach außen hing der »Radikalismus« der »Fortschrittlichen« zusammen. Die ältere Generation wollte das, wozu ihr die inneren Vorbedingungen gegeben schienen. Die »Fortschrittlichen« wollten alles zugleich. Sie trugen keine Bedenken, die Unreifen um letzte Ziele zu sammeln – im Gegenteil, sie *wollten* sie aufregen und verblüffen. In den Zielen selbst hat im großen und ganzen nie ein Unterschied bestanden. Luise Otto-Peters und Auguste Schmidt waren wahrhaftig Stimmrechtlerinnen. Aber sie sahen den Weg dahin in einem Prozeß des Reifens, und ihren verantwortungsvollen, ernsten Erziehernaturen widerstrebten die Überrumpelungen sowohl der Frauen selbst wie der Öffentlichkeit.

So war hier ein tiefer Gegensatz der Temperamente, der sich um so weniger überbrücken ließ, je rücksichtsloser sich die Kritik der Radikalen gegen die älteren Führerinnen richtete und je mehr späterhin auch *sachliche* Gegensätze sich auftaten.

Diese lagen, wie gesagt, *nicht* in den Zielen, die im Publikum als die »radikalsten« angesehen wurden: Stimmrecht, Gleichberechtigung der Frau in der Ehe und ähnlichem. Sie lagen in der *Begründung* dieser äußeren Forderungen. Bei den Radikalen stand der abstrakte Rechtsgedanke viel stär-

ker und zugleich in individualistischer Form im Vordergrunde. Die Ableitung der neu zu schaffenden Lebensformen aus der Tatsache der seelischen *Verschiedenheit* der Geschlechter – aus dem eigenartigen Wesen der Frau – wurde hier durch eine stärkere Betonung der *Gleichheit* übertrumpft. Gleichzeitig wurde die Bindung an Geschichte und Entwicklung weniger lebhaft empfunden – diesen Frauen galt es nur etwas zu erkämpfen, nicht für etwas zu wachsen. Sie operierten viel stärker mit Anklage und Entrüstung, mit starken Worten und Posen. Ihnen stand die *politische* Seite der Bewegung mit ihren politischen Zielen im Vordergrund. Und die stillere und feinere – vielleicht rein äußerlich betrachtet weniger effektvolle Methode der ersten Zeit wurde von ihnen mit höchster Geringschätzung als überholt, zaghaft und zaudernd verurteilt.
Es wäre übrigens, wie schon gesagt, falsch, in irgendwelchem Sinne die Bezeichnung »jüngere Richtung«, die sie sich beilegten, auf die Jahre ihrer Trägerinnen zu beziehen. Die Radikalen verfügten keineswegs in Führung und Gefolgschaft über mehr Jugend.
Ich kann persönlich nur sagen, daß ich gegen diese Veräußerlichung der Frauenbewegung eine starke innere Abneigung fühlte, daß ich die Gefahren der neuen Methoden für viel schwerwiegender hielt als den allenfalls möglichen äußeren Erfolg, daß mir der unbedenkliche Dilettantismus, mit dem die schwierigsten Dinge in ein paar Formeln gepreßt wurden, in tiefster Seele widerstand. So bin ich, seit diese Gruppe in der Frauenbewegung sich zur Geltung brachte, sehr gegen meinen Willen in den Kampf mit ihr verstrickt gewesen, und meine Mitarbeit am Bund Deutscher Frauenvereine hat zum Teil unter dem Zwang dieser mir aufgedrungenen Frontstellung gestanden.
Denn der Bund war von Anfang an Forum dieser Kämpfe. Zeitweise schien es, als sei das seine eigentliche Bestimmung. Auf alle Fälle stand dieser Kampf der Richtungen immer im Mittelpunkt der Interessen. Ich habe diese Kämpfe nie so

pathetisch nehmen können wie die unmittelbar Beteiligten und habe wohl bei meinen Gegnerinnen durch nichts so sehr Ärgernis erregt wie dadurch, daß ich sie nicht immer ganz ernst zu nehmen vermochte. Jedenfalls hat man einmal bei der Bundesleitung einen feierlichen Sammelprotest eingereicht gegen meinen »ironischen Ton«. Es war aber tatsächlich viel hohle Aufregung und Wichtigtuerei in diesen leidenschaftlichen Kämpfen. Auch dem Parlamentspielen vermochte ich keinen Geschmack abzugewinnen. Wir hatten bis dahin im Sitzungssaal unsere Plätze eingenommen, wie freie Wahl und Zufall es ergab. Die Beflissenheit, mit der die Radikalen vor Tau und Tage jetzt in den Saal eilten, um die Plätze auf der linken Seite zu besetzen, berührte mich als kindlich.

DIE FRAUENBEWEGUNG

Über das Fundamentale der Frauenbewegung

Über ein halbes Jahrhundert ist bereits verflossen, und noch immer streiten sich die Geister, was denn eigentlich die Frauenbewegung ist, was sie will, welche Prinzipien sie vertritt, welche Ziele sie verfolgt und dergl. mehr. Lange bevor die Frauenbewegung durch Vereinsbildungen in die Erscheinung trat, gab es bedeutende Frauen, welche für das Recht der Persönlichkeit und das Recht auf Bildung, freilich nur in ästhetisierender Weise, eintraten. Ob diese Vorläuferinnen jemals sich klargemacht haben, daß die Umsetzung dieser Ideen in die Tat die Frauen notwendigerweise auch in das öffentliche Leben hineinziehen müsse, entzieht sich der Beurteilung, wenn sich auch hie und da einige darauf bezügliche Wendungen in ihren Schriften und Aussprüchen finden. Es gab eben vor einem halben Jahrhundert kein soziales

Leben in unserem Sinne, die wirtschaftliche Umwälzung war noch nicht eingetreten, die Ideale für das Frauenleben waren andere, konnten und mußten andere sein. In der gleichen Weise ist die Frauen*frage* zu einer Frauen*bewegung* geworden, und diese selbst hat sich zu einem bedeutenden Faktor der Kulturentwickelung ausgestaltet. Innerhalb dieser Bewegung finden wir, wie es nicht anders sein kann, wenn nicht Stagnation eintreten soll, die verschiedensten Strömungen. Solche Strömungen durch Argumente oder Schlagwörter verwischen zu wollen heißt die ganze Lage verkennen, beweist jedenfalls Mangel an Klarheit hinsichtlich sozialer Bewegungen und historischer Entwickelungen.

Betrachten wir u. a. nur die Arbeiterinnenfrage, eine Frage, mit welcher sich die Regierungen und Behörden sämtlicher zivilisierter Länder immer mehr und mehr zu beschäftigen haben und welche die umfassendste Sachkenntnis aller wirtschaftlichen Gebiete verlangt. In Deutschland liegt diese Frage hauptsächlich in den Händen der sozialdemokratischen Partei, welche, wenn diese Zeilen erscheinen, ihren Parteitag abhält. Zum ersten Male haben die sozialdemokratischen Frauen eine Vorkonferenz anberaumt, um unter sich und miteinander zu beraten, wie sie in wirkungsvollerer Weise als bisher die Organisation der Arbeiterinnen betreiben können, um einerseits dadurch die Parteiinteressen zu fördern und zu stützen und andrerseits wiederum durch die Partei Stärkung und Kräftigung zu erlangen. Wichtige Fragen stehen auf dem Parteitage zur Diskussion: Organisationsfragen, die Neutralität der Gewerkschaften, die Anteilnahme der Partei an den Landtagswahlen u. a. m. Auf dem Parteitage werden Frauen als Delegierte zugelassen, die Sozialdemokratie ist bekanntlich die einzige Partei in Deutschland, welche darin den Frauen eine völlige Gleichberechtigung zuerkennt.

Die Arbeiterinnenfrage in ihrer ganzen Tragweite wird von den bürgerlichen Frauen im wesentlichen noch wenig

erkannt. Seien wir doch offen in solchen Bekenntnissen. Jede Schönfärberei ist vom Übel, dazu liegen denn doch die Dinge zu ernst. Selbstverblendung muß hierbei mit aller Entschiedenheit zurückgewiesen werden, und die Phrase, daß »wir es so herrlich weit gebracht«, wird hoffentlich bald ganz aus den Versammlungen der Frauen verschwinden.
Hier gilt es eben, eine fundamentale Prinzipienfrage innerhalb der Frauenwelt und der wirtschaftlichen Verhältnisse zu lösen, und die Frauen, welche sich zur Frauenbewegung rechnen, werden nunmehr vor die Frage gestellt, ob sie Hand ans Werk zur Lösung der Arbeiterinnenfrage legen wollen, d. h. zusammen *mit* den Arbeiterinnen und den Arbeitern, welcher Partei sie auch angehören mögen. Die Kampfesweise dort drüben ist nicht gerade ästhetisch anziehend, sie stößt sogar feinfühlende Menschen zurück, die Offenheit der Sprache gegen die bürgerlichen Frauen läßt nichts zu wünschen übrig, aber solche Offenheit tut wohl. Ein Vertuschungs- und ein Verwischungssystem herrscht dort jedenfalls nicht.
Daß innerhalb der Arbeiterinnenfrage eine ganze Reihe schwerwiegender Einzelfragen noch zur Diskussion stehen und Klärung verlangen, ist ganz selbstverständlich; daß hüben und drüben sich oft die verschiedensten Ansichten kreuzen werden, ist ebenso selbstverständlich. Wir haben jedoch im Laufe des letzten Winters gesehen, daß auf manchen Punkten in diesen Fragen eine offene Aussprache zwischen den Sozialdemokratinnen und dem linken Flügel der Frauenbewegung, den sogenannten Radikalen, sehr bald zur Verständigung führen kann. Von der Entwickelung der wirtschaftlichen Verhältnisse wird es abhängen, ebenso von dem Mut und der Energie sowie der Sachkenntnis der Frauen, in welcher Weise die Ziele für diese Bewegung sich früher oder später erfüllen werden.
Innerhalb der bürgerlichen Frauenbewegung sieht es gar buntscheckig aus, nicht ganz so wie im deutschen Reichstage, doch sind wir auf dem Wege dazu. Da sehen wir

allerlei Neubildungen, welche plötzlich ihr frauenrechtlerisches Herz entdeckt haben. Diese Neubildungen können unbequeme Hemmungen hervorrufen, darum erheben wir gegen sie unsere warnende Stimme. Da gibt es Kirchlichsoziale und Christlichsoziale, da ist ein evangelischer Frauenbund entstanden, und ein katholischer, so heißt es, ist im Werden. Abgesehen von diesen Neubildungen finden wir die Richtung der Alten und die der Jungen oder der Gemäßigten und der Radikalen, nur daß die Gemäßigten nicht immer alt und die Radikalen nicht alle jung sind. Bezeichnender wäre die Benennung der rechte und der linke Flügel der bürgerlichen Frauenbewegung. Sind die Gemäßigten wie eingeschworen darauf, daß die gemeinnützige Tätigkeit am besten zum Ziele führen werde, so behaupten die Radikalen, daß diese Tätigkeit gut und nützlich sei, doch mit der grundsätzlichen Gleichstellung und Gleichberechtigung der Frau im Staate nicht viel zu tun habe. Die Grenzen sind hie und da fließende, doch sind fundamentale Gegensätze vorhanden. Ausgleichende Verständigung könnte nur dann eintreten, wenn man in gegenseitiger Anerkennung der verschiedenen Grundsätze eine freie, offene und energische Aussprache herbeizuführen suchte. Solche Auseinandersetzungen sind Pflicht. Wer sie scheut, ist eben seiner Sache nicht sicher.

Wie die Arbeiterinnenfrage von fundamentaler Bedeutung für die Frauenbewegung ist, so nicht minder die Sittlichkeitsfrage. Beides ist nicht zu trennen. Wer aber unter den vielen Vereinen und Vereinchen in Stadt und Land gibt sich denn die Mühe, mit Energie die Sittlichkeitsverhältnisse in seiner nächsten Umgebung kennenzulernen? Eine Umfrage bei den Hunderten von Vereinen und Vereinchen nach Auskunft hinsichtlich der sittlichen Verhältnisse in den betreffenden Orten würde wohl ein klägliches Resultat zeitigen. Kommt es doch nur zu oft vor, daß die Frauen nicht einmal das Wort Reglementierungssystem verstehen!

Auch innerhalb der Sittlichkeitsbewegung gibt es eine Fülle

ungelöster, noch zu klärender Fragen. In manchen Punkten treffen Föderation und christliche Sittlichkeitsvereine zusammen, in manchen stehen sie sich schroff gegenüber, wie es z. B. bei der Beratung der Lex Heinze zutage trat. In einem Punkte sind sich alle einig, in der Verdammung des Reglementierungssystems. Daß gerade bei dieser Frage noch viel des Prinzipiellen und Fundamentalen zur Erörterung kommen muß, ist ebenso selbstverständlich wie bei der Arbeiterinnenfrage. Jeder Dilettantismus, jede Einseitigkeit muß entschieden bekämpft werden. Denn es handelt sich nicht um angenehme Beschäftigung durch Vereinsspielerei, sondern um Heilung jahrhundertalter tiefer und furchtbarer Schäden, welche nur durch eine prinzipielle Stellungnahme aufgedeckt werden können und deren Besprechung die breiteste Öffentlichkeit erheischt.

Sowohl hinsichtlich des Vorgehens in der Arbeiterinnenfrage wie in der Sittlichkeitsfrage ist ein Bruch mit der Vergangenheit zu bemerken. Das ist ein Zeichen zur Besserung. Wer diese Wandlung, welche durch die veränderten Verhältnisse geboten ist, nicht mitmachen kann, der bleibe fern von Fragen, welche das ganze Volksleben tief berühren und bei deren Behandlung daher die Verantwortung eine unendlich große ist.

Und wie steht es mit dem fundamentalen Grundsatz der völligen Umgestaltung unseres Mädchenschulwesens? Dafür ist doch die Zeit wahrlich reif. Wer aber, außer einer ganz kleinen Schar, hat denn den Mut, den Regierungen energische Worte zu unterbreiten? Das Gebäude hatte vom Fundament an etwas Wackeliges, ein Umsturz wäre leicht, wenn – ja wenn eben die Frauen nur mutig und kraftvoll dazu beitragen wollten, daß das Gebäude falle, anstatt selbst in heißem Bemühn durch Anfügung schwächlicher Pfeilerchen und Stützen, durch Zustreichen der klaffenden Risse, durch Auftragen frischer Tünche und moderner Tapeten die Tatsache zu verdecken, daß es nichts weiter als eine untergangsreife, irreparable Ruine ist.

Und nun vollends, wenn wir zu dem Grund- und Eckstein unserer Frauenbewegung – der Gleichstellung und Gleichberechtigung der Frau im politischen Leben – kommen, wer tritt dafür mit offenem Bekenntnis und mit freudigem und mutigem Tun ein? Der linke Flügel der Frauenbewegung hat die Konsequenz aus den Erlebnissen und Erfahrungen seiner Tätigkeit im öffentlichen Leben gezogen und kommt daher immer und immer wieder auf diesen Ausgangspunkt und auf dieses Fundament der Frauenbewegung zurück.

Es handelt sich bei der Frauenbewegung nicht nur um Vereinstätigkeit; sie ist notwendig, um die Frauen zum sozialen Denken und Empfinden zu erziehen, sie auf ihre Aufgaben und ihre Stellung im Staate aufmerksam zu machen, um sie verantwortlich zu machen für viele Schäden in Staat, Kirche und Gemeinde. Aber von allem Kleinlichen, Dilettantenhaften und Oberflächlichen hat sich die Frauenbewegung nun endlich nach einem halben Jahrhundert zu emanzipieren. Es handelt sich um Erörterung von tiefeinschneidenden Fragen, welche nicht von heute auf morgen beantwortet werden können; dafür zu arbeiten erfordert Mut, erfordert vor allem Treue in der Überzeugung, Festigkeit im Handeln, Erkennen der fundamentalen Grundanschauungen der Frauenbewegung, die keine Halbheiten, keine Schwenkungen und Schwankungen zulassen.

[Minna Cauer]

II. Die Stellung der Frau in Ehe und Familie

> »Die ›gute Hausfrau‹, so wie sie ist, gilt in der öffentlichen Meinung für das Ideal der Weiblichkeit. Was vermögen Gründe gegen eine Meinung, die ihr eine solche Bedeutung verleiht, ihr so unverantwortlich schmeichelt. Sie ist vortrefflich vom Morgen bis zum Abend, vom Scheitel bis zur Sohle. Was will sie noch mehr? Das Hausfrauentum ist der einzige Ruhm, der ihr erreichbar ist, und darum muß er auch der höchste sein.
> Von jenen Mannweibern aber behauptet sie, daß sie mit den randsohligen Männerstiefeln, die sie ihnen zutraut, das Familienglück ecrasieren.«
>
> (Hedwig Dohm:
> *Der Jesuitismus im Hausstande*, ²1893)

POSITIONEN DER BÜRGERLICHEN FRAUENBEWEGUNG ZU EHE UND FAMILIE

HEDWIG DOHM

Auf der Unabhängigkeit der Frau beruht eine durchgreifende Reformierung der Ehe

Ja, der Ehe zum Heil. Die Hebung des Eheniveaus scheint mir unerläßlich für das vollwertige Menschentum der Frau.
An anderer Stelle habe ich ausführlich dargetan, daß eine edlere Gestaltung der Ehe nur aufgrund der wirtschaftlichen Unabhängigkeit der Frau zu erwarten sei. Die unabhängige Frau kann des unlauteren Ehemotivs der Versorgung, das den größeren Teil der Eheschließungen verschuldet, entraten.

II. Die Stellung der Frau in Ehe und Familie

Da Nietzsches Wort nicht wie das Wort Gottes ist, das man nicht mißbrauchen soll, so sei hier der abgegriffenste seiner Sprüche zitiert: »Nicht nur fort sollst du dich pflanzen, sondern hinauf, dazu helfe dir der Garten der Ehe.«

Die Ehe soll zween Herren dienen: dem Glück und der Höherentwickelung der Individuen und zugleich dem allgemeinen Wohl.

Die Form zu finden, die beide Zwecke in sich vereinigt, ist das leidenschaftliche Suchen der modernen Welt.

Kein ehernes Gesetz der Unwandelbarkeit gibt es. Sterne können ihren Lauf verändern. Der ganze kleine Erdball samt der Menschheit kann in den Orkus sinken (falls der nicht mit versinken sollte). Zwischen Evolution und Revolution pendeln alle Geschehnisse der großen und der kleinen Welt.

Zur kleinen Welt gehört die Ehe. Die Ehe, eine Institution, die einmal nicht war, die jetzt ist und die möglicherweise einst nicht mehr sein wird. Je nach Zeit und Völkerschaft wechselt sie ihren Charakter. Sie weist auch in demselben Zeitalter in den verschiedenen Ländern fundamentale Verschiedenheiten auf. In jeder Geschichte der Ehe ist es nachzulesen.

Ich erinnere mich nicht, in welchem ernsten Buch ich kürzlich las, daß die Ehe heutzutage entheiligt ist und unfruchtbar geworden, weil man sie von ihrer Höhe herabgezogen hat.

Ich staune. Von ihrer Höhe? Wann stand sie auf der Höhe?

Möglicherweise bei jenen halb- oder ganz wilden Völkerschaften, die den Ehebruch mit martervoller Tötung straften, wie es noch heut bei dem Negerstamm der Kaka geschieht, ein Stamm, der noch auf öffentlichen Märkten Menschenfleisch ausbietet.

Gerade also da, wo eine sittliche Grundlage der Ehe oder eine gegenseitige Neigung ausgeschlossen war, wurde die Ehe einem heiligen Fetisch gleich gewertet.

Wo sonst stand sie auf der Höhe?

Jede beliebige Kulturgeschichte gibt Aufschluß darüber, die Bibel nicht ausgenommen (man denke an Sodom und Gomorrha).

War sie im klassischen Altertum auf der Höhe? Etwa in Griechenland, wo der edle Athener ein Weib nahm, um sein Geschlecht fortzupflanzen, welches Weib er dann lebenslänglich ins Frauengemach sperrte, während er im Hetärentum Leib und Seele erfrischte?

Oder in Rom, wo der Typus der Messalinen so herrlich gedieh? Oder im Mittelalter, wo das Weib unweigerlich aus der Hand des Vaters oder des Bruders den Gatten empfing? Kein Widerspruch stand ihr zu, mochte der ihr zugemutete Liebesgefährte auch ein Greis oder ein Scheusal sein.

Oder zur Zeit der Renaissance? wo das Cicisbeotum[1] blühte und die verheiratete Frau sich schämte, wenn sie auf Liebhaberlosigkeit ertappt wurde.

Und die Zeit des Herrenrechts?

Im 13ten und 14ten Jahrhundert soll es förmlich ein Sport vornehmer verheirateter Frauen gewesen sein, ihre Buhlgelüste in den Bordellen zu befriedigen. Nonnenklöster galten lange Zeit hindurch für Hochschulen der Liebeskünste.

Berühmte Schriftsteller und Maler sind Interpreten einer delirierenden Erotik geworden (siehe Aretin[2], Boccaccio[3], Rops[4], Viertz usw.)

---

1 *Cicisbeotum:* Cicisbeo, ital. (Cavaliere servente). Seit dem 16. Jh. in Italien der Begleiter und Gesellschafter und häufig auch der Liebhaber einer verheirateten Frau, der vom Ehemann geduldet wurde und in manchen Heiratskontrakten rechtlich verbrieft war. Der Cicisbeo hatte die Aufgabe, die Ehefrau in die Kirche und zu öffentlichen Veranstaltungen zu begleiten. Die Sitte verschwand nach 1800.

2 *Aretin:* Pietro Aretino, italienischer Schriftsteller (1492–1556). Lebte bis 1521 in Rom am Hof Leos X. und danach in Venedig, wo er mit Tizian befreundet war. Seine *Ragionamenti* (sechs Gespräche) legt er römischen Kurtisanen in den Mund, die das Leben von Frauen aller Stände in unverblümter Sprache schildern.

3 *Boccaccio:* Giovanni, italienischer Dichter (1313–75). Einer der bedeutendsten Erzähler der Weltliteratur, Meister der Novelle. Sein Hauptwerk ist der nach dem Pestjahr 1348 entstandene *Decamerone*, der aus hundert,

Neben den unlöslichen Ehen hat es Zeitehen und Probeehen gegeben. Meines Wissens nach ist in einigen Gegenden unter dem Landvolk die Probeehe heute noch üblich.

Die Kulturgeschichte bezeugt, daß nicht nur Zuchtlosigkeit, daß auch herzzerreißender Jammer von jeher, zu allen Zeiten und unter allen Völkern eine Begleiterscheinung der Ehe gewesen ist.

Und immer und immer hat die starre Unwiderruflichkeit der Ehe antiken und modernen Dichtern – von Sophokles bis zu den französischen Ehebruchsdramen – den Stoff für ihre Tragödien geliefert.

Die unabweisbare Schlußfolgerung ist, daß die rechte Form für das Sexualleben von Mann und Weib noch nicht gefunden wurde.

Ich wiederhole: Auf der Unabhängigkeit der Frau beruht eine durchgreifende Reformierung und eine würdigere Gestaltung der Ehe.

Die unglücklich verheiratete Frau, die wirtschaftlich selbständig ist, braucht nicht mehr als die Sklavin eines unentrinnbaren Schicksals in einer Ehe zu bleiben, die einem Hospital für Incurable gleicht. Einen verhängnisvollen Irrtum (in diesem Fall die Eheschließung) zu widerrufen ist ein Gebot der Ehre und der Moral.

Für die abhängige Frau freilich wird selbst die traurigste Verbindung zu einer unsittlichen Notwendigkeit. Denn existenzlos ist sie außerhalb der Ehe. Angewiesen auf das Almosen der Gesellschaft.

Oder meint man, auch in einer unglücklichen Ehe auszuharren, seine subjektiven Gefühle zu beherrschen wäre ein Gebot der Pflicht, der hohen Pflicht im Dienst einer Idee, der Idee der Ehe? Wie der Soldat im Krieg für die Idee

  durch Rahmenerzählung verbundenen Novellen besteht und damit eine ganz prägnante Form schuf, die die Weltliteratur beeinflußte.
4 *Rops:* Félicien, belgischer Graphiker und Maler (1833–98). Von Daumier beeinflußt, schuf Rops zunächst politische und literarische Illustrationslithographien und später zumeist Radierungen erotischer Themen.

des Vaterlandes stirbt, auch wenn ihm der Krieg verhaßt ist.
Leib und Seele opfern für die Menschheit, das tut ein Gott. Wir armen Allzusterblichen lassen uns ungern an ein Kreuz – wenn auch nur ein symbolisches – schlagen.
Mir scheint, noch niemals hat es eine Zeit gegeben, so erfüllt von der Sehnsucht nach einer Versittlichung, einer Idealisierung der Ehe wie die gegenwärtige.
Dieser tiefen Sehnsucht Weckerin und ihr Sprachrohr ist die Frauenbewegung geworden. Erfüllung kann oder wird ihr erst werden, wenn der Frau, als der Mitwirkenden an der Gesetzgebung, die Entscheidung über Ehefragen zufällt.

HELENE LANGE

Die Stellung der Frauenbewegung zu Ehe und Familie

Es ist eine Frage, bei der die Theorie der Frauenbewegung in ihrer Ausbildung gerade jetzt einmal wieder angelangt ist, ob und in welcher Form der Umbildungsprozeß der Familie, indem er den Typus der Frau veränderte und ihre Kulturleistungen zum Teil auf ein anderes Feld hinüberschob, auch ihre ethischen und rechtlichen Ansprüche innerhalb der Familie, ihre Beziehungen zum Mann und zu ihren Kindern berührte. Diese Erwägungen umfassen naturgemäß sowohl die gesetzliche Regelung der Beziehungen zwischen der Frau und der Familie wie auch jenes ganze Gewebe von ungeschriebenen sittlichen und sozialen Gesetzen, nach denen sich das Verhalten der Geschlechter in ihren innerlichsten und persönlichsten Beziehungen zueinander bestimmt.
Wenn wir, einem der Hauptgesichtspunkte unserer Erörte-

rung folgend, den Einfluß der wirtschaftlichen und der geistigen Triebkräfte der Frauenbewegung gerade auf dieses Problem gegeneinander abwägen, so ist es fraglos, daß die *geistigen* sowohl historisch früher als auch ihrem Gewicht nach stärker darauf eingewirkt haben als die wirtschaftlichen. Die neue Auffassung von dem Verhältnis der Geschlechter, von der Art der Einordnung der Frau in die Familie hängt unmittelbar mit den geistesgeschichtlichen Vorgängen zusammen, die im zweiten Kapitel [dieses Buches] als »Entwicklung des Individuums« und »Entwicklung der emanzipatorischen Doktrin« gekennzeichnet sind. Selbstverständlich sprechen auch hier wirtschaftliche Vorgänge mit, aber im Bewußtsein derjenigen Generationen, die das Eheproblem vom Gesichtspunkt der Frau aus zuerst bewußt und reflektierend aufgriffen, spielte die Erkenntnis der wirtschaftlichen Umwandlungen noch gar keine Rolle, *konnte* sie zeitlich noch gar keine Rolle spielen. Vielmehr bietet sich das Eheproblem der Kritik zuerst als ein rein sittliches, als ein Problem des persönlichen inneren Lebens, nicht etwa als ein wirtschaftlich-soziales.

Aber nicht nur *zeitlich*, sondern auch ihrem *Gewicht* nach dürften in der Begründung eines veränderten Ideals der Ehe die wirtschaftlichen Faktoren hinter den geistigen zurückstehen.

[...]

In welcher Weise sehen wir nun durch den geschichtlichen Vorgang, den wir als Entwicklung der weiblichen Individualität bezeichnet haben, die Auffassung des sexuellen Lebens sich umgestalten?

Zunächst ist ohne Zweifel die Entstehung und Befestigung der Einehe ein Stück dieses Prozesses. Sie ist, wie Marianne Weber in ihrem ausgezeichneten Buch *Ehefrau und Mutter in der Rechtsentwicklung** überzeugend darlegt, ein Sieg der *Frau* über die polygamen Instinkte des Mannes. Dieser Sieg,

---

* J. C. B. Mohr, Tübingen 1907.

durch die Ehegesetze der Griechen und Römer verwirklicht, setzt immerhin ein gewisses Gewicht ihrer Persönlichkeit voraus, auch wenn die Monogamie zunächst nur eine rechtliche Institution war, die neben sich verantwortungslosen Geschlechtsverkehr gestattete, und wenn sie auch als *sittliche* Forderung nur für die Frau galt. Die Minderwertung der Frau kommt nach wie vor darin zum Ausdruck, daß der Mann zwar von ihr unbedingte Treue verlangte, aber gar nicht daran dachte, seinerseits ihr die gleiche Achtung und Rücksicht zu gewähren.

Der Individualismus aller modernen Weltanschauungen, der Stoa und dann vorzüglich auch des Christentums, demzufolge jede einzelne Seele unter dem Maßstabe der Sittlichkeit gleichwertig und zu gleichen Pflichten und Ansprüchen berufen ist, konnte nicht verfehlen, auf diese Auffassung des Verhältnisses der Geschlechter einzuwirken. Man wird aber behaupten dürfen: Stärker noch wirkte die geistige Befreiung, die Entwicklung der Persönlichkeit in der Frau selbst. Ohne diese Entwicklung hätte die bloße *Lehre*, daß vor Gott »nicht Mann noch Weib« sei, sich nicht in moralisch-rechtliche Forderungen umgesetzt. Man hätte sich mit dem »vor Gott« zufrieden gegeben und im irdisch-menschlichen Dasein alles beim alten gelassen. Denn man kann in der Geistesgeschichte immer wieder sehen, wie ganz naheliegende praktisch-sittliche Konsequenzen aus allgemein angenommenen Anschauungen nicht gezogen werden, aus dem Instinkt heraus, daß das dadurch geforderte Opfer zu schwer sein würde. So sind, wie schon erwähnt wurde, die Vertreter der Menschenrechte erstaunlich lange um die Frage herumgegangen, was ihr Prinzip für die soziale Stellung der Frau bedeute, und so sind auch heute noch ganz allgemein anerkannte Grundsätze unseres gesamten sittlichen Handelns und Empfindens ohne Einfluß auf die Beurteilung der doppelten Moral. Stärker und gewichtiger als neue Theorien ist also das unmerklich wachsende Persönlichkeitsgefühl der Frau, das unbewußt dem Liebesleben andere Gesetze aufzwingen möchte und die Theorie *ergreift* und *benützt*, um sich daran zu halten. Das ist der eine Faktor, der den »zwischen den Geschlechtern anhängigen Prozeß« beeinflußt: Die Frau, die ihren Persönlichkeitswert empfinden gelernt hat, kann sich nicht mehr damit zufrieden geben, Mittel zum Zweck zu sein, kann das Defizit an persönlicher Achtung schwer ertragen, das naturgemäß da vorhanden ist, wo ihr nicht die gleiche Treue gehalten wird, die man von ihr verlangt. Sie fühlt die Spannung zwischen dem Liebesideal, das man für sie aufstellt und das sie auch aus ihrem tiefsten Empfinden heraus freudig ergreift, und der Sexualethik des Mannes, in der die Norm, deren Erfüllung für *sie* selbstverständlich ist, bis zum Indifferenzpunkt heruntergeschraubt wird.

Mit dieser Kritik der Frau an der doppelten Moral verknüpft sich die soziale und ethische Beurteilung jenes Ersatzes, den sich der Mann für die von ihm selbst als notwendig erkannte Beschränkung seiner erotischen Freiheit durch die Ehe geschaffen hatte – der Prostitution. In dem Augenblick, wo die Frau zu dem Gefühl der Solidarität ihres Geschlechts erwacht war, mußte sie einsehen, daß die Hebung ihrer Stellung in der Familie erkauft wurde dadurch, daß eine Schar von Frauen um ebenso viel unter das Niveau persönlicher Achtung herabgedrückt wurde, als sie selbst darüber hinausstieg. Sie mußte empfinden, daß die Nichtachtung, die sexuelle Hörigkeit der Frau, eigentlich gar nicht beseitigt, sondern nur mit ihren Konsequenzen auf eine andere Schicht von Frauen abgeschoben worden war.

Ein anderer, aus dem eigentlichen und ursprünglichen Ethos der Frauenbewegung hervorgehender Impuls richtet sich gegen den Patriarchalismus der Ehe. Die Rechtsordnung der Ehe, vor allem bei uns in Deutschland, stellt die Frau unter eine Bevormundung, die heute zu ihrer Urteilsfähigkeit und zu ihrem Willen zur Selbstbestimmung in keinem Verhältnis mehr steht und sich durch nichts anderes mehr begründen läßt, als durch das traditionelle Ansehen der »patria potestas«.

Das ist, in großen Zügen skizziert, die Wirkung der *Frauenbewegung* auf die Anschauungen über Liebesleben und Ehe. Neben dieser im Gedankenkreis der *Frauenbewegung* entstehenden »sexuellen Frage«, neben diesen aus ihrem ethischen Gehalt geprägten Forderungen an das Sexualleben und die Rechtsordnung der Ehe entsteht aber nun, von *ganz anderen* Motiven ausgehend, eine Bewegung, die sich gleichfalls kritisch gegen die Ehe richtet und umgestaltend auf das Sexualleben wirken will. An die Stelle des *ethischen* Individualismus, von dem die Frauenbewegung in ihrer Kritik der Ehe ausging, setzt diese Bewegung den *Individualismus schlechthin*, in dem Sinne eines Rechtes auf eine Lebenserfüllung, die *allen* Seiten der menschlichen Persönlichkeit, den sinnlichen so gut wie den geistigen, Genüge leisten soll. Die Überwindung der doppelten Moral wird in dieser Bewegung darin gesucht, daß man für die Frau die *gleiche* erotische Freiheit verlangt, die sich der Mann zugesteht. Auch für die Entstehung dieser Forderung haben die äußeren wirtschaftlichen Verhältnisse zunächst noch nicht mitgesprochen. Der Gedanke, daß die Frau die gleiche erotische Freiheit besitzen sollte wie der Mann, erscheint vielmehr, in erster Linie von Männern geprägt, im Zusammenhang der aristokratischen Moral der deutschen Romantik, als ein Anspruch des Vollmenschen gegenüber dem Philister, als ein Recht der unverantwortlichen genialen Persönlichkeit, der eben um ihrer Wertes willen mehr gestattet sein soll als dem Durchschnitt. Es ist mehr ein historischer Zufall als eine innere Notwendigkeit, daß die Entstehung der emanzipatorischen feministischen Doktrin in der Französischen Revolution mit dieser Strömung nach dem Ausleben der genialen Persönlichkeit zusammentraf und sich ihr als Mittel der Selbstrechtfertigung darbot. Diese Kombination finden wir bei Friedrich Schlegel, der, von dem frauenrechtlerischen Radikalismus der Französischen Revolution ergriffen, in der *Lucinde* aus der romantischen Forderung der genialen Lebenserfüllung ein Programm machte, das der Frau das gleiche Recht erotischen Sichauslebens zugestand wie dem Manne. Im jungen Deutschland lebte dann diese Moral weiter in der Theorie von der »femme libre«, dem freien Weibe, so genannt nicht sowohl um der sozialen und politischen als in erster Linie um der erotischen Freiheit willen, die man für sie forderte.

In der Gegenwart haben Naturalismus und Neuromantik in gleichem Maße, wenn auch in verschiedener Weise, dazu beigetragen, die *Erotik* zu betonen. Während der Naturalismus sie in das Licht einer im letzten Grunde aller kulturellen Verfeinerung spottenden *Naturgewalt* setzte, hat die Neuromantik in ihr eine *Kulturmacht* von geheimnisvoller und unendlicher Produktivität gesehen. Aus Ursachen, die zu erörtern hier zu weit führen würde, ist die Welle der elementaren menschlichen Instinkte einmal wieder gestiegen, und die erotische Befriedigung nimmt im Begriff des modernen Menschen von Glück und Lebenserfüllung einen sehr großen Raum ein. Diese Reaktion auf eine Zeit nüchterner, aber ethisch kräftigerer Lebensanschauungen hat sich nun in einer nach innen und außen verwirrenden Weise mit der Frauenbewegung verquickt. Sie stützt sich – wie das z. B. Ellen Key[5] zeigt – auf das Wachwerden der Erkenntnis, daß die Emanzipation, das Recht auf männliche Berufsleistung *allein* der Frau nicht helfen könne, sondern daß die neue Zeit ihr die Möglichkeit einer ihrer Besonderheit, ihrem Weibsein entsprechenden Lebensleistung bieten müsse. So schiebt diese Bewegung das Verlangen der Frau nach Erfüllung ihrer physischen weiblichen Bestimmung als einen gleichberechtigten Faktor neben die Forderung der Frauenbewegung nach neuer Arbeit für die Frau. Dieses Verlangen aber richtet sich kritisch gegen die Institution der Ehe, die, an ökonomische Bedingungen geknüpft und mit einem starken Gewicht sozialer Verantwortlichkeit belastet, nicht allen zugänglich ist, die in der Befriedigung ihrer sexuellen

---

5 *Ellen Key:* Siehe S. 79.

Instinkte ein *Lebensrecht* sehen. Die Ehe in ihrer heutigen legitimen Gestalt, sagt man, zwingt nur einen Teil des Geschlechtsverkehrs in soziale Formen – sie hat die Prostitution neben sich, die der Zügellosigkeit um so viel mehr Raum gibt, je strenger die Ehe sich als einzig einwandfreie Geschlechtsverbindung zu behaupten trachtet. Wäre es nicht besser – so fragt man – für unser moralisches Urteil und unsere rechtlichen Institutionen, von dieser Tatsache zu lernen und Beziehungen zu sanktionieren, die, ohne die Rechtsform der Ehe annehmen zu können, doch himmelhoch über der Prostitution stehen? Denn die auf Lebenszeit geschlossene Ehe sei auch in psychologischer Hinsicht ein schwer erträglicher Zwang. Mit der Erstarkung der Persönlichkeit, mit der Differenzierung der Individualitäten entwickeln sich in wachsendem Maße Beziehungen und Verhältnisse, die in irgendwelcher Weise über die für die Gattung gesetzten Ordnungen hinauswachsen. Je entwickelter aber die Menschen in seelischer Hinsicht werden, je subtiler ihre Ansprüche aneinander, um so schwerer wird es für sie, sich dem Prinzip der Dauerehe zu unterwerfen und es in ihrem Zusammenleben ohne unerträgliche Einbußen auf der einen oder anderen Seite, ohne Degradierung der ehelichen Gemeinschaft selbst zu verwirklichen. Ist es nicht möglich, so fragt man wieder, der seelischen Reizbarkeit des modernen Menschen durch eine Lockerung dieses Zwanges entgegenzukommen?

Zu all diesen, einerseits ethisch, andererseits rein subjektivistisch begründeten Strömungen, die sich, abwechselnd anschwellend und sinkend, durch das ganze neunzehnte Jahrhundert ziehen, kommt nun, die Kritik präzisierend und verstärkend, wieder das *wirtschaftliche* Moment. Allerdings ist die Wirkung dieses Moments nicht so stark und unmittelbar und auch nicht so deutlich nach einer Richtung weisend, wie man im allgemeinen annimmt. Die übliche Meinung ist, daß der Kapitalismus, indem er die Familie als *Produktions*gemeinschaft entleert hat, indem er in den

II. Die Stellung der Frau in Ehe und Familie

Schichten der Industriebevölkerung den Familienzusammenhang lockerte und damit ohne Zweifel in der Richtung einer Schwächung des Familiensinns wirkte, nun eine Vermehrung loser, illegitimer Verbindungen hervorgerufen habe. Man kann bei den Vertretern der modernen Ehekritik häufig den Hinweis auf die große Zahl der unehelichen Geburten finden, als eine Art Beweis, daß die Sitte schon einer Lockerung der Ehe oder einem Ersatz der Ehe durch losere Verbindungen zustrebe. Dieser Hinweis würde nur dann logisch gerechtfertigt sein – seine moralische Rechtfertigung lassen wir vorläufig dahingestellt –, wenn die Ziffern der unehelichen Geburten zunehmende Tendenz zeigten. Das ist aber nicht der Fall. In Deutschland wurden in den Jahren

    1840–1870 rund 11 %
    1870–1900 rund 9 %
    1900–1904 rund 8 ½ %

uneheliche Kinder geboren.

Ebensowenig hat der Kapitalismus – in erkennbarer Form wenigstens – die Zahl der *Eheschließungen* im allgemeinen beeinflußt. Die Zahl der Eheschließungen hat – wenn auch schwankend und in geringem Maße – im Verhältnis zur Bevölkerungsziffer *zugenommen*, von 7,8 pro Mille im Jahrzehnt 1851/60 auf 8,2 pro Mille im Jahrzehnt 1891/1900. Allerdings sagen diese Zahlen nichts darüber aus, ob nicht in gewissen Bevölkerungs*klassen* die Eheschließungen sowohl ihrer Zahl nach zurückgegangen wie dem Alter der Paare nach nach oben verschoben sind. Ohne Zweifel haben nämlich die Eheschließungen im Proletariat sehr stark *zugenommen*. Vor allem durch die frühe ökonomische Selbständigkeit des Industriearbeiters, der heute ja zur Zeit der größten Kraft im allgemeinen auch auf der Höhe seiner Erwerbsfähigkeit steht, während früher lange Lehrzeiten und allerlei in sozialen Umständen begründete Heiratsverbote die Eheschließungen hinaufrückten und damit natürlich numerisch herabminderten. Das *Umgekehrte* dagegen hat die kapitali-

stische Entwicklung in den *oberen* Schichten bewirkt. Zum Teil ist diese Wirkung schon im ersten Kapitel dieser Erörterungen gekennzeichnet. Hier haben sich die Berufswege in die Länge gezogen, und die Heiratschancen vor allem der Töchter des gebildeten, unvermögenden Mittelstandes sind zurückgegangen. Es muß nun aber beachtet werden, daß gerade *diese* die sogenannte Intelligenz repräsentierenden Schichten die Träger der sozialen Kritik sind. Wir dürfen uns deshalb nicht wundern, wenn die Kritik speziell von den Erfahrungen dieser Stände ausgeht und die hier obwaltenden Schwierigkeiten in den Mittelpunkt stellt. So begründet sich denn das Verlangen nach einer freieren Form der Ehe, einer Form, die frühere und häufigere Eheschließungen gestatten würde, aus der Tatsache, daß der Mann, da die Zeit stärkster erotischer Bedürfnisse und die Möglichkeit der Familiengründung für ihn weit auseinanderliegen, der Prostitution zugetrieben wird, während die Mädchen derselben Stände in einem ungesund hohen Prozentsatz von der Ehe überhaupt ausgeschlossen sind.
Andrerseits stützt man sich auf die wirtschaftliche Entwicklung, um die *Entbehrlichkeit* einer auf Dauer begründeten, dem wirtschaftlichen Schutz der Frau und der Kinder dienenden Familiengemeinschaft zu erhärten. Die voll erwerbstätige Frau bedarf dieses Schutzes allerdings in weit geringerem Maße, ja sie könnte unter Umständen auch die Erhaltung der Kinder auf sich nehmen und tut das ja oft genug. Damit ist ihre wirtschaftliche Gebundenheit in den Familienkreis tatsächlich aufgehoben. Unter der Voraussetzung, daß die allgemeine Durchführung außerhäuslicher Erwerbsarbeit der Ehefrau diese Emanzipation vollständig machen wird, fordern Bebel und seine Anhänger eine freiere Gestaltung der Ehe im Zusammenhange jener Sozialisierung der Familie, bei der die Frau gleich dem Manne berufstätig und die Haushaltführung und Kinderwartung genossenschaftlich sein wird. [...]
Wir gehen nun zur Kritik dieser beiden Gedankenreihen

über, der Ehekritik der Frauenbewegung und der Ehekritik des modernen Subjektivismus, die, innerlich einander ganz fernstehend, ja prinzipiell sogar entgegengesetzt, von ihren Vertretern und Nachbetern leider häufig verquickt und dadurch verwischt werden.

Die subjektivistisch-romantische Strömung, die von dem Recht auf Lebenserfüllung aus die Maximen für Liebe und Ehe formulieren möchte, ist in gewisser Beziehung schon durch die Geschichte gerichtet. Ihr Prinzip hat sich, wo es aufgestellt wurde, in der Romantik und bei dem jungen Deutschland, als unfähig erwiesen, das Leben als soziale Maxime zu beherrschen, und ist deshalb von seinen eignen Vertretern als unhaltbar erkannt. Wir dürfen hinzufügen: nicht, weil etwa die Zeit noch nicht reif war oder weil in irgendeiner Weise die *wirtschaftlichen* Verhältnisse die Verwirklichung des Prinzips noch nicht gestatteten, sondern weil es in seiner Verwirklichung mit sittlichen Werten zusammenstieß, die den innersten Kern unsrer ganzen Kultur ausmachen.

Zunächst in seinen *sozialen* Wirkungen. Die sogenannte »neue Ethik«, wie sie gewisse Kreise der Mutterschutzbewegung vertreten, verlangt eine moralische Sanktion für »freie Verhältnisse«, die ohne die Absicht einer dauernden Lebensgemeinschaft eingegangen werden und für die gewisse mit der Ehe verbundene Voraussetzungen, etwa der gemeinsamen Wirtschaft, der Unterhaltung der Frau durch den Mann und dergl., wegfallen. Sie sieht in solchen Verhältnissen einen Ausweg für solche jungen Leute, die aus wirtschaftlichen und sozialen Gründen noch keine Ehe eingehen können und deshalb entweder – bei der in diesen Kreisen angenommenen körperlich gerade in diesen Jahren schlechthin unüberwindlichen Macht der Sexualität – in ihrer Jugendkraft und inneren Elastizität verkümmern müssen oder aber der Prostitution anheimfallen.

Wir müssen fragen, ob dieser Ausweg sich bewährt. Daß ein auf diese Voraussetzungen gegründetes Verhältnis seiner

ganzen Grundlage nach sittlicher ist als käufliche und erkaufte »Liebe«, steht außer Zweifel. Es fragt sich aber andrerseits doch, ob die Voraussetzungen, die diese Theorie konstruiert, als allgemeine psychologisch und sozial möglich sind.
In der Verteidigung des Gedankens, daß neben der bürgerlichen Ehe freie Verhältnisse moralisch sanktioniert und juristisch irgendwie anerkannt werden sollten, pflegt man sich vor allem auf zwei Stützpunkte zu verlassen, einen individualistischen und einen sozialen. Man stellt sich nämlich einerseits immer vor, daß man die Sache von sittlich höchststehenden Persönlichkeiten führt, deren große und tiefe Leidenschaft in einen unlöslichen Konflikt mit der gesellschaftlich anerkannten Moral gerät, einen Konflikt, in dem die Norm nur durch die Vernichtung wertvollster und fruchtbarster seelischer Kräfte triumphieren kann. Wir wissen alle, daß es solche tragischen Konflikte gibt, und niemand von uns wird sich zum pharisäischen Richter aufwerfen, wenn in einem solchen Konflikt einmal ein einzelner die Grenzen sprengt, die soziale Notwendigkeit der Ausbreitung individueller Leidenschaften setzt. Aber für solche Einzelfälle werden keine sozialen Programme gemacht. Dann aber – und das ist der *soziale* Stützpunkt der Theorie – dann meint man zweitens durch die Sanktion freier Verhältnisse die Prostitution einschränken zu können, die man immer gern als die naturnotwendige Kehrseite strenger Begriffe von der Unerschütterlichkeit der legitimen Ehe hinzustellen pflegt. Man sieht den ethischen Wert solcher Verhältnisse gegenüber der Prostitution darin, daß hier nicht jene unglückselige und das erotische Empfinden für immer vergiftende Ausscheidung des seelischen Elements aus der sexuellen Sphäre stattfindet. Das »Verhältnis« ist auf seelische Anziehung, auf eine Seele und Sinne verschmelzende Leidenschaft aufgebaut. Theoretisch wenigstens. Versucht man freilich, sich eine Leidenschaft psychologisch zu definieren, die ihrer eignen Dauer nicht traut und – um sich

selbst den Rückzug offenzuhalten – für den Menschen, dessen Hingabe sie verlangt, keine Verantwortungen übernehmen möchte, so erscheint ihr seelischer Feingehalt doch recht dürftig. Und es wird fraglich, ob man dieser Leidenschaft ein Recht über einen andern Menschen, ein Recht auf sozial folgenschwere Handlungen zugestehen darf und ob die allgemeine und a priori gewährte Sanktion solcher »Verhältnisse« als ein sittlicher Fortschritt zu bewerten wäre. Wenn man bedenkt, daß es ja doch schon heute lediglich eine Frage der Geldmittel ist, ob ein Mann mit der Prostitution vorlieb nimmt oder sich eine Maitresse leisten kann, so wird man geneigt sein, anzunehmen, daß eine *Sanktion* der freien Verhältnisse eher das bisher noch von der Ehe behauptete Gebiet angreifen, als der Prostitution Terrain abgewinnen wird.

Die Geschichte bestätigt diese Vermutung durchaus. Sie zeigt, daß niemals die Laxheit illegitimen Beziehungen gegenüber einen Rückgang der Prostitution bewirkt hat, sondern gerade das Gegenteil. Sie zeigt, daß die menschliche Gesellschaft nun einmal gewisser unverrückbarer einfacher sittlicher Gesetze bedarf, die der Willkür des einzelnen Schranken setzen, wenn sie nicht in Unkultur zurücksinken soll, und daß immer gerade die Rohesten und Brutalsten, die, die nicht mit gemeint waren, den stärksten Vorteil aus solchen Herabminderungen der sittlichen Forderungen ziehen.

Und diese Tatsache legt uns die Frage nahe: Was hat die *Frau* von einer Sanktion freier Verhältnisse zu erwarten? *Positiv* vielleicht das eine: die Aussicht, daß die Zahl der Frauen sich vermindert, die heute auf erotische Befriedigung verzichten müssen. Es gibt Männer [...], die diesen Gewinn so hoch einschätzen, daß sie ihm zuliebe manches Bedenken in Kauf nehmen würden, und es gibt Frauen, die es sich leichter denken, den Lebenskampf für sich und ein Kind eventuell allein auf sich zu nehmen, als überhaupt auf Liebe und Mutterschaft zu verzichten. Von dieser Seite her wird es gern als kleinliche und spießbürgerliche Berechnung gebrandmarkt, daß die Frau ihre Hingabe an die Sicherheit dauernder Lebensgemeinschaft knüpft. Und doch liegt gerade hierin ein Moment seelischer Kultur, der natürliche Ausdruck für die unlösliche Bindung des Sinnlichen an das Seelische und der höchste Beweis für die Herrschaft des *persönlichen* Moments in der Liebeswahl. Es ist eben *nicht* jene höchstpersönliche, von dem ganzen Wesen getragene große Liebe, die nach der »Zeitehe« verlangt, sondern [...] die »kleine Passion, der Sinnenrausch, die Lust am Wechsel, die vergängliche Leidenschaft, der treulose Egoismus«. Wo all solchen Stimmungen ein Recht auf Erfüllung und Befriedigung gegeben wird, da ist es, im ganzen betrachtet, naturgemäß immer die Frau, auf welche die Lasten fallen; rein äußerlich, weil sie die Lasten der Mutterschaft zu tragen hat, aber auch innerlich, um all der psychologischen Momente willen, die man als ihre »monogame Veranlagung« etwas allzu summarisch und naturalistisch zusammenfaßt.

Das eigentliche Kriterium aller Vorschläge zur Umgestaltung der Ehe wird aber selbstverständlich durch die Frage nach dem Schicksal des *Kindes* in die Waagschale geworfen.

Die Beurteilung der Ehe nach dem Maße der Lebenserfüllung, die sie den Gatten gewährt, ist eben an sich *einseitig*, ja verfehlt, denn ihren sittlichen und kulturellen Zweck erfüllt sie erst, indem sie der jungen Generation sowohl materielle Versorgung als auch die geistige Atmosphäre bietet, in der sie in die jeweilige Kultur hineinwächst. Wie steht es in dieser Hinsicht mit dem sozialen Wert freier Verhältnisse? Die Bedeutung dieses Kriteriums ist von den modernen Vertretern einer neuen Sexualethik so sehr in den Hintergrund geschoben, daß man sich immer fragt, ob sie wirklich, wie es aus manchen Hinweisen scheint, sich diese Verhältnisse auf der Voraussetzung prinzipieller Kinderlosigkeit aufgebaut denken. Wenn *das* der Fall wäre, so würde natürlich der ganze Vorschlag ethisch hinfällig und sozialpolitisch undiskutierbar. Ist aber der Vorschlag unter der Voraussetzung gedacht, daß solchen Verhältnissen Kinder entstammen sollen, so wäre zu fragen, wer trägt die Verantwortung? Und wenn darauf geantwortet wird, wie das gewöhnlich geschieht: selbstverständlich die Eltern, so erhebt sich die weitere Frage, wie Recht und Sitte diesen Kindern sichern soll, was es den ehelichen sichert, ohne zu einer Bindung für die Eltern zu kommen, die der bürgerlichen Ehe von heute gerade in *den* Punkten, die als eine zu starke Beeinträchtigung der erotischen Freiheit angesehen werden, so ähnlich sieht wie ein Ei dem andern.

Was zunächst die Rücksicht auf die materielle Sicherung des Kindes angeht, so zeigt sich gleich an diesem Punkt, daß man, wie schon bemerkt, bei dem Vorschlag an die bemittelten Schichten denkt. Denn nur hier wäre es denkbar, eine ausreichende wirtschaftliche Versorgung zu erreichen ohne die Voraussetzung einer durch Mann und Frau begründeten, bis zur Volljährigkeit des Kindes aufrechterhaltenen Familiengemeinschaft. Die Möglichkeit, Zeitehen einzugehen und für die daraus stammenden Kinder einzutreten, würde ökonomische Grenzen haben – wie die Vielweiberei in der Türkei. Es ist aber mehr als wahrscheinlich, daß die einmal mit einer Gloriole umwundene Leidenschaft es für unter ihrer Würde hält, sich nach diesen ökonomischen Grenzen zu richten, und so würde voraussichtlich die Jagd der Vormundschaftsgerichte nach den verpflichteten Vätern bzw. Müttern gegen heute an Erfolglosigkeit ins ungemessene steigen. Dazu käme die vollständige oder partielle Heimatlosigkeit, zu der Kinder aus solchen Zeitehen verurteilt wären; es wäre ein Wunder und ein Zeichen übernormaler Lebenstüchtigkeit, wenn sie wertvolle Glieder der Gesellschaft würden. Der Bericht der Berliner Armenpflege für das Jahr 1906 weiß von dreitausend eheverlassenen Frauen zu erzählen, die unterstützt werden müssen. Geschieht das schon am grünen Holz – unter der immerhin doch vorhandenen gesetzlichen Möglichkeit, die Versorgung der Familie durch den Mann zu *erzwingen*, was würde erst geschehen, welchen Umfang würde die Not der Frau und des Kindes annehmen, wenn wir die Möglichkeiten eines solchen Zwanges verringerten! In dem letzten Bericht der Zentralstelle für Jugendfürsorge in Berlin heißt es, daß man in den unteren Bevölkerungsschichten auch ohne »neue Ethik« schon in weitem Umfange von der als neues Ideal aufgestellten freien Ehe Gebrauch mache und daß die Folgen für die Kinder sehr beängstigende seien.

Solange die Familie noch wie heute der Träger der *höchsten* moralischen und wirtschaftlichen Verantwortung für die junge Generation ist – muß die Frauenbewegung bestrebt sein, sie zu erhalten und zu festigen. Sie muß als Anwalt der Frau und des Kindes aufs schärfste dagegen protestieren, daß jemand, der sich zu ihr rechnet, das Recht in Anspruch nimmt, um persönlicher Befriedigung, persönlichen Genusses willen sich der mit der Ehe verbundenen Verantwortung zu entziehen. Ernsthaft diskutierbar wäre eine solche ohne Rücksicht auf das Kind normierte Ehe nur, wenn sie sich an die Bedingung einer sozialistischen Gesellschaftsordnung knüpfte, in der der Staat Vater und Mutter von der Verantwortung für das Kind überhaupt emanzipierte und diese Fürsorge auf sich nähme. Das ist eine utopische Vorstellung, mit deren Kritik man sich zunächst kaum zu befassen braucht. Sonst könnte man [...] auf die kulturgeschichtliche Tatsache hinweisen, daß zu allen Zeiten und unter allen Lebensformen die Fürsorge für den Nachwuchs den Eltern aufgelegt ist und daß gerade auf den höchsten Stufen diese Fürsorge am intensivsten und hingebendsten zu sein pflegt, so daß es sich fragt, ob durch den Gedanken der Staatserziehung nicht ein primäres psychologisches Gesetz übersehen wird.

Wenn durch alle diese Bedenken nun der Wert der »freien Ehe« für die Lösung der sexuellen Frage hinfällig wird, so bedeutet das natürlich keineswegs eine Bankerotterklärung aller Wünsche nach Änderung der heutigen Zustände. Und so greifen wir auf jene andere, von der *Frauenbewegung* geschaffene Gedankenreihe zurück, die wir im Anfang kurz skizzierten, und fragen nach *ihrer* Berechtigung. Mit den Verfechtern der »neuen Ethik« kommen die Vertreter dieser Gedankenreihe, so entschieden beide sich prinzipiell gegenüberstehen, in einzelnen tatsächlichen Forderungen überein. Vor allem in der Verurteilung der doppelten Moral und jeder aus diesem Prinzip hervorgehenden Bewertung des sexuellen Verhaltens des Mannes einerseits, der Frau anderseits; ferner in der Forderung, daß die Frau in der Ehe dem Manne rechtlich gleichgeordnet sei, und schließlich in der Anerkennung der Schwierigkeiten, die allerdings für aufrichtige und fein empfindende Menschen aus der heute zu Recht bestehenden schweren Lösbarkeit der Ehe erwachsen, ein Punkt, der ja freilich – als nicht in besonderem Sinne die *Frau* betreffend – strenggenommen nicht in die Frauenbewegung hineingehört.*

Die Begründung dieser praktischen Forderungen verläuft freilich bei der Frauenbewegung in einer ganz anderen ethischen Bahn. Denn den Ausgangspunkt bildet hier das Festhalten an der Dauerehe als der einzigen rechtlichen und sittlichen Norm. Von diesem Ausgangspunkt ergeben sich für die Stellung zur sexuellen Frage folgende Gedankenreihen.

Die Erwartung, von außen her, durch irgendwelche gesellschaftlichen und rechtlichen Sanktionen das *Handeln* der Menschen verändern zu können, ist an sich irrig. Vor allem wird das Herunterschrauben der Normen niemals eine andere als *die* Folge haben, daß die menschlichen Handlungen um ebensoviel unter den *neuen* Maßstab sinken, als sie vorher unter dem als zu hoch empfundenen waren. Es ist von Grund aus verfehlt, den Abstand des durchschnittlichen

---

* Vor allem sollten die zahlreichen Ehescheidungen, bei denen von einer gerichtlich festzulegenden »Schuld« gar nicht die Rede sein kann, unter Ausscheidung der Schuldfrage vollzogen werden können (vgl. dazu *Die Frau*, Oktober 1906: »Ehescheidung« von H. Ludwig).

Positionen der bürgerlichen Frauenbewegung

Handelns von dem Ideal durch Herabsetzung des Ideals verkleinern zu wollen. Das Kulturideal ist Durchgeistigung und Individualisierung des Geschlechtslebens bis zu der Höhe, auf der es an das Korrelat einer die ganze Persönlichkeit ergreifenden seelischen Gemeinschaft geknüpft ist. Dies Ideal ist nicht nur unserm ethischen Empfinden im letzten Grunde unentbehrlich, sondern es liegt auch ohne Zweifel in der Entwicklungslinie der menschlichen Zivilisation, die dem Lauf der steigenden Individualisierung folgt. Steigende Individualisierung bedeutet steigende Unterwerfung animalischer Triebe unter das Geistige. Die Einsicht, daß es sich hier, auf dem Gebiet des Sexuallebens, um einen zentralen Kampf handelt, bei dem in gewisser Weise *alle* Kräfte geistig-sittlichen Fortschritts mit den Naturgewalten im Menschen ringen, diese Einsicht entfernt uns gleich weit von einem pharisäischen Richten über das, was *heute* ist, von jeder Illusion über die Größe des Schrittes, den *eine* Generation nach diesem Ziel hin tun kann, wie auch von jeder Laxheit dem Ziel selbst gegenüber.

Die Frauenbewegung, innerhalb deren die Frau zur Selbstbesinnung über die *ihr* zugewiesenen Kulturaufgaben kommt, kann den Hebel nur an *einem* Punkt ansetzen. Sie wird in der Verstärkung der sozialen Position der *Frau*, die dem Kulturideal der Einschränkung des Geschlechtsverkehrs auf die Einehe eben biologisch nähersteht als der Mann, ein Mittel zur Überwindung der doppelten Moral sehen.

In diesem Zusammenhang erhebt die Frauenbewegung die Forderung, daß aus den gesetzlichen Institutionen alle Spuren einer sexuellen »Hörigkeit« der Frau beseitigt werden, alle Bestimmungen des Eherechts, durch die dem Manne als Mann eine Macht über die Frau zugestanden wird, und alle Bestimmungen, durch die der Staat selbst die doppelte Moral sanktioniert.

Eine solche Sanktion der doppelten Moral findet die Frau in der Stellung des Staates der Prostitution gegenüber. Die

II. Die Stellung der Frau in Ehe und Familie

ethische Formel für diese Stellung ist offensichtlich und unbestreitbar diese: Der Staat tritt mit dem ganzen Apparat seiner Schutzmaßregeln für die Männer ein, die die Prostitution benutzen; er stellt ihnen seine Dienste dafür zur Verfügung, er übernimmt dabei besondere Aufgaben eines positiven Schutzes, fast als wenn es sich um mehr als die Verfolgung persönlicher Zwecke, als wenn es sich um ein wünschenswertes und im allgemeinen Interesse liegendes Verhalten handelte. Und all diese Maßnahmen dienen zugleich dazu, die Lage der Prostituierten zu verschlimmern, sie nachdrücklicher aus der menschlichen Gesellschaft auszuscheiden und fester an ihr Gewerbe zu ketten. Diese ethische Definition der Reglementierung ist, wie gesagt, unbestreitbar. Man kann um ihrer angeblichen »hygienischen« Bedeutung willen ihre ethische Anfechtbarkeit in den Kauf nehmen wollen, aber man muß dann wenigstens ehrlich zugeben, daß der Staat mit der Reglementierung seinen Charakter als Rechtsstaat verleugnet, und zwar auf Kosten der Frau.

Eine andere quasi Sanktion der doppelten Moral liegt zweifellos in der heutigen Rechtsstellung der unehelichen Mutter und ihres Kindes, in der Mehrbelastung der Mutter gegenüber dem Vater. Das Recht wurzelt hier einerseits in der vulgären Moral, die immer geneigt ist, in ihr Urteil nicht die Motive allein, sondern die rein äußeren und zufälligen Konsequenzen einer Tat hineinzunehmen und auf den ihre Steine zu werfen, an dem sich eine Handlung am härtesten rächt. Stärker als solche Elemente materialistischer Gesinnung sind in den Anschauungen über die uneheliche Mutter noch die Überreste der geschlechtlichen Hörigkeit der Frau und der Herrenmoral des Mannes. Damit, daß wir diese Elemente aus unserem Urteil über die uneheliche Mutter ausscheiden, kommen wir natürlich keineswegs zu jener sentimentalen Glorifikation der unehelichen Mutterschaft, in die heute das berechtigte soziale Mitgefühl so oft umschlägt. Eine *Schuld*, über die im einzelnen Fall zu richten wir natürlich nicht berufen sind, trägt die uneheliche Mutter dem *Kinde* gegenüber, für das in den seltensten Fällen in vollwertiger Weise materiell und seelisch gesorgt werden kann, und eine *Schuld* natürlich auch gegenüber der Institution der Ehe, die als ein Kulturgut von jedem zur sozialen Gemeinschaft Gehörenden gestützt werden muß. Freilich, in jeder Beziehung trifft diese Schuld den Mann auch, und in der ersten sogar schwerer, da er die soziale Verantwortung für seinen Schritt nicht etwa nicht übernehmen *kann*, sondern einfach nicht übernehmen *will*. Diese gerechte Abwägung der moralischen Verantwortlichkeit verleugnet natürlich das Gesetz, solange die Pflichten des Vaters so niedrig normiert sind, wie aufgrund unseres deutschen bürgerlichen Gesetzbuches die Alimentationspflicht (durchschnittlich 15–20 Mark monatlich für die Kinder besitzloser Mütter), die für ein heranwachsendes Kind nur einen *Beitrag* zu den Erziehungs- und Unterhaltskosten darstellt. Im Verhältnis zu dem, was die *Frau* an dem Kinde zu tun verpflichtet ist, bedeutet die Alimentationspflicht ohne Zweifel die ungleich geringere Last – ganz abgesehen davon, daß diese geringere Last dann auch noch auf die viel kräftigeren Schultern fällt, häufig genug ja auf die eines reichen Mannes.

Vor allem aber fordert die Frau, die dem Patriarchalismus innerlich entwachsen ist, eine Umgestaltung der *Ehe*, die ihrem Persönlichkeitsgefühl gerecht wird. Es ist allerdings eine durch die Erfahrung aller Kulturländer bestätigte Tatsache, daß die Rechtsordnung der Ehe für die *tatsächliche* Gestaltung des Verhältnisses der Ehegatten zueinander eine relativ geringe Bedeutung hat. Die Stellung z. B., die der Amerikaner seiner Frau innerhalb der Familie zugesteht, hat ihren Ausdruck im Ehegesetz bei weitem nicht gefunden, und auch in England haben die eigentümlichsten, aus puritanischen Zeiten stammenden gesetzlichen Vorschriften über die Abhängigkeit der Frau vom Manne bestanden neben einem durchgehend über dieses durch das Gesetz gegebene

II. Die Stellung der Frau in Ehe und Familie

Niveau sich erhebenden sozialen Ansehen der Frau. Aber diese Tatsache, daß in der persönlichsten und engsten Gemeinschaft, in die Menschen miteinander treten können, die Rechtsordnung durch die in den Persönlichkeiten selbst liegenden Bedingungen mannigfach verwischt wird, diese Tatsache darf uns doch von der Forderung nicht abdrängen, daß die Rechtsordnung in der Ehe dem Rechtsbewußtsein genüge und sich nicht als ein Mittel darstellen darf, die ethische Entwicklung zurückzuhalten.

Gegen diese Forderung verstößt unser deutsches Familienrecht, indem es trotz der Konzessionen, die es der veränderten ökonomischen Struktur der Hauswirtschaft und des Frauenlebens macht, doch im Prinzip am Patriarchalismus festhält. Die Ehegatten stehen weder in bezug auf ihre persönlichen Angelegenheiten noch den Kindern gegenüber als gleichberechtigte, freie Persönlichkeiten nebeneinander, sondern das Entscheidungsrecht der Frau ist in all diesen Beziehungen dem des Mannes nachgestellt. Ganz besonders empfindlich berührt die Herleitung dieser Autorität des Mannes aus seiner Rolle als »Ernährer« der Familie. Denn einmal ist die Frau nicht nur zur Beschaffung des Familienunterhalts mit verpflichtet – wenn auch erst an zweiter Stelle – sondern auch zur Mitarbeit im Beruf des Mannes, wo eine solche Mitarbeit möglich und üblich ist.* Andrerseits aber legt ihr das Gesetz ausdrücklich die *Pflicht* zur Leitung des Hauswesens auf und entzieht ihr dadurch die Möglichkeit eigenen Erwerbs, mindestens in dem Umfange, in dem diese häusliche Pflicht sie in Anspruch nimmt. Je mehr Frauen vor der Ehe einem Beruf nachgegangen sind und sich dadurch imstande fühlen, ihrerseits auch »Ernährer« der Familie in dem früher ausschließlich dem Manne zugesprochenen Sinn sein zu können, um so unsicherer wird die Begründung der patriarchalischen Autorität auf die Eigenschaft des Mannes als Ernährer. Es wird sich aufgrund dieser neuen wirtschaft-

---

* Auf den Ertrag der gemeinsamen Arbeit aber gewinnt sie dadurch keinen Anspruch.

lichen Position der Frau mit Recht das Bewußtsein verbreiten, daß ihr aus dem Verzicht auf eigenen Erwerb um der Übernahme der häuslichen Pflichten willen ein Unterhalts*anspruch* an den Mann erwächst, ohne daß sie ihre Selbständigkeit mit in den Kauf geben müßte. [...] An dieser Stelle sei dem modernen Empfinden nur noch einmal mit den treffenden Worten Ausdruck gegeben, die Marianne Weber in ihrem Buch *Ehefrau und Mutter in der Rechtsentwicklung* dafür gefunden hat. »Alle diejenigen, welche die Erhaltung der Familie und der Familienerziehung für kulturnotwendig halten, sollten deshalb darauf hinwirken, daß jene widerwärtig-banausische Ideenverbindung zwischen dem Herrenrecht des Mannes – ›der ihm zukommenden Stellung‹ – und einer primären Unterhaltungspflicht, zufolge deren ihm als ›Ernährer‹ der Frau, d. h. als *Geld*erwerber, ein Anspruch auf ihre persönliche *Unterordnung* zugesprochen wird, durch die Idee der im Interesse eines gesunden Familienlebens notwendigen Pflichten- und Arbeitsteilung zwischen den Gatten und ihrer vollkommenen Kameradschaftlichkeit verdrängt wird« (S. 427). Diese Kameradschaftlichkeit, bei der die Entscheidungen über gemeinsame Angelegenheiten durch gegenseitige Verständigung und nicht ein für allemal durch Auslöschen des Willens der Frau zustande kommen, kann auch allein den geistigen Ansprüchen aller der Frauen genügen, die heute das weibliche Kulturniveau tatsächlich repräsentieren. Eine Frau, die den geistigen Spielraum, den unsere Zeit ihr bietet, wirklich ausgemessen hat, die ihre Innerlichkeit mit allen Mitteln moderner Kulturverfeinerung bildete, die den Lebensaufgaben tatsächlich genügt, die ihr heute auf wirtschaftlichem und geistigem Gebiet gestellt sind – eine solche Frau ist der Rolle entwachsen, die ihr der Patriarchalismus zuweist. Und insofern das Gesetz dazu hilft, den Mann – und die Frau – über diese Tatsache zu täuschen, insofern wird es die Entwicklung der Ehe zu dieser neuen, in der allgemeinen Kultur gegebenen Phase *aufhalten*. Erst die Beseitigung jeder Form von Hörigkeit in dem Verhältnis von Mann und Frau wird [...] die Atmosphäre schaffen, in der ein reineres und gesunderes Sexualleben gedeihen kann. Die Frauen können nicht anders als von dieser Seite aus die Lösung der sexuellen Frage an ihrem Teil in Angriff nehmen. Nicht nur um ihre eigene Lage zu verbessern; das Verlangen nach höherer Achtung für ihr eigenes Eheideal entspringt vielmehr der festen Überzeugung, daß *die Familie* nach wie vor die Stätte ist, wo die Wurzeln unsrer Kultur liegen. Sie kann es aber nur bleiben und immer mehr werden, wenn einerseits der Mann durch seine Anschauungen und sein Verhalten auf sexuellem Gebiet sie mehr stützt als bisher und wenn andrerseits die Frau sich ihrer persönlichen Würde als Hüterin des Hauses in immer feinerem und höherem Sinne bewußt wird.

HELENE STÖCKER

Ehe und Sexualreform

Wenn heute die Bedeutung der Sexualwissenschaft für unsere Sexualreform dargelegt ist, so sei mir gestattet, auf die allgemeinen historischen Kulturzusammenhänge hinzuweisen, in denen unsere Bestrebungen wurzeln. Soviel ist klar; wir haben es hier nicht mit törichten Utopien zu tun, sondern mit einer organischen Entwickelung, und diejenigen sind die Toren, welche glauben, sich einer organischen Entwickelung dauernd erfolgreich in den Weg stellen zu können.

Zwei Momente höherer Entwickelung hat das 19. Jahrhundert insbesondere für das Geschlechtsleben der Menschen gebracht: einmal die Verfeinerung und Vertiefung der Persönlichkeit in die Liebe, wie sie durch die Vervollkommnungslehre von Leibniz angebahnt, in der Weltanschauung unserer klassischen wie romantischen Dichter feste Gestalt gewonnen hat, und andererseits: die neuen Erkenntnisse der Naturwissenschaft, das Verständnis für die ungeheure Bedeutung des Geschlechtslebens für die Gattung – durch die Vererbung etc. –, wodurch eine neue Verantwortung in bezug auf die Nachkommen auf die Menschen gelegt wurde.

So haben die Geisteswissenschaften – Philosophie, Erkenntnistheorie, Soziologie, Ästhetik und Ethik – einerseits und die Naturwissenschaften andererseits daran gearbeitet, neue große Ziele für die Menschen aufzustellen. Uns ist mit unserer Arbeit die schöne Aufgabe zugefallen, die scheinbar auseinanderstrebenden Tendenzen zu einem großen Ganzen zu verknüpfen, wodurch sowohl das Wesen des einzelnen vertieft und erweitert wie ihm zugleich seine Stellung im Ganzen unverrückbar angewiesen wird. So dürfen wir mit Recht die falschen Anschuldigungen zurückweisen, die uns einer rein »egoistischen Genuß-Philosophie« zeihen wollen.

Unsere moderne Bewegung hat zwei positive Begriffe geschaffen und in das öffentliche Bewußtsein gebracht: *»Neue Ethik«* bedeutet das Bekenntnis zu einer Moral der persönlichen Verantwortlichkeit, der Verfeinerung der Individualisierung auf sexuellem Gebiet – *»Mutterschutz«* umfaßt den Inbegriff aller Arbeit und Fürsorge für Mutter und Kind, für Hebung der Rasse, für die kommende Generation als die Konsequenz unserer neuen Erkenntnis der Verantwortlichkeit.

Die verantwortliche Persönlichkeit, Mann wie Frau, ist der Mittelpunkt unserer neuen Ethik; sie soll auch der Mittelpunkt des modernen Rechts werden. Wenn auf anderen Gebieten dies Prinzip der Selbstverantwortlichkeit heute selbst anerkannt ist, so fehlt diese Anerkennung noch auf dem Gebiet der sexuellen Moral. Eine neue sexuelle Ethik zu schaffen ist eben deshalb besonders schwer, weil hier, stär-

ker noch als auf anderen Gebieten, Dunkelheit und Aberglauben, Machtgier und Tradition herrscht.
Professor Freud, dessen Forderungen in bezug auf die Zerstörung des Aberglaubens auf sexuellem Gebiet wir so vieles verdanken, erklärt, daß wir von den biologischen Vorgängen, aus denen das Leben der Sexualität besteht, noch lange nicht genug wissen, um aus unseren vereinzelten Einsichten eine zum Verständnis des Normalen wie des Krankhaften genügende Theorie aufstellen zu können. Der verhängnisvolle Dualismus unseres sexuellen Lebens, wie er in einer gewissen Phase der menschlichen Entwickelung vielleicht notwendig war, soll nun allmählich einem geläuterten Monismus, einer Einheit von Leib und Seele, weichen.
Unsere ganze moderne Entwickelung ist nichts als der Kampf gegen diesen alten Dualismus, dessen Überwindung auch Luthers Unerschrockenheit in Geschlechtsfragen nicht gelungen ist. Die Verfeinerung des Geschlechtslebens hat erst die moderne Kunst und Philosophie am Ende des 18. und Anfang des 19. Jahrhunderts gebracht. Vor allem sind hier die Namen Goethes, der Romantiker und Nietzsches zu nennen. Die Hauptgedanken, die die moderne Liebe der Romantik verdankt, sind einmal die Idee von der Einheit des Geistigen und Leiblichen in der Liebe, der Ebenbürtigkeit von Mann und Frau, von der Bedeutung der Persönlichkeit in der Liebe, wie die Erkenntnis von der Möglichkeit des dadurch gegebenen Irrens.
In der großen Entwickelungsgeschichte der Liebe von einem nackten physischen Begehren zu dem wunderbar harmonischen Zusammenschluß aller physischen und geistigen Kräfte des Menschen ist die Zeit der Romantik vor hundert Jahren die Epoche, in der man sich der Liebe als der höchsten Kulturblüte bewußt wurde. Damit beginnt die Liebe jene persönlich auswählende Macht zu werden, damit erst tritt die Persönlichkeit des Liebenden und Geliebten in ihr volles Recht.
Wenn das ganze Wesen des Menschen, nicht nur die

Geschlechtlichkeit im engeren Sinne, in Betracht gezogen wird, wird damit alles Äußere, Körperliche, Alter, Schönheit usw. nur noch ein Akzidenz unter vielen anderen wesentlichen Eigenschaften. Bei dieser Auffassung wird die Fortpflanzung, die Nachkommenschaft zwar die höchste Erfüllung, aber keineswegs die einzige und höchste *Begründung* für Liebe und Ehe sein.

Was diese Epoche der Romantik für die Entwickelungsgeschichte der Liebe so bedeutungsvoll macht, ist, daß bei den Romantikern, den Männern wie den Frauen, Leben und Lehre übereinstimmten, daß sie lehrten, was sie lebten, daß sie lebten, was ihnen recht schien.

Wenn dann in allen europäischen Ländern ähnliche Kulturrevolutionen vor sich gingen, so haben wir in Deutschland in *Friedrich Nietzsche* die Fortsetzung und Erfüllung des romantischen Sehnens empfangen. Das Geschlechtsleben so heilig wie möglich aufzufassen ist seine ernste Forderung, die Institution der Ehe in ihrer *heutigen* Form scheint ihm sein höchstes Ziel: Veredelung und Hebung der Rasse, *keineswegs zu fördern*. Neben dem Verbot »Du sollst nicht töten« steht, nach seiner Meinung, mit ungleich größerem Ernst das Verbot an die Dekadenz: *»Ihr sollt nicht zeugen«*. Immer wieder hat er die Verantwortung als das echteste Kennzeichen der Sittlichkeit betont.

In diesen Kulturzusammenhang gliedert sich nun unsere heutige Arbeit des Mutterschutzes und der Sexualreform ein. Unser modernes Ideal der harmonisch entwickelten Persönlichkeit bedingt einmal eine völlig andere Stellung dem Leben und der Liebe gegenüber. Die Liebe spielt neben der Arbeit bei dem modernen Menschen eine größere Rolle als jemals vorher, weil wir eben in der Kultur der Persönlichkeit das Ziel unseres Strebens sehen, nicht mehr im Staat, wie die Antike, nicht mehr im Jenseits, wie die christliche Religion. Unser Höchstes sehen wir nicht mehr im »Gott«, sondern im *Menschen*, den wir seinen eigenen höchsten Idealen, seinen »Göttern« annähern wollen. So ist die Liebe als Ergänzung ebenbürtiger Persönlichkeiten die Krone des Lebens geworden. Diese neue Auffassung des Sexuellen wie der Liebe in ihrem höchsten Sinn hat nun auch unsere Stellung zur Ehe als Rechtsinstitution völlig geändert. Wir stellen in unserer sittlichen Beurteilung die seelischen Realitäten über die bloß formal juristischen. Wenn wir also heute den *Formen* der Ehe minder großen Wert beilegen, so geschieht das, weil uns die inneren Verpflichtungen, die aus dem gemeinsamen Leben entstehen, so tiefwurzelnd und unzerstörbar erscheinen, daß uns dieser *inneren Pflicht* gegenüber der äußere Zwang als etwas verhältnismäßig Unwesentliches erscheint. Auch wir modernen Sexualreformer glauben an eine »ewige Fortdauer« der Ehe – weil nicht äußere Gesetze sie den Menschen aufgezwungen haben, sondern weil die Ehe aus dem innersten Bedürfnis der menschlichen Natur, sowohl aus dem Bedürfnis des Individuums wie aus dem Bedürfnis der Gemeinschaft hervorgegangen ist. Jeder Bemühung auf Reform der heute bestehenden Ehegesetzgebung, auf Verbesserung der sozialen und wirtschaftlichen Verhältnisse – von wo aus sie ausgehen mag –, werden wir von unserem Standpunkt aus unsere Mitwirkung nicht versagen. Aber man sollte sich doch auch anderswo nicht länger der Einsicht verschließen, daß wir im Mutterschutz nicht Zügellosigkeit, sondern Verantwortlichkeit, sowohl persönliche wie rechtliche, in Beziehungen *hineintragen* wollen, die heute außerhalb der Gesetze sind.

Ein neuer Faktor ist heute dazu gekommen, den es früher noch nicht gab und der in hohem Grade die Möglichkeit der Verwirklichung unserer Ideen in sich trägt, wie die Einsichtigeren unter unsern Gegnern selbst erkennen: Neben der geistigen steht heute die wirtschaftliche, rechtliche und endlich auch politische Emanzipation der Frau. Auch der Gesellschaft dämmert die Erkenntnis, daß sie als solche das Recht und die Pflicht hat, für das Aufblühen der neuen Generation zu sorgen. So geht unser Streben, soweit es sich um die Einwirkung auf die Gesetzgebung handelt, dahin, die volkswirtschaftliche Last der neuen Generation durch Schutz der werdenden Mutter, Schutz der Wöchnerin, Schutz der aufwachsenden Kinder, Kinderrente, durch allgemeine Zugänglichkeit der Bildungsmittel und dgl. immer mehr zur Sache der Allgemeinheit zu machen und die Frau am Produktionsprozeß zu beteiligen, wie es ja heute schon bei fast zehn Millionen von Frauen der Fall ist. Unter dieser Voraussetzung – das wird selbst von Gegnern zugegeben – sind unsere Forderungen in sich konsequent. Bei der Ehe gilt es, wie Friedrich Naumann einmal sehr richtig betont hat, zu unterscheiden zwischen den wesentlichen, »ewigen« Bestandteilen und den vergänglichen Formen. Auch eine wirtschaftlich freie Frau wird auf die wesentlichen, ewigen Aufgaben der Ehe nicht verzichten wollen. Eine »Abschaffung« der Ehe aber, d. h. der Lebensgemeinschaft zwischen Vater, Mutter und Kindern, wie es als unser Ziel uns von manchen Gegnern immer noch untergeschoben wird, könnte nur ein Don Quichotte »beschließen«, und es ist für jeden halbwegs historisch und psychologisch gebildeten Menschen ein wenig hart, sich gegen eine solche Torheit erst noch verteidigen zu sollen.

Positionen der proletarischen Frauenbewegung zu Ehe und Familie

AUGUST BEBEL

Bürgerliche und proletarische Ehe

Die ehelichen Übel wachsen aber, und die Korrumpierung der Ehe nimmt zu in dem Maße, wie der Kampf ums Dasein sich verschärft und die Ehe immer mehr Geld- beziehentlich Kaufehe wird.

Die wachsende Schwierigkeit, eine Familie zu unterhalten, bestimmt ferner viele, auf die Ehe überhaupt zu verzichten, und so erscheint die Redensart, die Frau müsse in ihrer Tätigkeit auf das Haus beschränkt bleiben, sie müsse als Hausfrau und Mutter ihren Beruf erfüllen, immer mehr als *gedankenlose Phrase*. Andererseits müssen diese Zustände die außereheliche Befriedigung des Geschlechtsverkehrs begünstigen, und so vermehrt sich die Zahl der Prostituierten, während die Zahl der Eheschließenden sich vermindert; außerdem steigt die Zahl derer, die an unnatürlicher Befriedigung des Geschlechtstriebs krankt.

In den besitzenden Klassen sinkt die Frau nicht selten, ganz wie im alten Griechenland, zum bloßen Gebärapparat für legitime Kinder herab, zur Hüterin des Hauses oder zur Pflegerin des in der Debauche ruinierten Gatten. Der Mann unterhält zu seinem Vergnügen und für sein Liebesbedürfnis Hetären – bei uns Kurtisanen oder Mätressen genannt –, die in eleganten Wohnungen in den schönsten Stadtvierteln wohnen. Andere, deren Mittel ihnen keine Mätressen zu unterhalten gestatten, halten es in der Ehe wie vor der Ehe mit den Phrynen[6], für die ihr Herz mehr als für die Ehefrau

---

6 *Phrynen:* Phryne, griechische Hetäre (4. Jh. v. Chr.) aus Thespiai in Böotien.

schlägt; mit ihnen amüsieren sie sich, und ein Teil unserer Ehefrauen »in den besitzenden und gebildeten Klassen« ist so korrupt, daß er diese Unterhaltungen in der Ordnung findet.*

In den oberen und mittleren Klassen der Gesellschaft ist also die Geld- und Standesheirat die Hauptquelle der Übel in der Ehe, aber die Ehe wird noch verderbt durch die Lebensweise dieser Klassen. Dies trifft insbesondere auch die Frau, die sich häufig dem Müßiggang oder korrumpierenden Beschäftigungen überläßt. Ihre geistige Nahrung besteht oft im Lesen zweideutiger Romane und in Zotenlektüre, im Sehen und Hören frivoler Theaterstücke, im Genusse sinnenkitzelnder Musik, in berauschenden Nervenstimulanzien, in der Unterhaltung über die nichtigsten Dinge oder über Skandalaffären der lieben Mitmenschen. Dabei jagt sie von einem Vergnügen in das andere, von einem Gastmahl zum anderen und eilt im Sommer in die Bäder und Sommerfrischen, um sich von den Schwelgereien des Winters zu erholen und neue Unterhaltung zu finden. Die Chronique scandaleuse findet bei dieser Lebensweise ihre Rechnung; man verführt und läßt sich verführen. In den unteren Klassen ist die Geldehe in der Regel unbekannt, obgleich sie auch manchmal eine Rolle spielt. Keiner kann sich dem Einfluß

* Bücher beklagt in seiner schon mehrfach von uns zitierten Schrift *Die Frauenfrage im Mittelalter* den Zerfall der Ehe und des Familienlebens; er verurteilt die zunehmende Frauenarbeit in der Industrie und verlangt die »Rückkehr« auf das »eigenste Gebiet der Frau«, wo sie allein »Werte« schaffe, ins Haus und in die Familie. Die Bestrebungen der modernen Frauenfreunde erscheinen ihm als »Dilettantismus«, und er hofft schließlich, »daß man bald in richtigere Bahnen einlenke«, ist aber offenbar außerstande, einen erfolgreichen Weg zu zeigen. Das ist auch, vom bürgerlichen Standpunkt aus, unmöglich. Die Ehezustände wie die Lage der gesamten Frauenwelt sind nicht willkürlich geschaffen, sie sind das naturgemäße Produkt unserer gesellschaftlichen Entwicklung. Aber die Kulturentwicklung der Völker schießt keine Böcke und macht keine falschen Zirkelschlüsse, sondern vollzieht sich nach immanenten Gesetzen. Aufgabe des Kulturforschers ist es, diese Gesetze zu entdecken und, gestützt auf sie, den Weg zur Beseitigung der vorhandenen Übel zu zeigen.

der Gesellschaft, in der er lebt, ganz entziehen, und die gesellschaftlichen Zustände wirken auf die Lage der unteren Klassen besonders drückend ein. In der Regel heiratet der Arbeiter aus Neigung, aber an störenden Ursachen in der Ehe fehlt es nicht. Reicher Kindersegen schafft Sorgen und Mühen, nur zu oft kehrt die Not ein. Krankheiten und Tod sind in den Arbeiterfamilien häufig gesehene Gäste. Arbeitslosigkeit treibt das Elend auf seinen Gipfel. Und wie vieles schmälert dem Arbeiter den Verdienst oder raubt ihm denselben zeitweilig ganz. Handels- und Industriekrisen machen ihn arbeitslos, die Einführung neuer Maschinen oder Arbeitsmethoden wirft ihn als überzählig aufs Pflaster, Kriege, ungünstige Zoll- und Handelsverträge, Einführung neuer indirekter Steuern, Maßregelung seitens der Unternehmer wegen Betätigung seiner Überzeugungen usw. vernichten seine Existenz oder schädigen sie schwer. Bald tritt das eine, bald das andere ein, wodurch er bald längere, bald kürzere Zeit ein Arbeitsloser, d. h. ein Hungernder wird. Unsicherheit ist die Signatur seiner Existenz. Treten solche Schicksalsschläge ein, so erzeugen sie Mißstimmung und Verbitterung, und im häuslichen Leben kommt diese Stimmung zunächst zum Ausbruch, wenn täglich, stündlich Anforderungen für das Allernotwendigste von Frau und Kindern gestellt werden, die der Mann nicht befriedigen kann. Aus Verzweiflung besucht er das Wirtshaus und sucht bei ordinärem Fusel Trost. Das letzte Geld wird vertan, Zank und Streit brechen aus. Der Ruin von Ehe und Familie ist da.

Nehmen wir ein anderes Bild. Beide, Mann und Frau, gehen auf Arbeit. Die Kinder sind sich selbst oder der Überwachung älterer Geschwister überlassen, die selbst der Überwachung und Erziehung bedürfen. In der Mittagstunde wird in fliegender Eile das sogenannte Mittagessen hinabgeschlungen, vorausgesetzt, daß die Eltern überhaupt Zeit haben, nach Hause zu eilen, was in Tausenden von Fällen, wegen der Kürze der Pausen und der Entfernung der

Arbeitsstätte von der Wohnung, nicht möglich ist; müde und abgespannt kehren beide abends heim. Statt einer freundlichen, anmutenden Häuslichkeit finden sie eine enge, ungesunde Wohnung, die oft Luft und Licht entbehrt und meist auch der nötigsten Bequemlichkeiten. Die zunehmende Wohnungsnot mit den daraus erwachsenden entsetzlichen Mißständen ist eine der dunkelsten Seiten unserer sozialen Ordnung, die zu zahlreichen Übeln, zu Lastern und Verbrechen führt. Und die Wohnungsnot wird in allen Städten und Industriebezirken mit jedem Jahre größer und erfaßt mit ihren Übeln immer weitere Schichten: kleine Gewerbetreibende, Beamte, Lehrer, kleine Kaufleute usw. Die Frau des Arbeiters, die abends müde und abgehetzt nach Hause kommt, hat jetzt von neuem alle Hände voll zu tun; sie muß Hals über Kopf arbeiten, um nur das Notwendigste in der Wirtschaft instand zu setzen. Die schreienden und lärmenden Kinder werden eiligst ins Bett gebracht, die Frau sitzt und näht und flickt bis in die späte Nacht. Die so nötige geistige Unterhaltung und Aufrichtung fehlt ihr. Der Mann ist oft ungebildet und weiß wenig, die Frau noch weniger, das wenige, was man sich zu sagen hat, ist rasch erledigt. Der Mann geht ins Wirtshaus und sucht dort die Unterhaltung, die ihm zu Hause fehlt; er trinkt, und ist es noch so wenig, was er verbraucht, für seine Verhältnisse ist es zu viel. Unter Umständen verfällt er dem Laster des Spiels, das auch in den höhern Kreisen der Gesellschaft viele Opfer fordert, und er verliert noch mehr, als er vertrinkt. Unterdes sitzt die Frau zu Hause und grollt; sie muß wie ein Lasttier arbeiten, für sie gibt es keine Ruhepause und Erholung; der Mann benutzt die Freiheit, die ihm der Zufall gibt, als Mann geboren zu sein. So entsteht die Disharmonie. Ist aber die Frau weniger pflichtgetreu, sucht sie am Abend, nachdem sie müde von der Arbeit heimgekehrt ist, eine berechtigte Erholung, dann geht die Wirtschaft rückwärts und das Elend ist doppelt groß. Ja wir leben in »der besten aller Welten«.

Durch diese und ähnliche Umstände wird auch die Ehe des Proletariers immer mehr zerrüttet. Sogar günstige Arbeitszeiten üben ihren zersetzenden Einfluß, denn sie zwingen ihn zur Sonntag- und Überstundenarbeit, sie nehmen ihm die Zeit, die er für seine Familie noch übrig hatte. In unzähligen Fällen hat er Stunden bis zur Arbeitsstätte; die Mittagspause zum Heimweg zu benutzen, ist eine Unmöglichkeit; er steht morgens mit dem frühesten auf, wenn die Kinder noch im tiefsten Schlafe liegen, und kehrt erst am Abend spät, wenn sie bereits wieder in dem gleichen Zustand sich befinden, an den Herd zurück. Tausende, namentlich die Bauarbeiter in den größeren Städten, bleiben der weiten Entfernung wegen die ganze Woche von Hause fern und kehren erst am Schluß derselben zu ihrer Familie zurück; und bei solchen Zuständen soll das Familienleben gedeihen. Nun nimmt aber auch die Frauenarbeit immer mehr überhand, insbesondere in der Textilindustrie, die ihre Tausende von Dampfwebstühlen und Spindelmaschinen von billigen Frauen- und Kinderhänden bedienen läßt. Hier hat sich das Verhältnis der Geschlechter und der Lebensalter umgekehrt. Frau und Kind gehen in die Fabrik, der brotlos gewordene Mann sitzt zu Hause und besorgt die häuslichen Verrichtungen. In Nordamerika, das bei seiner rapiden großen kapitalistischen Entwicklung alle Übel europäischer Industriestaaten in viel größeren Dimensionen erzeugt, hat man für den Zustand, den dieses Verhältnis hervorrief, einen sehr charakteristischen Namen erfunden. Man nennt Industrieorte, die hauptsächlich Frauen beschäftigen, während die Männer zu Hause sitzen, she towns, wörtlich »Siestädte«, Frauenstädte.

Die Zulassung der Frauen zu allen handgewerblichen Berufen ist heute allseitig zugestanden. Die bürgerliche Gesellschaft, stets nach Profit und Gewinn jagend, hat längst erkannt, welch ein vortreffliches Ausbeutungsobjekt die im Vergleich mit dem Manne sich leichter fügende und schmiegende und anspruchslosere Arbeiterin ist, und so ist die Zahl der Berufe und Beschäftigungsarten, in welchen Frauen als Arbeiterinnen Anwendung finden, eine mit jedem Jahre wachsende. Die Ausdehnung und Verbesserung der Maschinerie, die Vereinfachung des Arbeitsprozesses durch immer größere Arbeitsteilung, die wachsende Konkurrenz der Kapitalisten unter sich wie der Konkurrenzkampf der verschiedenen auf dem Weltmarkt in Rivalität stehenden Industrieländer begünstigen die immer weitere Anwendung der Frauenarbeit. Das ist eine Erscheinung, die in allen modernen Industriestaaten gleichmäßig wahrgenommen wird. Aber in demselben Maße, wie die Zahl der Arbeiterinnen sich vermehrt, wächst durch sie die Konkurrenz für die männlichen Arbeiter. Ein Industriezweig nach dem anderen, eine Arbeitsbranche nach der anderen wird von Arbeiterinnen besetzt, und diese verdrängen mehr und mehr die männlichen Arbeiter. Zahlreiche Äußerungen in den Berichten der Fabrikinspektoren wie in den statistischen Angaben über die Beschäftigung von Arbeiterinnen bestätigen dieses.

Am schlimmsten ist die Lage der Frauen in denjenigen Gewerbezweigen, in welchen sie überwiegend beschäftigt sind, wie z. B. in der Bekleidungs- und Wäsche-Industrie, überhaupt in den Arbeitszweigen, in welchen die Arbeit für den Unternehmer in der eigenen Wohnung verrichtet wird. Die Untersuchungen über die Lage der Arbeiterinnen in der Wäschefabrikation und der Konfektionsbranche, die im Jahre 1886 der Bundesrat veranstaltete, haben auch ergeben, daß die Lohnverhältnisse dieser Arbeiterinnen vielfach so erbärmliche sind, daß sie zum Nebenverdienst durch Preisgabe ihres Körpers gezwungen werden. Ein großer Teil der Prostituierten rekrutiert sich aus den Kreisen der schlechtbezahlten Industriearbeiterinnen.

Unser »christlicher« Staat, dessen »Christentum« man in der Regel dort vergeblich sucht, wo es angewendet werden sollte, und dort findet, wo es überflüssig oder schädlich ist, dieser christliche Staat handelt genau wie der christliche

II. Die Stellung der Frau in Ehe und Familie

Bourgeois, was den nicht wundert, der weiß, daß der christliche Staat nur der Kommis unseres christlichen Bourgeois ist. Der Staat entschließt sich nur schwer zu Gesetzen, welche die Frauenarbeit auf ein normales Maß beschränken und die Kinderarbeit gänzlich verbieten, wie er auch vielen seiner Beamten weder ausreichende Sonntagsruhe noch eine normale Arbeitszeit gewährt und so ihr Familienleben erheblich stört. Post-, Eisenbahn-, Gefängnisbeamte usw. müssen häufig weit über das zulässige Zeitmaß ihren Dienst versehen, und ihre Entlohnung steht im umgekehrten Verhältnis zu ihrer Leistung. Das ist aber heute überall der Normalzustand, den die Mehrheit bis jetzt noch in der Ordnung findet.

Da ferner die Wohnungsmieten im Vergleich zu den Löhnen und zu dem Einkommen des Arbeiters, des niederen Beamten und des kleinen Mannes viel zu hoch sind, so müssen sie sich aufs äußerste einschränken. Es werden sogenannte Schlafburschen oder Logiermädchen in die Wohnung genommen, öfter beide Geschlechter zugleich. Alte und Junge wohnen auf engstem Raume, ohne Scheidung der Geschlechter, und sind selbst bei den intimsten Vorgängen zusammengepfercht. Wie dabei Schamgefühl und Sittlichkeit fahren, darüber gibt es schauerliche Tatsachen. Die so vielfach erörterte Zunahme der Verrohung und Verwilderung der Jugend ist vorzugsweise den Zuständen in unserem Industriesystem geschuldet, mit dem die Wohnungsmisere in engster Beziehung steht. Und welche Wirkung muß die industrielle Arbeit für die Kinder haben? Die schlechteste, die sich denken läßt, sowohl physisch wie moralisch.

Die immer mehr zunehmende industrielle Beschäftigung auch der verheirateten Frau ist namentlich bei Schwangerschaften, Geburten und während der ersten Lebenszeit der Kinder, während welcher diese auf die mütterliche Nahrung angewiesen sind, von den verhängnisvollsten Folgen. Es entstehen eine Menge Krankheiten während der Schwangerschaft, die sowohl auf die Leibesfrucht als auf den Organis-

Positionen der proletarischen Frauenbewegung

mus der Frau zerstörend wirken und Früh- und Totgeburten hervorrufen, worüber noch einiges gesagt werden wird. Ist das Kind zur Welt, so ist die Mutter gezwungen, so rasch als möglich wieder zur Fabrik zurückzukehren, damit nicht ihr Platz von einer Konkurrentin besetzt wird. Die unausbleiblichen Folgen für die kleinen Würmer sind: vernachlässigte Pflege, unpassende Nahrung oder gänzlicher Mangel an Nahrung; sie werden mit Opiaten gefüttert, um ruhig zu sein. Und die weiteren Folgen sind: massenhaftes Sterben oder Siechtum und Verkümmerung, mit einem Wort: Degeneration der Rasse. Die Kinder wachsen vielfach auf, ohne rechte mütterliche oder väterliche Liebe genossen und ihrerseits wahre Elternliebe empfunden zu haben. So gebiert, lebt und stirbt das Proletariat. Und der »christliche« Staat, diese »christliche« Gesellschaft, wundern sich, daß Roheit, Sittenlosigkeit und Verbrechen sich häufen.

Als im Anfang der sechziger Jahre in den englischen Baumwollendistrikten infolge des nordamerikanischen Sklavenbefreiungskrieges viele Tausende von Arbeiterinnen feiern mußten, machten die Ärzte die auffallende Entdeckung, daß ungeachtet der großen Not der Bevölkerung die Kindersterblichkeit *abnahm*. Die Ursache war einfach; die Kinder genossen jetzt die Nahrung von der Mutter und eine bessere Pflege, als sie in den besten Arbeitszeiten je gehabt hatten. Die gleiche Tatsache ist in der Krise der siebziger Jahre in Nordamerika, besonders in New York und Massachusetts, seitens der Ärzte konstatiert worden. Die allgemeine Arbeitslosigkeit zwang die Frauen zu feiern und ließ ihnen Zeit zur Kinderpflege. Ähnliche Beobachtungen hat Dr. v. Rechenberg bei Untersuchung der Lage der Weber der Zittauer Gegend in Sachsen gemacht, wie er in einer im Sommer 1890 von ihm verfaßten Schrift nachweist.

In der Hausindustrie, die volkswirtschaftliche Romantiker gern so idyllisch darstellen, liegen die Verhältnisse für das Familienleben und die Moral nicht besser. Hier ist die Frau neben dem Mann von früh bis in die Nacht an die Arbeit

gekettet, die Kinder werden vom frühesten Alter zu gleichem Werk angehalten. Zusammengepfercht auf den denkbar kleinsten Raum leben Mann, Frau und Familie, Burschen und Mädchen, mitten unter den Arbeitsabfällen, in den unangenehmsten Dünsten und Gerüchen, und entbehren die notwendigste Reinlichkeit. Dem Wohn- und Arbeitslokal entsprechen die Schlafräume. In der Regel dunkle Löcher, ohne Ventilation, müßten diese schon für die Gesundheit bedenklich gelten, wenn nur ein Teil der in ihnen untergebrachten Menschen darin hauste. Kurz, es existieren dort Zustände, die einem an eine menschenwürdige Existenz Gewöhnten die Haut schaudern machen.
Der immer schwerer werdende Kampf ums Dasein zwingt Frauen und Männer oft auch zu Handlungen oder Duldungen, die sie unter anderen Verhältnissen verabscheuten. So wurde 1877 in München konstatiert, daß unter den polizeilich eingetragenen und überwachten Prostituierten nicht weniger als 203 Frauen von Arbeitern und Handwerkern waren. Und wie viele verheiratete Frauen geben aus Not sich preis, ohne daß sie sich der polizeilichen Kontrolle unterwerfen, die das Schamgefühl und die Menschenwürde aufs tiefste verletzt.

ADELHEID POPP

Freie Liebe und bürgerliche Ehe

Nach Erfüllung der gesetzlich vorgeschriebenen Formalitäten und Verlesung der Anklageschrift, in welcher *Adelheid Popp* beschuldigt wird, durch einen in der *Arbeiterinnen-Zeitung* veröffentlichten Artikel »Frau und Eigentum« die Einrichtung der Ehe herabgewürdigt und dadurch das Vergehen nach § 305 St.-G. begangen zu haben, übergeht der

Vorsitzende Landesgerichtsrat *Strnadt* zur Einvernahme der Angeklagten.
Vorsitzender: Sie haben die Anklage vernommen. Bekennen Sie sich schuldig?
Angeklagte: Nein.
Vorsitzender: Es steht Ihnen frei, der Anklage eine zusammenhängende Darstellung des Sachverhalts entgegenzustellen.
Angeklagte: Ich habe den Artikel nicht geschrieben, aber ich habe ihn gelesen und zum Drucke befördert, weil ich überzeugt war, daß er gegen Zustände gerichtet ist, die heute bestehen. Ich fand darin nicht die Ehe in ihrer wirklich sittlichen Gestalt angegriffen, sondern jene Ehe, welche nicht der persönlichen Zuneigung entstammt; jene Ehe, welche vielfach nur aus egoistischen Motiven und von der Frau häufig nur deshalb geschlossen wird, weil sie alleinstehend nicht ihr Fortkommen findet und darauf angewiesen ist, von einem Manne erhalten zu werden. Es ist klar, daß solche Ehen nicht aus reiner, selbstloser Liebe eingegangen werden; wenn aber in Arbeiterkreisen solche Eheschließungen vorkommen, so findet dies in den wirtschaftlichen Verhältnissen seine Begründung. Die Arbeiterinnen, die infolge ihres geringen Einkommens der Not und dem Elend preisgegeben sind, heiraten gerne, wenn ein Mann sich findet, welcher einen nur halbwegs besseren Verdienst hat. Andererseits müssen auch die Arbeiter zumeist darauf sehen, nur solche Mädchen zu ehelichen, von denen sie erwarten können, daß sie in der Ehe mitverdienen werden. In Arbeiterkreisen sind Ehebündnisse, welche unter materiellen Einflüssen geschlossen werden, damit zu entschuldigen, daß man durch gemeinschaftliche Arbeit der Not leichter standzuhalten vermeint.
Wie sehen aber bei den besitzenden Klassen oft die Ehen aus? Die niedrigsten Motive sind nur zu häufig maßgebend. Oder ist es anders als niedrig, wenn die Tochter eines reichen Hauses wider ihren Willen durch »strebsame«, eitle

Eltern einem Manne vermählt wird, nur weil er einen »Namen« hat und Ansehen nach außen genießt? Wie selten wird das Mädchen gefragt, ob sie den Mann liebt, er wird ihr einfach aufgedrungen, und sie muß gehorchen. Sie muß den Mann heiraten, für den ihr Herz nicht spricht, einzig und allein, weil sie ein Weib ist, dem Zwang unterworfen von Jugend auf. Da kann wohl von einer »Heiligkeit der Ehe« keine Rede sein. Die traurigen Folgen beweisen es nur zu oft. Nur ein Beispiel: Im vorigen Jahre – es stand in allen Zeitungen – hatte ein junger Gelehrter die schöne Tochter eines vermeintlich reichen Vaters geheiratet. Nach der Hochzeitsreise stellte es sich heraus, daß das Sparkassenbuch auf 15 000 fl.[7], das sie als Mitgift erhielt, gefälscht war, und – die »Heiligkeit« der vor dem Altar geschlossenen Ehe war verflogen. Die Frau mußte das Haus ihres angetrauten Mannes verlassen, weil sie nur mehr ihre Schönheit, aber nicht mehr das Geld besaß, und nur *das* hatte der Mann geheiratet. Ist einer solchen Ehe auch Heiligkeit zuzusprechen? Ist die Ehe heilig, wenn die Frauen nur aus Existenzrücksichten oder auf Befehl der Eltern sich einem Manne hingeben müssen, der ihnen vielleicht schon am nächsten Tage die eheliche, gelobte Treue bricht, der sie schlägt, mißhandelt, beschimpft, von dem sie alles erdulden müssen? Und die Frau hat nach der gegenwärtigen, anerzogenen Anschauung das Gefühl, daß sie sich fügen muß, sie muß sich sagen: Ich kann nichts dagegen machen, denn wenn ich ihn verlasse, bin ich dem Elend preisgegeben, oder man zeigt mit Verachtung auf mich und sagt, das ist eine Frau, die ihrem Manne davongelaufen ist, gewiß ist sie nicht schuldlos. Der Mann kann tun, was er will, er braucht die eheliche Treue nicht einzuhalten; höchstens dann, wenn er eine Konkubine ins Haus nimmt, verfällt er der Verachtung und der Strafe. Auf das Weib aber wird mit Fingern gewiesen, die sich auch nur anscheinend gegen die eheliche Treue vergeht. Wenn der

7 *fl.:* Floren, älteste Bezeichnung des florentinischen Goldguldens, später auch anderer goldener und silberner Sorten des Guldens.

Mann was immer tut, wenn er neben der angetrauten Frau noch Frauen hat, so viel er will, und diese Frauen wechselt von einem Tag zum anderen, muß es die Frau dulden, weil sie Weib ist, weil sie als die Schwächere, als die Rechtlose betrachtet wird, weil das Mädchen schon darnach erzogen wird, daß sie ihrem Manne gehorchen muß, daß der Mann viel tun darf, was ihr nicht erlaubt ist. Dadurch gewöhnt man das Weib, alles vom Manne hinzunehmen. Es ist bekannt und hat Aufsehen erregt, als im Vorjahre ein älterer Beamte, der sich mit einem hübschen Mädchen verehelichte, dieses in der Ehe so mißhandelte und quälte, daß sie ihn deshalb verließ, um nicht seine Sklavin zu sein, daß dieser Beamte in seiner Mannesherrlichkeit so weit ging, die Frau auf offener Straße zu mißhandeln und zu ohrfeigen. Ist es angesichts solcher Vorkommnisse nicht gerechtfertigt, zu sagen, daß die Stellung der Frau in der Ehe unnatürlich ist, daß *diese* Ehen nicht sittlich sind, sondern nur auf Egoismus beruhen? Oder kommt vielleicht eine »heilige« Ehe dadurch zustande, daß ein Mann, ein Adeliger, ein Offizier, der im Hasardspiel und mit Mätressen sein Vermögen verloren hat, sich in einer Zeitungsannonce anbietet, ein Mädchen zu heiraten, das, wenn sie unter 25 Jahren ist, 50 000 Gulden, wenn sie aber über 25 Jahre ist, 100 000 Gulden besitzen müsse? Dafür ist er von »schöner Erscheinung«, hat einen »altadeligen Namen«, mit dem er sich dem Weibe, das er noch nicht kennt, für Geld prostituiert. Können solche Ehen eine würdige Institution, die auf Heiligkeit Anspruch machen kann, genannt werden? Darf es wundernehmen, wenn das Weib in einer so zustande gekommenen Ehe nicht jene Stellung einnimmt, die ihr als einer gleichberechtigten Person gebühren würde? Und wenn das Weib vor Gericht Schutz sucht, wird es anders? Der Mann, der die Frau mißhandelt hat, erhält, wenn er schon sehr, sehr brutal war, einen Verweis, und der Frau wird zugesprochen, zu verzeihen, wozu diese leider nur zu sehr geneigt ist. Als ob der Mann dadurch plötzlich gutmütiger und edelmütiger würde!

II. Die Stellung der Frau in Ehe und Familie

Wenn aber solche eheliche Mißverhältnisse in den sogenannten unteren Klassen vorkommen, ist es wohl nicht zu entschuldigen, aber eher begreiflich, weil diese Menschen Bildung und Erziehung nicht genossen haben, weil sie allen Widerwärtigkeiten des Lebens unterworfen sind. Dort ist es kein Wunder. Dort herrscht Not im Hause, es reicht der Verdienst nicht aus, und so kommt es dann zu Streitigkeiten und Zänkereien. Wenn aber bei den Wohlhabenden, die von Not nichts wissen, solche abscheuliche, verachtungswürdige Ehen vorkommen, dann erscheint es mir nur recht und gut, die Ehe zu tadeln, die unter solchen Vorkommnissen nur widerrechtlich heilig genannt wird. Es fiel mir nicht ein, durch die Beförderung des inkriminierten Artikels zum Drucke die Ehe als Institution herabzuwürdigen, die Ehe, welche wirklich die Vereinigung von zwei liebenden Personen ist. Das konnte mir um so weniger einfallen, als ich selbst verehelicht bin und in auch nach dem Gesetze giltiger Ehe lebe. Ich sah in dem inkriminierten Artikel nur einen Protest gegen das Unrecht, das nach den geltenden Ehegesetzen den Frauen zugefügt wird. Die Frauen haben nicht mitgesprochen, als diese Ehegesetze geschaffen wurden, diese Gesetze sind zum Nachteil der Frauen von Männern geschaffen worden und werden zur eigenen Schande der auf die Gesetze Einfluß besitzenden Männer zuungunsten der Frauen ausgeübt. Wenn *eine* Klasse oder *ein* Geschlecht Gesetze gibt, dann werden diese Gesetze immer nur zum Nachteil des anderen rechtlosen Geschlechtes oder der anderen rechtlosen Klasse ausfallen. Die rechtlosere Stellung der Frau ist durch die modernen Gesetze erwiesen. Wenn es auch nicht mehr ausgesprochen wird, so atmen die Ehegesetze doch den Geist jener Zeit, wo der Mann die Peitsche über dem Ehebett hängen hatte, um die ungehorsame Gattin damit zu züchtigen. In einzelnen Ländern steht dem Manne noch immer ein »mäßiges Züchtigungsrecht« zu; es ist heute noch im Gesetz ausgesprochen, daß die Frau die Untertänige, die Minderwertige in der Ehe sei. Mit Recht sagt *John*

Stuart Mill[8], daß die Ehe die einzige wirklich noch zu Recht bestehende Sklaverei ist, welche vor dem Gesetze Giltigkeit und Anerkennung gefunden hat. Also ein bürgerlicher, gewiß nicht umstürzlerischer Mann gab die sklavische Stellung der Frau in der Ehe zu und verurteilte diese. Auch das Kirchenrecht atmet diesen Geist von der Minderwertigkeit der Frau, und die Kirchenväter predigen diesen Geist. Die Apostel und Kirchenväter waren keine Freunde der Ehe, sagten sie doch: »Heiraten ist gut, aber Nichtheiraten besser.«

Vorsitzender (unterbrechend): Es handelt sich heute um die Institution der Ehe, wie sie sich jetzt darstellt, und nicht um Zitate, nicht darum, was die Kirchenväter gesagt haben.

Angeklagte (fortfahrend): Wenn ich das anführte, so geschah es nur, um den Geist zu zeigen, von dem die Gesetzgebung über die Ehe geleitet war, und wenn es auch richtig ist, daß diese Ansichten vom heutigen Staate nicht mehr im Gesetz niedergelegt sind, so wirkt dieser Geist, diese kirchenväterliche Auffassung der Ehe in der Praxis fort. Das wollte auch der Artikel sagen, für den ich verantwortlich bin. Ich fühle mich *nicht* schuldig der Herabwürdigung der Institution der Ehe, sondern nehme den Standpunkt ein, daß Ehen, wie sie heute, mit nicht allzu vielen Ausnahmen, bestehen, tatsächlich den Anspruch auf Heiligkeit, auf Sittlichkeit nicht machen können. Die aus Egoismus oder sonstigen niedrigen Motiven geschlossenen Ehen anzugreifen, die Ehen dadurch besser und sittlicher gestalten zu wollen kann ich nicht als Unrecht ansehen. Die Anklageschrift spricht auch von »freier Liebe«. Ich verstehe unter freier Liebe etwas anderes als der Staatsanwalt. Ich verstehe darunter, daß die Menschen *sich nicht unfreiwillig und*

---

8 *John Stuart Mill:* Englischer Philosoph, Ökonom und Sozialreformer (1806–73). Setzte sich für liberale Forderungen ein wie Geburtenkontrolle, Emanzipation der Schwarzen und der Frauen. Am kontroversesten war seine Schrift *The Subjection of Women* (1869), die großen Einfluß auf deutsche und österreichische Frauenrechtlerinnen hatte.

II. Die Stellung der Frau in Ehe und Familie

beeinflußt von materiellen und gesellschaftlichen Rücksichten verbinden, sondern daß Mann und Weib einander gehören sollen, die *ohne Zwang aus freier, innerer Überzeugung* einander gehören wollen. Das ist nichts Unsittliches, nichts Unmoralisches, nichts Unwürdiges. Durch wirklich sittliche, von wahrer Neigung getragene Bündnisse sollen die egoistischen Ehen beseitigt werden. Das allein verstehe ich unter »freier Liebe«, unter heiliger Ehe, und ich erwarte auch von den Herren Geschworenen, daß sie den Artikel so beurteilen werden und nicht so, wie ihn die Staatsanwaltschaft auffaßt.

[...]

Vorsitzender (zur Angeklagten): Sie haben aber in dem Artikel nicht von den schlechten Ehen gesprochen, die ja leider existieren, sondern Sie haben ganz im allgemeinen die Ehe als staatliche Einrichtung bekämpft. Sie haben von dem Zwang gesprochen, dem die Frau in der Ehe überhaupt unterworfen ist.

Angeklagte: Gewiß; diejenige Frau, welche in der Ehe nicht das erwartete Glück findet, lebt unter einem Zwange; es ist ihr nach den heutigen bürgerlichen Anschauungen und durch die Unlösbarkeit der Ehe unmöglich, außerhalb der Ehe das Glück zu suchen, das sie in der Ehe nicht fand. Wenn sie sich wegen unglücklicher Ehe von ihrem Manne trennt, wenn sie sich mit einem anderen Manne zu glücklicherem Bündnis zusammenfindet, weist man mit Fingern auf sie; sie nimmt in der Gesellschaft keine geachtete Stellung mehr ein. Beim Manne ist das ganz anders; nichts hindert ihn, die *Prostitution* für sich in Anspruch zu nehmen, wenn er in der Ehe sein Glück nicht fand. Ich plädiere natürlich nicht dafür, daß auch für die Frauen eine solche Institution geschaffen werde; nein, im Gegenteil, wir verabscheuen sie auch bei den Männern, aber was der Frau nicht gestattet ist, soll auch für den Mann nicht erlaubt sein. Die Ehe ist auch insofern ein Zwang, indem viele Mädchen bloß heiraten, weil sie, wollen sie als ehrbare Personen angesehen werden, außerhalb der Ehe nicht Weib sein können. Es sind viele Frauen, die selbständig leben könnten infolge ihres Einkommens, die aber sofort heiraten, wie sich irgendeine Gelegenheit bietet, mag der Mann wie immer sein, bloß um eine Frau zu sein, weil sie außerhalb der Ehe, ohne eheliches Bündnis, ihren »Naturberuf«, den ihr ja die größten Gegner der Frauenrechte immer zuweisen, nicht »ehrbar« erfüllen können. Es ist ein Zwang für die Frau, wenn sie weiß, daß sie sich vom Manne nicht trennen kann, will sie nicht die Achtung der »Welt« verlieren. Das Vorurteil besteht eben, daß auf einer vom Manne getrennt lebenden Frau ein Makel ruht. Die Lösbarkeit der Ehe und Gestattung der Wiederverehelichung wäre wohl ein Schritt zum Besseren. Jene, die sich wirklich lieben und zusammen glücklich sind, würden sich gewiß auch dann nicht trennen. Was die Stelle des Artikels betrifft, wo vom Einfluß des Privateigentums auf die Ehe gesprochen wird, so haben auch berühmte Männer der Wissenschaft es ausgesprochen, daß die Einehe aus dem Bedürfnis, legitimen Erben das Privateigentum zu hinterlassen, entstand. Und auch heute kommt es noch alltäglich vor, daß, wenn in einem Hause ein großes Vermögen vorhanden ist, eine Ehe nur geschlossen wird, um einen Nachkommen zu haben, dem die durch die Arbeit anderer Menschen aufgehäuften Schätze übergeben werden können. Ist aber eine solche Ehe kinderlos, dann entsteht dadurch oft das »Martyrium der Frau«. Wäre die Ehe ein freies, lösbares Bündnis, dann könnte eine Ehe, welche das Ersehnte nicht brachte, gelöst und es könnte in einer zweiten Ehe das erwünschte Glück gesucht werden.

ALTERNATIVEN ZUR TRADITIONELLEN ROLLE DER FRAU

HEDWIG DOHM

Das männliche Geschlecht muß die Gleichwertigkeit der Frau erfahren

Ob das Verhältnis zwischen Mann und Frau reformbedürftig ist?
O sicher! sicher!
Es weht ein Wind! es weht ein Wind! Selbst in dunkle Kulturprovinzen weht er hinein. Er erschüttert die Grundpfeiler angestammter Moral- und Sittengesetze. Die Reformbedürftigkeit der Beziehungen zwischen den Geschlechtern wird anerkannt; vorläufig nur von einem kleinen Teil der Gesellschaft. Die Majorität der Menschen bequemt sich stets – wäre es auch gegen die eigene Überzeugung – den Zeitsitten an. Die Rolle des Curtius lockt nur Heroen. Die Reformierung gilt in erster Reihe den sexuellen Beziehungen zwischen Mann und Frau. Der springende Punkt ihrer Sanierung ist meines Erachtens die Austreibung der teuflischen Meinung von der geistigen Inferiorität des weiblichen Geschlechts; im engsten Zusammenhang damit steht die Herrenrechtlerei des Mannes. Und diese wieder bestimmt die sexuellen Sitten und Gesetze.
Noch lodert der Kampf der Frau um ihre Ebenbürtigkeit. Und versagen die sanften Waffen, so setzt sie sich den Helm der Minerva auf und wird – Suffragette.
[...]
Das männliche Geschlecht muß die Gleichwertigkeit der Frau *erfahren*.
Diese Erfahrung muß so früh als möglich einsetzen, schon bei der Erziehung der Kinder, einer Gemeinschaftserziehung von Knaben und Mädchen in den Schulen, noch besser

in den Landerziehungsheimen. Die Knaben erkennen bei dem gemeinschaftlichen Unterricht die geistige Ebenbürtigkeit der Mädchen, bei den Sports die gleiche Geschmeidigkeit und Ausdauer.
Der frühere Leiter der Wickersdorfer freien Schulgemeinde Wynken schreibt: »Eine wahre Menscherziehung darf nicht einseitig der männlichen oder der weiblichen Natur angepaßt sein. Der Pädagoge soll nicht mehr Knaben und Mädchen kennen, sondern junge Menschen. Schon in der Jugend sollen beide Geschlechter nicht nur dieselbe Sprache sprechen und verstehen lernen, sondern sie auch miteinander sprechen. Hier, wo sie miteinander in gleicher Richtung streben und sich entwickeln sehen, sollen sie den großen Glauben aneinander finden, aus dem allein die Achtung vor dem andern Geschlecht entspringen kann.«
An die Erziehungsheime oder an das Gymnasium schließen sich die Universität, die Ateliers, die Werkstätten. Wie muß der junge Mann seine Begriffe vom Weibe korrigieren, wenn er auf der Universität das Mädchen, das bis dahin für ihn nur eine Mitliebende war, als eine Mitdenkende, Mitstrebende, Mitarbeitende kennenlernt. Kameradschaft, Freundschaft zwischen Mann und Weib ist eine neue, hell- und weitklingende Note in der Kulturwelt. Daß dabei auch die Liebe zu ihrem Recht kommt – schön ist's und gut. In diesem Aneinander- und Miteinanderwachsen geschieht es nicht selten, daß auch äußerlich reizlose, ja häßliche Mädchen recht von Herzen geliebt werden; denn hier wurde die Wurzel der Liebe tief in fruchtbares Erdreich gesenkt.
Die Versittlichung der sexuellen Sitten hängt nicht zum kleinsten Teil von der Beseitigung der Herrenmoral ab. Die einseitige Herrschaft des Mannes hat die Doppelmoral für die Geschlechter, hat die ungeheure Ausdehnung der Prostitution verschuldet.
Die Prostitution zeigt dem Mann das Weib auf der niedrigsten Stufe. Was er in den Bordellen erlebt, wirft seinen Schatten in die Ehe. Solange der Gesellschaftskörper mit

dem Gift der Prostitution durchsetzt ist, wird die Sanierung des Sexuallebens ein frommer Wunsch bleiben. Die Abschaffung der Prostitution eine Utopie? Die Zeit ist wie der liebe Gott, sie kann alles.

Ein Heilmittel – gewiß kein Allheilmittel – dürfte frühzeitiges Heiraten des Mannes sein (die Möglichkeit solcher Heiraten ist hier nicht zu erörtern).

In einer vielbeachteten Schrift wurde kürzlich das Recht der Doppelmoral verteidigt. Der bis zur Ehe keusch gebliebene Mann sei kein natürlicher, sondern ein unnatürlicher Mensch. Die körperliche Natur von Mann und Frau verlange Sinnlichkeit, hingeben könne sich ohne Folgen derselben nur der Mann. Und deshalb sei der Mann die »Herrennatur«, und die »Herrenmoral« müsse eine andere sein als die der Frau ... der Mann habe nichts zu fürchten. (Gentleman-Moral und Herrenmoral ist wohl nicht dasselbe?)

Für ein Sexualleben von Mann und Weib, das zugleich der Natur und der Sittlichkeit Rechnung trägt, ist die Lösung noch nicht gefunden. Wir treten eben erst in die Zeitepoche ein, die sie sucht.

Der Durchschnittsmann verlangte und verlangt auch heut noch von seiner Frau nicht mehr als eine tüchtige Haushälterin und eine bereite und willige Liebesgenossin. Für ihn gilt das Wort des fröhlichen Skeptikers Shaw[9]: »Die Ehe ist eine Gewohnheit.« In der Tat, bescheiden sind die Ansprüche des Mannes an die Kultur seiner Gattin. Recht praktisch diese Bescheidenheit. Je geringer die Frau, je unumschränkter kann er seines Herrscheramts walten.

Solange es heißt: Der Mann will und die Frau soll, oder, wie Nietzsche es ausdrückt: »Das Glück des Mannes heißt: ich will, das Glück des Weibes: er will« (der Idealethiker Johan-

---

9 *Shaw:* George Bernard Shaw (1856–1950). Der englische Dramatiker, von Ibsen beeinflußt, schrieb sozialkritische und ironisch-satirische Gesellschaftslustspiele. Vor 1911 waren schon Stücke wie *Mrs. Warren's Profession* (1893) erschienen.

nes Müller[10] verspricht der Frau in der bedingungslosen Unterwerfung eine berauschende Wollust), so lange ist Frauentum innig verwandt mit Chinesentum, und wir leben nicht in einem Rechts-, sondern in einem Gewaltstaat.
Das Herrentum des Mannes verdirbt den Charakter beider Geschlechter. Nicht nur hat der Machthaber die Neigung, seine Macht möglichst schrankenlos auszuüben, sie vergröbert auch seine Instinkte, erstickt in ihm Gerechtigkeit und Selbstkenntnis.
Solange es in der Ehe Herren und Untergebene gibt, wird der Herr die Untergebene geringschätzen, und die Untergebene wird sich, um ihre Zwecke zu erreichen, der Waffen der Unterdrückten bedienen: der List, der Lüge, der Heuchelei.
Sie wird die Katze sein, die dem Löwen auf den Rücken springt.
Leichte oder freie Ehescheidungen gehören zu den gebotenen Reformierungen des Geschlechtslebens. Sie haben freilich die wirtschaftliche Selbständigkeit der Frau zur Voraussetzung.
Für die hilflose, abhängige Frau wird die unglückliche, lieblose Ehe zu einer unsittlichen Notwendigkeit.
Mir scheint, noch niemals hat es eine Zeit gegeben, so erfüllt von der Sehnsucht nach einer Verfeinerung der erotischen Kultur als die gegenwärtige. Eine Neugestaltung der Ehe ist dieser Sehnsucht Ziel. Die sozialethischen Forderungen der Frau sind Massengebete. Sie gelangen an Gottes Ohr.

---

10 *Johannes Müller:* Anatom, Physiologe und Naturphilosoph (1801–58). Stand anfangs der romantischen Naturphilosophie nahe. Später Hinwendung zum naturwissenschaftlichen Denken in der theoretischen und praktischen Medizin. Er befaßte sich mit Nerven- und Sinnesphysiologie. Hauptwerk: *Handbuch der Physiologie des Menschen* (1833–40).

CLARA ZETKIN

Die Frau und die Erziehung der Kinder

»Die Frau muß ihren Mutterpflichten, sie muß den Kindern erhalten bleiben«, unter diesem Schrei wird vielfach der Kreuzzug gegen die Emanzipationsbestrebungen des weiblichen Geschlechts gepredigt. Mit der keinen Widerspruch duldenden Erklärung, daß der natürliche Beruf der Frau die Mutterschaft, die Erziehung der Kinder ist, glaubt man jeden Anspruch auf Pflichten und Rechte der Frau innerhalb der Gesellschaft von vornherein totzuschlagen, und zwar doppelt totzuschlagen, nämlich mit »moralischen« Gründen.
[...]
Bei Dekretierung des »Naturberufs« der Frau, Kinder zu gebären und zu erziehen, kommen natürlich die Tausende und Abertausende von Frauen, die *nie in die Lage oder Möglichkeit versetzt sind, Mutterpflichten zu üben*, gar nicht in Betracht. Und doch ist deren Zahl, dank den gesellschaftlichen Zuständen, im fortwährenden Steigen begriffen, und die Frage nach Beruf und Erwerb ist eine Lebensfrage für sie. Infolge der Kriege, welche viele Tausende von jungen Männern hinwegraffen, und noch mehr infolge der immer größer werdenden Schwierigkeiten, einen Hausstand zu gründen, nimmt die Zahl der Ehen ab, der wirtschaftliche Notstand, die Eigentums- und Erwerbsverhältnisse führen auch innerhalb der Ehe vielfach zur Enthaltung von Kindererzeugung, die schlechte physische Entwickelung – meist auch eine Folge der gesellschaftlichen Zustände – macht es vielen Frauen unmöglich, Kinder oder wenigstens gesunde, lebensfähige Kinder zu gebären. Mit welchem Rechte also für alle diese Frauen eine Regel erklären, welcher die Vorbedingung fehlt?
Andererseits *ist* denn die Frau, welche als Mutter im Kreise

von Kindern steht, wirklich eine ausreichende *Erzieherin* und *kann* sie es unter den heutigen Verhältnissen sein?
Werfen wir einen Blick in die Familien der *oberen Zehntausend*, so finden wir, daß die Ausübung des »Naturberufs« seitens der Frau gewöhnlich darin besteht, daß dieselbe, dem Entwickelungsgange der Kinder entsprechend, eine Reihe von fremden Kräften, von physischen und geistigen Lohnarbeitern bezahlt, auf welche sie alle »Mutterpflichten« abwälzt, dabei meist herzlich bedauernd, daß sie nicht auch den unangenehmen Gebärsakt auf Mietspersonen übertragen kann. Auf die Amme folgt die Bonne oder Kindergärtnerin, dann kommen Erzieher und Erzieherinnen, Lehrer und Lehrerinnen. Die körperliche, geistige und moralische Entwickelung des Kindes ist infolge der günstigen materiellen Verhältnisse *Fach*leuten anvertraut, und die Mutterpflichten beschränken sich darauf, diese Fachleute zu wählen, zu besolden, eventuell auch zu beaufsichtigen. Nur in seltenen Fällen übt in den betreffenden Kreisen die Mutter einen direkten Einfluß auf die Entwicklung ihrer Kinder aus, und noch seltener ist dieser Einfluß ein verständiger und günstig erzieherischer.
Das, was in der Großbourgeoisie der Überfluß bewirkt, das bringt in dem *Proletariat* die Not zustande. Je geringer und unsicherer der Verdienst des Mannes wird, je mehr es ein eisernes Gebot der Notwendigkeit ist, daß die Frau erwerbend auftritt, um die Existenzkosten der Familie decken zu helfen, um so weniger ist es ihr auch möglich, ihren Kindern zu leben, sich mit deren Erziehung zu befassen.
Die materiellen Verhältnisse haben also in den oberen wie in den niederen Schichten die gleiche Tendenz betätigt: sie haben *die Erziehung der Kinder der Mutter aus den Händen* genommen, die Erziehung ist in der Hauptsache nicht mehr das Werk und die Aufgabe der durch Familienbande verknüpften Personen, sondern von außer der Familie Stehenden, auch oft außer ihr Lebenden. Die neuen Produktionsbedingungen haben die Frau nicht nur der häuslichen

Arbeit, sie haben sie auch bereits zu einem guten Teil der Kindererziehung enthoben und das gezeitigte Resultat ist für die Frau der Bourgeoisie wie für die Proletarierin das gleiche.

In der Folge zeigt sich jedoch der nämliche tiefgreifende Unterschied wie zwischen dem luxuriösen Müßiggange der ersteren und der erdrückenden Überarbeit der letzteren.

Die Frau des *Kapitalisten* kann für Erziehung ihrer Nachkommen geeignete Stellvertreter, trefflich ausgebildete Erzieher und Lehrer vom Fach wählen, deren Wirken ihre eigene Leistungsfähigkeit vielleicht weit in den Schatten stellt, die Kinder entwickeln sich unter günstigen Vorbedingungen.

Wie ganz anders liegen die Dinge für die *Arbeiterfrau*! Der Erzieher ihrer Kinder heißt fast unvermeidlich: der Zufall, die einzig konsequent auf ihre Entwickelung einwirkende Schule: die Not. Die Frau des Reichen, welche dem Kinde ihre Brust vorenthält, um nicht die Schönheit ihrer Formen zu beeinträchtigen, läßt dem Säugling durch die »kräftige Amme vom Lande« eine gesundere Milch reichen, als ihr eigener, durch die Sünden der Väter verdorbener Organismus erzeugen könnte. Die Personen, welche die weitere Entwickelung des Kindes überwachen und leiten, sind durch besondere Ausbildung für ihren Beruf vorbereitet. Die Arbeiterfrau hingegen kann in der Regel nicht daran denken, ihrem Kinde einen gleichwertigen Ersatz für die eigene Pflege zu bieten. Verhindert nicht Kränklichkeit oder schlechte Ernährung, das Kind an der Mutterbrust aufzuziehen, so erheben die Erwerbsverhältnisse ihren Einspruch dagegen. Vielleicht muß sich die Mutter sogar als Amme an Fremde verdingen, aber noch weit häufiger ruft sie, wenn kaum der Tag graut, der schrille Schrei der Dampfpfeife in die Fabrik. Sie bleibt den langen Arbeitstag über an die Maschine geschmiedet, nur in den knapp bemessenen Mittagspausen die Zeit findend, nach Hause zu hetzen – den günstigen Fall vorausgesetzt, daß sie nahe genug wohnt –, um einen flüchtigen Blick auf das Kind zu werfen, ihm Nahrung zu reichen. In der Zwischenzeit ist das Kleine der Sorge eines etwas älteren Geschwisters, dem guten Willen einer Nachbarin überlassen, vielleicht auch einer anderen bezahlten Person, welche das Aufpäppeln als Geschäft betreibt und »Engel macht«. Damit der kleine Schreihals so lange als möglich ruhig liegen bleibt, erhält er den üblichen schmutzigen Lutschbeutel ins Mündchen gestopft, wenn ihm nicht gar die Nahrung mit narkotischen, Tod oder Blödsinn nach sich ziehenden Mitteln versetzt wird, damit er »recht fest und recht gut schläft«. Anstelle der Muttermilch treten dünne, verfälschte Kuhmilch und allerhand »Kindernährmittel«, von denen günstigsten Falles gilt, daß sie nicht geradezu wie Gift auf den zarten kindlichen Organismus einwirken. Mit der übrigen Pflege des Säuglings, mit der Beobachtung der hygienischen und Reinlichkeitsvorschriften sieht es der Ernährung entsprechend aus. Glücklich noch, wenn der Arbeiterin eine gute Krippe oder Kleinkinderbewahranstalt zur Verfügung steht, in welche das Kind aufgenommen werden kann. – Ist das Säuglingsalter überschritten, so bleibt das Kind der sehr bedenklichen Beaufsichtigung durch Geschwister und Bekannte anvertraut oder auch ohne jede Überwachung, mit unbeschränkter Freiheit, sich zu verbrennen, ins Wasser zu fallen, aus dem Fenster zu stürzen. Vielleicht kann es in einer Kinderbewahranstalt, in einen Kindergarten eintreten, aus dem es dann in die Volksschule gelangt. Die Mutter atmet beruhigt auf, sie hat die Überzeugung, daß sich ihr Kind wenigstens für soundso viel Stunden unter Aufsicht befindet, daß die Gefahr, Schaden zu nehmen, in etwas vermindert ist. Volkskinderbewahranstalten und Volksschulen bieten zwar den Kindern keineswegs das, was sie bieten sollten, und sie werden es im Klassenstaate auch nie bieten, allein für die Proletarierin ist schon das eine von Bedeutung: die Aussicht, behufs Verhütung des gröbsten Schadens.

Die Regel in den einschlägigen Kreisen ist also: daß die Mutter nicht diejenige Art der Pflege und Erziehung wählen *kann*, welche ihr für die Entwickelung des Kindes am *geeignetsten* scheint, sondern daß sie diejenige wählen *muß*, welche ihr am *billigsten* zu stehen kommt und ihr die meiste Zeit für den Erwerb frei läßt. Sie selbst kann auf die Entwickelung ihres Kindes nur Einfluß üben in den kurzen Pausen der Arbeitszeit, nach dem Feierabend, an Sonn- und Festtagen – wenn es nicht Über- und Sonntagsarbeit gibt. Ihr Körper ist alsdann abgerackert, ihr Geist von Sorgen gequält, in den Feierstunden wartet ihrer gewöhnlich eine doppelte Arbeitslast, es gilt, das während der Brotarbeit an der Hausarbeit Versäumte nachzuholen. Wie soll die Frau dann noch in der Lage und Verfassung sein, *günstig* auf die Entwickelung ihrer Kinder einzuwirken?

Bleibt noch der biedere gute *Mittelstand* übrig, dieses Raritätenkabinett für alle längst überlebten Einrichtungen, dieser Hüter von Begriffen und Zuständen, die unseren Großvätern teuer und heilig waren. Aber die Verhältnisse des Mittelstandes sind in keiner Beziehung maßgebend. Das Kleinbürgertum ist unrettbar dem Untergange verfallen und muß, mit Ausnahme weniger seiner Glieder, die sich in die Bourgeoisie erheben, ins Proletariat versinken. Die Frauen der bessergestellten Kleinbürger suchen sich, in Nachäffung ihrer Schwestern in der Großbourgeoisie, der Erziehung der Kinder tunlichst zu entledigen. Das Gros der Kleinbürgerinnen dagegen wird durch die Notwendigkeit eines Nebenerwerbs als Näherin, Stickerin, Lehrerin so ziemlich in die gleiche Lage versetzt wie die Arbeiterfrau. Pflege und Erziehung der Kinder entschlüpft also auch in diesem Stande immer mehr den Händen der Mutter.

Indem also die neuen Produktionsbedingungen die Produktion der Gebrauchsartikel *innerhalb* der Familie *vernichteten*, ward auch der Boden für die *Erziehung* der Kinder *innerhalb* der Familie zerstört; die in der Gesellschaft produzierende Frau wurde ihrem »natürlichen« Berufe entzogen, der überhaupt nur so lange natürlich war, als er sich mit den ökonomischen Grundbedingungen deckte.

Pflege und Erziehung der Kinder konnten nur so lange eine ausschließlich mütterliche Funktion bleiben, als die Frau durch die wirtschaftlichen Zustände, durch die Art und Weise ihres Schaffens an das Haus gefesselt war. Das Familienleben mußte auch nach dieser Seite hin durch die modernen Produktionsbedingungen gründlich umgewälzt werden, denn die Familie war *keine moralische*, sie war *eine ökonomische Einheit*; mit den ökonomischen Grundbedingungen ihres Bestehens mußten auch alle ihre sogenannten moralischen Pflichten und Aufgaben einer Wandlung unterworfen werden, die Gesellschaft, die Gemeinsamkeit mußte auch in dieser Beziehung als ihr Erbe auftreten.

Der Umwandlungsprozeß ist leider noch nicht zu Ende. Der Kampf zwischen dem Alten und Neuen, die schwierigen Verhältnisse der *Übergangszeit* machen sich auch der Kindererziehung gegenüber mit all ihren Härten fühlbar. Aber der Umgestaltungsprozeß ist bereits weit genug vorgeschritten, daß über seinen Ausgang kein Zweifel aufkommen kann. *Die Kindererziehung wird und muß aus der Familie in die Gesellschaft verlegt werden*, sie wird und muß aus den Händen der *Mutter* in die von *Pädagogen* im weitesten Sinne des Worts übergehen. Die Frau wird nicht nur als Hauswirtin, sie wird auch als Mutter frei zur Ausübung gesellschaftlicher Tätigkeit je nach ihrer individuellen Befähigung und Neigung und nach Maßgabe der gesellschaftlichen Bedürfnisse – ihre Stellung wird auch hierin mehr und mehr *der des Mannes ähnlich* werden.

Alle sentimentale Heulmeierei kann an dieser notwendigen Tatsache kein Jota ändern.

HEDWIG DOHM

Sind Mutterschaft und Hausfrauentum vereinbar mit Berufstätigkeit?

Die *freien Frauen* endlich – vorläufig noch eine kleine Minderheit –, diejenigen, die unabhängig von vorgeschriebenen Normen nach den Gesetzen ihres eigenen Wesens ihr Dasein zu gestalten trachten, bejahen energisch die Titelfrage. Sie tun es mit der eigentlich selbstverständlichen, von mir schon erwähnten Einschränkung, daß jede Frau für sich die Frage, ob Beruf oder Nichtberuf, zu entscheiden hat, denn – jedes Bild paßt nicht in jeden Rahmen. Diese radikal gesinnten Frauen pflegt man gern, sehr mit Unrecht, einer Geringschätzung der Nurhausfrau zu zeihen.
Eine Frau, die mit kluger Umsicht, mit Gewissenhaftigkeit, Sachkenntnis und finanziellem Talent einen größeren Haushalt leitet und ihre Kinderschar in musterhafter Ordnung hält – alle Achtung vor solcher Tüchtigkeit!
Niemand hat etwas dagegen, ich am allerwenigsten.
Alle Achtung aber auch den andern Frauen, die in einer außerhäuslichen Tätigkeit den Schwerpunkt ihres Seins suchen und finden. [...]
Nach meiner persönlichen Erfahrung reimen sich Berufstätigkeit und Beschäftigung im Haushalte aufs schönste zusammen.
Es gibt keinen Arzt, der nicht zur Erhaltung der Gesundheit die Abwechslung von Ruhe und Bewegung, von geistiger und körperlicher Arbeit für geboten hält.
Wenn ich einige Stunden geschrieben habe, fühle ich förmlich einen Drang, mich im Haushalt zu beschäftigen, und die vorangegangene – wenn es nicht unbescheiden klingt – Geistestätigkeit hindert mich nicht im geringsten, mit Vergnügen und Interesse die Anordnung zum Mittagessen oder zu einer Teegesellschaft oder einer Kinderschokolade zu

treffen und dafür zu sorgen, daß alles so hübsch und schmackhaft wie möglich gerät.
Mir scheint sogar diese Art der Erholung von geistiger Arbeit hygienischer und nutztragender als Skat und Zigarre, die für die Männer genießendes Ausruhen und Erholung bedeuten.
Gewiß gibt es auch unter den Freidenkerinnen eine Anzahl von Frauen, die für ihre Person die gleichzeitige Ausübung mütterlicher und beruflicher Funktionen ablehnen, sei es in dem Erkennen, daß ihr psychisches und physisches Kräftemaß – das ja bei verschiedenen Personen immer unendlich verschieden sein wird – solcher Doppelaufgabe nicht gewachsen ist, sei es, weil ihr Wesenskern, ihre Individualität dem Berufsleben überhaupt widerstrebt.
Gehören diese Frauen zu den Feinen, Klugen, so finden sie wohl, wenn ihre aktive Mutterperiode geschlossen ist, andere Interessenbezirke für ihre geistige Selbsterhaltung, für ihr Aktionsbedürfnis.
Aus ihren Reihen werden vielleicht eine nicht geringe Anzahl beruflicher Jugendbildnerinnen hervorgehen, die, wenn sie ihr Werk an den eigenen Kindern getan, es an anderen Kindern fortsetzen.
Wie aber auch jede einzelne dieser freien Frauen subjektiv ihr Leben zu gestalten wünscht, einig sind sie alle in der Grundüberzeugung, daß die Freiheit der Persönlichkeit, das Sichselbstgehören, die vornehmste und unumgänglichste Existenzforderung der Frau ist, diejenige Forderung, die sie von dem Fluch erlöst, als Mensch nur Dilettant oder ein von andern bewegter Mechanismus zu sein.
Viele von den höherbegabten Frauen der älteren und allerältesten Generation blicken an der Schwelle des Todes mit schaudernder Verwunderung, mit tödlicher Bitterkeit auf ein Leben zurück, das nicht ihr eigenes Leben war, und klagend senken sie das müde weiße Haupt: »Weh' mir, daß ich kein Enkel bin – nein – daß ich kein Urenkel bin, denn auch die Enkelinnen von uns Alten kämpfen noch um ihre Eigenheit.«

Es ist schon deshalb nicht wahr, daß die Frau sich ganz auf ihre Mütterlichkeit als ihren Daseinszweck zurückzuziehen hat, weil ihr Leben sich weit über die Grenze hinaus erstreckt, in der das Kind ihrer bedarf.

Was der Mensch zum Inhalt seines Lebens macht, muß so sein, daß seine Wirkung und Bedeutung alle Lebensalter umfaßt, nicht das eine überreich bedenkt, während das andere leer ausgeht. Mit einiger Übertreibung könnte man sagen, daß die Mutterschaft einen Saisoncharakter trägt. Unser Leben währt sieben oder acht Jahrzehnte. Die Zeit, in der das Kind auf die Mutter angewiesen ist, beträgt wenig mehr als ein Jahrzehnt.

Sich einen neuen Daseinszweck zu schaffen, mit der Berufsausbildung erst zu beginnen, wenn die Kinder erwachsen sind, dürfte in den meisten Fällen viel zu spät sein.

Und so geschieht es, daß Frauen in vorgerückten Jahren, aber mit noch ungebrochener Kraft – von Männern derselben Altersstufe sagt man, daß sie im besten Mannesalter stehen – als Schwiegermütter und Großmütter von der Kinder oder Kindeskinder Gnade leben, die Schwiegermutter nicht selten als Friedensbrecher, die Großmutter als eine platonische Existenz ohne Gebrauchswert.

ADELHEID POPP

Ich meinte oft unter der doppelten Bürde zusammenbrechen zu müssen

Gerne hätte ich den Wunsch meiner Mutter, zu heiraten, erfüllt, aber ich vermochte nicht meine Ideale aufzugeben, nur um versorgt zu sein und um ein vor Not geschütztes Leben führen zu können. Ich war in meinem Denken zu selbständig geworden, war zu sehr von der Anschauung durchdrungen, daß der Sozialismus nicht nur notwendig sei, sondern welterlösend wirken würde. Mein Glaube daran war unerschütterlich geworden, und wenn ich an die Ehe dachte, so träumte ich von einem Manne, der meine Ideale teilen würde. Von ihm erwartete ich nicht nur das Glück, das gleichdenkenden, für ein gleiches Ziel strebenden Menschen beschieden sein kann, sondern auch Förderung meiner eigenen Entwicklung. Dieses Glück wurde mir beschieden. Ich bekam einen Mann zum Gatten, der meine Gesinnung teilte und dessen Charakter das Ideal erreichte, von dem ich geträumt hatte. Es gab für ihn keine größere Freude, als wenn er meine Begeisterung für die Partei sah, für die er schon lange, bevor ich von ihm wußte, Opfer gebracht und gelitten hatte. Er teilte alle meine Sorgen und meine Kümmernisse, er erleichterte mir meinen Weg, wie er nur konnte. Manches persönliche Wohlbehagen gab er auf, um mir die Agitation unter den Arbeiterinnen zu ermöglichen. Die Frauen hatten keinen teilnehmenderen Freund als ihn, und oft erzählte er mir, wie es ihn immer geschmerzt habe, wenn er Frauen, gar oft schwache, zarte Geschöpfe, auf den Knien im Schmutz herumrutschen sah, um den Fußboden zu reinigen. In bittern Worten sprach er von den Männern, die ihren halben Wochenlohn vertranken oder verspielten, indes Frau und Kinder zu Hause darbten. Er achtete nicht nur in der erwerbenden Frau die Arbeiterin, sondern auch in der im Haushalt tätigen sah er die Arbeitssklavin, und er empörte sich über die Ungerechtigkeit, daß man ihre ermüdende und oft aufreibende Tätigkeit als Spielerei betrachte. Wenn ich morgens mit ihm zusammen von daheim fortging und schon unser Zimmer aufgeräumt hatte, während er beim Lesen einer Zeitung gesessen, sah er das nie als eine Selbstverständlichkeit an, sondern als eine über meine Pflicht gehende Leistung. Meine Mutter führte unsere Wirtschaft, aber in ihren festgewurzelten Anschauungen, daß die Frau ins Haus gehöre, vermochte sie nicht, ihre Verbitterung

darüber zu unterdrücken, daß ich nicht ausschließlich »beim Herd« war. Um Verdrießlichkeiten vorzubeugen, mußte ich manche Stunde und auch manchen halben Tag der häuslichen Arbeit widmen, die andere ebensogut hätten besorgen können. Bei Nacht mußte ich dann nachholen, was ich dadurch an schriftlichen Arbeiten und an meiner Weiterbildung versäumt hatte.
[...]
Als ich im vierten Jahr unserer Ehe mein erstes Kind erwartete, beschäftigte ich mich viel mit dem Hauswesen und löste die Mutter beim Kochen ab. Jetzt erregte das ihre Eifersucht, was sie zuerst so ersehnt hatte. Sie sah sich durch mich verdrängt, und wenn mein Mann anerkennend von meinen Fähigkeiten als Hausfrau sprach, so versuchte sie meine Kenntnisse herunterzusetzen. Es war rührend, wenn ihr mein Mann auseinandersetzte, wie ehrend es für ihre Tochter sei, daß sie ohne Schule und Unterricht alles gelernt habe, was andern mühsam beigebracht werde. Ich litt sehr unter diesen Verfolgungen meiner Mutter, die nicht einer Bösartigkeit entsprangen, sondern dem Schmerz über die Enttäuschung, die sie an mir erlebt hatte. Sie hatte so sehr nach meiner Verheiratung verlangt; sie hatte erwartet, daß ich dadurch eine Frau wie jede andere sein würde und daß meine Versammlungstätigkeit ein Ende finden werde. Nun war ich verheiratet, aber ich war nicht weniger tätig als früher, und mein Mann lebte derselben Aufgabe. Wenn wir nachts heimkamen, erwartete sie uns in ihrem Bette sitzend und verzweiflungsvolle Klagen ausstoßend. Sie machte uns beiden schwere Vorwürfe. Mein Mann war so rücksichtsvoll und zartfühlend, daß er ihr nie ein hartes Wort sagte. Aber was litt auch er darunter und wie mußte er sich beherrschen.
Sie höhnte und spottete, als mich mein Mann bestärkte, mich von einem Lehrer unterrichten zu lassen, weil ich mich in Orthographie und Grammatik so schwach fühlte. Mein Mann aber bestärkte mich auch in meiner Lust, fremde

Sprachen zu erlernen. Er war von dem Gedanken geleitet, daß ich mit erhöhter Bildung und vermehrtem Wissen dem Proletariat um so besser werde dienen können.
Als wir später Kinder hatten, meinte ich oft unter der doppelten Bürde zusammenbrechen zu müssen. Manchmal saß ich mit dem unruhigen Säugling im Arm beim Schreibtisch und schrieb Artikel, indes die ganze häusliche Arbeit noch zu tun war. Ich hatte außer meiner Mutter keine Hilfe im Hauswesen. Die Mutter war aber über siebzig Jahre alt und kränklich. Nach meines Mannes und meinem Willen hätte sie sich schon lange jeder Arbeit enthalten müssen. Sie wollte aber nicht dulden, daß jemand anders an ihre Stelle trete. Sie hatte immer Angst, als überflüssig zu erscheinen, und klammerte sich immer mehr an ihren Wirkungskreis, dem sie doch nicht mehr gewachsen war. So mußte ich Tag und Nacht arbeiten. Als mein Kind vier Monate alt war, war ich so geschwächt, daß ich eines Tages, als ich mein Kind eben gestillt hatte, von einer Ohnmacht befallen wurde. Ich verzweifelte über den Ausspruch des Arztes, daß ich das Kind nicht mehr säugen dürfe. Ich erschien mir selbst minderwertig und beklagte mein Kind. Alles das hätte mir aber erspart bleiben können, wenn ich nicht eine mehr als zweifache Bürde zu bewältigen gehabt hätte. Da quälten mich die Gedanken, daß ich keine meiner Pflichten ganz erfüllen könne, und ich hätte mich beim Anblick meines Kindes gern dafür entschieden, alles andere während der Zeit, wo es meiner am meisten bedurfte, ganz aufzugeben. Da war es mein Mann, der mich immer wieder ermutigte. Er stellte mir vor, daß ich später, wenn das Kind meiner eigenen Pflege nicht mehr unbedingt bedürfe, unglücklich sein würde, wenn ich mich jetzt, im Konflikt mit Mutter- und Berufspflichten, von der politischen Tätigkeit ganz zurückziehen würde.
Als nach der Geburt unsres zweiten Kindes diese Konflikte in erhöhtem Maße wiederkehrten, da war sich mein Mann schon bewußt, daß ihm keine lange Lebensdauer mehr

beschieden sein würde. Er sah in mir die künftige alleinige Stütze und Erzieherin. Schon vor der Geburt unsres zweiten Kindes hatte er sich sehr krank gefühlt und sein baldiges Ende vorausgesehen. Er hat sich oft angeklagt, daß er in meinen Weg getreten und um mich geworben habe. Er sah mit klarem Blicke, wie schwer es für eine Frau sein würde, zu arbeiten und zwei Kinder zu erziehen. Aber selbst damals, unter den schweren Verhältnissen, in denen wir lebten, hatte er nie versucht, mich von meiner Pflichterfüllung in der Agitation abzuhalten. Wenn ich auf einige Tage zu Versammlungen fort sollte, bat ich ihn oft: Sage doch einmal, du willst nicht, daß ich dich mit den Kindern allein lasse, dann werde ich leichter die Kraft finden, mich zurückzuziehen. Da antwortete er mit seiner einfachen Güte: »Persönlich und um der Kinder willen wünsche ich, daß du hierbleibst, aber als Parteigenosse wünsche ich, daß du dich nicht abhalten läßt, deine Pflicht zu tun.« Wenn ich dann fort war, schrieb er mir täglich ausführliche Briefe über sein und der Kinder Befinden. Nichts vergaß er zu erwähnen, das geeignet war, mich zu beruhigen. Trotz der schweren Arbeitsbürde und der großen Verantwortung, die er zu tragen hatte, zwang er sich, die Zeit zu erübrigen, nach den Kindern zu sehen und über ihre Gesundheit zu wachen. Daher verkenne ich niemals, wie schwer für Mütter die öffentliche Betätigung ist, weil ich weiß, welch große Opfer es kostet. Was hat mein Mann alles entbehrt, um seiner Gattin eine Betätigung zu ermöglichen, die er als eine nützliche für die Arbeiterklasse angesehen hat. Aber daraus habe ich auch die Erfahrung geschöpft, wie glücklich und ungetrübt eine Ehe sein kann, wenn sie auf vollständiger Harmonie der Gesinnung beruht; wenn der Mann auch Anerkennung für die Leistungsfähigkeit der Frau hat und nicht nur verlangt, daß seinen Fähigkeiten von ihr Anerkennung gezollt werde.

Leider war unser Glück kein langes. Nicht einmal neun Jahre war es uns vergönnt, das Leben gemeinsam zu verbringen. Wie gerne hätte er gelebt, um eine vielleicht leichtere Zukunft mit seinen Kindern zu genießen. Es war ihm nicht beschieden. Ich selbst wußte schon lange, daß er bloß kurze Zeit leben würde. Schon im zweiten Jahr unsrer Ehe hat mich der Arzt auf seinen gefährlichen Zustand aufmerksam gemacht und mich auf ein möglicherweise plötzliches Ende vorbereitet. Ich sah all die Jahre, was er litt, und zu Tode erschrocken fuhr ich oft aus dem Schlafe auf, wenn ich ihn stöhnen hörte und sich verfärbend nach Atem ringen sah. In höchster Angst sprang er oft von seinem Lager auf, von den furchtbarsten Schmerzen im Kopf gequält. Dann wieder packte ihn ein Krampf in den Füßen oder er konnte nicht schlafen, weil er eine furchtbare Leere im Kopf fühlte. All das erfüllte mich mit schwerer Sorge, die ich aber verbergen mußte.

Einmal, als ich wieder von einer größeren Agitationsreise zurückkam, die ich über seinen besonderen Wunsch unternommen hatte, fand ich ihn bei meiner Heimkehr so krank, daß ich sofort den Arzt holte. Mein Mann hat das Krankenlager, auf das er sich erst nach vielem Zureden gelegt hatte, nicht wieder verlassen.

LILY BRAUN

Mutterschutz

Der Schutz der Frau als Mutter stellt an die Versicherungsgesetzgebung so weitreichende Anforderungen, daß sie im Rahmen der Krankenversicherung unmöglich erfüllt werden können. Sie müßten einer besonderen *Mutterschaftsversicherung* übertragen werden.

Die Mutterschaft ist eine gesellschaftliche Funktion, daher müßte der Staat sie ganz besonders unter seinen Schutz

II. Die Stellung der Frau in Ehe und Familie

stellen und allen bedürftigen Müttern des Volks die beste Pflege in weitestem Maße zusichern. Dazu gehört eine Geldunterstützung während vier Wochen vor und acht Wochen nach der Entbindung in der vollen Höhe des durchschnittlichen Lohnes, freier Arzt, freie Apotheke, freie Wochenpflege einschließlich der Pflege des Säuglings und der Sorge für den Haushalt, die Errichtung von Asylen für Schwangere und Wöchnerinnen und von Entbindungsanstalten, eventuell auch die Errichtung von Krippen, wie wir sie im Interesse der Kinder schon gefordert haben. Die Mittel hierzu müßten, neben den Beiträgen der Versicherten, aus einer allgemein zu erhebenden Steuer hervorgehen, zu der vielleicht die Unverheirateten und kinderlosen Ehepaare besonders herangezogen werden könnten. Das entbehrt nicht eines komischen Beigeschmacks, weil es an die Hagestolzensteuer erinnert, die vielfach gewissermaßen als Strafe für das Ledigbleiben vorgeschlagen wurde, hat aber doch einen ernsten Hintergrund, da die Alleinstehenden und Kinderlosen unter den heutigen Verhältnissen tatsächlich ein weit sorgenloseres Leben führen als die Verheirateten und Kinderreichen.* Jedenfalls sollte die Frage der Aufbringung der Mittel bei einer Sache von so weittragender Bedeutung keine Rolle spielen. Ein Blick auf die Proletarierinnen und ihre Kinder müßte genügen, um die Notwendigkeit einer durchgreifenden Maßregel jedem vor Augen zu führen. Daß sie noch nirgends in der hier befürworteten Ausdehnung zur Durchführung kam, beruht einmal auf der Neuheit des ganzen Versicherungswesens und dann auf der Einsichtslosigkeit und Rechtlosigkeit der Frauen, die kein Mittel haben, ihre persönlichen Interessen wirkungsvoll zur Geltung zu bringen.

---

* Louis Frank, Dr. Keiffer, Louis Maingie, *L'Assurance maternelle*. Bruxelles-Paris 1897.

RESOLUTIONEN DES DEUTSCHEN BUNDES FÜR MUTTERSCHUTZ 1905–1916

Gegen die Obdachlosigkeit der Gebärenden

Die Volksversammlung des Bundes am *15. Februar 1909* stellt anläßlich der *Obdachlosigkeit der Gebärenden* folgende Resolution auf:

»Die vom Deutschen Bund für Mutterschutz am 15. Februar in Berlin einberufene Versammlung wendet sich nach Kenntnisnahme schwerer Mißstände mit einem energischen Appell an das soziale Gewissen der Bürgerschaft von Groß-Berlin. Noch immer müssen Schwangere angstvoll nach einem Obdach für die Stunde der Geburt suchen. Viele finden keins, weil die Zufluchtsstätten überfüllt sind. Wie oft gehen Mutter und Kind infolge dieser Obdachlosigkeit zugrunde! Diese Zustände sind eine Schande für die Reichshauptstadt. So gut Geld da ist für soziale Fürsorge anderer Art, muß auch Geld da sein zum Schutze der Frau, welche dem Staate die Bürger gibt, die er braucht. Die Versammlung fordert die Magistrate und Stadtverordnetenversammlungen von Groß-Berlin auf, unverzüglich Abhilfe zu schaffen durch Errichtung von kommunalen Schwangerenheimen und Zufluchtsstätten für eben Entbundene. Weiter spricht die Versammlung dem Deutschen Reichstage die dringende Bitte aus, durch gesetzgeberische Maßnahmen dafür zu sorgen, daß mindestens in jedem Kreise ein staatliches Mutterschutzhaus errichtet wird.«

Die Resolution wurde einstimmig angenommen.

Zum Abtreibungsproblem

Am Nachmittag stand die Frage der *Abtreibung* (§§ 218/19 St.G.B.) zur Erörterung. Herr Dr. *Walter Borgius* wandte sich gegen das Bestreben, die Paragraphen gänzlich zu beseitigen, forderte aber eine wesentliche Abschwächung der Strafarten und in einer Reihe von Fällen Straffreiheit, Dr. *Helene Stöcker* kam in ihrem Koreferat zu dem gegenteiligen Ergebnis und forderte völlige Straffreiheit. Nach ausgiebiger Debatte, an der sich Maria Lischnewska – Berlin, Dr. Hanns Dorn – München, Dr. Goldstein – Berlin, Dr. Bornstein – Leipzig, Adele Schreiber – Berlin, Justizrat Rosenthal – Breslau, Professor Flesch – Frankfurt a. M., Frl. Döhner – Hamburg, Grete Meisel-Heß – Berlin, Hugo Otto Zimmer – Berlin beteiligten, wurden folgende Leitsätze angenommen:

»1. *Die derzeitige Fassung des § 218 St.G.B.* ist unhaltbar. Die in vielen Fällen entschuldbare, in manchen Fällen sogar aus dringenden Gründen erwünschte künstliche Unterbrechung der Schwangerschaft darf nicht der gleichen Strafe unterliegen wie gemeingefährliche und aus niedrigen Motiven hervorgegangene Verbrechen.

2. Zu fordern ist jedoch zunächst Umwandlung der Strafdrohung aus Zuchthaus in mildere Strafarten.

3. Des weiteren aber ist *Straflosigkeit der Abtreibung in solchen Fällen zu fordern, wo die Niederkunft aller Voraussicht nach mit schweren Nachteilen für Mutter und Kind begleitet sein würde*, z. B. wenn die Schwangerschaft durch Notzucht erfolgt ist, wenn ein Teil der Eltern tuberkulös, syphilitisch, geisteskrank, trunksüchtig ist oder dergl.

4. Die gegen Entgelt vorgenommene Abtreibung durch nicht dazu ermächtigte Personen soll nach wie vor strafbar bleiben.«

Frau statt Fräulein

In Sachen »*Persönlichkeit oder Familienstand*« nahm die vom *Bund für Mutterschutz, Ortsgruppe Berlin*, am *20. März 1911 einberufene* Versammlung nach einem einlei-

tenden Referat von Dr. Helene Stöcker und einer lebhaften Diskussion einstimmig folgende Resolution an:
Sie betrachtet die Anrede »Fräulein« im Zeitalter der Frauenbewegung, des Mutterschutzes und der Sexualreform als einen *lächerlichen* Anachronismus. Sie sieht den *Wert der Frau* (wie den den Mannes) in der *Persönlichkeit*, dem Wesen und der Leistung, keineswegs aber in dem Zivilstand der Frau, dessen Veränderung nicht im Bereich ihres eigenen sittlichen Wirkens liegt. Die Klassifizierung der Frauen in solche, die auf dem Standesamt waren, und solche, die es nicht waren, die herrschende *Stellung* dieser Abstempelung als *allgemeine* Anrede muß sowohl ihrem Wesen wie ihrer *Wirkung* nach direkt als *unsittlich* betrachtet werden. Da rechtlich einer Inanspruchnahme des Titels »Frau« nichts im Wege steht, so ist von jedem, dem an der Ehre und Würde der Frau gelegen ist, die Aufklärung darüber in weitesten Kreisen zu verbreiten. Wie für jeden erwachsenen Mann der Titel »Herr«, so muß mindestens für jede mündige Frau die Anrede »Frau« als eine kulturelle Notwendigkeit gefordert werden. Die Behörden sollen gebeten werden, hier mit gutem Beispiel voranzugehen, wie sie es ja schon in bezug auf die höheren Beamtinnenstellungen (Frau Direktorin, Frau Oberin) tun, soweit nicht Widerspruch erhoben wird. Im Kampf gegen die doppelte Moral und die Geringschätzung des weiblichen Geschlechts wird die Durchführung dieser Reform eine nicht zu unterschätzende Waffe sein und uns dem Ziel einer freiheitlichen Entwicklung für beide Geschlechter und einer Veredelung unserer Moralbegriffe einen großen Schritt näher bringen.

HEDWIG DOHM

Die alte Frau

Oft schon habe ich für die Rechte der Frau gekämpft, für die Rechte des jungen Mädchens, der Gattin, der Mutter. Die alte Frau habe ich kaum hier und da gestreift. Von ihr will ich jetzt reden; von dem armen alten Weibe, das einem Schatten gleicht, den die Schöpfung – zum Mißvergnügen der Menschheit – wirft. Ist oder war die Frau im allgemeinen – bis vor kurzem – der Paria des Menschengeschlechtes, so war's die alte Frau dreifach; und sie ist es auch heute noch. Die junge und jüngere – schon unter glücklicheren Sternen geborene Generation – hat eben noch nicht Zeit gehabt, alt zu werden.
Ich will von des alten Weibes Leiden sprechen und sagen, wie ihnen abzuhelfen ist.
Daß man bis in die neuste Zeit hinein dem Weib nur einen geschlechtlichen Wert zubilligte, ist oft genug gesagt und beklagt worden. Ich sage es noch einmal, denn dieser Werteinschätzung entspringt die Mißachtung, der die alte Frau verfällt. War das Weib untauglich geworden zur Gebärerin, Kinderpflegerin und Geliebten, so hörte ihre Existenzberechtigung auf. Alle Ansprüche, die sie fürder noch an die Gesellschaft zu erheben gewillt war, schienen mehr oder weniger lächerlich; von milder und gütiger Gesinnten wurden sie wenigstens ignoriert.
Geschlechtlicher Reiz und Nutzen des Weibes Wertmesser! Eine animalische Auffassung ihrer Wesenheit, eine naive Schamlosigkeit, die einem früheren Zeitalter entsprochen haben mag, der Reife und Höhe des jetzigen aber Hohn spricht; denn: sie entmenscht das Weib. Daß bei der Verurteilung dieser Anschauungsweise die sinnliche und ästhetische Freude an Jugend und Schönheit, die Wonne genießender Liebe unangetastet bleibt, ist selbstverständlich.

Es gibt Totengrüfte für Lebendige: Siechtum, unheilbaren Gram. Auch das Greisentum der Frau ist solch eine Totengruft. Sie wird bei Lebzeiten darin beigesetzt.
Arme Alte! Alles geht mählich von dir. Anfangs verfolgen deine sehnsüchtigen Blicke die dir Enteilenden: die Kinder, die Freunde, die Gesellschaft; doch weiter und weiter entfernen sie sich, – sie entschwinden. Einsamkeit hüllt dich wie in ein Leichentuch, Vergessenheit ist die Inschrift über deinem Hause, das Rabenlied der Hoffnungslosigkeit krächzt über deinem Lager. Schweigen ist um dich; und auch du selbst schweigst, weil niemand dich hören will. Arme Alte! Dir ist, als müßtest du dich schämen, daß du, nun so unnütz und so alt schon, noch lebst. Das Alter lastet wie eine Schuld auf dir, als usurpiertest du einen Platz, der anderen gebührt. Du fühlst um dich her eine Gesinnung, die dich aus dem Leben fortdrängt.
Ein berühmter Künstler sagte mir einmal (dabei saß ich ihm zu einem Bilde, und ich war über vierzig Jahre alt), daß Frauen, die das vierzigste Lebensjahr überschritten haben, Ballast für die Gesellschaft seien und am besten täten, sich zu ihren Vätern zu versammeln. Die frühere Sitte barbarischer Völker, die überflüssige weibliche Kinder gleich nach der Geburt beseitigte, erscheint mir milder, da Neugeborene, mit der schönen Gewohnheit des Daseins noch nicht vertraut, weniger empfindlich gegen eine beschleunigte Beförderung ins Jenseits sein dürften als reichlich Erwachsene.
Von guten und wohlwollenden Menschen habe ich aussprechen hören, alte Frauen seien »etwas Gräßliches«. Ich hörte diesen Ausspruch auch aus dem Munde einer jungen Frau, die eine Mutter hatte.
[...]

Und wie verhält sich der Salon, die Geselligkeit zu den alten Frauen?
Sonderbar: Wenn die Menschen nicht immer lögen, auch da,

wo jeder merkt, daß sie lügen, so würden sie zugeben (mündlich geben sie es ja auch zu, aber beileibe nicht gedruckt), daß die alte Frau im Salon, in Gesellschaften unwillkommen ist. In der Regel geraten die Gastgeber bei ihrer Plazierung in Verlegenheit, da doch der männliche Gast, je älter er ist, um so stärkere Abneigung gegen die Nachbarschaft einer gleichaltrigen Dame verrät; oft nimmt er diese Tischnachbarschaft geradezu übel. Und die alte Frau neben einen jungen Herrn zu setzen, das ist des Landes nicht der Brauch.
Ich kenne eine alte, sehr muntere und lebenslustige Dame, die außerordentlich gern in Gesellschaften ginge. Sie lehnt aber jede Einladung ab. Als nach dem Grund ihrer Ablehnungen gefragt wurde, antwortete sie in ihrer schlesischen Mundart: »Man ist so ibrig.«
Ja, sie hat recht. Die Alte ist so »ibrig«. Wenn die Frau als Geschlechtswesen nicht mehr in Betracht kommt, interessiert auch ihre Unterhaltung nicht mehr. Was sie denkt, fühlt, urteilt, ist »ibrig«.
Für den alten Mann ist die Geselligkeit keineswegs ausgeschlossen. Ist er im vorgerückten Greisenalter auch nicht mehr schaffenskräftig, so ist er doch durch seine Kenntnisse, Erfahrungen, durch seine sozialen oder politischen Beziehungen zur Welt immer noch reich genug, um Freude an sich selbst haben und anderen schenken zu können. Und außerdem hat er den ungeheuren Vorzug, kein »altes Weib« zu sein.
Und hat diese Zurück- und Beisetzung der alten Frau keinerlei Berechtigung?
Sie hat eine Berechtigung, wenn auch kein Verständiger den brutalen Aussprüchen des bekannten Leipziger Arztes, der das alte Weib als ein Scheusal schildert, zustimmen wird. Die Berechtigung liegt in ihrer Überflüssigkeit. Die ist unbestreitbar, wenn man die heutige Gesellschaftsordnung in bezug auf die alte Frau als die für alle Ewigkeit einzig normale gelten läßt. Ist der Daseinszweck des Weibes – wie

die Majorität annimmt – Kindergebären und Kinderaufziehen, so hat sie, wenn die Kinder erwachsen sind, ihren Zweck erfüllt. »Der Mohr hat seine Arbeit getan, der Mohr kann gehen.« In vielen Fällen läßt die Überflüssigkeit noch eine Steigerung zu: sie wird zur Lästigkeit, wenn – wie es häufig geschieht – die Alte für sich Rücksichten und Aufmerksamkeiten beansprucht, die ihren Angehörigen Opfer auferlegen, sei es an Zeit, Behagen, Geld. Die alte Frau gibt dann nicht mehr, sie nimmt nur.
[...]

Zu den allgemeinen unerfreulichen Begleiterscheinungen des Alters gehört der Verlust der Schönheit – wenn solche vorhanden war, was gar nicht so häufig der Fall ist, wie man bei der Gegenüberstellung von Jugend und Alter anzunehmen pflegt. In den höheren Ständen tritt die Häßlichkeit des Alters bei den Frauen auffälliger hervor als bei den Männern. Im Volk, bei den Bauern ist der Greis nicht hübscher als die Greisin.
Ich schalte hier ein, daß die deutsche alte Frau im allgemeinen häßlicher ist als alte Engländerinnen, Amerikanerinnen, Norwegerinnen. Es ist eine für deutsch-patriotische Gemüter unliebsame Wahrnehmung – auf Reisen hat man Gelegenheit, sie zu machen –, wie die charaktervollen, interessanten Köpfe, die schlanken, hohen Gestalten dieser Ausländerinnen die untersetzteren, fetteren deutschen alten Damen mit den verschwommenen Zügen in den Schatten stellen. Die Ursache dieser Erscheinung sehe ich weniger in einer National- und Rassenverschiedenheit als darin, daß in den genannten Nationen die Hausmütter (in den höheren Klassen) selten sind, Frauen, die, wenn ihnen die Objekte ihrer Tätigkeit entzogen sind und ihr enger Interessenkreis gesprengt ist, leicht träg, stumpf und dick werden. Das geistige Wesen schafft sich die Physiognomie. Wir lesen in den Gesichtern gewissermaßen zwischen den Zeilen, durch alle Runzeln hindurch leuchtet die Schrift, die eine Seele in

die Züge schrieb. Ich wiederhole ein Zitat, das ich schon einmal anwandte: »Es ist eine Gerechtigkeit auf Erden, daß die Gesichter wie die Menschen werden.«

Das Alter zerstört die Schönheit der Formen und Linien. Die Wirkungen dieser Zerstörung können gemildert, in nicht seltenen Fällen aufgehoben werden. Alte Frauen pflegen ihre äußere Erscheinung zu vernachlässigen, weil sie glauben, es sei ja ganz gleichgültig, wie sie aussehen. Sie zählen nicht mehr mit. Wer achtet ihrer? So machen sie sich's wenigstens bequem.

Sie haben unrecht.

Ich möchte, daß die alte Frau sich weiß kleide. Ich meine, ihr gebührt die Farbe, die dem Licht verwandt ist. Etwas Priesterliches, Erdentrücktes, Lichtsuchendes möchte ich an ihr sehen. Aber nicht nur ein kaum noch moderner Symbolismus, auch ästhetische Gründe sprechen für das weiße Kleid. Niemand sollte mehr die Regeln der Ästhetik beobachten als die alte Frau. Peinlichste Sauberkeit und Sorgfalt in der Körperpflege, in der Kleidung sei ihr Gesetz. Zur Körperpflege gehört jede Art hygienischer Vorsorge, gehört alles, was zur Erhaltung der Kraft und Geschmeidigkeit, zur Vermeidung von Schwerfälligkeit und Fettleibigkeit dient.

Man wird einwenden, daß die alte Frau den Spott herausfordert, wenn sie Dinge tut, die ihrem Alter nicht angemessen sind. Nicht angemessen *sind* oder nicht für angemessen *gelten*? Dieser Unterschied ist wichtig. Von dem, was für unangemessen gilt, beruht das meiste auf Gewohnheit und Zeitvorurteil. Ein Beweis dafür ist, daß ein Tun, das die alte Frau lächerlich macht, bei dem gleichaltrigen Mann Beifall, oft den allerlebhaftesten, findet. Eine alte Frau mit Schlittschuhen an den Füßen, auf dem Fahrrad, auf dem Pferd: lächerlich; der achtzigjährige Moltke auf dem Pferd wurde als eine bewundernswerte Erscheinung angestaunt; dem weißbärtigen Schlittschuhläufer folgen nur wohlwollende Blicke.

Meine Kindheit fällt noch in die Zeit, wo ein weibliches

Wesen auf dem Eis Staunen und Entrüstung erregte. Hätte ich in meinem fünfundvierzigsten Jahr einen runden Hut mit Blumen getragen, die Straßenjugend hätte hinter mir hergejubelt. Heute trägt die Vierzigerin denselben Hut wie ihre Tochter, und man findet es in der Ordnung.

Eine sechzigjährige Dame meiner Bekanntschaft wollte auf Anraten ihres Arztes, einer Blutstockung wegen, reiten, natürlich nur in der Bahn. Sie gab es wieder auf, weil sie die Witz- und Spottreden ihres Bekanntenkreises nicht ertrug. Eine andere, mir verwandte Greisin brannte darauf, den Vortrag eines bestimmten Universitätsprofessors zu hören. Sie hatte nicht den Mut, sich den verwunderten Blicken der Jünglinge auszusetzen.

Höre, alte Frau, was eine andere alte Frau dir sagt: Stemme dich an! Habe Mut zum Leben! Denke keinen Augenblick an dein Alter. Du bist sechzig Jahre alt. Du kannst siebenzig werden, achtzig, sogar neunzig. Die Jüngsten können vor dir ins Grab steigen. Den Tod vorausdenken, vorausfühlen heißt ihm entgegeneilen, heißt die Gegenwart entrechten. Wenn du nur noch einen einzigen Tag lebst, hast du eine Zukunft vor dir. Das Leben ist ein Kampf. Alle sagen es. Man kämpft gegen Feinde. Das Alter ist ein Feind. Kämpfe!

Tu, was dir Freude ist, soweit deine Geistes- und Körperkräfte reichen. Gerade weil du nicht mehr lange Zeit vor dir hast, schöpfe jede Minute aus. Die theosophische Vorstellung: je reicher an Hirn und Herz wir ins Grab steigen, um so glorreicher wird unsere Wiederkehr sein, ist von feierlicher Vornehmheit.

Spotte des Spottes, mit dem man dich einschüchtern, dir die Türen zur Freude sperren will. Das Recht zu leben hat das Kind wie die Greisin. Werde immerhin alt für die anderen: nicht aber für dich.

Was habt ihr Alten denn nach der Gesellschaft – die längst über euch hinweggegangen ist – zu fragen? Wer von der Gesellschaft nichts mehr will, hat nichts mehr von ihr zu

fürchten. Das Grab gönnt jeder uns. Duckmäuser ihr! Was horcht ihr noch immer auf Beifall und Zischen dieser Gesellschaft?
Wenn ihr Lust und Kraft dazu habt, so radelt, reitet, schwimmt, entdeckt auf Reisen neue Schönheiten, neue Welten. Ein sechsundsiebenzigjähriger berühmter englischer Arzt erzählt von seinen langen Kamelritten durch die Wüste. Vielleicht könnt ihr stark wie dieser Arzt werden und wie er auf Kamelen durch die Wüste reiten. Laßt euer weißes Haar, wenn ihr es habt und es euch bequem ist, frei um das Haupt wallen. Mischt euch unter die Lernenden. Beinahe kommt es mir lächerlich vor, daß ihr euch schämt, noch nach Wissen zu trachten, als wäre das Absterben ein lieblich ernstes Geschäft, das zu hemmen indezent wäre. Ein Baum, auch wenn er all seine Früchte hergab, lebt fort, prangend in der neuen Schönheit herbstlichen Laubes, bis er am Winterfrost stirbt.
Ich kenne eine dreiundsiebenzigjährige Greisin, die anfängt, Lateinisch zu lernen; freilich nimmt sie den Unterricht in einem entlegenen Pavillon ihres Parkes, damit kein Lauscher ihren Frevel erspähe. Eine andere kenne ich: Als die merkte, daß Worte und Ausdrücke für das, was sie sagen wollte, ihr zu fehlen anfingen, gestattete sie den Gehirnnerven dieses Erschlaffen nicht ohne weiteres. Wie ein Kind sich übt, sprechen zu lernen, so übte sie sich, es nicht zu verlernen. Sie hielt sich Monologe, Vorträge; mit feiner Kunst fesselte sie ihr fliehendes Gedächtnis, ersetzte es zum Teil durch eine musterhafte Ordnung. Sie schrieb ein Tagebuch, um sich über ihre Geistesverfassung Rechenschaft zu geben. Und sie brachte es zu erstaunlichen Erfolgen.
Klagst du, Alte, daß die Menschen nichts mehr von dir wissen wollen? Und wollen die Irdischen, meist allzu Irdischen nichts mehr von dir wissen: es gibt Übersinnliches. Bade die Seele im Mondlicht der Geister. Sind nur lebendige Menschen Freudenbringer? Da ist die ganze holde und wilde Natur mit ihren Geheimnissen und Offenbarungen. Da sind

die Tiere. Die wissen nichts von Alter und Häßlichkeit. Die lieben dich um dessen willen, was du an ihnen tust. Da sind vor allem die Toten. Mit ihnen redet man oft besser als mit den Lebendigen. Durch ihre Werke leben sie uns. Unerschöpflich sind die Schätze an Geist und Gemüt, die sie bergen. So rede nicht von Einsamkeit.
Man hat dich die Zaubersprüche nicht gelehrt, mit denen man diese Schätze hebt? Ja: das ist's.

Die Zukunft wird diese Ratschläge, die der Gegenwart gelten, nicht brauchen. Glich bisher das Los der alten Frau dem des Abgebrannten, der trauernd auf dem Grabe seiner Habe kauert – muß es so bleiben? Nein. Die Überflüssigkeit der gealterten und alten Frau auf die von der Natur gesetzten, unüberschreitbaren Grenzen zu beschränken wird eine der Konsequenzen der Frauenbewegung sein. Gegen den Tod ist kein Kraut gewachsen; aber gegen den zu frühen Tod des Weibes sind viele Kräutlein gewachsen. Das kräftigste heißt: bedingungslose Emanzipation der Frau und damit die Erlösung von dem brutalen Aberglauben, daß ihr Daseinsrecht nur auf dem Geschlecht beruhe. Gebt der Frau einen reicheren Lebensinhalt, praktische oder geistige Interessen, die über die engere Familie hinausragen, die sie, wenn sie alt wird, in die große Menschheitsfamilie einreihen, sie durch die Gemeinsamkeit solcher Interessen mit dem allgemeinen sozialen Leben verbinden. Stellt sie auf sich selbst, statt immer nur auf andere. Sind die andern von ihr gegangen, sie bleibt immer übrig; und ist sich nicht »übrig«.
Andauerndes Schaffen, sei es mit Hand oder Kopf, wird, wie das Öl die Maschine, ihre Nerven- und Gehirnkräfte elastisch erhalten und ihr eine geistige Langlebigkeit verbürgen weit über die Jahre hinaus, die bisher für sie den Abschied vom Leben bedeuteten. Untätigkeit ist der Schlaftrunk, den man dir, alte Frau, reicht. Trink ihn nicht! Sei etwas! Schaffen ist Freude. Und Freude ist fast Jugend.

III. Mädchenerziehung und Frauenbildung

»Ist es nicht geradezu possierlich, daß die Männer sich der Unwissenheit ihrer Frauen schämen, deren intellektuelle Urheber sie sind?
Haben wir Frauen etwa die höhere Töchterschule organisiert, ihren Lehrplan bestimmt?
Was mich betrifft, so lehne ich die Verantwortung für jeden orthographischen, grammatischen oder sonstigen Fehler, der mir in dieser Schrift passieren sollte, ab, ich lehne sie energisch ab und wälze sie auf die Schulter der Männer. Jede falsche Interpunktion, die ich mache, ist ihr Werk, für jeden Sprachfehler treffe sie die Geringschätzung der Mitwelt.
Ich habe die bestmögliche Schule meiner Jugendzeit besucht, und sie war – so schlecht wie möglich.«

(Hedwig Dohm:
Der Jesuitismus im Hausstande, 1873)

»Es schadet der Sitte, wenn ein Mädchen anatomische Vorlesungen hört – das aber schadet nicht, wenn in der Klinik die schwangern und gebärenden Frauen, wovon viele gleichzeitig in einem Saal sich befinden, von einer Schar junger studierender Männer untersucht und beobachtet werden – das heißt das Herkommen gut! Mögen doch Männer die Männerkörper studieren, aber die Frauen überlasse man den Frauen. –«

(Louise Otto-Peters:
Das Recht der Frauen auf Erwerb, 1866)

ERFAHRUNGEN UND FORDERUNGEN BÜRGERLICHER FRAUEN

FANNY LEWALD

Behandelt uns wie Männer, damit wir tüchtige Frauen werden können

Aber es geht uns Frauen eigen! Wir müssen noch immer wie die Neger es besonders dartun, daß wir, wie ich es vorhin nannte, entwicklungsfähig sind. Rahel Varnhagen sagt einmal in irgendeinem ihrer Briefe: »Häßliche Frauenzimmer und Jüdinnen sind immer übel daran. Sie müssen erst immer beweisen, daß sie liebenswürdig sind.« Im großen und ganzen genommen, befinden sich alle Frauen mit ihrer geistigen Begabung in der gleichen Lage. Man streitet ihnen die Befähigung für diesen und jenen Zweig des Wissens ab und bedenkt nicht, daß ihnen bisher fast jede Gelegenheit versagt war, sich in den Wissenschaften auszubilden. Wir sollen schwimmen und haben es nicht gelernt! Und nun man an die Möglichkeit zu glauben anfängt, daß wir so gut wie die Männer vorwärtskommen könnten – verfällt man wieder in den alten Fehler, für uns ausnahmsweise ganz besondere Unterrichtswege einzuschlagen oder vorzubereiten.

Das ist mir lebhaft entgegengetreten, als man hier in Berlin vor etwa einem Vierteljahre das Victoria-Lyceum eröffnet hat, und fällt mir immer wieder ein, wenn man davon spricht, eine Universität für Frauen zu errichten.

Gegen das Victoria-Lyceum ist gar nichts einzuwenden. Frl. Archer, die es zustande gebracht hat, ist eine verständige, Deutsch sprechende und sehr unterrichtete Engländerin, die Schwester eines recht tüchtigen Malers, die seit Jahren hier in Berlin als Lehrerin der englischen Sprache lebt und auch die Kinder des kronprinzlichen Paares im Englischen unterrichtet.

Ihre Königliche Hoheit die Frau Kronprinzessin wohnte denn auch der Eröffnung des Institutes bei. Die Herren, welche das Komitee oder das Protektorat desselben bilden und eine beträchtliche Anzahl von Frauen und Männern aus den gebildeten Ständen waren ebenfalls dort; es wurde eine schickliche Eröffnungsrede gehalten, und statt der fünfzig, sechzig Teilnehmerinnen, auf die man im ganzen sich für die verschiedenen Kurse Rechnung gemacht hatte, ließen sich gleich anfangs mehr als die doppelte Zahl als Zuhörerinnen einschreiben. Jeder Kursus – man lehrt Geschichte, Geographie, Kunstgeschichte, Literaturgeschichte der verschiedenen lebenden Sprachen usw. – ist auf sechzehn Stunden angelegt und wird mit drei Talern bezahlt. Unter den Zuhörern befinden sich Frauen aller Lebensalter: Matronen, junge Frauen und Mädchen.

Fragt man sich nun, was dieses Lyzeum, dessen Lehrgegenstände man, wie Frl. Archer mir sagte, wenn es gefordert wird, zu vermehren und dessen Lektionszahl man ebenso nach Bedürfnis für jede Wissenschaft auszudehnen denkt, für die allgemeine Bildung des weiblichen Geschlechtes leisten könne, so dünkt mich, daß es eine Organisierung des Privatunterrichtes ist, den gebildete und begüterte Frauen sich gelegentlich zu verschaffen pflegten und der auf diese Weise von guten Lehrern gemeinsam und weit billiger gegeben wird, als man ihn sich bisher ermöglichen konnte. Das ist etwas sehr Dankenswertes, eine große Annehmlichkeit für eine Menge von Frauen. Es kommt auch denen zustatten, die als Lehrerinnen und Gouvernanten ihr Brot verdienen sollen; aber solche Institute sind nicht der Hebel oder das Mittel, welches den ganzen Kulturstand und damit die Stellung der Frauen in der Staatsgesellschaft verbessert und erhöht.

Ich muß oftmals lachen, wenn ich davon sprechen höre, daß man jetzt schon Universitäten für Frauen in Deutschland gründen will, da es doch noch keinem Menschen eingefallen ist, Universitäten für Tertianer zu gründen; und die Arbeitssolidität und das wirkliche positive Wissen der großen Masse unter den Frauen werden doch bis jetzt schwerlich mit einem soliden Tertianer, der für die Sekunda reif ist, eine erfolgreiche Konkurrenz aushalten können. Es ist immer dasselbe verderbliche System der Ausnahmestellung, das die Frauen zu keiner gründlichen Ausbildung und deshalb zu keiner vollständigen Entwickelung ihrer Fähigkeiten gelangen läßt. Das aber: die vollständige Entwickelung und der dadurch allein mögliche freie Gebrauch der Fähigkeiten, das ist schon wahre Emanzipation (zu Deutsch Befreiung aus dem Sklavenbande) des weiblichen Geschlechts, wenigstens wie ich diesen so vielfach gemißbrauchten Ausdruck verstehe.

Das Victoria-Lyceum ist, ich wiederhole das ausdrücklich, ein sehr gutes Institut, aber es ist im gewissen Sinne ein Luxusinstitut. Was uns fehlt, ist jedoch nicht die Turmspitze, sondern ein ordentliches Fundament. *Wir brauchen Schulen, Realschulen für die Frauen wie für die Männer. Nicht ein Komitee von wohlwollenden und hochgebildeten Männern kann hier mit seinem Protektorate und mit seinem guten Willen helfen, sondern die Städte und der Staat, denen wir Frauen von jedem Taler, den wir selbständig erwerben, in ganz gleichem Maßstabe wie die Männer unsere Steuern zahlen müssen, sind uns diese Bildungsanstalten schuldig.*

Es muß den Eltern möglich gemacht werden, ihre Töchter von ihrem siebenten bis zu ihrem achtzehnten Jahre ganz ebenso wie ihre Söhne durch alle Klassen einer Bildungsanstalt durchgehen zu lassen, die sie für weitere gründliche Studien vorbereitet, wenn in den Töchtern der Trieb und die Befähigung für diese letzteren vorhanden sind. Das wird es nicht hindern, daß man die Mädchen, wie es ja auch mit den Knaben geschieht, je nach dem Lebensberuf, welchen man sich für sie vorgezeichnet hat, von der Tertia oder von der Sekunda in das Vaterhaus zurücknimmt, sie in eine Lehre für den Erwerb, sie in eine Stelle unterzubringen, für welche die Kenntnisse eines Tertianers oder Sekundaners ausreichen, oder sie im Haushalt der eigenen Familie zu verwenden; und ich bin fest überzeugt, daß keinem Frauenzimmer die mehrjährige strenge Disziplin einer ordentlichen Lehranstalt, daß ein folgerechtes Arbeiten ihm schaden, daß es die Frauen weniger geeignet machen kann, ihren Pflichten innerhalb des Hauses und der Familie vorzustehen. Gerade im Gegenteil.

Was den Frauen fehlt, ist ja nach der Männer Urteil eben die nachhaltige Tüchtigkeit. Man sagt uns, unser Wissen sei oberflächlich, und man hat vollkommen recht – aber die Art, in der wir in den »höheren Töchterschulen« (der bloße Titel ist schon eine Abgeschmacktheit) unterrichtet werden, ist darauf angelegt, uns oberflächlich zu machen. In wenig Jahren, mit mäßiger Mühe sollen wir erlernen, wozu man dem jungen Manne ruhig seine zehn, zwölf Jahre vergönnt, und daneben sollen wir von unserm achten bis in unser fünfzehntes Jahr womöglich noch Klaviervirtuosin werden, Englisch und Französisch und Italienisch lernen, nach der Natur zeichnen, in feinen Handarbeiten und in häuslichen Handarbeiten bewandert und geübt sein und Tanzen gelernt haben. – Da das nun eine reine Unmöglichkeit ist, so bringt man uns von dem allem ein klein bißchen bei, und wir kommen aus den Schulen, wie man von einem der Diners mit fünfzehn Gängen aufsteht: überfüttert und im Grunde doch nicht satt; voll Einbildungen, voll Selbstüberschätzung und mit einem wahren Schrecken über unsere Unwissenheit, wenn eines schönen Tages die harte Wirklichkeit der Lebensnot an uns herantritt und uns mit ihrem blassen, ernsten Antlitz zuruft: Mein elegantes Fräulein! Meine reizende Salon-Erscheinung! Hilf dir jetzt einmal gefälligst durch das Leben und durch die Welt!

Wer wirklich ein Befreier des weiblichen Geschlechts werden will, muß daher vor allem dazutun, es von seiner unheilbaren Sonderstellung zu erlösen. – Der Schneider klagt: Kein Frauenzimmer kann ein solides Knopfloch machen! – Natürlich! ein Frauenzimmer lernt in sechzehn

Stunden Schneidern; der Schneiderlehrling hat eine Lehrzeit von drei Jahren. – Die Kritik sagt: Gründlichkeit ist nicht der Frauen Sache! – und selbst mein eigener Mann sagt mir hundertmal: Auf Deine Jahreszahlen und Tatsachen verlasse dich lieber nicht, sondern sieh immer gründlich nach! – Und alle, die uns diese Fehler vorwerfen, und wir alle, die der Masse der sogenannten guten Hausfrauen kleinliche Vorurteile, schwere Zugänglichkeit für bessere Einsichten und Gott weiß es, welche Schwächen vorwerfen – haben alle recht. Aber die Frauen sind an ihrer Oberflächlichkeit nicht schuld.

Man hält die geistigen Anlagen der Frauen für weniger groß als die der Männer, und wir werden behandelt, als wären wir lauter Genies, und obenein, als fände das Genie ohne Mühe, ohne Fleiß und ohne ordentlichen Unterricht seinen Weg. *Behandelt uns wie Männer, damit wir tüchtige Frauen werden können* – und – dies kann ich aus Erfahrung beteuern, wir werden demütiger werden, wenn wir ermessen können, welche Arbeit für den Mann dazu gehört, einer Familie das Brot zu schaffen, und wenn wir so viel, nur so viel wirkliches Wissen in uns aufgenommen haben werden, daß es uns nicht wie bis jetzt gleich ganz und gar verschwindet, sobald die Sorge für das Haus und für das Wohlbefinden der Familie an uns herantritt. Sind denn die Gelehrten, die Beamten, sind denn die gebildeten Männer alle, die einen Beruf in der Welt erfüllen, schlechte Gatten? unzärtliche Väter? üble Haushalter? unordentlich und unhäuslich? Und es sollte für uns allein unmöglich sein, den einfachen Beruf in unseren Familien zu erfüllen, wenn wir die Bildung erhielten, die jetzt kaum noch einem Manne fehlt? –

Es hat noch Zeit mit der Frauenuniversität; aber Realschulen haben wir zu fordern – da wir Steuern zahlen wie die Männer –, und wir müssen anfangen, sie zu fordern, und nicht aufhören, sie zu fordern, bis wir sie erlangen.

Es ist keine Wohltat, die man uns zu erzeigen hat, es ist ein Recht, das man uns einräumen muß und wird; aber die

Machthaber, und die Männer sind uns gegenüber Machthaber, sind in der Regel geneigter, Wohltaten zu erweisen, als Rechte anzuerkennen. So hat man denn auch hier in Berlin eher an die Asyle für die obdachlosen Frauen als an solide Realschulen für uns gedacht – und freilich waren die Asyle dringend nötig. – Ich schreibe Ihnen nächstens, was ich davon gesehen und erfahren habe.

Religiöse Erziehung

(Zeichnung von Th. Th. Heine)

„Wie lautet das sechste Gebot?" – „Du sollst nicht ehebrechen." – „Falsch! ‚Du sollst nicht ehebrechen' heißt es. Pfui, du verworfenes Geschöpf, was soll einmal aus dir werden, wenn du dir dieses Gebot schon als kleines Kind nicht merken kannst!"

(*Simplicissimus*, Jg. 8, 1903/04, Nr. 8, S. 236)

HELENE LANGE

Die höhere Mädchenschule und ihre Bestimmung

Begleitschrift
zu einer Petition an das preußische Unterrichtsministerium und das preußische Abgeordnetenhaus

Petition

Auf Veranlassung eines Kreises Berliner Frauen und Mütter, denen das Wohl ihrer eigenen Töchter und des ganzen weiblichen Geschlechts warm am Herzen liegt und die sich mit der Richtung unserer höheren Mädchenbildung nicht einverstanden erklären können, die vor allen Dingen die Mädchen unter den Einfluß wissenschaftlich tüchtig durchgebildeter *Frauen* bringen möchten, ist eine Petition an den preußischen Unterrichtsminister eingereicht worden. Diese Petition enthielt die nachfolgenden Anträge:
1. daß dem weiblichen Element eine größere Beteiligung an dem wissenschaftlichen Unterricht auf Mittel- und Oberstufe der öffentlichen höheren Mädchenschulen gegeben und namentlich Religion und Deutsch in Frauenhand gelegt werde.
2. daß von Staats wegen Anstalten zur Ausbildung wissenschaftlicher Lehrerinnen für die Oberklassen der höheren Mädchenschulen mögen errichtet werden.

Die beiden Anträge sind in der Petition *kurz*, in der beigegebenen Begleitschrift *eingehend* begründet. Da die Petition gleichfalls dem preußischen Abgeordnetenhaus überreicht werden soll, so erfolgt nachstehend die Veröffentlichung dieser Begleitschrift, um möglichst weite Kreise für die hier berührten wichtigen Fragen zu interessieren und zur Unterschrift zu veranlassen. Exemplare der Petition sind zu diesem Zweck bei den Unterzeichneten zu erhalten.

Berlin, im Oktober 1887.

Im Namen des Petitionsausschusses:

Helene Lange,
Schöneberger Ufer 35.

Frau Schulrat Cauer,
Wichmannstraße 4.

Frau Direktor Jessen,
Hallesches Ufer 19.

Frau Henriette Schrader,
Steglitzer Straße 68.

Frau Stadtsyndikus Eberty,
Linkstraße 6.

Frau Marie Loeper-Housselle,
Markirch im Elsaß.

Begleitschrift

Von *Helene Lange*

Die deutsche höhere Mädchenschule verdankt ihren Ursprung privaten Bestrebungen, die zu Ende des vorigen und zu Anfang dieses Jahrhunderts einem Bedürfnis entgegenkamen, das sich seit dem Wiedererwachen des geistigen Lebens in Deutschland, vor allem seit dem Aufschwung unserer nationalen Literatur auf das lebhafteste bemerkbar gemacht hatte. »Frauen von edleren Umgangsformen, voll reger Empfänglichkeit für die Schönheit der anhebenden klassischen Literatur waren es zunächst und zumeist, die als begeisterte Sendlinge einer neuen Zeit höhere Bildungsstätten eröffneten und die idealen Bedürfnisse des weiblichen Herzens und Geistes befriedigen lehrten.«[*] – Wie alle privaten Bestrebungen, so trugen auch diese ihre Gewähr nur in dem Charakter ihrer Urheber. Wenn also einerseits volle Hingabe an das aus freier Initiative Ergriffene, individuelle, einheitliche und darum nachhaltige Wirkung, Originalität und Energie erwartet werden konnten und gefunden wurden, so zeigte sich andererseits auch wohl eine ungerechtfertigte Nachgiebigkeit gegen allerlei Zeit- und Modetorheiten, die zum Teil durch die pekuniäre Unsicherheit der neuen Anstalten und ihre Abhängigkeit vom Publikum hervorgerufen wurde. Um der Willkür zu steuern und da die Wichtigkeit einer tüchtigen Mädchenbildung auch für den Staat auf der Hand lag, unternahm es dieser unter baldiger Nachfolge der Gemeinden, höhere Mädchenschulen zu begründen, die den Privatschulen als Norm dienen könnten. Da dieselben vom Gefallen des Publikums unabhängig waren, so waren obenerwähnte Ausschreitungen nicht zu fürchten; andererseits konnte zwar auch der in seiner freien Verfügung vielfach gehemmte Direktor der staatlichen oder städtischen

---

[*] Denkschrift des Berliner Vereins für höhere Töchterschulen, S. 4.

Anstalt, der weder Lehrprogramm noch Lehrpersonal ganz nach seinem Ermessen wählen durfte, niemals an die Verwirklichung etwaiger schöpferischer Ideen in seiner Anstalt denken.
Diese neuen Schulen unterschieden sich ganz besonders in *einem* Punkt wesentlich von den Privatanstalten, dadurch nämlich, daß der Einfluß der Frauen, der in den Privatanstalten von hoher Bedeutung erschien, hier wenig geschätzt wurde. Feststellung des Lehrprogramms, oberste Leitung und Unterricht in den oberen Klassen wurde in die Hand von Männern gelegt, und dieser Umstand scheint, obwohl es sich um Heranbildung von *Frauen* handelte, nicht die geringsten prinzipiellen Bedenken veranlaßt zu haben.
Die Resultate waren weniger befriedigend, als man erwartet hatte. Man glaubte den Grund darin zu finden, daß noch eine zu starke Anlehnung an die Knabenschule stattgefunden hätte, und suchte nun zunächst eine feste Basis für die Mädchenschule zu gewinnen, indem man über das Wesen weiblicher Bildung allerlei Theorien aufstellte und viel schrieb und disputierte. Als man über die für die innere Organisation der höheren Mädchenschule maßgebenden Grundsätze ins klare gekommen zu sein glaubte, kam im Jahre 1872 auf Veranlassung von Dr. G. Kreyenberg in Iserlohn eine Versammlung deutscher Mädchenschulpädagogen in Weimar zustande, welche in einer den deutschen Staatsregierungen gewidmeten *Denkschrift* das Ziel der höheren Mädchenschule festzustellen suchte. Sie bestimmt in These II dieses Ziel folgendermaßen: »Die höhere Mädchenschule hat die Bestimmung, der heranwachsenden weiblichen Jugend die ihr zukommende Teilnahme an der *allgemeinen Geistesbildung* zu ermöglichen, welche auch die allgemeine Bildungsaufgabe der höheren Schulen für Knaben und Jünglinge, also der Gymnasien und Realschulen ist; nicht aber in einer unselbständigen Nachahmung dieser Anstalten, sondern in einer Organisation, welche auf die Natur und Lebensbestimmung des Weibes Rücksicht

nimmt, ist die Zukunft der Mädchenschule zu suchen.« – Gegen diese Festsetzung wird niemand etwas einzuwenden haben, aber sie ist lediglich *formaler* Art, und es kommt jetzt alles darauf an, wie man »Natur und Lebensbestimmung des Weibes« auffaßt. Die Denkschrift spricht sich über diesen wichtigsten Punkt auffallenderweise in keiner besonderen These aus, aber die Motivierung der oben angeführten These II läßt über die Auffassung der Weimarer Versammlung keinen Zweifel. »Es gilt«, heißt es hier weiter, »dem Weibe eine der Geistesbildung des Mannes in der Allgemeinheit der Art und der Interessen ebenbürtige Bildung zu ermöglichen, *damit der deutsche Mann nicht durch die geistige Kurzsichtigkeit und Engherzigkeit seiner Frau an dem häuslichen Herde gelangweilt* und in seiner Hingabe an höhere Interessen gelähmt werde, daß ihm vielmehr das Weib mit Verständnis dieser Interessen und der Wärme des Gefühles für dieselben zur Seite stehe.« Die Frau soll gebildet werden, damit der deutsche Mann nicht gelangweilt werde! Das erinnert zu stark an das Rousseausche »la femme est faite spécialement pour plaire à l'homme«, um nicht bei der würdigen Ansicht, die wir im ganzen in Deutschland von Erziehungsfragen und Menschenbildung haben, starken Anstoß zu erregen. Mit dieser Motivierung steht These III der Weimarer Denkschrift: »Die höhere Mädchenschule hat eine harmonische Ausbildung der Intellektualität, des Gemütes und des Willens in religiös-nationalem Sinne auf realistisch-ästhetischer Grundlage anzustreben«, der wir sonst in vollem Maße zustimmen würden, in direktem Widerspruch, und die im Zusammenhang damit weiterhin aufgestellte Forderung, die Frau zu einer »edlen Persönlichkeit« herauszubilden, ist bei solcher Auffassung absolut unausführbar. Wie kann man von einer harmonischen Ausbildung sprechen, wenn man derselben einen so einseitigen Zweck zuweist, wenn man die Persönlichkeit nicht um ihrer selbst willen ausbildet!

[...] wir können unser Auge nicht davor verschließen, daß

die wesentlichste Aufgabe einer Mädchenschule, *zu bilden, zu innerer Ruhe zu bilden*, wie Pestalozzi sagt, *nicht* erfüllt wird. Unsere Schulen *bilden nicht*, sie erziehen nicht maßvolle Frauen von edler Sitte, sie *lehren* nur. Wir können ferner unser Auge nicht davor verschließen, daß auch dieses Lehren vielfach in einer unpädagogischen Überbürdung mit positivem Stoff und einem falschen Systematisieren besteht, daß das Wissen unserer jungen Mädchen infolgedessen vielfach zerfahren, äußerlich und ungründlich ist. Von allem, was Männer gründlich lernen, darauf hauptsächlich geht die Klage, erfahren unsere Mädchen ein klein wenig; dies Wenige aber selten so, daß das Interesse für spätere Vertiefung rege gemacht oder das Selbstdenken ernsthaft in Anspruch genommen würde, sondern als zu Übersichten gruppierte positive Tatsachen oder fertige Urteile, die, ohne Beziehung zum inneren Leben, dem Gedächtnis bald wieder entschwinden und nur das dünkelhafte Gefühl des »Gehabthabens« und der Kritikfähigkeit zurücklassen. Aus dieser Art zu lehren erklärt sich die Unfähigkeit unserer Schulen, *zu bilden*, von selbst. Was nur der Verstand oberflächlich erfaßt, kann zur Herausbildung einer sittlichen Persönlichkeit nicht beitragen; es kann überhaupt gar nicht in Beziehung zum inneren und äußeren Leben gesetzt werden. Und in den Stunden, in welchen eine Vertiefung möglich wäre und ein gründliches Verweilen bei dem Lehrstoff auch stattfindet, Religion und Deutsch, bleibt wieder aus anderen Gründen die gehoffte Wirkung aus: Die lehrenden Männer sind viel zu unbekannt mit dem Gedanken- und Pflichtenkreis der vor ihnen sitzenden jungen Mädchen, um all die schönen Sprüche und Sentenzen, in denen so unendliche Lebensweisheit aufgespeichert liegt, für sie nutzbar zu machen, und so gewöhnen sich viele unserer Mädchen eine Art von doppelter Buchführung an: Sie schwelgen in schönen Gedanken und Gefühlen in der Schule und gehen mit einer den Lehrer geradezu überraschenden Feinfühligkeit seinen religiös-ästhetischen Betrachtungen nach, um sich daneben mit völlig ruhigem Gewissen grobe Vernachlässigungen ihres kleinen Kreises häuslicher und sittlicher Pflichten zuschulden kommen zu lassen und in geistigem Hochmut auf die Ihren herabzusehen, die vielleicht weniger in ästhetischen Sphären leben. Daß zwischen diesen und dem wirklichen, alltäglichen Leben eine enge Verbindung besteht und bestehen muß, kann ihnen nur dann aufgehen, wenn sie ihnen in bezug auf ihre eigenen Pflichten immer wieder von kundiger Hand schonungslos nachgewiesen wird.

[...]

Solange die Frau nicht um *ihrer selbst willen, als Mensch und zum Menschen* schlechtweg gebildet wird, solange sie im Anschluß an Rousseaus in bezug auf Frauenbildung sehr bedenkliche Ansichten in Deutschland nur des Mannes wegen erzogen werden soll, solange konsequenterweise die geistig unselbständigste Frau die beste ist, da sie am ersten Garantie dafür bietet, den Interessen ihres zukünftigen Mannes, deren Richtung sie ja unmöglich voraussehen kann, »Wärme des Gefühls« entgegenzubringen, so lange wird es mit der deutschen Frauenbildung nicht anders werden. Das wird nun vielen Männern als kein großer Schaden erscheinen, wenn nur ihr Behagen dabei gesichert ist. Es würde freilich noch weiterhin wie bisher eine Unsumme von großen Eigenschaften und Fähigkeiten, von Glück und Lebensfreude dabei zugrunde gehen, dem Manne aber seiner Auffassung nach ein positiver Schaden daraus nicht erwachsen.

Aber so liegt die Sache nicht. Nicht nur um die Frauen handelt es sich: *In ihrem Geschick liegt das der werdenden Generation beschlossen*, und mit diesem Wort ist die große Kulturaufgabe der Frau gegeben, die an Größe und Schönheit in nichts hinter der des Mannes zurücksteht und die wir nicht mit der seinen vertauschen möchten. Während der Mann die äußere Welt erforscht und umgestaltet, sie nach seinem Sinn und Willen modelt, Zeit, Raum und Stoff zu zwingen versucht, liegt vorzugsweise in unserer Hand die

Erziehung der werdenden Menschheit, die Pflege der edlen Eigenschaften, die den Menschen zum Menschen machen: Sittlichkeit, Liebe, Gottesfurcht. Wir sollen im Kinde die Welt des Gemüts anbauen, sollen es lehren, die Dinge in ihrem rechten Wert zu erkennen, das Göttliche höher zu achten als das Zeitliche, das Sittliche höher als das Sinnliche; wir sollen es aber auch *denken* und *handeln* lehren.
Glaubt man denn wirklich, für die Erfüllung dieser Aufgabe sei die Bildung, welche die Schule unseren Mädchen gibt, die geeignete Vorbereitung? Diese Bildung läßt innerlich haltlos und unselbständig; der Erzieherberuf aber fordert eine *sittlich* und *geistig selbständige Persönlichkeit*, die zum Menschen gebildet ist, deren Fähigkeiten um ihrer selbst willen nach jeder Richtung hin entwickelt sind, die gelernt hat, ihr geistiges und religiöses Leben in Verbindung zu setzen mit dem Kreis täglicher Pflichten, die vielleicht nicht durch die Kenntnis sehr zahlreicher positiver Tatsachen, aber durch die Größe ihres Gesichtskreises und die Tiefe ihres Verständnisses ihrem Kinde Achtung abnötigt; die selbst zum Denken und Handeln erzogen ist.
[...]
Aber freilich haben sich die Frauen auch noch nie mit einem energischen Appell an die deutschen Männer gewandt, um sie aufmerksam zu machen auf die Gefährlichkeit der Richtung, die die Mädchenbildung eingeschlagen; vielleicht bedarf es nur eines solchen, um sie zur Einsicht zu bringen, um ihnen ein Bewußtsein davon zu geben, was alles in dem Satze liegt: *Die Frau ist nicht nur die Frau ihres Mannes, sie ist auch die Mutter ihrer Kinder,* und in dem zweiten: *Nicht alle Frauen sind zur Heirat berufen, fast ausnahmslos aber haben sie in irgendwelcher Weise mit der Erziehung der Jugend zu tun.* Aus diesen Sätzen gewinnen wir Klarheit über das, was *immer* Lebensbestimmung der Frau ist, Klarheit auch darüber, daß sie zur selbständigen Persönlichkeit entwickelt werden muß.
Wir können nun freilich, eben weil uns unser Erziehungsziel

214   III. Mädchenerziehung und Frauenbildung

keine Phrase ist, nie glauben, daß die Schule solche Persönlichkeiten fertigstellen könne; mit 16 Jahren ist man eben kein selbständiger Mensch; aber sie kann die *Fähigkeiten dazu entwickeln helfen* und somit der Familie eine wirkliche Stütze werden. Dazu bedarf es allerdings eines vollständigen Systemwechsels. An die Stelle des Prinzips des *Abschließens* und *Fertigmachens* hat das Prinzip der *Kraftbildung* zu treten. Anstatt die Mädchen zu *lehren, was man glaubt,* und sie *sprechen* zu lehren über *das, was man weiß,* soll die Schule die großen menschlichen *Anlagen* und *Kräfte entwickeln,* die Kraft des Glaubens und der Menschenliebe ebensowohl wie die intellektuellen Fähigkeiten; sie soll endlich einmal Ernst machen mit der Erfüllung der Forderungen Pestalozzis, dessen Namen man in Deutschland zwar mit derselben Ehrfurcht ausspricht wie den Klopstocks, dessen Werke aber ebensowenig gelesen und dessen Forderungen nicht erfüllt werden, *am wenigsten die der Kraftentwicklung,* während der Schematismus der Jungherbartianer[1] zu einer Macht heranzuwachsen droht, die sich einmal lähmend auf unser Schulwesen legen kann.

Es gibt nun zwar keine Kraftentwicklung als an positivem Stoff, das wissen wir sehr wohl; es ist aber ein Unterschied, ob dieser in Masse zur Memorierübung oder in weiser *Beschränkung* zur Schulung des Verstandes, zur sittlichen Bildung und zur Ausgestaltung des geistigen Horizonts verwandt wird. Die Schule ist nicht imstande, den Mädchen alle die positiven Kenntnisse mit ins Leben zu geben, die als Grundlage ihrer späteren Bildung nötig sind; sie ist nicht imstande, ihnen das Geistesleben der Menschheit in nuce zu verabreichen, sie *fertig* zu machen; aber Interesse und Fähig-

---

1 *Jungherbartianer:* Pädagogische Schulrichtung der zweiten Hälfte des 19. Jh.s, die sich auf Johann Friedrich Herbart (1776–1841) stützte. Sie entwickelten seine pädagogischen Theorien zur Anwendung im Unterricht, vor allem in der Volksschule. Aufgabe der Erziehung war für Herbart die Befähigung des Menschen zur sittlichen Selbstbestimmung. Unterrichtsleben artikulierte sich für ihn im polaren Rhythmus von Ein- und Ausatmen, »Vertiefung« und »Besinnung«.

keit für ein *späteres* Eindringen in dasselbe kann und sollte sie bilden. Selbst wenn sich dann keine weitere Ausbildung anschlösse, so würden Mädchen, die zu warmem Interesse an allem Menschlichen und zu selbständigem Denken erzogen sind, durch Autodidaxie später viel weiter kommen, als die zu Automaten erzogenen Mädchen unserer Tage, wenn auch unserer Auffassung nach nicht weit genug; und darum sind wir entschieden der Meinung, *daß unseren jungen Mädchen Gelegenheit zu einer weitergehenden Ausbildung gegeben werden muß*, und zwar, das erscheint immer mehr als absolute Notwendigkeit, in richtigen, an die Schule anschließenden Klassen mit beschränkter Stundenzahl, die dann freilich nicht in der Weise unserer heutigen sogenannten Selekten Kunstgeschichte, Porzellanmalen und Italienisch in den Vordergrund stellen dürften, sondern Literatur und Geschichte, Pädagogik und Naturwissenschaften; an die sich ferner *notwendig ein Kindergarten anschließen* müßte, um den jungen Mädchen Gelegenheit zu erster Bekanntschaft mit ihrem späteren eigentlichen Beruf zu verschaffen. Alle diese Beschäftigungen zusammengenommen, würden für junge Mädchen von 15–17, resp. 16–18 Jahren weder physisch noch moralisch die gesundheitsschädliche Wirkung haben wie das verfrühte Ball- und Gesellschaftsleben einerseits, die Versenkung in Romanlektüre und die demoralisierende Gedankenjagd auf einen Mann andererseits. Wir sind zwar auch dann noch keineswegs der Meinung, die jungen Mädchen »fertig« gemacht zu haben, aber wir hoffen, sie sind auf dem besten Wege, wenn auch nicht fertig, so doch innerlich selbständig zu werden, da wir glauben, ihnen durch die so erreichte Verteilung der Anstrengung, durch die Verschiebung dessen, was für unreife Kinder nicht paßt, auf eine *spätere* Zeit, eine *organische* Bildung angebahnt, den Grund gelegt zu haben zu geistiger und sittlicher Reife und zu praktischer Betätigung im wirklichen Leben; wir sind uns wenigstens bewußt, den richtigen *Weg* dazu eingeschlagen zu haben, wenn wir frei-

lich auch nicht aus jedem Holz einen Merkur schnitzen können. Es werden immer noch genug innerlich unselbständige Frauen übrigbleiben; wir meinen aber, der Mann, der *echte* Mann müsse mehr als an jenem unselbständigen Abklatsch seiner selbst Gefallen finden an einer selbständigen Persönlichkeit, die nicht nur *seine* Interessen teilt, die auch *eigene* Interessen hat, die ihm wiederum Teilnahme abnötigen. Jedenfalls kann uns die Rücksicht auf andersdenkende Männer nicht maßgebend sein; weit wichtiger als ihr egoistisches Behagen erscheint es uns, daß die deutsche Frau nicht innerlich veröde und zum geistigen Automaten herabsinke, unfähig ihres großen Berufs als Erzieherin. Es mag eine Zeit gegeben haben, wo die Befolgung der ihr innewohnenden Naturinstinkte allein genügte, sie ihre Aufgabe als solche erfüllen zu lassen; diese Zeit ist vorüber; die Neuzeit heischt gebieterisch von der Frau als Erzieherin selbständige Bildung, von der Schule folgerichtig *Kraftentwicklung*.
[...]
Die Mütter klagen, daß die Schule aus ihren Töchtern nicht maßvolle Frauen von edler Sitte heranziehe, daß die Schulbildung sie der Erfüllung ihrer häuslichen Pflichten eher ab- als zuwende; das ist die Folge der allerbösesten Konsequenz, die sich tatsächlich aus dem Weimarer Prinzip ergab: der Ausschließung der *Frau* von der Bildung gerade der heranwachsenden Mädchen. Diese schlimmste Konsequenz fällt folgerichtig mit dem alten System. Mit der ausschließlichen Beziehung der ganzen Entwicklung unserer Mädchen auf den Mann fällt auch ihre ausschließliche *Erziehung durch* den Mann; ja, solche Frauen, wie wir sie wollen, *können gar nicht durch Männer allein gebildet werden*, es bedarf dazu aus vielen Gründen durchaus des erziehenden Fraueneinflusses, und zwar genügt nicht der Einfluß der Mutter im Hause, zumal wenn er alltäglich in der Schule entkräftet wird, es bedarf durchaus der Erziehung durch Frauen auch in der Schule, besonders auf der Oberstufe. [...]
Wie nun die Frauen mit anderer Liebe und anderem Ver-

ständnis an die Bildung und Erziehung der Mädchen herantreten, wie *sie allein* imstande sind, sie zu echt weiblicher *Sitte* zu bilden, den pietätlosen Ton fernzuhalten, der heutzutage mehr und mehr einreißt, so gibt ihnen ihre weibliche Eigenart auch in bezug auf den eigentlichen *Unterricht* der Mädchen für gewisse Fächer nicht geringe Vorteile über den Mann. Es ist weibliche Eigenart, die Wissenschaft weniger als Selbstzweck wie als Mittel zu ethischer Wirkung zu betrachten – und eben das wünschen wir ja –, während dem Mann gerade die heutige, durch Examina und Berechtigungen stark beeinflußte Art des Studiums das wissenschaftliche Detail er es fast, ohne es zu wollen, auch der Schülerin in zu reichem Maße vorführt und so die sittliche Wirkung hemmt; es ist ferner selbstverständlich der Frau aus ihrer weiblichen Denk- und Empfindungsweise heraus viel leichter, das Wort zu finden, das den Mädchen den jedesmaligen Gedankenkreis erschließt, der ihnen vorgeführt werden soll; es ist endlich nur der Frau möglich, Resultate für das tägliche Leben, für den nur ihr genau bekannten Pflichtenkreis ihrer Schülerinnen, für das wiederum nur ihr völlig bekannte innere Leben derselben aus den Lehrstoffen zu gewinnen, besonders aus den Religions- und den deutschen Stunden, die der Mann sehr oft »interessant«, aber, wie schon oben erwähnt, bei seiner sehr mangelhaften Kenntnis weiblichen Lebens, weiblicher Schwächen und weiblicher Stärke sehr selten fruchtbar zu machen versteht. Endlich wird wohl niemand leugnen, daß die Frau weit eher als der Mann imstande ist, den Mädchen die warme religiöse Empfindung mit ins Leben zu geben, ohne die die echte Erzieherin nicht denkbar ist. Und davon hängt mehr ab, als viele denken. [...]

Wir fassen zusammen: »Wie das Menschengeschlecht die Aufgabe *seiner* Bildung aus der Hand der Natur in seine Hand nehmen muß, wenn es seine Bestimmung erreichen soll, so muß das weibliche Geschlecht die Aufgabe *seiner* Bildung aus der Hand der Männer in seine eigene nehmen, um seine Bestimmung zu erreichen.«* Damit ist nicht gesagt, daß wir auf die Mitwirkung der Lehrer an der Mädchenschule verzichten wollen; wir verwahren uns ausdrücklich gegen eine Unterstellung dieser Art; wir wollen den Männern sogar noch mehr Anteil am wissenschaftlichen Unterricht der Mädchen einräumen als sie uns. Der *Erziehung* wegen wollten wir einen Anteil am Unterricht haben; daraus folgt, daß in *den* Fächern, in welchen die erziehliche Wirkung nicht an eine besondere *Eigenart der Behandlung* gebunden ist, der Unterricht ebensowohl von einem Manne erteilt werden kann. Ja, wir sind der Meinung, daß da, wo es sich rein oder vorzugsweise um *Verstandeskultur* handelt, in Grammatik, Rechnen, Naturwissenschaften, Geographie der Mann besser am Platz ist als die Frau, und wir würden um so weniger anstehen, diese Fächer in seine Hand zu legen, als von den vorhin berührten Übelständen des Männerunterrichts hier kaum je die Rede ist.** Um so mehr treten sie hervor bei den ethischen Fächern, und diese, besonders die *Religion* und *das Deutsche* – auch die Geschichte, wenn sich irgendeine geeignete Persönlichkeit findet –, die Fächer, in denen erzogen, und zwar nicht nur im Weibe der *Mensch*, sondern auch das *Weibliche* erzogen werden soll, von denen aus jeder Verirrung des Gefühls und Gedankens erfolgreich entgegengewirkt werden kann, gehören eben darum *nur* in die Hand der Frau. Vor allen Dingen aber gebührt *ihr* die Klassen- und Schulleitung; es gebührt *ihr* – und nur die Gewohnheit läßt uns die Anomalie übersehen, die in den

---

* Rosette Niederer, *Blicke in das Wesen der weiblichen Erziehung*. Berlin, Rücker, 1828. S. 11.
** Als neutrales Gebiet erscheinen uns die fremden Sprachen. Der Vorzug, den die größere Vertiefung des Studiums dem Manne verleiht, kommt in der Mädchenschule wenig zur Geltung; ja, diese größere Vertiefung führt sehr leicht zu einer Überspannung der Forderungen. Dieser Vorzug wird jedenfalls reichlich aufgewogen durch den Umstand, daß die meisten der unterrichteten Frauen es sich haben angelegen sein lassen, die fremde Sprache in lebendigem Umgang, häufig durch Aufenthalt in dem betr. Lande selbst zu pflegen, was unsere akademisch gebildeten Lehrer nicht immer für nötig halten.

herrschenden Zuständen liegt, in der Leitung *ihres eigenen Geschlechts die erste* und *nicht* die vierte Stelle, die ihr sowohl die Weimarer Beschlüsse als die Augustkonferenz zuweisen;* diese *erste* Stelle wird ihr, wenn auch in noch so ferner Zukunft, einmal werden, und *muß* ihr werden, wenn tüchtige Frauen von feiner Empfindung und weiblicher Sitte, von tatbereiter Menschenliebe erzogen werden sollen. [...]
Wenn wir nun zwar auch, durch unsere Erfahrungen und die in der Sache selbst liegende Logik gezwungen, erklären müssen: Echte Frauen werden nur unter Frauenleitung erzogen, darum muß *prinzipiell* der Frau die *erste* Stelle in der Mädchenbildung eingeräumt werden – so sind wir doch weit davon entfernt zu glauben, daß wir sie tatsächlich schon einnehmen könnten, so wie wir sind. Wir sind weit davon entfernt, eine überstürzte Reform zu wollen, auf eine rücksichtslose, plötzliche Umwandlung des bisherigen Systems zu dringen; wir sind auch weit davon entfernt, das Studium zu unterschätzen, das die Lösung einer solchen Aufgabe wie die Leitung einer Mädchenschule oder auch nur ihrer oberen Klassen erfordert. Wenn schon das Geschlecht an und für sich die Befähigung zur Erziehung der weiblichen Jugend gäbe, so müßten ja die Privatschulen, die zum großen Teil unter Frauenleitung stehen, die jedenfalls alle Lehrerinnen bis in die oberen Klassen beschäftigen, ganz andere Resultate aufweisen als die öffentlichen. Wir nehmen nun auch durchaus nicht Anstand zu behaupten, daß die *erziehlichen*

---

* These VI der Denkschrift sagt: Das Lehrerkollegium besteht aus einem wissenschaftlich gebildeten Direktor, wissenschaftlich gebildeten Lehrern, aus erprobten Elementarlehrern und geprüften Lehrerinnen. Ebenso werden in den Protokollen die Lehrerinnen selbst den seminaristisch gebildeten Lehrern nachgestellt. – Dem männlichen Einfluß gebührt freilich – aber erst nach dem weiblichen – sein Recht; wir halten ihn und nehmen nochmals Gelegenheit, es ausdrücklich zu erklären, *an rechter Stelle* für durchaus notwendig; da aber diese Notwendigkeit von keiner Seite bestritten wird, so haben wir nicht geglaubt, sie in dieser Schrift eingehend begründen zu müssen.

Resultate in den unter Fraueneinfluß stehenden Privatschulen im ganzen weit bessere sind als in den lediglich unter Männerleitung stehenden staatlichen und städtischen Anstalten.* Die vielen Eltern, die trotz des bedeutend höheren Schulgeldes und trotz des allgemeinen Vorurteils, daß die Lehrkräfte der Privatschulen denen der öffentlichen Schulen nachstehen, ihre Kinder den ersteren anvertrauen, können das nur aus dem Grunde tun, weil ihnen die erziehliche Einwirkung durch Lehrerinnen wichtig erscheint. Aber auch die Privatschulen sind noch weit davon entfernt, die Mädchen zu dem zu erziehen, was das Leben und ihre spätere hohe Aufgabe der Menschenerziehung von ihnen verlangt, und zwar aus einem doppelten Grunde: Einmal sind auch die Privatschulen, wenn auch nur durch den Druck der öffentlichen Meinung, an das für die öffentlichen Schulen geltende Lehrprogramm gebunden und haben auch unter seinen Konsequenzen leiden müssen; andrerseits aber sind die meisten Leiterinnen und Lehrerinnen der Privatschulen ihrer Aufgabe, wie *wir* sie fassen, noch nicht gewachsen und können es nach ihrem ganzen Bildungsgange nicht sein.

[...] viele Lehrerinnen wissen nicht einmal dem *Namen* nach, was *Studium* bedeutet, da ihnen im Seminar niemals ein solches zugemutet ist. Kein Wunder, daß sie des naiven Glaubens leben, mit ihrem Seminarwissen, ihren Leitfäden und ein paar Hilfsbüchern auch eine obere Klasse unterrichten zu können; sie ahnen kaum, daß es dazu eines *freien* Wissens bedarf, aus eingehender, selbständig ergründender Arbeit gewonnen, durch eigenes Denken und Erfahren vertieft. Solches Wissen kann eine Lehrerin sich heute nur bei besonderer Begabung und auf unzähligen Umwegen erwer-

---

* »Man möge dagegen behaupten, was man wolle, wir sagen es doch frei heraus, daß man es unserer deutschen Frauenjugend aller Stände mitunter recht sehr anmerkt, wie ihr in der Schule, *insofern es nicht eine Privatschule ist*, fast ganz das weibliche Vorbild und der weibliche Einfluß fehlen.« L. Bücher, Die Frau, Halle 1878. S. 150.

ben; Anleitung dazu, wie sie dem studierenden Mann geboten wird und wie sie gerade ihr bei ihrer Ungeübtheit dringend nötig wäre, findet sie *nirgends*. Darum, und *nur* darum, nicht aus Mangel ursprünglicher Anlage, nicht aus einer von der Natur gegebenen Beschränktheit, sind die meisten unserer heutigen Lehrerinnen einer tiefgreifenden erziehlichen Einwirkung auf der Oberstufe unfähig. Wo sie hier überhaupt beschäftigt sind, *lehren* sie wohl, so gut sie es verstehen, zu *gestalten* aber, *erziehend zu bilden* vermag ihr Unterricht nicht. Hier liegt der schwere Schaden unserer Mädchenschulen. Der Mann, weil er eben Mann ist, kann ihm beim besten Willen nicht abhelfen, und den Lehrerinnen fehlt die tüchtige Durchbildung. Schafft uns bessere *Lehrerinnen*, und wir werden bessere *Mütter* und durch diese bessere *Menschen* haben.
[...]
Denn nicht an uns liegt die Schuld. *Wir* haben es längst eingesehen, daß die heutige Art der Vorbildung nicht genügt. Aber in der Hand der Männer liegt die Gewalt; *sie allein* können den halben Zuständen abhelfen, die überall auf dem Gebiet der Mädchen- und der Lehrerinnenbildung herrschen, über die sie spotten, oft unbarmherzig und höhnisch spotten, und die *sie doch allein geschaffen haben und erhalten*. So wenden wir uns denn an sie im Angesicht der ganzen Nation mit der dringenden Bitte: *Schafft uns Bildungsanstalten für Lehrerinnen an den Oberklassen der höheren Mädchenschulen*. Die jetzigen Seminarien genügen für solche *nicht*; sie bilden nur Lehrerinnen für die Elementarklassen. [...]
Es ist nicht das erste Mal, daß die Bitte, die wir vortragen, geäußert worden. Schon mehrfach haben sich einzelne und Vereine mit derselben an die maßgebenden Behörden gewandt. Wir können nun durchaus nicht behaupten, daß dieselben sich übelwollend gegen die Bestrebungen der Lehrerinnen verhalten hätten. Aber bei allem Wohlwollen, das uns hier viel mehr als von seiten der Mädchenlehrer entge-

gentrat, ist man doch auf das entschiedenste gegen eine gründliche Ausbildung der Lehrerinnen und gegen ein höheres Examen. Man glaubt auch ohne dasselbe fertig werden zu können und hat sogar in allerdings *sehr* vereinzelten Fällen bewährte Lehrerinnen an den Oberklassen der Mädchenschulen angestellt, ohne, soweit wir wissen, damit Mißgriffe zu tun. Aber das sind Ausnahmen, womit wir nicht rechnen können. Es ist *möglich*, daß eine Lehrerin sich aus eigener Kraft eine tüchtige Durchbildung aneignet, aber es ist darauf nicht zu rechnen. Wir dürfen unsere Mädchen nicht an diese geringe Chance wagen. Will man unseren Lehrerinnen nicht eine andere Vorbildung ermöglichen, will man nicht ernsthafte, *wissenschaftliche* Anforderungen an sie stellen, so verzichten wir auf ihre Mitwirkung an den Oberklassen. [...]

Zugegeben übrigens, es gibt Tausende von unfähigen Lehrerinnen, zugegeben, die meisten haben noch keinen richtigen Begriff von dem hohen Ernst und den bedeutenden Anforderungen ihres Berufs, so wenig wie von seiner Schönheit und der tiefen Befriedigung, die er gewährt (haben es denn übrigens alle *Lehrer*?), so bleibt doch der Fundamentalsatz stehen: *Nicht Männer, sondern Frauen sind in erster Stelle zur Bildung und Erziehung von Mädchen berufen; taugen die Frauen dazu noch nicht, so mache man sie tauglich*; das muß unser ceterum censeo sein, solange, bis man uns endlich hört!

[...]

Übrigens fällt es uns durchaus nicht ein – wir wiederholen das, um hier keine Unklarheit zu lassen –, dem Manne seinen ausgebildeteren Intellekt, besonders seine größere Abstraktionsfähigkeit zu bestreiten; wir bestreiten nur, daß ihm diese für das Studium, wie es zum Unterricht in der Mädchenschule nötig erscheint, große Vorteile verleiht. Wir beabsichtigen durchaus nicht, unseren Lehrerinnen das Studium der Philologie zuzumuten, dem die Frauen in Deutschland augenblicklich nicht gewachsen wären; aber nicht deswegen, sondern weil wir durchaus nicht glauben, daß dieses Studium, wie es augenblicklich mit der größten Spitzfindigkeit im Detail betrieben wird, gute Lehrerinnen bildet – bildet es doch an und für sich auch nicht gute *Lehrer*, sondern nur *Gelehrte*. Man wird für unsere Lehrerinnen sehr ernsthafte, auch streng wissenschaftliche Anforderungen in Aussicht nehmen und sich doch ohne Schaden für unsere Mädchen *sehr weit* vom philologischen Examen entfernen dürfen.

[...]

Es bleibt uns nun zu entwickeln, wie wir uns eine solche Ausbildung [von Lehrerinnen] denken und welche äußeren Veranstaltungen wir dafür nötig halten. Sollen vielleicht endlich, wie sonst schon überall, so auch in Deutschland den Frauen die Universitäten geöffnet werden? So sehr wir das im Interesse zukünftiger Ärztinnen wünschen würden, so wenig können wir, wie schon oben erwähnt, für unsere Mädchenschulen einen Vorteil darin sehen, wenn ein Universitätsstudium zur Vorbedingung für die Anstellung von Lehrerinnen an den Oberklassen gemacht würde. Soll die Lehrerin ihrer Eigenart gemäß wirken können, so muß sie eine Bildung erhalten, die ihrer Eigenart besser angepaßt ist als die Universitätsbildung. Den Universitäten ist die Wissenschaft Selbstzweck, und sie wollen die Befähigung zu der höchsten Stufe wissenschaftlicher Forschung geben; damit haben unsere Lehrerinnen nichts zu tun. So glauben wir, daß es nötig sein wird, für die Vorbildung von Lehrerinnen besondere Anstalten zu schaffen, sagen wir kurz Hochschulen – da es auch schon Hochschulen für Musik gibt, so wird der Name nicht zu hoch gegriffen erscheinen. Diese Hochschulen würden wir uns am liebsten nach dem Vorbilde von Newnham und Girton College mit einem Internat eingerichtet denken, ohne daß der Besuch von Externen ausgeschlossen erschiene. Was die Leitung anbetrifft, so kann es nach Robert von Mohl, der sich schon die gewöhnlichen Lehrerinnenseminare nur als Internate denkt, »keinem

Zweifel unterliegen, daß die Aufsicht und Leitung des Hauses lediglich *Frauen* anvertraut sein kann und daß in allen in der Anstalt von Männern gegebenen Lehrstunden eine weibliche Aufseherin anwesend ist«. Diese *Frauenleitung* wird bei den in Aussicht genommenen Hochschulen noch aus ganz anderen Gründen, als sie für Mohl maßgebend sind, durchaus notwendig sein, damit nämlich nicht wieder die Kurse aus »väterlicher Besorgnis« oder chevaleresken Regungen nach der geringen vermeintlichen Leistungskraft der zukünftigen Lehrerinnen zugeschnitten und zurechtgemacht werden, sondern mit der größeren Rücksichtslosigkeit, mit der *wir* unserem eigenen Geschlecht gegenüber verfahren, dafür gesorgt werde, daß wirklich wissenschaftliche Leistungen gegeben und verlangt werden und unseren Lehrerinnen *Mittel und Methoden gezeigt werden, die den Erwerb selbständigen Wissens ermöglichen*. So sehr wir unsere Schulmädchen schonen wollen, so sehr wir hier auf Beschränkung dringen, so wenig scheint uns eine Schonung den Lehrerinnen gegenüber angebracht. Wer ihrer geistig oder körperlich bedarf, muß ein solches Studium unterlassen; es erscheint durchaus notwendig, daß scharfe Forderungen für das selbstverständlich zu verlangende Aufnahmeexamen gleich von vornherein ungeeignete Elemente zurückschrecken. Eben das dilettierende Unwesen, die Rücksichtnahme auf schwache Kräfte, das spielende Lernen hat die bisherigen Veranstaltungen für höhere Frauenbildung mit Recht so in Mißkredit gebracht. Die Leitung der ganzen Anstalt durch eine wissenschaftlich tüchtig durchgebildete Frau wird mehr Garantie für energische Durchführung der oben angegebenen Forderungen bieten als die Leitung durch einen Mann, da ein solcher, auch beim besten Willen, sich von den hergebrachten Vorurteilen gegen Frauenbildung und Frauenfähigkeiten nicht beeinflussen zu lassen, doch häufig, ihm selbst unbewußt, seine Anordnungen unter dem Druck dieser Vorurteile treffen wird. Was die Zusammensetzung des Lehrerkollegiums betrifft, so halten wir es gleichfalls für durchaus notwendig, daß *Pädagogik* und *Deutsch* in Frauenhand liegt, soweit sich eben unter den gegenwärtigen Verhältnissen Lehrerinnen dafür finden lassen – ein Satz, der ja überhaupt auf alle unsere prinzipiellen Ausführungen Anwendung findet –, während uns bei einigen der anderen Fächer das Geschlecht der Lehrenden gleichgültig, bei anderen der Mann vorzuziehen scheint. Als obligatorisch würde uns das Studium der Pädagogik in allen ihren Zweigen, so wie das des Deutschen in einzelnen erscheinen, während wir im übrigen den Studierenden volle Freiheit lassen möchten. Wenn wir auch aus den mehrfach angegebenen Gründen auf die ethischen Fächer den meisten Wert legen, so würde es doch durchaus nicht ratsam sein, Sprachen, Naturwissenschaften usw. auszuschließen, nur würde sich der nötigen Gründlichkeit wegen und bei der geringeren extensiven Kraft des weiblichen Geistes möglichste Beschränkung empfehlen; für eine gewisse Breite der Bildung mögen die Bedingungen, an die der Eintritt in die Anstalt geknüpft wird, sorgen. Wir würden ferner den Eintritt in dieselbe *frühestens* mit dem 20. Jahre gestatten und einen *dreijährigen* Studienkursus, der aber nicht nur Vorlesungen, sondern hauptsächlich *Unterrichts*stunden böte und an den praktische Übungen anzuschließen wären, für unerläßlich halten. Was die Art des Unterrichts betrifft, so muß hier eine Andeutung genügen: Er wird hauptsächlich Anregung zu geben, Quellenkenntnis zu vermitteln und das eigene Urteil der Studierenden zu bilden und zu schärfen haben. Ein von den Lehrkräften der Anstalt selbst abzunehmendes Examen würde den Kursus beschließen, dessen glückliche Absolvierung sodann die Berechtigung auf Anstellung in Oberklassen gäbe. [...] Die Berechtigung zur Leitung öffentlicher höherer Mädchenschulen würden wir uns geknüpft denken an das Examen für Oberklassen mit später darauf folgendem praktischen Tentamen, wie das Recht zur Leitung niederer an Elementarlehrerinnen- und Vorsteherinnenexamen.

Wir wissen nun wohl, solche Hochschulen werden dem Staate Geld kosten, aber wir glauben ein Recht zu haben, auch einmal eine Ausgabe für uns zu beanspruchen, da die Frauen für die Erhaltung des Nationalwohlstandes von der größten Bedeutung sind und zum Teil als direkte Steuerzahler dem Staat bedeutende Summen einbringen.
[...]

Über das Schicksal der Petition sei noch folgendes berichtet:
Im Abgeordnetenhaus, wo sie am 9. Januar 1888 mit 84 Unterschriftsbogen eingereicht war, wurde sie zweimal auf die Tagesordnung gesetzt, beide Male aber auf den Druck der Regierung hin wieder abgesetzt, so daß sie am 28. Mai den Petentinnen als »erledigt« wieder zuging mit dem üblichen Vermerk, daß sie wegen Schluß der Session nicht mehr »zur Beratung und Beschlußfassung in pleno« habe kommen können. – Von der Regierung traf erst nach Jahresfrist etwa eine Antwort ein, die unter scharfer Zurückweisung des Inhalts der Begleitschrift nur zugab, daß es wünschenswert sei, den Lehrerinnen Möglichkeiten für eine weitere Ausbildung zum Unterricht in den Oberklassen zu gewähren; die Regierung werde auf dem in dieser Beziehung von ihr bereits beschrittenen Wege (Stipendien usw.) weitergehen! Siehe »die Lehrerin in Schule und Haus«, 15. November 1888, S. 97.

PETITION DES ALLGEMEINEN DEUTSCHEN FRAUENVEREINS

Einem Hohen Ministerium gestattet sich der unterzeichnete Vorstand des A. D. Frv., welcher im Mai 1885 zu Leipzig die juristische Persönlichkeit erlangt hat, folgendes Gesuch ehrerbietigst zur geneigten Berücksichtigung vorzutragen:
Der A. D. Frv., dessen Gründung in das Jahr 1865 fällt, stellt sich die Aufgabe: für die Hebung der sittlichen und intellektuellen Bildung der Frauen sowie für deren erwei-

terte Erwerbstätigkeit zu wirken. Auf Wanderversammlungen hat er im Norden und Süden des deutschen Vaterlandes Frauenbildungs- und Erwerbsvereine begründet, welche, den lokalen Bedürfnissen entsprechend, Industrie- und Fortbildungsschulen sowie die mannigfaltigsten Anstalten für die sittliche und wirtschaftliche Erziehung des weiblichen Geschlechtes geschaffen haben.

Mit aufrichtigem Dank erkennt der unterzeichnete Vorstand an, daß diese Bestrebungen nicht nur den Schutz, sondern auch die großmütigste Unterstützung der staatlichen und städtischen Behörden gefunden haben.

Wenn es dem Verein somit vergönnt war, mancherlei Anregungen zu geben für die allgemeine Ausbildung des weiblichen Geschlechtes und Hilfe zu leisten bei der Eröffnung neuer Bahnen für die weibliche Gewerbstätigkeit, so hat dagegen sein Bestreben, den Frauen auch die höhere Berufstätigkeit zugänglich zu machen, bisher keinen Erfolg haben können, da die bestehenden Verhältnisse demselben unübersteigliche Hindernisse entgegensetzen. Nicht im Interesse der geringen Anzahl von Frauen, die sich einer höheren Berufstätigkeit widmen würden, sondern in Hinsicht auf die gesundheitliche und sittliche Förderung des ganzen weiblichen Geschlechtes wagt der unterzeichnete Vorstand das gehorsamste Gesuch:

den Frauen den Zutritt zu den ärztlichen und dem wissenschaftlichen Lehrberufe durch Freigebung und Beförderung der dahin einschlagenden Studien zu ermöglichen.

Der Vorstand erlaubt sich, nachfolgend in einigen kurzen Sätzen diese Ansicht zu begründen; er erlaubt sich außerdem, zwei Schriften beizulegen, welche zwar nicht in der Absicht verfaßt sind, dieser Petition als Begleitschreiben zu dienen, aber geeignet erscheinen, die Ausführungen derselben zu unterstützen. Es sind dies die beiden Schriften:

Ärztinnen für Frauenkrankheiten, eine ethische und sanitäre Notwendigkeit von Mathilde Weber, und *Frauenbildung* von Helene Lange.

Es ist eine Tatsache, die zwar nicht statistisch begründet werden kann, die aber jeder gewissenhafte Frauenarzt bestätigen wird, daß unzählige Frauen sich durch ihr Zartgefühl abhalten lassen, sogleich bei den ersten Symptomen gewisser Erkrankungen einen Arzt zu befragen. Diese durch die bestehenden Verhältnisse aufgezwungene Vernachlässigung einer im Beginn leicht heilbaren Krankheit hat oft jahrelanges Siechtum und nicht selten den Tod zur Folge. Die Möglichkeit, in solchen Fällen eine Frau zu konsultieren, würde alledem vorbeugen.

Dies ist der erste und hauptsächlichste Grund, aus dem eine Zulassung der Frauen zum medizinischen Studium dringend wünschenswert erscheint.

Erst in zweiter Linie möchten wir auf die Billigkeitsrücksichten hinweisen, nach denen in unserer fortgeschrittenen Zeit auch den Frauen gestattet werden sollte, ihren Fähigkeiten entsprechend zu wirken. Die Befähigung zum medizinischen Studium haben die Frauen zur Genüge bewiesen, trotz der unsäglichen Schwierigkeiten, mit denen sie bisher zu kämpfen hatten. Auch unser Verein, der deutsche Studentinnen nach Kräften mit Stipendien unterstützt, hat Gelegenheit gehabt, den Mut und die Ausdauer dieser Frauen kennenzulernen, denen ihr Vaterland seine Hochschulen verschließt, so daß sie genötigt sind, sich im Auslande die zur Ausübung ihres Berufes nötigen Kenntnisse anzueignen.

Aus den vorstehenden Gründen bitten wir ein Hohes Ministerium zu gestatten:

> daß den Frauen das Studium der Medizin an den Landesuniversitäten freigegeben werde, respektive daß sie zu den dazu erforderlichen Eintritts- und Abgangsprüfungen zugelassen werden.

Zu diesem Gesuch fühlen wir uns um so mehr ermutigt, da der § 28 der Deutschen Gewerbeordnung, welcher von der ärztlichen Approbation handelt, von »Personen« und nicht von »Männern« spricht; es bedürfte daher nur einer unserem

Geschlecht wohlwollenden Auslegung, um auch Frauen zur Ausübung der approbierten ärztlichen Praxis zu berechtigen.

Auch bei unserer Bitte um Freigebung der zum wissenschaftlichen Lehrberuf befähigenden Studien leiten uns Erwägungen idealer und ethischer Art. So sehr die Erwerbsnot der Frauen steigt, so nahe die Anschauung liegt, daß doch den Frauen das erste Recht auf die Erziehung und Belehrung ihres Geschlechtes zukomme, so glauben wir doch weit mehr als diese Punkte den Umstand betonen zu müssen, daß es durchaus notwendig erscheint, die Erziehung und Bildung unserer jungen Mädchen mehr, als dies bis jetzt geschieht, in weibliche Hände zu legen. In den oberen Klassen der öffentlichen höheren Mädchenschulen werden die schwerwiegenden ethischen Fächer vorzugsweise von Männern vertreten. Es bedarf wohl keines Beweises, daß gerade für Mädchen von 14 bis 17 Jahren der weibliche Einfluß von höchster Bedeutung ist und daher *auch der Schule* nicht fehlen darf. Die Möglichkeit eines solchen weiblichen Einflusses hängt allerdings von der ganzen Persönlichkeit der Lehrerin ab, aber diese wird trotz aller spezifisch weiblichen Vorzüge zu keinem Einfluß gelangen, wenn ihr das rechte Wissen und Können, der weite Gesichtskreis und die den Oberklassen gegenüber angemessene Stellung im Organismus der Schule fehlt.

Es ist aus diesem Grund dringend zu wünschen, daß den Lehrerinnen Gelegenheit gegeben werde, sich das Wissen anzueignen, das erforderlich ist für die Ausfüllung dieser Stellen, welche jetzt, zumeist aus Mangel an genügend vorgebildeten weiblichen Lehrkräften, fast ausschließlich mit Männern besetzt werden.

Für die Lehrerinnen, welche erste Stellen an höheren öffentlichen Mädchenschulen bekleiden sollen, erscheint allerdings das Universitätsstudium nicht obligatorisch, aber da es bis jetzt keine höheren Lehranstalten für Frauen gibt, so hegt der Verein den dringenden Wunsch, daß den sich dem

Lehrberuf widmenden Frauen Gelegenheit gegeben würde, sich als ordentliche Hörerinnen an Universitäten das für die Stellung einer Lehrerin der Oberklassen an höheren Mädchenschulen notwendige Wissen zu erwerben.

Daher die fernere Bitte:

daß auch diejenigen Studien und Prüfungen, durch welche die Männer die Befähigung zum wissenschaftlichen Lehramt erlangen, den Frauen freigegeben werden.

Die in vorliegendem gehorsamsten Gesuch ausgesprochene Bitte haben wir uns erlaubt, auch den Hohen Ministerien der übrigen deutschen Staaten vorzulegen. In Ehrfurcht gehorsamst

Der Vorstand

SATZUNGEN DES DEUTSCHEN FRAUENVEREINS REFORM FÜR ERÖFFNUNG WISSENSCHAFTLICHER BERUFE FÜR DIE FRAUENWELT

I. Zweck und Tätigkeit des Vereins

1. Der am 30. März 1888 in Weimar gegründete »Frauenverein Reform« geht von der Überzeugung aus, daß einerseits die Steigerung der Erwerbsfähigkeit des weiblichen Geschlechts eine unaufschiebbare Pflicht unserer Zeit geworden ist und daß es andererseits der weite Umfang des Feldes der gewerblichen, kaufmännischen, künstlerischen und wissenschaftlichen Berufe, deren volle Aufschließung für die Frauenwelt anzustreben ist, als unmöglich erscheinen läßt, *alle* Teile dieses mächtigen Gebiets mit Nutzen durch *einen* Verein zu bearbeiten. Der Frauenverein »Reform« beschränkt seinen Zweck ausschließlich darauf, für die Erschließung der auf wissenschaftlichen Studien beruhenden

Berufe für das weibliche Geschlecht zu wirken; und zwar vertritt der Verein die Ansicht, daß die Frau gleich dem Manne zum Studium *aller* Wissenschaften Zutritt haben soll, *nicht* aber auf vereinzelte derselben (wie z. B. die Medizin oder das höhere Lehrfach) beschränkt werden darf.

2. Um dieses Ziel zu erreichen, will der Verein vorzüglich für folgende Punkte zu wirken suchen:

a Errichtung von Mädchengymnasien mit dem gleichen Lehrplan, wie ihn die auf die Universität vorbereitenden Knabenschulen haben;

b Erlangung des Rechtes für diese Gymnasien, über die an denselben abgelegten Prüfungen amtliche Zeugnisse auszustellen, welche, wie die Maturitätszeugnisse der Knabengymnasien und -Realanstalten, zum Studium an den betreffenden Hochschulen berechtigen;

c Zulassung des weiblichen Geschlechts zum Studium auf Universitäten und anderen wissenschaftlichen Hochschulen;

d Erlangung der staatlichen Erlaubnis für Frauen, diejenigen auf wissenschaftlichen Studien beruhenden Berufe, deren Ausübung einer behördlichen Genehmigung bedarf, auch wirklich ausüben zu dürfen, *soweit das praktisch durchführbar* ist und sobald die betreffenden Examensnachweise geliefert sind.

3. Als geeignete Mittel zur Förderung seiner Zwecke erachtet der Verein:

a Aufklärung der öffentlichen Meinung durch Wort und Schrift, durch Mitteilungen in der Tagespresse sowie durch Veröffentlichung von Flugblättern usw.;

b Petitionen an Landtage und Behörden deutscher Staaten;

c Ansammlung eines Fonds zur Förderung der Errichtung eines Mädchengymnasiums.

Der Verein als solcher vertritt keinerlei politischen oder kirchlichen Standpunkt.

HEDWIG DOHM

Einheitsschule und Koedukation

Niemand bleibt vom Geist der Zeit völlig unberührt.
Selbst die konservativsten Elemente des Staates verspüren dieses Geistes einen Hauch. Er ist ihnen auf den Fersen – dieser Geist; kein Entrinnen möglich. Von ihm bedrängt, mußte eine hohe Obrigkeit sich notgedrungen zu einer Reformierung der weiblichen Bildungsanstalten entschließen, die bis in die Neuzeit hinein alles vermieden, was den weiblichen Horizont erweitere, alles bevorzugten, was ihn einzuengen versprach.
Nicht willig, fröhlichen Herzens, vielmehr mißvergnügt, zögernd, karg, voller Halbheiten wurden die Reformen ins Werk gesetzt. Die Koedukation ausgeschlossen. Wir aber fordern für das *weibliche* Kind dieselben Bildungsmöglichkeiten, die dem männlichen Kinde gewährleistet sind. Und wir wollen die gemeinsame Erziehung der Geschlechter. Durch die Trennung der Knaben und Mädchen in der Schule wird von vornherein die Geschlechtsunterschiedlichkeit scharf betont, wird darauf hingewiesen, daß dem Knaben anderes – das heißt *mehr* gebühre als dem Mädchen. Und damit der Grund gelegt zu der Geringschätzung des Knaben dem Mädchen gegenüber [so!]. Eine Geringschätzung, die konsequenterweise zur Verweigerung des Stimmrechts führen mußte.
Die kleinen Kindermenschen wissen von ihrem Geschlecht nichts. Künstlich zieht man sie von Anfang an zur Unterschiedlichkeit auf, suggeriert ihnen schon durch das Spielzeug die Wesensart, die sie haben sollen. Dem Mädchen die Puppe, dem Knaben die Soldaten.
Je unkultivierter ein Land ist, je radikaler wird die Trennung der Geschlechter gehandhabt. Vor nicht allzulanger Zeit wurde in den Straßen Konstantinopels ein junges Mädchen

vom Pöbel zerrissen, das gewagt hatte, in europäischer Kleidung auf offener Straße mit einem männlichen Wesen – es war ihr Bruder – zu sprechen.

Der Leiter der Wickersdorfer Schulgemeinde widmet der Koedukation beredte Worte: »Der Typus der Menschen ist weder Mann noch Weib, sondern der Inbegriff beider. Eine wahre Menschenerziehung darf also nicht einseitig der männlichen oder der weiblichen Natur angepaßt sein. ... Der Pädagoge soll nicht mehr Knaben und Mädchen kennen, sondern junge Menschen. ... Nur das für beide Geschlechter Wertvolle entspricht echtem Menschentum. ... Gibt es ein spezifisch männliches oder weibliches Ziel, auf das hin dem Leben Richtung gegeben werden soll? ... Schon in der Jugend sollen beide Geschlechter nicht nur dieselbe Sprache sprechen und verstehen lernen, sondern sie auch miteinander sprechen. ... Hier, wo sie einander in gleicher Richtung streben und sich entwickeln sehen, sollen sie den großen Glauben aneinander finden, aus dem allein die Achtung vor dem anderen Geschlecht entspringen kann. ... Hier in der Jugend, wo sie noch Menschen im edlen Sinne des Wortes sein dürfen, sollen sie auch einmal die Menschheit realisiert gesehen haben. Dies große, unersetzliche Erlebnis zu gewähren ist der eigentliche Sinn der gemeinsamen Erziehung. ...«

Das Mädchen auf ihren künftigen Beruf hin zu unterrichten bedeutet einen Verzicht auf die Reform der weiblichen Erziehung. ... Es wird die alte Identifizierung von Geschlecht und Beruf, die jedenfalls eine Fortentwicklung des weiblichen Typus unmöglich macht, verewigt; es wird dem sozialen und intellektuellen Fortschritt Halt geboten zugunsten eines täglich fragwürdiger werdenden Häuslichkeitsideals.

Der ernsteste Einwurf gegen die Koedukation geht von der biologischen Seite des Weibes aus, von der Ansicht, daß durch die Betonung des Geistigen seine biologische Seite verkümmern müsse.

Neuerdings ist wieder von gelehrten Professoren (gelegentlich der Mädchenschuldebatten) in Schriften und Vorträgen betont worden, daß dem Weibe »durch zu viel Wissen nicht nur die Herzensbildung, auch die Unmittelbarkeit ihres Empfindens und Urteilens verloren gehe«. Einer der Professoren fügte sogar spöttisch hinzu: »Man wolle wohl die Natur des Weibes orthopädisch korrigieren.«
»Je mehr Wissen man den Mädchen aufpfropft, je dümmer werden sie.« Im Reichstage fiel diese männerkluge Äußerung.
So darf ich denn wohl – unstudiert wie ich bin – mit der von Professors Gnaden mir verliehenen unverfälschten Unmittelbarkeit des Denkens und Urteilens die Frage der Mädchenbildung zu lösen versuchen. Sie ist für mich wie das Ei des Kolumbus. Zwei Worte erledigen sie: *Einheitsschule* und *Koedukation*.
Ohne den Gemeinschaftsunterricht würden auf lange Zeit hinaus die Lehrkräfte und die Leiter der Mädchengymnasien hinter denen der Knabengymnasien zurückstehen. Es gilt eben noch für ehrenvoller, Knaben zu unterrichten als Mädchen.
Die Konzentration sämtlicher Schulreformbestrebungen auf die einheitlichen Bildungsanstalten – welch ungeheure Ersparnis an Gehirn- und Finanzkräften für die Reformer.
Freilich unter dem Einfluß des Gemeinschaftsunterrichts ist eine Dezimierung der Rüpel zu befürchten, möglicherweise zum Leidwesen der Väter, die häufig die Rüpeleien ihrer Sprossen als Vorboten starker Männlichkeit begrüßen.
Professor Gneist teilt in einer Broschüre über Koedukation (aus den 70er Jahren) die Resultate mit, wie sie ihm über die Gemeinschaftsschulen und Universitäten von Nordamerika zugegangen sind. Günstigere Resultate sind kaum denkbar. Dieselben geistigen Fähigkeiten, dieselben Leistungen, dieselbe körperliche Gesundheit wurden bei beiden Geschlechtern konstatiert.

Nicht weniger erfreuliche Ergebnisse weist die kürzlich in Finnland eingeführte Koedukation auf.
Die Sorge, daß die höhere Intelligenz der Knaben durch das mindere Geistesgefüge der Mädchen gehemmt werde, ist durch die amerikanischen Resultate als erledigt zu betrachten.
Hinfällig ist auch die Sorge um die bedrohte Sittlichkeit bei der Koedukation. Nirgends in den betreffenden Schulen sind sittliche Schäden zutage getreten. Erfahren die kameradschaftlichen Beziehungen der Mädchen und Knaben ab und zu einen leicht sinnlichen Einschlag – immer noch besser als die gegenstandslosen, erotischen Abirrungen, die ja in der Pubertätszeit unvermeidlich scheinen.
Sicher läuft der jungen Seelen Keuschheit dabei weniger Gefahr als bei den auf Küsse abzielenden Pfänderspielen, die in meiner Jugend üblich waren, als bei den heimlich zugesteckten Briefchen auf dem Heimweg von der Schule, bei den Tanzstunden, die damals – wie sie es wahrscheinlich noch heut sind – der Boden waren für einen verfrühten, widerwärtigen grünen Flirt.
Drollig, mit welcher Weisheit die Väter der Stadt einstmals das Terrain für die Mädchenschule gewählt hatten, der ich meine Unbildung verdanke! Unmittelbar neben dieser Elisabethschule befand sich die Knaben-Realschule, und gerade gegenüber das Gymnasium: förmlich eine Aufforderung zu Tänzeleien der erwachenden jungen Sinne.
Zur Überwachung respektive Ablenkung der Erotik in Kinderschuhen will ich bei der Koedukation neben dem Direktor eine Frau Direktorin.
Die zarte Körperlichkeit der Mädchen soll den Ansprüchen eines Gymnasiums – besonders im Hinblick auf die Menstruationstage – nicht gewachsen sein.
Bei den vielen Gymnasiastinnen, die ich kenne, habe ich eine Überanstrengung nicht wahrgenommen.
Gewiß, für unbegabte, kränkliche oder verträumte Kinder bedeutet stets das Lernen eine Anstrengung, gleichviel ob es

Knaben oder Mädchen sind, ob eine Mädchenschule oder ein Gymnasium sie damit belastet.

Und was die kritischen Tage betrifft (bei gesunden Mädchen ist eine Abweichung vom Normalbefinden kaum bemerkbar): Wie und wo werden sie denn auf anderen Arbeitsgebieten berücksichtigt? Eine allgemeine Schonung würde ohne eine völlige Umwälzung aller sozialen Verhältnisse gar nicht durchführbar sein, allein schon deshalb nicht, weil die Mädchen sich nicht dazu verstehen würden, die Tage offiziell zu melden.

Ich weiß ein einfaches Mittel, den Gehirnüberbürdungen der Kinder vorzubeugen. Man bemühe sich um gediegene Lehrkräfte. Ein Unterricht strengt um so weniger an, je anregender und interessanter er ist. Nichts ist anstrengender, entnervender als Langeweile, als die erzwungene Konzentration auf einen Gegenstand, für den unser Interesse nicht geweckt wird.

Zuweilen scheint mir's, als ob der Knabe in den entsprechenden Jahren schonungsbedürftiger wäre als das Mädchen. Die Pubertätszeit setzt oft schon mit dem 13. Jahre ein, und von da an bis ungefähr zu seinem 18. Jahre ist sein seelisches und körperliches Befinden selten normal, vielleicht reizbarer, nervöser als das der Mädchen auf der Schwelle der Jungfrauschaft.

In der Unterrichtskommission des Abgeordnetenhauses wurde kürzlich vorgebracht: »Es zeige sich im allgemeinen bei den Mädchen in den Jahren, die für den Besuch der höheren Knabenschule in Betracht kommen, ein solch großer Eifer, daß zu befürchten sei, die Knaben könnten zu übertriebenem Eifer angespornt werden und sich unbehaglich fühlen.« – Ach Gott, ja – sie tun mir ja auch herzlich leid, die armen zarten Jungen, des Lobes der strammen Mädchen aber freue ich mich recht von Herzen.

Nicht weniger originell ist der Gesichtspunkt eines anderen Professors. »Die Knaben« – sagt er – »fühlen sich durch die sich rascher entwickelnden ehrgeizigen Mädchen in den

Schatten gestellt, werden gleichgültig und wenden all ihr ernstliches Streben den körperlichen Kraftspielen zu« (Faule Bengels!).
Wir haben in den höheren Schulen Deutschlands noch keine Koedukation. Schon aber wirkt der gleiche Bildungsgang in den Gymnasien verschwisternd auf die Kinder. Ich habe vielfach Gelegenheit, den Verkehr dieser jungen Leute zu beobachten. Ich bin überrascht und tief erfreut von der Art dieses Verkehrs, bei dem Gemüts- und geistige Interessen ineinanderwirken. Kein Übersehen, keine Geringschätzung mehr der Knaben den Mädchen gegenüber, das »mit den Mädels kann man nichts reden« gibts nicht mehr.
Knaben zwischen dem 14. und 18. Jahr sind fast immer Dichter. Aber nicht den männlichen Schulgefährten – den Mädchen lesen sie die Wickelkinder ihrer Muse vor.
Sie helfen sich wohl auch gegenseitig bei ihren mathematischen und lateinischen Aufgaben, besprechen die Aufsatzthemata, leihen sich gegenseitig ernste oder poetische Bücher und streiten feurig über die Auffassung eines Schillerschen oder Shakespeareschen Helden.
Genug, die Knaben erkennen bei dem gemeinschaftlichen Unterricht die geistige Gleichwertigkeit der Mädchen, bei den Sports die gleiche Geschmeidigkeit und Ausdauer.
Alle anderen Vorschläge und Ideen über die Reformierung der Mädchenschulen verwerfe ich. Vor allem den Reformplan des früheren Kultusministers Studt.
Die Durchführung seines Systems (wohl zur Abschreckung der weiblichen Gymnasialbildung erklügelt) würde die Universitätsreife der Mädchen um 2 Jahre hinter die der Jünglinge zurückschrauben. Eine Beugung der Gerechtigkeit ohnegleichen.
Der Kultusminister a. D. verlangte, daß »die reformierte Mädchenschule sich darauf beschränke, auf religiös-sittlicher Grundlage – eine allgemeine Grundlage zu geben, die Mädchen zum Leben in Gottes Wort zu erziehen, sie zu befähigen, durch ihren Wandel und durch freudige Beteili-

gung am gottesdienstlichen Leben der Gemeinde sowie an christlichen Liebeswerken die ihnen im Leben zufallende besondere Aufgabe zu lösen«. (Wenn diese Erziehungsregeln nichts mehr als Phrasen sind, lasse ich mich hängen.)
Wollte der Herr Minister a. D. mit seinem Reformplan der Koedukation einen Riegel vorschieben? Höhere Knabenschulen auf der Basis einer Gottseligkeit, die auf freudige Beteiligung am gottesdienstlichen Leben der Gemeinde abzielt, wäre wohl kaum durchführbar.
Als im Abgeordnetenhause über die Erweiterung der Mädchenschulbildung verhandelt wurde, rief ein entrüsteter Herr: »Wir dürfen nicht Puppen erziehen, sonst geht das ganze Gemütsleben unseres Volkes verloren.«
Zu meinem Erstaunen haben sich auch fortschrittlich gesinnte Frauengruppen nur flau und lau (wenn sie nicht gar zustimmten) gegen jenen ministeriellen Erlaß zur Wehr gesetzt. Und doch ist diese Frage für die Frauenwelt (auch insbesondere für die Erziehung zum Stimmrecht) von fundamentaler Bedeutung.
Möglich, daß bei dieser Lauheit eine Opportunitätspolitik mitwirkte, eine Taktik, die sich der Gewährungsprödigkeit der maßgebenden Behörde anpaßte.
Vielleicht auch beruhte die Bescheidenheit der Frauen auf einem Gefühl der Dankbarkeit. Dankbar für das bereits Erreichte.
Und in der Tat, wenn ich an meine Jugend zurückdenke, stehe ich erstaunt, entzückt vor den Errungenschaften der letzten fünfzig Jahre.
Wehe über das Schulkind meiner Zeit! Noch vor 50 oder 60 Jahren galt das Stillverhalten – äußeres und inneres – des weiblichen Kindes als etwas von der Natur Gewolltes. Als ob so ein armer Wurm seine Verfehlung, nicht als Knabe geboren worden zu sein, absitzen müßte.
In den Freistunden Strümpfe stricken und sie stopfen! Je mehr Touren in einer bestimmten Zeit herumgestrickt wurden, je braver war das Kind (erinnert an Aschenputtels

Erbsenlesen). Was für eine große Rolle die Strümpfe damals spielten! Noch war die Strickmaschine nicht Allgemeingut, noch hatte kein Kneipp die Barfüßigkeit – wenn auch nur zeitweise – entsündigt.
Ein Schlittern, etwa auf dem Rinnstein, war ein Bubenstreich. Selbst der Schneeball mußte verstohlen, mit bösem Gewissen von Mädchenhänden geworfen werden.
Mit unaussprechlicher Bitterkeit denke ich an jene Zeit physischer und geistiger Hemmungen zurück, die jedes begabtere weibliche Geschöpf, das geboren wurde, ein ganzer Mensch zu werden, zu einem automatenhaften Gebilde verkrümmten, zermürbten.
Nur wer dieses Zeitalter als ein Schicksal erlebt hat, weiß von seiner Tragik.

LIDA GUSTAVA HEYMANN

Reformschule

Um Mädchen das Studium an Universitäten zu ermöglichen, wurde eine Reformschule ins Leben gerufen. Wie schon der Name andeutet, sollte sie keine Nachahmung der bestehenden Knabengymnasien für Mädchen sein. Die Reformschule ruhte auf dem Prinzip der Koedukation; sie sollte versuchen, unter Berücksichtigung gewonnener Erfahrungen wahrhafter Pädagogen und der vorhandenen Begabungen und Neigungen der Kinder dieselben nicht zur Erlernung der vorgeschriebenen Kenntnisse abzurichten, sondern nach Maßgabe ihrer individuellen Fähigkeiten zu eigenem Denken und Erfassen des Lehrstoffes zu bilden und zur Ablegung der vorgeschriebenen Reifeprüfung zu bringen. Sicher ein schwieriges Unternehmen, einerseits Eigenart, Begabung

III. Mädchenerziehung und Frauenbildung

und Freiheit der kindlichen Persönlichkeit zu achten und anderseits den bestehenden Vorschriften über Schulpläne, Abitur usw. zu genügen. Der Schwierigkeiten bei der Hamburger Schulbehörde und der Bevölkerung waren unzählige; aber mit jeder neuen wuchs die Tatkraft und Begeisterung aller derer, die an dem Entstehen und der Weiterentwicklung der Reformschule beteiligt waren. Immer wieder galt es, neue Initiative und Auswege zu finden, um den veralteten, verknöcherten, ja geradezu blöden Vorschriften der Oberschulbehörde ein Schnippchen zu schlagen, um zu ermöglichen, daß z. B. erstklassige Pädagogen, wie Else Pfleiderer einer war, der Reformschule als Leitung erhalten blieben, trotzdem sie offiziell derselben niemals vorstand. Ein wahrer Segen, daß alle Gesetze und Verordnungen aus Buchstaben bestanden und allen Geist unberücksichtigt ließen. An den Vorarbeiten und dem Ausarbeiten der Lehrpläne beteiligten sich Anita Augspurg und Käthe Schirmacher in starkem Maße.

Zu derselben Zeit, da der Verein Frauenwohl die Reformschule begründete, wurden von der Ortsgruppe des Allgemeinen Deutschen Frauenvereins Gymnasialkurse für Mädchen eingerichtet. Solche bestanden schon in einer Anzahl deutscher Städte und waren auf die Initiative von Helene Lange zurückzuführen.

Viele Schulreformer hielten von den von Helene Lange gegründeten Gymnasialkursen für Mädchen sehr wenig. Es war eine Art Schnellpresse, welche auf dem Unterbau der mit Recht so verpönten »Höheren Mädchen- oder Töchterschule« den Mädchen in wenigen Jahren die notwendigen Kenntnisse der alten Sprachen und Mathematik für das Abitur einpaukte. Was den Gymnasialkursen Hauptzweck war – Abitur, schien der Reformschule eine unwesentliche Begleiterscheinung, die sich von selbst ergab; im Mittelpunkt, um den sich alles drehte, stand uns die vollwertige menschliche Entwicklung der Kinder.

Anhänger der Gymnasialkurse und der Reformschule vertraten auf öffentlichen Versammlungen ihre entgegengesetzten Ansichten unter lebhafter Teilnahme weiter interessierter Kreise Hamburgs. Es unterlag keinem Zweifel, die Gymnasialkurse bildeten eine scharfe Konkurrenz für die Reformschule. Und wer trug schließlich den Sieg davon? Rein äußerlich waren alle Vorteile auf seiten der Gymnasialkurse. Sie wurden seitens der Hamburger Behörden, Schulmänner und reichen Kreise unterstützt, sie konnten nach wenigen Jahren mit den ersten Erfolgen aufwarten, nämlich: Schülerinnen, die ihr Abitur glänzend bestanden. Die Gymnasialkurse überdauerten den Weltkrieg. Ganz anders die Reformschule. Der Lehrgang umfaßte zwölf Jahre vom 6. bis zum 18. Ein kleiner Kreis von Schulreformern kämpfte für eine völlige Umgestaltung eines veralteten Schulsystems. Sie hatten die Oberschulbehörde, die vornehmen Hamburger Kaufmannskreise rechts und links der Alster, Harvestehude und Uhlenhorst gegen sich. Im Jahre 1905, ehe noch ein Zögling den Lehrgang durchgemacht und das Abitur abgelegt hatte, mußte die Reformschule geschlossen werden. Sie teilte das gleiche Schicksal wie die Frauenhochschule einer Malvida von Meysenburg, sie fiel Hamburger Vorurteilen, verknöcherter Bürokratie zum Opfer, weil sie ihrer Zeit zu weit vorausgeeilt war. In Landerziehungsheimen, in Versuchsschulen in Bremen, München, Mannheim usw. wurde verwirklicht, was in der Reformschule angestrebt worden war. Wahrlich, die Arbeit war nicht umsonst gewesen, das haben die gespürt, die sich an ihr beteiligten; Begründer, Lehrkräfte, Eltern und Kinder – sie alle hatten reichen Gewinn und waren dabei gewachsen. Durchdrungen von dieser Tatsache, fand die Abschiedsfeier im Oktober 1905 statt; Menschen trennten sich schweren Herzens voneinander, die in wenigen Jahren zusammengewachsen waren. Die Kinder erhielten zum Andenken an erlebte glückliche Schuljahre ein Kunstblatt, welches einen mächtigen Baum zeigt, der seine Zweige blütenbeladen weit in den Himmel ausbreitet, seine Wurzel tief in den Boden

senkt und die Worte trägt: »Der Mensch ist verehrungswürdig, der den Posten, wo er steht, ganz ausfüllt. Sei der Wirkungskreis noch so klein, er ist in seiner Art groß.« (Schiller)
Wann immer ich im Laufe der Zeit vor, während und nach dem Weltkriege Lehrkräfte oder frühere Schüler der Reformschule traf, so erfuhr ich immer wieder dasselbe: Die in der Reformschule gemeinsam verlebten Jahre standen wie ein köstliches Erlebnis lebendig, unauslöschlich in ihrer Seele. Ihre Augen leuchteten, wenn sie von der Zeit sprachen; sie hatte sich ihnen eingeprägt als etwas Schönes, das man nie vergißt. Was sie dort hörten, sahen und lernten, bestimmte ihr besseres Ich fürs ganze Leben. Mir scheint, eine Gemeinschaft, die das vermochte, beweist ihren Erfolg und ihre Notwendigkeit durch sich selbst, auch wenn äußere Umstände ihre Dauer beeinträchtigten.

HEDWIG DOHM

Ob Frauen studieren dürfen, können, sollen?

In bezug auf das Studieren der Frauen werde ich mir und meinen Lesern zur Beantwortung folgende drei Fragen vorlegen:

Ob Frauen studieren dürfen?

Ob Frauen studieren können (im Sinne ihrer Befähigung)?

Ob Frauen studieren sollen?

Mir persönlich erscheinen diese Untersuchungen ebenso müßig, als wollte jemand fragen: Darf der Mensch seine Kräfte entwickeln? Soll er seine Beine zum Gehen gebrauchen? usw. Da aber vorläufig die Majorität meiner deut-

Frauenstudium

(Zeichnung von Th. Th. Heine)

„Kandidatin, sagen Sie mir, was fällt Ihnen an der Patientin auf?" — „Daß das Mensch einen seidenen Unterrock an hat."

(*Simplicissimus*, Jg. 6, 1901/02, Nr. 5, S. 37)

schen Zeitgenossen das Recht der Frau an wissenschaftlichem Beruf leugnet, so dürfen wir kleine Minorität nicht müde werden, für unsere Überzeugung zu kämpfen, wenn es auch absolute Gewißheit für uns ist, daß dasjenige, was heut sonderbar und paradox erscheint, in kurzem für eine der trivialsten Wahrheiten gelten wird.
[...]
Ob Frauen studieren dürfen? Ob es ihnen erlaubt war und erlaubt ist?
Meine Gegner bejahen diese Frage, ich verneine sie.
Die Professoren sind der Meinung, daß von jeher den Frauen nichts im Wege gestanden, sich wissenschaftliche Kenntnisse zu erwerben. Meine Meinung geht dahin, daß von jeher Vorurteil und Gewohnheit, Gesetz und faktische Verhältnisse die Frauen am Studieren gehindert haben. Hören wir zuerst den Herrn Professor der Philosophie aus Bonn!
»Viele Beispiele«, sagt er, »lehren uns, daß die geistige Entwickelung begabter Frauen unter dem herrschenden Einfluß der Männer selten gehemmt worden ist, sondern weit häufiger die größtmögliche Begünstigung erfahren hat. Die Kulturgeschichte weiß nichts davon, daß begabte wißbegierige Frauen von der rauhen Männerwelt schon an den Pforten des Heiligtums zurückgewiesen sind. Die äußeren Verhältnisse also bieten keine Anhaltspunkte zur Erklärung der Tatsache, daß nur wenig schöpferische Leistungen der Frauen vorliegen.«
Und wüßte wirklich die »Kulturgeschichte« nichts davon – wenn *ich* nur davon weiß, das genügt mir vollkommen. Und in der Tat, ich spreche hier aus eigenster Erfahrung, die dem Herrn Professor nicht zur Seite stehen kann. Auch ich gehörte zu jenen wissensdurstigen Frauen, die an die Pforten des Heiligtums klopften, um – ausgelacht zu werden. Und ich war nicht die einzige zu jener Zeit.
[...]
Denken Sie sich, [...] unser Friedrich Schiller wäre in seiner

Feldscher-Familie als kleine *Friederike* zur Welt gekommen. Was würde wohl Großes in der kleinen Mädchenschule zu Marbach aus dieser Friederike geworden sein?
Ich kann es mir lebhaft vorstellen! Schillers Riekchen hätte in der Schule beim schläfrigen Lese- oder Rechenunterricht, anstatt aufzupassen, ihre Bücher mit Versen beschmiert, und ahnungslos würde der Lehrer die sapphoschen Kleckse mit Fingerklopfen gestraft haben.
Riekchen hätte man oft unter einem Lindenbaum gefunden – träumend.
Riekchen hätte frühzeitig ihren guten Ruf verloren wegen verprudelter Handarbeiten und Ungeschicklichkeit beim Aalschlachten. Ihr wäre auch kein Mann zuteil geworden; denn der Verdacht zukünftiger Blaustrümpfigkeit hätte jeden soliden Marbacher abgeschreckt. Riekchen wäre frühzeitig gestorben – an einem Herzfehler.
Keine Nachwelt würde, o Riekchen, deinen Namen nennen; und dennoch, so gut Raphael (nach Lessing), auch ohne Hände geboren, der größte Maler aller Zeiten gewesen wäre, ebenso gut wärst auch du die größte Dichterin Deutschlands gewesen, wenn auch ungedruckt.
Wieviel große Unbekannte weiblichen Geschlechtes mögen in diesem, dem Lessingschen Sinne, auf unserer Erde gewandelt haben, ohne eine Spur ihres Daseins zu hinterlassen! Mit verschlossenen Lippen steigen die meisten Frauen ins Grab.
[...]
Vom *Studierendürfen* kann in bezug auf die Frauen bis jetzt nur in Amerika die Rede sein.
Dort, so berichtet C. Hippeau, hat im Jahre 1868 der Präsident der Universität von Michigan erklärt, die Legislatur des Staates habe entschieden, daß der hohe Zweck, um dessentwillen die Universität Michigan gegründet worden sei, nur erreicht werde, wenn die Frauen »an den Rechten und Privilegien der Universität partizipierten«.
Die Frau also darf und durfte bis jetzt nicht studieren, oder

doch nur unter so erschwerenden Umständen, daß diese einem gesetzlichen Verbot gleichkamen.

Man ließ und läßt die armen Frauen schlafen. Sie unterrichten, hieße: sie wecken. Sollte das schöne Märchen vom Dornröschen eine Allegorie auf das Frauentum sein? Der Stich einer Spindel versenkte Dornröschen in einen vielhundertjährigen Schlaf. Die Spindel aber ist ein Symbol des Hauses und der häuslichen Arbeiten.

Laßt sie nur immer wachsen, die dornigen Hecken! Der Prinz (die Wissenschaft) wird dennoch kommen, er wird kommen und sie wecken mit seinem Feuerkuß.

Ob Frauen studieren können? (Im Sinne ihrer Befähigung.)

Die Herren Professoren mußten selbstverständlich die Frage, *ob Frauen studieren dürfen*, bejahen. Wie wären sie sonst imstande gewesen, mit so unbedingter Sicherheit, mit so absoluter Gewißheit der Frau die *Fähigkeit* zum Studieren abzusprechen?

Hören wir zuerst, wie der Professor der Philosophie das geistige Unvermögen der Frau beweist.

Er tut zuvörderst wiederum einen tiefen Blick in die Kulturgeschichte, und diese offenbart ihm *als ersten Beweisgrund*: Die Leistungen der Frauen sind bisher hinter denen der Männer zurückgeblieben, also müssen auch ihre Fähigkeiten beschränktere sein.

Daß diese Leistungen an und für sich, ohne gewissenhafte Erwägung der sozialen, politischen und geschichtlichen Verhältnisse, unter denen sie entstanden sind, keine Beweiskraft haben, darin dürfte wohl die Majorität der Denkenden mit mir übereinstimmen.

Es ist den Frauen unaufhörlich eingeschärft worden: für euch denken die Männer – daß sie schließlich aufgehört haben zu denken. Lange Reihen von Frauengenerationen sind unter dem Drucke der Verachtung ihrer Intelligenz aufgewachsen, und natürlich haben sie manches getan, um diese Verachtung zu rechtfertigen. Und wo eine auserwählte

Frauenseele, voll glühender innrer Lebenskraft, dieser Verachtung entgegentretend, die Schwingen entfaltete, da hat sie der Ostrazismus der Gesellschaft getroffen, und in vielen Fällen wäre der Schmetterling gern wieder als Puppe in sein stilles Gefängnis zurückgekrochen. Wahrlich, das größte aller Wunder wäre es, wenn die Leistungen der Frauen *nicht* hinter denen der Männer zurückgeblieben wären.
[...]
Zweiter Beweisgrund. »Drei Frauen, von denen der Professor zuversichtlich weiß, daß sie die beste Förderung ihres geistigen Strebens fanden, die sie zu ihrer Zeit wünschen konnten: Olympia Morata[2], Frau Dacier[3] und Anna Maria Schurrmann[4], haben dennoch, wie er sagt, der Wissenschaft keine wesentliche Förderung gebracht.« Immerhin aber müssen diese Frauen recht bedeutend gewesen sein; denn er selber teilt mit, daß Schriftsteller wie Bayle[5] und Voltaire ihnen Bücher widmeten, daß die ersten Männer der Zeit sich den Umgang mit ihnen zur Ehre schätzten, daß berühmte Reisende sie aufsuchten usw.
Nehmen wir aber einmal an, der Professor hätte recht und die Frauen wären außerstande, der Wissenschaft eine wesentliche Förderung zu bringen, so müßten sie dennoch studieren. Die Grenzen der Wissenschaft zu erweitern, der Menschheit neue Gesichtskreise zu eröffnen ist nur außergewöhnlichen Menschen gegönnt, die wir als Genies zu bezeichnen pflegen. In Geistern wie Newton, Keppler, Lamark[6], Darwin gipfelt nur die Schaffenskraft der Natur,

2 *Olympia Morata:* Italienische Dichterin und Rednerin (1526–55).
3 *Frau Dacier:* Anne Lefebvre (1647–1720). Französische Philologin, die sich durch Übersetzungen griechischer und lateinischer Autoren einen Namen machte.
4 *Anna Maria Schurrmann* (van Schurman): Holländische Dichterin, Künstlerin und polyhistorische Theologin (1607–78).
5 *Bayle:* Pierre Bayle (1647–1706). Französischer Philosoph; einflußreicher Denker der Aufklärung.
6 *Lamark:* Jean-Baptiste de Lamarck (1744–1829). Französischer Naturforscher, der u. a. die Lehre von der Vererbung erworbener Eigenschaften auf die Nachkommen entwickelte.

und es erfordert die geistige Ökonomie eine große Zahl kluger und umsichtiger Arbeiter, um jenen die Wege zu bahnen.

Die erhabene Lehre Christi wäre ohne seine Apostel untergegangen. So braucht jede Wissenschaft ihre verständnisvollen Jünger, um sie auszubreiten, zu lehren, zu erläutern und um sie im einzelnen zu vermehren. Geister ersten Ranges findet man auch unter den Männern nur in einzelnen Exemplaren.

Untersagt man der Frau das Studium aufgrund ihrer ungenügenden Geisteskräfte, so müßte man auch allen mittelmäßig begabten und unbedeutenden Männern (von den Dümmerlingen gar nicht zu sprechen) die Universitätspforten vor der Nase zuschlagen.

Der gelehrte Herr spricht der Frau die Fähigkeit ab, auf dem Gebiete der Kunst, Wissenschaft und Politik etwas Bedeutsames und Epochemachendes zu leisten.

Sollte man nicht voraussetzen, daß ein Professor der Philosophie die Geschichte der Elisabeth von England, der Katharina von Rußland, der Isabella von Kastilien kenne? Was verlangt er denn von einer politischen Leistung?

Dasjenige Buch, das in unserm Jahrhundert den weitgreifendsten Einfluß auf die soziale Welt geübt hat, ist das Buch einer Frau gewesen: *Onkel Tom*. Die Präsidentschaft Lincolns ist aus *Onkel Toms Hütte*[7] hervorgegangen. Der größte Prosaiker unseres Jahrhunderts vielleicht ist eine Frau: *George Sand*[8]. Der größte Romanschriftsteller der Gegen-

---

7 *Onkel Toms Hütte:* Roman, der 1852 unter dem Titel *Uncle Tom's Cabin or Life among the Lowly* von der amerikanischen Schriftstellerin Harriet Beecher Stowe (1811–96) veröffentlicht worden war. Das Buch ist ein scharfer Angriff gegen die Sklaverei.
8 *George Sand:* Pseudonym von Amandine Aurore-Lucie Baronne Dudevant, geb. Dupin (1804–76). Französische Schriftstellerin, die sich in ihren Romanen und Schriften gegen die bürgerlichen Moralbegriffe wandte, für das Recht der Frau auf außereheliche Liebe eintrat und zur sozialen Frage Stellung nahm. Deutsche Schriftstellerinnen des 19. Jh.s wie Bettina von Arnim und Fanny Lewald wurden von George Sand stark beeinflußt.

wart ist, wenigstens meiner Meinung nach, *George Elliot*[9], eine Frau.

Solon wollte ein Lied der *Sappho* noch in seinem Alter lernen, um fröhlicher sterben zu können. Ein geistreicher Feuilletonist der Nationalzeitung nennt freilich diese Sappho »ein älteres blaustrümpfiges Frauenzimmer«. Schade, daß der Grieche von der Korrektur des Berliners nicht mehr profitieren kann. Seltsam, daß man es den Frauen stets so übel anrechnet, daß sie mit den Jahren älter werden. Ob es züchtige Gesinnung und edle Denkart ist, welche die »alte Frau« so gerne in den gesellschaftlichen Kehricht wirft?

Der Ausspruch des Professors könnte nur, wo es sich um *deutsche Frauen* handelt, eine bedingte Anwendung finden.

Aus der Naturverschiedenheit der Geschlechter leitet der Bonner Herr die Notwendigkeit verschiedener Arbeitsgebiete für Mann und Frau ab.

Er gesteht der Frau nicht nur scharfes logisches Denkvermögen zu, sondern auch außergewöhnliche Willenskraft und schöpferischen Geist; er spricht ihr aber die andauernde Kraft ab, diese Fähigkeiten durch bedeutsame Leistungen zu betätigen.

Ist das nicht gerade, als ob mir jemand sagte: Du hast die normalsten, kräftigsten Beine, die sich nur ein Mensch wünschen kann; sobald du dich aber ins Weite damit wagst, knicken sie dir um.

Ich danke für diese Kräftigkeit!

In einem alten Märchen haben die Feen einem jungen Prinzen alle möglichen herrlichen Eigenschaften verliehen. Eine war nicht eingeladen. Ich kann, sagte sie, die Gaben

---

9 *George Elliot* (Eliot): Pseudonym von Mary Ann Evans (1819–80). Englische Schriftstellerin, die nicht nur im Mittelpunkt des geistigen Lebens von London stand, sondern auch durch ihre Werke weltberühmt wurde. Ihre bekanntesten Romane sind *Adam Bede* (1859), *The Mill on the Floss* (1860) und *Middlemarch* (1871/72), der die Probleme der zeitgenössischen Gesellschaft darstellt.

meiner Schwestern dem Prinzen nicht nehmen, aber ich will sie unnütz machen.

Eine allegorische Anspielung auf das Geschick der Frauen! Wir besitzen alle Seelenschätze der Welt; sie haben nur einen Fehler: sie nützen uns nichts.

Die Formel, in die der Professor wiederholentlich seine Ansicht von der Naturverschiedenheit der Geschlechter zusammenfaßt, lautet: »*Die Seelenkräfte bei beiden Geschlechtern sind gleich, nur in dem Verhältnis der Seelenkräfte zueinander liegt der Unterschied.*« Wer versteht diesen Ausspruch des Philosophen? Ich nicht. Die Frau hat, nach ihm, ebensoviel Verstand, ebensoviel Willen, ebensoviel Gefühl als der Mann, aber – die Ehe dieser Seelenkräfte, die bei dem Manne fröhliche Nachkommenschaft erzeugt, bleibt bei ihr kinderlos.

[...]

Ich meine: *Die Frau soll studieren.*

1. Sie soll studieren, weil jeglicher Mensch Anspruch hat auf die individuelle Freiheit, ein seiner Neigung entsprechendes Geschäft zu treiben. Jede Tätigkeit, wenn sie einen Menschen befriedigen soll, muß gewissermaßen ein »In-Szene-Setzen« seiner inneren Vorgänge sein. Freiheit in der Berufswahl ist die unerläßlichste Bedingung für individuelles Glück.

2. Sie soll studieren, weil sie, aller Wahrscheinlichkeit nach, eine vom Manne verschiedene geistige Organisation besitzt (verschieden, aber nicht von geringerer Qualität) und deshalb voraussichtlich neue Formen der Erkenntnis, neue Gedankenrichtungen der Wissenschaft zuzuführen imstande sein wird. Wenn Buckle[10] annimmt, daß die Frau in der Wissenschaft eine deduktive und ideale Methode vorziehen und dadurch ein Gegengewicht bilden würde gegen die

---

10 *Buckle:* Henry Thomas Buckle, englischer Historiker (1821–62). Er wandte das Gesetz der Kausalität im Sinne des Materialismus auf die Geschichte an. Hauptwerk: *History of Civilization in England* (1857–61). Hedwig Dohm bezieht sich hier wahrscheinlich auf Buckles Essay »Der Einfluß der Frauen auf die Wissenschaft« (dt. 1896).

induktive Methode der Männer, deren Einseitigkeit die Fortschritte unserer Erkenntnis aufzuhalten geeignet sei, so hüte ich mich wohl, ihm hierin beizustimmen. Die Ansicht Buckles kann selbstverständlich nur den Wert einer scharfsinnigen Hypothese haben.
3. *Medizin* aber soll die Frau studieren, einmal im Interesse der Moral und zweitens, um dem weiblichen Geschlecht die verlorene Gesundheit wiederzugewinnen. Die Frau kennt das physische Wirken ihres eigenen Körpers besser als der Mann, und niemals wird dieser das tiefe Mitgefühl, das die Forschung anspornt, und die scharfe und feine Beobachtung haben für die Leiden, die das Leben der Frau zerstören und die er in ihren Ursachen und Folgen aus Gründen, auf deren Erörterungen ich mich hier nicht einlassen will, nicht durchschaut.
4. Die Frau soll studieren, um ihrer Subsistenz willen. Niemand hat das Recht, eine Menschenklasse in ihren Subsistenzmitteln zu beschränken, es sei denn, Staat und Gesellschaft übernähmen die Verantwortung für die angemessene Versorgung dieser Klasse.
5. Die Frau soll studieren, weil Wissen und Erkenntnis das höchste und begehrenswerteste Gut der Erde ist und weil die geeignetste Sphäre für jeden Menschen die höchste Sphäre ist, die zu erreichen der Menschheit überhaupt vergönnt ist.

Wenn die geistigen und physischen Fähigkeiten der Frau den Aufgaben der Wissenschaft nicht gewachsen wären, so würde das große Gesetz der politischen Ökonomie in Kraft treten: Die Bevölkerung würde von ihren unzureichenden Diensten keinen Gebrauch machen. Ehe aber diese Zurückweisung erfolgt ist, darf nicht das *Vorurteil* diese unermeßlich wichtige Frage entscheiden. »Jahrhunderte und Jahrtausende haben bewiesen«, sagt Herr von Bischof[11], »daß die

11 *Herr von Bischof:* Theodor Ludwig Wilhelm von Bischoff (1807–82). Professor für Physiologie und Anatomie an der Universität München.

Frauennatur nicht angelegt ist zu diesem Studium der Wissenschaft.«

Wenn die Jahrtausende ein Beweis wären, dann müßten die Männer ebensowenig zum Studieren taugen; denn wer zählt die Jahrtausende, in denen sie, aller Kunst und Wissenschaft bar, in Höhlen und Pfahlbauten ein grammatikloses Dasein führten!

Ist die Haushaltung wirklich die Naturbestimmung des Weibes, so wird keine Macht der Erde diesen Naturtrieb in ihr ausrotten können. »Ein revolutionärer Frosch«, sagt Heine, »welcher sich gern aus dem dicken Heimatgewässer erhübe und die Existenz des Vogels in der Luft für das Ideal der Freiheit ansieht, wird es dennoch im Trocknen, in der sogenannten freien Luft nicht lange aushalten können und sehnt sich gewiß bald zurück nach dem schweren soliden Geburtssumpf.«

Immer sollen wir uns aus der »Kulturgeschichte« Belehrung über den weiblichen Beruf schöpfen! Mit dieser Kulturgeschichte hat es eine eigene Bewandtnis: Sie hält so geduldig still, man kann so vieles aus ihr heraus- und in sie hineinlesen! So lesen die Herren der Wissenschaft in sie hinein, daß das Haus die Sphäre der Frauen ist, war und sein wird bis in alle Ewigkeit.

Ich aber lese aus der Kulturgeschichte, daß seit Anbeginn aller Zeiten der Stärkere, mag seine Kraft auf seinen Fäusten, auf den Gewehren seiner Soldaten oder auf Privilegien beruht haben, den Schwächeren unterdrückt und ihm seine Lebensstellung angewiesen hat nach *seinem Willen* und zu *seinem Nutzen*, nimmermehr fragend nach den Naturgesetzen des Unterdrückten.

Ich lese heraus, wie die Stellung der Frau in der menschlichen Gesellschaft von Jahrhundert zu Jahrhundert eine

<blockquote>Spezialist für Embryologie. Hedwig Dohm bezieht sich wiederholt auf seine Schrift *Das Studium und die Ausübung der Medizin durch Frauen* (1872), in der er sich entschieden gegen die Zulassung der Frauen zum Medizinstudium wandte.</blockquote>

andere geworden ist, wie sie aus tiefster Schmach und Schande sich allmählich emporgerungen zu einem annähernd menschenwürdigen Dasein. Ich lese aus der Kulturgeschichte, wie die Frau vor Beginn der Zivilisation die Beute des gierigen Mannes war; wie man sie später raubte, dann, sobald der zärtliche Vater innewurd, daß er in seiner Tochter einen lukrativen Konsumtionsartikel besitze, sie verkaufte und verschacherte; wie man sie darauf, gleich einer Herde Schafe, in das Serail trieb. Ich sehe sie geprügelt, geknechtet, gemästet, als Lasttier benutzt, als Preis des Wettkampfes ausgesetzt wie eine Gans oder ein Kalb.
Ich sehe sie als »Unreine« aus dem Tempel gestoßen; ich sehe sie als Magd an der Seite des Mannes.
Aber nicht das allein lese ich aus der Kulturgeschichte. Ich höre auch den Atemzug der Geschichte darin, der die Frau vorwärtsgetrieben hat aus dem dumpfen vegetierenden Pflanzenleben zum bewußten Fühlen und Denken. Und der Atemzug der Geschichte und die unbewußt wirkende Kraft der Natur wird sie vorwärtstreiben, unaufhaltsam, bis auch ihre Stirn strahlen wird in der Glorie des Gottmenschen.
Sie glauben, und mit Ihnen die Majorität der Männer, daß Gott und die Naturgesetze in der Frauenfrage längst entschieden haben; *ich* aber meine, daß der bewußte Kampf erst beginnt und daß er nur enden wird, wenn die Frau das allen menschlichen Wesen angeborene Recht erobert hat: Mensch zu sein. Ich denke mit Fichte: »Der Mensch *soll* ein eigenes, für sich bestehendes Ganzes bilden. Nur unter dieser Bedingung ist er ein Mensch.«
»Die Naturgesetze haben entschieden!«
Jene Asiaten aber, jene Mongolen, Chinesen und Türken, wenn sie ihre Frauen herdenweise ins Serail trieben, glaubten auch mit bester Einsicht nach einem »Naturgesetz« zu handeln.
Wenn der Inder die zuckende lebendige Frau mit dem Leichnam ihres Mannes verbrannte – er handelte ebenfalls nach einem »Naturgesetz«.

Wenn der nordische Wilde die Geräte, welche seine Frau, die »Unreine«, berührt hatte, durch brennende Rentierhaare reinigte – er handelte nach einem »Naturgesetze«.

Woher nehmen unsere gelehrten und studierten Herren die sonderbare Anmaßung, jene Männer, welche durch Jahrtausende geheiligte Sitten übten, eines Verstoßes gegen die Naturgesetze zu bezüchtigen?

Woher die Anmaßung der Behauptung, daß nur der Europäer in den letzten Jahrhunderten die Naturgesetze der Frauen richtig interpretierte?

Die behaupteten (nicht zu verwechseln mit den *begründeten*) Naturgesetze haben eine verzweifelte Ähnlichkeit mit den Religionen: Jeder glaubt die richtige zu haben.

»*Gott und die Natur haben der Frau ihre Sphäre bestimmt.*«

So wird Gott sie auch durch seine Gesetze darin erhalten ohne Zutun der Herren Professoren! Warum mischen Sie sich in des lieben Gottes Angelegenheiten?

Seite 45 bemerkt Herr von Bischof ausdrücklich: daß nach *göttlicher* und *natürlicher* Anordnung – und nach der deutschen Professoren Verdikt, hätte er hinzufügen müssen – dem weiblichen Geschlechte die Befähigung zur Pflege und Ausübung der Wissenschaften fehle.

Wenn diese Herren Professoren die Macht besäßen, sie würden im Namen Gottes und der Natur alle wissenschaftlichen Vorstellungen im Kopfe einer Frau als Contrebande und alle ihre politischen Gedanken als landstreicherisches Gesindel arretieren! Sie würden verordnen, daß solches Fühlen und solches Denken als geistige Mißgeburt und moralische Abnormität in Schmortöpfen zu ersticken und in Waschzobern zu ersäufen sei!

In Indien gibt es ein Gesetz, welches einem Arbeiter verbietet, Reichtümer zu erwerben, während eine andere Klausel erklärt, selbst wenn ihm sein Herr die Freiheit geben sollte, so bliebe er in Wahrheit doch ein Sklave; »denn«, heißt es im Gesetzbuch des Menu, »ein Sudra, wenn auch von seinem Herrn freigelassen, wird dadurch seinem Knechtstande nicht enthoben, denn durch wen könnte er seines natürlichen Standes entkleidet werden?«

Nicht um eine Linie, nicht um den kleinsten Gedanken stehen die Auffassungen à la *Bischof* in bezug auf die Frauen höher als die Weisheit, die wir in dem großen indischen Gesetzbuch niedergelegt finden.

Schaut nur zurück, weit in die Jahrtausende, ihr Leibeigenen der Sitte und Tradition, und seht die Zeit wie eine felsenfeste Pyramide an, in der ihr eure schönen Gedanken-Mumien für alle Ewigkeit glaubt konservieren zu können! Es hilft euch doch nichts! Das Zeitalter der Ruinen- und Altertümer-Sentimentalität ist vorüber; die urältesten Pyramiden werden erbrochen, und die morschen, vergilbten Gedanken, die fossilen Vorstellungen müssen heraus ans Licht der sonnigen Wahrheit, um als Kuriositäten die Verwunderung der Menschen zu erregen; und über dem bankerotten Altertümler sitzt eine neue Zeit zu Gericht und spricht ihr: »*Schuldig!*«

Ich fasse, was ich fordere, noch einmal zusammen: *Völlige Gleichberechtigung der Geschlechter auf dem Gebiete der Wissenschaft*, in bezug auf Bildungsmittel und Verwertung der erworbenen Kenntnisse. Und ich schreibe auf meine Fahne den Spruch, den die Könige von Granada in ihrem Banner trugen: »No puedo desear mas, ni contentarme con menos« – nicht mehr kann ich fordern und nicht mit weniger mich begnügen. –

RICARDA HUCH

Über den Einfluß von Studium und Beruf auf die Persönlichkeit der Frau

Vortrag, gehalten im Vereine für erweiterte Frauenbildung
am 12. März 1902

Männer, die studiert haben, blicken auf ihre Studienzeit als auf die schönste ihres Lebens zurück; nicht anders geht es den studierten Frauen, obwohl das Universitätsleben sich für sie anders gestaltet. Als Mädchen zuerst anfingen zu studieren, malten Witzblätter aus, wie es wäre, wenn nun Frauen den Schläger führten und Salamander rieben. Es versteht sich von selbst, daß die studierenden Mädchen im allgemeinen nichts getan haben, was nicht der weiblichen Art gemäß wäre, und daß sie infolgedessen den Ausartungen des männlichen Studentenlebens unserer Zeit ferngeblieben sind. Sie stehen in einer idealistischen Epoche, und das Universitätsleben ist dem nicht unähnlich, das die männliche Jugend am Ende des achtzehnten Jahrhunderts, im Zeitalter des Idealismus, führte, wo der Zauber der studentischen Freiheit hauptsächlich in gemeinsamem Wandern und Schwärmen bestand, wo der Rausch durch unendliche Gespräche erzeugt wurde, in denen sich die erwachenden Geister gegeneinander ergossen, wo man sich selbst fand, indem man Wahrheit und Schönheit suchte. Von zwei Seiten fließt jetzt dem studierenden Mädchen der neue Lebensquell: Der Einblick in die Wissenschaften erschließt ihr die geistige Welt; die Berührung mit Mensch und Leben entwickelt ihre Persönlichkeit und weckt ihren Sinn für die Welt der Dinge. Ich hörte selbst von einer Frau, die schon eine reife Persönlichkeit war, als sie anfing zu studieren, daß es den Beginn einer neuen, glücklichen Epoche für das Leben bedeutete, als sie begriff, daß über der konkreten Welt eine

abstrakte besteht, als etwas Dauerndes, Unzerstörbares, eine Ewigkeit, an der alles teilnimmt, was je irgend einmal geistiges Leben gehabt hat.
In den meisten Fällen wird bei dem studierenden Mädchen das Erwachen der Erkenntnis mit dem der Persönlichkeit zusammengehen. Sich seiner selbst bewußt werden, sich der Welt gegenüber, wenn auch nicht als ein Ganzes, aber doch als eine werdende Einheit, als ein Keim zu allen Möglichkeiten empfinden, gewissermaßen begreifen, daß einem ein Reich gegeben ist, in dem man herrschen soll, mag das größte Glück sein, das der Mensch erleben kann; auch die Bereicherung der Erkenntnis durch die Wissenschaft kommt schließlich der Persönlichkeit zugute. In der Familie ist das heranwachsende, ja auch das erwachsene Kind, nichts Selbständiges, es nimmt teil am Charakter der Familie, der ein gewisses Maß von Achtung und Neigung entgegengebracht wird. Verfolgen die Eltern auch die Entwicklung des Kindes mit Aufmerksamkeit, übertreiben sie sogar die Bedeutsamkeit seiner Lebensäußerungen, so tun sie es doch immer unter einem bestimmten Gesichtswinkel und kommen nie ganz aus einem Kreise von Gefühlen und Annahmen heraus, der sich in den allerersten Lebensjahren des Kindes bildete. Kommt das Mädchen in eine fremde Umgebung und in neue Verhältnisse, so fehlen alle Voraussetzungen, einer Studentin begegnet man sogar vielfach noch mit Mißtrauen. Das hat sein Schweres; denn wenn auch die Familie das Ich, das Neue, Eigene im Kinde nicht unbefangen sah, sein unterirdisches Wesen, sein Weinen und Lachen, seine verborgenen Wurzeln kennt doch niemand wie sie, und es kommt oft hart an, gerade das Selbstverständliche erklären zu sollen. Aber dieser Zwang hilft einem zu werden, was man ist. Wofür man unter Fremden gehalten werden will, das muß man sein, und die Keime der Persönlichkeit wachsen und gestalten sich im unbewußten Drange, so und nicht anders angesehen zu werden, als wie sie ist. Umgekehrt sieht die aus dem heimatlichen Umkreis Herausgetretene jetzt zum erstenmal

unbefangen Welt und Menschen an. Bisher erlebte sie nicht, was sie sah, sie stand nicht fern genug, sie war noch kindlich mit der Welt verwachsen; nun drängt sich ihr Neues auf, sie vergleicht, und alles gewinnt Leben und Bedeutung.

Im Verkehr mit Freunden, die einen in sich aufnehmen, wie man sie aufnimmt, die den eigenen verwandte Tätigkeiten und Ziele haben, kommt der junge Mensch am leichtesten und glücklichsten zu sich selbst, und es ist deshalb die Freundschaft der eigentliche Stern der Studienzeit, weit mehr als die Liebe ihr zugehörig und günstig. Es ist viel über Mädchenfreundschaft gespottet worden, ohne daß man bedachte, wie selbstverständlich es ist, daß eine auf Zufall, das heißt auf Äußerlichkeiten gegründete Verbindung zwischen unpersönlichen Wesen auch durch jeden Zufall wieder zerstört werden kann. Wenn die Mädchen zu Persönlichkeiten heranreifen, führt ihre Neigung zu anderen Mädchen zu Verbindungen, die dauernd glückbringend und fruchtbar sind und den Titel Freundschaft mit mehr Recht beanspruchen dürfen als wenigstens in unserer Zeit die meisten Beziehungen der Männer untereinander. Die Intensität ihres Seelenlebens befähigt die Frauen im allgemeinen ganz besonders zur Freundschaft; sie begnügen sich nicht, wie die meisten Männer tun, mit einer oberflächlichen Gemeinsamkeit der Interessen, sondern wollen nur mit der häufigen Umgang pflegen, an deren ganzer Persönlichkeit sie Wohlgefallen haben und in deren Innerstem sie sich heimisch fühlen. Ich glaube, daß für alle Frauen, die studiert haben, die gemeinsam mit Freundinnen verbrachten Stunden, Wanderungen über die Berge, Fahrten auf dem See oder lange Abende am offenen Fenster, bei der Lampe, beim Klavier, bei der Arbeit, Glanzpunkte der Rückerinnerung sind. Es waren Augenblicke, in denen sich das Gefühl der Jugend und Kraft, der unendlichen Zukunft besonders feurig sammelte. Für die ersten, die studierten, kam und kommt vielleicht jetzt noch dazu das Bewußtsein, sich das Recht zu studieren erobert zu haben, oder denn, wo aller Widerstand gefehlt hat, daß es ihnen als besonderes Glück, wonach viele umsonst streben, in den Schoß gefallen ist. Ich lobe damit nicht die eitle Freude, etwas Außergewöhnliches, Auffallendes zu tun oder zu erleben – wirklich erleben tut das nur derjenige, der es nicht sucht –, aber das Ungewöhnliche bringt zu Bewußtsein und verhindert, daß man, wie es so oft geschieht, das Gute genießt, ohne es zu merken, und erst am Nachgeschmack spürt, daß man es hatte. Sind einmal den Mädchen alle Wege zum Studium geebnet, wird ihnen das Hochgefühl entgehen, das diejenigen beglückte, die es sich erkämpfen mußten; woraus freilich nicht geschlossen werden darf, daß es besser wäre, dem Frauenstudium fortwährend soviel wie möglich in den Weg zu legen.

Bekanntlich sind Männer am vergnügtesten, wenn sie unter sich sind, während in die üblichen Mädchengesellschaften erst Leben kommt, wenn die Herren erscheinen. Die Studentinnen pflegen gern jene Geselligkeit, deren Übermut und Heiterkeit auf der Abwesenheit jedes sinnlichen Moments beruht. Indessen ist auch der Verkehr mit den Studenten nicht gering anzuschlagen, durch den das Mädchen wieder mit neuen, in mancher Hinsicht von ihr abweichenden Individuen in Berührung kommt. Sie lernt den jungen Mann von einer besonders liebenswürdigen Seite, als Kameraden, kennen und genießt einen Umgang, der ebenso unschuldig und fördernd ist wie der mit dem gleichen Geschlechte und doch, bei aller Abwesenheit von Liebe, durch die bloße Möglichkeit derselben, einen anmutigen Reiz erhält. Die lebhafte Achtung, die gutgeartete Studenten ihren gutgearteten Kolleginnen entgegenbringen, bildet eine Grundlage, auf der sich Ritterlichkeit und Galanterie besonders herzlich präsentieren. Daß häufig auch Liebe sich hier einstellt, versteht sich von selbst; ebensooft aber bilden sich Freundschaften, die für beide Teile wertvoll sind.

Wer mit angesehen oder mit erlebt hat, wie es die Studentinnen treiben, der begreift die Befürchtung nicht, die manche Menschen hegen, als könne sich durch das Studium der

Typus der gelehrten Frau heranbilden, die durch ihre Kräfte übersteigende Kopfarbeit zu kränklich und nervös geworden ist, um noch eine liebenswerte Frau und Mutter gesunder Kinder werden zu können.

In neuerer Zeit haben die Schriften des bekannten Psychiaters Möbius[12] über die Frau, in denen er das moderne Streben, die Intelligenz der Frau auszubilden, für verderblich erklärt, ein gewisses Aufsehen erregt und zum Teil Entrüstung hervorgerufen, letzteres, wie mir scheint, nicht ganz mit Recht, da die Absicht des Verfassers gut und auch seine Meinung über die Frauen, sofern man sich nur an die Sache hält, nicht kränkend ist. Er äußert in Kürze folgende Ansichten: Es ist der geistigen Entwicklung im allgemeinen eigen, vom Unbewußten zum Bewußten zu gehen; der Instinkt bedeutet immer weniger, die Überlegung immer mehr, aus dem Gattungswesen wird ein Individuum. Die Frau aber ist wesentlich Gattungswesen, sie ist unbewußt und muß es bleiben; denn nur durch Einbuße an Gesundheit kann sie eine Persönlichkeit werden. Zwar treten mit zunehmender Zivilisation abnorme Formen auf, Abweichungen von der natürlichen Art, so daß sich an Männern weibliche, an Frauen männliche Züge zeigen. Frauen solcher Art, die geistig regsam sind und lange so bleiben, sollen nicht daran verhindert werden, ihre Fähigkeiten auszubilden; aber sehr bedenklich wäre es, wenn die Frauen im allgemeinen sich als Individuum »ausleben« wollten, weil sie mit Siechtum geschlagen werden würden. Es besteht nämlich ein Gegensatz zwischen Gehirntätigkeit und Fortpflanzung; wo eines das Übergewicht erhält, leidet das andere. – So habe ich Möbius' Gedankengang verstanden.

Man könnte zu diesen Sätzen allerlei Anmerkungen machen;

---

12 *Möbius:* Paul Möbius, Neurologe (1853–1907). Interessierte sich hauptsächlich für sog. funktionelle Nervenkrankheiten (Hysterie, Neurasthenie). Schrieb Pathographien bedeutender Persönlichkeiten, z. B. *Über das Pathologische bei Goethe* (1898). Erregte Aufsehen mit seiner Schrift *Über den physiologischen Schwachsinn des Weibes* (1900).

ist die Frau wirklich unbewußt? Ist sie nicht vielmehr im allgemeinen halbbewußt, zwischen Instinkt und Vernunft schwankend, und müßte sie deshalb nicht, da niemand zurück kann, vorwärts zur Vernunft zu gelangen suchen, unter deren Herrschaft auch die Instinkte wiederaufleben? Ferner: Müßte der Mann bei seiner Lebensführung nicht auch die Erziehung gesunder Nachkommenschaft im Auge haben? Ließen sich nicht andere gegensätzliche Beziehungen zwischen Gehirnleben und Geschlechtsleben denken, als daß die Frau, die ihren Geist entwickelt und übt, kränkliche, schwache Kinder bekommt? Nur diese letzte Frage will ich hier anregen. Wäre dem so, daß die Kinder die Sünde der Mutter, eine denkende Persönlichkeit geworden zu sein, büßen müßten, so wäre es freilich wünschbar, daß das Ideal »gesund und dumm« allgemeine Geltung bekäme, auf die Gefahr hin, daß, da die Söhne gerade in bezug auf die Intelligenz nach der Mutter arten sollen, die Männer dabei zu kurz kämen.

Beruht aber die geistige Befähigung der Frau immer auf krankhafter Nervosität? Es gibt einen Frauentypus, der, wenn er nicht schuld an dieser Auffassung ist, doch viele verleitet haben mag, wenigstens einen Gegensatz zwischen liebenswürdiger, sanfter Weiblichkeit und geistiger Regsamkeit anzunehmen. Ich erinnere an Bettine Brentano: da ist ein feuriges Temperament, Geistesgegenwart, Witz, ein hervorragendes Talent, das Empfundene schön und originell in Worten auszudrücken, die Gabe geistreichen Gesprächs, die Gabe, sich mit flüchtigem Griff aus Wissenschaften und Künsten Blüten anzueignen, die den wurzelfesten Besitz des Ganzen vortäuschen können. Bettine wirkte auf Männer vielfach abstoßend, sie bewunderten wohl ihre geistreiche Rede, fanden sie aber unweiblich; denn sie war nie ruhig, nie aufnehmend, nie gesammelt. Sie war der Typus der nervösen, meinetwegen hysterischen Frau, die durch Temperament und Feuer glänzt, dem artistischen Männertypus verwandt, aber nicht der der intelligenten, die solide Geistesarbeit zu leisten imstande ist. Ihre liebliche, harmonische Freundin Karoline v. Günderode wäre weit eher zu irgendeiner wissenschaftlichen Tätigkeit tüchtig gewesen.

Interessant ist es nun, in welcher Weise diejenigen, die es gut mit Bettine meinten, ihre Großmutter, ihr Bruder, ihre Freundin, ihr nervöses, sprunghaftes Wesen auszugleichen, mit einem Wort sie weiblicher zu machen suchten. Sie ermahnten sie zu regelmäßiger Tätigkeit, gründlich zu lernen und zu arbeiten. Mit Entrüstung wies Bettine alle Vorschläge zurück, lernte weder Latein noch Geschichte von Grund aus, sondern betrieb allerlei oberflächlich, heiratete und bekam Kinder. Diese waren zwar, soviel ich weiß, gesund, an ihr selbst indessen tritt das Ungesunde immer stärker hervor, wie aus dem Briefwechsel Ilius Pamphilius zu erkennen ist.

Solche disharmonische Naturen, an deren Entstehen nicht die übertriebene Anforderung der Schule, sondern meist eine unglückliche Mischung des elterlichen Blutes schuld ist, werden nach meiner Überzeugung durch das Studium gesünder und damit glücklicher und beglückender. Ich kenne selbst ein Mädchen, das als hochgradig nervös durch ihre Angehörigen jahrelang von einer Heilanstalt in die andere gebracht wurde, ohne Heilung zu finden, das sich, durch eine Freundin angeregt, entschloß zu studieren, allem Widerstand zum Trotz es durchsetzte, bald ihre Gesundheit wiederfand, ihr Studium ungestört, im reinsten Genuß aller ihrer Kräfte zu Ende führte und jetzt eine glücklich verheiratete Frau ist. Indessen will ich nicht behaupten, daß das Studium Wunder tun könnte. Ich kannte ein anderes Mädchen, das, gleichfalls krankhaft nervös, Heilung im Studium suchte, sie nicht fand, erst allmählich, unter persönlichem Einfluß gesundete. Das Studium kann weder die angeborene Konstitution verändern noch einen bedeutenden aus einem unbedeutenden, einen liebenswürdigen aus einem unausstehlichen Menschen machen; aber es zwingt die Zerstreuten, sich zu sammeln, die Trägen zur Tätigkeit, die Unseligen, die, an den Marterpfahl ihres Ich gebunden, sich an sich selber wund fühlen und denken, lenkt es von sich ab und gibt ihnen würdigen Stoff, vor allem aber bildet es die Willenskraft aus. Goethe hat einmal irgendwo gesagt, die Frauen würden vollendete Wesen sein, wenn sie zu ihren übrigen Eigenschaften Energie besäßen; in der Tat fehlt oft denjenigen, die die edelsten Triebe und die feinsten Anlagen besitzen, die Kraft, sie nutzbar zu machen. Nun weiß ich wohl, daß gerade Willensschwäche, Unklarheit, Unordnung und Unpünktlichkeit den verliebten Mann am geliebten Mädchen entzücken; aber den Ehemann treiben ebendieselben liebenswürdigen Schwächen zur Verzweiflung, und da man länger verheiratet als verliebt ist, so ist es wohl billig, wenn man überhaupt die Wünsche und Bedürfnisse des starken Geschlechts berücksichtigen will, mehr für den Ehemann als für den Verliebten zu sorgen.

Man wird einwenden, daß das Mädchen in anderen Verhältnissen ebenso gute Einflüsse erfahren kann; zum Beispiel hat die Studienzeit der Kunstschülerin, sei es, daß sie Malerei, Bildhauerei oder das Kunstgewerbe studiert, in mancher Hinsicht einen ähnlichen Charakter. Auch dort ist eine günstige Verteilung von Freiheit und Zwang; ungünstig aber scheint es mir, daß das Studium der Kunst hauptsächlich diejenigen Eigenschaften im Weibe entwickelt, die am meisten in seiner Natur – wie überhaupt in der des primitiven Menschen – liegen, nämlich solche, die auf dem Gefühls- und Sinnenleben beruhen, während das Studium der Wissenschaften diesen ein Gegengewicht verleiht, das stärkt und befreit. Die Möglichkeit, sich nach allen Seiten auszuleben, ist es eben, was den unvergleichlichen Reiz des Universitätslebens ausmacht. Für die Ausbildung des Körpers ist durch allerlei Sport gesorgt oder wenigstens, wenn zu anderem die Mittel fehlen, durch häufige Bewegung in freier Luft. Die Kunst, eine behagliche Häuslichkeit um sich zu schaffen, kann das studierende Mädchen, gerade wenn sie allein in der Fremde lebt, am wenigsten entbehren; denn sie lebt ja nicht, wie der Student, in der Kneipe, sondern ist auf ihren eigenen Wohnraum angewiesen, der meist beschränkt und dürftig genug ist und erst durch kleine, geheimnisvolle Mittel und ihr persönliches Walten zu einem Heim gemacht werden muß, wo sie gern lebt.

Wenn vom Sichausleben die Rede ist, denkt man gewöhnlich zunächst an die Liebe, und so muß auch davon noch ein Wort gesagt werden. Man kann im Zweifel sein, ob das studierende Mädchen bessere Gelegenheit hat, zu lieben und zu heiraten, als die anderen; denn sie kommt zwar viel mit Männern zusammen, aber unter Umständen, die den Gedanken an Liebe ferner rücken, als es bei Gesellschaften und Bällen liegt. Auch kommt es darauf nicht an: Menschen zwischen zwanzig und dreißig Jahren lieben immer, ob die Gelegenheit günstig oder ungünstig ist, und man darf annehmen, daß die Studentin, obwohl leider in der Gesellschaft vielfach noch das Vorurteil herrscht, sie sei zu ernst und zu gelehrt, als daß man sie zu Tanzfesten und dergleichen Vergnügungen einladen könne, auch in der Liebe zu ihrem Rechte kommt. Tatsache ist, daß die Mehrzahl der studierten Frauen heiratet – begreiflicherweise meistens ihre Professoren oder Kollegen –, und von denen, die mir bekannt sind, leben alle in glücklicher Ehe und haben fast alle gesunde Kinder. Es ist wahr, daß das Frauenstudium erst seit etwa dreißig Jahren in Übung ist und daß daher noch nicht Fälle genug vorliegen und die Ehen noch nicht lange genug gedauert haben, daß man zu einem sicheren Ergebnis kommen könnte.

Wenn ich von dem guten Einfluß des Universitätslebens sprach, dachte ich immer an ein ernsthaftes, im Hinblick auf einen in Zukunft auszuübenden Beruf durchgeführtes Studium; denn nur ein solches – wenn auch das bloße Lernen schon nützlich sein kann – wirkt den vollen Segen. Trotzdem läßt sich nicht so uneingeschränkt Gutes vom Berufe sagen wie vom Studium; bezeichnet uns doch der Name Philister, also der nach Verlust der studentischen Freiheit in die Enge des Berufs Eingesperrte, das Trockene, Verstaubte, Beschränkte, die Menschenmumie. Der Beruf im allgemeinen hat etwas Mechanisierendes, lähmt und unterdrückt die Persönlichkeit mehr, als daß er sie entfaltet, im besten Fall entwickelt er sie einseitig. Das beglückende Gefühl des allseitigen Weiterwachsens hört auf, und kein Bewußtsein, von innen heraus zu wirken, tritt entschädigend ein. Auch der Mann hat von jeher darunter gelitten, und neuerdings ist Berufslosigkeit vieler Männer Ideal – vermutlich solcher, die infolge von Entartung weibliche Züge haben. Denn das Weib, sei es durch seine Natur oder durch seine Geschichte, leidet ganz besonders unter der beschränkenden Einwirkung des Berufs; es hat noch unverkümmert den naiven Drang, alles, was es tut, innerlich mitzuerleben, immer mit der Seele dabeizusein. Entbehrlich ist der Beruf aber darum doch nicht; nur sehr starke Menschen bedürfen seiner Stütze nicht. Schränkt der Beruf die Persönlichkeit ein, so löst die Berufslosigkeit sie auf: fast ist das Übel noch größer. Am glücklichsten ist derjenige, dessen Beruf seine ganze Persönlichkeit in Anspruch nimmt; und solche Berufe zu ergreifen oder sich zu schaffen, danach scheinen mir die Frauen zu streben.

Einer von den wissenschaftlichen Berufen erfüllt in hohem Maße die gewünschte Bedingung: der des Arztes, zu dem die Frau, wie es scheint, besonders tüchtig ist und in dem sie sich, wie ich bestimmt weiß, glücklich fühlt. Der ärztliche Beruf verlangt Intelligenz und zum Scharfblick Geschicklichkeit und löst dadurch in erquickender Weise die Gehirntätigkeit ab, vor allen Dingen aber bringt er beständig mit Menschen in Berührung, auf deren Leib und Seele zusamt der Arzt wirken soll. Hier kommt der Frau die seelische Feinfühligkeit, die sie im allgemeinen vor dem Manne voraus hat, zustatten. Der Mensch ist das Lieblingsthema der Frau, das unerschöpfliche, wovon schon das sogenannte Klatschen zeugt; auch der Mann übt es aus, aber das der Frau verdient am ehesten den Namen Psychologietreiben, der jetzt diese Tätigkeit bezeichnet. Die Art der Ärztinnen, mit ihren Patienten umzugehen und auf sie zu wirken, wird denn auch von diesen lebhaft als wohltuend empfunden; und andererseits verschafft die Anhänglichkeit der Patienten und der an ihnen erreichte Erfolg der Ärztin die Befriedigung, die Wissenschaft allein ihr nicht geben könnte.

Ein anderer, sehr bedeutender Vorteil des ärztlichen Berufs ist der, daß die Heirat mit einem Kollegen nicht schädigend, sondern ersprießlich für ihn ist. Viele Ärztinnen haben Ärzte geheiratet und praktizieren mit Eintracht und Erfolg gemeinschaftlich. Persönlich kenne ich zwei deutsche Mädchen, die Schweizer Bezirksärzte geheiratet haben und sich mit diesen so teilen, daß für gewöhnlich der Mann die Männer, die Frau die Frauen behandelt, sie sich aber auch gegenseitig ersetzen. Beide Frauen haben gesunde, kräftige Kinder und sind durch die Geburt nur kurze Zeit an der Ausübung der Praxis verhindert worden.

Übler ist die Lehrerin gestellt, die durch Heirat ihre Stellung verliert. Überhaupt ist der Beruf des Lehrers, obwohl auch er die Persönlichkeit des Menschen in Anspruch nimmt, doch unfreier und einseitiger als der des Arztes; es ist schwerer, bei der beständigen lehrenden Einwirkung auf junge Wesen, von denen keine Gegenwirkung ausgeht, sich Frische, Empfänglichkeit und weiten Blick zu erhalten. Wo aber innerer Beruf zum Unterrichtswesen da ist, gibt auch das Lehren hohe Befriedigung, um so mehr, je reichere Ersatzquellen im Geiste fließen und vor dem Eintrocknen schützen. Ich kenne eine junge Frau, die das innigste Liebes- und Eheglück nicht über den durch die Heirat erfolgten Verlust ihres Lehramtes trösten konnte; erst die Teilnahme am Kampfe gegen den Alkohol hat ihr die frohe Genugtuung wiedergegeben, die sie vorher darin fand, junge, lebensbegierige Geister zu nähren und auszurüsten.

Frauen, die Zoologie oder Botanik studiert haben, können, wenn sie nicht Lehrerinnen werden wollen, nur als Assistentinnen an wissenschaftlichen Laboratorien Beschäftigung finden. Es gibt mehrere solche, und ich weiß von einer, die ich persönlich kenne, daß auch in einem rein wissenschaftlichen Berufe, der fast ausschließlich die Gehirntätigkeit in Anspruch nimmt, Frauen sich glücklich fühlen können. Dessenungeachtet bleibt im allgemeinen das bestehen, daß die Frauen sich dagegen sträuben, ihr Leben ausschließlich der Wissenschaft zu widmen; es geht den Männern nicht anders, nur, da sie sich ohne weiteres nehmen, was sie sonst noch brauchen, reden sie nicht viel davon, so daß es oft den Anschein hat, als wäre es ihnen nicht notwendig. Besonders die unverheiratete Frau trachtet danach, ihre Kenntnisse im Leben fruchtbar zu machen, und wenn sie es nicht als Ärztin oder Lehrerin kann, tut sie es gern auf sozialem Gebiete, wo denn auch noch viele Wirkungskreise ihrer Tatkraft und ihrer Herzenswärme harren. Eine junge Chemikerin, die als Angestellte an einer chemischen Fabrik unerträglich unter dem Gefühl litt, daß viele, vorher frische und reiche Quellen ihres Wesens versiegen zu wollen schienen, ist kürzlich Fabrikinspektorin geworden; eine Zoologin, die für sich wissenschaftlich arbeitet, wird wahrscheinlich in den Kampf gegen den Alkohol eintreten; eine Juristin meiner Bekanntschaft wird ihre Tätigkeit ganz in den Dienst des Kinderschutzes stellen, auch eine Gefängnisinspektorin soll es in Deutschland schon geben.

Nichts scheint mir schöner und natürlicher zu sein, als daß die Frau, die im berechtigten Egoismus der Jugend Raum für ihre Persönlichkeit forderte, sich auszubreiten, wenn sie herangereift ist, sie zum Wohle des Ganzen wirken läßt, entweder mittelbar durch die Familie oder unmittelbar in einem der menschlichen Gesellschaft dienenden Berufe, wenn sich nicht, was das beste ist, beides miteinander vereinigen läßt.

Erfahrungen und Forderungen proletarischer
Frauen

OTTILIE BAADER

Kindheit und erste Arbeitsjahre

Es war nicht meine Absicht, in diesen Erinnerungen auch von mir selbst, von meinem eigenen Leben zu sprechen. Aber mein Leben ist von klein auf Arbeit gewesen, und all das, wovon ich hier erzählen will, baut sich auf diesem Arbeitsleben auf und ist von dieser Grundlage aus erst recht zu verstehen. Es ist auch kein besonderes Leben; so wie ich lebte und schaffte, haben Tausende von Arbeitermädchen meiner Zeit gelebt und geschafft.
Meine Eltern lebten in Frankfurt an der Oder, wo der Vater in einer Zuckerfabrik als Zuckerscheider arbeitete. Zu dieser Arbeit waren chemische Kenntnisse nötig, die der Vater, der eine bessere Schule hatte besuchen können, sich angeeignet hatte. Seine bessere Schulbildung ist mir schon in den Kinderjahren und dann noch mehr in sehr viel späteren Jahren gut zustatten gekommen. Er hat für sich selbst nie großen Nutzen daraus gezogen und sich auch nie recht zur Geltung bringen können. Ich bin als zweites Kind meiner Eltern 1847 geboren. Nach mir kamen noch zwei Geschwister. Mir waren nur wenige sorglose Kinderjahre beschieden, und es sind liebe und freundliche Bilder, die aus jenen ersten sieben Jahren meines Lebens aufleuchten. Die Mutter war eine fleißige Frau mit einem sanften Gesicht, und wir Kinder haben kein scharfes Wort von ihr gehört. Aber sie hat manches Wort gesagt, das die vielen Jahre meines Lebens nicht aus der Erinnerung haben wegwischen können, und ich habe oft gedacht, daß ich das Beste doch von ihr gelernt habe. Mir ist, als sähe ich sie noch am Fenster unserer Stube

sitzen und nähen. Sie arbeitete auch mit, soweit es irgend ging, und nähte dann für die Zuckerfabrik Preßtücher. Manchmal kamen wir zu ihr gesprungen, hatten uns kleine, purpurrote Spinnen, die wir »Liebgotteskühe« nannten, auf die Hand gesetzt und zeigten sie ihr. Sie freute sich darüber, sagte aber dann: »Nun trag schnell das Tierchen wieder dahin, wo du es gefunden hast, sonst stirbt es.« Wir haben nie Maikäfer gefangen und in Schachteln gesperrt, und auch mein älterer Bruder hat nie ein Tier gequält. Ich weiß, daß ich einmal einen Schmetterling, einen ganz einfachen Kohlweißling, gefangen hatte, und es gefiel mir so, die Flügelchen zwischen den Fingern zu reiben. Auf einmal merkte ich, daß der zarte Schimmer von den Flügeln fort war, und ich ging ganz erstaunt zur Mutter und zeigte es ihr. »Ja«, sagte sie, »weißt du auch, was du gemacht hast? Du hast ihm weh getan, und er muß wahrscheinlich früher sterben. Das ist so, als wenn man dir die Kleider ausziehen würde und du müßtest nackt herumlaufen. Du könntest dir dann schon noch wieder andere Kleider anziehen, aber solchem armen Schmetterling wächst kein neues Kleid mehr.« Ich habe sicher keinem Schmetterling wieder den Staub von den Flügeln gestreift.

Als ich dann schon etwas älter war, hat sie und auch der Vater mir und meinem Bruder die ersten Schulkenntnisse beigebracht. Wir wohnten etwa eine Meile außerhalb der Stadt und gingen nicht regelmäßig in die Schule. Aber wir durften, wenn wir wollten, mit den anderen Kindern in die Dorfschule gehen und dort zuhören.

Großen Wert legte die Mutter auf die Gewöhnung ihrer Kinder an Ordnung. So mußten wir jeden Abend, wenn wir uns auszogen, unsere Sachen nachsehen, und wenn irgendein Schaden an Strümpfen oder Kleidern war, mußten wir es ihr bringen, damit sie es, wenn wir im Bett waren, wieder heilmachen konnte. Eines Abends hatte ich meinen Strumpf, an dem, wie ich ganz genau wußte, ein Loch war, aus Müdigkeit oder Nachlässigkeit nicht gebracht. Vielleicht hat sie dann, als ich schlief, selber nachgesehen. Ich zog am andern Morgen den Strumpf mit dem Loch wieder an und sprang vergnügt mit den andern Kindern in die Schule. Als ich aber dann nach Hause kam, sagte die Mutter: »Du hast ja ein Loch im Strumpf!« Sprachlos schaute ich sie einen Augenblick an und sagte dann rasch: »Aber das sieht man doch nicht!« – »Doch«, sagte sie, »das sieht man ganz genau, wenn jemand ein Loch im Strumpf hat!« Sie meinte, man sähe es dem Menschen an, wenn er an sich selbst und seiner Kleidung nachlässig wird.

Der Vater hatte seine Arbeit in der Zuckerfabrik aufgegeben und war nach Berlin gegangen. Hier arbeitete er bei Borsig. Er hatte die Absicht, uns nachkommen zu lassen, wenn er erst eingerichtet und eine Wohnung gefunden hatte. Drei Taler verdiente er in der Woche, davon schickte er regelmäßig zwei Taler an die Mutter, und für uns Kinder wurde immer ein Groschen mit eingesiegelt. Heute fahren die Familienväter, die auswärts arbeiten, jeden Sonnabend nach Hause. Das ging damals nicht. Mit der Post war es teuer, oder es mußte eine Gelegenheit abgewartet werden. So kam es, daß der Vater eine ganze Zeitlang nicht zu Hause war. Als er dann wiederkam, erschrak er über das Aussehen unserer Mutter und ließ den Arzt kommen. Dieser ging nach der Untersuchung mit ihm heraus und sagte, er wollte etwas verschreiben und nach zwei Tagen wiederkommen und sehen, ob noch zu helfen wäre. Aber es war zu spät, und sie starb dann sehr bald an der galoppierenden Schwindsucht. Von uns Kindern war das älteste acht und das jüngste drei Jahre alt. Aber selbst solch ein Unglück muß noch einen Gefährten haben! Es waren schlimme Wintertage und draußen war Glatteis. Mein Vater fiel und verstauchte sich die rechte Hand. So fiel mir siebenjährigem Ding gleich die ganze Arbeit zu. Das erste aber war, daß ich die tote Mutter waschen und ihr die Haube aufsetzen mußte. Die Leute kamen und lobten mich und nannten mich ein »gutes Kind«, und niemand wußte, welches Grauen in mir war vor der Unbegreiflichkeit des Todes. Der Verdienst des Vaters reichte kaum zum dürftigsten Leben. Wir wußten deshalb nicht, woher das Geld nehmen für die Beerdigung der Mutter. Da kamen als Retter in der Not die Borsigschen Arbeiter und brachten uns eine Summe Geldes, die sie unter sich gesammelt hatten.

Der Vater hat sich nicht wieder verheiratet. Während der Kinderzeit und bis in meine späteren Jahre hinein wurde bei vielen Gelegenheiten immer wieder gefragt: Was würde die Mutter dazu sagen, und was würde sie tun? Das wuchs sich fast zu einem Kultus aus, der für die freie Entwicklung sicher hemmend war.

Durch die Verhältnisse gezwungen, mußte mein Vater nun wieder in Frankfurt arbeiten.

Aber sein Verdienst reichte nie so weit, daß er hätte für den Haushalt eine ordentliche Wirtschafterin nehmen können. So waren wir Kinder uns meist selbst überlassen und wuchsen ohne mütterliche, ja ohne weibliche Fürsorge auf. Arbeiten und Sorgen haben wir aber von frühauf kennengelernt.

Ich kam erst etwa im zehnten Jahre in die Schule. Lesen, Schreiben und Rechnen hatte ich von meinem Vater gelernt. Bei der Prüfung wurde ich für die dritte Klasse reif befunden. Es war eine Mittelschule, in einem alten Kloster untergebracht, und sie galt für die damalige Zeit als eine gute Schule. Es hieß, daß die Mädchen dort vor allem zu »guten Sitten« erzogen wurden. Leise, zart und sanft sein war das Frauenideal dieser Zeit, und der Vater hatte gerade an der Mutter ihre Sanftheit geliebt und wollte, daß auch seine Töchter so wurden.

Lange bin ich nicht in die Schule gegangen. Als ich dreizehn Jahre alt wurde, zog der Vater mit uns nach Berlin, und hier war es mit meinem Schulbesuch vorbei. Ich mußte arbeiten und mußte mitverdienen. Es brauchte kein großer Familienrat abgehalten zu werden, um den richtigen Beruf zu wählen, denn groß war die Auswahl für Mädchen damals nicht.

In der Schule war ich immer gelobt worden, weil ich gut nähen und vor allem gute Knopflöcher machen konnte. Ich sollte also Wäsche nähen. Die Frau eines Sattlergesellen hatte in der Neanderstraße eine Nähstube für Oberhemden. Es wurde noch alles mit der Hand genäht. Nähmaschinen waren noch recht wenig im Gebrauch. Einen Monat lernte ich unentgeltlich, dann gab es monatlich drei Taler. Zwei Jahre später verdiente ich schon fünf Taler jeden Monat. Dabei aber blieb es dann auch einige Jahre. Um noch etwas nebenbei zu verdienen, nahm ich abends Manschetten zum Durchsteppen mit nach Hause. Durchsteppen – das hieß: mit der Hand immer über zwei Fäden. Einen Groschen gab es für das Paar. Wie oft mögen mir jungem Ding da wohl die Augen zugefallen sein, wie mag mir der Rücken geschmerzt haben! Zwölf Stunden Arbeitszeit hatte man immer schon hinter sich, von morgens acht bis abends acht, mit kurzer Mittagspause.
Freundlich ist die Erinnerung an meine erste Meisterin nicht. Ich habe nie wieder in so schamloser Weise von den intimsten Vorgängen reden hören wie von dieser Frau. Es war noch eine andere Näherin da, ein Mädchen, die in der Art zu der Frau paßte, und die beiden legten sich denn auch vor mir keinen Zwang auf. Ich habe wohl manchmal große Augen gemacht, wenn mir das alles böhmische Dörfer waren, und dann hieß es: »Na, Kleine, du brauchst ja deine Ohren nicht überall dabei zu haben!« Diese Gemeinheiten blieben aber an mir nicht haften. Nur einzelnes Unverständliches blieb mir im Gedächtnis, und nachdem ich durch das Leben schon so manches erfahren hatte, kam hier und da ganz plötzlich das Verständnis für so ein unbewußt im Gedächtnis gebliebenes Wort. So habe ich mir nicht denken können, was das hieß: Die Näherinnen gehen ja doch alle auf den Strich! Da ich selbst Näherin war, ging es mich doch wohl auch an. Zum Fragen aber war ich zu schüchtern, und so haben mir erst viel spätere Jahre auch hierfür ein grelles Licht des Verstehens angesteckt. Und auch darüber habe ich

oft nachdenken müssen, wie so ein junges Ding, wenn es empfänglich dafür ist, durch die Leichtfertigkeit solcher Frau schon frühzeitig in Grund und Boden verdorben werden kann.

WALLY ZEPLER

Welchen Wert hat die Bildung für die Arbeiterin?

Wir haben hier einen neuen Verein gegründet, der wesentlich ein *Bildungsverein* für die Arbeiterinnen sein soll. Nun ist ja bei der Gründung unseres Vereins schon von verschiedenen Seiten darauf hingewiesen worden, in welcher Weise seine Wirksamkeit gedacht ist und was wir uns in bezug auf geistige Anregung hier versprechen können; dennoch dürfte es vielleicht nicht überflüssig sein, wenn ich gerade als Einleitung zu den spezielleren Themen, die in den späteren Vorträgen hier behandelt werden sollen, heute einmal darauf eingehe, welchen Wert Wissen und Bildung im allgemeinen und welchen Wert sie insbesondere für die Arbeiterin haben können.

Vor allen Dingen liegt ja hier eine Frage eigentlich sehr nahe. Kann es überhaupt möglich sein, sich eine Art Bildung dadurch anzueignen, daß man alle paar Wochen einmal einen Vortrag hört, der bald diesem, bald jenem Wissensgebiet entnommen sein soll? Und kann vor allem für die Arbeiterin, die zudem noch von der Tätigkeit in der Fabrik oder im Hauswesen müde und abgehetzt hierher kommt, sich aus derartigen Vorträgen und Diskussionen wohl etwas anderes ergeben als bestenfalls die Kenntnis einiger zusammenhangloser Tatsachen oder ein paar armselige Wissensbrocken aus der und jener Wissenschaft?

Ja, eines allerdings müssen wir uns von vornherein hier

klarmachen: Einen Ersatz für mangelnde Schulbildung oder gar ein systematisches Eindringen in einzelne Wissenszweige – das dürfen wir hier nicht erwarten. Das dürfen wir nicht erwarten; aber das erstreben wir auch gar nicht. – Was ist denn überhaupt eine sogenannte systematische Bildung? Es ist die Kenntnis alles dessen, was in einem ganz bestimmten geistigen Gebiete gearbeitet, geleistet und gewonnen worden ist; es ist die Kenntnis der Wege und Methoden, mittels deren das Gewonnene gesammelt wurde, und endlich die Ausbildung in der Anwendung dieser Methoden.

Menschliches Wissen aber ist in allen Wissenschaften in den letzten Jahrhunderten so vorwärtsgedrungen, es hat sich so erweitert und vertieft, es hat einen solchen Schatz neuer Tatsachen aufgesammelt und infolge dieser seiner Vertiefung eine solche Fülle neuer Probleme und Fragen gezeugt, daß heut auch der genialste Menschengeist nicht mehr ausreicht, *systematisches* Wissen in allen oder auch nur in allen Hauptzweigen der Wissenschaft zu umspannen. Im vorigen Jahrhundert war es vielleicht noch möglich, von einem Geist wie Goethe zu sagen, er umfasse das Wissen seiner Zeit; aber genau wie in der Industrie infolge der Maschinentechnik schreitet die Teilung der Arbeit auch auf wissenschaftlichem Gebiete infolge der Ausbreitung des Wissens von Tag zu Tage vorwärts. [...] Und was ich Ihnen darlegen wollte, ist nur dies, daß der Träger der systematischen Bildung, der Gelehrte, der geistige Berufsarbeiter heut gerade infolge seiner Gelehrsamkeit meist nur ein sehr einseitiges, ein Fachwissen zu beherrschen imstande ist. Ein solches Fachwissen ist aber absolut nicht das, was wir unter *Bildung* verstehen, und wenn es nur zu häufig vorkommt, daß gerade der Gelehrte in allgemein menschlichen Dingen ein sehr beschränktes Urteil, in Fragen der Kunst und der Schönheit den zurückgebliebensten Geschmack oder in Fragen des öffentlichen Lebens eine starke Lauheit und Unselbständigkeit bekundet, so ist das nur der Beweis dafür, daß Bildung und zünftiges Wissen zwei himmelweit voneinander geschiedene Begriffe sind, ja daß sie sich in gewisser Hinsicht geradezu ausschließen. Wäre dem nicht so, so müßte ja die Aussicht auf einen immer weiteren Fortschritt menschlichen Wissens, wie er selbstverständlich eintreten wird, eigentlich fast etwas Furchtbares sein; denn diese Aussicht bedeutete dann für den einzelnen die immer steigende Unmöglichkeit, dem Vorwärtsdringen des Menschengeistes überhaupt noch zu folgen. Ein solches Folgen ermöglicht erst echte Bildung.

Bildung aber ist nichts weiter als eine Regsamkeit des Geistes, die uns befähigt, einen neuen Gedanken voll in uns aufzunehmen, ihn uns zu eigen zu machen; Bildung ist eine Steigerung des Empfindungslebens, die es bewirkt, daß die eigene Seele jedes große und wahre Gefühl mitschwingend begleitet; Bildung ist die Erweckung des Schönheitssinnes, die den reinsten Genuß im Anblick eines Kunstwerkes, einer edlen Form, eines schönen Naturgemäldes schafft.

[...]

Nur der Gebildete ist im besten Sinne des Wortes ein Kind seiner Zeit; nur er *begreift* seine Zeit, d. h., nur er versteht ihren Geist, versteht den inneren Zusammenhang alles dessen, was sich in einer bestimmten Geschichtsepoche durchringen und Bahn brechen will, sei es im politischen und wirtschaftlichen oder im wissenschaftlichen und künstlerischen Leben; nur der Gebildete also ist im eigentlichen Sinne ein »moderner« Mensch.

Auch kennzeichnet den Gebildeten noch etwas anderes: die Fähigkeit *selbständiger geistiger Kritik*. Um zu begreifen, was echt und was unecht, was ein Überbleibsel alten Denkens ist und was den Keim der Entfaltung, des Werdenden in sich trägt, um in den tausend kleinen Zügen des Lebens, das wir selber leben, und des Lebens, das uns umgibt, die festen allgemeinen Gesetze zu erkennen, dazu bedarf es vor allem der Fähigkeit, nachzudenken, sich selber Fragen vorzulegen, die Wahrheit dessen, was wir in der Jugend gelernt haben und was wir im alltäglichen Kreise des Lebens hören, nachprüfend zu beurteilen.

Viele unter Ihnen kennen gewiß *Nora*, das berühmte Drama des größten jetzt lebenden Dichters Ibsen. Als Nora erkannt hat, daß in ihrer Ehe, daß überhaupt in der menschlichen Gesellschaft nicht alles so ist, wie sie bis dahin glaubte, daß nicht überall Wahrheit und Gerechtigkeit herrschen, und sie das Haus ihres Mannes verlassen will, da mahnt er sie an das, was er ihre Pflichten nennt, mit den Worten: »In erster Reihe bist du Gattin und Mutter«, und sie antwortet ihm darauf: »Das glaube ich nicht mehr. Ich glaube, daß ich vor allen Dingen Mensch bin, ich so gut wie du, oder vielmehr, ich will versuchen, es zu werden. Ich weiß wohl, daß die meisten Menschen dir recht geben werden und daß dergleichen in den Büchern steht, aber ich kann mich nicht länger mit dem begnügen, was die Mehrzahl der Menschen sagt und was in den Büchern steht. Ich muß selbst über die Dinge nachsinnen und versuchen, mir über dieselben klarzuwerden.« Und als er ihr an einer späteren Stelle sagt: »Du sprichst wie ein Kind; du verstehst die Gesellschaft nicht, in der du lebst«, erwidert Nora: »Nein, ich verstehe sie nicht; aber jetzt will ich mich mit ihr bekannt machen. Ich muß herausfinden, wer recht hat, die Gesellschaft oder ich.« – Diese Ibsenschen Worte sind so recht typisch für das, was den wirklich gebildeten, modernen Geist von dem stumpf dahinlebenden Alltagsmenschen unterscheidet, mag dieser Alltagsmensch nun eine sogenannte »höhere Schulbildung« genossen haben oder nicht. Denn diese höhere Schulbildung hat ja auch Nora empfangen; sie ist ja das, was die Gesellschaft eine »gebildete« Frau nennt; aber in ihr selbst ringt sich, in diesem Falle durch ein schweres persönliches Geschick angeregt, der Zweifel durch: Begreife ich denn überhaupt, was um mich herum vorgeht? Stehe ich nicht wie der Blinde vor einer farbensatten Landschaft, stehe ich nicht verständnislos und stumm vor dem wirklichen Leben? Und Nora verläßt ihr Heim, um in Einsamkeit und Arbeit das zu

erkämpfen, was ihr fehlt, um aus einer niedlichen Puppe ein Mensch zu werden, ein denkender, begreifender, gebildeter Geist, eine volle und ausgereifte Persönlichkeit.
Und hier komme ich denn auf unsere ursprüngliche Frage zurück. Ist es möglich, daß sich auch die Arbeiterin, der das Leben so wenig Zeit und Frische für eigenes Streben übrigläßt, eine wirkliche Bildung aneignet, und kann ein Verein wie der unserige überhaupt etwas und etwas Wesentliches dazu beitragen, sie diesem Ziele näherzuführen?
Beide Fragen möchte ich entschieden mit einem *Ja* beantworten. Denn was ich Ihnen als den Begriff echter Bildung geschildert habe, das läßt sich wohl auf zwei Wegen erreichen – oder doch zum mindesten erstreben. Den wenigen Bevorzugten in unserer Gesellschaft, die nicht gezwungen sind, für des Lebens Notdurft vom Morgen bis zum späten Abend als Lasttiere zu fronden, ihnen ist ja der einfache Weg des eigenen Studiums geöffnet. Unter all den mächtigen Kulturerrungenschaften, die unsere Zeit vor früheren Jahrhunderten voraus hat, besteht vielleicht eine der allerbedeutsamsten in der weiten Verbreitung und relativen Billigkeit der Bücher, die es vielen ermöglicht, das Beste, was gedacht und geschrieben worden ist, aus eigener Anschauung kennenzulernen. Aber selbst davon abgesehen, daß dieser Bildungsgang für den einzelnen oft genug mühevoll und langwierig ist, steht er auch, wie gesagt, nicht vielen offen. Wir gedenken hier einen anderen Weg einzuschlagen, der, wenn er auch nicht gleich zum Ziele führt, doch sehr wohl die Richtung weisen kann für den, der vorwärtsschreiten will und auf dem sich mindestens für den Suchenden Keime der Anregung und Befruchtung in Fülle werden finden lassen.
Das heißt: Wir wollen aus verschiedenen Zweigen der Wissenschaft und Kunst, aus Literatur, Geschichte, Volkswirtschaft und Medizin eine Reihe von Vorträgen bieten, die in leichtfaßlicher Weise einen allgemeinen Überblick über das geben, was für die Entwickelung *moderner* Anschauungen von hervorragender Wichtigkeit geworden ist, und anderer-

seits über das, was dem Interesse der arbeitenden Frau besonders nahe liegt. Nur muß man, um solche Vorträge zweckvoll zu gestalten, dabei unbedingt auf einer bestimmten Forderung bestehen; es ist die, daß der Vortragende selbst stets ein moderner und vorurteilsloser Mensch sei. Denn die Gefahr des Lernens nach der Auffassung und Anleitung anderer liegt darin, daß nicht immer das Glas, durch das uns der Lehrende die Welt betrachten läßt, ein klares und farbloses ist und daß es uns deshalb auch von vornherein kein reines Bild der Welt entwirft, sondern ein trübes und gefärbtes. Weiß man aber, daß der Vortragende selber die Welt mit hellen Augen betrachtet, daß er von wahrhaft modernem Geiste erfüllt ist, so entlastet er den Hörer von einem großen Teil der Arbeit, den das eigene Studium bietet; er sichtet für ihn das Material und gibt ihm gleichsam in einem Extrakt das, was er selbst besitzt, was Welt und Bücher ihn lehrten.

[...]

Man hat zuweilen wohl gegenüber Bildungsvereinen der Arbeiter und Arbeiterinnen den Einwand erhoben, daß sie das Interesse von dem abzulenken geeignet seien, was für den modernen Proletarier das unbedingt Wichtigste und Wertvollste ist: von dem rein wirtschaftlichen Kampfe, von der Verfolgung seiner Klasseninteressen. Aber ganz im Gegensatz dazu behaupte ich, gerade auch der wirtschaftliche Kampf, die wirtschaftlichen Interessen des Proletariats werden von demjenigen am besten ausgefochten und am wirksamsten vertreten werden, der aus der Geschichte der Menschheit, aus der Verfolgung ihrer vielhundertjährigen Kämpfe, aus der Kenntnis ihres wirtschaftlichen Aufsteigens von den ersten Anfängen der Kultur bis zu der hohen Differenzierung des sozialen Lebens, in der wir heute stehen, der, sage ich, aus alledem das Material zu schöpfen weiß, um den heutigen Standpunkt des Proletariats zu begründen und zu beurteilen. Denn die theoretische Grundlage der heutigen sozialen Anschauungen ist erst geschaffen worden durch die gelehrte Forschung über die ursprünglichen Menschheitszustände, über die Wirtschaftsverhältnisse des Altertums und der Sklaverei als deren eigentlicher Basis, über das Mittelalter mit seiner Zunft- und Feudalordnung und endlich über die Neuzeit mit ihrer vollentfalteten Maschinentechnik und mächtigen Warenproduktion.

Ein Gebiet fernerhin, dem Sie gewiß alle das lebhafteste Interesse entgegenbringen, ist das Ringen der Frau nach geistiger und ökonomischer Selbständigkeit, das, wie Sie wissen, in unserem Jahrhundert auch alle bürgerlichen Kreise durchdringt und überall die ernstesten Meinungskämpfe und Konflikte wachgerufen hat. Wer aber soll beurteilen, wie weit der Kampf der Frau um Teilnahme an allen geistigen Gütern, um gleiche wirtschaftliche und politische Rechte überhaupt ein erstrebenswertes und klares Ziel verfolgt, wie weit er geschichtlich notwendig und darum aussichtsreich ist, der nicht die Geschichte des weiblichen Geschlechts in ihren Zusammenhängen erfaßt hat, der nicht weiß, wie weit die Gegensätze in der Stellung von Mann und Weib in der Natur des Geschlechtsunterschiedes selbst begründet und wie weit sie nur geschichtlich geworden sind, der nicht die geistige Entwickelung der Frau aus ihrer wirtschaftlichen heraus begreifen lernte, mit einem Wort, der nicht den eigentlichen Ursprung, die Quellen der Frauenbewegung kennt?

Alles, was ich Ihnen bisher nannte, liegt auf dem Gebiet der Wissenschaft. Ein weiteres reiches und fruchtbares Feld geistigen Lebens steht unserer Tätigkeit aber noch ferner offen: Literatur und Kunst. Es gibt vielleicht außer den Momenten des höchsten persönlichen Glückes, die ja dem einzelnen immer nur kärglich zugemessen sind, keine erhabenere, stärkere und reinere menschliche Empfindung als die tiefste seelische Versenkung, das völlige Aufgehen des eigenen Ichs in den Schöpfungen eines großen Künstlers. *Aber auch zu den Pforten der Kunst hat nur echte Bildung den Schlüssel.* Nur wer in und mit seiner Zeit lebt, wer ihren

Pulsschlag fühlt, wer ihre Gedanken denkt, begreift und fühlt auch ihre Kunst. Denn der große Künstler ist *immer* modern, weil im tiefsten Grunde die Seele des Künstlers sich von der des gewöhnlichen Sterblichen nur dadurch unterscheidet, daß sie ein unendlich feiner gebautes Instrument ist, in dem sich darum, was die Zeit bewegt, reiner und zarter zum Klange gestaltet. Das heißt also, es ist nicht etwa der Dichter und Künstler, der in seine Zeit neue Gedanken hineinträgt, der sie Neues lehrt, sondern umgekehrt: die Zeit und ihre Ideen vibrieren in der Seele des Künstlers und ringen durch ihn zum Ausdruck. Darum lebte stets im Dichter das Denken der Welt, die ihn umgab. Im Mittelalter, in der Periode des Glaubensfanatismus und andrerseits des Ritter- und Minnespiels ist auch der Sänger ein schwärmerischer Verkünder der Religion oder der Barde, der mit seiner Leier den Helden begleitet. Unsere klassische Dichtung, allen voran Schiller in seinen Jugenddramen, die in die Epoche der politischen Erhebung des Bürgertums fallen, hat dem *damals* revolutionären Geist dieses Bürgertums zu mächtigem Ausdruck verholfen. Die Zeit romantischer Versenkung in Traum- und Märchenwelten fand ihre Dichter, und heute ist das größte lyrische Talent, das wir besitzen, die geniale italienische Dichterin Ada Negri, die begeisterte Sängerin, die Prophetin des Proletariats.

»Von ihrer Zeit verstoßen, flüchte die ernste Wahrheit zum Gedichte«, singt einmal Schiller in seinen *Künstlern* und »Fern dämmre schon in Eurem Spiegel das kommende Jahrhundert auf.« Ja, darin eben ruht die erweckende Kraft der Kunst; darin ruht ihre führende, begeisternde und siegende Gewalt. Sie zeigt uns gleichsam vollendet, was wir erst erstreben; von den Qualen und Wunden des Kampfes erlöst, sehen wir das ersehnte Ziel in ihr schon erreicht.

> Aber sinkt des Mutes kühner Flügel,
> Bei der Schranken peinlichem Gefühl,
> Dann erblicket von der Schönheit Hügel,
> Freudig das erflogne Ziel.

Und hierin liegt auch, was das Streben nach Geisteskultur und Kunstempfinden gerade für den Proletarier und die Proletarierin heute notwendiger und wertvoller erscheinen läßt als für alle andern Klassen.

Wir leben in einem sozialen Zeitalter. Das Gefühl für die sozialen Unterschiede tritt stärker als jemals früher hervor. Die Qual materiellen Elends, des Hungers und der Not hat sich durch die Steigerung der Gegensätze im modernen Leben zehnfach verschärft. Aber mit dem Streben der Arbeiterklasse nach größerer Teilnahme an den materiellen Genüssen des Daseins, nach sorgloserer Existenz erwacht allmählich ein weiteres und höheres Streben: das Streben nach Teilnahme an den Kulturgütern der Menschheit, der Durst nach Wissen, das Sehnen nach Schönheit, nach Freude, das Sehnen nach Kunst. Durch Kunst und Schönheit kann auch heute schon der Proletarier sich aus der Not des Alltags in freiere und höhere Regionen aufschwingen; dort findet er die Vollendung seines Ideals; dort ist er nicht mehr der ewig abseits Stehende, der Kämpfende und Ringende; dort ist er ein freier Mensch und genießt als solcher das höchste geistige Glück: die Betrachtung des Lebens und des Menschengeistes, losgelöst von allen Fesseln des persönlichen Geschicks.

Sie alle aber wissen, welch schwere Bürde das Leben oft gerade der Arbeiterin zu tragen gibt, eine meist sehr viel schwerere als selbst ihren männlichen Klassengenossen. Wenn der Arbeiter nach mühevollem Tagwerk nach Hause kommt, so ist er doch wenigstens frei und kann in politischer Betätigung und im Gespräch mit Freunden wohl eine Stunde geistiger Erhebung finden. Die Frau dagegen verharrt ja noch viel mehr in der Qual des ewig gleichen Werkeltags. Für sie gibt es meist keine bestimmte Arbeitszeit; für sie beginnt oft genug die häusliche Beschäftigung erst am Abend, wenn sie tagsüber in der Fabrik gestanden hat. Die proletarische Frau versinkt buchstäblich in der öden Alltäglichkeit des materiellen Daseins, das ihr keinerlei

Abwechslung gewährt, das ihr das Morgen immer gleich dem Heute erscheinen läßt. Für sie ist darum doppelt und dreifach wertvoll, was sie dieser erdrückenden Gleichförmigkeit, diesem tötenden Einerlei entrückt; für sie ist jede Stunde wertvoll, die ihrer Seele einen Flug ins Weite gönnt, die ihren Geist abzieht von den kleinlichen Fragen des Haushalts, von den Sorgen um Nahrung und Kleidung, von all den tausend Kümmernissen des Lebens, die ihr das Leben selbst bedeuten und die doch, wenn niemals anderes sie ablöst, jeden Reichtum und jede Glut der Seele schließlich langsam zerreiben und ersticken müssen. Darum sollte die Arbeiterin mehr als jeder andere, ja mehr selbst als der männliche Proletarier eine Erhebung ihres Geistes in dem Streben nach Bildung suchen; für sie sollte Wissenschaft und Kunst der Talisman sein, der sie vor der Verkümmerung bewahrt, der ihrer Seele neuen Aufschwung, neue Begeisterung, neuen Inhalt gibt.

Und hier lassen Sie mich noch einen anderen Punkt berühren. Es ist zwar eine etwas überwundene Anschauung, aber eine Anschauung, die man dennoch oft genug vertreten hört: Die Frau kümmere sich nicht um öffentliche Angelegenheiten; sie kümmere sich nicht um Wissen und Wissenschaft. Sie tue ihre Pflicht, diene ihrem Mann und erziehe ihre Kinder; dann hat sie das Beste geleistet, wozu sie im Leben überhaupt berufen ist. Solche Einwände hat der bürgerliche Mann der bürgerlichen Frau gegenüber erhoben, die aus der Enge des Familienbaues herausstrebte, und es erhebt sie häufig genug jetzt wieder gegenüber seiner eigenen Frau der Arbeiter, der selbst zwar schon fortgeschritten ist, aber mit männlichem Herrschaftsinstinkt das Weib dennoch gern in dem beschränktesten Pflichtenkreise erhalten möchte. Und naturgemäß läßt sich gar manche Frau, die eigener Wissensdurst vielleicht hinaustriebe, durch solche unberechtigten und veralteten Vorurteile im Hause zurückhalten und unterdrückt lieber ihr stilles Sehnen, um Mann und Kindern eine gute Frau und Mutter zu bleiben. Aber es geht hier eben, wie es gewöhnlich zu gehen pflegt, wenn man solche Vorurteile zum Richter über sich selbst einsetzt, man untergräbt das Beste in seiner Persönlichkeit und leistet doch denen dabei recht schlechte Dienste, um derenwillen man sich bezwungen hat.

Der Mann, der seiner Frau Beschränkung auf das Haus auferlegt, vermeint ja gewiß sich und seiner Familie einen guten Dienst zu leisten. Er weiß aber nicht, daß er damit sich selbst und seine Kinder um das Beste betrügt, was er besitzen könnte, sich selbst um eine Gattin, die ihm zugleich teilnehmende und verständnisvolle Freundin ist, seine Kinder um eine Mutter, die nicht nur ihren Körper pflegt, sondern auch Geist und Seele in ihnen entwickelt. Eine Ehe kann zum tiefsten Verhältnis zweier Menschen nur werden, wenn die Freundschaft zusammenhält, was die Liebe verknüpft hat, wenn nicht nur gemeinsames Lebensgeschick, wenn gemeinsames Denken und Empfinden Mann und Weib unlöslich aneinanderkettet. Denn die Gattenliebe, die nur auf Sinnlichkeit beruht, hat ihrem Wesen nach die Tendenz, sich mit der Zeit abzuschwächen und zu erkalten; seelisches und geistiges Verständnis aber vertieft sich gerade, je länger zwei Menschen miteinander leben. Der Mann, der abends in seinem Heim nicht nur die Sorgsamkeit der Hausfrau, sondern auch Anregung, Teilnahme und Unterhaltung findet, der wird gewiß doppelt so gern im Hause weilen. Aber eine höhere Pflicht noch gebietet dringend der Frau, die Mutter ist, alles aufzunehmen, was ihr geistiges Verständnis, Kunstsinn und Schönheitsempfindung bringen kann. Ein Kind erziehen ist wahrlich schwerer, als die meisten glauben, die da meinen, schon genug getan zu haben, wenn sie es körperlich pflegen und ihm allenfalls ganz äußerlich ein paar Unarten abgewöhnen. Ein Kind erziehen in einem höheren Sinne, das heißt: Es zu einem Menschen bilden, zu einem denkenden und empfindenden Wesen, ihm die Richtung seines Lebens weisen, ihm Ideale geben, die ihm für immer zur Richtschnur dienen mögen.

III. Mädchenerziehung und Frauenbildung

Um aber das zu können, dazu muß man vor allem selbst ein Mensch sein, der Ideale in seiner Brust trägt, der nicht nur stumpf und dumpf dahinlebt, sondern Anteil nimmt an allem, was draußen vorgeht, was die Welt bewegt, ein Mensch, der selber urteilt und denkt, an den das Kind nicht umsonst die tausend Fragen richtet, die in dem kindlichen Kopfe nach Beantwortung drängen. Und zu einer guten und harmonischen Erziehung gehört sogar noch ein Zweites. Es gehört dazu eine gewisse technische Kenntnis der Erziehungsmethoden, die durchaus nicht so ohne weiteres jeder aus der Tasche schüttelt, sondern die eine Kunst ist wie jede andere, eine Kunst, über die man auch etwas nachgedacht, von der man etwas gelernt haben muß. Es geht hier gerade wie mit der Körperpflege des Kindes. Selbst der beste Wille, die strengste Pflichterfüllung können nicht zu einem guten Ziele führen, wenn sie nicht mit Wissen und Vernunft gepaart sind, wenn man sich nicht im klaren ist, was für das Gedeihen des Kindes – körperliches und geistiges – hindernd oder fördernd sein mag. Hier wie überall gilt es nicht nur das Ziel, sondern auch den rechten Weg dazu.

Auch darin wird unser Verein uns hoffentlich einige Anregung bieten. Vorträge über Kindererziehung und Diskussionen darüber, andererseits Darlegungen von medizinischer Seite über die Pflege des Kindes, wie überhaupt über die besten Methoden, auch heute schon – selbst in den bescheidenen Verhältnissen eines Arbeiterheims – die Forderungen der Hygiene und Gesundheitslehre zu verwirklichen, die die moderne Wissenschaft aufstellt – sie können Ihre Aufmerksamkeit auf viele Fragen richten, die von sehr realem Wert für das Leben der Arbeiterin sind.

Wir haben, wie Sie sehen, ein sehr, sehr weites fruchtbares Feld der Arbeit und Tätigkeit vor uns. Gewiß ist es nicht möglich, daß jede einzelne von Ihnen sozusagen im ersten Ansturm, durch ein rein passives Hören schon vollkommen all das erringe, was ich Ihnen gleichsam als das Ideal einer echten Bildung geschildert habe. Aber unser Zweck ist schon erfüllt, wenn nur so manche hier einen Quell geistiger Erfrischung findet und wenn die eine oder andere eine innerliche Anregung mit nach Hause nimmt, die schon in sich den Keim der Weiterentfaltung birgt. Diesen Keim *muß* jede geistige Anregung in sich tragen; denn wer einmal begonnen hat, zu denken und zu fragen, wer einmal begonnen hat, dem Leben und seinen Problemen nachzuspüren, und wer einmal gekostet hat von dem Becher der Schönheit und der Kunst, den drängt es bald selbst von neuem dahin zurück, und er wird gern so manche Mußestunde, die sonst vielleicht einem gröberen Genuß gewidmet war, dem feineren Reiz einer geistigen Beschäftigung weihen. Gewiß, es liegen für die Arbeiterin sehr, sehr starke Hemmnisse auf dem Wege zur Bildung und Geisteskultur. Mangel an Zeit und Mitteln, Mangel an der formalen Vorbildung der höheren Schule und oft genug auch Mangel an Anregung seitens ihrer Umgebung verzögern ihr Vorwärtsdringen, hindern sie auf jedem Schritte. Aber dafür wird auch jede einzelne, der es trotz alledem gelingt, sich zu wahrhafter Bildung durchzuringen, die tiefe innere Befriedigung genießen, die alles durch eigene Arbeit schwer Erkämpfte in sich birgt, und nicht nur ihr selbst mag das Errungene dienen, es wird ihr auch das Rüstzeug liefern zu dem heiligsten und größten Kampf, zum Kampf ihrer Klassengenossen für ihre soziale und geistige Befreiung.

LILY BRAUN

Fortbildungsschulen

Wir haben gesehen, daß die niedrige Entlohnung der Frauenarbeit meist auf ihre geringere qualitative oder quantitative Leistungsfähigkeit zurückzuführen ist. Es läge demnach sowohl im Interesse der Frauen als in dem der Männer, denen sie Schmutzkonkurrenz machen, ihre Leistungen zu erhöhen, d. h. ihnen eine der männlichen gleichwertige Ausbildung zuteil werden zu lassen. Der Besuch der *Fortbildungsschulen*, zu dem nach der deutschen Gewerbeordnung die Kommunalbehörden lediglich die männlichen Arbeiter verpflichten können und der von Reichswegen nur für männliche und weibliche Handelsgehilfen vorgeschrieben ist, müßte demnach für alle der Volksschule entwachsenen Mädchen obligatorisch werden und sich bis zum sechzehnten Jahr erstrecken. Die Voraussetzung wäre, daß sämtliche Fortbildungs- und Fachschulen, die gegenwärtig häufig wohltätigen Vereinen ihre Existenz verdanken und eine gründliche Ausbildung nicht zu geben vermögen, von den Gemeinden oder dem Staat eingerichtet und geleitet würden, wie es in Österreich z. B. vielfach geschehen ist, vor allem aber, daß sie, wo es sich nicht um spezifisch weibliche oder männliche Arbeiten handelt, die gemeinsame Erziehung der Geschlechter grundsätzlich durchzuführen hätten. Erst dadurch würden die Kräfte der männlichen und weiblichen Schüler sich aneinander messen können und die notwendige Differenzierung sich ebenso verbreiten wie der Wettbewerb auf gleichen Arbeitsgebieten.

CLARA ZETKIN

Die Schulfrage

Rede auf der 3. Frauenkonferenz in Bremen
18. September 1904

Die Frage der Volksschule ist also ein wichtiger Punkt, an dem unsere Agitation unter dem weiblichen Proletariat einsetzen kann. Hier können wir, gestützt auf Tatsachen, dem weiblichen Proletariat die Verbrechen der kapitalistischen Ordnung vor Augen führen. Es handelt sich dabei nicht nur um Sünden, die im kapitalistischen System liegen, nein, auch um besondere Tat- und Unterlassungssünden, durch welche die bürgerliche Gesellschaft die Grundübel noch verschärft und verschlimmert. Gerade die Schulfrage eignet sich ausgezeichnet dazu, die ganze kulturelle Überlegenheit der sozialistischen Weltanschauung, der sozialistischen Aktion nachzuweisen, jedem klarzumachen, daß das Weltproletariat die Bühne der Geschichte betreten hat, nicht nur um die Magenfrage, vielmehr um die Kulturfrage in ihrem tiefsten Kern zugunsten der Allgemeinheit zu lösen. (Lebhafter Beifall.)
[...]
An die Spitze unserer Reformforderungen zugunsten der Volksschule stellen wir die Forderung nach Einheitlichkeit und Unentgeltlichkeit des Schulwesens vom Kindergarten bis zur Hochschule. Grundlage muß die obligatorische einheitliche Elementarschule sein, die alle Kinder ohne Unterschied der Klasse und des Geldbeutels der Eltern besuchen müssen. Dort sollen die Kinder eine so tüchtige geistige Entwicklung nehmen, so reich mit Wissen, mit allgemeiner Bildung ausgestattet werden, daß sie zur Zeit der Berufswahl wohlausgerüstet ins Leben treten und zu ihrer Weiterbildung nur noch die allgemeine Fortbildungsschule zu besu-

chen brauchen, die obligatorisch für alle ist – ohne Unterschied des Geschlechts –, welche nicht zu ihrer Ausbildung in die Mittelschulen übertreten. An die einheitliche Elementarschule gliedert sich die Mittelschule an, welche für den Besuch der höheren und höchsten Schulanstalten vorbereitet, in welche die Schüler und Schülerinnen nach Begabung und Neigung eintreten können. In pädagogische Streitfragen über die Altersgrenze für Elementar- und Mittelschule usw. will ich nicht eintreten. Je nach der Natur der Berufsbildung, welche die Mittelschulen vorbereiten sollen, wird die Art und Verteilung des Unterrichtsstoffes mitbestimmt, liegt das Schwergewicht auf technischen, wissenschaftlichen oder künstlerischen Fächern. Natürlich müssen alle diese Bildungsanstalten unentgeltlich sein. Wenn jedes Kind sich nur in der Volksschule elementare Bildung holen kann, gewinnen auch die herrschenden Klassen Interesse an der allseitigen Hebung der Volksschule; sie gewinnen ein Interesse daran, einzutreten für höhere Aufwendungen zu ihrer Ausgestaltung, für Einführung besserer Unterrichtsmethoden, gegen die Verfälschung des Wissensstoffes usw. Erst wenn das Kind des arbeitenden Mannes neben dem des reichen Fabrikanten in der Einheitsschule sitzt, wenn die Bourgeoisie ihr Fleisch und Blut in diese schicken muß, wird sie für Reform der mangelhaften, zum Teil grob verfälschten Volksbildung zu haben sein. Allzuviel verspreche ich mir übrigens auch von der Einheitsschule nicht. Solange die jetzige Wirtschaftsordnung bestehen bleibt, können die Reichen für ihre Kinder den Elementarunterricht durch Privatunterricht ergänzen lassen. Damit will ich nur vor der Überschätzung der Einheitsschule warnen, wie sie bei bürgerlichen Sozialreformern und Pädagogen vielfach gang und gäbe ist.

Die Unentgeltlichkeit des Unterrichts soll, wie die Gegner sagen, ein Eingriff in die heiligsten Elternrechte sein, die sittlichen Grundlagen des Familienlebens zerstören. Nichts davon; sie ist eine materielle Notwendigkeit, sie ist eine

kulturelle Notwendigkeit, sie ist eine primitive sittliche Pflicht der Gesellschaft, die auf dem robusten Unterbau der Leistungen der werktätigen Bevölkerung ruht. Damit erst wird den Kindern des Volkes die Möglichkeit zur Aneignung, zum Genuß, zur Vermehrung der höheren Kulturgüter gegeben. Der begabte Sohn des Volkes, den glühender Bildungsdrang vorwärtstreibt auf dem steilen Pfad zum Bildungsparadies, vor das die besitzenden Klassen den Cherub mit flammendem Schwert gestellt haben, soll nicht auf dem so dornigen und steinigen Weg der Gnade, des Stipendienwesens aufsteigen müssen. Denn die Stipendien werden nur einer kleinen Zahl und nicht immer den Begabtesten und Würdigsten zuteil. Denn das Almosennehmen tötet Fähigkeiten, begünstigt äußeren Drill, verdirbt den Charakter, schafft feile Knechte, Sklavengeister statt freier Denker. In letztem Grunde dient es dem Zweck, gehorsame geistige Schildknappen der bürgerlichen Gesellschaft heranzubilden. (»Sehr wahr!«) In Frankreich, Nordamerika, der Schweiz, in Preußen und vielen süddeutschen Städten ist wenigstens der Volksschulunterricht bereits unentgeltlich.
Ebenso unentgeltlich wie der Unterricht müssen die Lehr- und Lernmittel sein. Nicht auf dem Gnadenwege, auf besonderes Nachsuchen, aus spärlichen Fonds sollen die Mittel gewährt werden, sondern jeder Schüler soll sie von Rechts wegen erhalten, wie der Soldat das Gewehr und die Uniform erhält. Zur Unentgeltlichkeit der Lehrmittel muß die Schulspeisung treten, die Pflicht der Gesellschaft, aus öffentlichen Mitteln für den Unterhalt der Zöglinge ihrer Schul- und Bildungsanstalten zu sorgen. Sonst ist es den Kindern des Volkes unmöglich, die erschlossenen Bildungsmittel völlig auszunützen. Die proletarische Familie ist in der Mehrzahl der Fälle außerstande, die Kinder bis zum 20. oder 24. Lebensjahre zu unterhalten. Hinaus zur Erwerbsarbeit, heißt es für viele kleine Proletarier noch vor dem Ende des heutigen Volksschulunterrichts. In Großstädten des Auslandes, wie London, Stockholm, Amsterdam, und

sodann auch in Frankreich und den Vereinigten Staaten, in vielen Gemeinden des Kantons Zürich und selbst in Deutschland, in Braunschweig und Fürth, erhalten die Volksschüler unentgeltlich die Lernmittel. Seltener gibt man den Kindern zum Brot des Geistes auch das Brot des Leibes. Ansätze dazu sind die Schulkantinen, die nicht mit den Mitteln des Klingelbeutels, nicht aus mildtätigen Stiftungen oder von Wohltätigkeitsvereinen erhalten werden, sondern aus öffentlichen Mitteln.

Eine andere grundlegende Forderung unsererseits ist die der vollen Weltlichkeit der Schule. Hinaus mit der Religion aus der Schule! (»Bravo!«) Sie hat in der Schule nichts zu suchen, nichts aus ethischen, nichts aus pädagogischen Gründen. Der Religionsunterricht trägt vor allem das Brandmal der Aufgabe, den Interessen der herrschenden Klassen zu dienen. Er soll nicht das religiöse Empfinden fördern, er soll die wirtschaftliche und soziale Sklaverei der arbeitenden Klassen aufrechterhalten. (»Sehr richtig!«) Er dient nicht der Pflege religiösen Empfindens, sondern dem mechanischen Einbleuen von Dogmenformeln, die im schreiendsten Widerspruch zu den Ergebnissen der Wissenschaft und zur Wirklichkeit stehen. Damit ist er unsittlich. Der Religionsunterricht in der Volksschule ist nicht in erster Linie ethisch, sondern dogmatisch, er vergiftet die Volksschule. (»Sehr richtig!«) Ein Unterricht, der, statt den Kindern die Wahrheit zu zeigen und sie auf den Weg wissenschaftlicher Erkenntnis und Forschung zu weisen, ihnen toten Formelkram einbleut, der in längst vergangenen Zeiten geschmiedet worden ist als Kette für den Geist, ist als unsittlich gebrandmarkt. Zudem steht der Religionsunterricht in der Volksschule im Banne der engherzigsten Konfessionalität und erzieht nicht zur Achtung, zur Duldsamkeit gegenüber anderen Überzeugungen, sondern reizt dazu an, in jedem Andersgläubigen den Ketzer, sei er ein Gescheitelter oder Geschorener, zu sehen und zu verachten. Auch vom pädagogischen Standpunkt aus verlangen wir Beseitigung des Religionsunterrichts aus der Volksschule. Kein anderer Gegenstand wird so sehr im Widerspruch mit den elementarsten Forderungen der Pädagogik unterrichtet. Der Religionsunterricht fördert das Denken nicht und regt es nicht an, sondern er tötet es, weil anstelle des Suchens und Forschens der Glaube an das Wort gesetzt wird, weil das Gedächtnis mit totem Ballast beschwert und die Lust am Lernen dadurch verkümmert, das Gedächtnis auf Kosten des Denkens entwickelt wird. Die Regulative für die preußische Volksschule verlangten 180 Bibelsprüche. Man hat sich jetzt dahin geeinigt, »nur« 110 Sprüche aus dem Neuen, 20 bis 40 Sprüche aus dem Alten Testament und 20 Gesangbuchlieder lernen zu lassen. [...]

Ethischer Unterricht ist auch ohne Verquickung mit dem Religionsunterricht möglich. Geschichte und Erfahrung beweisen, daß Religion und Ethik verbunden sein können, aber nicht untrennbar miteinander verbunden sind. Wir haben viel Religion zusammen mit wenig Ethik gehabt und haben das auch heute herzlich oft. Der Moralunterricht muß durch den Unterricht in Gesetzeskunde und Bürgerkunde ergänzt werden. Der Religionsunterricht soll Privatangelegenheit jedes Elternpaares bleiben. Die Gesellschaft ist nur verpflichtet, die Kinder tüchtig zu machen in dem, was sie für das diesseitige Leben gebrauchen. Für das Jenseits zu sorgen soll Privatsache der Eltern sein. [...]

Neben der Weltlichkeit der Schule fordern wir eine vollständige, gründliche Reform des Unterrichts in allen Fächern, vor allem in der Geschichte, im Deutschen, in der Naturwissenschaft. Diese Fächer müssen die gebührende Bedeutung im Unterrichtsplan gewinnen, sie müssen nach den besten Methoden unterrichtet werden, sie müssen in Übereinstimmung mit der wissenschaftlichen Forschung Kenntnisse vermitteln, die geistige Entwicklung fördern. Der Geschichtsunterricht muß vom Bann des Mordspatriotismus erlöst werden, der naturwissenschaftliche Unterricht vom Joche der biblischen Legenden, des kirchlichen Dogmas. Der

erstere soll in das soziale, der letztere in das natürliche Leben einführen, auch in das des Menschen.
Eine andere grundlegende Forderung ist die Einführung des Arbeitsunterrichts in den Schulplan. Das ist bedeutsam, weil wir uns mit äußerster Energie gegen die ausgebeutete Kinderarbeit auflehnen. Wir sind überzeugt, daß die freie Arbeit von hohem sittlichem und pädagogischem Wert ist. Wir wollen die verhängnisvolle Spaltung zwischen Ausbeutern und Ausgebeuteten aufheben; wir wollen die Gesellschaft umwandeln in eine Ordnung von freien Arbeitern bei materiellem und geistigem Schaffen; wir wollen den Kindern alle Bildungsmöglichkeiten der Gesellschaft erschließen. Darum aber muß auch der Arbeitsunterricht im reformierten Schulplan den ihm zukommenden Platz erhalten. Er knüpft an den Anschauungsunterricht an, vollendet, verinnerlicht ihn, führt in die innere Natur der Gegenstände und Vorgänge ein, entwickelt und schärft die Sinne, erhöht die Handfertigkeit, stählt die Muskeln, macht körperlich gewandt, regt das selbständige Denken an, konzentriert den Willen auf eine Leistung und beflügelt den schöpferischen Trieb, der in jedem Kinde schlummert. Der Arbeitsunterricht wird dadurch spätere technische Erfindungen und Verbesserungen anregen und vorbereiten, die Kinder auf irgendeinem Gebiet zu denkenden, schöpferisch tätigen Menschen heranziehen. Von großem Einfluß wird er auch darauf sein, das künstlerische Empfinden und Gestaltungsvermögen zu heben, so daß auch die fabrikmäßige Produktion in dieser Beziehung eine höhere Stufe erreicht. So gibt der Arbeitsunterricht Freude an schöpferischer Arbeit, lehrt Ehre und Würde der Arbeit. Durch ihn wird ferner verhindert, daß die Kinder in die Stimmung von Staatspensionären hineinwachsen. Er erzieht sie zum Bewußtsein ihrer Verpflichtung gegenüber der Gesellschaft, das, was sie an Bildung und Kultur empfangen haben, als frei schaffende Menschen mit Zins und Zinseszins zurückzuerstatten.
Wir fordern ferner den gemeinsamen Unterricht und die

gemeinsame Erziehung der Geschlechter. Am Unterricht selbst wie an der Schulverwaltung sollen Frauen und Männer gleichberechtigt beteiligt sein – auch in puncto des Gehalts –, nach ihren persönlichen Fähigkeiten und Leistungen. Dieser Forderung entsprechend sollen auch Frauen mit den höchsten Lehrämtern und den höchsten Posten der Verwaltung betraut werden. Der gemeinsame Unterricht und die Gleichberechtigung von Frau und Mann auf dem Gebiete des Unterrichts, der Erziehung ist eine bedeutsame Notwendigkeit und trägt dazu bei, das Ungesunde, Gekünstelte, Überreizte in den Beziehungen der Geschlechter zueinander zu beseitigen, das sich besonders in der Zeit der Pubertät bemerkbar macht.

Die Absperrung der Geschlechter voneinander, die lügenvolle Geheimnistuerei und Unwissenheit in sexuellen Fragen, in der die Jugend aufwächst, ist mit schuld an dem ungesunden Stand der Dinge heute und seinen bösen Folgen. Die Verwirklichung unserer Forderungen schafft vorzügliche Schutzwälle gegen leibliche und geistige Verirrungen und krankhafte Zustände der jungen Mädchen, gegen die mancherlei Gefahren und Laster, die an den jungen Mann infolge der überlieferten zweifachen Moral herantreten. Es gibt keine besseren Schutzwehren gegen diese Gefahren, als wenn der Knabe sich an das Mädchen als an den guten Kameraden gewöhnt, als wenn der junge Mann in der heranwachsenden Jungfrau die Mitstrebende schätzt und achtet und er sich neben einer klugen, treuen Mutter einer verehrten Lehrerin erinnert, die ihm auf manchem Pfade des Wissens als Führerin vorangeschritten ist. Ein anderer Grund kommt noch für unsere Forderung in Betracht. Je mehr die Frau als gleichberechtigt hinaus ins Leben tritt und Gelegenheit hat, ihre Persönlichkeit zu entfalten, um so mehr wird sich ihre weibliche Eigenart entwickeln. Die Emanzipation der Frau führt nicht zu dem Resultat, das schreckhafte Philister vorausgesagt haben: zum Verwischen des weiblichen psychischen Wesens. Nicht zu einer grotes-

ken Kopie, nicht zu einem Affen des Mannes wird sich die von sozialen Schranken befreite Frau entwickeln, sondern gerade ihre weibliche Eigenart wird frei erblühen. Je weiter aber die Entwicklungslinien der Geschlechter auseinanderlaufen, um so wichtiger wird der gemeinsame Unterricht für das Verständnis, das harmonische Zusammenwirken der Geschlechter.
[...]
Die Volksschule muß vorbereitet werden durch die Kindergärten, sie wird ergänzt durch Einrichtungen aller Art, welche den Kindern vor und nach dem Unterricht liebevolle und verständige Aufsicht, Pflege, Erziehung gewähren, durch Einrichtungen, welche in der schulfreien Zeit, die Ferien inbegriffen, in methodischer, verständiger Weise für die Erziehung in weitestem Sinne sorgen. Die Errichtung der einschlägigen Anstalten würde ein hervorragendes Gebiet der Betätigung bisher mißbrauchter oder auch zur Untätigkeit verurteilter weiblicher Arbeitskraft schaffen, ein Gebiet, das sich eng an den häuslichen, mütterlichen Pflichtkreis der Frau anschließt, eine Erweiterung und Vertiefung desselben bedeutet. Alle die vielen Frauen, denen die Ehe oder Kindersegen versagt ist, alle, die durch Begabung und Neigung auf mütterliches Walten verwiesen werden, können sich hier zum Nutzen der Allgemeinheit, zur eigenen Befriedigung betätigen. All ihre mütterliche Liebe, Wärme, Einsicht können sie da den Kindern anderer geben. Es ist eine sittliche Pflicht der Gesellschaft, für die Betätigung aller im Weibe ruhenden Kräfte Raum zu schaffen.
Wir Frauen haben die Pflicht, im Kampfe um die Reform der Schule voranzugehen, um eine Reform, durch welche die Erziehung in der Familie nicht überflüssig gemacht, sondern ergänzt werden soll. Wir brauchen für das heranwachsende Geschlecht die volle Wahrung, ja, die Vertiefung des elterlichen Einflusses. Elterliche Erziehung und öffentliche Erziehung lösen einander nicht ab, sondern vervollständigen sich. Wir können der elterlichen Erziehung im Heim

nicht entraten, auf daß die Kinder zu starken Persönlichkeiten von ungebrochener Eigenart erwachsen. Wir bedürfen der gemeinsamen Erziehung in öffentlichen Anstalten, damit die Persönlichkeit nicht zum Individualitätsprotzen entarte, damit sie in brüderlicher Empfindung und Gesinnung mit allen, mit der Allgemeinheit, verbunden bleibt und alles begreift, was sie ihr verdankt und was sie ihr schuldet. Wir Frauen sind vor allem berufen, im Kampfe für eine grundlegende Reform des Schul- und Erziehungswesens voranzugehen, weil wir Mütter sind und Mütter werden sollen. Wenn das Ziel der Erziehung sein soll, jeden Menschen zum Lebenskünstler im edelsten Sinne des Wortes zu bilden, zu einer Persönlichkeit, welche das Leben in seinem reichen Inhalt, seinem gewaltigen Umfange zu erfassen vermag ... dann müssen wir unsere Kraft für diese hohe Aufgabe einsetzen.

IV. Frauenarbeit

»Die erste deutsche Frauenkonferenz erklärt die *Arbeit*, welche die Grundlage der ganzen neuen Gesellschaft sein soll, für eine Pflicht und *Ehre* des weiblichen Geschlechts, sie nimmt dagegen das *Recht der Arbeit* in Anspruch und hält es für notwendig, daß alle der weiblichen Arbeit im Wege stehenden Hindernisse entfernt werden.«

(Louise Otto-Peters:
Das Recht der Frauen auf Erwerb, 1866)

Die Heimarbeiterin

Nur schnell die Augen ausgewischt,
Herr Gott, da hat's schon fünf geschlagen;
Wie kurz die Nacht, wie müd ich bin,
An allen Gliedern wie zerschlagen.
Schnell Feuer in den kalten Raum,
Das Frühstücksbrot noch schnell besorgen,
Damit man nur zum Nähen kommt,
Denn liefern, liefern muß ich morgen.

Dann eilt der Mann zur Arbeit hin,
Die Kinder nach der Schule gehen,
Und jedes braucht die Mutterhand,
Da heißt's jetzt doppelt fleißig nähen.
Bald kommt das Jüngste angekräht;
Bald heißt's den Mittagtisch besorgen,
Drum fleißig, fleißig nur genäht,
Denn liefern, liefern muß ich morgen.

So geht es weiter jeden Tag
In überstürztem, tollen Hasten,
Bis abends spät das brenn'de Aug'
Gebieterisch verlangt ein Rasten;
So werden Blut und Nerven schlecht
In der Gewohnheit dumpfer Schwere,

Und manchmal nur, bin ich allein,
Erkenn ich bang des Herzens Leere.

Und dennoch ist nicht tot mein Sinn,
Und Stolz läßt hoch das Herz mir schlagen:
Daß mich die Kunst noch so ergreift,
Wie einst in meinen Jugendtagen.
Sie neigt sich liebevoll zu mir:
»Zu dir, zu dir bin ich gekommen!
Laß alles andre hinter dir,
Ich hab dich jetzt ans Herz genommen.

Und gehst du von mir, will ich dir
Den Schatz noch der Erinn'rung geben,
Aus deines Alltags Einerlei
Will ich dir Herz und Sinn erheben,
Damit du Mann und Kindern kannst
Ein mutig, frohes Auge zeigen.
Drum hoch den Kopf! Vergiß es nicht:
Wer mich empfindet, bleibt mein eigen.«

(Emma Döltz. In:
Die Gleichheit, Jg. 16, 1906, S. 40)

BÜRGERLICHE UND PROLETARISCHE POSITIONEN ZUR FRAUENARBEIT

LOUISE OTTO-PETERS

Das Recht der Frauen auf Erwerb

Man klagt gerade in den gebildeten Ständen über Verminderung der Ehen und von beiden Seiten darüber, daß bei den gegenwärtig gesteigerten Ansprüchen es kaum möglich sei, eine Frau ohne Vermögen zu heiraten. Wollte man sagen, ohne Vermögen, selbst etwas zu leisten und zu verdienen, so hätte die Sache eher einen Sinn. Denn *das* Kapital muß schon ziemlich groß sein, das so viel Interessen abwirft, um zu der neuen Wirtschaft einen ansehnlichen Zuschuß zu gewähren, besonders wenn man bedenkt, daß ein vermögendes Mädchen gewöhnlich auch mit Ansprüchen erzogen ist, die noch über dies Vermögen gehen. Außerdem aber ist dasselbe auch unter hundert Fällen neunzigmal gewöhnlich in kurzer Zeit sehr geschmolzen, wo nicht gar spurlos verschwunden. Der Mann bezahlt seine Schulden davon und, im Bewußtsein, einen Rückenhalt zu haben, wird es auch nicht so genau genommen, neue zu machen oder mehr zu verbrauchen, als das Einkommen erlaubt, oder man trachtet es durch Aktien und andere Spekulationen zu vermehren, die oft verunglücken; – kurz, wenn der Mann stirbt, sieht sich diese Witwe plötzlich oft ebenso arm, wie diejenige, welche nie Vermögen besaß, und hilfloser wie sie. Ist es denn dann nicht vorteilhafter, eine Frau zu heiraten, die in ihrer Arbeitskraft ein Vermögen besitzt, das sie bereit ist, dem Manne zu widmen? bereit, die Last, eine Familie zu ernähren, nicht ihm allein aufzubürden, sondern mit ihm vereint auch dafür zu wirken? Ein solches Wirken ist allerdings auch die Führung einer großen Wirtschaft (z. B. wenn der Mann ein großes Geschäft hat, dessen Leute mit beköstigt werden, was aber heutzutage immer seltener vorkommt als früher, oder Pensionäre usw.) und die Pflege der Kinder, und dadurch *erhält* die Frau, erspart für den Mann, ohne speziell mit zu verdienen – aber dies sind eben auch schon Ausnahmen von der Regel, während bei Schließung der meisten Ehen die Frau entweder eine müßige oder ganz untergeordnete Rolle übernimmt, das letztere, wenn sie das Dienstmädchen selbst abgibt, das erstere, wenn sie ein solches hält, denn dann hat sie, wenn nicht den ganzen, doch den halben Tag Zeit, sich anderweit nützlich zu beschäftigen. Man sage nicht, daß eine Frau, wenn sie z. B. durch Stundengeben oder eine andre Arbeit, die etwas einbringt, mit erwerben hilft, darüber ihren Gatten vernachlässigt – freilich wird es nötig sein, daß dann auch er nicht willkürlich über ihre Zeit verfügt, so wenig sie dies über die seine tut, aber er wird dann auch keine Klage über Langeweile von ihr hören, noch

Mörtelweibs Tochter

(Zeichnung Th. Th. Heine)

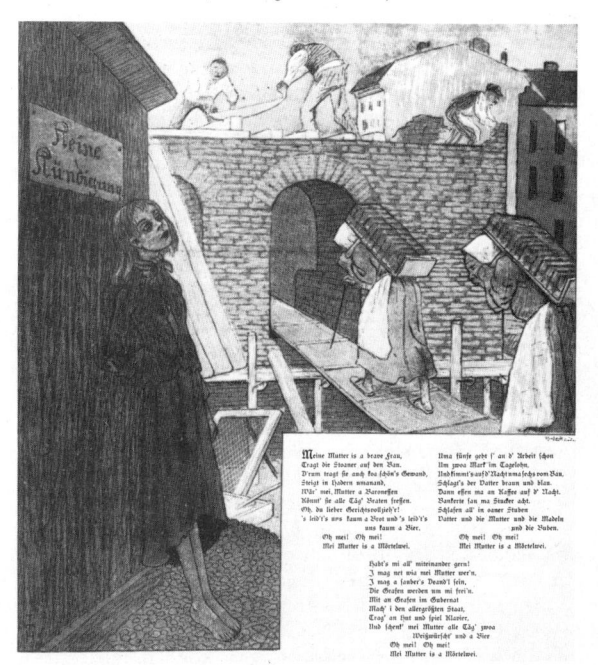

Meine Matter is a brave Frau,
Tragt die Stoaner auf'n Bau.
D'ram tragt sie auch sou schön's Gewand,
Snützt in Lodern umanand,
Wie mei Matter a Baronessen
Könnt' sie alle Tag' Braten fressen.
Oh, du lieber Gerichtsvollzieh'r!
's bleib't's nix kam a Brot und 's leib't's
ans kam a Bier.
Oh mei! Oh mei!
Mei Matter is a Mörtelwei.

Uma fünfe geht f' an d' Arbeit schon
Um zwoa Mark in Tagelohn.
Dah'imm't kauft's Nachtmals sechs vom Bau.
Schlag's der Datter braun und blau.
Dann essen ma an Kasse und k' Nacht.
Ratkern tan ma Fenster auf.
Schlafen all' in unser Stuben
Datter und die Matter und die Madeln
und die Buben.
Oh mei! Oh mei!
Mei Matter is a Mörtelwei.

Habt's mi all' miteinander gern!
I mag net wia mei Matter wer'n.
I mag a zauber's Dean'l sein,
Die Graten werden um mi frei'n.
Mit an Grafen in Gutenast
Mach' i den allergrößten Staat.
Trag' an Hut und spiel Klavier.
Und schrei! mei Matter alle Tag' zwoa
Weißenbrict'l und a Bier
Oh mei! Oh mei!
Mei Matter is a Mörtelwei.

(*Simplicissimus*, Jg. 1, 1896, Nr. 38, Titelblatt)

über Vernachlässigung und tausend andere Dinge, auf welche jeder Mensch verfällt, dessen Tagesstunden nicht von einer nützlichen Tätigkeit ausgefüllt sind. Tausend Veranlassungen, einander durch Kleinlichkeiten das Leben zu erschweren, fallen weg, wenn auch die Frau eine selbsterworbene Einnahme hat und über dieselbe frei verfügen kann. Damit fällt jener Standpunkt, der die Frau nur zur ersten Dienerin des Mannes macht, deren Bedürfnisse er oft nicht einmal gleich denen einer Haushälterin befriedigt, die sie von ihrem Verdienst bestreitet, sondern die jede Kleinigkeit erst von ihm *erbitten* muß. Dies wäre ein andrer wesentlicher Schritt, die weibliche *Würde* aufrechtzuerhalten, die bisher mehr in den *Gedichten* als in der Lebensweise der Deutschen ihre Berücksichtigung fand. – Die Ehen werden zahlreicher und glücklicher werden, wenn die Frauen zur ökonomischen Selbständigkeit gelangen.

Denn wie viele gerade der besseren Männer werden nicht durch die quälende Sorge: was wird aus Weib und Töchtern nach deinem Tode? zu übermäßigen Arbeiten, gewagten Spekulationen, zur Aufreibung aller ihrer Kräfte und einem dadurch beschleunigten Ende getrieben? Haben sie aber eine Gattin, die schon vor ihrer Verheiratung sich selbst zu erhalten verstand, die auch in der Ehe sich mit mehr beschäftigte als mit Kochen und Putzen, so wird diese Sorge sehr wesentlich verringert – und schon allein oft dadurch die Kraft und Gesundheit des Mannes länger erhalten. Oder wenn diese doch wankt – welch ein Trost dann, wenn die Gattin ihm noch anders beizustehen weiß als mit ihrer liebenden Pflege. Wenn sie selbst tätig und hilfreich eingreifen kann, statt nur zu klagen. Und wenn er stirbt und sie mit ihm den besten Teil ihres Lebens verliert, so bleibt ihm doch auf dem Sterbebette noch der Trost, daß sie und seine Kinder nicht an das Mitleid Fremder gewiesen sind, sondern daß die Gattin sich selbst durchs Leben schlagen kann, daß die Töchter für sich selbst sorgen können, gleich den Söhnen.

[...]

Bürgerliche und proletarische Positionen 301

In den sogenannten unteren Ständen werden deshalb die Ehen überhaupt leichter geschlossen, weil es da schon üblich ist, daß Jungfrau wie Junggeselle, Frau wie Mann sich die Mittel ihrer Existenz selbst erarbeiten und erwerben und daß sie auch in der Ehe beide tun müssen, was sie unverheiratet getan: fortarbeiten für den Erwerb. Ein Gleiches auch in den höheren Ständen einzuführen ist unser Streben. Wir haben schon im ersten Abschnitt gezeigt, wie dasjenige Mädchen, das einen Beruf, einen Lebenszweck hat, das sich selbst erhalten und andern nützen kann, sich nur aus Liebe verheiraten wird. Daß sie dann, wenn sie sich bewußt ist, ihrem Mann einen Teil seiner Sorgen für die gemeinschaftliche Existenz abnehmen zu können oder, wo dies nicht nötig sein sollte, doch eben die Fähigkeit dazu besitzt, sich gesicherter fühlt gegen alle Wechselfälle des Geschicks als ohne dies Bewußtsein. Dies allen Mädchen und Frauen zu geben ist der Zweck unsers ganzen Strebens, nur dadurch können sie wahrhaft befreit werden – jeder Emanzipationsversuch, der auf einer andern Basis ruht, ist – Schwindel.
[...]
Wir erwähnten schon einmal vorübergehend, wie unter den Fabrikarbeitern teilweise die Angst herrsche vor der Konkurrenz der Frauen, wie es schon 1848 an manchen Orten geschehen, daß die Arbeiter die Frauen aus den Fabriken vertrieben. Neuerer Zeit hegt man da und dort ähnliche Gedanken, ja es ist – von den Lassalleanern – der Grundsatz aufgestellt worden: »Die Lage der Frau kann nur verbessert werden durch die Lage des Mannes.« Dies ist der aller Gesittung und Humanität Hohn sprechende Grundsatz, den unsere ganze Anschauung und diese Schrift bekämpft. Gerade die Partei, die von »Staatshilfe« sich so viel verspricht, die das *allgemeine* Stimmrecht fordert, schließt von allen ihren Bestrebungen die Frauen aus – dadurch beweist sie, daß sie *ihr* Reich der Freiheit, d. h. »die Herrschaft des vierten Standes« gründen will auf die Sklaverei der Frauen – denn *wer* nicht *frei für sich erwerben darf*, ist Sklave. Aber

das ist Gott sei Dank nur der eine, der kleinere Teil der Arbeiter; der größere hat in der Arbeiterversammlung zu Stuttgart auch der Frauenarbeit das Wort geredet und später der Frauenkonferenz zugestimmt; auch seine Organe, wie *Arbeitgeber, Arbeiterzeitung* usw., sind auf der Seite der Frauenarbeit.
Und es ist unbegreiflich, wie jemand mit sehenden Augen nicht auf dieser Seite sein kann! Selbst wenn man annehmen wollte, es entstände eine Konkurrenz, es würden manche Männer weniger Arbeit und Verdienst haben als jetzt durch das Angebot weiblicher Arbeitskräfte – nun so bleibt es ja ganz gleich, ob Männer oder Frauen feiern und hungern: die Anforderung auf Brot haben sie doch miteinander unbestreitbar gemein! Und wenn die Männer nicht mehr nötig haben, für ihre Frauen, Töchter und Mütter Brot zu verschaffen, so haben ja gerade sie von der Einführung der Frauenarbeit den größten Vorteil – wie denn alle unsere Frauenbestrebungen ja gar nicht geschehen – wie auch ein Teil unsrer Gegner lächerlich behaupten will, in Feindschaft und als Kriegserklärung gegen die Männer, sondern umgekehrt: weil es jetzt nicht mehr möglich ist, daß zwei Hände allein genug arbeiten und verdienen können, um ein ganzes Leben lang eine ganze Familie zu ernähren. Von diesem Druck, dem härtesten, den es gibt, dem der Nahrungssorgen, von Verhältnissen, in denen es zum Verbrechen wird, einmal Zeit und Kraft einem Unternehmen zu widmen, das vielleicht der ganzen Menschheit zugute kommt, gewiß aber der Familie nichts, oder doch vielleicht nichts einbringt – von diesem Drucke wollen wir die Männer so gut dadurch erlösen, wie wir uns selbst von dem Druck der Abhängigkeit erlösen wollen, indem wir eine naturgemäße *Teilung der Arbeit* fordern für Mann und Frau.
Der Mann, der arbeiten *will*, findet immer und überall eine Gelegenheit zu Arbeit und Verdienst – nur die Faulen, die Leichtsinnigen, Hochmütigen und Lasterhaften sind es, die arbeitslos werden und dadurch in Schande und Elend versin-

ken, im »Kampf um das Dasein« unterliegen. Es tritt auch niemand zu ihnen und sagt: Komm, du brauchst nicht zu arbeiten und sollst es besser haben und mehr verdienen, als wenn du arbeitest und dein Leben hinbringst in Opfer und Entbehrung! So sagt niemand zu dem Manne; aber zu dem Mädchen wird es tausendmal gesagt in feiner und roher Form, wird es gesagt von Männern, die nur unter der Herrschaft ihrer Sinnlichkeit stehen, wird es gesagt von alten Frauen, die selbst längst in den Abgrund der Schande versunken und verhärtet sind, und von jungen Frauen, die eben noch im Rausch der Sünde lustig dahinleben – wird es gesagt vielleicht von den eignen Eltern!
Und so hören Tausende und aber Tausende auf diese Stimme und ergreifen das Mittel, das ja so leicht ergriffen ist! So geben sich die einen dem Manne hin, der sie mit Geschenken und Versprechungen kirrt und aus ihrer verlaßnen Lage in eine freundliche versetzt, so werfen sich die andern dem scheußlichsten Gewerbe in die Arme, weil es das einzige war, das ihnen offenstand – und dann entsetzt man sich über den Verfall des weiblichen Geschlechts und macht es für ein verbrecherisches Leben verantwortlich, das alle heiligsten Naturgesetze mit Füßen tritt, die Heiligkeit der Familie untergräbt, für die Gesetzgeber selbst zu einem Problem wird, das noch keine befriedigende Lösung gefunden!
Und wen trifft die Schuld von diesem Verbrechen? – Die Sittenlosigkeit der Männer und der Frauen! antwortet man schnell und denkt damit wohl noch ein gerechtes Urteil zu sprechen, weil man die Männer nicht ganz frei davon spricht.
Aber wen trifft die Schuld dieser Sittenlosigkeit? Nicht allein die einzelnen, die ihr erliegen – diese Schuld haben alle die Männer und Frauen, auch die sittenreinsten, auf ihrem Gewissen, welche den Grundsatz festhalten: Das Weib ist nur da um des Mannes willen – alle *die* Männer und Frauen, welche ihre Töchter nicht *so* erziehen, daß sie sich selbst

erhalten können, alle *die* Männer, welche *den Frauen das Recht auf Erwerb durch ihre eigene Arbeit* streitig machen – alle die, welche sie zum Müßiggang verdammen, ihnen nicht die Mittel zur Bildung, zur Arbeit, zu einer selbständigen Stellung im Leben gewähren! Jene Schuld trifft auch den Staat, wenn er es zuläßt, daß den Frauen das Recht auf Erwerb verkümmert werde – und um von *dieser* großen Schuld der Zeiten wenigstens ein Sandkorn zu tilgen, habe ich diese Schrift geschrieben!

HEDWIG DOHM

Die niedrigsten und schlechtestbezahlten Arbeiten für die Frau!

Einige einleitende Worte über Frauenarbeit im allgemeinen gestatte man mir vorauszuschicken.

Die genannten Professoren[1], wie überhaupt alle Gegner der Frauenfreiheit, pflegen stets in aller Bestimmtheit und Schärfe männliche und weibliche Arbeit zu unterscheiden, gewissermaßen einen Sanitätskordon zwischen Mann und Frau auf dem Gebiete der Arbeit zu ziehen.

Herr v. Bischof[2] sagt an einer Stelle: Jedes Geschlecht habe seine besonderen Funktionen, Frauen könnten nicht leisten,

---

1 *Die genannten Professoren:* Hedwig Dohm bezieht sich hier auf zwei vorher von ihr erwähnte Professoren: Theodor Ludwig Wilhelm von Bischoff (1807–82), Professor für Physiologie und Anatomie an der Universität München. Dohm setzt sich mit ihm als ihrem Hauptgegner in dieser Schrift *Die wissenschaftliche Emancipation der Frau* auseinander. Sie bezieht sich wiederholt auf seine Schrift *Das Studium und die Ausübung der Medizin durch Frauen* (1872). Der zweite Gegner wird nur als »namhafter Professor der Philosophie aus Bonn« identifiziert.
2 *Herr v. Bischof:* Siehe S. 251.

was Männer leisten, und umgekehrt, Männer nicht, was Frauen. – Ist das wahr? Nein!
Wer nennt mir eine einzige Hantierung (die an den Körper gebundenen Funktionen selbstverständlich ausgenommen), eine einzige Form der Arbeit, die sich auf Frauen beschränkt und an denen zu partizipieren den Männern durch Sitte oder Gesetz verboten wäre?
Es gibt keine!
Männer nähen, kochen, waschen, bügeln, führen Wirtschaften usw. In vornehmen Häusern findet man anstatt Köchin und Wirtschafterin Köche und Wirtschafter. Das sind unbestreitbare Tatsachen, die wegzuleugnen unmöglich ist. Es muß also heißen: Nur den Frauen sind bestimmte Beschäftigungen zugewiesen; die Männer aber leisten alles, was Menschen überhaupt zu leisten imstande sind und wozu sie Lust und Neigung haben.
Ich hoffe im Laufe meiner Abhandlung beweisen zu können, daß die Frauen zu Arbeiten gezwungen werden, für die sie nicht geeignet sind, und ausgeschlossen von solchen, die ihrer Natur zusagen.
Ich hoffe beweisen zu können, daß zwei Grundprinzipien bei der Arbeitsteilung zwischen Mann und Frau klar und scharf hervortreten: die *geistige* Arbeit und die *einträgliche* für die Männer, die *mechanische* und die *schlechtbezahlte* Arbeit für die Frauen; ich glaube beweisen zu können, daß der maßgebende Gesichtspunkt für die Teilung der Arbeit nicht das *Recht* der Frau, sondern der *Vorteil* der Männer ist und daß der *Kampf gegen die Berufsarbeit der Frau erst beginnt, wo ihr Tagelohn aufhört, nach Groschen zu zählen.*
Zuverlässige Schriften über deutsche Frauenarbeit aufzutreiben ist mir nicht gelungen. Entweder fehlt es an solchen Schriften, oder sie herbeizuschaffen ist für eine Frau, die öffentliche Bibliotheken nur mit einem unverhältnismäßigen Aufwand von Energie und Unbescheidenheit benutzen kann, allzu schwierig. Ich mußte mich mit französischen

und vornehmlich englischen Schriften begnügen, die glücklicherweise ein ausreichendes und zuverlässiges Material liefern.

Die ökonomischen Verhältnisse, die Anschauungen über Frauenwesen und Frauennatur sind im zivilisierten Europa ziemlich überall dieselben; so werden auch die daraus resultierenden Tatsachen keine wesentlichen Abweichungen zeigen, und was in England und Frankreich an der Tagesordnung ist, wird auch in Deutschland üblich sein.

Alle mir über diesen Gegenstand (die Frauenarbeit) vorliegenden Schriften lassen darüber keinen Zweifel: Nie und nirgend hat man die Frau von den mühsamsten und widerwärtigsten Beschäftigungen ferngehalten, etwa aufgrund ihrer zarten Konstitution oder ihrer Schamhaftigkeit – Schranken, die aufzuführen man niemals versäumt, wo es sich um höhere und einträglichere Arbeitsgebiete handelt. Im Gegenteil, für die unteren Stände scheint der Grundsatz zu gelten: *Je gröber, je anstrengender die Arbeit, desto besser für die Frauen.* Einige Stellen aus zuverlässigen Berichten bewährter englischer Schriftsteller über Frauenarbeit in England mögen das Gesagte bestätigen.

In einigen Distrikten in England finden wir die Frauen mit Bereitung der Ziegelsteine beschäftigt. Sie legen die gekneteten Steine zum Behuf des Trocknens auf dem Boden in Reihen aus, sie helfen bei dem Prozeß des Feststampfens und gehen mit nackten Füßen über den nassen Ton und zuweilen auch über heiße Röhren. Tausende von Frauen sind bei Fabrikarbeiten an der Tyne in chemischen und Schnurfabriken, in Glashütten, Papiermühlen, Leimsiedereien, in Geschirr- und Tabaksfabriken beschäftigt; sie arbeiten in Baumschulen und als Feldarbeiterinnen, und stets fallen ihnen die niedrigsten, schwierigsten und schmutzigsten Arbeiten zu.

Im Distrikt um Vigan ist das Verfertigen der Nägel eine den Frauen sehr geläufige Beschäftigung. In jener Gegend sieht man auch Frauen an den Kanalbooten bauen, die Schleusen

öffnen, die Pferde treiben, ja man sieht sie mit den Schiffstauen über der Schulter.
In den glühenden Räumen der Baumwollenmühlen werden Frauen beschäftigt. Um die heiße Luft ertragen zu können, müssen sie halb entkleidet arbeiten. Das Schwingen der Mühlräder wirbelt eine so dichte Wolke von Staub und Schmutz auf, daß diese Frauen, um einer langsamen, aber sicheren Erstickung zu entgehen, sich gezwungen sehen, Mund und Nase mit Lumpen und Baumwolle zu verstopfen. Wenn sie ihre Arbeit verlassen, sind sie mit einer Lage fettigen Staubes und Schmutzes bedeckt.
In Liverpool und Dublin verdienen Frauen täglich 6 d dadurch, daß sie ungeheure Lasten von Sand durch die Straßen karren, bis sie dieselben verkauft haben. Ungefähr 50 000 Frauen hökern mit Fischen, Früchten und Eisenwaren durch die Straßen, ohne daß man ihre Lust am Handel zu erschüttern versuchte durch jenen bekannten Schrei sittlicher Entrüstung gegen das öffentliche Auftreten der Frau. Niemand findet sich, der ihr zuruft: Hebe dich weg von deinen Fischen und Radieschen, gehe heim und tue Buße, lege dich aufs Stroh und verhungre! Eine große Zahl Frauen graben und hacken Kartoffeln, jäten das Unkraut, stechen Steine aus dem Boden, breiten den Dünger über das Land, schneiden Getreide während der Ernte und beladen die Wagen in jedem Wetter und zu jeder Jahreszeit. Nach dem letzten Zensus waren in jener Gegend 43 964 Frauen als Feldarbeiterinnen angemeldet.
Ehe die Bill für die Regulation der Bergwerke und Kohlengruben in Kraft trat, waren Tausende von Frauen und Mädchen an die Arbeiten in den Bergwerken dergestalt gewöhnt, daß sie diese Beschäftigung für den eigentlichen Zweck ihres Lebens hielten.
In den Flachsspinnereien sind die Verhältnisse von der traurigsten Art. Der Flachs wird bei einer sehr hohen Temperatur bereitet, und die Arbeit ist mit dem Verbrauch einer großen Quantität Wassers verbunden. Die Arbeiterinnen

müssen den größten Teil ihrer Kleider ablegen und stehen oft bis zum Knöchel im Wasser. Die Unglücklichen, welche bei diesen Arbeiten beschäftigt werden, sterben größtenteils im Alter von 28–30 Jahren an langsamer Abzehrung oder auch wohl zwischen dem 18. und 20. Lebensjahre an der galoppierenden Schwindsucht, die sie oft in wenigen Tagen hinrafft. Viele kennen das Schicksal, das sie erwartet, und weihen sich dem Tode, um die fabelhafte Summe von 1 Fr. 50 Ct. pro Tag zu verdienen.

Es gibt Werkstätten und Fabriken, wo diejenigen Arbeiterinnen bevorzugt werden, welche Kinder zu versorgen haben. Der reiche Fabrikherr weiß, daß sie Brot schaffen müssen für ihre Kinder um jeden Preis und darum vor keiner Arbeit zurückschrecken. Sie lassen sich eine Verlängerung der Arbeitszeit gefallen, die in kurzer Zeit ihre Kraft und ihr Leben aufreibt.

Ein Einblick in französische statistische Berichte bestätigt lediglich die Resultate der englischen Untersuchungen.

Die Durchschnittsziffer des Arbeitslohnes in Paris beträgt für Männer 4 Fr. 41; für Frauen 2 Fr. 41. Der Hauptgrund ihrer Inferiorität liegt in ihrer mangelhaften professionellen Ausbildung.

Paris hat mehr als 14 000 Lehrjungen aufzuweisen und nur 5500 Mädchen, von denen der weitaus größte Teil sich mit einer Lehrzeit von kurzer Dauer begnügen muß. Mädchen, die eine dreijährige Lehrzeit durchmachen, gehören zu den Ausnahmen.

Weisen wir die Lohndifferenz aus der Statistik einzelner Gewerbe nach.

Beim Anfertigen der Kleider, eine Industrie, die mehr Männer als Frauen beschäftigt, beträgt der Arbeitslohn der letzteren die Hälfte oder den dritten Teil desjenigen der Männer. Eine zu kurze Lehrzeit ist ein Hindernis, ihre Geschicklichkeit zu entwickeln.

Nach der letzten Statistik der Posamentier-Industrie ist der tägliche Arbeitslohn für Männer auf 1–9 und 10 Fr. festge-

setzt, der der Frauen in demselben Erwerbszweig auf 1–5 und 6.
Die Handschuhmacherei in Leder beschäftigt ungefähr ebensoviel Frauen wie Männer. Der Lohn der Arbeiter schwankt zwischen 3–10 Frs., der der Arbeiterinnen zwischen 1–4 Frs. Der Mangel professioneller Ausbildung macht sie unfähig für das Zuschneiden und Glätten der Handschuhe. Nur das Nähen, Steppen und Sticken bleibt ihnen überlassen. Seit 1845 ist der Lohn der guten Handschuhmacher um 35 Prozent gestiegen, der der Handschuhmacherinnen ist stehengeblieben, so daß der Durchschnittslohn für sie sich nur auf 1 Fr. 90 Centimes beläuft.
Der Juwelenhandel und die Goldschmiedekunst in Paris, welche verschiedene Spezialitäten umfassen, beschäftigen mehr als 4000 Arbeiterinnen; aber die höheren Lohnsätze der Former, Ziseleure, Graveure und Emaillierer sind für die Frauen nicht vorhanden, die sich fast ausschließlich mit dem Polieren und Glätten beschäftigen. Die Lehrlingsschaft dieser Industrie zählt 2000 Knaben und nur 100 und einige Mädchen.
Beim lithographischen Zeichnen kommt auf 36 männliche Lehrlinge 1 weiblicher. In den Buchbindereien verdienen die Männer täglich 3–8 Frs., die Frauen 1–3.
Verschiedene typographische Gesellschaften erlauben ihren Prinzipalen nicht, eine Setzerin in Arbeit zu nehmen, selbst dann nicht, wenn er ihr denselben Lohn wie dem Arbeiter bewilligen wollte.
Im Jahre 1860 autorisierte der Kaiser selbst eine Gesellschaft, deren Statuten jedem streikenden Setzer pro Tag 2 Frs. Schadenersatz zuerkannten, einzig und allein um die Einführung der Frauen in die Werkstätten zu verhindern.
Die französischen Steinschneider beschäftigen eine große Zahl von Menschen beim Schneiden der Kristalle, der Brillen, beim Schleifen der Diamanten usw. Auch hier sehen wir die mühsamsten und schlechtestbezahlten Arbeiten einigen Poliererinnen und Einfasserinnen aufgebürdet. Tag für Tag

drehen sie mit dem Fuß das Rad, auf dem sie das einzusetzende Glas schleifen. Die Kristallschleiferinnen arbeiten, über das Schleifrad gebeugt, mit den Händen im Wasser.
In allen Gewerben, welche Kenntnisse und eine gründliche Lehrzeit erfordern, sind die Frauen untergeordnet, in den ungesunden Gewerben dagegen, welche kurze Lehrzeit beanspruchen, herrschen sie vor. In Wollkämmereien und Strohflechtereien, in Garnfabriken und Wirkereien ziehen die Fabrikanten, um der billigeren Produktion willen, die Frauen vor. In und um Lyon arbeiten in den Fabriken Tausende von Frauen täglich 14 Stunden lang gleichzeitig mit Händen und Füßen am Webstuhl. In den Kattundruckereien versehen die Männer diejenigen Arbeiten, welche Geschicklichkeit erfordern und einträglich sind. Die mit der Appretur beschäftigten Frauen arbeiten täglich 12 Stunden bei einer Temperatur von 26–40 Grad, und ihre Gesundheit wird durch die plötzlichen Übergänge von Hitze zur Kälte untergraben.
Es gibt Fabriken, in denen die Frauen zu jeder Jahreszeit täglich 12 Stunden mit den Füßen im Wasser stehend arbeiten.
Wir wollen von weiteren Ausführungen auf diesen Gebieten der weiblichen Arbeiten Abstand nehmen; leicht ließe sich ein Buch damit füllen. Dieselben ökonomischen Erscheinungen wiederholen sich überall: die niedrigsten und schlechtestbezahlten Arbeiten für die Frau!

HELENE LANGE

Die wirtschaftlichen Ursachen der Frauenbewegung

Das Leben des Kulturmenschen ist im wesentlichen in zwei Kreise zusammengefaßt; einen kleineren: die Familie und einen größeren: die Gesellschaft. Unser Leben, alles was wir denken und arbeiten und wiederum was wir an Kulturgütern empfangen und in uns aufnehmen, vollzieht sich zum Teil in dem engen Kreis der Familie, zum Teil in dem weiteren der sozialen Gemeinschaft. Es ist nun eine der wesentlichsten und bedeutungsvollsten Eigenschaften unserer gesamten Kulturentwicklung, daß der kleinere Kreis der Familie an Bedeutung verloren hat gegenüber dem weiteren der sozialen Gemeinschaft, die als industrielle Unternehmung, als Gemeinde, Staat, freiwilliger Verband der Familie eine Funktion nach der andern entzieht. Man könnte, um sich diese Vorgänge zu verdeutlichen, die Familienwirtschaften sich als eine Reihe von kleinen Inseln denken, von denen das Meer ein Stück nach dem andern abspült, um von diesem abgespülten Erdreich ein neues Land zu bilden, nämlich die Welt des sozialen Lebens, der weiteren sozialen Beziehungen. Das Abbröckeln begann in der Tätigkeitssphäre des Mannes. Es war zunächst *sein* Leben, das mehr und mehr hinausverlegt wurde auf dieses Neuland. Dann aber ergriff dieser Vorgang auch den Lebenskreis der Frau, nur daß er hier haltmachen mußte bei einem Stück Natur, das wie Urgestein, wie ein unzerstörbarer Kern dieser Insel übrigbleiben muß: das ist die Mutterschaft.

Dieses Hinauswandern einer menschlichen Tätigkeit nach der anderen aus dem primitiven Bereich der Familie hinaus in die soziale Gemeinschaft, in der diese einzelnen Tätigkeiten sich spezialisieren, in neue Zusammenhänge miteinander treten, ihr selbständiges, von der Familie unbestimmbares Leben mit eigenen unumstößlichen Entwicklungsgesetzen gewinnen, das ist das Grundschema für unsre Kulturentwicklung überhaupt. Innerhalb dieser Entwicklung entsteht die Frauenfrage. Im Prinzip beginnt sie schon in dem Augenblick, als z. B. das Spinnen und Weben aufhörte, die Obliegenheit der Frauenkemenate zu sein, und ein selbständiger Beruf auf dem Gebiet der sozialen Güterproduktion wurde, als die Grabschrift jener Römerin »domum servavit, lanam fecit« – sie verwaltete das Haus und spann – in ihrem zweiten Teil einen Zustand der Vergangenheit andeutete, als das Gewandschneiden, das Sticken, das Backen ein Gewerbe wurden. Ein anderer großer Schritt geschieht damit, daß die primitive Einführung in die Arbeitspraxis des Hauses, die in der Urzeit aller Völker das Wesen der Erziehung ausmachte, nicht mehr genügte und die *Schule* entstand, die einen Teil der Erziehung aus dem Hause herausnahm, weil das Haus den differenzierten Bedürfnissen, die mit dem Anwachsen des sozialen Lebens in Beruf, Staatswesen und Wissenschaften entstanden, nicht mehr gewachsen war. Ganz langsam hat dieser Vorgang des Hinüberfließens der Lebensfunktionen aus dem engen in den weiteren Kreis weitergewirkt, bis dann plötzlich mit dem technischen Jahrhundert die Bedeutung dieses weiteren Kreises mit reißender Schnelligkeit wuchs und das Leben stromweise aus den kleinen Lebensgemeinschaften in die eine große hineingesogen wurde.

Bis dahin hatte die Familie, trotzdem sie immer mehr von ihren produktiven Aufgaben verlor, noch Arbeit genug für alle ihr zur Verfügung stehenden Frauenkräfte. Denn mit der Verfeinerung der Produktionsweisen draußen im gewerblichen Leben wuchsen doch auch die Lebensansprüche der Familie. Die Erhaltung und Pflege all der verfeinerten handwerksmäßig hergestellten Geräte erforderte auch wieder mehr Arbeit im Hause; die Ernährung wird komplizierter – die ehemals stereotypen Mahlzeiten einer mecklenburgischen Bauernfamilie, alle Mittage Graupen mit Schweinefleisch und alle Abende Pflaumen mit Grütze, wären selbst in einem ärmlichen großstädtischen Arbeiterhaushalt zu einförmig – die Erziehung, auch wenn sie die Schule zum Teil übernahm, oder vielleicht gerade weil die Schule hinzukam, wurde schwieriger und sozusagen künstlicher und umständlicher. Trotz alledem aber kommt doch einmal der Augenblick, wo die Verkleinerung des Lebenskreises der Frau nicht mehr als Entlastung einer vielfach Überlasteten, sondern als Raub an einem notwendigen Lebensinhalt empfunden wurde. Und nun entsteht für die Frau die Frage, ob es ihr gelingt, sich auch in den sozialen Gemeinschaften mit ihrer Leistung oder mit einem Teil ihrer Leistungen anzusiedeln oder ob sie auf volle Verwertung ihrer Lebenskraft und Arbeitsleistung in Zukunft verzichten muß. Da entstand die Krisis, die wir mit der modernen Frauenfrage augenblicklich erleben.

Die Krisis kam zum Ausbruch, weil mit der rapiden Entfaltung der Großindustrie ein Bedürfnis nach weiblichen Kräften in der volkswirtschaftlichen Güterproduktion entstand. Die Großindustrie braucht zu ihrer Entfaltung die Frauenkraft. Wie der Magnetberg das Eisen der Schiffe, so zog sie fühllos und unaufhaltsam an sich heran, was an freier oder sagen wir besser »wehrloser« Arbeitskraft da war, wenn auch die Familie dabei auseinanderbrach. Schon 1839 waren von der halben Million Fabrikarbeiter, die es in England gab, mehr als die Hälfte Frauen.

Und wenn hier die Frauenkraft von der Großindustrie vielfach wie von einem unüberwindlichen Sieger als willenlose, ja widerstrebende Beute mitgerissen, vor sich hergestoßen wird, um fern der häuslichen Heimstätte an irgendeinem vakanten Posten der volkswirtschaftlichen Produktion eingestellt zu werden, so *drängten* andrerseits auch wieder in den oberen Schichten die Scharen von Frauen, deren Arbeitskraft durch die Entlastung der Hauswirtschaft frei wurde, *freiwillig hinaus* und sammelten sich vor den verschlossenen Toren der höheren Berufe, bis man ihnen hier und da auftat.

Es ist nicht die Aufgabe dieser Ausführungen, nun den

historischen Verlauf im einzelnen zu verfolgen. Heute stehen wir in Deutschland vor dem Tatbestande, daß *ein Drittel* der gesamten Lebensjahre aller erwachsenen Frauen in Deutschland der Erwerbstätigkeit, etwa *zwei Drittel* noch der Arbeit in der Familie gehören.
Weshalb nennen wir diesen Tatbestand eine Frauen*frage*? Und welche Konflikte umschließt er?
Er umschließt deshalb Konflikte, weil diese Verteilung der Frauenkraft auf Haus und Erwerb, auf familienwirtschaftliche und volkswirtschaftliche Werterzeugung durch das einzelne Frauenleben, durch Millionen von einzelnen Frauenleben einen klaffenden Riß gezogen hat. Die Familie braucht nicht mehr die volle Kraft das ganze Leben hindurch – aber sie kann doch die Frau nicht ganz loslassen, sie bindet sie in wechselndem Grade, bald stärker, bald weniger. Das Dasein der Frau gehört von nun an zwei Systemen an, von denen jedes sein eignes Leben hat, seine eigenen Zwecke verfolgt, von seinen eignen Gesetzen beherrscht wird. Im Schicksal der Frau steigert sich der Gegensatz zwischen Familieninteresse und Produktionsinteresse heute zur grellsten Dissonanz; ihr Leben wird der Schauplatz des schärfsten Zusammenstoßes zwischen diesen beiden Tendenzen unserer Kulturentwicklung, wird wirklich »zweier Zeiten Schlachtgebiet«. Sie ist heute die, die den letzten, den nach unsrer Überzeugung unveräußerlichen Kern der Institution der Familie gegen die seelenlosen Gewalten der technischen Entwicklung mit Leib und Leben zu schützen hat.
Denn welche Lebensbedeutung die oben erwähnte Verteilung der Frauenkraft auf Haus und Erwerb für die einzelne hat, zeigt eine Zusammenfassung der statistischen Daten, die ich einem Vortrag von Gertrud Bäumer auf dem Evangelisch-sozialen Kongreß (Jena 1906) entnehme.
»In dieser Frauenprovinz nun, von der ein Drittel mit der Farbe Erwerbstätigkeit, zwei Drittel – wenigstens 1895 noch – mit der Farbe Hauswirtschaft überzogen sind, sind die Frauen zum größeren Teil Nomaden. Sie ziehen aus dem

Bezirk Hauswirtschaft in den Bezirk Erwerbstätigkeit hinüber, und sie wandern wieder zurück. Manche machen diese Wanderung einmal, manche öfter, und sehr viele müssen sie täglich hin und her machen. In der Altersklasse von 16–30 Jahren sind die Erwerbstätigen auf ihrem Gebiet seßhaft. Über 92 % erwerbstätige Frauen dieser Altersklasse sind unverheiratet. In der Altersklasse von 30–50 Jahren aber wird die Erwerbstätigkeit zu 38 % von verheirateten Frauen getragen; da also finden wir die Frauen, die täglich zwischen den beiden Feldern der Frauenprovinz hin- und hergejagt werden. Und unter den Erwerbstätigen der Altersklasse über 50 Jahre sind fast 57 % Witwen, also solche Frauen, die aus der Hauswirtschaft wieder in die andere Provinz hinüberziehen mußten. Das Steigen der Beteiligung verheirateter Frauen in der Altersklasse von 30 bis 50 Jahren führt Frau Gnauck* mit Recht darauf zurück, daß die Frauen, die bei ihrer Verheiratung ihren Beruf aufgegeben haben, später genötigt sind, ihn wiederaufzunehmen, wenn die Familie größer wird und die Ausgaben sich steigern.«
Man sieht aus dieser Zusammenstellung, daß nur für einen kleinen Bruchteil der Frauen das Leben noch ungeteilt im Familienkreis abläuft, und selbst bei diesem kleinen Bruchteil ist dieser Verlauf vielfach nicht mit Sicherheit vorherzusehen. Die Mehrzahl der Frauen hat ein Doppelleben zu führen, muß Hausfrau und Berufsarbeiterin sein, wenn nicht nebeneinander, so doch nacheinander. Und deshalb muß ihr Leben von vornherein auf zwei Möglichkeiten eingestellt werden. Und wenn ein Mädchen aus einem provisorisch ausgeübten Beruf in die Ehe übergeht, so weiß sie damit noch keineswegs, ob sie nicht später wieder in den Beruf zurück muß. So ist es ihr Los, vielleicht einmal, vielleicht aber auch öfter ein angebautes Feld im Stich lassen zu müssen, ehe sie noch die Früchte ernten konnte. Die Folge dieses Dualismus zwischen volkswirtschaftlichem und

* Elisabeth Gnauck-Kühne, *Die deutsche Frau um die Jahrhundertwende*. Berlin 1904. 2. Aufl. 1907.

familienwirtschaftlichem Beruf ist klar. Da, wenn auch nicht zehn, so doch fünf oder vier gegen eins zu wetten ist, daß die Frau mit ihrer Existenz einmal nicht auf die Ernten von dem Felde ihrer beruflichen Arbeit angewiesen sein wird, so pflügt sie dort nicht so tief, so legt sie nicht so viel für Saatkorn an. Und wenn sie die Wette von vier gegen eins verliert, so reicht eben das oberflächlich bestellte Feld nicht aus, um sie zu nähren. Andrerseits wirkt natürlich auch umgekehrt eine jahrelange Ausbildung für den Beruf oder eine jahrelange Berufsausübung in mancher Hinsicht beeinträchtigend auf die Fähigkeit zur Mutterschaft. Wenn es einerseits ja auch ganz richtig ist, daß die Disziplin des Berufslebens eine gute Schule der Tatkraft und Selbstzucht ist, die hernach auch der Leiterin des Haushalts und der Erzieherin zugute kommt, so gilt das im ganzen doch nur für die höheren Berufe oder für solche niederen, die den späteren hauswirtschaftlichen Aufgaben nahestehen. Andrerseits aber haben eine ganze Anzahl von Frauenberufen nicht nur die Wirkung, daß sie die Frau körperlich ungeeigneter für die Mutterschaft machen, sondern auch, daß sie seelische Eigenschaften in ihr ausbilden, die ihr später mindestens unnötig oder aber sogar hinderlich sind. Ein Mädchen, das zehn Jahre seines Lebens, und zwar gerade die besten Jugendjahre hindurch, täglich zehn Stunden Lumpen sortiert oder Glühstrümpfe verpackt hat, wird in dieser Zeit und durch diese Vergangenheit in keiner Weise geeignet, ja häufig genug geradezu innerlich unfähig für die Aufgaben der Mutterschaft. Diese Schwierigkeiten können hier alle nur angedeutet werden, sie werden uns später noch eingehend zu beschäftigen haben.

Verschärft wird dieser Konflikt der beiden Wirtschaftskreise, auf die die Frau ihre Kraft verteilen muß, noch durch etwas anderes. Der mächtige Organismus der modernen Güterproduktion, des Güteraustausches, des Verkehrswesens, kurz unsres ganzen volkswirtschaftlichen Lebens hat sich im wesentlichen ohne Frauenkraft entwickelt und ausgestaltet, hat sich in seinen Formen gefestigt, in der Abhängigkeit all seiner Zweige untereinander verankert, ehe die Frau anfing, eine irgendwie ins Gewicht fallende Rolle als volkswirtschaftliche Arbeitskraft zu spielen. Und nun zeigt sich diese ganze Welt der gesellschaftlichen Produktion mit der schauerlichen Unpersönlichkeit ihres Mechanismus, der den einzelnen rücksichtslos zu einer Triebkraft in dem großen Räderwerk macht – nun zeigt sich dieser Organismus zu wenig elastisch, um die Frauenkraft als *Frauenkraft* sich einverleiben zu können. Wie eine Maschine nach dem Maß von so und so viel Pferdekraft konstruiert ist, so ist diese ganze vielgestaltige Maschine konstruiert nach dem Grundmaß der Manneskraft, die *ganz* zur Verfügung gestellt werden kann, an die von andrer Seite her keine oder doch nur geringe Ansprüche erhoben werden. Man kann in diesem ungeheuer verzweigten Betriebe kein Rad brauchen, das nur den halben Tag laufen will, keinen Treibriemen von weniger ausdauernder Beschaffenheit. Man kann die Frau nur nach den Maßen der Manneskraft beschäftigen oder gar nicht. Wenigstens ist das bis jetzt noch im großen und ganzen der vorherrschende Zustand, der um so schwerer wiegt, als ja gerade die Industrie diejenigen Frauen aufsaugt, die hauswirtschaftlich durch alle die Errungenschaften der modernen Technik noch am wenigsten entlastet sind. Man darf vielleicht mit Recht sagen, daß die ersten Generationen der modernen Fabrikarbeiterinnen die belastetsten Geschöpfe gewesen sind, die die Kulturgeschichte gekannt hat.

Die Einstellung des Mechanismus unsrer großen Wirtschaftskreise auf die Leistungen des Mannes hat noch eine andre Seite. Man verlangt nämlich von der Frau nicht nur dem *Kraftmaß* nach männliche Leistungen, sondern man kennt auch für die *Qualität*, für die *Art* ihrer Leistungen keinen eigenen Maßstab. Und so bezeichnete das Wort von der »mißbrauchten Frauenkraft«, das Ellen Key[3] geprägt hat, in der Tat eine schmerzliche Wahrheit. Eine in mehr als

3 *Ellen Key:* Siehe S. 79.

einer Hinsicht schmerzliche Wahrheit, denn einerseits wird die Unvereinbarkeit der frauenhaft mütterlichen Aufgaben mit den im Beruf an die Frau herantretenden um so größer, je ferner dieses Berufsgebiet der Welt ihrer natürlichen Interessen, ihres weiblichen Empfindens liegt. Dann aber auch wird die Frau gerade dadurch, daß man sie mechanisch und schematisch in den Betrieb der Männerarbeit einstellte, zur gefährlichen Konkurrentin. Noch ist die Möglichkeit für differenzierte, aus ihrer Frauenart hervorgehende Arbeitsleistungen auf dem Berufsgebiet der Frau sehr gering.

Zu all diesen Konflikten, die das Anwachsen der großen Wirtschaftskreise im Verhältnis zu dem kleinen der Familie für die Frau gebracht hat, kommt nun allerdings erschwerend der Kapitalismus. Halten wir es fest: Das eigentlich konstitutive Element der Frauenfrage ist der Kapitalismus nicht. Das ist vielmehr die *technische Entwicklung an sich*, auch abgesehen von ihrer geldwirtschaftlichen Seite. Die Probleme, die wir bisher erörterten und die alle aus der sachlichen Unvereinbarkeit der beiden Kreise und ihrer Anforderungen im Leben der Frau hervorgehen, würden weiterbestehen auch bei Ablösung des Privatkapitals durch Kollektivierung der Produktionsmittel. Die mechanische Gesetzmäßigkeit in dem volkswirtschaftlichen Kreise würde dadurch keineswegs biegsamer, und es würden nach wie vor die Umstände bestehen bleiben, deretwegen die beiden Systeme unmöglich aufeinander Rücksicht nehmen und einander angepaßt werden können. Produktionsinteresse und Familieninteresse würden nach wie vor im Leben der Frau in Konflikt geraten.

Trotz alledem aber ist es natürlich zuzugeben, daß der Kapitalismus den Konflikt verschärft. Und zwar vor allem nach zwei Seiten hin. Er verschärft die *bürgerliche* Frauenfrage durch seine Wirkung auf die wirtschaftliche Lage des Mittelstandes. Darauf hat Robert Wilbrandt in seinem kleinen Buch *Die Frauenarbeit ein Problem des Kapitalismus* ganz richtig hingewiesen. Der Kapitalismus hat, indem er in den höchsten Schichten die großen Vermögen geschaffen hat, es dem gebildeten Mittelstand schwergemacht mitzukommen. Es werden ihm Lebensansprüche aufgezwungen, denen er mit seinen wirtschaftlichen Mitteln nicht gewachsen ist. Wer mit den Lebensschicksalen von Lehrerinnen bekannt ist, der weiß, daß hier sehr vielfach die Notwendigkeit für die Tochter, einen Beruf zu ergreifen, damit zusammenhängt, daß für die sogenannten Standespflichten der Söhne zu viel ausgegeben werden muß. Andrerseits verringern ebendiese an den Mittelstand, an Beamte und Offiziere gestellten Ansprüche die Heiratschancen für die Töchter dieser Kreise. Sie kommen als Heiratskandidatinnen für die Söhne ihrer eigenen Schicht in der Regel kaum in Betracht. Die müssen eben versuchen, sich durch eine reiche Frau die notwendige Grundlage für den Lebensstil zu verschaffen, der mehr und mehr von ihnen verlangt wird.

Nach einer andren Seite hin erschwert der Kapitalismus die Position der arbeitenden Frau dadurch, daß er sie zur Lohndrückerin, zur gefährlichen Konkurrentin stempelt. Durch den Kapitalismus sind die Bedingungen der Selbstbehauptung im wirtschaftlichen Kampfe so beeinflußt, daß eben nur der organisierte Arbeiter diesen Kampf mit Erfolg auszukämpfen imstande ist. Die geringere Fähigkeit der Frau zu dieser wirtschaftlichen Selbstbehauptung setzt sich ganz mechanisch um in geringere Löhne, die sie wiederum zu einem dem Kapitalismus willkommenen Ersatz für die kostspielige Männerkraft machen.

So glauben wir die Frauenfrage, soweit sie eine wirtschaftliche Frage ist, im wesentlichen gekennzeichnet zu haben. Sie umfaßt eine Reihe von Unterproblemen, die noch im einzelnen zu erörtern sind. Im wesentlichen nämlich die folgenden vier Unterprobleme:

1. Wie gestaltet sich dieser modernen wirtschaftlichen Lage der Frau entsprechend die Frauenbildung?
2. Welchen Einfluß haben die wirtschaftlichen Verhältnisse auf die Gestaltung der Ehe?

3. Auf welche Weise läßt sich die unvermeidliche Vereinigung von Beruf und Mutterschaft erleichtern? und schließlich
4. welche Konsequenzen ergeben sich aus der Beteiligung der Frau am volkswirtschaftlichen Produktionsprozeß für ihre Teilnahme am Gemeinde- und Staatsleben?

Ehe wir in die Erörterung dieser vier Hauptfragen eintreten, haben wir aber die geistige Seite der Frauenfrage, die geistigen Triebkräfte der Frauenbewegung zu erörtern, weil auch von hier aus uns diese vier Fragen entgegentreten und weil ihre Lösung von hier aus in entscheidender Weise beeinflußt wird.

CLARA ZETKIN

Die Umwälzung in der wirtschaftlichen Stellung der Frau

Von den Perioden und Völkern abgesehen, wo der Frau das »Mutterrecht« eine hervorragende soziale Machtstellung einräumte, war die Lage des weiblichen Geschlechts stets die von *Unterdrückten*, von Menschen zweiten Grades, Wesen einer untergeordneten Gattung. Die Selbstsucht des Mannes, die brutale Gewalt des Stärkeren hielten die Frau und die Entwickelung ihres sozialen Einflusses in eiserne Ketten geschlagen, über welche die landläufige Heuchelei durch gefühlvoll poetische Firlefanzereien und durch leeres Phrasengebimmel von der »Würde der *Haus*frau« und von dem Reichtum ihres *inneren* Lebens zu täuschen suchte.

Die Lage der *Frau* befand sich stets in Übereinstimmung mit der Lage der produktiv tätigen *Masse* des Volkes, wie diese war sie eine abhängige und rechtlose. Pflichten und Rechte der griechischen und römischen »Matrone« entsprachen im wesentlichen denen der antiken Haussklaven. Die Stellung der mittelalterlichen »minniglichen Herrin«, der züchtigen Hausfrau, unterschied sich fast in nichts von der ihrer leibeignen Mägde. Die *moderne Frau* ist in nichts besser, in vielem schlechter daran wie der moderne *Lohnarbeiter*. Wie dieser ist sie ausgebeutet und rechtlos, ja in den meisten Fällen doppelt ausgebeutet und doppelt rechtlos.

Es *kann* dies nicht anders sein, denn *die Stellung der Frau entspringt nicht aus gewissen ewig gültigen Ideen*, aus einer *unabänderlichen Bestimmung* für den von sentimentaler Selbstsucht erfundenen »natürlichen Beruf des ewig Weiblichen«, sondern sie ist *eine Folge der gesellschaftlichen, auf den Produktionsverhältnissen fußenden Zustände* einer gegebenen Zeit. Diese Zustände, welche der Frau in den verschiedenen Geschichtsperioden aus *wirtschaftlichen Notwendigkeiten* eine gewisse Stellung anweisen, ziehen dann ihrerseits zugleich gewisse Ideen groß über die gesellschaftliche Rolle des weiblichen Geschlechts, Ideen, die einfach den Zweck haben, das *tatsächlich* Bestehende zu beschönigen, als ewig notwendig zu erweisen und zum Nutzen derer, denen die herrschenden Verhältnisse zugute kommen, aufrechtzuerhalten.

Die gesellschaftlich untergeordnete Stellung der Frau stammt aus der Zeit, wo der erobernde Krieger das geraubte Weib zu seinem ersten Privateigentum, zu seinem vorzüglichsten Arbeitsinstrument, seiner vornehmsten Produktivkraft machte, wo er es – unter dem Vorwande des Schutzes während der Schwangerschafts- und Stillungsperiode – übernahm, die Sorgen für die gemeinsame Existenz, die Beziehungen zu der Umgebung allein zu tragen. Der Mann legte damit den Grund zu der wirtschaftlichen und gesellschaftlichen Abhängigkeit der Frau, den Grund auch zu der sich vollziehenden ursprünglichen Teilung der Arbeit in eine (erobernd)-*erwerbend*-verteidigende und eine produktiv-*erhaltende* Tätigkeit, von denen erstere dem Manne, letztere der Frau zufiel. Es war dies der Keim zu dem eigentlich längst überlebten, aber festgewurzelten Vorurteile, daß »die

Welt das Haus des Mannes, das Haus die Welt der Frau sein solle«.

Sitte und Religionen zögerten nicht, das, was die Gewalt geschaffen, durch den Schein eines ewigen Rechts zu heiligen. Die Schwäche und Rückständigkeit der Frau ward im Laufe der Jahrhunderte zu einem gesellschaftlichen Dogma, zu einer unumstößlichen Grundanschauung erhoben, auf der sich ein ganzes System der körperlichen, geistigen und moralischen Unterdrückung aufbaute. Sehr viel hat auch das Christentum zur Verkrüppelung und Knechtung des weiblichen Geschlechts beigetragen. Von dem Märchen des Sündenfalles durch Evas Schuld, von der Lehre der Askese (der sinnlichen Enthaltsamkeit), welche die Frau als das sündhafte, teuflische Prinzip, als das mächtigste Hindernis auf dem Wege zur Gottseligkeit erscheinen ließ, wurde die Unwürdigkeit, der geringere Wert des Weibes hergeleitet, damit zugleich die Pflicht von deren Gehorsam und Unterwürfigkeit dem Manne gegenüber.

Wie die teleologische Weltauffassung den Ochsen zu dem Zwecke vom Schöpfer hatte erfinden lassen, daß der Mensch Beefsteaks essen und rindslederne Stiefel tragen konnte, so kannten die meisten Philosophen und Gesetzgeber für die Entwicklung und Rolle der Frau keinen anderen Zweck, als zur Annehmlichkeit des Menschen par excellence, d. h. des Mannes dazusein, die Rasse *fortzupflanzen* und *Haussklaven*dienste zu leisten.

Die gesamte Entwicklung der Frau strebte einseitig und ausschließlich auf das eine Ziel zu: die unter dem Schutz und der Verantwortung des Mannes geübte Tätigkeit in und zugunsten der *Familie*.

Innerhalb dieser engbegrenzten Sphäre war die Frau die vornehmste Produktivkraft des gemeinsamen Haushaltes, sie war mit Arbeiten überlastet, welche auf das Gedeihen und die Entwicklung der Familie hinzielen; sie erhielt jedoch nur die Pflichten ihrer Stellung zuerteilt, nicht deren Rechte. Der Mann war sozusagen der verantwortliche Familien-

Unternehmer, welcher die Arbeitskraft des Weibes um den Preis von dessen lebenslänglicher Erhaltung ausbeutete. Solange die Produktion nun auf die *alten*, unvollkommenen Arbeitsmittel angewiesen war, *konnte* die Frau den Kreis ihrer Tätigkeit nicht erweitern.

[...]

Die unentbehrliche Erzeugung von Konsumartikeln durch die weibliche Produktionskraft innerhalb der Familie ist auch die Ursache, weshalb es früher *keine Frauenfrage* gab und geben konnte, *solange die alten Produktionsbedingungen in Kraft standen*. Es konnte früher wohl von einer *gradweisen Hebung* der Lage der Frau in dem oder jenem Sinne die Rede sein, aber nicht von einer Frauenfrage im modernen Sinne des Wortes, von einer Erschütterung der *ganzen Grundlage* ihrer Stellung, da mit derselben das ganze damalige Leben, die ganze damalige »Kultur« bis ins Innerste erschüttert worden wäre. Die Frauenfrage ist vielmehr wie die moderne Arbeiterfrage ein Kind der durch die Anwendung von mechanischen Werkzeugen, von Dampfkraft und Elektrizität revolutionierten Industrie, der Großproduktion. Sie ist weder eine politische noch sittliche Frage (obgleich sie politische und moralische Elemente in sich schließt), sondern eine *ökonomische Frage*.

Die Frau *mußte* als Hausklavin an ihren alten Kreis gefesselt bleiben; der Gedanke an ihre Emanzipation konnte nicht aufkommen, bis nicht die Maschine als Heiland auftrat und mit dem Dröhnen und Stampfen ihres Räderwerks das Evangelium von der Menschwerdung, der wirtschaftlichen Verselbständigung der Frau verkündete. In dem Maße, als sich die moderne Industrie entwickelte, als sie durch Dampf und Mechanik die Produktion leichter, schneller und ausgiebiger, die Produkte billiger machte, mußte *der Frau ein Zweig ihrer alten produktiven Tätigkeit im Hause nach dem anderen entzogen* werden.

Schritt für Schritt mit der Haus- und Kleinindustrie mußte auch die Familienindustrie der Frau zugrunde gehen. [...]

Viele vor hundert Jahren noch unbekannte Industriezweige, eine Anzahl mechanischer Werkzeuge haben der Frau bereits einen großen Teil der Küchenarbeit abgenommen oder können ihr denselben wenigstens abnehmen, und die Errichtung großer gemeinsamer Dampfküchen, die Einführung von Zentralheizung und Zentralbeleuchtung wird die angebahnte *Emanzipation vom Kochtopfe* zu Ende führen.

Die Entwickelung der Produktionsmittel zerstörte also die ökonomische Basis für das Wirken der Frau *innerhalb der Familie*, zugleich schuf sie aber auch die Bedingungen für die Tätigkeit der Frau *in der Gesellschaft*, draußen auf dem »Markt des Lebens«.

Die Frau der *Bourgeoisie* verwendete, als der »Haushalt« nicht mehr den reichen Inhalt hatte wie früher, ihre freigewordene Zeit nach und nach ausschließlich auf Vergnügungen und Genüsse, ausnahmsweise auch auf ernste geistige Beschäftigungen, auf Aneignung einer gründlichen Bildung, auf Übung des Wohltätigkeitssports. Im allgemeinen spielt sie im gesellschaftlichen Leben seit der großen Umwälzung der ökonomischen Bedingungen die Rolle eines Luxusartikels, eines Lusttiers.

Die Frauen und Mädchen des *Mittelstandes* wurden durch den Zusammenbruch ihrer alten Existenzbedingungen auf den *Erwerb* hingewiesen; sie wandten sich, wenn irgend möglich, den sogenannten liberalen Berufen (der Lehrtätigkeit, der Krankenpflege usf.) und den Industrien zu, welche an die Kunst streifen. Es war nicht der Wissensdrang, nicht die plötzlich den blinden Augen aufgegangene Erkenntnis von der geistigen Gleichberechtigung des weiblichen Geschlechts, welche die *Bildungsbewegung* der Frauen erzeugte; es waren im wesentlichen die umgewandelten ökonomischen Verhältnisse, die *Frage nach dem Stücke Brot*, das für den Fall gesichert werden mußte, wo sich nicht in der Gestalt eines Mannes ein Ernährer fand. Die Bildungsbewegung der Frauen hat sich Schritt für Schritt und parallel mit dem Untergange des Mittelstandes entwickelt.

Für die *Masse* der Frauen, für die Frauen der *besitzlosen* Kreise, führten die nämlichen ökonomischen Verhältnisse, welche die bisherige Sphäre ihrer Tätigkeit zerstörten, zu einem neuen Wirkungsfelde, zu der *Industrie*.
Damit ward die Tätigkeit der Frau endgiltig aus dem Hause in die Gesellschaft verlegt.

FORMEN UND BEDINGUNGEN VON FRAUENARBEIT

HANDBUCH DER FRAUENBEWEGUNG

Die absolute Höhe der Frauenlöhne

Von den Arbeiterinnen, die während der Februar-Revolution vor das Hôtel de ville in Paris zogen, wurde an die provisorische Regierung die Forderung gerichtet, »daß man ihren Arbeitslohn auf die Höhe des Lohnes der Männer erhöbe, damit sie anständig von dem Ertrage ihrer Arbeit leben könnten«.* In dieser Forderung sind zwei Gedanken vereinigt: 1. Der Lohn der Arbeiterin ist zum Leben unzureichend; 2. der Lohn des Arbeiters ist höher als der der Arbeiterin. Wir wollen sie getrennt voneinander behandeln; zunächst das einfachere Problem: die für das Bedürfnis vieler weiblichen Erwerbstätigen unzureichende Entlohnung ihrer Arbeit.
Vor allem in der Industrie und im Handel, aber auch bei der Lehrerin, bei der Bühnenkünstlerin usw. haben wir eine Bezahlung gefunden, die nicht für das Lebensbedürfnis der auf sich gestellten weiblichen Berufstätigen, sondern nur für solche Frauen ausreicht, die nicht den vollen Lebensunter-

---
* *Pierstorff*, Frauenbewegung und Frauenfrage. Göttingen 1879. S. 9.

halt zu verdienen brauchen. Suchen wir die Ursachen kurz zusammenzufassen, die die Frauenlöhne auf großen, wachsenden Arbeitsgebieten *unterhalb* des Existenzminimums festhalten. Zunächst, in der Stadt, das *Überangebot* von erwerbsuchenden Frauen; nur auf wenigen der ihnen zugänglichen städtischen Arbeitsgebiete – vor allem im Dienstbotenberuf – ist Mangel an weiblichen Arbeitskräften. Sodann die vielen weiblichen Erwerbstätigen, die *anderweit Unterstützung* finden: die bei ihrer Familie lebenden, am Familieneinkommen teilhabenden Töchter, die Ehefrauen, die den Verdienst des Mannes nur zu ergänzen wünschen, Witwen mit Pension, Rentnerinnen, Mädchen, die vom Liebhaber unterstützt werden, Mätressen, halb oder ganz Prostituierte – all diese bedürfen nicht des vollen Lebensunterhalts, unterbieten daher die alleinstehenden und drücken auch deren Lohn unter das Existenzminimum hinab, ebenso wie er auch bei Kinderarbeit, bei Armenarbeit,* bei Arbeit von Männern, deren Frauen stark miterwerben, kurz überhaupt bei einer Arbeiterschaft, die anderweit unterstützt ist, unter das Existenzminimum sinkt. Ferner verlangen viele Eltern von der Tochter, daß sie zum Familienhaushalt, an dem sie teilhat, möglichst bald durch Erwerb etwas beitrage; lange werde es ja nicht dauern, die Ehe komme ja bald; einer *Berufsbildung*, bei der eine Zeitlang wenig oder nichts verdient wird oder sogar zugezahlt werden muß, während der Erfolg, ausreichender Verdienst, erst später eintritt, wird ein bald beginnender merkbarer Verdienst vorgezogen, wenn er auch den vollen Lebensunterhalt nicht gewährt: für diesen sorgen ja die Eltern und

---

* *Helen Bosanquet* (A study in women's wages, in *The Economic Journal*, March 1902) hebt mit Recht hervor, daß ebenso wie einst unter dem englischen Armengesetz auch jetzt die Witwenunterstützungen usw. den *Arbeitgebern* zugute kommen, die Löhne drücken, parasitische Saisonindustrien befördern; doch sind z. B. die Witwen- und Waisenrenten keineswegs die schlimmsten lohndrückenden Ursachen, auch sind sie an sich wünschenswert, wenn sie auch erst bei staatlich erzwungenen Mindestlöhnen zur vollen Wirkung kommen werden.

später, meint man, der erhoffte Mann. So wird auf einen größeren Verdienst, als er während einer Lehrzeit erreicht würde, aber nicht auf einen zum selbständigen Leben ausreichenden Lohn gedrungen. Auch scheinen die Mädchen selbst, solange sie, durch die Eltern vor Not geschützt, auf die Ehe hoffend, den Beruf nur als ein hoffentlich kurzes Zwischenspiel ansehn, einer Lehrzeit abgeneigt zu sein; und da sie nicht mit ganzer Seele beim Beruf dabeisind, sind sie einerseits in ihren Lohnansprüchen um so nachgiebiger, andrerseits in ihren Leistungen oft um so dilettantischer, und die daraus entstehende Geringschätzung der Frauenarbeit drückt wiederum auch auf diejenigen Frauen, die Tüchtiges leisten.

In diesen Ursachen der unter dem Existenzminimum bleibenden Bezahlung großer Massen von weiblichen Erwerbstätigen liegt zugleich die außerordentliche Schwierigkeit, ja vielleicht die Unmöglichkeit, daß die Frauen sich selbst, durch Organisation, eine zum Leben ausreichende Bezahlung erringen werden. *Sidney* und *Beatrice Webb*, die gründlichsten Kenner des hochentwickelten englischen Gewerkvereinswesens, das auch in der Organisation der Arbeiterinnen weit vorangeeilt ist, sehen die einzige Möglichkeit zur Hebung der schmachvoll niedrigen Lebenshaltung der Ungelernten, der Arbeiter, deren Organisation durch Heimarbeit verkrüppelt wird, »*und der Arbeiterinnen überall*«* in einem *Eingreifen des Staats*,** wie es die australischen Kolonien, vor allem Victoria, mit Erfolg begonnen haben. Diese Einsicht wird erst allmählich in unsrer öffentlichen Meinung Wurzel fassen. Es muß erst allgemein erkannt worden sein, daß auf den gegenwärtigen Frauenlöhnen keine Volksgesundheit, keine dauernde Industrieblüte beruhen kann; daß es im nationalen wie im sozialen Interesse nötig

---
* Soc. Praxis XI. Sp. 637.
** Auch dadurch, daß er in weit größerer Zahl als bisher Frauen mit auskömmlicher Besoldung anstellt, kann der Staat hier helfen. Vgl. Dr. K. *Friedrichs*, Frauen als Subalternbeamte, im *Tag*, 13. Dezember 1901.

ist, die Unternehmer – in der Industrie, im Handel, im Bühnenwesen usw. – zu zwingen, daß sie nicht durch niedrigen Lohn, sondern durch gesunde Vervollkommnung der Leistungen konkurrieren.

Es liegt hier eine Zukunftsaufgabe der *Frauenbewegung*; denn da die Frauen in den Jahren, in denen man Unternehmer wird, meist vom Erwerbsberuf zum Mutterberuf übergehn, somit im Berufsleben meist Arbeiterinnen, Angestellte, kurz Lohnempfangende sind und auch bleiben werden, sofern der Mutterberuf nicht um des Erwerbsberufs willen verkümmern soll, so ist die Lohnfrage in ganz besonderem Maß *Fraueninteresse*. Ja es handelt sich bei den unzureichenden Frauenlöhnen im großen geradezu um eine Ausbeutung des weiblichen durch das männliche Geschlecht, um eine Ausbeutung, durch die Scharen von weiblichen Erwerbstätigen dazu gedrängt werden, dem andern Geschlecht nicht nur die Arbeitskraft, sondern auch die Ehre zu verkaufen.

LILY BRAUN

Die wirtschaftliche Lage der Lehrerinnen

Trauriger noch sind die Zustände in Deutschland und Österreich. Gibt es doch im Deutschen Reich noch Lehrerinnen, deren Jahreseinkommen 300 bis 450 Mk. beträgt, eine Einnahme, die sich mit der einer besonders schlecht gestellten Wäschenäherin vergleichen läßt. Eine Volksschullehrerin, die mit 700 Mk. angestellt wird – kein Lehrer bezieht unter 900 Mk. –, hat die Aussicht, nach 31jähriger angestrengter Tätigkeit 1560 Mk. alles in allem zu erhalten. In Gumbinnen erreicht sie nach 20jährigem Dienst ein Höchstgehalt von

1150 Mk.* Zwei Drittel der technischen Lehrerinnen in Berlin beziehen ein Gehalt von – 25 Mk. monatlich! In wie schroffem Gegensatz die Gehälter der Lehrerinnen zu denen der Lehrer an den höheren Mädchenschulen stehen, zeigt folgende Tabelle über ihre niedrigsten und höchsten Einnahmen an den genannten Orten:**

	Lehrerinnen	Lehrer
Berlin	1800–2600 Mk.	2800–6000 Mk.
Breslau	1300–2300 „	1800–4550 „
Danzig	1200–2000 „	1800–4850 „
Hannover	1000–2000 „	2250–5150 „
Kassel	1200–1950 „	2600–5150 „
Köln	1200–2200 „	1800–6075 „

Dabei ist berechnet worden, daß eine großstädtische Lehrerin bei bescheidensten Ansprüchen ein Mindesteinkommen von 1500 Mk. haben muß.

Viel schlimmer gestaltet sich die Lage der Frauen an Privatschulen, wo sie häufig mit 500–800 Mk. zufrieden sein müssen*** und überdies durch Einkauf in die verschiedenen Pensions- und Rentenversicherungsanstalten für Lehrerinnen für ihr Alter selbst zu sorgen haben. Freilich ist die Pension, die Staat und Gemeinden den Frauen gewähren, die, unter Verzicht auf persönliches Lebensglück, ihre besten Jahre der Heranbildung der Töchter des Landes geopfert haben, jammervoll genug: sie beträgt 405 bis 912 Mk. jährlich; – es liegt grimmiger Hohn darin, diese Summe mit dem Namen Ruhegehalt zu bezeichnen, denn von Ruhe ist auch für die alternde Lehrerin keine Rede. Wie sie schon in ihren besten Jahren kaum existieren kann, ohne Vermögen zu besitzen, oder – der häufigste Fall – durch

---

* Vgl. Auguste Sprengel, Die äußere Lage der Lehrerinnen in Deutschland. In *Wychgrams Handbuch*, a. a. O., S. 423 ff.

** Vgl. den Artikel »Lehrerin« im *Illustrierten Konversationslexikon der Frau*. Berlin 1900. 2. Bd. S. 55.

*** Vgl. C. v. Franken, *Katechismus der weiblichen Erwerbs- und Berufsarten*. Leipzig 1898. S. 24 f.

Privatstunden den Rest ihrer Kräfte aufzureiben, so kann sie sich auch der verdienten Ruhe nicht erfreuen, wenn sie nicht aus anderen Quellen eine Pension sich selbst sicherte oder, bis ihre Gesundheit ganz versagt, tagaus, tagein, treppauf, treppab läuft, um sich noch ein paar Mark zu verdienen.

OTTILIE BAADER

Nähmaschine und Heimarbeit

Die Nähmaschinenindustrie hat sich in Deutschland erst in den sechziger Jahren des vorigen Jahrhunderts so entwickelt, daß die Nähmaschine auch hier zu allgemeinerer Verwendung kam. Das rief vor allem in der Frauenerwerbsarbeit und namentlich in der Wäscheherstellung eine große Umwälzung hervor. Als besondere Branche entstand die Herstellung von Kragen und Manschetten, die vorher feste Bestandteile des Herrenoberhemdes gewesen waren. In Berlin waren es damals vier oder fünf Firmen, die ihre Herstellung im großen betrieben.
Ich hatte inzwischen, wie schon gesagt, allerlei versucht. Jetzt aber lernte ich auf der Maschine nähen und kam in eine dieser Fabriken in der Spandauer Straße. Dort wurden etwa fünfzig Maschinennäherinnen und ebenso viele Vorrichterinnen beschäftigt. Je eine Arbeiterin dieser beiden Gruppen mußten sich immer zusammentun und gemeinsam arbeiten, und auch der Lohn wurde gemeinsam berechnet.
Von morgens acht bis abends sieben Uhr dauerte die Arbeitszeit, ohne namhafte Pause. Mittags verzehrte man das mitgebrachte Brot oder lief zum »Budiker« nebenan, um für einige Groschen etwas Warmes zu sich zu nehmen. Sieben, höchstens zehn Taler die Woche war der von Vor-

richterin und Maschinennäherin gemeinsam verdiente Lohn. Da das Maschinennähen körperlich anstrengender als das Vorrichten war, so bestand die Gepflogenheit, daß die Maschinennäherin vom Taler 17½ und die Vorrichterin 12½ Groschen erhielt. Vor der Teilung wurden aber von dem gemeinsam verdienten Lohn die Kosten für das vernähte Garn und etwa zerbrochene Maschinennadeln abgezogen, was durchschnittlich auf den Taler 2½ Groschen betrug.
Den ersten Anstoß, eine Änderung dieser ganzen Verhältnisse selbst in die Hand zu nehmen, brachte uns erst der Deutsch-Französische Krieg. Unmittelbar nach seinem Ausbruch gab es auch in der Wäscheindustrie einen Stillstand des Absatzes. Arbeiterinnen wurden entlassen und standen mittellos da, denn von dem Verdienst konnte niemand etwas erübrigen. Unsere Firma wollte das »Risiko« auf sich nehmen, uns auch bei dem eingeschränkten Absatz voll zu beschäftigen, wenn wir für den »*halben*« Lohn arbeiten wollten. Von Organisation hatten wir keine Ahnung – und wir waren in einer Notlage, denn die meisten Arbeiterinnen waren auf sich selbst angewiesen; sie lebten, wie man sagt, von der Hand in den Mund. So sagten wir zu, es einmal eine Woche zu versuchen.
Nun wurde drauflosgeschuftet. Das Resultat aber war kläglich; von dem um die Hälfte gekürzten Lohn wurden uns die vollen Kosten für Garn und Nadeln in Abzug gebracht. Das brutale Vorgehen des Unternehmers brachte uns zur Besinnung. Wir beschlossen einmütig, lieber zu feiern, als für einen solchen Schundlohn zu arbeiten, von dem zu existieren nicht möglich war. Drei Arbeiterinnen, zu denen auch ich gehörte, wurden bestimmt, dies dem Chef mitzuteilen. Als die Deputation ihm nun den Gesamtbeschluß vortrug, wollte er uns damit beschwichtigen, daß er erzählte, sobald Siegesnachrichten eingingen, würde das Geschäft sich sofort wieder heben und die Löhne steigen. Er hatte wohlweislich vermieden zu sagen, »die alte Höhe erreichen«. Wir waren glücklicherweise in dem Moment schlagfertig genug zu ant-

worten, der Lohn steige nie so schnell, wie er herabgesetzt würde und zudem habe dann das Geschäft ein volles, zu den niedrigen Löhnen hergestelltes Lager. Als der Chef merkte, daß wir uns nicht so leicht unterkriegen ließen, wurde er so wütend, daß er uns rot vor Ärger anschrie: »Na, dann werde ich euch den vollen Preis wieder zahlen! Wollt ihr nun wieder arbeiten?« Da antworteten wir ihm kurz: »Jawohl, nun werden wir wieder arbeiten.«
Wir waren durch unsern Erfolg selbst überrascht. Dem Unternehmer aber war es ebenso neu, daß Arbeiterinnen sich zusammenfanden und geschlossen ihre Forderungen stellten. Er war überrumpelt worden, zudem waren die Kragennäherinnen damals auch sehr gesucht. Mich ließ der Chef dann bald nachdem einmal in sein Kontor rufen und sagte mir, ich brauchte nicht zu befürchten, daß mir mein Eintreten in dieser Sache bei meiner Arbeit etwa schaden würde. Solange er Arbeit hätte, würde ich auch bei ihm zu tun finden. Das hörte sich zwar ganz gut an, stimmte aber nicht. Es wurde hier und da an meiner Arbeit herumgetadelt, und es dauerte nicht lange, da gefiel mir diese Art nicht mehr, und ich ging von selbst fort. Die Einmütigkeit der Arbeiterinnen, die uns diesen Erfolg gebracht hatte, war nicht von Dauer. Es stellte sich auch nach den Siegesnachrichten der geschäftliche Aufschwung nicht so schnell wieder ein. Die Unternehmer hatten aber gelernt. Sie griffen eben nicht wieder so brutal ein, sondern gingen behutsamer vor. Es wurden mit einzelnen Arbeiterinnen, die in besonderer Notlage waren, Lohnabzüge vereinbart. Statt des Zusammenhalts entstand dadurch natürlich Mißtrauen unter den Arbeiterinnen, und es dauerte noch manches Jahr, bis die Arbeiterinnen die Absicht erkannt und dem Unternehmertum in geschlossener Organisation entgegentraten. Das war für viele ein langer Leidensweg.
Ich kaufte mir dann eine eigene Maschine und arbeitete zu Hause. Dabei habe ich das Los der Heimarbeiterin zur Genüge kennengelernt. Von morgens um sechs bis nachts

um zwölf, mit einer Stunde Mittagspause, wurde in einer Tour »getrampelt«. Um vier Uhr aber wurde aufgestanden, die Wohnung in Ordnung gebracht und das Essen vorbereitet. Beim Arbeiten stand dann eine kleine Uhr vor mir, und es wurde sorgfältig aufgepaßt, daß ein Dutzend Kragen nicht länger dauerte wie das andere, und nichts konnte einem mehr Freude machen, als wenn man ein paar Minuten sparen konnte.

So ging das zunächst fünf Jahre lang. Und die Jahre vergingen, ohne daß man merkte, daß man jung war, und ohne daß das Leben einem etwas gegeben hätte. Um mich herum hatte sich auch so manches geändert. Meine Schwester und dann auch mein Bruder hatten geheiratet; meine jüngste Schwester war bei einer Kahnpartie ertrunken. Der Vater konnte schon lange nicht mehr arbeiten, und so war es mir gegangen, wie es so oft alleingebliebenen Töchtern in einer Familie geht, die nicht rechtzeitig ein eigenes Lebensglück fanden: sie müssen das Ganze zusammenhalten und schließlich nicht nur Mutter, sondern auch noch Vater sein, das heißt Ernährer der Familienmitglieder, die sich nicht selbst erhalten können. So habe ich meinen Vater über zwanzig Jahre erhalten, und ich habe immer so viel arbeiten können, daß es mir gelang, eine Wohnung von Stube und Küche zu halten.

Meinem Bruder starb die Frau, als das erste Kind, ein Mädchen, noch ganz klein war. Ich habe dieses Kind zu mir genommen, und es hat mir in dem Jahr viel Freude gemacht. Es hat dann bei mir laufen gelernt. Aber als mein Bruder sich wieder verheiratete, mußte ich es zurückgeben. Mein Bruder starb selber nach einigen Jahren, und ich habe dann häufig auch noch die beiden Jungen aus der zweiten Ehe bei mir gehabt, weil die Mutter verdienen mußte.

Ich kann nicht sagen, daß ich immer sehr froh war. Schließlich hatte auch ich etwas anderes vom Leben erhofft. Ich habe manchmal das Leben so satt gehabt, so Jahr um Jahr immer an der Nähmaschine, immer nur Kragen und Manschetten vor sich, ein Dutzend nach dem anderen, das Leben hatte gar keinen Wert, man war nur eine Arbeitsmaschine und hatte keine Zukunftsaussichten. Und von dem Schönen in der Welt sah und hörte man nichts, davon war man einfach ausgeschlossen.

Es ging mir dann eine Zeitlang wenig gut. Ich war bei meiner anhaltenden Arbeit krank geworden, und der Arzt sagte, ich müßte dieses dauernde Maschinennähen aufgeben. Da fing ich an, Schürzen zu nähen, bei denen doch etwas Handarbeit zwischendurch zu machen war. Ich bekam dann auch einen Halbtagsposten zum Abnehmen fertiger Ware. Das war wohl etwas Abwechslung, aber im ganzen ging die Arbeit weiter wie bisher.

Als junges Mädchen gehörte ich auch eine Zeitlang dem Arbeiterinnenverein an, den Lina Morgenstern gegründet hatte. Es wurde Unterricht im Rechnen, Schreiben und Deutsch gegeben, und zwar vollständig unentgeltlich. Aber nicht alle Lehrer waren pünktlich zur Stelle, und so haben wir die für uns so kostbaren Sonntagvormittagsstunden öfter unnütz warten müssen. Wir erklärten dann Frau Morgenstern, den Unterricht lieber bezahlen zu wollen, als unsere Zeit so nutzlos zu vergeuden.

Es war damals die Not groß, viel Arbeitslosigkeit, die Lebensmittel sehr teuer. Von den bürgerlichen Vereinen wurde eine Verkaufsstelle für Handarbeiten an der Stechbahn eingerichtet, und in einer Arbeiterinnenversammlung wurde gesagt, daß auch wir dort unsere Arbeiten anbringen könnten. Eine Arbeiterin fragte, was man da verdiene. Die Summe, die genannt wurde, war so klein, daß sie sagte: »Dann bleibe ich lieber Bogenfängerin in meiner Druckerei, da weiß ich wenigstens, was ich sicher habe.«

Einmal wurde von den Mitgliedern des Morgensternschen Arbeiterinnenvereins gesagt: »Diese Weiber, diese Sozialdemokraten, Frau Staegemann, Frau Cantius und wie sie alle heißen mögen, sie sollen ja wahre Hyänen sein.« Da hatten doch ein paar andere den vernünftigen Gedanken: »Wir können doch aber erst einmal hören, was sie zu sagen haben.«

Es fand sich dann auch bald eine Gelegenheit, eine Versammlung zu besuchen, in der sozialdemokratische Frauen sprachen; ich habe sie nicht gehört, aber der Eindruck, von dem mir erzählt wurde, war ein solcher, daß die Arbeiterinnen sagten: »Das ist richtig, das kann man doch vertreten.«

Als ich dann zum erstenmal in eine sozialdemokratische Versammlung kam, habe ich zuerst aufgehorcht. Hier sprachen die Menschen alle so von der Leber weg, so ruhig und selbstverständlich, daß es mir wie eine Erlösung war. Es dauerte aber noch geraume Zeit, bis ich zur Sozialdemokratie kam.

LILY BRAUN

Das Sklaventum der Dienstmädchen

Die Dienstvermittlung ruht fast ausschließlich in den Händen privater Vermittler. Nach einer amtlichen Erhebung in Preußen gab es hier allein 5216 Stellenvermittler, von denen 3931 weiblich und fast ⅛ vorbestraft waren, was auf den Charakter derjenigen, in deren Händen das Los der Dienstmädchen liegt, ein scharfes Licht wirft. Ihre möglichste Ausbeutung liegt natürlich im Interesse der Vermittler, und so müssen die Dienstmädchen für jede Stelle entweder eine bestimmte Summe, in Deutschland 50 Pf. bis 3 Mk., oder einen Prozentsatz vom Jahresgehalt, oft bis zu 10 %, bezahlen. Da im Durchschnitt die großstädtischen Dienstmädchen zweimal im Jahr den Dienst zu wechseln pflegen, so kommen dabei Summen zusammen, die eines besseren Zweckes würdig wären. In Wien allein wurden im Jahr 1892

192 831 fl.[4] von den Vermittlungsbüros eingenommen.[*] Bei dieser Steuer, die die armen Mädchen zu tragen haben, bleibt es aber nicht allein. Sehr häufig nehmen die Vermittlerinnen sie während der Zeit der Stellenlosigkeit in Kost und Wohnung; sie üben dadurch, daß sie ihre Mieterinnen bei der Auswahl der Stellung bevorzugen, einen empfindlichen Druck auf sie aus und haben es überdies in der Hand, die Mädchen möglichst lange bei sich festzuhalten. Die unerfahrenen Mädchen, die vom Lande in die Stadt kommen, sind stets ihre leichte Beute, und da sie es verstehen, sie durch Versprechungen, durch Schmeicheleien und wohl auch durch häusliche Feste – wobei die Mädchen natürlich die Zeche bezahlen müssen – an sich zu fesseln, so ist das Netz dieser Spinnen immer voll armer kleiner Fliegen. Ein Blick in das Wartezimmer einer großstädtischen Vermieterin enthüllt für den, der sehen will, oft mit einem Schlage das ganze Elend des Dienstbotenlebens. Da stehen dicht gedrängt die Mädchen, vor ihnen die feilschenden »Gnädigen« mit prüfenden Blicken und Fragen, die eines Untersuchungsrichters würdig wären – ein Sklavenmarkt mit all seinen Schrecken! Jedes deutsche und österreichische Mädchen hat überdies noch ihr Dienstbuch, wie der Schuljunge sein Zeugnis, vorzuweisen, das ihren ganzen Lebenslauf wiedergibt und Urteile enthält, die alles vermuten und erraten lassen. Wagt es das Dienstmädchen seinerseits, nach den Arbeitsbedingungen zu fragen, die seiner warten, so gilt es für frech und unverschämt, obwohl es doch mindestens dasselbe Interesse daran hat, zu wissen, was ihm bevorsteht, als diejenige, die es in ein Kreuzverhör nimmt.
Und was wartet seiner?
Zur Entlohnung der häuslichen Dienstboten gehört, außer dem Lohn, Wohnung und Kost. Das Wohnen im Hause der Herrschaft ist allgemein üblich; die vollständige Abhängig-

4 *fl.:* Siehe S. 164.
* Vgl. *Dokumente der Frauen,* a.a.O., Bd. II, Nr. 21, S. 588. [Hrsg. von Marie Lang. Wien. Februar 1900.]

keit, die stete Arbeitsbereitschaft, in der sich der Dienstbote auch in Zeiten der Ruhe befindet, kommt dadurch zu deutlichem Ausdruck. Durch die Art der Wohnungen erfährt sie Abstufungen verschiedenster Art. Die amerikanischen und englischen Dienstboten haben nicht nur ihr eigenes Zimmer, sondern zumeist auch, wo mehrere Dienstboten gehalten werden, einen gemeinsamen Wohnraum, wo sie ihre Mahlzeiten einnehmen und wohl auch ihre Freunde empfangen können.* Daß es sich dabei nur um die Dienstboten wohlhabender Familien handeln kann, liegt auf der Hand. In Frankreich und ebenso in Süddeutschland und Österreich befinden sich die Zimmer der Dienstboten in den Miethäusern immer im obersten Stockwerk. Sehr häufig sind sie nicht zu heizen, so daß die Kälte im Winter sehr empfindlich ist, aber noch empfindlicher vielleicht ist die Sommerhitze unter dem glühenden Dach. In solchem Raum, der oft kaum das Nötigste zu fassen vermag, hausen meist zwei, oft auch drei Dienstmädchen zusammen. Tür an Tür führt vom engen Gang aus in die Zimmer des Hauspersonals; alt und jung, Mädchen und Männer, Verdorbene und Unverdorbene wohnen hier oben nebeneinander. Und doch sind diese Unterkunftsräume noch als gute zu bezeichnen im Vergleich mit denen, die der größten Mehrzahl der weiblichen Dienstboten in den norddeutschen Städten geboten werden. Die Hängeböden sind hierfür besonders charakteristisch. Man versteht darunter Räume, die auf halber Höhe über dem Badezimmer, dem Klosett, dem Flur oder einem Küchenwinkel angebracht zu werden pflegen und nur mittelst einer Leiter oder einer steilen Hühnerstiege zu erreichen sind. Meist sind sie so niedrig, daß ein normal gewachsener Mensch nicht aufrecht darin stehen kann, und so klein, daß neben dem Bett kaum Platz genug bleibt, um sich anzuziehen. Ein Fenster – klein ist es natürlich stets – wird auch oft zu den Luxusgegenständen gerechnet, die nach der Küche

* Vgl. Booth, a.a.O., Vol. VIII, p. 219. [Charles Booth: *Life and Labour of the People*. London 1893.]

oder dem Flur hinausmündende Tür ist dann das einzige Ventilationsmittel des engen, dunklen Loches. Oft führt der Kamin der Küche direkt daran entlang, so daß eine unerträgliche Hitze sich der schlechten Luft zugesellt und Ungeziefer aller Art eine förmliche Brutstätte hier findet. Noch häufiger liegt Badezimmer und Klosett unter dem Hängeboden, den infolgedessen eine wahre Typhusatmosphäre erfüllt. Einen solchen Wohnraum für Dienstmädchen habe ich in einem der vornehmsten Häuser Berlins gesehen, der ein Bett, einen Stuhl und einen kleinen Waschtisch enthielt, dabei selbst für kleine Menschen zu niedrig war; die Hausfrau, die mir ihre Wohnung zeigte, erklärte stolz, daß er geräumig genug sei, um zwei Mädchen zu beherbergen! Natürlich besaß sie einen Salon, der nur für Gesellschaftszwecke geöffnet wurde, und ein Fremdenzimmer, das monatelang leer stand. Aber die letzte Stufe des Wohnungselendes ist damit doch noch nicht erreicht: In einer eleganten Pension des Berliner Westens fand ich ein Dienstmädchen, das während der Wintermonate in einem Winkel des dunklen Hausflurs, den jeder Bewohner zu passieren hatte, hinter einem Vorhang ihr Nachtlager aufschlug. Stillichs Untersuchungen der Berliner Dienstbotenverhältnisse kommen zu denselben Resultaten: Fensterlose, feuchte Kammern, Speise- oder Dachkammern, Kellerräume, Abteilungen des Badezimmers, in dem sich zugleich das Klosett befindet, oder des Korridors werden von seinen Expertinnen als ihre Schlafräume angegeben, und zwar sind es nicht weniger als 48 % aller, die in dieser Weise untergebracht wurden. Wenn 24 bis 50 cbm Luftraum pro Person als notwendig erscheinen, so entsprechen von 256 Schlafstellen Berliner Dienstmädchen nur 93 diesen Anforderungen; etwa die Hälfte sind in bezug auf die sanitären Bedingungen ihrer Wohnung ungünstiger daran als die Gefangenen in preußischen Zuchthäusern.*

* Vgl. O. Stillich, a.a.O. [Oskar Stillich: *Die Lage der Dienstmädchen in Berlin*. Berlin 1901.]

In einigen Städten, unter anderem in Berlin, hat man das erwachende Gewissen durch Bauordnungen und Polizeiordnungen zu beschwichtigen gesucht. Die Benutzung der nur mittelst einer Leiter zu erreichenden Hängeböden als Schlafraum wurde verboten; der Bau von Hängeböden, außer von solchen mit fester Treppe, festgesetzter Höhe und bestimmtem Luftraum, untersagt. Natürlich steht all dergleichen fast nur auf dem Papier, denn die Wohnungsverhältnisse der Dienstboten sind nicht etwa nur der Ausfluß ausgesuchter Bosheit der Herrschaft, sondern die Folge der allgemeinen ökonomischen Verhältnisse. Mit den gesteigerten Lebensansprüchen haben die Einnahmen des weitaus größten Teils der Aristokratie und der Bourgeoisie nicht gleichen Schritt gehalten, ja sie reichen zur Aufrechterhaltung der alten Lebensgewohnheiten kaum mehr aus. Infolgedessen wird überall dort gespart, wo das Auge des Fremden nicht hindringen kann, und die großstädtischen Wohnungen sind der Ausdruck dieser Entwicklung: Das Eßzimmer, der Salon sind geräumig und glänzen in falscher Pracht; die Schlafzimmer sind schon eng und dunkel, der Raum für das Dienstmädchen ist eine Art Höhle. Wer weiß, in welchem Maße von der Aufrechterhaltung des äußeren Scheins das Ansehen, der Kredit, ja die Existenz der Familien abhängt, wer dabei die furchtbare Macht der Gewohnheit kennt, die ganz zu überwinden nur Auserwählten gelingt, der wird sich auch sagen müssen, daß die Wohnungsmisere der Dienstboten nicht durch Polizeiverordnungen oder Sittenpredigten beseitigt werden kann. Das geht schon aus der Art hervor, wie die neuen Bauordnungen gewirkt haben. Anstelle der Hängeböden tritt nämlich nunmehr in den mittleren Wohnungen eine schmale Kammer, die oft nur ein schwer zu öffnendes kleines Fenster, das zugleich die Speisekammer erhellt, aufweist und ebenso wie die Hängeböden nicht Raum genug bietet, um sich zu bewegen und die notwendigen Einrichtungsgegenstände unterzubringen. In den seltensten Fällen, in Privathäusern, bei reichen oder kinderlosen

Leuten, hat das Dienstmädchen ein Zimmer, in das es sich abends, nach der Arbeit, gern zurückzieht, wo es aufatmen, sich selbständig und unbeaufsichtigt fühlen kann. Wohnräume für Dienstboten, wo ihre Freunde sie besuchen können, gehören auf dem Kontinent zu den größten Seltenheiten, die nur in sehr reichen Häusern zu finden sind. Die Küche ist fast immer ihr Wohn-, Eß- und Empfangszimmer.

Wie der Lohn, so ist die Beköstigung der Dienstboten die verschiedenartigste, sowohl was ihre Qualität als was die Art der Darreichung betrifft. Bei den oberen Zehntausend aller Länder, die über eine Schar dienstbarer Geister verfügen, ist es üblich, daß für sie extra gekocht wird und die Mahlzeiten zu bestimmten Tageszeiten an gedeckten Tischen eingenommen werden. Zwar sind die Reste des »herrschaftlichen« Tisches vom Tage vorher zumeist für die Herstellung der Speisen verwendet worden, sie pflegen aber ausreichend und nicht gerade schlecht zu sein; um so erträglicher ist die Ernährung, als sie mit einer bestimmten Ruhepause verbunden und im gemeinsamen Wohnzimmer eingenommen wird. Fassen wir aber anstelle dieser wenigen Begünstigten die Masse der Mädchen ins Auge, die im Dienste des kleinen und des mäßig begüterten Bürger- und Beamtentums steht, so ist das Bild gleich ein völlig verändertes. Auch dort, wo die Nahrung ausreicht, um den Hunger zu stillen, ist sie minderwertig, denn sie besteht, wenigstens was die Hauptmahlzeit betrifft, aus den kalten und unappetitlichen Überresten des Mittagstisches der Arbeitgeber. Ohne eine bestimmte Essenspause muß sie in der Küche, zwischen dem ungeputzten Kochgeschirr, an einem Winkel des Tisches, der notdürftig frei gemacht wird, hastig verzehrt werden. Sehr häufig ist sie aber auch durchaus nicht ausreichend, was ihre Quantität betrifft: das Mädchen darf sich nicht nach Gefallen satt essen, jeder Bissen wird ihr vielmehr von der Herrin zugeteilt. In Frankreich findet man zu dem Zweck in kleineren Haushaltungen besonders geformte tiefe Teller, ähnlich den Näpfen, in denen man den Haushunden das Fressen vorzusetzen pflegt: die ganze Mahlzeit wird darin zusammengeworfen. Man hält es vielfach für selbstverständlich, daß das schwer arbeitende junge Dienstmädchen durch das geringste Maß an Kost, durch die schlechtesten Bissen befriedigt sein muß: eine Tasse dünnen Kaffees mit einer dünn gestrichenen Semmel, ein Teller voll kalter Mittagsreste, ein Butterbrot mit schlechter Wurst und gewärmtem Kaffee – darin besteht nur zu oft die tägliche Nahrung. Trotzdem wird das Los des Dienstmädchens gegenüber dem der Fabrikarbeiterin als ein glänzendes gepriesen und unterscheidet sich doch, was Wohnung und Kost betrifft, häufig kaum von ihm. Vielfach ist es Sitte, einen Teil der Kost durch einen bestimmten Geldbetrag abzulösen; in Deutschland, England und Frankreich ist besonders das Bier- resp. Weingeld üblich, das in Deutschland kaum über 6 Mk. monatlich steigt, in Frankreich dagegen 15 bis 25 frs. erreicht. In großen englischen Haushaltungen wird manchmal für die ganze Beköstigung der Dienerschaft eine Summe ausgesetzt, die für Mädchen etwa 1 bis 1½ sh. täglich zu betragen pflegt. Für das Abendessen werden in Deutschland 25 bis 50 Pf. gezahlt. Alle diese Einrichtungen liegen zweifellos auf dem Wege einer Verselbständigung der Dienstboten, sie entspringen aber zunächst der Bequemlichkeit der Herrschaften, die sich dadurch einer lästigen Kontrolle enthoben fühlen und der gefürchteten Unredlichkeit einen Riegel vorzuschieben glauben. Tatsächlich wird ihr dadurch Vorschub geleistet, denn was das Dienstmädchen an barem Gelde neben ihrem meist geringen Lohn bekommt, das legt sie am liebsten zurück oder gibt es für etwas anderes aus als die Nahrung; sie wird also entweder zur Unterernährung veranlaßt, indem sie von ihrem ersten Frühstück oder ihrem Mittagbrot noch etwas zum Abend sich aufspart, oder sie ißt trotzdem aus der Speisekammer der Herrschaft. Es heißt auch die Modernisierung des Dienstbotenwesens bei einem verkehrten Ende anfangen, wenn man dem Mädchen, das unsere Wohnung und unser Leben teilt, unsere Mahlzeiten herrichtet, verwehren will, von unserem Brote zu essen. Die patriarchalische Ordnung, die man auf der einen Seite, soweit es den Herrschenden nämlich zum Vorteil gereicht, durchaus aufrechterhalten will, läßt sich auf der anderen nicht willkürlich durchbrechen. Nur das Gewähren von Geld als Ersatz für alkoholische Getränke scheint mir entschuldbar, weil diese zu den notwendigen Nahrungsmitteln nicht gehören und man dadurch – eine Wirkung, die in England zum Beispiel schon beobachtet wurde – ihrem Genuß entgegenwirkt.

Während Löhne, Wohnung und Kost die verschiedensten Abstufungen aufweisen, bleibt die Arbeitszeit, wenn wir, wie es allein richtig ist, darunter auch die Zeit der Arbeitsbereitschaft verstehen, sich im allgemeinen ziemlich gleich. Es war das Charakteristikum des Sklaventums, daß der Herr die Person des Sklaven, seine ganze Arbeitskraft, seine ganze Zeit erkaufte, und das ist heute das Charakteristikum des Dienstbotenwesens. Der Arbeiter verkauft einen, wenn auch den allergrößten Teil seiner Arbeitskraft, der Dienstbote verkauft seine Person; er hat Tag und Nacht dem Rufe seines Herrn zu folgen, jeder Widerstand dagegen gilt als Unbotmäßigkeit. »Mit welchem Entsetzen«, sagt Anton Menger, »sehen die Sozialpolitiker der Gegenwart auf die ungemessenen Fronden früherer Jahrhunderte zurück, ohne zu bedenken, daß sie zu ihren Dienstboten in einem ganz ähnlichen Rechtsverhältnisse stehen. Denn wenn man das Wesen des Dienstvertrags darin erblickt, daß der Arbeiter dem Dienstherren seine Arbeitskraft für eine bestimmte Zeit oder einen bestimmten Zweck zur Verfügung stellt, so haben unsere Dienstboten in Wirklichkeit einen Normalarbeitstag von 24 Stunden.«* Je nach dem Dienst in begüterten oder minder begüterten Familien ändert sich nur die Intensi-

* Vgl. Anton Menger, Das bürgerliche Recht und die besitzlosen Volksklassen. In: *Brauns Archiv für soziale Gesetzgebung u. Statistik.* Bd. II. 1889. S. 463.

tät der Arbeit; die Arbeitszeit, die sich durch den Wechsel zwischen der Zeit der Abhängigkeit vom Willen anderer und der der freien Verfügung über die eigene Person kennzeichnen läßt, bleibt stets dieselbe, d. h. eine ununterbrochene. Der höchste Grad der Arbeitsintensität findet sich bei den am niedrigsten Entlohnten: den Kindermädchen und den Mädchen für alles. Die Mutter erfreut sich der ungestörten Nachtruhe, das Kindermädchen aber opfert ihrem Sprößling die ihre, sie ist den ganzen Tag mit dem Kinde oder für das Kind beschäftigt, denn während es schläft, wird die Kinderwäsche gewaschen, gebügelt, geflickt; während es wacht, wird es genährt, angekleidet, unterhalten, spazieren gefahren oder getragen. Zwar wird der gesundheitliche Nachteil starker Arbeitsüberlastung dadurch vielfach aufgewogen, daß das Kindermädchen sich stundenlang mit ihrem Schützling in frischer Luft aufhalten muß, aber der Zwang, die Kinder tragen zu müssen – aus falsch verstandenen Gesundheitsrücksichten auf sie ist er besonders in Frankreich weit verbreitet –, verwandelt den Vorteil wieder in einen empfindlichen Nachteil. Besonders junge Mädchen sind dadurch allen Gefahren der Rückgratsverkrümmungen und Unterleibsleiden ausgesetzt. Können die Kinder laufen, so ist die körperliche Anstrengung zwar geringer, die der Nerven aber um so größer. Ununterbrochen Kinder zu hüten gehört tatsächlich, so leicht es dem Fernstehenden erscheint, die sogar geneigt sind, das Leben eines Kindermädchens für ein wahres Faulenzerleben zu erklären, zu den aufreibendsten Aufgaben. Die Mütter aber, die ihre lieben Kleinen im besten Fall ein paar Stunden um sich haben, können trotzdem nicht genug über die Roheit und Schlechtigkeit der Kindermädchen klagen, die um so eher die Geduld verlieren, als sie meist selbst jung, ungebildet und undiszipliniert sind. Kaum geringer, dabei der Gesundheit nachteiliger ist die Arbeitsintensität der Mädchen für alles. Wo die Hausfrau nicht mithilft, sind die Anforderungen, die an sie gestellt werden, oft unerfüllbare: Kochen und einkaufen, waschen und plätten, Kleider putzen und Zimmer reinigen, nähen und flicken, die Familie bedienen, den Gästen aufwarten – das alles und noch mehr ist ihre Aufgabe. Von früh bis in die Nacht ist ihre Zeit ausgefüllt; oft muß sie bis ein, zwei Uhr und länger tätig sein, weil Gesellschaft im Hause ist, und kann des Morgens nicht ausschlafen, weil für die schulpflichtigen Kinder oder den Hausherrn das Frühstück zur gewöhnlichen Zeit bereitstehen muß. Spät in der Nacht hat sie wohl auch die gnädige Frau oder das gnädige Fräulein vom Ball oder vom Theater heimzuholen. Niemandem fällt es ein, welchen Gefahren ein junges Mädchen bei weiten nächtlichen Wegen sich dabei aussetzt, denjenigen am wenigsten, die sich abholen lassen um dieser Gefahren willen. Wehe aber dem armen Ding, wenn es Müdigkeit oder Mißmut fühlen läßt; auch die gleichmäßige gute Laune gehört zu den ausbedungenen Pflichten eines Dienstmädchens.

LILY BRAUN

Prostitution

Wir wissen, daß die Lohnarbeit der Frau, mag sie auch zu allen Zeiten in gewissem Umfang bestanden haben, in ihrer gegenwärtigen Form ein Produkt der großindustriellen Entwicklung ist. Ihre Tendenz geht mit unverrückbarer Sicherheit dahin, das weibliche Geschlecht mehr und mehr dem Bannkreis des Hauses zu entziehen und den Erwerbszwang in steigendem Maße auf alle Frauen, auch auf die verheirateten, auszudehnen. Als die traurigen Resultate dieses Zustandes haben wir die Degeneration der Frauen, wie sie sich in der Abnahme ihrer mütterlichen Kräfte, der Fähigkeit, gesunde Kinder zur Welt zu bringen und sie zu nähren, in dem frühen Altern ausdrückt, die Degeneration der Kinder, die in ihrer höheren und früheren Sterblichkeit, ihrer Schwäche und Kränklichkeit zutage tritt, kennengelernt. Und als unausbleibliches Korrelat der Lohnarbeit der Frauen ist uns die Prostitution entgegengetreten. So wenig sie an sich eine neue Erscheinung ist, in dieser Form und Ausdehnung, als Mittel des Erwerbes eines supplementären Lohnes für ganze Schichten der Arbeiterinnenklasse ist sie, wie die moderne Frauenarbeit selbst, das Ergebnis der kapitalistischen Produktionsweise. Das beweist, mehr als irgend etwas anderes, die Tatsache, daß wirtschaftliche Krisen und wirtschaftlicher Aufschwung in innigem Zusammenhang mit der Zunahme und der Abnahme der gelegentlichen Prostitution stehen. Sie wird aber auch durch ein psychologisches Moment genährt, das keine andere Zeit hervorbringen konnte wie die unsere: die Kontrastwirkung des Reichtums und der Freiheit der Unternehmerklasse auf die in Armut und Abhängigkeit lebenden Frauen der Arbeiterklasse. Der Reichtum früherer Zeiten zog sich vornehm in Paläste und Patrizierhäuser zurück, der moderne Reichtum strahlt blendend aus dem Glanz der Kaufhäuser, der Pracht der Hotels, er wird in den Luxuszügen und Dampfschiffen, die Weltstadt mit Weltstadt verbinden, in den Modebädern und durch die Presse mit allen Mitteln der Vervielfältigungskunst den Massen vor Augen geführt. Und wo die Not nicht ausreicht, um zur Prostitution zu zwingen, da gaukelt die Gewalt dieser Verführungskünste den armen Mädchen Glück und Freiheit vor.

Machtlos steht die sozialpolitische Gesetzgebung vor diesen Problemen. Sie vermag die Wirkungen der Lohnarbeit auf Frauen und Kinder abzuschwächen, wie sie durch Herabsetzung der Arbeitszeit, Sicherung von Minimallöhnen, Auflösung der Heimarbeit, Versicherung gegen Arbeitslosigkeit den äußeren Motiven zur Prostituierung etwas von ihrer Gewalt zu nehmen imstande ist, aber sie kann dem Kinde die Mutter nicht wiedergeben und kann nicht verhindern, daß die Frau, um die Not zu lindern, ihren Körper verkauft wie ihre Arbeitskraft.

Erst die Erkenntnis des Problems der Frauenfrage beleuchtet mit voller Klarheit das Wesen der sozialen Frage, deren Teil sie ist. Je weiter die kapitalistische Entwicklung fortschreitet, desto schwieriger wird die Lösung ihres Sphinxrätsels. Desto entschiedener aber wird auch die Frauenarbeit nicht nur zu seiner Lösung hindrängen, sondern sie auch vorbereiten helfen. Sie hat ihre Entstehung der Revolutionierung der Produktionsweise zu verdanken, sie trägt alle Elemente in sich, diese Wirtschaftsweise nun ihrerseits zu revolutionieren, indem sie an einem ihrer Grundpfeiler den Hebel ansetzt: der Familie, und Mann und Weib und Kind gegen sie mobil macht, wie es bisher noch bei keinem der historischen Klassen- und Machtkämpfe geschehen ist. Das konservativste Element in der Menschheit, das weibliche, wird zur Triebkraft des radikalsten Fortschritts.

Ohne die Frauenarbeit kann die kapitalistische Wirtschaftsordnung nicht bestehen und wird immer weniger ohne sie bestehen können. Die Frauenarbeit aber untergräbt die alte Form der Familie, erschüttert die Begriffe der Sittlichkeit, auf denen sich der Moralkodex der bürgerlichen Gesellschaft aufbaut, und gefährdet die Existenz des Menschengeschlechts, deren Bedingung gesunde Mütter sind. Will die Menschheit schließlich nicht sich selbst aufgeben, so wird sie die kapitalistische Wirtschaftsordnung aufgeben müssen.

Die sozialpolitische Gesetzgebung bahnt mit den Weg zu diesem Ziel. Und das ist ihre größte, wenn auch unbeabsichtigte Aufgabe. Sie macht die Männer und Frauen der Lohnarbeiterklasse fähig, sich ihres solidarischen Zusammenhanges bewußt zu werden. Sie setzt Rechte anstelle der Almosen und zerstört den unterwürfigen Sklavencharakter, der die Arbeiter der vorkapitalistischen Zeit noch kennzeichnete. Sie schweißt die Massen noch fester zusammen und lehrt sie den Gegner kennen, der seine Interessen gegen die ihren ausspielt.

So wirkt, bewußt und unbewußt, alles zusammen, um anstelle der alten Welt, die die Menschheit in zwei feindliche Lager spaltete, eine neue aufzubauen, in der die Lohnsklaverei der ökonomischen Unabhängigkeit Platz machen, in der die Arbeit der Frau sie nicht schädigen und schänden, sondern zur freien Genossin des Mannes erheben wird, in der sie ihre höchste Bestimmung erfüllen kann, wie nie zuvor, und ein starkes, frohes Geschlecht dafür zeugen wird, daß ihm die Mutter niemals fehlte.

ADELHEID POPP

Kinderarbeit

Als ich von der Schule mein Übersiedlungszeugnis erhalten hatte, das mich für reif erklärte, in die vierte Volksschulklasse überzutreten, war das meine ganze geistige Ausrüstung für das Leben voll Arbeit, das ich nun zu beginnen hatte. Nie hat jemand Einspruch erhoben, daß ich der gesetzlichen achtjährigen Schulpflicht entzogen wurde. Bei der Polizei war ich gar nicht angemeldet. Da meine Mutter nicht schreiben konnte, mußte ich die Meldezettel ausfüllen. Ich hätte mich selbstverständlich in die Rubrik »Kinder« einzutragen gehabt, da ich mich aber für kein Kind mehr hielt, ich war ja schon Arbeiterin, so ließ ich diese Rubrik unausgefüllt und blieb polizeilich unangemeldet. Andere Leute beachteten diese Unterlassung auch nicht.
Wir zogen in die Stadt zu einem alten Ehepaar in eine kleine Kammer, wo in einem Bett das Ehepaar, im andern meine Mutter und ich schliefen. Ich wurde in einer Werkstätte aufgenommen, wo ich Tücher häkeln lernte; bei zwölfstündiger fleißiger Arbeit verdiente ich 20 bis 25 Kreuzer im

Tage. Wenn ich noch Arbeit für die Nacht nach Hause mitnahm, so wurden es einige Kreuzer mehr. Wenn ich frühmorgens um 6 Uhr in die Arbeit laufen mußte, dann schliefen andere Kinder meines Alters noch. Und wenn ich um 8 Uhr abends nach Hause eilte, dann gingen die anderen gut genährt und gepflegt zu Bette. Während ich gebückt bei meiner Arbeit saß und Masche an Masche reihte, spielten sie, gingen spazieren oder sie saßen in der Schule. Damals nahm ich mein Los als etwas Selbstverständliches hin, nur ein heißer Wunsch überkam mich immer wieder: *mich nur einmal ausschlafen zu können.* Schlafen wollt ich, bis ich selbst erwachte, das stellte ich mir als das Herrlichste und Schönste vor. Wenn ich dann manchmal das Glück hatte, schlafen zu können, dann war es erst kein Glück, dann war Arbeitslosigkeit oder Krankheit die Veranlassung. Wie oft an kalten Wintertagen, wenn ich abends die Finger schon so erstarrt hatte, daß ich die Nadel nicht mehr führen konnte, ging ich zu Bett mit dem Bewußtsein, daß ich morgens um so früher aufstehen müsse. Da gab mir die Mutter, nachdem sie mich geweckt, einen Stuhl in das Bett, damit ich die Füße warm halten konnte, und ich häkelte weiter, wo ich abends aufgehört hatte. In späteren Jahren überkam mich oft ein Gefühl grenzenloser Erbitterung, daß ich gar nichts, so gar nichts von Kinderfreuden und Jugendglück genossen hatte. –
[...]
Ich war im zwölften Jahr, als sich meine Mutter entschloß, mich in eine Lehre zu geben. Ich sollte einen Beruf erlernen, von dem noch angenommen wurde, daß ein besserer Verdienst bei Fleiß und Geschicklichkeit zu erzielen sei, das Posamenteriegewerbe. Natürlich konnte ich wieder, meines schulpflichtigen Alters wegen, nur zu einer Zwischenmeisterin kommen. Zwölf Stunden im Tage mußte ich aus Perlen und Seidenschnüren Aufputz für Damenkonfektion herstellen. Ich erhielt keinen fixen Lohn, sondern jeder neue Artikel wurde genau berechnet, wieviel davon in einer

Stunde zu machen sei, und dafür wurden fünf Kreuzer bezahlt. Hatte man größere Übung erlangt und dadurch die Möglichkeit, mehr zu verdienen, so reduzierte die Meisterin, mit der Begründung, daß auch der Fabrikant weniger bezahle, den Lohn. Unaufhörlich, ohne sich auch nur eine Minute Ruhe zu gönnen, mußte man arbeiten. Daß dies von einem Kinde in meinem Alter schließlich nicht zu erwarten war und auch von keinem andern zu leisten ist, weiß jeder, der selbst beurteilen kann, was zwölf Stunden anhaltender Arbeit überhaupt zu bedeuten haben. Mit welchem Verlangen sah ich immer nach der Uhr, wenn mich die zerstochenen Finger schon schmerzten und wenn ich mich am ganzen Körper ermüdet fühlte. Und wenn ich dann endlich nach Hause ging, an schönen warmen Sommertagen oder im bitterkalten Winter, mußte ich oft, wenn viel zu tun war, noch Arbeit für die Nacht nach Hause nehmen. Darunter litt ich am meisten, weil es mich um die einzige Freude brachte, die ich hatte.
[...]
Zehn Monate arbeitete ich ununterbrochen in der Bronzefabrik. Ich erhielt nun, für meine damaligen Begriffe, schöne Kleider, durfte mir hübsche Schuhe kaufen und auch sonst manches, was jungen Mädchen Freude macht.
Mein Chef begünstigte mich sehr und zog mich allen andern Mädchen vor. Er sprach in wahrhaft väterlicher Weise und bestärkte mich in meinem Entschluß, all den Vergnügungen, die meine Kolleginnen erfreuten, fernzubleiben. Die Mädchen gingen am Sonntag tanzen, wovon sie dann erzählten. In den Pausen unterhielten sie sich mit den jungen Arbeitern; obwohl ich den Sinn ihrer Gespräche nicht verstand, hatte ich doch die Empfindung, daß man so nicht reden dürfe. Ich wurde oft verspottet, weil ich mich so isolierte, da ich aber immer bereit war, in den Pausen Geschichten zu erzählen, so war man mir nicht weiter gram.
Nach einigen Monaten wurde mir eine andere Arbeit zugewiesen, die besser bezahlt wurde. Sie war aber anstrengen-

der. Ich mußte bei einem mit Gas betriebenen Blasebalg löten, was mir nicht gut zu tun schien. Meine Wangen wurden immer bleicher, eine große unbezwingliche Müdigkeit bemächtigte sich meiner, ich bekam Schwindelanfälle und mußte oft plötzlich eine Stütze suchen.

Ein anderes Ereignis brachte mich damals in große Unruhe. Ich habe schon erwähnt, daß wir nicht allein wohnten, sondern einen Kameraden meines Bruders bei uns hatten. Dieser, ein häßlicher, blatternarbiger, wortkarger Mensch, hatte angefangen, mir Aufmerksamkeiten zu erweisen. Er brachte mir kleine harmlose Geschenke wie Obst und Bäkkereien. Auch verschaffte er mir Bücher. Weder mir noch der Mutter fiel das auf. War ich doch erst vierzehn Jahre alt. Einmal an einem Feiertag kam der Bettgeher abends allein nach Hause, und wir gingen schlafen, ohne daß mein Bruder da war. Ich lag neben der Mutter an die Wand gedrückt. Ich schlief noch nicht fest genug, denn plötzlich erwachte ich mit einem Schreckensschrei. Ich hatte über mir einen heißen Atem gespürt, konnte aber in der Finsternis nicht sehen, was es sei. Mein Schrei hatte die Mutter geweckt, die sofort Licht machte und die Situation erkannte. Der Bettgeher hatte sich von seinem Bette, dessen Fußende an unser Kopfteil stieß, erhoben und über mich gebeugt. Ich zitterte vor Schreck und Angst am ganzen Körper, und ohne recht zu wissen, was der Mensch vorhatte, hatte ich den Instinkt, daß es etwas Unrechtes sei. Meine Mutter machte ihm Vorwürfe, auf die er fast nichts erwiderte. Als mein Bruder kam, den wir wachend erwarteten, gab es noch eine aufregende Szene, und dem Schlafkollegen wurde gekündigt. Was ich erwartet und gewünscht hatte, geschah nicht. Er wurde nicht sofort weggeschickt, sondern durfte bis Ende der Woche bleiben, um Zeit zu haben, eine andere Schlafstelle zu suchen, und um nicht so mit Schande fortzumüssen. Unter dieser mir unbegreiflichen Rücksicht für diesen Menschen hatte ich furchtbar zu leiden. Ich fürchtete mich einzuschlafen, und wenn ich endlich doch schlief, quälten mich die schrecklich-

sten Träume. Angstvoll schlang ich die Arme um meine Mutter, um mich zu bergen. Man schalt mich überspannt, schob die Schuld auf die Romane, die ich las, und verbot mir, noch weiter zu lesen.
Einige Wochen nach diesem mich erschütternden Vorfall wurde ich von einer schweren Ohnmacht befallen. Als ich durch ärztliche Bemühung das Bewußtsein erlangt hatte, quälten mich Angstvorstellungen. Der Arzt fand den Fall sehr schwer, er schloß auf eine Nervenerkrankung, und auf der Klinik, wohin mich die Mutter führte, forschte man nach der Lebensweise meines Vaters und Großvaters und schien den übermäßigen Alkoholgenuß meines Vaters mit für die Ursache meiner Erkrankung zu halten. Man fand mich im höchsten Grade unterernährt und blutleer und riet mir, viel Bewegung in frischer Luft zu machen und mich gut zu ernähren. Das waren die Heilungsmittel, die der berühmte Kliniker empfahl. Wie sollte ich seine Anordnungen befolgen? –

Alles, was ich bisher an Entbehrung, Arbeit und Kränkung durchgemacht hatte, wurde durch die folgenden Zeiten weit übertroffen. In die Bronzefabrik sollte ich nicht mehr zurück, diese Beschäftigung sei Gift für mich, hatten die Ärzte erklärt. Nun sollte ich wieder Arbeit suchen, nachdem meine Gesundheit gebessert schien. Ich lebte aber in beständiger Furcht. Ich fürchtete mich, einen Schritt allein vor die Türe zu machen, immer und immer hatte ich das Gefühl, wieder bewußtlos zu werden. *Sterben* zu können war mein sehnlichster Wunsch. Ich mußte aber Arbeit suchen. Wenn ich Arbeit fand und den Posten angetreten hatte, kam die Angst über mich. Die Mittagszeit brachte ich jetzt in einem Parke zu, ich sollte ja viel in guter Luft sein; dort nahm ich auch meine Mahlzeit ein, Obst und Brot oder ein Stück Wurst – die »gute Nahrung«, die mir die Ärzte empfohlen hatten. Sie war jetzt spärlicher als früher, da ich ja einige Wochen nichts verdient hatte und der im ersten

Schrecken geholte Arzt und die Apotheke bezahlt werden mußten. Die Krankenversicherungspflicht war damals noch nicht eingeführt.

In der Bronzefabrik hatte ich nicht bleiben dürfen, weil die Arbeit meine Gesundheit untergrub, jetzt aber arbeitete ich in einer *Metalldruckerei*, wo ich eine Presse zu bedienen hatte und wo ich als zuletzt gekommene Arbeiterin das Brennmaterial vom Keller heraufschleppen mußte, immer von der Angst gepeinigt, beim Gehen über die schlechte Stiege von einer Ohnmacht befallen zu werden. Ich blieb nur einige Tage dort und fand dann Arbeit in einer *Patronenfabrik*. Als ich die dritte Woche dort war und mittags auf der Straße ging, wurde ich von Passanten gestützt, als ich zu wanken begann und wieder ohnmächtig wurde. Als die Ohnmacht vorüber war, führte man mich nach Hause, zum Entsetzen meiner Mutter. Ich bat sie, mich in das Krankenhaus zu bringen, davon hoffte ich Genesung, wenn sie überhaupt möglich war.

Da man sich über mein Leiden nicht klar war, kam ich auf das Beobachtungszimmer der psychiatrischen Klinik. Ich war mir damals der furchtbaren Bedeutung nicht bewußt, als halbes Kind unter Geisteskranken leben zu müssen. Es war ja, so paradox es klingen mag, die beste Zeit, die ich bis dahin verlebt hatte. Alle Menschen waren gut gegen mich. Die Ärzte, die Pflegerinnen und auch die Patienten. Ich bekam einigemal im Tag gute Nahrung, selbst gebratenes Fleisch und Kompott, das ich vorher nicht gekannt hatte, erhielt ich öfter. Ich hatte für mich allein ein Bett und immer reine Wäsche. Ich machte mich den Pflegerinnen nützlich, half ihnen beim Aufräumen und bei der Bedienung der im Bett befindlichen Kranken. Ich nähte und strickte an ihren Handarbeiten. Dann las ich wieder Bücher, die mir einer der Ärzte lieh. Damals lernte ich die Werke *Schillers* und Alfons *Daudets* kennen. Die dramatischen Gedichte Schillers und von den Dramen *Die Braut von Messina* begeisterten mich am meisten. Auch *Fromont junior und Rißler senior* von

Daudet machte großen Eindruck auf mich. Mein Leiden, das mich so unglücklich gemacht hatte, zeigte sich im Krankenhaus nicht ein einziges Mal. Ich erholte mich und bekam ein blühendes Aussehen. Im stillen betete ich immer, von meiner Angst befreit zu werden, und betend schlief ich ein. In dem Zimmer, in dem ich mich befand, waren nur ruhige Kranke: Trübsinnige und Melancholische. Auch zwei junge Mädchen waren da, die mir erzählten, warum man sie aufs Beobachtungszimmer gebracht hatte. In dem einen Falle sollte ein grausamer Vater die Tochter von dem Geliebten getrennt haben, im anderen Falle wurde der Vormund teuflischer Schurkereien gegen das vermögende Mündel beschuldigt. Ich glaubte alles, was mir erzählt wurde, und war bekümmert mit den Traurigen. Im Garten kamen wir mit anderen Kranken, mit wirklichen Geisteskranken zusammen. Eine Frau bildete sich ein, die Kaiserin Charlotte von Mexiko zu sein. Sie stand immer auf einem Fleck und sprach mit lauter Stimme als Kaiserin zu den Untertanen. Eine andere hielt sich für eine Mörderin und fürchtete sich vor dem Gericht. In dieser Umgebung blieb ich vier Wochen, dann wurde ich als gesund entlassen.

Die Suche nach Arbeit begann von neuem. Ich lief am frühen Morgen schon von zu Hause fort, um als erste bei den Toren zu sein, aber immer vergebens.

Meine Mutter war seit meinem Kranksein ungemein zärtlich gegen mich geworden und nannte mich oft ihr armes, unglückliches Kind. Meine Liebkosungen, die sie früher immer abgewiesen hatte, nahm sie jetzt gerührt hin. Früher wies sie sie nicht aus Lieblosigkeit, sondern von der Auffassung diktiert, daß Schmeicheleien Falschheit bedeuten, zurück. Jetzt wurde sie aber wieder unwillig, weil ich so lange nichts verdiente. Sie mußte sich ja so sehr plagen. Tag für Tag, ohne Rast, ohne Ruh arbeitete sie. Sie arbeitete in einer Weberei. Von den giftigen Farben der Wolle hatte sie Wunden an den Fingern bekommen, am Arm entstanden schmerzende eitrige Geschwüre, sie aber überwand jeden

Schmerz und verrichtete ihr mühevolles, schlecht bezahltes Tagewerk. Und sie war keine junge Frau mehr. Im Alter von 47 Jahren hatte sie mich als fünfzehntes Kind geboren, sie war also schon 61 Jahre und hatte in ihrem ganzen Leben noch keinen Ruhetag gehabt. Wenn sie keine Arbeit hatte, ging sie mit Seife oder Obst hausieren, um unsern Lebensunterhalt zu verdienen. Es war ihr Ehrgeiz, weder die Miete noch irgend etwas anders schuldig zu bleiben. Das war ein besonderer Charakterzug an ihr, von niemandem abhängig sein zu wollen. Und nun hatte sie ein großes Mädel, das ihr eine Stütze hätte sein sollen, und dieses Mädel verdiente nichts. Sie machte mir schwere Vorwürfe und schalt mich; weil sie selber immer verstanden hatte zu verdienen, sollte auch ich es können.

Ich fand ja verschiedene Arbeit. In einer *Kartonagenfabrik*, bei einem *Schuhfabrikanten*, bei einer Fransenknüpferin, in einer Werkstätte, wo auf *türkische Schals* grüne Farben aufgetragen wurden, und noch bei vielen anderen Berufen versuchte ich es. Für eine Arbeit fand man nach einigen Stunden entweder mich nicht geschickt genug, oder ich hörte mittlerweile von einer anderen besseren Arbeit und versuchte es dort.

Drei Wochen waren so vergangen, als sich die Schwindelanfälle wieder einstellten, denen eine schwere Ohnmacht folgte. Ich ging wieder ins Krankenhaus, ich war so schwach und erschöpft, daß ich in den Straßen, durch welche wir gingen, allgemeines Mitleid erregte. Oft mußten wir in ein Haus eintreten, damit ich mich auf den Stiegenstufen erholen konnte. Ich kam fiebernd in das Krankenhaus; die erste Mahlzeit, die ich erhielt, erbrach ich, doch nach einigen Tagen war alles wieder gut. Ich hatte wieder gute Nahrung und Annehmlichkeiten, die ich sonst nicht gekannt hatte.

Da geschah etwas, dessen ganze Furchtbarkeit ich erst in späteren Jahren beurteilen lernte. Eines Tages wurde mir mitgeteilt, daß für mich keine Aussicht mehr sei, gesund und

dauernd arbeitsfähig zu werden, daher müsse ich in eine andere Anstalt gebracht werden.
Ich mußte mich anziehen, in den Spitalwagen steigen und befand mich nach einigen Minuten in der Aufnahmskanzlei des *Armenhauses*. Ich war genau vierzehn Jahre und vier Monate alt. Ich war mir der Tragweite dieser Sache nicht bewußt, ich weinte nur, weinte unaufhörlich über die *Umgebung*, in die ich nun gekommen war. In einem großen Saal, wo Bett an Bett sich reihte und meist alte gebrechliche Frauen waren, wurde auch mir Bett und Schrank angewiesen. Die alten Frauen husteten und hatten Erstickungsanfälle, manche waren sehr aufgeregt und redeten so sonderbar und wunderlich. Bei Nacht konnte ich nicht schlafen, weil ich mich wieder schrecklich fürchtete; die alten Frauen waren auch unruhig und blieben nicht immer in ihren Betten. Auch das Essen war lange nicht so gut wie im Krankenhause; dann hatte ich nichts zu tun, keine Handarbeit, kein Buch, niemand kümmerte sich um mich. In dem großen Garten suchte ich die einsamsten Wege auf, um weinen zu können. Am fünften Tage wurde ich in die Verwaltungskanzlei beschieden, wo ich gefragt wurde, ob ich denn niemand habe, der für mich sorgen würde, denn hier könnte ich nicht bleiben, wenn mich niemand übernehmen würde, müßte ich in meine Heimatsgemeinde gebracht werden. – –
Ich kannte meine »Heimatsgemeinde« nicht, ich war nie dort gewesen und verstand auch die Sprache nicht, die dort gesprochen wurde. Mir war ganz entsetzlich zumute, und der Wunsch, doch sterben zu können, kam wieder über mich. Ich stammelte, daß ich ja doch eine Mutter habe, die arbeite, und daß ich selber seit meinem zehnten Jahre immer gearbeitet habe. Ich erhielt eine Karte, auf der ich schreiben mußte, meine Mutter möge mich schleunigst holen, da ich sonst nach Böhmen gebracht würde. Am nächsten Tag ging ich mit meiner armen Mutter, der nichts Schweres erspart geblieben war, nach Hause.

In späteren Jahren habe ich mich oft gefragt, was wohl aus mir geworden wäre, wenn man mich in meine Heimatsgemeinde gebracht hätte. Ich begann auch über das Verbrecherische der bürokratischen Schablone nachzudenken, die mich, ein Kind, ein von frühester Kindheit an durch Arbeit und Hunger um alle Kinderfreuden gebrachtes Geschöpf, in ein Haus für Greise und Sieche steckte und die mich, wenn nicht wenigstens ein denkender Beamter dagewesen wäre, einem ungewissen, aber sicher für viele Jahre fürchterlichen Schicksale überliefert hätte. Erbitterung faßte mich dann oft, wenn ich mir alles vergegenwärtigte und mir sagte, daß es nur einem winzigen Zufall zuzuschreiben war, daß ich, die dann wieder ein gesundes arbeitstüchtiges Mädchen war und später eine gesunde Frau, nicht hinausgestoßen wurde in eine Umgebung, die mich auf alle Fälle mindestens als lästige Fremde behandelt hätte.

Hätte mich der Beamte nicht auf meinen Spaziergängen im Garten gesehen und einmal angesprochen, da ihm meine Jugend auffiel, so wäre mir wohl viel Schweres nicht erspart geblieben. Nun war ich wieder daheim und sollte jetzt das *Weißnähen* erlernen.

ELSE LÜDERS

Die berufstätige Frau und Mutter

In der Frage Beruf und Ehe standen sich von jeher zwei Richtungen gegenüber: Die einen sehen in der außerhäuslichen Berufsarbeit der Frau und Mutter ein Unglück, das sie am liebsten ausrotten möchten; die anderen erkennen zwar alle heute damit verbundenen Mißstände voll an, rechnen aber mit der volkswirtschaftlichen und privatwirtschaftlichen Notwendigkeit und sehen trotz allem anhaftenden

Schweren in der Berufsarbeit auch der verheirateten Frau einen Faktor des Fortschritts. Charakteristisch für diese verschiedenen Auffassungen waren bereits die Verhandlungen des Internationalen Arbeiterschutzkongresses 1897 in Zürich. Dort hatten die Vertreter der belgischen christlich-demokratischen Arbeiterschaft einen Antrag eingebracht, die Fabrikarbeit verheirateter Frauen gesetzlich zu verbieten. Diesem Antrag traten mit aller Energie die anwesenden Vertreterinnen der deutschen sozialdemokratischen Frauen, Lily Braun und Klara Zetkin, entgegen, und namentlich die letztere entrollte ein ergreifendes Bild von der Schwierigkeit des Problems, betonte aber zugleich, daß nur aus der durch ihre Erwerbsarbeit wirtschaftlich selbständig gewordenen Frau auch die zielbewußte Kämpferin für die Befreiung der Frau hervorgehen könne. – Heute würde in Deutschland wohl keine politische Partei mehr so naiv sein, das gesetzliche Verbot der Fabrikarbeit verheirateter Frauen zu fordern, nachdem durch eine im Jahre 1899 ausgeführte amtliche Erhebung nachgewiesen ist, daß vier Fünftel der in der Fabrik tätigen verheirateten Frauen aus zwingender Not heraus zu dieser Arbeit griffen. Die verschiedene Stellungnahme ist aber immer noch vorhanden, sie äußert sich jetzt in versteckterer Form, nämlich in der Stellungnahme zum Haushaltungsunterricht. Die eine Richtung hofft, durch besseren Haushaltungsunterricht der Mädchen das gefährdete Familienleben zu retten. Die andere Richtung betont unter Darlegung der volkswirtschaftlichen Seite die Notwendigkeit der gründlichen *Berufsbildung* der Frau. Dazu kommt dann für diese Richtung noch ein psychologisches Moment: Nur, wenn die Mädchen von Anfang an ihren Beruf als *Lebensarbeit* ansehen lernen, kommt man über den Dilettantismus des der Frauenarbeit von heute noch anhaftenden »Haustochtertums« hinaus.

Das Problem der Verbindung von Beruf und Ehe ergreift immer weitere Schichten. Nach der Zählung von 1907 waren von den erwerbstätigen Frauen – einschließlich der häuslichen Dienstboten im ganzen 9,49 Millionen – 29,7 %, also 2,82 Millionen verheiratet. Davon fallen allerdings über 2 Millionen auf die Landwirtschaft, und wenn ja auch hier die Frage des mangelnden Mutterschutzes und der dadurch bewirkten großen Säuglingssterblichkeit immer brennender wird, so liegen doch im übrigen auf dem Lande vielfach Verhältnisse vor, die an die frühere Art der produktiven *inner*häuslichen Arbeit der Frauen erinnern, so daß das Problem Beruf und Mutterschaft dort andere Formen annimmt, als wir in der Großstadt darunter verstehen. Aber selbst wenn wir von den Frauen auf dem Lande vorläufig absehen, so bleiben doch in der Industrie nach der Zählung von 1907 rund 448 000 und im Handel rund 260 000 verheiratete Frauen, für die das Problem meist in aller Schärfe hervortritt. Und diese Zahlen werden voraussichtlich in den nächsten Jahren noch weiter wachsen. Die meisten praktischen Erfolge der Frauenbewegung liegen zur Zeit auf dem Gebiet der Mädchenbildungsfragen. Man schenkt der sog. höheren Mädchenbildung als Vorbereitung zu den akademischen Berufen mehr und mehr Beachtung; die allgemeine Pflichtfortbildungsschule für Mädchen bricht sich Bahn, und die handwerksmäßige und fachgewerbliche Ausbildung wird gefördert. Je mehr die Frauen aber etwas Tüchtiges erlernen und infolgedessen hoffentlich auch zu besseren Einnahmen gelangen, um so mehr werden sie versuchen, ihre gut gelernte, sich bezahlt machende Arbeit auch in der Ehe beizubehalten. Und das mit vollem Recht! Man ermahnt ständig alle erwerbstätigen, der Reichsversicherungsordnung oder der Privatbeamtenversicherung unterstellten Personen, auch in Zeiten, wo sie nicht versicherungs*pflichtig* sind, ihre Rechte durch *freiwillige* Weiterversicherung aufrechtzuerhalten, um bei den Wechselfällen des Lebens (Krankheit, Invalidität) geschützt zu sein. Aber gibt es eine bessere Versicherung, um bei pekuniären Wechselfällen des Lebens geschützt zu sein, als unser Wissen und Können durch ständige Ausübung zu erhalten und zu vertie-

fen, um jederzeit wieder in der Lage zu sein, aus eigener Kraft den Kampf ums Dasein aufnehmen zu können? Die Untersuchungen von E. Gnauck-Kühne sowie zahlreiche Fälle des praktischen Lebens lehren deutlich, daß die Ehe durchaus keine Versorgung auf Lebenszeit darstellt.
Die Konflikte, die aus der Verbindung von Beruf und Ehe für die einzelne Frau erwachsen, sind natürlich außerordentlich verschieden. Wohl kommen *typische* Fälle vor, aber doch werden sich nie zwei Fälle gleichen. Die pekuniäre Lage des Ehepaares, die Art der Arbeit, die Kinderzahl spielen eine ausschlaggebende Rolle für die Gestaltung des Problems, und nicht nur Charakteranlage, Körper- und Nervenkraft der *Frau* beeinflussen die Lage, sondern auch die Charakteranlage des *Mannes*! Ein der Sache feindselig gegenüberstehender Ehemann, ja auch nur ein verständnisloser Mann wird den Konflikt unendlich verschärfen; ein verständnis*voller* Mann, der die innere oder äußere Notwendigkeit der Verbindung von Beruf und Ehe anerkennt, wird seiner Frau der treueste Kamerad und dadurch ihr wertvollster Bundesgenosse sein, der unausbleiblichen Konflikte Herr zu werden. Aus den vielen Fällen oft tragischer Konflikte, die für die Frau entstehen können, sei hier nur an zwei Bilder erinnert: An das Bild einer Fabrikarbeiterin, wie es uns ein elsässischer Gewerbeaufsichtsbeamter in einer 1899 veranstalteten amtlichen Untersuchung über die Fabrikarbeit verheirateter Frauen schilderte, die einschließlich der Wege von und zur Arbeitsstätte sowie der häuslichen Verpflichtungen dem Haushalt und den Kindern gegenüber jahraus jahrein einen Arbeitstag von im günstigsten Falle 16, in ungünstigeren Fällen 18–20 Stunden zu bewältigen hat! – Und ein ganz anderes, aber nicht minder ergreifendes Bild steigt herauf, wenn wir an die rein seelischen Konflikte denken, die oft für die geistig und künstlerisch arbeitende Mutter entstehen; für diesen Konflikt prägt die *Gleichheit* in einem Nachruf an Minna Kautsky ein wundervolles Wort und nennt ihn »den wundenreichsten und doch fruchtbar-

IV. Frauenarbeit

sten Kampf, den das denkende Weib von echtem Empfinden kennt: den Zusammenprall zwischen ernst erfaßten Mutterpflichten und der Einforderung durch einen Beruf, in dem ebenfalls unwiderstehliche innere Kräfte nach Leben verlangen«.

In all der wechselnden Fülle der Einzelschicksale lassen sich doch ungefähr drei Hauptklassen von Frauen unterscheiden, für die das Problem »Beruf und Ehe« bereits Bedeutung hat oder immer mehr Bedeutung erlangen wird. Wir haben mit allen reformatorischen Maßnahmen zuerst einzusetzen für die größte Masse von Frauen, die Beruf und Ehe verbinden *müssen*. Es sind dies die Fabrikarbeiterinnen, Heimarbeiterinnen, Landarbeiterinnen, aber auch die oft hart mitarbeitenden Ehefrauen kleiner Geschäftsleute und Handwerker – die Mutterschaft dieser Frauen vollzieht sich vielfach unter Bedingungen, die jeder sozialen und hygienischen Kultur Hohn sprechen.

Eine zweite Gruppe, für die das Problem steigende Bedeutung erlangen wird, sind die Frauen des sogenannten höheren Mittelstandes, denn bis in diese Schichten hinauf macht sich die Erscheinung geltend, daß das Einkommen des Mannes allein nicht mehr zum Familienunterhalt ausreicht. Zahlreiche Ehen aus diesen Kreisen könnten *leichter geschlossen* werden, wenn auch die Frauen dieser Kreise beruflich tätig sein dürften, um durch ihr Verdienst die gemeinsame Haushaltsführung zu erleichtern. Leider stehen veraltete Vorurteile der Erwerbsarbeit der Frauen dieser Kreise vielfach noch entgegen. Zahlreichen tüchtigen Frauen gerade dieser Kreise verbarrikadiert auch der Staat selbst den Weg zu einer legalen Ehe und Mutterschaft, indem er ihnen die Ausübung des Berufes nach der Eheschließung verbietet. (Eheverbote für Lehrerinnen und andere Staatsbeamtinnen; Verbote für Offiziere und höhere Beamte, deren Frauen nicht berufstätig sein sollen.)

Und schließlich wird man immer mehr mit einer dritten Gruppe von Frauen zu rechnen haben, die Beruf und Ehe verbinden *wollen*, weil sie in der Berufs*erfüllung* eine so starke innere Befriedigung finden, daß ein Aufgeben dieses Berufes nicht nur ein pekuniäres, sondern auch ein geistiges und seelisches Opfer für sie bedeutet. Zu diesen Frauen werden neben Künstlerinnen namentlich auch Frauen der Wissenschaft sowie Frauen in sozialen und pädagogischen Berufen gehören. Es bedeutet einen Mißbrauch von Frauenkraft und zugleich einen Verlust für die Allgemeinheit, wenn solche innere Berufs*freudigkeit* an der Ausübung gehemmt wird.

In den nächsten Jahrzehnten ist aller Wahrscheinlichkeit nach mit einer *steigenden* Tendenz für die Verbindung von Beruf und Ehe zu rechnen sowohl aus wirtschaftlichen wie den oben angedeuteten geistigen Ursachen heraus. Es läßt sich sehr wohl vorstellen, daß später auch einmal wieder eine *rückläufige* Bewegung einsetzen kann. Sollte es z. B. gelingen, durch Fortschritte der Technik, durch eine andere Schutzzollpolitik, durch grundlegende Wohnungsreform die Lebenshaltung bedeutend zu verbilligen, so werden viele Frauen sich gern wieder nur ihren Hausfrauen- und Mutterpflichten widmen, die dies heut nicht können. Ebenso läßt sich vorstellen, daß durch starke Innenkolonisation oder auch durch Schaffung von mehr und mehr Gartenstädten manche Frauen durch Betreiben von Gartenbau, Vieh- und Geflügelzucht wieder im alten Sinne »produktiv« werden könnten, also nicht außerhalb des Hauses der Erwerbsarbeit nachzugehen brauchen; die Verbindung von produktiver Arbeit und Mutterschaft würde sich dann für sie in Formen abspielen, die den Formen früherer Epochen wieder angenähert sind. Doch wer kann prophezeien, welche Entwicklung einsetzen oder möglich sein wird! Für die Gegenwart und die nächsten Jahrzehnte müssen wir mit der Tatsache der außerhäuslichen Erwerbsarbeit auch für die verheiratete Frau und Mutter rechnen, doch dürfen in keiner Weise die Schwierigkeiten der Verbindung von Beruf und Ehe verkannt oder gar geleugnet werden. Im Gegenteil müssen wir

diesen Schwierigkeiten voll und mutig ins Auge sehen, denn gerade aufgrund dieser Schwierigkeiten müssen auch von allen Seiten die Wege gesucht und geebnet werden, die Verhältnisse so zu gestalten, daß mit der Gesundheit der Frauen kein Raubbau getrieben wird, daß namentlich die Aufzucht der *Kinder* keinen Schaden leidet. Eine Reihe von Maßnahmen sind dazu erforderlich, Maßnahmen der Gesetzgebung, Maßnahmen der Gemeindepolitik, Maßnahmen der Selbsthilfe. Es würde zu weit führen, hier alle Einzelheiten aufzuführen. Jedenfalls ist es ein weites, sozialpolitisches und teilweise wirtschaftliches Programm, das eine etwa zu gründende Zentrale für diese Fragen zu bearbeiten hat. Diese Zentrale soll Material sammeln über alle das Problem Beruf und Ehe berührende Fragen, unter Berücksichtigung aller Frauenberufe, und dies Material durch Herausgabe einschlägiger Schriften sowie durch Veröffentlichung von Artikeln und Notizen in der Presse nutzbar machen und verbreiten. Eine besonders wichtige Aufgabe der Zentralstelle wird aber auch darin liegen, ständig auf der Wacht zu sein, um jederzeit, sobald entsprechende Gesetzentwürfe zur Verhandlung stehen, mit geeigneten Petitionen vorstellig zu werden. Außerdem werden von der Zentralstelle aus die Vereine der Frauenbewegung zu Schritten bei ihren lokalen Verwaltungen angeregt werden, um dort den Ausbau der kommunalen Einrichtungen im Sinne des Programms zu erzielen. Die Zentralstelle wird ferner Fühlung suchen mit Genossenschaften und Gewerkschaften, denn diese sind die gegebenen Träger der Selbsthilfe. [...]
Wir können heute nicht so anmaßend sein zu sagen, ob und wieweit es überhaupt möglich sein wird, die Probleme, die sich aus der Verbindung von Beruf und Ehe ergeben, zu *lösen*. Wir haben eben »*Probleme*« vor uns, die wie alle tiefsten Menschheitsfragen vielleicht *niemals* voll zu lösen sind, sondern die Menschheit wird immer wieder vor neue Aufgaben gestellt. So wie doch auch die Aufgabe der Mut-

terschaft an sich, ja, die Aufgabe der *Elternschaft* immer schwerer wird, je stärker im Menschen das Verantwortlichkeitsgefühl der kommenden Generation gegenüber erweckt wird. Wenn wir also auch nicht wagen dürfen, eine »Lösung des Problems« vorauszusagen, so dürfen wir doch fest davon überzeugt sein, daß den aus der Verbindung von Beruf und Ehe entstehenden Konflikten vieles von ihrer heutigen Schärfe genommen würde, wenn es gelänge, eine Reihe von Reformen durchzuführen. Und wir meinen, auch die »Milderung« der Probleme ist eine Aufgabe, die all unsere Kraft verlangt und die mit freudiger Hingabe ergriffen werden sollte. Denn hinter all dieser Reformarbeit im einzelnen und im kleinen steht als leuchtendes Ziel:
Gesunden arbeitsfreudigen Männern und Frauen leichter als heute die Elternschaft zu ermöglichen und durch gesunde, glückliche Kinder aus diesen Ehen die Zukunft unseres Volkes zu sichern.

FORDERUNGEN ZUR VERBESSERUNG DER ARBEITSBEDINGUNGEN

> »Soll sich aber die Industrialisierung der Frau nicht in einem feindseligen Gegensatze zu den Interessen des männlichen Proletariats durchsetzen, so ist es von der höchsten Wichtigkeit, daß die *Industriearbeiterin organisiert*, ökonomisch und politisch *aufgeklärt* wird, damit sie sich in klarer Erkenntnis der Verhältnisse an das aufstrebende und ringende sozialistische Proletariat anschließt. Die Bedeutung, ja die Notwendigkeit dieses Vorgehens ist bis in die letzte Zeit vielfach übersehen worden.«
>
> (Clara Zetkin: *Die Arbeiterinnen- und Frauenfrage der Gegenwart*, 1889)

OTTILIE BAADER

Forderungen

Ein Aufruf, den ich in der *Gleichheit* erließ, leitete die Arbeit ein.[5] Ich mußte, um den festen organisatorischen Halt zu gewinnen, der für eine einheitliche, planmäßige Regelung der Agitation notwendig war, mit den Frauen im ganzen Reich, die in unserem Sinne arbeiteten, in Verbindung stehen, in diesem Netz von Vertrauenspersonen der proletarischen Frauen mußte sich Masche an Masche knüpfen, und alle Fäden mußten in meine Hand laufen.

---

5 Ottilie Baader war 1900 auf dem Parteitag der Sozialdemokraten zur »Zentralvertrauensperson der Genossinnen Deutschlands« gewählt worden.

Die erste Aufgabe bestand darin, die Wahl weiblicher Vertrauenspersonen zu veranlassen. An alle Orte, aus denen mir Adressen von Genossinnen oder Genossen bekannt waren, sandte ich das inzwischen gedruckte Regulativ mit einem Anschreiben. Bereits Ende Januar 1901 waren daraufhin in 25 Orten weibliche Vertrauenspersonen gewählt worden. Nach dem ersten Vierteljahr konnte berichtet werden, daß zur Einleitung der Agitation für den gesetzlichen Arbeiterinnenschutz außer unseren Forderungen von der inzwischen gewählten Flugblattkommission ein allgemein verständliches, den Arbeiterinnenschutz behandelndes Flugblatt ausgearbeitet und in einer Auflage von Tausenden von Exemplaren verbreitet worden war.

Die Forderungen, die wir bei unserer Agitation immer wieder in den Vordergrund stellten, waren die folgenden:

1. Absolutes Verbot der Nachtarbeit für Arbeiterinnen.
2. Verbot der Verwendung von Arbeiterinnen bei allen Beschäftigungsarten, welche dem weiblichen Organismus besonders schädlich sind.
3. Einführung des gesetzlichen Achtstundentags für Arbeiterinnen.
4. Freigabe des Sonnabendnachmittag für Arbeiterinnen.
5. Aufrechterhaltung der gesetzlich festgelegten Schutzzeit für erwerbstätige Schwangere und Wöchnerinnen vier Wochen vor und sechs Wochen nach der Niederkunft. Beseitigung der Ausnahmebewilligungen zu früherer Wiederaufnahme der Arbeit aufgrund eines ärztlichen Zeugnisses. Erhöhung des Krankengeldes für Schwangere bzw. Wöchnerinnen auf die volle Höhe des durchschnittlichen Tagelohnes. Obligatorische Ausdehnung der Krankenunterstützung der Wöchnerinnen auf die Frauen der Krankenkassenmitglieder.
6. Ausdehnung der gesetzlichen Schutzbestimmungen auf die Hausindustrie.

7. Anstellung weiblicher Fabrikinspektoren.
8. Sicherung völliger Koalitionsfreiheit für die Arbeiterinnen.
9. Aktives und passives Wahlrecht der Arbeiterinnen zu den Gewerbegerichten.

In der Resolution, mit der die Forderungen veröffentlicht wurden, ist jede einzelne ausführlich begründet worden.
Mehr als 150 Briefe, teils Antworten auf Anfragen, teils Anregungen für die Agitation zugunsten des Arbeiterinnenschutzes, wurden versandt. In Form einer Petition wurden unsere Forderungen auch zur Kenntnis der bürgerlichen Parteien des Reichstags gebracht. Die Konferenz in Mainz hat auch eine bedeutendere Anteilnahme der gesamten Arbeiterbewegung an dieser Frage mit sich gebracht. Wo die Frauen noch nicht zur Mitarbeit imstande waren, da suchten die Genossen das Interesse für den Arbeiterinnenschutz zu wecken und führten eine lebhafte Agitation zur Aufklärung der Frauen. Neben vielen Einzelversammlungen, in denen Frauen sprachen, haben Agitationstouren stattgefunden, so in Sachsen, in den Hamburger Kreisen, im Vogtland, im Thüringer Wald, in den elenden Zentren der Spielwaren-, Glasperlen- und Griffelindustrie und unter den armen schlesischen Arbeiterinnen wurde das Werk der Aufklärung betrieben. Erhöhte Aufmerksamkeit wurde der Mitarbeit der Frauen in den Gewerkschaften zugewendet. Eine bedeutende Anzahl neuer Mitglieder konnte durch Frauenvorträge den Gewerkschaften zugeführt werden. Auch an Fabrik- und Werkstattsitzungen nahmen die Genossinnen teil, um die weiblichen Arbeiter für die Organisation zu gewinnen.

Neben dieser uns durch den Parteitag gestellten Aufgabe waren es wirtschaftliche Nöte, die die Frauen auf den Plan riefen. Die Kohlennot, die Wohnungsfrage, später der Milchwucher brachten in den Wintermonaten Tausende von Arbeiterfrauen in die schwerste Bedrängnis. Dazu kam die Erhöhung der Getreidezölle sowie der Zölle auf alle übrigen

landwirtschaftlichen Erzeugnisse, die eine ungeheure Preissteigerung auf alle Lebensmittel mit sich bringen mußte. Das bedeutete Hunger und Entbehrung für die breiten Massen des arbeitenden Volkes; die Reichstagsfraktion forderte daher zu energischer Protestaktion gegen dieses Treiben der Junker auf.
Auch wir mußten mit allen Kräften in die Agitation hinein, um den Frauen die Augen über die Ursachen ihrer wirtschaftlichen Notlage zu öffnen.

ADELHEID POPP

Der Streik – Freispruch

Die hochgehenden Wogen der jungen Arbeiterbewegung ergriffen auch die Frauen und Mädchen. Bei den zahlreichen Arbeitseinstellungen, die vor allem unter dem Einfluß der Maifeier erfolgten, waren in großer Zahl Arbeiterinnen beteiligt. Besonderes Aufsehen machte der Streik von 600 Appreturarbeiterinnen in Wien. Wie staunten die Leute der umliegenden Gassen, als eines Tages – es war am 3. Mai 1893 – die Arbeiterinnen von drei Fabriken um 10 Uhr vormittags aus den Fabriktoren herausströmten. Alle waren in großer Erregung; manche hatten sich gar nicht Zeit genommen, ihre Arbeitskleider abzulegen, so sehr waren sie von dem ganz Neuen, Gewaltigen, das plötzlich vor ihnen aufgetaucht war, erfaßt. Diese Frauen waren keine Revolutionärinnen. Mit Fatalismus hatten sie bisher ihr schweres Los ertragen. Eine täglich zwölfstündige Arbeitszeit war ihnen auferlegt, bei einem Lohn, der nicht mehr als drei bis fünf Gulden in der Woche betrug. Nur halb bekleidet, mit bloßen Füßen, mußten viele ihre Arbeit, im Wasser stehend, verrichten.

Andere wieder arbeiteten bei Temperaturen von mehr als 40 Grad, wobei sie gesundheitsgefährliche Dämpfe einatmen mußten. Alle ohne Ausnahme, junge Mädchen wie Frauen mit gesegnetem Leibe und Mütter mehrerer Kinder, alle hatten dasselbe schwere Los zu ertragen.

Von Jugendblüte war an diesen Frauen wenig zu merken, aber keiner war noch der Gedanke gekommen, daß es möglich sei, sich gegen dieses Joch aufzulehnen. Sie waren zum Arbeiten geboren, die anderen zum Herrenlos, das war so, und dem mußte man sich fügen.

Da auf einmal hatte eine der jungen Arbeiterinnen angefangen, eine ganz neue Sprache zu sprechen. Sie war in den Kreis der Arbeiterbewegung gekommen. Sie hatte den Arbeiterfeiertag, den Ersten Mai mitgemacht. Dort hatte sie vom Achtstundentag reden gehört, und die Worte: »acht Stunden Arbeit, acht Stunden Ruhe, acht Stunden Schlaf« hatten ihr wie ein Evangelium geklungen. Sie wurde eine Jüngerin der neuen Offenbarung, und in beredten Worten verstand sie es, ihre Kolleginnen zu ihrer Anschauung zu bekehren.

»Wir ertragen das nicht mehr.« »Wir wollen nur zehn Stunden im Tag arbeiten«, erklärten sie, und um ihre Meinung zu bekräftigen, hörten sie zu arbeiten auf und verließen die Fabrik. Die Arbeiterinnen zweier anderer Fabriken wurden rasch mitgerissen. Am Nachmittag desselben Tages versammelten sich die Streikenden auf einer Vorortswiese, um über ihr Verhalten zu beraten. Es war gegen Mittagszeit, als plötzlich die genannte junge Arbeiterin in mein Büro stürzte mit den Worten: »Wir streiken, nachmittags haben wir auf der Ferdinandwiese Versammlung, Sie müssen kommen.« Als ich kam, lagerten die Frauen und Mädchen auf der Wiese. Um sie hatte sich ein Kreis von Zuschauern gebildet, die neugierig der Dinge harrten, die sich da abspielen sollten. Ich wußte natürlich, daß die Versammlung so nicht tagen konnte, weil sie ja gar nicht angemeldet war. Ich mietete den Garten eines Gasthauses, wohin sich die ganze

Versammlung auf meine Aufforderung begab. Ein Schiebkarren wurde umgestürzt und als Rednertribüne installiert. Meine Aufgabe war nun, auseinanderzusetzen, was zu tun sei, um den Streik siegreich zu führen. Ich hatte fast alles gesagt, was in solchen Fällen gesagt werden muß, als beim Eingang des Gartens die hohe Polizei erschien. Ich ging den Herren entgegen und sagte dem Kommissär, wieso es zu dieser Versammlung gekommen war. Er schrieb sich nicht nur meinen Namen auf, sondern auch den einiger Arbeiterinnen. Während meiner Rede war eine Liste aller Versammelten verfertigt worden, so daß es nun ein leichtes war, für den nächsten Tag eine geschlossene Versammlung einzuberufen.
Nun gab es viele Demonstrationen vor den Fabriken, in denen gestreikt wurde. Die Frauen und Mädchen wachten eifrig darüber, daß Arbeitswillige nicht in die Fabriken gelangen konnten. Bei einem solchen Anlaß versuchte eines Tages die Polizei die Streikposten zu verjagen. Es entstand ein großer Tumult. Einige Verhaftungen wurden vorgenommen, und Frauen, die sich ihr Leben lang redlich geplagt hatten, wurden dem Gericht eingeliefert, darunter die Mutter eines Säuglings. Da den Streikenden von allen Seiten die tätigsten Sympathiebeweise zukamen, neben reichlichen Geldspenden auch Lebensmittel und Kleiderstoffe, so ging es den Frauen viel besser als zur Zeit, wo sie arbeiteten. Es war keine Täuschung, sie blühten gesundheitlich auf während des Streiks. Sie waren jetzt täglich viele Stunden in frischer Luft, das Streikkomitee veranstaltete Ausflüge, und fröhlich singend zogen die Arbeiterinnen durch die Straßen. Manche Mütter lernten in dieser Zeit erst kennen, was ihre Kinder entbehren mußten. Nun konnten sie zusammensein, gemeinsam konnten sie sich an den Ausflügen beteiligen, und dabei hatten sie dank der Solidarität der Arbeiterklasse satt zu essen. Dieser erste größere Frauenstreik hatte ungeheures Aufsehen gemacht, und die Polizei hatte das Ihrige dazu beigetragen. Die sozialdemokratische Presse erzählte

von dem Los der Arbeiterinnen, Sammelaufrufe flatterten in die Welt hinaus, und auch die bürgerliche Presse konnte nicht unterlassen, von dem Ereignis Notiz zu nehmen. Der Gewerbeinspektor nahm sich der Sache an und verhandelte zugunsten der Arbeiterinnen. Nach dreiwöchiger Dauer wurde der Streik siegreich beendet. Und um was hatte es sich gehandelt? Eine Arbeitszeit von zehn Stunden und einen Mindestlohn von vier Gulden in der Woche wollte man erreichen, und deshalb mußten 600 Frauen drei Wochen lang feiern.
Wie ängstlich damals die Behörden auch die geringfügigste Regung der Arbeiterbewegung verfolgten, mag man auch daraus ersehen, daß das Siegesfest, das veranstaltet wurde, sich nicht nur einer polizeilichen Überwachung erfreute, sondern daß auch verboten wurde, eine Festrede zu halten. Selbst der Text der Telegramme, die aus zahlreichen Orten kamen, um die Arbeiterinnen zu ihrem Siege zu beglückwünschen, durfte nicht bekanntgegeben werden. Was hätte auch entstehen können, wenn beispielsweise das Telegramm der Textilarbeiterinnen aus Forst bekannt geworden wäre! Kamen doch Worte darin vor wie Solidarität, Klassenkampf und Ausbeutung. Leider darf nicht unerwähnt bleiben, daß die Arbeiterinnen nicht gehalten haben, was ihr erstes Eintreten in die Arbeiterbewegung versprochen hatte. Es ist eine traurige Wahrheit, daß die Segnungen, die sie durch die Arbeiterbewegung genießen, von vielen nur zu bald vergessen werden. Es bleibt nur der Trost, daß die Entwicklung nicht ruhen wird und dazu drängt, daß alle, vor allem auch alle Frauen und Mädchen, sich dem Kreis der Arbeiterbewegung auf die Dauer nicht entziehen können. Das Schicksal der Arbeiterklasse wird mit ehernem Pochen auch sie aus der Gleichgültigkeit aufrütteln, in die sie heute noch allzuleicht verfallen.
Der Frauenstreik vom Jahre 1893 hatte ein Nachspiel. Es gelang bald, die verhafteten Frauen freizubekommen, aber ich mußte als Angeklagte vor dem Richter erscheinen. Ich

war angeklagt, weil ich in einer nicht angemeldeten Versammlung gesprochen hatte. Der Angeber, der damals zur Polizei gelaufen war, war als Zeuge geladen, und er erzählte, daß ich so fürchterliche Worte wie »Zusammenhalten, Kämpfen um höheren Lohn, Abschaffen der Ausbeutung« usw. gesprochen hätte. Nach meiner Verteidigung, die ich selbst führte, erhob sich der Richter und verkündete im »Namen Seiner Majestät des Kaisers«, *daß die Angeklagte freizusprechen und zu beloben sei, weil sie belehrend auf ihre weniger unterrichteten und hilflosen Kolleginnen eingewirkt habe!*

Es finden sich also auch im Klassenstaat einsichtsvolle Richter.

V. Zur politischen Gleichberechtigung der Frau

Das Wahlrecht her!

In der Arbeit mächt'gen Kreis
Sind wir längst hineingerissen.
Unsrer flinken Hände Fleiß
Kann die Erde nicht mehr missen.
Bei des Hammers hartem Schlag,
Bei dem Sausen der Maschinen
Mühen wir uns Tag für Tag,
Nur das Brot uns zu verdienen.

Was das Leben wert uns macht,
Wird zermürbt in dem Getriebe,
Frauenglück und Leidenschaft,
Selbst die heil'ge Mutterliebe.
Wie wir nur so nebenbei
Unsre Wirtschaft noch besorgen,
Geht das Leben uns vorbei
In dem Kampf um Heut und Morgen.

Karg der Lohn, voll Hohn das Wort,
Wenn wir Recht zu fordern wagen:
Schweigt! Die Küche ist der Ort,
Wo ihr rechtlos euch sollt plagen!
Darbt die Steuern euch vom Mund,
Die auf Salz und Brot gefallen,
Ringt euch Hand und Seele wund,
Denn wir ändern nichts von allem.

Doch aus unsrer großen Not,
Ward uns heil'ger Zorn geboren,
Unsrer Kinder Schrei nach Brot
Klingt uns gellend in den Ohren.
Müssen wir nicht oft genug
Die Familie ganz ernähren?
Und doch will man uns den Zug
In die Parlamente wehren!

> Wie so mancher alte Brauch
> Mußte zeitgemäß sich wandeln!
> Glaubt's, die Frauen lassen auch
> Sich nicht mehr als Kind behandeln.
> Mit dem Spruch von Herr und Knecht
> Habt ihr uns genug bestohlen.
> Heut verlangt die Frau ihr Recht,
> Und sie wird sich's mutig holen.
>
> (Emma Döltz. In: *Die Gleichheit*, Beilage für unsere
> Mütter und Hausfrauen, Jg. 24, 1914, S. 47)

ERFAHRUNGEN UND FORDERUNGEN BÜRGERLICHER FRAUEN

HEDWIG DOHM

Das Stimmrecht der Frauen

Überall sind es dieselben sozialen Fragen, welche die moderne Welt in ihren Tiefen aufregen. Es ist der Kampf zwischen dem natürlichen und dem traditionellen oder historischen Recht des Menschen, der immer stärker und nachhaltiger das Bewußtsein der Völker durchdringt. Es ist der Kampf zwischen alten Göttern und neuen Menschen.

Der Gott, der überwunden werden soll, ist jener Monopolgott, aus dessen Allmacht das Königtum, die Kirche, die Klassen und die Geschlechter ihre Privilegien herleiten, jener Gott, der stets hinter dem steht, der die Macht hat und sein Angesicht leuchten läßt über ihm.

Ein Hauptfaktor der großen geistigen Revolution unserer Zeit ist die Frauenbewegung, die eine Reform aller bestehenden Verhältnisse anstrebt. Das Zentrum dieser Aktion ist das Stimmrecht der Frauen.

Seit 30 Jahren wird alljährlich im englischen Parlament die Bill für das Stimmrecht der Frauen eingebracht. Die Fortschritte, die diese Frage in der öffentlichen Meinung zu verzeichnen hat, sind außerordentliche.
Die Zahl der Petitionen *für* das Stimmrecht der Frauen ist von Jahr zu Jahr gestiegen.
Vor 30 Jahren, als bei uns die Frauenbewegung noch unter dem Zeichen der Lächerlichkeit stand, ist in England bereits der praktische Staatsmann und Minister Disraeli für das Stimmrecht der Frau eingetreten. Der Schluß einer Rede, in der er sich für eine von 11 000 Frauen unterzeichnete und an ihn gerichtete Denkschrift bedankte, gipfelte in den Worten: »Da ich dafür halte, daß diese Ungesetzmäßigkeit (Vorenthaltung des Stimmrechts an die Frauen) die höchsten Interessen des Landes verletzt, so hoffe und erwarte ich, daß die Weisheit des Parlaments dieselbe entfernen wird.«
Wenn eine Frage mit einer gewissen Autorität vor das englische Parlament kommt, so kann man sicher sein, daß sie von der öffentlichen Meinung getragen wird, und in der Tat gehört in England und Amerika die Frage des Frauenstimmrechts zu den großen nationalen Angelegenheiten.
So scheint der Zeitpunkt nicht verfrüht, auch in Deutschland für die Frauen ein Recht in Anspruch zu nehmen, das klar ist wie das Licht der Sonne und ebenso unantastbar.
[...]
Die Frauen fordern das Stimmrecht als ein ihnen natürlich zukommendes Recht.
Sie fordern es als ein Mittel zur Versittlichung der menschlichen Gesellschaft.
Sie fordern es als ihr Recht. Warum soll ich erst beweisen, daß ich ein Recht dazu habe? Ich bin ein Mensch, ich bin Bürgerin des Staats, ich gehöre nicht zur Kaste der Verbrecher, ich lebe nicht von Almosen, das sind die Beweise, die ich für meinen Anspruch beizubringen habe. Der Mann bedarf, um das Stimmrecht zu üben, eines bestimmten Wohnsitzes, eines bestimmten Alters, eines Besitzes, warum

braucht die Frau mehr? Warum wird die Frau Idioten und Verbrechern gleichgestellt? Nein, nicht Verbrechern. Der Verbrecher wird nur zeitweise seiner politischen Rechte beraubt. Nur die Frau und der Idiot gehören in dieselbe politische Kategorie.

Die Gesellschaft hat keine Befugnis, mich meines natürlichen politischen Rechts zu berauben. Wenn sich nun aber dieses Recht als unvereinbar erwiese mit der Wohlfahrt des Staatslebens? Den Beweis dieses Antagonismus zwischen Staatsleben und Frauenrechten haben wir zu fordern. Man wird uns darauf warten lassen bis zum Jüngsten Tag und sich inzwischen auf das Gottesgericht berufen, welches die Frau durch den Mangel eines Bartes als unpolitisches Wesen gekennzeichnet hat.

Die Voraussetzung, daß eine Menschenklasse, welche die Lasten der Bürgerschaft trägt, kein Recht habe, bestimmend auf diese Lasten einzuwirken, die Voraussetzung, daß eine Menschenklasse Gesetzen unterworfen sein soll, an deren Abfassung sie keinen Anteil gehabt, hat auf die Dauer nur für einen despotischen Staat Sinn und Möglichkeit. Die Zulassung eines solchen Prinzips ist Tyrannei in allen Sprachen der Welt und für jedes Geschlecht, für den Mann sowohl wie für die Frau.

Der Anspruch politischer Gleichheit der Geschlechter, die Vorstellung einer Frau auf der Rednerbühne des Reichstages setzt die Herrn der Gefahr eines Lachkrampfes aus. *Eine politische Gleichheit aber erkennen sie bereitwillig an: die Gleichheit vor dem Schafott.* Warum lachten sie nicht, als Marie Antoinettes und Madame Rolands Haupt unter der Guillotine fiel?

»In einem Staate«, sagt Frau v. Staël,[1] »wo man einer Frau

---

1 *Frau von Staël:* Anne Louise Germaine, Baronne de S.-Holstein (1766-1817), französische Schriftstellerin. Verfasserin der einflußreichen Werke *De la littérature* und *De l'Allemagne.* In ihren z. T. autobiographischen Romanen *Corinna* und *Delphine* tritt sie für die Emanzipation der Frau ein.

im Interesse des Staates den Hals abschneidet, müßte sie doch wenigstens wissen warum?« Die Männer antworten auf dergleichen naseweise Fragen niemals.

Aus ihrer Macht über die Frauen leiten die Männer ihre Rechte den Frauen gegenüber her. Gesetzlich bestimmen sie alle die Maßregeln, Gebräuche und Ordnungen, die zur Unterdrückung des weiblichen Geschlechts dienen, und nennen diese Arrangements dann einen Rechtszustand. Ein Unrecht wird nicht geringer, wenn ein Gesetz es sanktioniert hat, die Unterdrückung nur um so furchtbarer, wenn sie einen universellen, einen weltgeschichtlichen Charakter trägt. Es gibt kein Recht des Unrechtes. Solange es heißt: Der Mann *will* und die Frau *soll*, leben wir nicht in einem *Rechts*-, sondern in einem *Gewalt*staat.

Franklin sagt: »Der Arme hat ein gleiches Recht, aber ein ungleich höheres Bedürfnis, vertreten zu sein, als der Reiche. Diejenigen, welche keine Stimme haben bei der Wahl der Vertreter, sind absolut der Freiheit beraubt, denn der Freiheit beraubt sein heißt regiert zu werden von solchen, die andere über uns gesetzt haben.«

Man könnte einwenden, das den Frauen bewilligte Stimmrecht würde im großen und ganzen schwerlich ein anderes Resultat in der Gesetzgebung herbeiführen als das bis jetzt durch das einseitige Stimmrecht der Männer erzielte.

Diese Annahme ist falsch.

Sind nicht die Männer stets die ersten, zu behaupten, daß die Frauen andere Interessen haben, andere Geistes-, Seelen- und Körperbedürfnisse als sie, die Männer? Je mehr man die Verschiedenartigkeit der Geschlechter betont, um so mehr gibt man die Notwendigkeit einer besonderen Frauenvertretung zu. Und so wie, nach Franklin, der Arme ein höheres Bedürfnis hat, vertreten zu sein, als der Reiche, ebenso hat die Frau, als das schwächere Geschlecht, ein höheres Bedürfnis, vertreten zu sein, als der Mann.

Es bedarf für diese Frage gar keiner besonders tiefen Argumentation. Die Tatsachen sprechen überlaut.

Gesetze wie die über das Vermögensrecht der Frauen, über ihre Rechte an den Kindern, über Ehe, Scheidungen usw. sind undenkbar in einem Lande, wo die Frauen das Stimmrecht ausüben.
Die Männer, sagt die Gesellschaft, repräsentieren die Frauen. Wann übertrug die Frau dem Manne das Mandat? Wann legte er ihr Rechenschaft von seinen Beschlüssen ab? Weder das eine noch das andere ist jemals geschehen.
Genau mit demselben Recht kann der absolute König sagen, er repräsentiere sein Volk, oder der Sklavenhalter, er repräsentiere seine Sklaven. Es ist ein altes Argument, daß die Arbeiter durch ihre Arbeitgeber zu repräsentieren seien, das Argument hat aber die Arbeiter nicht überzeugt, und mit Energie haben sie diese Vertretung zurückgewiesen.
Die Beteiligung an der Gesetzgebung hat notwendig im Laufe der Zeit die Gleichheit vor dem Gesetz zur Folge.
Bei den Hindus wurde der Ehebruch auf das grausamste bestraft, doch änderten sich die Bestrafungen je nach der Kaste der Verbrecher.
Wer hatte diese Gesetze gemacht?
Die Brahminen.
Und welche Strafe traf die Brahminen, die Ehebruch begingen?
Der Verlust ihrer – Haare.
Andere, an der Gesetzgebung nicht beteiligte Klassen wurden für dasselbe Verbrechen lebendig geschunden und gebraten.
In der *Vossischen Zeitung* war vor einiger Zeit zu lesen, daß die Verwendung weiblicher Arbeitskräfte in der Telegraphie sich gut bewährt habe, indem einmal der Telegraphen-Verwaltung auf diese Weise billigere Arbeitskräfte zugeführt werden... Nun, wir wünschen der Telegraphen-Verwaltung Glück zu diesem nobel gesparten Gelde.
Glaubt man im Ernst, daß man an der wahlberechtigten Frau die Ungebühr begehen würde, ihr dieselbe gleich gut geleistete Arbeit geringer zu bezahlen als dem Mann? Es

mag paradox klingen und ist doch wahr: Die Arbeit der Frau wird deshalb schlechter bezahlt als die des Mannes, weil sie das Stimmrecht nicht hat.

Man verweigert der Frau das Stimmrecht, weil es ihrem Geschlecht nicht zukomme. Mit demselben Recht könnte man ihr das Geld nehmen, weil Geldbesitz den physischen Eigenschaften des Weibes widerspreche, man kann ihr den Unterricht verweigern unter dem Vorwand, daß Bildung die Weiblichkeit untergrabe. Und in der Tat, man hat es getan, vollständig in vielen, teilweis in allen Ländern.

Du sollst nicht erwerben, spricht der Staat, du würdest den Männern Konkurrenz machen.

Erwirb! spricht derselbe Staat von dem Augenblick an, wo er fürchten muß, daß die unversorgte Witwe ihm zur Last falle.

Nach den Grundsätzen der Demokratie ist, was einer Königin recht ist, auch recht für die einfachste Bürgerfrau. Entweder ist eine regierende Königin ein burlesker Einfall und jeder Engländer, der seiner Königin huldigt und ihr den Eid der Treue schwört, verletzt die Naturgesetze, oder natürliches politisches Recht besitzt eine jede Frau.

Wer darf behaupten, daß ein Gesetz, welches die weiseste und tugendhafteste Frau eines Rechts beraubt, das sie dem versoffenen Landstreicher gewährt, gut und gerecht ist! Viele behaupten es.

Die Frau ist nicht nur äußerlich unterdrückt, es tritt noch die innere geistige Knechtung hinzu. Ihre ganze Denk- und Gefühlsweise wird durch die Erziehung abgegrenzt und fixiert. Alle diejenigen Begriffe, Anschauungen und Vorstellungen, die ihre soziale Lage rechtfertigen, werden ihr beigebracht, während man alle Erkenntnisse und Einsichten, die sich den tatsächlichen Zuständen feindlich erweisen könnten, ihr vorenthält.

Und so groß ist die Macht der Erziehung und Gewohnheit, daß selbst in Angelegenheiten, zu deren Beurteilung weder wissenschaftliche Erkenntnisse noch besondere Verstandes-

kräfte erforderlich sind, in Angelegenheiten, wo die Natur eine ausreichende Lehrmeisterin ist, die widernatürlichste Gewöhnung den Sieg über das stärkste Naturgefühl davonträgt. Gibt es z. B. ein stärkeres Naturgefühl als dasjenige, welches das Weib lehrt, ihre Person nur dem Manne hinzugeben, den es liebt?
Trotzdem ist das Weib von alters her wie eine Ware verhandelt worden, und es hat diesen Handel als ein von der Vorsehung ihr bestimmtes Geschick willig hingenommen.
Auguste Comte hat in seinem *Cursus der positiven Philosophie* die Zusammengehörigkeit einer Denkweise und eines politischen Zustandes als Notwendigkeit und als geschichtliche Tatsache nachgewiesen.
»Der vierte Stand«, schreibt Lassalle in einer seiner Broschüren, in dessen Herzfalten kein Keim einer neuen Bevorrechtigung mehr enthalten ist, »ist eben deshalb gleichbedeutend mit dem ganzen Menschengeschlecht. Seine Freiheit ist die Freiheit der Menschheit selbst, seine Herrschaft ist die Herrschaft aller.«
Ja wohl – aller – mit Ausnahme der größeren Hälfte des Menschengeschlechts, der Frauen.
Die Logik der Politik ist absolut. Entweder ist das Volk souverän und mithin auch die Frauen, oder Untertanen eines oder mehrerer Herrn sind wir alle. Wir können nur zurück zur Despotie oder vorwärts zum rein demokratischen Staat, wo von Frauenrechten keine Rede mehr sein wird, weil sie selbstverständlich sind.
Ich erkenne nichts an, was nicht andere auch in mir anerkennen. Es gibt keine Freiheit der Männer, wenn es nicht eine Freiheit der Frauen gibt. Wenn eine Frau ihren Willen nicht zur Geltung bringen darf, warum soll es der Mann dürfen? Hat jede Frau gesetzmäßig einen Tyrannen, so läßt mich *die* Tyrannei kalt, die Männer von ihresgleichen erfahren. Einen Tyrannen für den andern.
Was die Frage des Frauenstimmrechts so schwierig macht, ist ihre ungeheure Einfachheit. Die Gesellschaft sagt: Die

V. Zur politischen Gleichberechtigung der Frau

Frauen sind Staatsangehörige, mit Kopf und Herz begabt wie der Mann, sie haben neben den allgemeinen menschlichen Interessen bestimmte Interessen ihres Geschlechts wahrzunehmen, sie bedürfen wie die Männer eines Maßes von Freiheiten, um ihres Lebens froh zu werden usw. Wären diese Qualifikationen hinreichend für ihren Anspruch auf politische Rechte, so räsoniert die Gesellschaft weiter, so würden sie sich längst im Besitz dieser Rechte befinden. Daß sie derselben nicht teilhaftig sind, ist ein Beweis, daß sie ihnen von Natur und Gottes wegen nicht zukommen. Eine Ungerechtigkeit kann hier nicht vorliegen, sie wäre zu schreiend und ihre Fortsetzung, Jahrhunderte hindurch, unmöglich.

Es muß so sein, weil es so ist und stets so war – ist die Rechtfertigung letzter Instanz jedes religiösen oder sozialen Aberglaubens. Und mit dieser starken Logik fährt man fort, die bestehende Ordnung der Dinge zu rechtfertigen, ohne zu beweisen, daß die Resultate ersprießlich sind.

Kant schrieb einmal: »Ich mußte das Wissen aufheben, um zum Glauben Platz zu bekommen.« So in der Frauenfrage muß ein jeglicher den Verstand verleugnen, damit die Gefühle sich breitmachen können. Verstandesgemäß kann die Ausschließung der Frauen vom politischen Leben nicht begriffen werden. Sie wird und kann nie etwas anders sein als ein Glaubensartikel.

[...]

In der Tat bedeutet die moderne Frauenbewegung eine sozialethische Revolution, wie die Welt keine zweite gesehen, eine Revolution, in der einzig und allein mit geistigen Waffen gekämpft wird.

Sie bedeutet die Abschaffung der Ehe als Versorgungsgeschäft. Sie bedeutet die Versittlichung unsrer Sitten. Wenn die Frauen frei sein wollen, so wollen sie es nicht um des Bösen, sondern um des Guten willen. Je weniger man ihnen Unabhängigkeit gewährt, je mehr Boden gewinnt die Kurtisane. Das beweist Griechenland zur Zeit seines Glanzes. Die

Pandorabüchse, der alle Laster der Frauen entsteigen, ist ihre Leibeigenschaft.
Die revolutionäre Frauenbewegung bedeutet die Freiwerdung des – fünften Standes.
Ihr Frauen, erhebt die Stirnen! erhebt die Seelen! Keine Höhe ist zu hoch für euch! keine Ferne zu fern. Fordert freie Bahn für euren Flug!
Reißt ab die Binde, mit der man eure geistigen Augen verhüllt hat, damit ihr gleich den Tieren in der Tretmühle den engen Kreislauf eures Lebens ohne Unruhe und Schwindel vollendet. Werft von euch den konventionellen Charakter, den man euch aufgezwungen, durchbrecht dieses Chinesentum, das bisher gleichbedeutend war mit Frauentum. Fordert das Stimmrecht!
Vergeßt das eine nicht: Anspruch ohne Macht bedeutet nichts. Dem Despotismus ist immer nur eine Grenze gesetzt worden durch die wachsende Macht der Unterdrückten. Die Menge verlangt nicht Urteile, nicht Meinungen und Prinzipien, sie will Erfolge.
Wodurch erlangt ihr Macht?
Durch die Konzentrierung aller weiblichen Kräfte, die für die politischen Rechte der Frauen einzutreten bereit sind.
In jeder größeren Stadt Englands und der Vereinigten Staaten bestehen Stimmrechtsvereine der Frauen. Nicht so in Deutschland. Will die deutsche Frau, das immermüde Dornröschen, ewig schlafen? Erwachet, Deutschlands Frauen, wenn ihr ein Herz habt, die Leiden eurer Mitschwestern zu fühlen, mögt ihr selbst im Schoß des Glückes ruhen. Erwachet, wenn ihr Grimm genug habt, eure Erniedrigung zu fühlen, und Verstand genug, um die Quellen eures Elends zu erkennen. Fordert das Stimmrecht!
Organisiert euch! Zeigt, daß ihr einer begeisterten Hingebung fähig seid, und durch Tat und Wort erweckt die Gewissen der Menschen, erschüttert ihre Herzen und überzeugt ihre Vernunft! Verlaßt euch nicht auf die Hülfe der deutschen Männer!

Seid mutig, helft euch selbst, so wird Gott euch helfen. Gedenkt des kühnen Wortes des Amerikaners Emerson: »Tue immer, was du dich zu tun scheust.«
Ihr armen Frauen habt bis jetzt das Meer des Lebens befahren ohne Steuer und ohne Segel, und darum habt ihr selten das Ufer erreicht, und das Schiff eures Glücks ist zumeist gescheitert an der Windstille oder im Sturm. Lasset das Stimmrecht fortan euer Steuer sein, eure eigne Kraft sei euer Segel, und dann vertraut euch getrost dem Meere an, seinem Sturm und seinen Klippen, und über kurz oder lang werdet ihr Land erblicken, das Land, das ihr »mit der Seele suchet« seit Jahrhunderten, ja seit Jahrtausenden, das Land, wo die Frauen nicht den Männern, sondern sich selber angehören. Als der Engländer Somerset einen Sklaven mit nach England brachte, erklärte, trotz der Vorurteile seiner Zeit, Lord Mansfield, der Sklave sei frei, aus dem einfachen Grunde, weil in England kein Mensch ein Sklave sein könne.
So sind auch die Frauen frei, weil in einem Staate freier Menschen es keine Unfreien geben kann. Die Menschenrechte haben kein Geschlecht.

HELENE LANGE

Frauenwahlrecht

Erst durch das Frauenstimmrecht wird das allgemeine Stimmrecht zu etwas mehr als einer bloßen Redensart. Den alten Sybel[2] hat wohl niemand in Verdacht, modernen Frau-

2 *Sybel:* Heinrich von Sybel, Historiker (1817–95). Einer der bedeutendsten politischen Geschichtsschreiber der Reichsgründungszeit. Gründer der *Historischen Zeitschrift.* Zeitweilig Gegner Bismarcks. Wollte als Staats-

enbestrebungen hold zu sein; aber er konnte sich dem konsequenten Gedanken nicht verschließen: »Wer das Suffrage universel auf sein Programm schreibt, hat keinen vernünftigen Grund, die Frauen auszuschließen.«

Wenn man sich der formalen Logik dieser Forderung nicht mehr verschließen kann, pflegt man mit dem Heer von Binsengründen anzurücken, die, tausendmal widerlegt, immer wieder aus dem Antiquitätenkasten hervorgekramt werden. In erster Linie kommt dann, häufig von nicht waffenfähigen Skribenten, der Einwurf, daß Kriegsdienst und Stimmrecht einander bedingen; als ob nicht, wie schon hundertmal gezeigt worden ist, die Frau dadurch, daß sie die Krieger zur Welt bringt, den Kriegsdienst, den von tausend Männern kaum einer wirklich leisten muß, mehr als kompensierte. Daß weit mehr Frauen in Erfüllung ihrer Mutterpflicht sterben als Männer auf dem Schlachtfelde, dürfte hinlänglich bekannt sein.

Auch daß die Frauen das Wahlrecht nicht wollen, ist ein geläufiger Einwurf. Was hat das mit der Sache zu tun? Nimmt man es etwa den Männern, die durch dauernde Nichtausübung ihres Wahlrechts zeigen, daß sie es auch nicht wollen? Übrigens hat man da interessante Erfahrungen gemacht. Im *Nineteenth Century* wurde vor einiger Zeit von einer Anzahl vornehmer Damen ein Protest gegen das Frauenstimmrecht erlassen, der in der *Fortnightly Review* seine Antwort durch einen von zweitausend Frauen unterzeichneten Aufruf dafür fand. Die Antistimmrechtlerinnen waren meistens – Nichtstuerinnen, die 2000 meistens in einem Berufe tätig. Das möchte schwer in die Waagschale fallen.

Im übrigen ist die Freiheit etwas, wozu der Mensch erst erzogen werden muß, aber auch erzogen werden sollte. Auch Sklaven haben vielfach nicht befreit werden wollen. Und dem mannhaften Gefangenen von Chillon[3] erschien

denker Synthese von Macht und Freiheit. Sybel hatte 1870 die Studie *Über die Emancipation der Frauen* veröffentlicht.
3 *Chillon:* Schloß auf einer Insel des Genfer Sees bei Montreux. Helene

schließlich sein Gefängnis schöner als die Freiheit. Rechte gibt man nicht, weil sie gewünscht werden, sondern weil sie nötig sind. Ob dann Gebrauch davon gemacht wird, ist Sache jedes einzelnen. Und wer da fragen möchte, *wie* im Einzelfalle das Recht gebraucht wird, dem diene Gladstones[4] Ausspruch als Antwort: »It would be a sin against first principles in enfranchising any class, to enquire in what sense they would vote.«

Der Einwurf, Frauen verständen nichts von »Politik«, ist in solcher Allgemeinheit gar kein Einwurf. Was heißt Politik? Neuerdings hat man in Deutschland, um Frauenvereine unter diesem Vorwande schließen zu können, alle »öffentlichen Angelegenheiten« darunter verstanden. Von diesen wird eine Anzahl von Männern besser verstanden werden, eine andere von Frauen. Das hängt einfach von dem Grad des Interesses ab. Da naturgemäß die kulturellen Fragen, für welche Frauen hervorragendes Interesse haben, die Erziehungs- und Unterrichtsfragen z. B., in dem nur von Männern geleiteten Gemeinwesen hinter militärische, handelstechnische, industrielle, rechtliche Fragen zurücktreten (schwerlich zu Nutzen des Gemeinwohls), so hat die Behauptung, Frauen verständen nichts von »Politik«, den Schein für sich. Die Währungsfrage – von der übrigens viele Abgeordnete und Millionen von Wählern auch nichts verstehen – wird den Frauen allerdings vermutlich ebenso dunkel sein, wie den Männern die Frage der Frauenbildung; schwerlich werden sie aber ihre Unwissenheit durch so stürmische Heiterkeit dokumentieren wie deutsche Parlamentarier bei jedem uralten Witz über die Bildung ihrer

Lange spielt wahrscheinlich auf Lord Byrons Gedicht von dem Gefangenen François Bonivard »The Prisoner of Chillon« an, der hier 1536 nach sechs Jahren Gefängnis befreit wurde.

4 *Gladstone:* William Ewart Gladstone, britischer Staatsmann (1809–98). Wechselte von anfangs konservativer zu liberaler Politik. 1868 an der Spitze der britischen Regierung. Seine Staatsführung war von christlich-humanitären Grundsätzen bestimmt. Wurde wegen zu schwacher und friedliebender Außenpolitik kritisiert.

Erfahrungen und Forderungen bürgerlicher Frauen

eigenen Töchter. Und wenn die Frauen kein Verständnis für die Notwendigkeit der Bewilligung neuer Uniformen haben, so werden sie sich um so lebhafter für den allgemeinen Weltfrieden interessieren, der den Völkern jetzt ebenso utopisch erscheint wie dem Raubritter des zwölften Jahrhunderts der ewige Landfriede. Und – sollten nicht die Debatten über die Sittlichkeitsfragen unter dem Einfluß der Frauen zu einem anderen Resultat führen als zur bloßen polizeilichen Regelung der Unsittlichkeit? Sollten nicht öffentliche Erziehung, Armenpflege, Gefängniswesen etc. etc. von der Eigenart der Frau eine heilsame Einwirkung erwarten dürfen?

Wer sich im übrigen mit den zum Teil höchst ergötzlichen Gründen gegen das Frauenstimmrecht, die sich häufig einander aufheben, vertraut machen will, der studiere die Verhandlungen des englischen Parlaments über diesen Gegenstand. In hohem Grade beliebt ist die Phrase von der Engelhaftigkeit und Reinheit der Frau, die sie vom Schmutz der Politik – im Schmutz der Straße sucht man sie auf – fernhalten müsse. Und den höchsten Gipfel des Phrasenschwulstes erklimmt ein Redner, der da fürchtet, die Frau möge durch das Stimmrecht die Furcht und das Erröten verlieren, die doch die Gürtel der Unschuld seien!

Wir haben diese sämtlichen »Gründe« nur gestreift; Einfluß haben sie auf den Gang dieser Untersuchung nicht, die sich auf eines der »first principles« stützt, auf den Grundsatz: Das Stimmrecht wird als Schild den Schwachen gegeben; sie brauchen es, um ihre Rechte zu vertreten und sich vor Vergewaltigung zu schützen.

Nur ein Einwurf wäre stark genug, um eine Abweichung von diesem Grundsatz zu rechtfertigen: die Gefährdung des öffentlichen Wohls. Aus der Gewährung des Frauenstimmrechts soll nach einer häufig vertretenen Auffassung eine solche hervorgehen.

Verständigen wir uns zunächst über das Wort. Wie Menschenrechte bisher nur Männerrechte bedeutete, so auch öffentliches Wohl nur Männerwohl. Und wenn wir die Prophezeiungen näher untersuchen, die im Zusammenhang mit der Erörterung dieser Fragen gemacht werden, so laufen sie jedesmal darauf hinaus, daß der einseitige Charakter, den jetzt ungehindert der Mann dem öffentlichen Leben aufdrückt und der nur *seine* Eigenart darstellt, eine Änderung erfährt. Nun, eben das erscheint uns nötig. Denn was wirklich *öffentliches* Wohl, d. h. das Wohl der Männer *und* Frauen, das Wohl der Familien, bedeutet, das kann nur in gemeinsamer Verständigung beider Geschlechter gefunden werden. Das ist die Wahrheit, die am schwersten eingehen wird. Unter den Gutachten des kürzlich vielgenannten Buches *Die akademische Frau** befindet sich auch eins des bekannten Professors der Rechte Otto Gierke. Er prophezeit der Gesamtheit das Verderben, wenn man der »radikalen Frauenrechtsbewegung« Boden verstatte, und predigt das principiis obsta. »Wer dem geschichtlich bewährten Ideal des männlichen Staates die Treue hält, würde töricht sein, wenn er ein Zugeständnis machte.«

Dem geschichtlich bewährten Ideal des männlichen Staates! Wie stellt es sich nach jahrtausendelangem Ringen dar? Technisch und intellektuell auf der Höhe, aber – da stehen am Schluß des Jahrhunderts die Völker bis an die Zähne bewaffnet einander gegenüber. Denn die ultima ratio des Männerstaats ist auch heute noch die physische Gewalt, der Krieg. Und was mehr noch als dieser die Völker zerstört, der Alkoholismus, er steigt rapide und füllt die Zuchthäuser; aber die Branntweinbrennereien erhalten in Deutschland Liebesgaben. In wirtschaftlicher Beziehung: ein Kampf aller gegen alle; Verarmung und Heimatlosigkeit ergreifen immer weitere Schichten. Die Zahl der jugendlichen Verbrecher wächst von Jahr zu Jahr, aber aussichtslos überläßt man die proletarische Jugend dem Einfluß der Straße; Übersätti-

---

* Berlin, Hugo Steinitz, vergl. die Januarnummer (1897) der Zeitschrift *Die Frau*.

gung, Blasiertheit, Fin-de-siècle-Stimmung, wie sie nur je vor einem großen Zusammenbruch herrschte, hat Völker und Individuen ergriffen. Schopenhauer ist übertrumpft von Stirner[5] und Nietzsche; in der Kunst überbietet ein Raffinement, eine Effekthascherei die andere: aus der Literatur der Modernen steigt ein Verwesungsgeruch empor, der die Nerven benimmt. Denn der Männerstaat hat dafür gesorgt, daß der Jüngling seine Studien über die Frau an der Dirne macht und den ganzen Ekel mit ins Leben nimmt, der damit zusammenhängt. Die Monogamie ist in den weitesten Kreisen zur Fiktion geworden. Und was die Parlamente anbetrifft, so möchte folgende Schilderung nicht unzutreffend sein: »Der leidige Individualismus führt das Szepter, und der krasse Egoismus nimmt die Stelle ein, welche der intelligenteste Altruismus haben sollte. Daher kommt es denn, daß auch die Politik in keinem Kulturstaat mehr in den Händen der Gebildetsten ist, wie es fast vor 50 Jahren zu werden schien, sondern in der Gewalt der Geldleute, Fabrikanten, der Streber und Macher, von kirchlichem Einfluß gar nicht zu reden. Sehen Sie sich die Zusammensetzung der Repräsentantenhäuser aller sogenannten Kulturstaaten an und würdigen Sie mit mir die Tatsache, daß der geistige und sittliche Standpunkt der modernen Parlamente der Durchschnittsbildung des Volkes nicht mehr entspricht. Vielleicht wäre es ganz gut, durch massenhafte Ausbildung der Weiber, einerlei in was, das Durchschnittsniveau der Volksbildung zu erhöhen, um unser aller Zukunft ersprießlicher zu machen.« (*Deutsche medizinische Wochenschrift*, Nr. 25, 18. Juni.)

Es ist der Gedanke Camille Sées[6]: »Von den Frauen hängt die Größe und der Verfall der Nationen ab.« Jedenfalls sind

---

5 *Stirner:* Der deutsche Philosoph Max Stirner, eigentl. Kaspar Schmidt (1806–56), Verf. von *Der Einzige und sein Eigentum*, wandte sich aus anarchistischen Gedankengängen gegen alle Traditionen.
6 *Camille Sée:* Französischer Politiker (1827–1919). Initiator des Gesetzes, das höhere Schulen für junge Mädchen forderte (1880).

sie ein schwerwiegender Faktor, der mehr und mehr in seiner Bedeutung hervortreten wird. Denn der rein männliche Staat in seiner starren Einseitigkeit hat sich eben *nicht* bewährt. In dieser Überzeugung kann uns Frauen keine »Belehrung« erschüttern, und sei sie noch so sehr von oben herab, im deutschen Professorenton, gehalten. Wir stehen auch in dieser Beziehung wie in so mancher andren an einem geschichtlichen Abschnitt. Dem Gemeinschaftsleben strömen neue, bisher anderweitig nötige, durch den gewaltigen Umschwung innerhalb unseres Jahrhunderts aber frei gewordene Kräfte zu: auch die Frau will ihren Anteil an der Kulturarbeit leisten. Und der Weg muß ihr geebnet werden eben um des Wohls der Gesamtheit willen.

Nicht als ob Männer und Frauen in Gemeinschaft den Himmel auf Erden schaffen würden. Dazu sind sie zu menschlich. Und die Frauen sind als Gesamtheit genommen um nichts vollkommener als die Männer. Sie sind nur anders; sie ergänzen den Mann. Sie haben den Instinkt der Mutterschaft und die unmittelbare Fühlung mit der Natur. Und der Unterschied zwischen einem Gemeinschaftsleben, auf das nur Männer einwirken, und einem solchen, in dem Männer und Frauen – vielleicht auch hier in sich allmählich ergebender, der Eigenart entsprechender Arbeitsteilung – zusammenwirken, ist derselbe wie der zwischen einem Hause, in dem nur ein redlich wollender Vater, und einem, in dem neben ihm eine redlich wollende Mutter waltet. Denn das Wort, das einst Lady Henry Somerset[7] als Motto über ihr Frauenstimmrechtsblatt setzte, ist wahr: »The women's movement is organised mother love«. Diese Mutterliebe, deren die verarmte Welt so dringend bedarf, kann nur die Frau ihr geben – es ist müßig, im einzelnen ausfüh-

---

7 *Lady Henry Somerset:* Isabel Somers, englische Reformatorin (1851–1921). 1873 Ehe mit Lord Henry Somerset. Setzte sich aktiv für die Frauenfrage ein. Herausgeberin von *Woman's Signal*. Richtete eine Arbeitsfarm für dem Alkohol verfallene Frauen ein. Wurde 1889 zur Präsidentin der World's Women's Christian Temperance Union gewählt.

ren zu wollen, in welcher Weise –, Gefängnisse und Waisenhäuser, Schulen und Hospitäler harren ihrer, und der Unrat, der unser Leben befleckt und den Menschen an der Wende des 20. Jahrhunderts oft unter das Tier stellt, wird nur ihrer Hand weichen. Denn unzweifelhaft finden die rein sinnlichen Instinkte in ihr die natürliche Gegnerin.

Diese Überzeugungen stützen sich nicht nur auf psychologische Gründe, sondern auf die großartige freie Vereinstätigkeit, die Frauen allerorten heute entwickeln, und auf die Erfahrungen, die man in den wenigen Staaten mit Frauenstimmrecht gemacht hat. In den amerikanischen und australischen Staaten, in denen es eingeführt ist, haben sich gerade in sittlicher Beziehung die günstigsten Erfolge gezeigt. Der Staat Wyoming blickt auf eine 25jährige Erfahrung mit dem Frauenstimmrecht zurück, und sein Parlament konnte bei Gelegenheit des Jubiläums der Gleichberechtigung eine Resolution erlassen, in der es auf den Segen dieser Maßregel hinwies: friedliche und ordentliche Wahlen, eine gute Regierung, ein bemerkenswerter Grad von Zivilisation und öffentlicher Ordnung wird darauf zurückgeführt: »Wir weisen mit Stolz auf die Tatsache hin, daß nach nahezu 25 Jahren, daß die Frauen das Stimmrecht besitzen, kein Distrikt in Wyoming ein Armenhaus besitzt, daß unsere Gefängnisse so gut wie leer und Verbrechen so gut wie unbekannt sind.« Und bei der ersten Wahl in Neu-Seeland, an der Frauen sich beteiligten, war es in hohem Grade bemerkenswert, daß sie in erster Linie die sittliche Qualifikation der Kandidaten in Betracht zogen.

Wir sind nun zwar gewohnt, auf diese Länder mit junger Kultur herabzublicken mit dem ganzen Stolz eines Nachkommen von 16 Ahnen; vermutlich würden sie diese Ahnen gar nicht wollen, wenn sie, wie wir, auch ihre 16 Zöpfe mit in den Kauf nehmen müßten. Es ist doch eine bemerkenswerte Geistesfreiheit, aus der der erste Artikel der Konstitution von Wyoming hervorgeht, dessen 3. Absatz lautet: »Da Gleichheit im Genusse natürlicher und sozialer Rechte durch politische Gleichheit bedingt wird, so gewähren die Gesetze dieses Staates allen Bürgern, ohne Unterschied der Rasse und Farbe und des Geschlechtes, gleiche politische Rechte.«

Welche Chancen sind nun für die Durchführung des Frauenstimmrechtes gegeben? Es wäre nach den vorangegangenen Ausführungen offenbar abgeschmackt, auf einen plötzlichen Gerechtigkeitstaumel unserer Parlamente rechnen zu wollen, in denen man nach einem geflügelten Wort der Neuzeit nur abstimmt, nicht überzeugt wird. Wenn wir aus unsern Vordersätzen den richtigen Schluß zu ziehen verstehen, so werden wir einzig und allein mit der Interessenpolitik rechnen dürfen. Die Männer werden den Frauen nicht eher das Stimmrecht gewähren, als bis ihr eigenes Interesse es gebietet.

Wenn den Arbeitern scheinbar über Nacht das Stimmrecht in den Schoß fiel, so dürfen wir schwerlich rein ethische Erwägungen dahinter suchen, sondern es hing unzweifelhaft damit zusammen, daß sie ein entscheidender Faktor im politischen Leben werden konnten, dessen Wert und Bedeutung man genau berechnen und gegen einen andren einsetzen zu können glaubte. Davon kann bei den Frauen keine Rede sein, schon weil sie keine bestimmte Klasse bilden, sondern durch alle Klassen verteilt sind. Wir werden also nur auf ein Interesse der Regierungen und Parlamente rechnen dürfen, das mit dem Hochdruck der öffentlichen Meinung zusammenhängt.

Diese öffentliche Meinung ist nun idealen Beweggründen durchaus nicht unzugänglich. Ich erinnere nur an den Sturm gegen das Volksschulgesetz und den unwiderstehlichen Druck, den er ausübte. Aber freilich müssen diese idealen Beweggründe mit praktischen Interessen zusammenhängen; so ist der reale Mensch nun einmal beschaffen. Für die abstrakte Gerechtigkeit ihrer Sache wird die Frau die Männer nie in genügender Zahl erwärmen können; sobald aber die Erkenntnis der Bedeutung der Frau für das Gemeinwohl in den Kreisen der Männer genügend Wurzel gefaßt hat, dann, aber auch erst dann, wird der Augenblick gekommen sein, in dem die gesetzgebenden Faktoren, von der öffentlichen Meinung gedrängt, für das Frauenstimmrecht eintreten werden. Damit ist zugleich gesagt, daß dieser Zeitpunkt in den verschiedenen Ländern ein sehr verschiedener sein wird.

Daraus erklärt sich auch, daß die Länder mit junger Kultur, in denen der zivilisatorische Wert der Frauen den vielen Auswüchsen spezifisch männlicher Roheit gegenüber doppelt hervortrat, in dieser Sache vorangegangen sind; daß unter den europäischen Ländern England, wo die Frauen im Gemeindedienst längst ihre kulturelle Bedeutung erwiesen haben, der Verwirklichung dieser großen Idee am nächsten steht – man darf wohl sagen, daß seinerzeit Gladstone allein, auf dessen Autorität die kleine Majorität von 23 Stimmen zurückzuführen ist, die 1892 die Annahme des Frauenstimmrechts hinderte, die Ursache der Verzögerung war, trotz seiner »first principles« – daß endlich Deutschland mit seiner lastenden Bürokratie, seinem Schematismus und Militarismus in dieser Frage am allerweitesten zurück ist.

Es würde zu weit führen, die historischen Gründe für diese Erscheinung hier zu untersuchen. Die mehrmalige völlige oder teilweise Zerstörung der deutschen Kultur durch große Kriege, in denen nur der Mann galt, möchte für die geringe Schätzung der Fähigkeiten der Frau – abgesehen von der traditionellen Hochhaltung der »Hausfrau« – gar nicht hoch genug angeschlagen werden können. Überdies ist in Deutschland der geistige Abstand der Geschlechter – durch den guten Unterricht der Knaben und Jünglinge, den völlig ungenügenden der Mädchen – größer als anderswo. Mit der älteren Generation insbesondere, die mit dem Chamisso-Empfinden: »Darffst mich, niedre Magd, nicht kennen, hoher Stern der Herrlichkeit«, großgeworden ist, dürfte – mit seltenen Ausnahmen – in dieser Frage nicht zu rechnen sein. Ihre Männer sind noch mit zu viel Paschagefühl aufgewachsen, die Frauen in zu spezifisch deutscher Weiblichkeit, die das konventionelle Sichziemen an die Stelle der selbständigen Entfaltung weiblicher Eigenart setzt.

Es ist in hohem Grade charakteristisch, daß nur die sozialdemokratische Partei das Frauenstimmrecht auf ihr Programm gesetzt hat. Die Frau des Arbeiters hat in gewisser Weise ihre Gleichberechtigung mit dem Manne in höherem Maße bewiesen als die der sogenannten höheren Stände. Sie ringt wie er um das Leben; sie interessiert sich wie er für allgemeine Fragen – ob ihre Anschauungen richtig oder falsch sind, darauf kommt es hier nicht an. Keine der anderen Parteien hat die Frau jemals ernst genug genommen, um auch nur den Gedanken an eine Gleichberechtigung zu fassen; auch die sogenannten liberalen Parteien sind für die Fraueninteressen fast nur mit billigen Phrasen eingetreten. Die Erklärung dafür liegt auf der Hand: Die Frauen ihrer Kreise haben ihnen die Überzeugung nicht einzuflößen verstanden, daß in ihnen eigenartige, für das Gemeinwohl hochwichtige Kräfte stecken. Nicht als ob es nicht viele tüchtige Frauen unter ihnen gäbe; aber das herrschende Element ist nicht die Frau, sondern die Dame.

Damit ist der wunde Punkt in unserem Frauenleben getroffen. Durch die Rolle, die der Mann der Frau angewiesen hat, ist jene Gesellschaftspuppe entstanden, die heute anstelle der tüchtigen, durchgebildeten, für das Gemeinwohl sich interessierenden Frau die erste Rolle spielt. Diese Dame, nicht der Mann ist der ärgste Feind der Frau. Dieser »europäischen Dame mit ihrer Prätention und Arroganz« galten die brutalen Ausführungen Schopenhauers, und unter diesem Gesichtspunkt kann man ihm kaum unrecht geben. Diese Dame – ja nicht etwa mit dem Begriff zu verwechseln, der in dem englischen »lady« steckt, dessen feinste Nuancen gerade unser Wort »Frau« mit umfaßt – gehört allerdings nicht in das öffentliche Leben. Sie hat durch ihre illegitime, hinter den Kulissen geübte Beeinflussung des öffentlichen

Lebens schon Unheil genug angerichtet. Diese Dame, bei der man tief graben muß, um auf Spuren der Frau zu stoßen, hat die Welt nicht nur nicht gefördert, sondern in ihrer Entwicklung *gehemmt*. Ihre Herrschaft muß die *Frau* brechen. Bis jetzt sind die Aussichten noch gering. Wenn die *Dame* Hüte dekretiert, bei denen man meinen muß, die hängenden Gärten von Babylon wandeln zu sehen, und Anzüge, die die menschliche Gestalt in ein X verwandeln, so fügt sich die *Frau*. So kommt es, daß in der Frauenwelt der Tand des Lebens eine wichtigere Rolle spielt als die echten Lebensgüter. So kommt es, daß für die Verpflichtung gegen die Gesellschaft die Frau kein Gefühl hat, weil sie – Gesellschaften geben muß. Und – leider! ist in der *deutschen* Frau das soziale Interesse wenigstens unter den germanischen Völkern am geringsten.

Es ist zuzugeben, daß die ihr gebotene Gelegenheit zur Betätigung solcher Interessen auch die geringste ist. Aber diese Dinge gehen Hand in Hand. Daß die Engländerin jetzt in allen wichtigen Angelegenheiten ihres Landes, mit einziger Ausnahme der politischen, mitzusprechen hat, hat seinen Grund nur in dem eifrigen Interesse, das sie diesen Sachen zuwandte. Auch sie hat kämpfen müssen, ehe sie die Stellung erlangte, in der sie ihre Leistungsfähigkeit zeigen und damit das Interesse der Männer, sie zu weiterer Mitarbeit am Gemeinwohl heranzuziehen, erhöhen konnte.

Ein anderer Weg steht auch der deutschen Frau nicht offen. An einen plötzlichen Umschwung zugunsten des Frauenstimmrechts ist nicht zu denken, und alle Reden würden nach dieser Richtung hin nichts bewirken, solange sich im Volksgeist nicht die Überzeugung durchgerungen hat: Hier sind wertvolle Kulturelemente, die müssen wir dem Gemeinwohl dienstbar machen. Nicht das Schreien, sondern das Leisten tut's. Die sehr ernst gemeinte und mit großer Selbstaufopferung durchgeführte Propaganda der Gräfin Guillaume-Schack[8] mußte völlig resultatlos verlau-

8 *Gräfin Guillaume-Schack:* Siehe S. 37.

fen, weil die Leistungen der Frauen fehlten, die den Männern den Nutzen des Frauenstimmrechts klargemacht hätten. Die Anschauung suggeriert eben mächtiger als hundert Reden, und eine notwendige Entwicklungsform läßt sich auch durch die schönsten Worte nicht ersetzen oder überspringen.

Und so ist uns unser Weg gewiesen. Es gilt zunächst – und diese Arbeit haben wir schon mit Energie in Angriff genommen –, die Hindernisse zu beseitigen, die uns am Leisten hindern. Es gilt, einzudringen in die Arbeit der Gemeinden, in die Schulverwaltungen, die Universitäten, die verschiedenen Berufszweige, und überall zu zeigen: *Das kann* die Frau. Es gilt, der *Dame* entgegenzutreten, die durch das parfümierte Taschentuch den »Armeleutegeruch« fernhalten möchte; es gilt das Laster in seinen Schlupfwinkeln aufzusuchen, die Kindlein zu uns kommen zu lassen, den Verwaisten und Verlassenen Pflegerinnen zu sein und unerschrocken die Wahrheit zu sagen über alles, was da faul ist auf sozialem Gebiet, mag uns noch so oft das allmählich doch etwas in Mißkredit geratende »Unweiblich« entgegengeschleudert werden. Der Weg ist weit; aber er ist kein Umweg. Denn wir nehmen viel mit unterwegs, all das Rüstzeug, das wir für eine spätere Zeit brauchen. Und überdies: Wir haben keine Wahl. Auch wer grundsätzlich nicht mit mir einverstanden ist, wer von einer Vorbereitung im Prinzip nichts wissen will, wird mir zugestehen: »Du hast recht, vorzüglich weil ich muß.«

So handeln wir wie der Weise, der ein sicheres, aber in der Ferne erst winkendes Erbe in Aussicht hat und sich einstweilen auf seine zweckmäßige Verwaltung vorbereitet. Hoffnungslos ist unsere Angelegenheit durchaus nicht; wer aufmerksam hört und liest, wird viele auch unter den Männern finden, die auf unserem Boden stehen. Die jüngere deutsche Männergeneration beginnt in der Frau, die sich vor ihren Augen, nur mit unendlich viel mehr Schwierigkeiten als sie, eine gleichartige Bildung erringt, die ihr eigenes Leben gestaltet, die Mitstrebende, Mitkämpfende zu sehen. Und die Notwendigkeit kultureller Leistungen und das Interesse daran wächst von Tag zu Tage. Schon begehrt man die Hilfe der Frauen bei der Armen- und Waisenpflege, schon fängt man an, sie in die Gefängnisse zu lassen; das ist der kleine Finger, an dem die ganze Hand hängt.

Diese Ansicht auszusprechen und unsere Taktik damit preiszugeben trage ich nicht das geringste Bedenken. Die geschichtlichen Mächte, die vorwärtstreiben, sind gewaltiger als der Wille der einzelnen, die etwa den ersten Schritt hindern möchten, weil ihnen die Konsequenzen gezeigt sind. Die Frauen können es sich heute gestatten, mit offenen Karten zu spielen, wenn sie zugleich dafür sorgen, genügend Trümpfe in ihre Hand zu bringen: *Leistungen*. Auch die Frauenbewegung hat in erster Linie mit diesen realen Faktoren zu rechnen; ihre äußere Macht wird sich auf die Dauer immer nach den von ihr entwickelten Qualitäten, nicht nach ihrem Aufwand an Worten richten, wenn auch diese durchaus nicht als überflüssig hingestellt werden sollen. Sie werden besonders dann ihre Wirkung zu tun haben, wenn die Leistungen vorhanden sind und es nur noch gilt, das tote Gewicht ins Rollen zu bringen und den Durchschnittsmann, die Durchschnittsfrau dahin zu bringen, die Konsequenz zu ziehen.

In Deutschland aber möchte der Schwerpunkt heute noch ganz in den Leistungen liegen. Was hier geschehen, was nach Kräften durch Wort und Tat gefördert werden muß, das ist daher die Zulassung zu der Arbeit, den Rechten und Ämtern innerhalb der Gemeinden und die Eröffnung aller Berufe. Hier wird die Frau die Schulung für größere Ziele gewinnen, hier im Laufe der Zeit Leistungen aufzuweisen haben, die dem Manne allein als hinreichende Garantie für die Gewährung weiterer Rechte erscheinen werden. Über die Wirkung teile ich Secrétans[9] Ansicht: »Aller Wahrscheinlichkeit nach würde die Anerkennung der Frauen-

9 *Secrétan:* Charles (1815–95), schweizerischer Philosoph.

rechte nur eine sehr wenig zahlreiche Elite von Frauen ins Parlament, in die Gerichtshöfe usw. bringen. Das Gros der Geschäfte würde nach wie vor in den Händen der Männer verbleiben; allein der leitende Geist würde eine Veränderung erfahren: das Recht würde die Oberhand gewinnen, weil endlich einmal die Macht durch die Selbstbegrenzung sich als wirkliche Macht erwiesen hätte. Der Geist des Friedens hätte den ihn fördernden Platz im öffentlichen Leben, und dann könnte man ernsthaft an die Erhaltung des Friedens zwischen den Völkern denken.«
Bis dahin – wie mancher Protest wird noch mit hohem Pathos im Namen der »sittlichen und natürlichen Bestimmung der Frau« erschallen gegen ihre schönste und höchste Aufgabe: zu helfen, daß Friede sei auf Erden und den Menschen ein Wohlgefallen.

Soweit die (hier etwas erweiterten) Ausführungen aus dem Augustheft (1896) der *Cosmopolis*. Inzwischen hat – am 3. Februar 1897 – in England eine erneute Debatte über das Frauenstimmrecht stattgefunden. Die betreffende Vorlage war von Mr. Faithful Begg eingebracht worden; sie verlangt, daß die unabhängigen weiblichen Steuerzahler, die bereits auf andren Gebieten das Stimmrecht besitzen (etwa 500 000 Frauen) auch das politische Stimmrecht erhalten sollen.
Die beiden großen Parteien waren über den Gegenstand diesmal unter sich zerfallen und gespalten. [...] Das Resultat der Abstimmung war ein bedeutsamer Triumph für die Anhänger des Frauenstimmrechts; der Antrag auf zweite Lesung der Vorlage wurde mit 228 gegen 157 Stimmen, also mit einer Mehrheit von 71 Stimmen, in gut besetztem Hause genehmigt.
Deutsche Blätter haben sich bemüht, die ganze Debatte als »a huge joke« hinzustellen. Das war nicht schwer. Man brauchte nur die mehr oder minder faden Witze, die, wie bei allen solchen Gelegenheiten, so auch hier, nach wohlfeilem Beifall haschten, zusammenzustellen, und die sehr ernsthaf-

ten Argumente, mit denen der Antragsteller und andere Vertreter der Bill ihre Meinung begründeten, fortzulassen, so hatte man die gewünschte Karikatur. Diese sehr ernsthaften Argumente aber wurzelten in erster Linie *in den bedeutsamen Leistungen*, welche die Frauen im Dienst des Gemeinwohls, in den sie erst seit so kurzer Zeit eingetreten sind, schon aufzuweisen haben.

Es wird als wahrscheinlich angesehen, daß bei abermaliger Beratung der Vorlage – die voraussichtlich unter die ungünstigsten äußeren Bedingungen gestellt wird – ein positives Resultat nicht erzielt werde. Das ist sehr möglich. Die heilige Ilios sank erst nach zehn Jahren, und sie bestand nur aus Stein und Mörtel. Menschliche Vorurteile sind von festerem Stoff und fester gekittet. Beim Erscheinen dieser Ausführungen wird die Sache möglicherweise entschieden sein. Wie aber auch diese Entscheidung gefallen sein mag, unter keinen Umständen ist rückgängig zu machen, daß auch für das Sein unseres Geschlechts das Gesetz seine Bedeutung zu erweisen begonnen hat:

> »Es soll sich regen, schaffend handeln,
> Erst sich gestalten, dann verwandeln.
> Nur scheinbar steht's Momente still.«

Ein solcher toter Punkt im Frauenleben ist durch unser Jahrhundert überwunden worden. Aus der tätigen Hausfrau früherer Tage, der Produzentin, war in den besitzenden Klassen die bloße Konsumentin geworden. Jetzt will die Frau ihre Eigenart auch im Kulturleben zur Geltung bringen. Sie entwickelt aus sich heraus, was sie muß. Auch sie steht unter dem Evolutionsgesetz. Und darum: *»Einst wird kommen der Tag!«*

KÄTHE SCHIRMACHER

Der praktische Nutzen des Frauenstimmrechts

Die Ausübung des Stimmrechts hebt den sozialen Wert der Frau. Das drückt sich in greifbaren Tatsachen aus. Der Wahlzettel ist nicht ein papierner Wisch, sondern eine gewaltige Waffe im Daseinskampf, ein politisches und soziales Machtmittel. Dafür bietet die Geschichte des Frauenstimmrechts folgende Beweise:
In den amerikanischen Stimmrechtsstaaten (Wyoming, Utah, Colorado, Idaho) besteht eine deutliche Tendenz, die *Frauengehälter* zu steigern und denen der Männer gleichzustellen. In Wyoming und Utah sind Gesetze durchgegangen, die den Staat verpflichten, z. B. den Lehrerinnen die gleichen Gehälter zu zahlen wie den Lehrern. Das ist ein praktischer Nutzen des Frauenstimmrechts, den die Lehrerinnen anderer Länder wohl auch gerne beanspruchten. Das gleiche läßt sich mit der Zeit für andere Kategorien weiblicher Staatsbeamten erreichen, für die Post- und Telegraphen-, die Telephon- und Eisenbahnbeamten, die heute überall unter folgenden Ungerechtigkeiten leiden: Sie werden unbarmherzig auf den schlechtbezahlten Subalternämtern festgeschraubt, haben geringes oder gar kein Avancement und werden selbst in diesen Posten schlechter bezahlt als Männer.
Was man dem Manne höher bezahlt, ist durchaus nicht immer seine größere Berufsleistung (die der Frauen ist in vielen Fällen ganz die gleiche), *es ist sein anerkannter Wert als Vollmensch,* als Herrschender, als *Wähler*: er macht von vornherein größere Ansprüche, da er imstande ist, sie durchzusetzen. Ihre politische Rechtlosigkeit vor allem bannt die Frau an die Subalternämter: welcher Mann wird sich eine Frau als Vorgesetzte gefallen lassen, die als politisches Wesen nicht existiert?

Weil die Frau aber als politisches Wesen nicht existiert, wird der politisch berechtigte Mann, als Wähler wie als Abgeordneter, die Interessen der Frau stets *hinter* den seinen zurücktreten lassen. Das liegt in der menschlichen Natur, und nur die *direkte Ausübung* des Wahlrechts durch die Frau kann da Wandel schaffen. Der Umstand, daß Lehrerinnen, Postbeamtinnen *nicht* Wähler waren, hat in amerikanischen Staaten zu der Entlassung solcher weiblichen Beamten geführt.

Das Wahlrecht bringt der Frau jedoch nicht nur pekuniäre Vorteile, es hebt auch ihre Rechtslage im allgemeinen. So sind in Neuseeland und Südaustralien unter der Herrschaft des Frauenstimmrechts folgende Rechtsreformen durchgegangen:

1. Gleiche Behandlung der Gatten bei Ehebruch. 2. Verbesserung des Erbrechts zugunsten der überlebenden Ehefrau. 3. Erhöhung des Schutzalters der Mädchen auf 17 Jahre. 4. Der uneheliche Vater wird stärker zur pekuniären Haftung für das illegitime Kind herangezogen. 5. Der Anwaltsberuf wird den Frauen eröffnet. – Alle diese Reformen müssen die Frauen anderswo demütig erbitten, und die Emanzipation der Frau hängt allein von der Aufklärung des Mannes ab.

Der praktische Nutzen des Frauenstimmrechts liegt aber auch darin, daß es eine Garantie jener Reformen ist, die Frauen bisher mühsam und langsam erreichten. Diese Garantie fällt überall da weg, wo Männer allein das Stimmrecht üben. Das haben die letzten Ereignisse in England bewiesen. Dort besaßen die Steuerzahlerinnen seit 1870 das aktive und das passive Wahlrecht für die Schulverwaltungen. Sie bewährten sich dabei vorzüglich. Da bestimmte die letzte reaktionäre Schulbill von 1903, daß für die Kandidaten bei den Schulwahlen die gleichen Qualifikationen gelten sollten wie bei den Stadtverordnetenwahlen. Nun hat richterliche Entscheidung die Frauen von dem Amt des Stadtverordneten ausgeschlossen. Damit wird den Frauen unverdientermaßen das passive Wahlrecht für die Schulwahlen entzogen.

Solche Überraschungen erlebt man in England, dem Musterlande des Parlamentarismus.
Darum erkläre ich:
Wir brauchen das Wahlrecht, weil es unsere ökonomische Lage heben, unsere Rechtsstellung bessern wird und weil ohne das Wahlrecht all unsere mühsam errungenen Konzessionen auf Sand gebaut sind. Solange wir das Wahlrecht nicht haben, sitzen wir in dem Kartenhaus der jederzeit widerruflichen Gnadengeschenke. *Wir* aber wollen unser verbrieftes Recht.
Zu diesem Zwecke ist in Deutschland der Deutsche Verein für Frauenstimmrecht gegründet worden, auf dessen Anregung sich am 4. Juni d. J. in Berlin der »Internationale Bund für Frauenstimmrecht« konstituiert hat.

LIDA GUSTAVA HEYMANN

Deutscher Verein für Frauenstimmrecht

Im Dezember 1901 kam Anita schon zum drittenmal nach Hamburg, um mit mir gemeinsam das Weihnachtsfest zu verleben. Wir hätten es eigentlich am 21. Dezember feiern sollen. Nachdem das Kirchentum durch Konfession und Priesterstreit für vernünftige Menschen in Mißkredit gekommen war, galt uns das Weihnachtsfest als das Fest des Lichtes, welches aus der Dunkelheit des Winters hinaus, aufwärts der Sonne entgegenführte.
Nie werde ich den freudigen Blick ihrer Augen vergessen, als sie mir erzählte, wie sie wenige Tage zuvor, hoch oben auf einem Berliner Bus sitzend, einen köstlichen Einfall gehabt, sozusagen mal wieder ein Kolumbus-Ei entdeckt hätte. Sie sagte: »Dürfen die Frauen in manchen wichtigen

Staaten des deutschen Reiches, wie Preußen und Bayern, keine politischen Vereine gründen, so verlegen wir den Sitz eines deutschen Vereins für Frauenstimmrecht in einen der 16 Bundesstaaten, deren Verfassung und Vereinsgesetz derartige vorsintflutliche Bestimmungen nicht kennt, also das Bestehen von politischen Frauenvereinen gestattet. Die Frauen aller, auch der rückständigen deutschen Bundesstaaten können die Mitgliedschaft in dem Verein erwerben, dagegen besteht kein Verbot.«

Hamburg wurde zum Sitz des Vereins erkoren, und wir machten uns mit Feuereifer an die Arbeit. Mitarbeiterinnen wurden verständigt, Satzungen entworfen. Unter uns radikalen Frauen herrschte Hochdruckstimmung, es gab keinerlei Verstimmung durch engstirniges Hin und Her, keine Verzögerung, alles reagierte wie eine elektrische Leitung auf einen Druck.

Schon am 1. Januar 1902 erfolgte zunächst im engen Kreise in Hamburg in meinem Häuschen »Käuzchenbau« die Gründung des »Deutschen Vereins für Frauenstimmrecht« mit dem Sitz in der freien Hansestadt Hamburg. Anwesend waren nur: Anita Augspurg, Charlotte Engel-Reimers und ich, schriftliche Zustimmungen lagen vor von: Minna Cauer, Dr. Käthe Schirmacher und Adelheid von Welczeck.

Neun Tage später trat der Verein mit seiner ersten Kundgebung in Hamburg an die Öffentlichkeit. Nach Bekanntgabe der Gründung und Begründung der Forderung des Frauenstimmrechtes wurde gegen reaktionäre Beschlüsse der Petitionskommission des Reichstages, das Vereinsgesetz betreffend, protestiert.

Bald folgten Angriffe in der Presse, allen voran in den *Hamburger Nachrichten*, im Volksmunde als »die Tante vom Speersort« bekannt. Sie ließ sich wie folgt vernehmen: »Schon viel zu lange hätte man dem Treiben dieser radikalen Frauenrechtlerinnen tatenlos zugeschaut, es wäre höchste Zeit, daß man diese hysterischen Weiber, welche politische

Gleichberechtigung forderten, endlich an die Kette legte.« Das belustigte uns natürlich ungemein und lieferte dankbaren Stoff zur Propaganda für unsere Sache.

Schon am 12. Februar stellte sich der Deutsche Verein für Frauenstimmrecht dem Berliner Publikum vor. Auf einer stark besuchten öffentlichen Versammlung wurden die Forderungen der politischen Gleichberechtigung vom ethischen, politischen, wirtschaftlichen und sozialen Standpunkt aus erörtert und klargelegt, wie die Mitarbeit der Frau das Niveau des politischen Lebens und der Staatseinrichtungen heben würde.

Es zeigte sich sehr bald, daß unzählige deutsche Frauen lediglich auf den Augenblick des Anstoßes gewartet hatten. Selbst aus kleinen, gänzlich unbekannten Nestern liefen begeisterte Zustimmungen und Mitgliedsanmeldungen ein. Die radikale deutsche Frauenbewegung trat in eine neue Phase! Uns erging es wie dem Bauern, der Brachland bearbeitet, es kostet scharfe Arbeit, stellt aber auch doppelten, dreifachen Gewinn in Aussicht. Und wieder begann eine köstliche Zeit freudiger Arbeit, des Schaffens und des fröhlichen Kampfes. In ganz Deutschland, im Norden und Süden, im Osten und Westen, von Memel und Königsberg bis an den Bodensee, Konstanz, Lörrach, Schopfheim, von Oldenburg bis Breslau wurden Vorträge über Frauenstimmrecht gehalten. [...]

Aber nicht nur durch Vorträge wurden die Frauen für das Stimmrecht gewonnen, dauernd wurden sie durch Flugblätter, Zeitschriften, Broschüren aufgeklärt. Ferner durch Arbeitsprogramme zu praktischer Betätigung veranlaßt.

Programm

Fünf Jahre der propagandistischen und organisatorischen Arbeit hat die Stimmrechtsbewegung in Deutschland durchlaufen, und heute kann sie den ersten Meilenstein ihres Schaffens errichten, ein Organ, das ausschließlich ihren Interessen dient, das den Nachrichtenaustausch vom Auslande vermittelt, das Streben und Fortschreiten im Inlande begleitet und anregt und ein engeres Band um die Mitglieder der sich immer weiter ausdehnenden Organisation des Deutschen Verbandes für Frauenstimmrecht schlingt.

Ein erfreuliches Zeichen dafür, daß unsere Bewegung nicht nur in die Breite, sondern auch in die Tiefe gewachsen ist, daß sie wirklich Wurzel gefaßt hat, als ein Bestandteil des öffentlichen Lebens, glauben wir darin gefunden zu haben, daß das Bedürfnis nach einer Fachzeitschrift für Frauenstimmrecht nicht nur von den Führerinnen der Bewegung empfunden, sondern auch vielfach von außenstehenden Politikern und Parlamentariern geäußert worden ist, welche die Notwendigkeit fühlen, sich über diese mächtige internationale Zeitströmung sicher und gründlich orientieren zu müssen.

In der Tat ist das Material über das Frauenstimmrecht heute so umfangreich und die Bewegung in allen Ländern so lebhaft, daß, um auf dem laufenden zu bleiben, ein besonderes Blatt seiner Sammlung und Sichtung gewidmet sein muß. Daß dasselbe auch die Grenzgebiete mit einbeziehen wird, versteht sich von selbst, die Beteiligung der Frauen am öffentlichen Leben überhaupt, ihre fortschreitende Verwendung im öffentlichen Dienst, in Vertrauens- und Verwaltungsämtern, ihre Stellungnahme zu politischen Tagesereignissen.

Das erste Erscheinen der Zeitschrift – das leider durch äußere Umstände um einen halben Monat verspätet ist, in der Folge aber am Ersten jedes Monates erfolgen wird – fällt zusammen mit einer politisch erregten Zeit, mit der Vorbereitung der Wahlen zu einem neuen Reichstage. Auch dieses Zusammentreffen gibt Anlaß zu befriedigenden Betrachtungen und zeigt, daß die bisherige Arbeit des Deutschen Vereines und jetzigen Verbandes für Frauenstimmrecht nicht vergeblich gewesen ist. Welcher Unterschied in der Auffassung der Frauen von ihrer Mitbeteiligung an diesem politischen Ereignis! Früher ungläubiges Kopfschütteln über die Zumutung, daß auch ohne Wahlberechtigung den Frauen zuständig und obläge, sich für Reich und Parlament, Gesetzgebung und Wahlen zu interessieren, daß es auch ihnen möglich sei, Einfluß auszuüben und Arbeit zu leisten, und daß ohne solchen Beweis ihrer Befähigung und ihrer Arbeitsfreudigkeit kein sicherer Rechtstitel für ihre Forderung der politischen Rechte zu behaupten sei. Vor drei Jahren äußerste Unsicherheit und Schwerfälligkeit, als der Verband für Frauenstimmrecht das Kommando zur Beteiligung an den Reichstagswahlen ausgab und mit allen Mitteln sanfter Gewalt und dringender Überredung die widerwilligen Mitglieder zur Übernahme ihrer Pflichten zu zwingen suchte. Und heute, kaum nach Bekanntwerden der Auflösung des Reichstages, ein Schwirren und Regen von allen Seiten: Wo können wir arbeiten? Was gibt es zu tun? Eine

Anteilnahme an dem Geschehenen, eine Stellungnahme zum Kommenden.
Das beste Zeugnis für das geschärfte politische Gewissen der Frauen ist darin zu erblicken, daß dieses sich zeigende Interesse so stark war, obwohl es nur auf ein verhältnismäßig unbedeutendes Ereignis Bezug hatte. Die Regierung liefert ein kleines Scharmützel gegen die regierende Partei, eine Brouillage, die ausgehen wird wie das Hornberger Schießen. Das Zentrum mit seiner strengen Disziplin, seinen unerschöpflichen Geldmitteln, seiner unheilvollen Macht über die Gemüter und bei der rücksichtslosen Ausnutzung der ihm zur Verfügung stehenden moralischen Zwangsmittel wird geringe Einbuße bei den Wahlen leiden, es hat die nötigen Reserven, um einem etwaigen schärferen Ansturm als früher selbst von Regierungstruppen trotzen zu können, die Sozialdemokratie wird wieder die Ernte einheimsen, die ihm aus den Staaten volksfeindlicher Regierungstaktik mühelos erwächst, und die Liberalen, die durch ihre Waffenbrüderschaft mit dem breiigen Nationalliberalismus noch mehr die Möglichkeit zu radikalem Liberalismus eingebüßt hat, wird die Kosten zahlen. Die Regierung, die von ihrem wankenden Prestige noch mehr verlieren wird, muß schließlich doch wieder mit der herrschenden Partei der Schwarzen Verständigung suchen, da sie dem roten Links soeben aufs neue unversöhnliche Fehde geschworen hat. Daß sich der bürgerlichen Frauen ein gewisses Mißvergnügen an diesen Zuständen bemächtigt, daß sie nach dem ersten Impuls zur Tätigkeit jetzt abwägend vergleichen, für wen? und für was?, ist wiederum ein Zeichen ihres gesunden politischen Instinktes. Wer nicht mehr dem glücklichen, bergeversetzenden Gottesglauben an die allein seligmachende Doktrin des Sozialismus oder der Kirche unterworfen ist und nicht mehr mit blindem Gehorsam der Führung folgt, hat wahrhaftig einen schweren Stand bei der Entscheidung seiner Stellungnahme im vorliegenden Wahlkampf. Man weiß nur, gegen was man kämpfen möchte, nämlich gegen Parteiegois-

mus, Interessenpolitik, Volksverdummung, Rechtsbruch, Charakterlosigkeit und Unmoral im weitesten Sinne, man findet aber bei keiner Partei die Bundesgenossenschaft, die mit uns Schulter an Schulter den rücksichtslosen Kampf gegen das Dunkel, für Licht, Freiheit und Fortschritt aufnimmt, sondern überall Kompromisse, halbe Schwenkungen, Konzessionen und Paktierungen. Nichts als offene und versteckte Sünden wider den Heiligen Geist.

Diese sollen und wollen die Frauen nicht mitmachen: Es ist das die strenge und tiefe Moral, die dem Eintritt der Frauen in die Politik in allen Ländern innegewohnt hat. Sie keimt auch bei uns instinktiv gegen die herrschende Tagespolitik aus kräftigen, lebensfähigen Wurzeln hervor, und ihrer Pflege und Wachstumsförderung soll dieses Blatt dienen.

Anita Augspurg

ERFAHRUNGEN UND FORDERUNGEN PROLETARISCHER FRAUEN

> Von allen Seiten wurde betont, daß eine *planmäßig geregelte* Agitation unter den Frauen dringend notwendig sei und angestrebt werden müsse.
>
> (Ottilie Baader: *Ein steiniger Weg*, 1921)

CLARA ZETKIN

Die Frau und das öffentliche Leben

Die Frau konnte ohne großen Schaden für sich und die Gesellschaft von dem *öffentlichen Leben* abgeschlossen werden, solange die gesellschaftlichen Beziehungen unentwickelte, innerhalb enger Grenzen sich bewegende waren, solange das Individuum und dessen Lebensverhältnisse nur von den *nächst*liegenden Einflüssen berührt und bestimmt wurden.

Nicht nur die Frau, auch der Mann mußte damals einen beschränkten Kreis von Interessen haben, aber innerhalb des engen Kreises, in dem sich dieselben bewegten, nahm auch die Frau mehr oder weniger am öffentlichen Leben teil, sie war auf dem laufenden über die Verhältnisse, welche die Existenz ihrer Familie beeinflußten, in manchen Gegenden hatte sie auch ihr Wort in der Gemeindeverwaltung mitzureden. Der Zwergwirtschaft und dem Lokalmarkte, der Kirchturmsproduktion entsprach auch die *Kirchturmspolitik*, für den Mann so gut wie für die Frau.

Sowie die Entwickelung der neuen Produktionsverhältnisse die wirtschaftlichen Beziehungen der Gesellschaft von kleinen lokalen zu großen nationalen und internationalen machte, mußte auch der Charakter des *öffentlichen* Lebens dem gleichen Entwickelungsgange folgen. Der Partikularismus mußte dem Nationalismus weichen, wie dieser seinerseits gezwungen war, dem Kosmopolitismus Platz zu machen. Sowie der einzelne nicht mehr für den Lokal-, sondern für den Weltmarkt produzierte, mußten ihn auch *alle* gesellschaftlichen Beziehungen und Verhältnisse interessieren, welche die Verhältnisse des *Welt*marktes beeinflussen und schaffen, er mußte danach streben, dieselben und die Produktionsbedingungen möglichst in Gemäßheit seines Interesses beeinflussen zu können.

Das Ziel ist erreicht, soweit es unter der Herrschaft der Klassengegensätze und des Konkurrenzkampfes möglich ist.

Die *Bourgeoisie* hat sich durch Revolutionen, durch Besitzergreifung der politischen Macht das Recht verschafft, Produktions- und Marktverhältnisse zu ihrem Nutz und Frommen zu regeln.

Das *Proletariat* ist zwar dem Namen nach, mehr oder weniger unvollkommen, für politisch frei erklärt, aber infolge seiner wirtschaftlichen Abhängigkeit entbehrt es der *Macht*, die gesellschaftlichen Beziehungen nach seinem Interesse zu gestalten. Widerwillig genug mußte die Bourgeoisie zulassen, was sie nicht hindern konnte, nämlich, daß der Arbeiter durch die Verhältnisse, in denen er lebt, Interesse an dem öffentlichen Leben nahm, daß er Einblick in das politisch-soziale Gebiet gewann, das in sein Dasein fördernd oder hemmend eingriff, daß er sich eine Meinung, ein Urteil über die öffentlichen Ereignisse und Einrichtungen bildete und infolgedessen dort ein Wort mitzureden verlangte, wo seine Existenzbedingungen in Frage, wo seine Tätigkeit die Grundlage des Bestehenden war.

Allerdings ward alles getan, sein Urteil über die sozialen Beziehungen zu fälschen, es so zu gestalten, daß es nicht der Wirklichkeit und seinem eigenen Interesse entsprach, sondern nur dem Vorteile der bürgerlichen Machthaber, der Erhaltung der bestehenden Verhältnisse. Kirche, Schule, Presse und sonstige sogenannte Bildungsanstalten erwiesen sich in der Hand des Klassenstaats als treffliche Instrumente, das Proletariat zu blenden und zu täuschen.

Und was die aktive Teilnahme des Arbeiters am öffentlichen Leben anbetrifft, so war und ist sie noch himmelweit davon entfernt, im Verhältnisse zu der Rolle zu stehen, welche derselbe im wirtschaftlichen Leben spielt; sie beschränkt sich noch heutzutage auf das berühmte »Steuerzahlen und Maulhalten«. Aber im Prinzip wenigstens ist die Teilnahme der *Männerwelt* an dem öffentlichen Leben anerkannt, hier ist in gewissem Maße die *politische* Entwickelung der Entwickelung der *Produktions*verhältnisse gefolgt.

Anders die *Frau*. Ihre Stellung weist einen schneidenden *Widerspruch* auf zwischen ihrer *wirtschaftlichen* Bedeutung und ihren *gesellschaftlichen* beziehungsweise *politischen* Rechten. Ihr sind nicht einmal die kümmerlichen Scheinkonzessionen eingeräumt, mit denen das Proletariat abgespeist wurde: rechtlich und politisch bilden die Frauen einen fünften Stand der heutigen Gesellschaft. Während ihre ökonomische Tätigkeit sich den neuen Produktionsbedingungen anpaßte und eine immer ausgedehntere wurde, blieben ihr ihre sozialen Rechte in Gemäßheit derjenigen gesellschaftlichen Verhältnisse zugemessen, welche die Klein- resp. Hausproduktion zur Voraussetzung hatten.

Von dem Tage an, an dem die Großproduktion die Kleinproduktion verdrängte, wo die Frau die Bedarfsartikel für den Familiengebrauch nicht mehr selbst herstellte, von dem Tage an ward auch ihr Interesse aus der Familie in die Gesellschaft verlegt. Sogar in dem Falle, daß die Frau unter den neuen Produktionsbedingungen nicht selbst produktiv tätig war, geriet sie indirekt, durch Vermittelung des nach den neuen Bedingungen produzierenden Mannes in durchaus veränderte Beziehungen zur außerhalb der Familie gelegenen Welt. Die Lebensverhältnisse der Familie wurden nicht mehr überwiegend vom *individuellen* Willen des Familienoberhauptes bestimmt, sondern in letzter Linie durch die Marktverhältnisse, von der *gesamten Wirtschaftslage* draußen im sozialen Leben, die ihrerseits von den politischen Ereignissen und Zuständen beeinflußt wurden. Die Höhe des Verdienstes, der den Unterhalt sicherte, die Länge der Arbeitszeit, vielfach auch die Art der Beschäftigung, die Feierstunden und Feiertage, die ganze Gründung und Gestaltung des Familienlebens hing nicht mehr vom Willen des Mannes, sondern von der Laune des Kapitalisten, von den Notwendigkeiten der Produktion und des Marktes ab. Die Preise der Bedarfsartikel für den Haushalt wurden durch Einflüsse bestimmt, die nicht im Bereiche der Familie, sondern oft in weiter Ferne, in verwickelten öffentlichen Verhältnissen und politischen Maßregeln lagen. Die Konkurrenz beschwor Kolonialkriege und Schutzzölle herauf, welche bald den, bald jenen Bedarf für den Haushalt verteuerten. Eine neue Produktionsverbesserung warf heute den Vater, morgen den Mann brotlos aufs Pflaster. Kriege mit dem Auslande behufs Gewinnung oder Erhaltung der politischen, industriellen und kommerziellen Vorherrschaft, Bürgerkriege im Innern um die bestehende Gesellschaftsordnung rissen erbarmungslos Vater, Sohn und Bruder aus der Familie, töteten den Ernährer oder schickten ihn als hülflosen Krüppel zurück. Ein großer Teil des zum Unterhalt der Familie bestimmten Verdienstes geht zur Zahlung der direkten und indirekten Steuern verloren, um die Kosten der Kriegsunternehmungen, des kolossalen Regierungs- und Polizeiapparates zu decken. Gesetzgebende und ausführende Gewalten erlassen Vorschriften, welche die wirtschaftlichen Existenzverhältnisse der Familie ruinieren, die Familienglieder auseinanderreißen, den einzelnen in das Elend jagen. Die Kinder können sich nicht nach Maßgabe ihrer Anlagen und Fähigkeiten entwickeln, auch hier sind wiederum nicht die inneren Verhältnisse der Familie, sondern die äußeren Verhältnisse der Gesellschaft bestimmend:

der größte Teil der Bildungsanstalten ist den Kindern der Mittellosen verschlossen, und wenn der Eintritt durch de- und wehmütige Bettelei offensteht, hält doch die Sorge um den länger zu gewährenden Unterhalt seitens der Familie von der Benutzung ab. Die Erwerbsverhältnisse machen es dem Vater zur Notwendigkeit, darauf zu halten, daß kein »unnützer Esser« im Hause ist, daß das Kind so früh als möglich verdient.

Kurz, die Frau wird als *Gattin*, als *Haushälterin*, als *Mutter* stets und überall auf *außerhalb* der Familie bestehende gesellschaftliche Mächte und Einrichtungen hingewiesen, welche ihr ganzes Leben und das der Ihrigen beherrschen und bestimmen.

Und da will man ihr nicht erlauben, sich für das außerhalb des Hauses pulsierende Leben zu interessieren, von dem ihr Wohl und Wehe ganz anders abhängt wie von ihrer Kochkunst und den sonstigen Fertigkeiten der »Hausfrau« alten Stiles?

Die gesellschaftlichen Beziehungen bürden ihr neue und schwere Lasten auf, treffen sie in ihren innigsten Empfindungen, in ihrem Wünschen und Handeln, und sie soll nicht nach dem Wie und Warum dieser Beziehungen fragen, sie soll nicht ihre Rechte fordern, wo man ihr maßlose Pflichten zuerteilt? Sie soll nicht fragen, warum ihr Blümchenkaffee, ihr geschrotenes Brot, das zähe Fleisch perlsüchtiger[10] Kühe, das dünne Baumwollfähnchen teurer geworden, warum ihr Liebster zum Krüppel geschossen, warum ihr Mann brotlos durch das Land streift, warum ihr Kind nach einer freudlosen Jugend ein mühseliges Alter verleben soll, warum der Wochenlohn des Mannes mit jedem Jahr geringer ausfällt, während sein Arbeitstag immer länger, die Feierzeit kürzer und kürzer wird? Sie soll keine Antwort auf die tausend und abertausend Fragen suchen, welche ihr aus ihrer und der Ihrigen Existenz unheimlich entgegenstarren, sie soll sich mit den Tatsachen abfinden, die ihr das Leben wie

10 *perlsüchtig:* tuberkulös.

herabziehende Mühlsteine an den Hals hängt, ohne dieselben in ihren Ursachen zu verstehen zu suchen?
Noch weit deutlicher fühlt ihre Abhängigkeit, ihre Wechselbeziehungen zu dem gesellschaftlichen Leben diejenige Frau, welche »*Arbeits*kraft« geblieben ist, welche aber, in Gemäßheit von dem veränderten Bedingungen, nicht mehr für die Familie, sondern für die Gesellschaft produziert, welche, ökonomisch *vom Manne unabhängig*, hingegen *vom Kapitalisten abhängig* geworden ist. Für sie ist das Interesse, die Teilnahme am öffentlichen Leben eine *Notwendigkeit*, auf welche sie zehnmal am Tage hingewiesen wird, eine Pflicht und ein Recht, die ihr nur eine von der Wurzel bis zum Gipfel ungerechte Gesellschaftsordnung vorenthalten kann.
Die industrielle Arbeiterin wird unmittelbar von allen Maßregeln betroffen, welche Staat und Gesellschaft ergreifen. Wie jeder andere Beteiligte muß sie also auch direkt mit diesen Gewalten in Berührung stehen, direkt ihren Einfluß, ihre Ansprüche, ihre Proteste geltend machen können. Es muß ihr vor allem möglich sein, am öffentlichen Leben Anteil zu nehmen, ihre Stimme bei Wahlen usw. als maßgebend in die Waagschale zu werfen. Sie befindet sich den sozialpolitischen Zuständen gegenüber in ganz und gar derselben Lage wie jeder männliche Arbeiter. Wie will man also das geringere Maß an Rechten erklären, das ihr zuerteilt ist?
Der Stand der Arbeiterschutz- und Gewerbegesetzgebung ist für Arbeiterin wie Arbeiter von der höchsten Wichtigkeit. Ob Freizügigkeit oder Aufenthaltsbeschränkung herrscht, kann ihr nicht gleichgültig sein, denn hiervon kann eventuell eine Verbesserung ihrer Lage abhängen, das Aufsuchen lohnender Arbeit kann ihr dadurch erleichtert oder erschwert werden. Es hat seine Wichtigkeit für sie, ob sich der Staat ausschließlich als Vertreter der herrschenden Klassen, der Bourgeoisie-Interessen erweist, oder ob er wenigstens notdürftig die Interessen der arbeitenden Masse zu

wahren sucht, ob er dementsprechend den Kapitalisten unbeschränkte Ausnutzungsfreiheit gewährt oder deren Profitsucht durch Schutzgesetze gewisse Zügel anlegt. Es ist von tiefgreifender Bedeutung für sie, ob der Kapitalist sie gesetzlich sonn- und feiertags unbestimmt lange Stunden ausnutzen kann, ob sie Nacht- und Überarbeit leisten, ihr Leben durch die Beschäftigung in ungesunden Industriezweigen um Jahre verkürzen muß oder ob sie einen Normalarbeitstag von acht Stunden beschäftigt ist, ob sie Feiertage und Nachtschlaf kennt. Soll es sie etwa nichts angehen, wenn der Arbeitsherr ihren Lohn stetig tiefer herunterdrückt oder wenn er statt dessen gezwungen ist, sich an einen Minimallohn zu halten, der ihr wenigstens die notwendigsten Existenzbedingungen garantiert? Die Gesetze über die Beobachtung von hygienischen und Sicherheitsmaßregeln, über Kranken-, Alters- und Invalidenkassen sind für die Industriearbeiterin von nicht geringerer Tragweite wie für den männlichen Proletarier, denn auch sie kann jederzeit als Opfer auf dem industriellen Schlachtfelde fallen und erwerbsunfähig werden, ohne daß ihr die Verhältnisse vorher erlaubten, ihre Tage für diesen Fall sicherzustellen.

Die Bestimmungen über Versammlungs- und Vereinigungsrecht haben auch für ihr Leben die gleiche Wichtigkeit wie für den Mann; ihre Fassung und Handhabung ermöglicht ihr entweder einen gewissen Widerstand gegen die Übermacht des Kapitals oder liefert sie mit gebundenen Händen und Füßen an dieselbe aus. Das Versammlungsrecht gibt ihr die Möglichkeit, sich im Verein mit ihresgleichen über die gemeinschaftlichen Interessen klarzuwerden, ihre Forderungen zu stellen. Das Koalitionsrecht setzt sie in den Stand, sich durch vereinte Kraft in ökonomischer Beziehung gegen die gröbsten Ausschreitungen des Kapitalismus zu verteidigen, den Kampf für die volle Freiheit der weiblichen Arbeit anzubahnen.

Was die übrigen Gesetze, staatlichen und sozialen Beziehungen anbetrifft, so drücken dieselben ebenso fühlbar auf die Existenz der Arbeiterin wie auf die des Arbeiters. Steuern und Abgaben belasten sie als Produzentin und als Konsumentin, der kapitalistische Staat und der einzelne Kapitalist finden tausendfältige Gelegenheit, ihr sogar von dem abzunehmen, was zur Erhaltung ihrer Existenz unentbehrlich notwendig ist. Auf der einen Seite wird ihr der Verdienst geschmälert, auf der anderen Seite werden ihr die Bedürfnisse verteuert, und wenn ihr Budget mit einem klaffenden Defizit abschließt, so stellt ihr die Gesellschaft großmütig und moralisch die Prostitution frei, das »Sicherheitsventil der bestehenden Ordnung«, vorausgesetzt natürlich, daß sie auch hier ihren Zehnten an Schmarotzer und Ausbeuter, oft sogar an den Staat und die Gemeinde entrichtet. Jeder diplomatische Schachzug, jedes Börsenmanöver macht eventuell ihren Lohn sinken oder raubt ihr ganz die Beschäftigung. Die durch zügellose Spekulation heraufbeschworenen Krisen werfen sie zu Tausenden aufs Pflaster, treiben sie in das Spital, in den Tod, ins Bordell. Kriege legen das industrielle Leben und damit ihren Verdienst auf Jahre hinaus brach. Es gibt kein Verhältnis ihrer Existenz, in dem sie sich nicht in der engsten Abhängigkeit von der *Gesellschaft* und deren *Einrichtungen* fühlte.

Wie kann man da verlangen, daß sie mit geschlossenen Augen, mit zugehaltenen Ohren, mit in den Schoß gelegten Händen dem öffentlichen Leben gegenüberstehe, daß sie nicht da ihr Pfund an Rechten fordern solle, wo sie ihren Zentner an Pflichten darbringen muß? Der industriellen Arbeiterin, die ein wichtiger Faktor der nationalen Produktion ist, die mit ihrem Blut und Schweiß den Nationalwohlstand und für sich selbst den Bettelstab schafft, der soll nicht einmal das armselige Recht zustehen, sich in *Versammlungen* über ihre Interessen zu beraten und solche *Vertreter* derselben in die gesetzgeberischen und ausführenden Körperschaften zu wählen, von denen sie die Überzeugung hat, daß dieselben das wirkliche Volkswohl im Auge haben?

Wie die Frauen mit ihrer produktiven Tätigkeit aus der Familie herausgeschleudert worden sind, so müssen sie auch mit ihrem Denken und Empfinden aus dem eng beschränkten Kreis der Häuslichkeit herausgerissen, sie müssen *aus der Familie in die Menschheit* verpflanzt werden. Die Frau darf sich nicht länger hinter den häuslichen Herd verkriechen, sie muß in der Gesellschaft leben, an die Stelle der einseitigen, engherzigen, tief egoistischen *Familien*liebe muß das *allgemeine Solidaritätsgefühl* treten, das der Frau jetzt so sehr mangelt.

Der wirtschaftlichen Bedeutung der Frau als Produktivkraft müssen auch endlich ihre politischen und sozialen Rechte entsprechen. Das politische Bürgerrecht noch länger von den alten Reminiszenzen an die antiken Kriegerrepubliken abhängig machen und es der Frau versagen, weil sie nicht Militärdienst leistet, ist eine ganz vorsintflutliche Anschauung, die von dem Tage an in die Rumpelkammer gehörte, wo die Nationalökonomie nachwies, daß *alle* gesellschaftlich nützliche und notwendige Arbeit gleichwertig ist. Die Frauenarbeit von geringerem Wert als die Männerarbeit zu erklären ist noch ein Zopf des alten hierarchischen Geistes, welcher die verschiedenen gesellschaftlichen Arbeiten in »hohe« und »niedere«, »edle« und »gemeine« Arbeiten einteilte und als höchste, edelste – und einträglichste Arbeit von allen die des Kouponabschneidens an die Spitze der gesellschaftlichen Leiter stellte.

In die Rumpelkammer auch mit dem alten, abgedroschenen Einwand, der Frau fehle das *Verständnis*, »die Reife« für das politische Leben! Die Teilnahme daran erfordert nur einen gesunden Menschenverstand, praktischen Sinn, klare Einsicht in das eigene Interesse und in dessen innigen Zusammenhang mit dem Allgemeinwohl. Die politische und ökonomische Schulung kann die Frau nicht durch das Hinter-dem-Ofen-Hocken erwerben, sie ist eine Folge der Belehrung, der Erfahrung und Beobachtung, die aus dem Leben gewonnen und die sich die Frau bei ihrer großen Bildungsfähigkeit leicht aneignen wird.

Bis jetzt hat der Teilnahme des weiblichen Geschlechts am öffentlichen Leben der Gewohnheitsschlendrian und der Egoismus des *Mannes* ebensosehr im Wege gestanden wie die *Gleichgültigkeit der Frau*. Aber die zwingende Logik der Tatsachen stößt letztere durch fortwährende Berührung mit ökonomischen, mit sozialpolitischen Fragen darauf hin, auch politisch und gesellschaftlich ihre Rechte zu fordern, mittels deren sie auf die Produktionsbedingungen, auf ihr Schicksal Einfluß üben kann.

Und kraft der Rolle, welche sie in der heutigen Produktion spielt und die mit jedem Tage bedeutender werden muß, wird sie ihre sozialpolitischen Rechte erhalten mit oder gegen den Willen der Männer, *ja sogar gegen ihren eigenen Willen*.

LILY BRAUN

Die Pflichten der Frau im politischen Kampf

Den Männern ihre politischen Pflichten klarzumachen ist nicht schwer: Wer im Besitz des Wahlrechts ist und die Zusammensetzung öffentlicher Körperschaften irgendwelcher Art durch die Abgabe seiner Stimme mit beeinflußt, der würde leichtfertig handeln, wenn er sich nicht vorher eine feste Meinung zu bilden versucht und ihr dann durch die Wahl zum Ausdruck verholfen hätte. Spricht man aber den Frauen von Pflichten dieser Art, so verkriechen sie sich nur allzu gern hinter ihre Rechtlosigkeit, um ihre geistige Faulheit, ihren Mangel an Interesse dahinter zu verstecken. Aber selbst wenn ihnen klar wurde, wie jede Frage des öffentlichen Lebens auch sie persönlich angeht, selbst wenn sie die

Vorgänge außerhalb ihrer vier Wände mit lebhaftem Interesse verfolgen, so liegt ihnen der Gedanke an Pflichten, die sie zu erfüllen hätten, doch fern, und – falls er ihnen hier und da kommen sollte – weibliche Schüchternheit und Unsicherheit hält sie von ihnen zurück. Manch eine arme überlastete Arbeiterfrau, manch ein abgearbeitetes Fabrikmädchen hält sich selbst für viel zu gering und unbedeutend, als daß ihre Kraft in dem großen Kampfe des Proletariats irgendwelche Bedeutung haben könnte. Und doch kommt es gerade in diesem Kampfe mehr denn je vorher auf jeden einzelnen Menschen an und wie noch niemals vorher auf die Frauen.

Die Geschichte weist kein Beispiel auf für die aktive Teilnahme großer Frauenmassen an politischen und sozialen Kämpfen. Es waren – wie z. B. bei der Französischen Revolution – immer nur kleinere Gruppen, die, momentan erregt durch ein erschütterndes Ereignis, rasch hervortraten und ebenso rasch wieder von der politischen Bühne verschwanden. Die Voraussetzung für ein gleichbleibendes Interesse – die Emanzipation der Frau von der häuslichen Sphäre durch die außerhäusliche Erwerbsarbeit – war eben bisher noch nicht vorhanden. Jetzt erst greift eine bisher unbekannte Kraft in die Räder der Entwickelung ein, und jetzt erst gilt es, daß es nicht unbewußt geschähe, sondern mit dem vollen Bewußtsein der Verantwortlichkeit.

Die erste Pflicht jeder Frau ist zunächst die, sich selbst zu bilden und aufzuklären. Das ist keine leichte Aufgabe für die, denen es an Vorbildung fehlt, denen Zeitungen, Bücher nicht zur Verfügung stehen, die weder Zeit noch Geld haben, sich all das zu verschaffen, denen die mühselige Tagesarbeit Frische und Empfänglichkeit raubt. Es gibt aber fast allerwärts Versammlungen, die nichts oder nur wenig kosten und wo Vorträge der verschiedensten Art den Hörern das zuführen, was ihnen fehlt. Die Zeit dafür müssen die Frauen finden, auch wenn einmal eine oder die andere überflüssige Klatschstunde mit den Nachbarinnen, ein Tanzvergnügen oder dergleichen geopfert wird oder der

Mann zu Hause bleibt und die Kinder hütet. Auch das ist für den Mann eine politische Pflicht; denn er trägt die Hauptverantwortung dafür, was für eine Erzieherin die Mutter seinen Kindern wird! In manchen Städten gibt es auch besondere Bildungsvereine, denen sich Frauen anschließen können, wenn es an anderen Gelegenheiten fehlt, um ihr Wissen zu bereichern und ihnen zugleich eine Aussprache mit Gleichgesinnten zu ermöglichen. Das wichtigste Mittel aber, um zu alledem zu gelangen, ist die gewerkschaftliche Organisation. Alles, was die Arbeiterin zu wissen verpflichtet ist, lernt sie am besten im Kreise ihrer Berufskollegen. Hier vermag sie auch am leichtesten ihrer Schüchternheit Herr zu werden, hier kann sie sich ohne Scheu im Reden üben, hier fühlt sie sich zum ersten Male als Glied eines Ganzen, als Kämpfer in Reih und Glied. Ganz abgesehen davon also, daß die gewerkschaftliche Organisation für sich allein große Aufgaben zu erfüllen hat – auch im Hinblick auf ihre politischen Pflichten darf keine Arbeiterin sich von ihr ausschließen.

Bietet ihr die Gesetzgebung die Möglichkeit, wie in einzelnen Staaten Deutschlands, auch den politischen Vereinen beizutreten, so muß sie es tun, sobald sie glaubt, eine eigene politische Überzeugung zu haben. Sie darf sich weder von dem Übelwollen der Männer, – das gibt es leider noch öfters! – noch durch Gründe der Sparsamkeit davon abhalten lassen. Die paar Groschen dafür gehören mit zu den Opfern, die sie zu bringen hat: ein buntes Band, ein Hut weniger, ist das zu viel im Hinblick auf das große Ziel, das sie mit erreichen hilft?

Und weiter: Unter dem Schutz unaufgeklärter Frauen gedeihen jene Hintertreppenromane, die die Phantasie vergiften und den Geist von ernsten Interessen ablenken, verbreiten sich jene Zeitungen, die ihre Leser mit Räuber- und Klatschgeschichten füttern und sie allmählich zu urteilslosen Mitläufern kapitalistischer Politik machen. Sache der Frauen ist es, hier gründlich Wandel zu schaffen; keine aufgeklärte

Arbeiterin sollte solche Lektüre in ihrer Umgebung dulden; eine anständige, gesinnungtüchtige Parteizeitung, ein Gewerkschaftsblatt, hier und da ein Buch, das die Zeitung empfiehlt, müssen ihre Stelle einnehmen.

Durch all das erfüllt sie aber erst einen Teil ihrer politischen Pflichten, die gegen sich selbst. Noch viele bleiben ihr zu erfüllen: die ihrem Mann, ihren Kindern, ihren Freunden, ihrer Partei, der Allgemeinheit gegenüber.

Viele Frauen, und nicht die schlechtesten, jammern über jeden Groschen, den der Mann von seinem Lohn nicht nach Hause bringt. Begreiflich genug, ist doch sowieso schon Schmalhans Küchenmeister! Oder sie beklagen sich über die langen Abende, die er fern von ihnen zubringt, ist doch die Zeit, die er Frau und Kindern widmen kann, doch sowieso schon so knapp! Und doch gilts auch hier: Tränen und Kummer tapfer verbeißen, wenn der Mann in den Reihen des kämpfenden Arbeiterheeres steht. Ja, noch mehr: Es gilt, ob auch das Herz sich dabei schmerzhaft zusammenkrampft, ihn hinaustreiben, wenn er nicht selbst geht. Manch einer hat an der Seite einer engherzigen, unverständigen Frau, in der warmen Ofenecke bei seinen schmeichelnden Kindern die Aufgabe vergessen und verleugnet und seine Kollegen draußen im Stich gelassen; manch einer ist sich aber auch, getrieben durch sein tapferes Weib, erst seiner Pflichten bewußt geworden und hat den Weg zu den Genossen gefunden! »Bleib' hier, um deiner Kinder willen!« sagt die unaufgeklärte Frau. »Kauf ihnen ein Stück Brot, spiele mit ihnen, erziehe sie, wenn du Geld und Zeit übrig hast!« – »Geh fort, um deiner Kinder willen!« mahnt die überzeugte Sozialistin. »Erkämpfe ihnen eine bessere Zukunft!« Dann wird er auch bei ihr nicht nur flüchtige Liebesstunden, sondern dauernde Freundschaft finden.

Hunger und Liebe, so sagt man, bewegt die Welt, und man versteht darunter die Liebe zwischen Mann und Weib, die seit urältester Zeit Kriege entzündet, Verbrechen begangen, Heldentaten vollbracht, unsterbliche Werke geschaffen hat.

Mit dem Augenblick aber, da die Frau in das öffentliche Leben trat, wurde noch ein anderes Gefühl zur weltbewegenden Macht: die Mutterliebe. Von jenem tierischen Instinkte an, der nur das zarte Kindesalter behütete, bis zu der vorausschauenden, das ganze Leben umfassenden Liebe, die in dem Kinde schon den Mann achtet, hat sie große Wandlungen durchgemacht. Und nirgends entwickelt sie sich stärker als dort, wo das Weib mitten im Kampf ums Dasein steht, wo es durch eigene Erfahrung Not und Elend kennenlernte. Kein Tier ist so todesmutig als die Löwin, die ihr Junges verteidigt, kein Mensch so unerschrocken, so treu und hingebungsvoll als die Mutter, die für das Glück ihres Kindes kämpft. Ist sie aufgeklärt, weiß sie, worauf es ankommt, um die ganze Menschheit vom Elend zu befreien, so wird sie keine Pflicht stärker empfinden als die, im politischen Kampf der Arbeiterklasse ihren Platz auszufüllen und ihre Kinder zu ihren Nachfolgern zu erziehen. Jeder Blick in das bleiche Gesichtchen ihres Lieblings, jede jammernde Bitte um Nahrung wird ihr nicht Tränen fruchtlosen Leids erwecken, sondern sie zu tatkräftiger Arbeit spornen.

In das Herz und den Geist der Kinder pflanzt die Mutter die Keime aller Entwickelung. Ein Geschlecht von Knechten mit knechtischer Gesinnung wächst empor, wo die Mutter unfrei, furchtsam, unterwürfig ist. Freie, starke, selbständige Frauen sind die Voraussetzung freier, starker, mutiger Männer. Um ihrer Kinder willen darf das Weib daher nicht mehr im Stumpfsinn, in der Interesselosigkeit beharren! Sobald sie selbst in die Reihen der Freiheitskämpfer tritt, bedeutet es dann nicht nur eine Kraft mehr für die Kämpfe der Gegenwart, denn ihre Kinder stehen hinter ihr, die jugendkräftigen Träger der Zukunft. Eine gute Mutter heißt heute nicht mehr diejenige, die ihre Kinder nur wäscht, kleidet und nährt, sondern die, die sie zu Kämpfern erzieht und ihnen mit dem Beispiel unermüdlichen Opfermutes, tatkräftiger Begeisterung vorangeht.

Erfahrungen und Forderungen proletarischer Frauen

Freundschaft zwischen Frauen ist allzu oft ein sehr gebrechliches Ding, weil sie vielfach nicht auf geistiger Gemeinschaft, sondern auf allen möglichen Äußerlichkeiten zu beruhen pflegt. Ihre Herzensgeheimnisse vertrauen sich die jungen Mädchen, ihre häuslichen Sorgen die Frauen an, aber selten, sehr selten nur suchen sie einander sittlich und geistig zu heben, aufzuklären, zu bereichern. Auch hier hat eine andere Art Pflichterfüllung einzusetzen: Eine Sozialistin wird nicht ruhen und rasten, bis sie ihre Freunde von der Richtigkeit ihrer Anschauungen überzeugt hat, bis sie die Trägen aufgerüttelt, die Leichtfertigen zu ihrem Ernst bekehrte, die Faulen hineingezogen in ihren Kampf. [...]
Die größte Kraftentfaltung aber wird zu der Zeit verlangt werden müssen, wo es gilt, die Wahlen für den Reichstag vorzubereiten. Sie sollen der Ausdruck des Volkswillens sein, und wenn die Frauen auch noch nicht selbst mit dem Stimmzettel vor die Urne treten können, so haben sie doch Mittel und Wege genug, ihren Willen zur Geltung zu bringen. [...]
Mehr denn je steht des Volkes Wohl und Wehe jetzt auf dem Spiel. Pfui über das Weib, das sich faul und feige zurückzieht! Der Jammer hungernder Kinder, der Fluch der ausgebeuteten, geknebelten Menschheit wird auf ihrem Leben lasten. Verächtlich wird jeder an ihr, der Heilen, vorübergehen, der die Wundmale des Kampfes als Siegeszeichen am Körper trägt. Und das gilt nicht nur für einen Tag des Triumphes oder der Niederlage: jede einzelne ist schuldig, wenn der endgiltige Sieg unserer Sache auch nur um eine Spanne Zeit sich verzögert. Wohl fordert sie Opfer von uns, und wer der roten Fahne folgt, tut es nicht zu einem vorübergehenden Spaziergang, dem jedesmal eine fröhliche Heimkehr folgt. Nein, er tritt einen Lebensweg an durch fremde dunkle Gefilde, er zerbricht selbst die Brücken hinter sich, und einen Heimweg gibt es nicht mehr.
»Es wird ein Schwert durch deine Seele gehen«, sagte der Engel der Verkündigung nach der christlichen Sage zu

Maria, der Mutter Jesu. Und allen Frauen, die sich einer großen Aufgabe bewußt werden, wird dasselbe gesagt.
[...]
Wir sind die Vorposten im Gefecht; von unserer Ausdauer, von unserem Opfermut wird es abhängen, ob die Heerscharen uns folgen werden. Wir sind es, die zu beweisen haben, daß die Kraft des Weibes der des Mannes nicht nachsteht, daß sie vielmehr bestimmt ist, sie zu ergänzen und nur die gemeinsame Arbeit beider Geschlechter zu dem Ziele führen kann, von dem wir die Neuordnung der Gesellschaft erwarten: der *Überwindung des Kapitalismus*.
... Ich sehe eine Schar von Frauen. Sie schreiten festen Schrittes, erhobenen Hauptes, waffenlos. Sie tragen ihre Kinder auf ihrem Arme und fürchten nicht die Steine auf ihrem Weg, die drohenden Lanzen ihrer Feinde neben sich, die dräuenden Gewitterwolken am Himmel. Wie einst ihre Schwestern in Frankreich, so ziehen sie hin, die Zukunft zu erobern für ihr darbendes Volk. Aber es sind ihrer nicht wenige Tausende: endlos dehnt sich der Zug – fern, fern am Horizont tauchen immer neue Scharen auf – Millionen Gestalten, gehüllt in den grauen Mantel der Sorge. Und weit, wo ein lichter Streifen den Himmel säumt, tauchen sie unter... Blutrot erhebt sich der Sonnenball über der Erde. Seine ersten Strahlen vergolden die Häupter der Siegerinnen. Sie zogen aus, Brot zu suchen für ihre Kinder, sie kehren heim, die königliche Zukunft in ihrem Gefolge. Viele mähte der Tod dahin, als sie im Dunkel wanderten, ihre lachenden Kinder zeugen für ihr Heldentum. Sie tragen weiße Gewänder und Palmen in den Händen.
Nun ist der Tag erwacht!

OTTILIE BAADER

Frauenwahlvereine

Der im Jahre 1898 gewählte Reichstag hatte 1903 sein Ende erreicht. Wir standen vor Neuwahlen. Hatten wir Frauen auch selbst kein Wahlrecht, so fühlten wir uns doch verpflichtet, dafür sorgen zu helfen, daß die Wahlen einen Sieg der Sozialdemokratischen Partei herbeiführten. Durch unsere Parteipresse wurden wir darauf aufmerksam gemacht, daß vom Tage der Ausschreibung der Wahlen ab bis zur Beendigung der Stichwahlen der § 8 des preußischen Vereinsgesetzes außer Kraft gesetzt wird, der den Frauen die Möglichkeit nimmt, Mitglied politischer Vereine zu werden und sich in ihnen zu betätigen. Der § 21 desselben Gesetzes sagt nämlich in seinem zweiten Absatz: Wahlvereine unterliegen der Beschränkung des § 8 nicht. Jedes, auch das kleinste Recht suchten wir auszunutzen. Und hier zeigte sich ein Weg, wenn auch nur auf wenige Wochen, einen politischen Frauenverein zu gründen, weibliche Mitglieder zu werben und politische Agitation zu treiben.

Am 20. April 1903 haben die Berliner Genossinnen den ersten Frauenwahlverein gegründet. Er führte den Namen »Sozialdemokratischer Wahlverein der Frauen für Berlin und Umgegend«, und seine Statuten wurden in einfacher Kärtchenform gedruckt:

Sein Zweck ist die Agitation für die Reichstagswahl 1903.
Jede erwachsene weibliche Person kann Mitglied werden.
Der Vorstand besteht aus drei Personen.
Nach Beendigung der Reichstagswahlen löst der Verein sich wieder auf.
Etwa noch vorhandenes Vermögen wird im Interesse der Arbeiterbewegung verwendet.
Monatlich werden 20 Pf. Beitrag erhoben.

Der Erfolg dieser Gründung, die zugleich eine Demonstration für die Forderung politischer Frauenrechte bedeutete, übertraf alle Erwartungen.

In der kurzen Zeit seines Bestehens hatte der Verein fast tausend Mitglieder, und seine neun Versammlungen waren von Frauen überaus zahlreich besucht. Sicher hat die durch den Verein betriebene Aufklärungsarbeit ihr Scherflein zu dem großen Wahlsieg der Arbeiterklasse beigetragen. Aber auch in pekuniärer Beziehung war der Erfolg ein guter. 300 Mark konnten zu den Kosten der Reichstagswahl dem Parteivorstand übergeben werden. Wie bescheiden mutet uns heute diese Summe an! Damals aber war sie etwas Großes.

Während dieser Berliner Wahlverein, unbehindert von den Behörden, seine Tätigkeit entfalten konnte, hatte der für den Wahlbezirk Teltow-Beeskow-Charlottenburg erhebliche Schwierigkeiten. Die Berechtigung seiner Bildung wurde den Genossinnen bestritten mit der Begründung, daß nur »Wahlberechtigte« dazu befugt sind, daß die Frauen aber nicht zu ihnen gehörten. Natürlich wurde gegen diese Entscheidung eine Beschwerde beim Oberpräsidenten eingelegt, die Antwort, die die Entscheidung des Amtsvorstehers für richtig erklärte, kam aber erst lange nach dem Tage der Stichwahl, als der Verein den gesetzlichen Bestimmungen entsprechend sich ganz von selbst schon wieder aufgelöst hatte.

Der in Altona gebildete Wahlverein hatte es auf 104 Mitglieder gebracht.

In Ausnutzung dieses kurzen Rechtes der Frauen wurden sie auch vielfach in die Wahlkomitees gewählt und arbeiteten dort Seite an Seite mit den Genossen.

Unsere rednerisch tätigen Genossinnen kannten keine Ermüdung; wochen- und monatelang hielten sie Tag für Tag, häufig in überfüllten Räumen, Versammlungen ab, sonntags gewöhnlich zwei und auch drei Versammlungen.

Oft mußten sie stundenweite Wege zu Fuß bis zum Versammlungsort zurücklegen, in Schnee und Regenwetter, oft bis auf die Haut durchnäßt und durchfroren, mußten sie aufs Podium.

Am Wahltage selbst waren sie natürlich vom frühen Morgen an zur Stelle. Sie verteilten Flugblätter und Stimmzettel vor den Wahllokalen, halfen beim Listenführen und ließen sich durch keine noch so gehässige Anrempelung von ihrem Platze verdrängen. Häufig genug aber führten sie die Angreifer mit schlagfertigem Mutterwitz ab und hatten dann die Lacher auf ihrer Seite. Der Genossin Matschke, die vor einem Wahllokal den Namen unseres Kandidaten ausrief und Stimmzettel verteilte, rief ein vorübergehender Schutzmann mit giftigem Blick zu: »Soll sich lieber nach Hause scheren und ihre Strümpfe stopfen!« Sie blickte ihn mit ihren lustigen Augen an: »Ach, *meine* Strümpfe sind ganz. Wenn *Ihre* aber zerrissen sind, ziehen Sie sie man aus, die stopfe ich Ihnen gleich hier noch nebenbei!« Der Schutzmann aber drückte sich unter allgemeinem Gelächter. Aufsehen hat aber diese öffentliche Wahlbeteiligung der Frauen auch sonst gemacht und bei einfachen Gemütern zu verkehrten Deutungen Anlaß gegeben. So geriet im Distrikt Hamm ein Wähler in komische, kaum zu beruhigende Aufregung über »die verkehrt Tüd, wo die Fruhnlüt wählen«.

Nach Schluß der Wahlhandlung gings dann nicht etwa nach Hause, sondern in die Versammlungen, um das Wahlresultat zu hören. Die frohe Aufgeregtheit der Genossen und Genossinnen machte sich in manchem Scherz und Spottwort gegen die anderen Parteien Luft. Der Sieg, den die Sozialdemokratie damals errungen, löste ungeheure Freude aus und war auch für uns Frauen eine Hoffnung für die Zukunft. Die Wahlarbeit hatte uns gezeigt, wie wichtig und fördernd die neue Einrichtung der Lese- und Diskussionsabende für die Heranbildung von politisch geschulten Genossinnen und Agitatorinnen war. Sie sind an vielen Orten ins Leben gerufen worden und haben sich vorzüglich bewährt. Neben der Übermittlung und Klärung sozialer und politischer Kenntnisse, der Einführung in das Verständnis unseres Programms sollten hier die Proletarierinnen auch an das Lesen ernster sozialpolitischer Schriften und das logische Durchdenken derselben gewöhnt werden, aber auch an das klare Aussprechen ihrer Gedanken. Eine große Anzahl ernster, strebsamer und zuverlässiger Frauen wurde bei diesen Abenden einander nähergebracht, und sie verbanden sich zum gemeinsamen Wirken.

Das Amt der Vertrauensperson der Genossinnen war inzwischen, um die Agitation immer durchgreifender und einheitlicher zu gestalten, zu einem besoldeten geworden. Ich war deshalb in der Lage, mich ganz der Arbeit für die Förderung unserer Arbeiterinnenbewegung zu widmen.

[...]

Mit dem Beginn des Jahres 1908 setzten in Preußen die scharfen Wahlrechtskämpfe ein, an denen wir Frauen einen besonders regen Anteil nahmen.

Als am 10. Januar das Geldsackparlament wieder eröffnet wurde, nahmen Tausende von Männern und Frauen an einer Demonstration für ein allgemeines, gleiches, geheimes und direktes Wahlrecht teil. Nicht nur die Frauen aus dem Berliner Stadtbezirk, auch die Genossinnen aus den Vororten kamen in ganzen Trupps vor das Abgeordnetenhaus. Welche Freude war es, wenn die einzelnen Trupps sich bei mir meldeten: »Wir sind die Rixdorfer; wir die Schöneberger; wir aus Friedrichsberg usw. usw.« Als der Reichskanzler Bülow aus dem Wagen stieg, riefen wir ihm unsere Forderungen zu. Er ging mit gesenktem Kopf wie ein Schuldbeladener durch unsere Reihen. Auch bei der Demonstration am »Roten Sonntag« waren unsere Genossinnen nicht weniger auf dem Posten.

Bei den Wahlen für das preußische Dreiklassenparlament haben auch die Frauen wieder eifrige Arbeit geleistet. Auch

am Tage der Wahlmännerwahlen standen sie vielfach mit Stimmzetteln vor den Wahllokalen; sie waren in den Wahlbüros der Partei tätig, aber auch in amtlichen Wahlbüros führten sie die Listen. Schlepperdienste leisteten sie und haben manchen Zaghaften, Ängstlichen durch ermutigende Worte an den Wahltisch gebracht. Unsere Arbeit wird sicher ein wenig dazu beigetragen haben, daß es der Sozialdemokratie zum erstenmal gelungen ist, unter einem so korrumpierten Wahlsystem, wie es das Dreiklassenwahlrecht zum Preußischen Landtag war, einige Abgeordnete in den Landtag zu bekommen.
Das einzige Wahlrecht, welches die Frauen bisher besaßen, war das zu den Vertretungen in den Krankenkassen. Es mußte ihnen aber durch immer erneute Hinweise vor Augen geführt werden, wie wichtig die Ausübung dieses Rechtes ist. Vor allem galt es, mehr Fürsorgeeinrichtungen für die weiblichen Krankenkassenmitglieder durchzusetzen.
Das Jahr 1908 bedeutet einen Wendepunkt in der Geschichte der politischen Frauenbewegung. Das Reichsvereinsgesetz war endlich im Reichstag durch die letzte Lesung gehetzt und angenommen worden. Der einzige Fortschritt, den dieses Gesetz brachte, war die Gleichstellung der Frau mit dem Mann. Sie war für mündig erklärt worden. Für uns bedurfte es dessen kaum noch, denn die proletarische Frauenbewegung hatte sich in einem zähen Kleinkrieg eine politische Bewegungsfreiheit erkämpft, mit der sie auch ohne formales Recht auskam. Wir konnten deshalb auch keine besondere Freude empfinden über ein Gesetz, das auf der anderen Seite so schwere Schäden aufwies. Wir erinnern nur an den berüchtigten Sprachenparagraphen, der den in Deutschland lebenden polnischen Arbeitern, der aber auch den reichsangehörigen Dänen und Elsaß-Lothringern das Recht nahm, Organisationen zu bilden und in Zusammenkünften ihre Muttersprache anzuwenden, sowie an die Entrechtung der Jugendlichen.
Das neue Gesetz ließ es uns sozialdemokratischen Frauen

aber doch notwendig erscheinen, die Frage zu prüfen, ob die veränderte rechtliche Lage nicht auch andere Organisationsformen erfordert. Eine eingehende Beratung darüber mußte Sache der Frauenkonferenz sein, die für den September 1908 nach Nürnberg einberufen wurde. Das Resultat der Vorbesprechungen war ein Vorschlag zur Neuorganisation der Genossinnen. Er wurde zunächst den Organisationen, dann aber auch der Frauenkonferenz zu Nürnberg zur Beratung unterbreitet. Das letzte Wort in der Frage hatte natürlich der Parteitag zu sprechen. Der Vorschlag hatte folgenden Wortlaut:

1. Jede Genossin ist verpflichtet, der sozialdemokratischen Parteiorganisation ihres Ortes beizutreten.
   Politische Sonderorganisationen der Frauen sind nicht gestattet. Über das Fortbestehen besonderer Frauenbildungsvereine entscheiden die Genossen und Genossinnen der einzelnen Orte. Die Mitgliedschaft in solchen Vereinen enthebt jedoch die Genossinnen nicht der Verpflichtung, den sozialdemokratischen Parteiorganisationen anzugehören.
2. Unabhängig von den Vereinsabenden der Männer sind für die weiblichen Mitglieder Zusammenkünfte einzurichten, welche ihrer theoretischen und praktischen Schulung dienen.
3. Die Festsetzung der Beiträge für die weiblichen Mitglieder bleibt den einzelnen Organisationen überlassen. Empfehlenswert ist, die Beiträge für die weiblichen Mitglieder niedriger zu bemessen wie für die männlichen.
4. Die weiblichen Mitglieder sind im Verhältnis zu ihrer Zahl im Vorstand vertreten. Doch muß diesem mindestens eine Genossin angehören.
5. Den weiblichen Mitgliedern des Vorstandes liegt es ob, die notwendige Agitation unter dem weiblichen Proletariat im Einvernehmen mit dem Gesamtvorstand und unter Mitwirkung der tätigen Genossinnen zu betreiben.

6. Solange betreffs der Beschickung der Parteitage durch die Parteiorganisationen noch das gegenwärtige Provisorium gilt, bleiben auch für die Delegierung der Genossinnen die jetzigen Bestimmungen des Parteistatuts in Kraft.
Das Zentralbüro der Genossinnen bleibt bestehen. Die Vertreterin der Genossinnen wird dem Parteivorstand angegliedert.

Die fünfte Frauenkonferenz zu Nürnberg 1908 war stärker besucht als je eine zuvor. 72 Delegierte, unter denen nur vereinzelte Genossen waren, nahmen teil. Wir erkannten außerdem jetzt auch die Parteitagsdelegierten als Delegierte der Frauenkonferenz an, die kein formales Mandat, sondern nur den Auftrag ihrer örtlichen Genossinnen zur Teilnahme hatten, um später Bericht erstatten zu können.
Der Punkt der Tagesordnung: »Die sozialistische Erziehung der Jugend; die Erziehung im Hause« wurde in vorzüglichen Darlegungen von der Genossin Duncker behandelt. Der Vortrag gab so viele Anregungen, daß die Konferenz die Drucklegung beschloß, um ihn für die Agitation zu verwenden.
Auch das Referat der Genossin Zetkin über die Jugendorganisation war ausgezeichnet. Wohl jeder Zuhörer ist dadurch von der Wichtigkeit der Jugendorganisationen überzeugt worden.
Das größte Interesse galt dann der Organisationsfrage. Die Darlegungen von Luise Zietz[11] zu diesem Punkt der Tagesordnung waren überzeugend. Unser Organisationsvorschlag wurde angenommen und dem Parteitag überwiesen.
Das Amt einer Zentralvertrauensperson war jetzt überflüssig

---

11 *Luise Zietz:* Engagierte Sozialdemokratin (1865–1922). Stammt aus Bargteheide in Holstein, wo sie als Tochter eines armen Wollwirkers aufwuchs. Kam in Hamburg mit der Arbeiterbewegung in Berührung. Wurde 1909 als eine der wenigen Frauen in den Parteivorstand der deutschen Sozialdemokratie gewählt. Setzte sich besonders für die armen Landarbeiterinnen ein. Sie besaß vorbildliches Organisationstalent.

geworden. Die Vertreterin der Frauen mußte dem Parteivorstand eingefügt werden.
Ich aber hatte das Empfinden, daß mein Können für die weitere Förderung der Frauenbewegung an leitender Stelle nicht mehr ausreiche. Und so wurde denn auf meinen Vorschlag Luise Zietz in den Parteivorstand gewählt.

Editionsbericht

Die Texte sind innerhalb der einzelnen Themenkreise chronologisch angeordnet; nur hier und da wurde zugunsten der Thematik die chronologische Reihenfolge unterbrochen. Orthographie und Interpunktion der Texte wurden behutsam modernisiert. Originalfußnoten sind durch Sternchen, Fußnoten der Herausgeberin durch Ziffern gekennzeichnet.
Bei der Zusammenstellung der Texte, die zum Teil sehr schwer erhältlich waren, bin ich der Staatsbibliothek in West-Berlin und vor allem Horst Müller zu Dank verpflichtet. Ebenso danke ich dem Institut für Marxismus und Leninismus in Ost-Berlin, der Library of Congress in Washington, D. C., und Betty Baehr von der Fernleihe der University of Maryland, College Park. Walter Hinderer (Princeton University) stellte die Verbindung zum Reclam-Verlag her; nützliche Hinweise bei der Anordnung der Texte gaben mir Susan Cocalis (University of Massachusetts, Amherst) und Kay Goodman (Brown University). Bei der Zusammenstellung der Bibliographie waren mir Peter Schwarz, Jeanette Schumann und James Stark, bei Manuskriptarbeiten Elke Alikhan und Norm Frederiksen behilflich. Ihnen allen sei hier gedankt.

Literaturhinweise

I. Allgemeine Positionen zur Frauenfrage

Literatur vor 1945

Allgemeiner Deutscher Frauenverein. In: Die Tätigkeit des Allgemeinen Deutschen Frauenvereins, Hamburg 1896–1921. Hamburg 1921.

Anthony, Katherine: Feminism in Germany and Scandinavia. New York 1915.

Bäumer, Gertrud: Die Frauenbewegung und die Zukunft unserer Kultur. Berlin 1909.

Bäumer, Gertrud: Die Frau in der Krisis der Kultur. Berlin 1926. (Schriftenreihe der Akademie für soziale und pädagogische Frauenarbeit in Berlin 1.)

Büchner, Louise: Die Frau. Hinterlassene Aufsätze, Abhandlungen und Berichte zur Frauenfrage. Halle 1878.

Cauer, Minna: Die Frau im 19. Jahrhundert. Berlin 1898.

Duboc, Julius: 50 Jahre Frauenfrage in Deutschland, Geschichte und Kritik. Leipzig 1896.

Die Frauenfrage in Deutschland. Strömungen und Gegenströmungen 1790–1930. Hrsg. von Hans Sveistrup und Agnes von Zahn-Harnack. Burg 1934.

Die Frauenfrage im Lichte des Sozialismus. Hrsg. von Anna Blos. Dresden 1930.

Freudenberg, Ika: Was die Frauenbewegung erreicht hat. München 1910.

Gnauck-Kühne, Elisabeth: Ursachen und Ziele der Frauenbewegung. Berlin 1893.

Gnauck-Kühne, Elisabeth: Die soziale Lage der Frau. Vortrag. Berlin 1895.

Gnauck-Kühne, Elisabeth: Die deutsche Frau um die Jahrhundertwende. Statistische Studie zur Frauenfrage. Berlin 1904, ²1907.

Gnauck-Kühne, Elisabeth: Warum organisieren wir die Arbeiterinnen? Hamm 1905.

Handbuch der Frauenbewegung. Hrsg. von Gertrud Bäumer und Helene Lange. 5 Bde. Berlin 1901–06.

Heinemann, Werner: Die radikale Frauenbewegung als nationale Gefahr! Hamburg 1913.

Literaturhinweise

Ihrer, Emma: Die Arbeiterinnen im Klassenkampf. Hamburg 1898.

Jahrbuch der Frauenbewegung (hrsg. im Auftrage des Bundes deutscher Frauenvereine). Hrsg. von Elisabeth Altmann-Gottheimer. Leipzig/Berlin 1912–21. Mannheim/Berlin/Leipzig 1927/28.

Kettler, J. [d. i. Hedwig]: Was ist Frauenemanzipation? In: Bibliothek der Frauenfrage. Nr. 8/9. Weimar 1891.

Key, Ellen: Mißbrauchte Frauenkraft. Paris 1898. Berlin [4]1911.

Key, Ellen: Die Frauenbewegung. (Kvinnorörelsen 1909.) Frankfurt a. M. 1909.

Lange, Helene: Intellektuelle Grenzlinien zwischen Mann und Frau. Berlin 1897.

Lange, Helene: Die Frauenbewegung und ihre soziale Bedeutung. Berlin 1904.

Lange, Helene: Steht die Frauenbewegung am Ziel oder am Anfang? Berlin 1921.

Lange, Helene: Die Anfänge der Frauenbewegung. Berlin 1927.

Lewald, Fanny: Osterbriefe für die Frauen. Berlin 1863.

Lion, Hilde: Zur Soziologie der Frauenbewegung. Die sozialistische und die katholische Frauenbewegung. Berlin 1926.

Lüders, Else: Der ›linke Flügel‹. Ein Blatt aus der Geschichte der deutschen Frauenbewegung. Berlin 1904.

Magnus-Hausen, Frances: Ziel und Weg in der deutschen Frauenbewegung des XIX. Jahrhunderts. In: Deutscher Staat und Deutsche Parteien. Friedrich Meinecke Festschrift. Hrsg. von Paul Wentzcke. Berlin 1922.

Mayreder, Rosa: Zur Kritik der Weiblichkeit. Jena 1906, [2]1907.

Mill, John Stuart: On the Subjection of Women. London 1869. (Dt.: Die Hörigkeit der Frau. Berlin 1872.)

Morgenstern, Lina/Otto-Peters, Louise [u. a.]: Die Stellung der Frau im Leben. In: Deutsche Schriften für nationales Leben. R. 1. H. 6. Kiel/Leipzig 1891.

Nathusius, Philipp von: Zur »Frauenfrage«. Halle 1871.

Naumann, Friedrich: Die Frau im Maschinenzeitalter. München 1903.

Otto-Peters, Louise: Die Teilnahme der weiblichen Welt am Staatsleben. In: Volkstaschenbuch »Vorwärts«. Jg. 5. Hrsg. von Robert Blum. Leipzig 1847.

Plothow, Anna: Die Begründerinnen der deutschen Frauenbewegung. Leipzig 1907.

Puckett, Hugh Wiley: Germany's Women Go Forward. New York 1930.

Reicke, Ilse: Frauenbewegung und -Erziehung. München 1921.
Reicke, Ilse: Die Frauenbewegung. Ein geschichtlicher Überblick. Leipzig 1929. (Reclams Universal-Bibliothek Nr. 6975.)
Sozialismus und Frauenfrage. Hrsg. von Wally Zepler. Berlin 1919.
Stöcker, Helene: Krisenmache. Eine Abfertigung. Den Haag 1910.
Stritt, Maria: Die Bestimmung des Mannes. Dresden 1894.
Stritt, Maria: Die Frauenfrage der oberen Zehntausend. Dresden 1898.
Suttner, Berta von: Die Frauen. In: Das Maschinenalter. Zukunftsvorlesungen über unsere Zeit. Zürich 1889. S. 79–119.
Sybel, Heinrich von: Über die Emancipation der Frauen. Bonn 1870.
Weber, Marianne: Frauenfragen und Frauengedanken. Gesammelte Aufsätze. Tübingen 1919.
Wollstonecraft, Mary: A Vindication of the Rights of Woman. London 1792. (Dt.: Eine Verteidigung der Rechte der Frau. Dresden/Leipzig 1899.)
Zahn-Harnack, Agnes von: Die Frauenbewegung. Geschichte, Probleme, Ziele. Berlin 1928.
Zetkin, Clara: Zur Geschichte der proletarischen Frauenbewegung. Moskau 1928. Frankfurt a. M. 1971.

Literatur nach 1945

Allendorf, Marlis: Die Frau im Sozialismus. Bild- und Textdokumentation. Leipzig 1975.
Arbeiterbewegung und Frauenbewegung 1889–1933. Hrsg. vom Institut für Marxistische Studien und Forschungen. Frankfurt a. M. 1973.
Aus dem Schaffen früher sozialistischer Schriftstellerinnen. Hrsg. von Cäcilia Friedrich. Berlin 1966. (Textausgaben zur frühen sozialistischen Literatur in Deutschland. Bd. 8.)
Bäumer, Gertrud: Der neue Weg der deutschen Frau. Stuttgart 1946.
Beauvoir, Simone de: Le Deuxième Sexe. Paris 1949. (Dt.: Das andere Geschlecht. Sitte und Sexus der Frau. Reinbek 1968.)
Bölke, Gundula: Die Wandlung der Frauenemanzipationstheorie von Marx bis zur Rätebewegung. Hamburg 1971.
Bornemann, Ernest: Das Patriarchat. Frankfurt a. M. 1975.
Brandt, Gisela / Kootz, Johanna / Steppke, Gisela: Zur Frauenfrage im Kapitalismus. Frankfurt a. M. 1973.

Emmerich, Wolfgang: Proletarische Lebensläufe. Reinbek b. Hamburg 1974, 1975.

Evans, Richard J.: The Feminist Movement in Germany 1894–1933. London 1976.

Evans, Richard J.: The Feminists. Women's Emancipation Movements in Europe, America and Australasia 1840–1920. London 1977. New York 1979.

Evans, Richard J.: Sozialdemokratie und Frauenemanzipation im deutschen Kaiserreich. Berlin/Bonn 1979.

Firestone, Shulamith: The Dialectic of Sex. New York 1970. (Dt.: Frauenbefreiung und sexuelle Revolution. Frankfurt a. M. 1975. Fischer Taschenbuch 1488.)

Friedan, Betty: The Feminine Mystique. New York 1963. (Dt.: Der Weiblichkeitswahn oder die Mystifizierung der Frau. Hamburg 1966.)

Grundlagentexte zur Emanzipation der Frau. Hrsg. von Jutta Menschik. Köln 1976.

Helwig, Gisela: Frau '75. Bundesrepublik Deutschland – DDR. Köln 1975.

Ja bist Du nicht Manns genug... – Antje Kunstmann, Elisabeth Meise-Ball, Dagmar Timm-Ploetz, Ingeborg Weber im Gespräch mit Elvira Högemann-Ledwohn. In: Kursbuch 51 (1978) S. 60 bis 71.

Janssen-Jurreit, Marielouise: Sexismus. Über die Abtreibung der Frauenfrage. München/Wien 1976. (Fischer Taschenbuch 3704.)

Juchacz, Marie: Sie lebten für eine bessere Welt. Lebensbilder führender Frauen des 19. und 20. Jahrhunderts. Berlin/Hannover 1955.

Klein, Viola: The Feminine Character. The History of an Ideology. London 1946.

Krechel, Ursula: Selbsterfahrung und Fremdbestimmung. Bericht aus der Neuen Frauenbewegung. Darmstadt/Neuwied 1975.

Kuczynski, Jürgen: Studien zur Geschichte der Lage der Arbeiterin in Deutschland von 1700 bis zur Gegenwart. Berlin 1963. (Die Geschichte der Lage der Arbeiter unter dem Kapitalismus. Bd. 18.)

Menschik, Jutta / Leopold, Evelyn: Gretchens rote Schwestern. Frauen in der DDR. Frankfurt a. M. 1974. (Fischer Taschenbuch 1394.)

Menschik, Jutta: Feminismus. Geschichte, Theorie, Praxis. Köln 1977.

Merfeld, Mechthild: Die Emanzipation der Frau in der sozialistischen Theorie und Praxis. Hamburg 1972.
Millett, Kate: Sexual Politics. New York 1969, ²1970. (Dt.: Sexus und Herrschaft. Die Tyrannei des Mannes in unserer Gesellschaft. München 1974.)
Prokop, Ulrike: Weiblicher Lebenszusammenhang. Von der Beschränktheit der Strategien und der Unangemessenheit der Wünsche. Frankfurt a. M. 1976.
Pross, Helge: Perspektiven für die Zukunft. Untersuchungen und Maßnahmen im Anschluß an den Frauenbericht der Bundesrepublik. In: Festschrift für Otto Brenner. Hrsg. von Peter von Oertzen. Frankfurt a. M. 1967.
Quataert, Jean: The German Socialist Women's Movement 1890–1918: Issues, Internal Conflicts, and the Main Personages. Diss. University of California, Berkeley 1974.
Quataert, Jean: Reluctant Feminists in German Social-Democracy, 1885–1917. Princeton 1979.
Remme, Irmgard: Die internationalen Beziehungen der deutschen Frauenbewegung vom Ausgang des 19. Jahrhunderts bis 1933. Diss. Berlin 1955.
Schenk, Herrad: Die feministische Herausforderung. 150 Jahre Frauenbewegung in Deutschland. München 1980.
Schlette, Ruth: Neue Veröffentlichungen zur Geschichte der Frauenbewegung. In: Archiv für Sozialgeschichte. Hannover 1974. S. 631–636.
Schrader-Klebert, Karin: Die kulturelle Revolution der Frau. In: Kursbuch 17 (1969) S. 1–46.
Society and Politics in Wilhelmine Germany. Hrsg. von Richard J. Evans. London 1978.
Strain, Jacqueline: Feminism and Political Radicalism in the German Social Democratic Movement 1890–1914. Diss. University of California, Berkeley 1964.
Strecker, Gabriele: Frausein Heute. Weilheim (Obb.) 1965.
Thönnessen, Werner: Frauenemanzipation. Politik und Literatur der deutschen Sozialdemokratie zur Frauenbewegung 1863–1933. Frankfurt a. M. 1969. ²1976.
Twellmann-Schepp, Margrit: Die deutsche Frauenbewegung. Ihre Anfänge und erste Entwicklung 1843–1889. Meisenheim am Glan 1972. Kronberg 1976.
Wirtschaftskrise und Frauenemanzipation in der BRD. Frankfurt a. M. 1978.

Wisselinck, Erika: Die unfertige Emanzipation. Die Frau in der veränderten Gesellschaft. München 1965.
Zahn-Harnack, Agnes von: Wandlungen des Frauenlebens vom 18. Jahrhundert bis zur Gegenwart. Berlin / Hannover / Frankfurt a. M. 1951.

II. Die Stellung der Frau in Ehe und Familie

Literatur vor 1945

Augspurg, Anita: Die ethische Seite der Frauenfrage. Minden/Leipzig 1894.
Braun, Lily: Mutterschaftsversicherung und Krankencassen. Berlin 1903.
Braun, Lily: Die Mutterschaftsversicherung. Ein Beitrag zur Frage der Fürsorge für Schwangere und Wöchnerinnen. Berlin 1906.
Bré, Ruth: Das Recht auf Mutterschaft. Eine Forderung zur Bekämpfung der Prostitution und der Geschlechtskrankheiten. Leipzig 1903.
Dohm, Hedwig / Stöcker, Helene / Schirmacher, Käthe [u. a.]: Ehe? Zur Reform der sexuellen Moral. Berlin 1911.
Engels, Friedrich: Der Ursprung der Familie, des Privateigentums und des Staates (1884). Berlin 1972.
Forel, August: Die sexuelle Frage. München 1905.
Freudenberg, Ika: Grundsätze und Forderungen der Frauenbewegung auf dem Gebiet der Ehe und Familie. In: Grundsätze und Forderungen der Frauenbewegung. Berlin 1912. S. 1–10.
Freudenberg, Ika / Weber, Marianne / Bäumer, Gertrud [u. a.]: Frauenbewegung und Sexualethik. Beiträge zur modernen Ehekritik. Heilbronn 1909.
Gerhard, Adele / Simon, Helene: Mutterschaft und geistige Arbeit. Berlin 1901.
Heymann, Lida Gustava: Rechtliche Grundlage und moralische Wirkungen der Prostitution. In: Die deutschen Frauen und die Hamburger Bordelle. Hamburg 1904. S. 39–57.
Ichenhäuser, Eliza: Die Dienstbotenfrage und ihre Reform. Berlin 1900.
Jellinek, Camilla: Die Strafrechtsreform und die §§ 218 u. 219 St.G.B. Heidelberg 1909.

Key, Ellen: Das ungeborene Geschlecht und die Frauenarbeit. In: Das Jahrhundert des Kindes. Berlin 1902. S. 63–105.
Key, Ellen: Über Liebe und Ehe. Essays. Berlin 1905.
Key, Ellen: Mutter und Kind. Berlin 1908.
Lange, Helene: Die ethische Bedeutung der Frauenbewegung. Vortrag. Berlin 1889.
Lischnewska, Maria: Unser praktischer Mutterschutz. Berlin 1907.
Lischnewska, Maria: Die Mutterschaftsversicherung. Berlin 1908.
Mutterschaft. Ein Sammelwerk für die Probleme des Weibes als Mutter. Hrsg. in Verbindung mit 52 Mitarbeitern von Adele Schreiber. Einleitung von Lily Braun. München 1912.
Pappritz, Anna: Die wirtschaftlichen Ursachen der Prostitution. Berlin 1903.
Pappritz, Anna: Einführung in das Studium der Prostitutionsfrage. Leipzig 1919.
Reuter, Gabriele: Das Problem der Ehe. Berlin 1907.
Salomon, Alice: Mutterschutz als Aufgabe der Sozialpolitik. In: Frauenbewegung und Sexualethik. Heilbronn ²1909. S. 132–162.
Schirmacher, Käthe: Die Frauenarbeit im Hause. Ihre ökonomische, rechtliche und soziale Wertung. Leipzig 1905.
Schirmacher, Käthe: Die wirtschaftliche Reform der Ehe. Referat. Leipzig 1906.
Stöcker, Helene: Bund für Mutterschutz. Mit Beiträgen von Ellen Key, Lily Braun [u. a.]. Berlin 1905.
Stöcker, Helene: Die Liebe und die Frauen. Minden 1906.
Stöcker, Helene: Ehe und Konkubinat. Berlin 1912.
Stritt, Maria: Die Frau gehört ins Haus. Vortrag. Dresden 1893.
Weber, Marianne: Ehefrau und Mutter in der Rechtsentwicklung. Tübingen 1907. (Neudr. 1971.)
Weber, Marianne: Beruf und Ehe. Die Beteiligung der Frau an der Wissenschaft. Berlin 1906.
Weber, Marianne: Die Idee der Ehe und der Ehescheidung. Frankfurt a. M. 1929.

Literatur nach 1945

Bericht der Bundesregierung über die Situation der Frauen in Beruf, Familie und Gesellschaft. Bonn 1966.
Bibliographie zur Situation der Frau in Beruf, Familie und Gesellschaft. Bonn 1963. (Wissenschaftliche Abteilung des Deutschen Bundestages. Bibliographien.)

Evans, Richard J.: Prostitution, State and Society in Imperial Germany. In: Past and Present 70 (1976) S. 106–129.
Familie und Gesellschaftsstruktur. Materialien zu den sozio-ökonomischen Bedingungen von Familienformen. Hrsg. von Heidi Rosenbaum. Frankfurt a. M. 1974.
Hofmann, Anton Christian / Kersten, Dietrich: Frauen zwischen Familie und Fabrik. Die Doppelbelastung der Frau durch Haushalt und Beruf. München 1958.
Horkheimer, Max: Familie. In: Studien über Autorität und Familie. Forschungsberichte aus dem Institut für Sozialforschung. Paris 1936.
Marcuse, Herbert: Eros and Civilization. A Philosophical Inquiry into Freud. Boston ²1956.
Pross, Helge: Die Wirklichkeit der Hausfrau. Reinbek bei Hamburg 1975.
Sozialgeschichte der Familie in der Neuzeit Europas. Neue Forschungen. Hrsg. von Werner Conze. Stuttgart 1971. (Industrielle Welt. Bd. 21.)
Weber-Kellermann, Ingeborg: Die deutsche Familie. Versuch einer Sozialgeschichte. Frankfurt a. M. ²1975.
Weber-Kellermann, Ingeborg: Die deutsche Familie. Geschichte, Geschichten und Bilder. Frankfurt a. M. 1976.

III. Mädchenerziehung und Frauenbildung

Literatur vor 1945

Bäumer, Gertrud: Das Mädchenschulwesen. In: Die höheren Lehranstalten und das Mädchenschulwesen im Deutschen Reich. Hrsg. von Conrad Rethwisch, Rudolf Lehmann und Gertrud Bäumer. Berlin 1904.
Bäumer, Gertrud: Geschichte der Gymnasialkurse für Frauen zu Berlin. Berlin 1906.
Boedecker, Elisabeth: 25 Jahre Frauenstudium. Deutsches Verzeichnis der Doktorarbeiten von Frauen 1908–1933. Hannover 1939.
Büchner, Louise: Die Frauen und ihr Beruf. Ein Buch der weiblichen Erziehung. 1856. Hamm ³1860.
Fröbel, Karl / Fröbel, Johanna: Hochschulen für Mädchen und Kindergärten als Glieder einer vollständigen Bildungsanstalt, welche

Erziehung der Familie und Unterricht der Schule verbindet. Nebst Briefen über diesen Gegenstand. Als Programm zu dem Plane der Hochschule für das weibliche Geschlecht in Hamburg. Hamburg 1849.

Gerhard, Adele: Mutterschaft und geistige Arbeit. Berlin 1901.

Gnauck-Kühne, Elisabeth: Das Universitätsstudium der Frauen. Ein Beitrag zur Frauenfrage. Oldenburg/Leipzig ²1891.

Goldschmidt, Henriette: Ideen über weibliche Erziehung im Zusammenhange mit dem System Friedrich Fröbels. 6 Vorträge. Leipzig 1882.

Hirsch, Jenny: Geschichte der 25jährigen Wirksamkeit (1866–1891) des unter dem Protektorat Ihrer Majestät der Kaiserin und Königin Friedrich stehenden Lette-Vereins zur Förderung höherer Bildung und Erwerbsfähigkeit des weiblichen Geschlechts. Berlin 1891.

Ichenhäuser, Eliza: Die Ausnahmestellung Deutschlands in Sachen Frauenstudiums. Berlin 1897.

Kettler, J. [d. i. Hedwig]: Das erste deutsche Mädchengymnasium. Weimar 1891. (Bibliothek der Frauenfrage. Nr. 19.)

Kettler, J. [d. i. Hedwig]: Gleiche Bildung für Mann und Frau. Weimar 1891. (Bibliothek der Frauenfrage. Nr. 6.)

Kirchhoff, Arthur: Die akademische Frau. Berlin 1897.

Lange, Helene: Die öffentliche höhere Mädchenschule und ihre Gegnerinnen. Gera 1888.

Lange, Helene: Frauenbildung. Berlin 1889.

Lange, Helene: Mädchenerziehung und Frauenstudium. Berlin 1889.

Lange, Helene: Zur Reform des Mädchenschulwesens. Gera 1892.

Lange, Helene: Grundfragen der Mädchenhochschulreform. Berlin 1903.

Leporin, Dorothea Ch.: Gründliche Untersuchung der Ursachen, die das weibliche Geschlecht vom Studieren abhalten. 1738. (Neudr. 1975.)

Ries, Hildegard: Geschichte des Gedankens der Frauenhochschulbildung in Deutschland. Westerstede 1927.

Schirmacher, Käthe: Zwischen Schule und Ehe. In: Sammlung gemeinnütziger Vorträge. Nr. 356. Prag 1908. S. 49–60.

Siemsen, Anna: Beruf und Erziehung. Berlin 1926.

Silbermann, Josef: Das weibliche kaufmännische Bildungswesen. Berlin 1913.

Stücklen, Gerta: Untersuchung über die soziale und wirtschaftliche Lage der Studentin. Göttingen 1916.
Tiburtius, Franziska / Zacke, Paul: Bildung der Ärztinnen in eigenen Anstalten oder auf der Universität? Berlin 1900.
Troll-Borostyáni, Irma von: Die Gleichstellung der Geschlechter und die Reform der Jugend-Erziehung. Mit einer Einführung von Ludwig Büchner. Zürich 1888.
Wychgram, Joseph: Handbuch des höheren Mädchenschulwesens. Leipzig 1897.
Zahn-Harnack, Agnes von: Die Frauenbildungs- und Frauenberufsbewegung. In: A. v. H.: Die Frauenbewegung. Berlin 1928. S. 146–271.
Zetkin, Clara: Der Student und das Weib. Berlin 1899.

Literatur nach 1945

Bogerts, Hildegard: Bildung und berufliches Selbstverständnis lehrender Frauen in der Zeit von 1885 bis 1920. Frankfurt a. M. 1977.
Frauen und Wissenschaft. Beiträge zur Berliner Sommeruniversität für Frauen. Hrsg. von der Gruppe Berliner Dozentinnen. Berlin 1977.
Hervé, Florence: Studentinnen der BRD. Köln 1973.
Hilliger, Dorothea: Historische Entwicklung der Höheren Mädchenbildung. Institutionelle Entwicklung der Mädchenschulen im 19. Jahrhundert. In: Frauen-Offensive. Journal Nr. 6 (1977) S. 4–7.
Kassner, Ilse / Lorenz, Susanne: Trauer muß Aspasia tragen. München 1977.
Kunstmann, Antje: Frauenemanzipation und Erziehung. Starnberg ³1973.
Pross, Helge: Über die Bildungschancen von Mädchen in der BRD. Frankfurt a. M. 1972.
Schnelle, Gertraude: Problem der konsequenten Weiterentwicklung des Frauenstudiums in Deutschland. Berlin 1966.
Zinnecker, Jürgen: Emanzipation der Frau und Schulausbildung. Weinheim/Basel 1972.
Zinnecker, Jürgen: Sozialgeschichte der Mädchenbildung. Weinheim/Basel 1973.

IV. Frauenarbeit

Literatur vor 1945

Bäumer, Gertrud / Naumann, Friedrich: Die sozialen Forderungen der Frauenbewegung im Zusammenhang mit der wirtschaftlichen Lage der Frau. Jena 1906.
Baum, Marie: Die gewerbliche Ausbildung der Industriearbeiterin. Leipzig 1907.
Braun, Adolf: Die Arbeiterinnen und die Gewerkschaften. Berlin 1913.
Braun, Lily: Der Kampf um Arbeit in der bürgerlichen Frauenwelt. Berlin 1901.
Calm, Marie: Die Stellung der deutschen Lehrerinnen. Berlin 1870.
Deutsch, Regine: Zur Dienstbotenfrage. Berlin 1901.
Duncker, Käthe: Über die Betheiligung des weiblichen Geschlechts an der Erwerbsthätigkeit. Hamburg 1899.
Fürth, Henriette: Die Fabrikarbeit verheirateter Frauen. Frankfurt a. M. 1902.
Fürth, Henriette: Die Berufstätigkeit des weiblichen Geschlechts und die Berufswahl der Mädchen. Leipzig 1908.
Fürth, Henriette: Die Hausfrau. München 1914.
Geyer, Anna: Die Frauenerwerbsarbeit in Deutschland. Jena 1924.
Goldschmidt, Henriette: Die Berufsbildung des weiblichen Geschlechts. In: H. G.: Ideen über die weibliche Erziehung. Leipzig 1882. S. 154–172.
Heymann, Lida Gustava: Völkerversöhnende Frauenarbeit während des Weltkrieges. München 1920.
Kempf, Rosa: Das Leben der jungen Fabrikmädchen in München. Leipzig 1911.
Meister-Trescher, Hildegard: Frauenarbeit und Frauenfrage. In: Handwörterbuch der Staatswissenschaften. Bd. 4. Jena [4]1927.
Mleinik, Clara: Die Wertung der Frauenarbeit. Berlin 1921.
Morgenstern, Lina: Frauenarbeit in Deutschland. 2 Bde. Berlin 1893.
Olberg, Oda: Das Elend in der Hausindustrie der Konfektion. Leipzig 1896.
Otto, Rose: Über Fabrikarbeit verheirateter Frauen. Stuttgart/Berlin 1910.
Pierstorff, Julius: Frauenarbeit und Frauenfrage. Jena 1900.
Pohle, Ludwig: Frauenfabrikarbeit und Frauenfrage. Leipzig 1900.

Popp, Adelheid: Die Arbeiterin im Kampf ums Dasein. Wien 1895.
Popp, Adelheid: Frauenarbeit in der kapitalistischen Gesellschaft. Wien 1922.
Salomon, Alice: Die Frau in der sozialen Hilfsthätigkeit. In: Handbuch der Frauenbewegung. Hrsg. von Gertrud Bäumer und Helene Lange. Bd. 2. Berlin 1902.
Salomon, Alice: Die deutschen Arbeiterinnenschutzgesetze. Leipzig 1906.
Salomon, Alice: Die Ursachen der ungleichen Entlohnung von Männer- und Frauenarbeit. Leipzig 1906.
Weber, Marianne / Hellersberg, Maria: Die soziale Not der weiblichen Angestellten. Berlin-Zehlendorf 1928.
Weber, Mathilde: Ärztinnen für Frauenkrankheiten, eine ethische und sanitäre Notwendigkeit. Tübingen 1888.
Wilbrandt, Robert / Wilbrandt, Lisbeth: Die deutsche Frau im Beruf. Berlin 1902.
Wilbrandt, Robert: Die Frauenarbeit. Ein Problem des Kapitalismus. Leipzig 1906.
Zahn-Harnack, Agnes von: Die arbeitende Frau. Breslau 1924.

Literatur nach 1945

Bookhagen, Renate: Frauenlohnarbeit. Zur Kritik von Untersuchungen über die Lage erwerbstätiger Frauen in der BRD. Frankfurt a. M. 1973.
Däubler-Gmelin, Herta: Frauenarbeitslosigkeit oder Reserve zurück an den Herd! Reinbek 1977.
Frauen als bezahlte und unbezahlte Arbeitskräfte. Beiträge der 3. Sommeruniversität für Frauen. Berlin 1978.
Frauen befreien sich. Bilder zur Geschichte der Frauenarbeit und Frauenbewegung. Hrsg. von Inge Frick, Helmut Kommer, Antje Kunstmann, Siegfried Lang. München 1976.
Frauen in der Offensive. Lohn für Hausarbeit oder: Auch Berufstätigkeit macht nicht frei. München 1974.
Frauenarbeit und Beruf. Hrsg. von Gisela Brinker-Gabler. Frankfurt a. M. 1979.
Gerhard, Ute: Verhältnisse und Verhinderungen. Frauenarbeit, Familie und Rechte der Frau im 19. Jahrhundert. Mit Dokumenten. Frankfurt a. M. 1978. (edition suhrkamp 933.)
Holzinger, Lutz: Gesellschaftliche Arbeit und private Hauswirt-

schaft. Theorie und Kritik des Reproduktionsbereiches. Starnberg 1974.
Hund, Johanna: Frauenarbeitslosigkeit und Frauenarbeit. In: Kürbiskern 1 (1978) S. 72–77.
Lehr, Ursula: Die Frau in Beruf und Familie. Bonn 1969.
Menschik, Jutta: Gleichberechtigung oder Emanzipation? Die Frau im Erwerbsleben der Bundesrepublik. Frankfurt a. M. 1971. (Fischer Taschenbuch 6507.)
Myrdal, Alva / Klein, Viola: Die Doppelrolle der Frau in Familie und Beruf. Köln ²1962.
Ottmüller, Uta: Die Dienstbotenfrage. Münster 1978.
Pfeil, Elisabeth: Die Berufstätigkeit von Müttern. Eine empirisch soziologische Erhebung an 900 Müttern aus vollständigen Familien. Tübingen 1961.
Schwarzer, Alice: Frauenarbeit – Frauenbefreiung. Praxis, Beispiele und Analysen. Frankfurt a. M. 1973.
Sullerot, Evelyne: Die emanzipierte Sklavin. Geschichte und Soziologie der Frauenarbeit. Wien/Köln/Graz 1972.
Tilly, Louise / Scott, Joan: Women's Work and the Family in 19th Century Europe. In: Comparative Studies in Society and History (1975) S. 36–64.

V. Zur politischen Gleichberechtigung der Frau

Literatur vor 1945

Bäumer, Gertrud: Die Frau im deutschen Staat. Berlin 1932.
Bebel, August: Sozialdemokratie und allgemeines Stimmrecht. Mit besonderer Berücksichtigung des Frauenstimmrechts und Proportional-Wahlsystems. Berlin 1895.
Braun, Lily: Frauenfrage und Sozialdemokratie. Reden, anläßlich des Internationalen Frauenkongresses zu Berlin. Berlin 1896.
Breitscheid, Toni: Die Notwendigkeit der Forderung des allgemeinen, gleichen, geheimen Wahlrechts. Berlin 1909.
Freudenberg, Ika / Ohr, Wilhelm: Die Frau und die Politik. München 1908.
Freundlich, Emmy: Frau und Politik. Prag 1924.
Gizycki, Lily von [Lily Braun]: Die Bürgerpflicht der Frauen. Berlin 1895.

Goldschmidt, Henriette: Die Frau im Zusammenhang mit dem Volks- und Staatsleben. Vortrag. Leipzig 1871.
Heymann, Lida Gustava: Frauenstimmrecht, eine Forderung der Gerechtigkeit! Frauenstimmrecht, eine Forderung sozialer Notwendigkeit! Frauenstimmrecht, eine Forderung der Kultur! München 1907.
Heymann, Lida Gustava: Gleiches Recht, Frauenstimmrecht! München 1907.
Heymann, Lida Gustava: Das Wahlrecht der Frauen zu den Handelskammern in den deutschen Bundesstaaten. Leipzig 1910.
Heymann, Lida Gustava: Frauenstimmrecht und Völkerverständigung. Leipzig 1919.
Kirchhoff, Auguste: Warum muß der deutsche Verband für Frauenstimmrecht sich zum allgemeinen, gleichen, geheimen und direkten Wahlrecht bekennen? Bremen 1912.
Kirchhoff, Auguste: Zur Entwicklung der Frauenstimmrechtsbewegung. Bremen 1916.
Langemann, Ludwig / Hummel, Helene: Frauenstimmrecht und Frauenemanzipation. Berlin 1916.
Ledermann, Frieda: Zur Geschichte der Frauenstimmrechtsbewegung. Berlin 1918.
Lischnewska, Maria: Warum muß die Frau Politik treiben? München 1910.
Lischnewska, Maria: Die deutsche Frauenrechtsbewegung zwischen Krieg und Frieden. Berlin 1915.
Lüders, Else: Das Interesse des Staates am Frauenstimmrecht. Berlin 1908.
Oekinghaus, Emma: Die gesellschaftliche und rechtliche Stellung der deutschen Frau. Jena 1925.
Pappritz, Anna: Die Frau im öffentlichen Leben. München 1909.
Petition des Bundes Deutscher Frauenvereine zur Reform des Strafgesetzbuches und der Strafprozeßordnung. Nach den Beschlüssen der Generalversammlung zu Breslau, im Auftrag der Rechtskommission ausgearbeitet von Camilla Jellinek. Mannheim 1909.
Politisches Handbuch für Frauen. Hrsg. vom Allgemeinen Deutschen Frauen-Verein. Leipzig/Berlin 1909.
Reuter, Gabriele: Liebe und Stimmrecht. Berlin 1914.
Schirmacher, Käthe: Die Suffragettes. Weimar 1912.
Schreiber [-Krieger], Adele: Frauen! Lernt wählen! Revolution und Frauenrecht. Berlin 1918.
Schreiber [-Krieger], Adele: Die Sozialdemokratin als Staatsbürge-

rin. In: Die Frauenfrage im Lichte des Sozialismus. Hrsg. von Anna Blos. Dresden 1930.
Schriften zur politischen Frauenbewegung. Berlin 1917.
Troll-Borostyáni, Irma von: Die Gleichstellung der Geschlechter. München ³1913.
Weber, Marianne: Ehefrau und Mutter in der Rechtsentwicklung. Tübingen 1907.
Weidemann, Hedwig: Frauenstimmrecht! Vortrag. Hamburg 1908.
Zetkin, Klara: Zur Frage des Frauenwahlrechts. Bearbeitet nach dem Referat auf der Konferenz sozialistischer Frauen zu Mannheim. Dazu 3 Anhänge. Berlin 1907.
Zietz, Luise: Die Frauen und der politische Kampf. Berlin 1912.

Literatur nach 1945

Bremme, Gabriele: Die politische Rolle der Frau in Deutschland. Köln/Göttingen 1956. (Bd. 4 der Schriftenreihe des UNESCO-Instituts für Sozialwissenschaften.)
Evans, Richard J.: Liberalism and Society: The Feminist Movement and Social Change. In: Society and Politics in Wilhelmine Germany. Hrsg. von R. J. E. New York 1978. S. 186–214.
Hackett, Amy K.: The German Women's Movement and Suffrage, 1890–1914: A Study in National Feminism. In: Modern European Social History. Hrsg. von Robert J. Bezucha. Lexington, Mass., 1972.
Hackett, Amy K.: Feminism and Liberalism in Wilhelmine Germany 1890–1918. In: Liberating Women's History. Hrsg. von Berenice A. Carroll. Urbana 1976. S. 127–136.
Hackett, Amy K.: The Politics of Feminism in Wilhelmine Germany, 1890–1918. Diss. Columbia, New York 1976.
Janssen-Jurreit, Marielouise: Die Sünde des Selbstopfers. Das Scheitern der ersten Frauenbewegung – war das Frauenstimmrecht ein falsches Ziel? In: M. J.-J.: Sexismus. München 1976. S. 279–304.
Kraditor, Aileen Selma: The Ideas of the Woman Suffrage Movement 1890–1920. New York 1965.
Strecker, Gabriele: Der Weg der Frau in die Politik. Bonn 1960.
Zetkin, Clara: Zu den Anfängen der politischen Frauenbewegung in Deutschland. Berlin 1956.

VI. Frauenzeitschriften

Die Arbeiterin. Zeitschrift für die Interessen der Frauen und Mädchen des arbeitenden Volkes. Red. Emma Ihrer. Hamburg 1891.

Centralblatt des Bundes Deutscher Frauenvereine. Leipzig 1899–1913.

Die Frau. Monatsschrift für das gesamte Frauenleben unserer Zeit. Hrsg. von Helene Lange. Berlin 1893/94 ff. (Jg. 24 ff. hrsg. von Helene Lange und Gertrud Bäumer.)

Die Frau im Staat. Eine Monatsschrift. Hrsg. von Anita Augspurg und Lida Gustava Heymann. München 1919 ff. (ab 1926 Frankfurt a. M.).

Frau und Staat. Beilage zum »Centralblatt«. Hrsg. von Ida Dehmel. Jg. 1–5. Leipzig 1912/13–16.

Der Frauen-Anwalt. Berlin 1871–76; Deutscher Frauen-Anwalt. Organ des Verbandes deutscher Frauenbildungs- und Erwerbsvereine. Hrsg. von Jenny Hirsch. Berlin 1877–82.

Frauenberuf. Zeitschrift für die Interessen der gebildeten Frauenwelt. Hrsg. von J. Kettler [d. i. Hedwig Kettler]. Jg. 1–6. Weimar 1887–92.

Die Frauenbewegung. Revue für die Interessen der Frauen. Hrsg. von Minna Cauer und Lily von Gizycki. Jg. 2 ff. hrsg. von Minna Cauer. Berlin 1895–1919.

Die Frauenfrage. Zentralblatt des Bundes deutscher Frauenvereine. Red. Marie Stritt. Leipzig/Berlin 1914–21.

Frauen-Stimmrecht. Monatshefte des deutschen Verbandes für Frauenstimmrecht. Hrsg. von Anita Augspurg. München 1912–14.

Frauenwohl. Hrsg. von Minna Cauer. Jg. 1/2. Berlin 1893/94.

Gewerkschaftliche Frauenzeitung. Red. Gertrud Hanna. Berlin 1916 ff.

Die Gleichheit. Zeitschrift für die Interessen der Arbeiterinnen. Hrsg. von Emma Ihrer. Red. Clara Zetkin. Stuttgart 1892–1923.

Mutterschutz. Zeitschrift zur Reform der sexuellen Ethik. Hrsg. von Helene Stöcker. Jg. 1–3. Frankfurt a. M. 1905–07.

Neue Bahnen. Hrsg. nacheinander von Louise Otto-Peters und Auguste Schmidt, Elsbeth Krukenberg, Gertrud Bäumer, Elisabeth Altmann-Gottheimer. Leipzig. Jg. 3/4 (1868/69), Jg. 10/11 (1875/76), Jg. 18/19 (1883/84), Jg. 31–54 (1896–1919).

Die neue Generation. Hrsg. von Helene Stöcker. Publikationsorgan des Bundes für Mutterschutz. Jg. 4–15 (1908–19).

Die Staatsbürgerin. Monatsschrift des deutschen Verbandes
  [Jg. 5 ff.: des deutschen Reichsverbandes] für Frauenstimmrecht.
  Red. Adele Schreiber [-Krieger]. Leipzig 1914/15–19.
Zeitschrift für Frauenstimmrecht. Red. Anita Augspurg. 1912 ff.
  hrsg. von Minna Cauer. Beilage zu: Die Frauenbewegung.
  Jg. 13–24 (1907–18).

Verzeichnis der Autorinnen, Autoren, Titel und Quellen

Titel, die mit einem Sternchen versehen sind, stammen von der Herausgeberin, sind aber durchweg den Texten der Autoren entnommen.
Folgende Titel werden abgekürzt verzeichnet:

Lexikon der Frau	Lexikon der Frau. Hrsg. von Gustav Keckeis, Blanche Christine Olschak [u. a.]. 2 Bde. Zürich 1954.
Hackett	Amy K. Hackett: The Politics of Feminism in Wilhelmine Germany, 1890–1918. Diss. Columbia Univ., New York 1976.

DIE ARBEITERIN

Aufruf! 58
   Die Arbeiterin. Zeitschrift für die Interessen der Frauen und Mädchen des arbeitenden Volkes. Hrsg. von Emma Ihrer. Probenummer (1890) Nr. 1 (1891). S. 1.

ANITA AUGSPURG

Verden a. d. Aller 22. 9. 1857 – Zürich 20. 12. 1943
Die einzige erhaltene Quelle, die ausführlich über das Leben und die Persönlichkeit Anita Augspurgs berichtet, sind die Memoiren ihrer langjährigen Freundin und Lebenspartnerin Lida Gustava Heymann. Der größte Teil der Schriften Augspurgs war bei der Konfiskation des Besitzes beider Frauen 1933 von den Nationalsozialisten vernichtet worden.
Augspurg stammte aus einer norddeutschen Gelehrtenfamilie, deren politisches Interesse Tradition hatte; der Großvater hatte in den Freiheitskämpfen 1813 mitgekämpft, und der Vater hatte sich an der 1848er Revolution beteiligt. Bei Frauen der Familie waren allerdings Interessen, die den Bereich des Hauses überschritten, unerwartet. Deshalb wurden auch der jüngsten Tochter Anita fortführende Schulausbildung und Studium verweigert; sie beschäftigte sich zunächst im Büro ihres Vaters, der Jurist war. Ihre Aufgabe bestand

vor allem im Kopieren von Akten, dessen die begabte Frau verständlicherweise schnell überdrüssig wurde. Da es als einzige geistig anspruchsvollere, gesellschaftlich zulässige berufliche Möglichkeit für Frauen nur den Lehrerinnenberuf gab, entschloß sie sich – wie die meisten führenden Vertreterinnen der Frauenbewegung – zu der Vorbereitung auf das Lehrerinnenexamen in Berlin, das sie bereits nach einem halben Jahr bestand. Doch ihr eigentliches Interesse galt der Bühne. Berlin bot ihr nicht nur die Gelegenheit, Konzerte und Theateraufführungen zu besuchen, sie nahm auch selbst Schauspielunterricht bei der bekannten Schauspielerin Frieb-Blumauer. 1881 folgte ein Engagement ans Meininger Hoftheater, eines der bekanntesten zu dieser Zeit. Nach Verpflichtungen nach Riga und ans Altenburger Hoftheater entschloß sich Augspurg, die Künstlerlaufbahn aufzugeben. Der Grund dafür war weniger Mangel an Erfolg als vielmehr der Wunsch, an der Gestaltung des politischen und gesellschaftlichen Lebens teilzuhaben, anstatt Vergangenes auf der Bühne darzustellen (Heymann, S. 13).

Durch den Tod der Eltern war ihr eine Erbschaft zugefallen, die ihr finanzielle Unabhängigkeit zusicherte. Menschlich und beruflich wichtig wurde Augspurgs Begegnung mit Sophie Goudstikker, mit der sie das Photoatelier »Elvira« in München eröffnete. Das Atelier entwickelte sich wegen seiner künstlerisch hervorragenden Photographien zu einem der gefragtesten in München und zählte sogar die bayerische Königsfamilie zu seinen Kunden; dennoch trennten sich Augspurg und Goudstikker bald wegen persönlicher Differenzen. Augspurg wandte sich immer intensiver der Frauenbewegung zu. Ihr Interesse galt vor allem der Diskussion um das neue Bürgerliche Gesetzbuch. Sie erkannte, daß es Frauen an der nötigen Ausbildung im Zivil- und Staatsrecht fehlte, ohne die keine wirklichen Fortschritte gemacht werden konnten. So entschloß sie sich zum Jurastudium und ging 1893 an die Universität Zürich, weil Frauen in Deutschland das Studium noch versagt war. Nach sieben Semestern promovierte sie 1897 mit einer Dissertation »Über den Ursprung der Volksvertretung in England«. Nach ihrer Rückkehr nach Deutschland widmete sie sich mit voller Energie der Gleichstellung der Frau im neuen BGB. Nach der Annahme des neuen Gesetzes gab sie Kurse über Familienrecht, um Frauen über ihre neuen Rechte aufzuklären.

Obwohl Augspurg Preußen haßte, zog sie nach Berlin, um am lebhaften politischen Leben der Stadt Anteil zu nehmen. Hier schloß sie sich sehr schnell dem radikalen Flügel der bürgerlichen Frauen-

bewegung an, deren führende Persönlichkeit Minna Cauer nach kurzer Bekanntschaft die politische Begabung Augspurgs erkannte und sich deren juristische Ausbildung zunutze zu machen wußte. Als Beilage zu Cauers Zeitschrift *Die Frauenbewegung* redigierte Augspur ab 1899 das Blatt *Parlamentarische Angelegenheiten und Gesetzgebung*. Die Zusammenarbeit von Cauer und Augspurg um 1900 charakterisiert Heymann als »Mittelpunkt der erfolgreichen radikalen Frauenbewegung und des politischen Lebens der außerhalb der Parteien stehenden Frauen« (S. 23).
Augspurg und die zehn Jahre jüngere Lida Gustava Heymann lernten sich 1896 auf dem Internationalen Frauenkongreß in Berlin kennen. Das gemeinsame Interesse am Kampf gegen die Reglementierung der Prostitution und vor allem der Kampf für das Frauenstimmrecht führten sie zusammen. 1902 begründeten sie den ersten Frauenstimmrechtsverein in Deutschland; 1907 gab Augspurg die *Zeitschrift für Frauenstimmrecht* heraus. Um diese Zeit beschlossen beide Frauen, sich auf einem Bauernhof in Bayern niederzulassen, ohne jedoch ihr feministisches Engagement aufzugeben. Als überzeugte Pazifistinnen wurden sie 1915 in Den Haag Mitbegründerinnen des Internationalen Ausschusses für einen dauernden Frieden, seit 1918 Internationale Frauenliga für Frieden und Freiheit. 1919–33 gaben sie die Monatsschrift *Die Frau im Staat* heraus. Auf einer Ferienreise nach Nordafrika und Spanien erfuhren sie 1933 von der Ernennung Hitlers zum Kanzler. Augspurg und Heymann kehrten nicht nach Deutschland zurück. Sie starben 1943 im Exil in Zürich.
Schriften: Die ethische Seite der Frauenfrage. Minden/Leipzig 1894. – Über die Entstehung und Praxis der Volksvertretung in England. Diss. Zürich 1898.
Über die Autorin: Hackett, Amy K.: The Women of the Movement. In: Hackett, S. 258–265, 271–277. – Heymann, Lida Gustava: Anita Augspurg. In: L. G. H.: Erlebtes – Erschautes. In Zusammenarbeit mit Anita Augspurg. Hrsg. von Margrit Twellmann. Meisenheim am Glan 1972. S. 3–23. – Anita Augspurg. In: Lexikon der Frau. Bd. 1, Sp. 258. – Rothbarth, Margarete: Anita Augspurg. In: Neue Deutsche Biographie. Bd. 1. Berlin 1953. S. 445.

Text s. S. 403.

Siehe auch S. 85.

OTTILIE BAADER

Frankfurt a. d. Oder 30. 5. 1847 – Berlin 24. 7. 1925

Voller Bewunderung erwähnt Lily Braun in ihren *Memoiren einer Sozialistin* Ottilie Baader (Pseudonym Martha Bartels), die sie auf einer Versammlung der Gesellschaft für Ethische Kultur in Berlin kennengelernt hatte (*Memoiren einer Sozialistin*. Bd. 1. S. 598). Auch von anderen Zeitgenossen wird Baader wiederholt genannt, die zweifellos zu den führenden Gestalten der proletarischen Frauenbewegung gehörte. Über ihren eigenen Entwicklungsgang berichtet ihr einziges literarisches Werk, die Autobiographie *Ein steiniger Weg*. Die Bedeutung dieser Lebenserinnerungen liegt darin, daß hier eine Arbeiterin ihr eigenes Schicksal beschreibt und reflektiert, indem sie es gleichzeitig in die gesellschaftlichen Zusammenhänge einordnet und ihm dadurch eine repräsentative Stellung für viele Vertreterinnen ihrer Klasse verleiht. »So wie ich lebte und schaffte, haben Tausende von Arbeitermädchen meiner Zeit gelebt und geschafft« (3. Aufl. S. 14), so leitet die Autorin ihre Lebenserinnerungen ein. Außerdem gibt Baader aus erster Hand einen Einblick in die Anfangsentwicklung der sozialistischen Frauenbewegung. Hier äußert sich in schlichter, einfacher Sprache die Arbeiterin selbst, die nur vier Jahre lang eine Schule besuchen konnte und schon dreizehnjährig zunächst als Hand-, dann als Maschinennäherin und schließlich als Heimarbeiterin ihren Lebensunterhalt verdienen mußte. Ähnlich wie Adelheid Popp und Emma Döltz hatte sie soziale Not, geringe Bezahlung, lange Arbeitszeit und unhygienische Arbeitsbedingungen selbst erlebt. Ein enges Verhältnis verband sie mit dem Vater, für den sie zwanzig Jahre lang sorgte, als er nicht mehr erwerbsfähig war (Juchacz, S. 59). »Die Jahre vergingen, ohne daß man merkte, daß man jung war [...] Ich kann nicht sagen, daß ich immer sehr froh war. Schließlich hatte auch ich etwas anderes vom Leben erhofft«, schreibt Baader resigniert Jahre später (*Ein steiniger Weg*. S. 19 f.). Doch sie weist wiederholt auf die »bessere Schulbildung« des Vaters hin, die sich als sehr nützlich erwies, wenn er ihr beim Lesen von Marx' *Kapital* und dem *Kommunistischen Manifest* half und sie zur Sozialistin heranbildete. Eine entscheidende Wirkung hinterließ wie bei vielen anderen Frauen der Zeit die Lektüre von August Bebels Werk *Die Frau und der Sozialismus*, das sie sich, wie sie anschaulich beschreibt, auf Umwegen besorgt hatte. So sehen wir auch hier die Baaders (Tochter und Vater) als typisch für viele Arbeiter, die sich trotz des Sozialistengesetzes in den

achtziger Jahren heimlich zu Sozialdemokraten entwickelten. Vom Besuch politischer Versammlungen war Ottilie Baader jedoch nach Wunsch ihres Vaters zunächst noch ausgeschlossen, dort waren Frauen unerwünscht. Sie war schon 33 Jahre alt, als sie die erste Versammlung ohne den Vater besuchte und sogar das Wort ergriff. Damit war das Eis gebrochen, sie begann sich intensiver für die Arbeiterbewegung zu interessieren und setzte sich vor allem für die Rechte der proletarischen Frauen ein. Wie Clara Zetkin und andere Vertreterinnen der proletarischen Bewegung sah sie eine Verwirklichung der Emanzipation nur durch politische und wirtschaftliche Veränderung möglich. Ihr kam es dabei auf »eine planmäßig geregelte Agitation« unter den Proletarierfrauen an, die eine Bewußtseinsbildung zum Sozialismus hin zur Folge hätte. Zusammen mit August Bebel, Wilhelm Liebknecht und Emma Ihrer forderte sie 1895 auf einer Versammlung in Berlin das Frauenwahlrecht. Doch nicht nur hier, sondern auch auf häufigen Reisen durch Deutschland versuchte sie Anhängerinnen für ihre Forderungen zu gewinnen, die Frauenstimmrecht, Frauen- und Kinderschutz und Arbeiterinnenbildung einschlossen. Ihre Wahl zur »Zentralvertrauensperson der Genossinnen Deutschlands« auf dem Mainzer Parteitag 1900 gab Ottilie Baader die Möglichkeit, ihr organisatorisches Talent zu beweisen, mit dem Ergebnis eines sichtlichen Anstiegs der aktiven Mitgliedschaft der proletarischen Frauenbewegung. 1903 wurden unter ihrer Leitung zum erstenmal Frauenwahlvereine gegründet, die eine Beteiligung der Frauen an der Wahlpropaganda ermöglichten; 1904 spielte sie eine führende Rolle beim internationalen Heimarbeiterkongreß, und Anfang Januar 1904 war auch das Kinderschutzgesetz in Kraft getreten, das sie stark gefördert hatte. Ottilie Baader war noch bis 1917 in der proletarischen Frauenbewegung aktiv; sie starb 1925 in Berlin.
Schriften: Ein steiniger Weg. Lebenserinnerungen. Stuttgart/Berlin 1921. Neudr. Berlin/Bonn ³1979.
Über die Autorin: Balg, Ilse: Ottilie Baader. In: Neue Deutsche Biographie. Berlin 1953. Bd. 1. S. 477. – Friedrich, Cäcilia: Ottilie Baader. In: C. F.: Aus dem Schaffen früher sozialistischer Schriftstellerinnen. Berlin 1966. S. 184. – Juchacz, Marie: Ottilie Baader. In: M. J.: Sie lebten für eine bessere Welt. Hannover ²1971. S. 58–62. – Juchacz, Marie: Einleitung. In: Ottilie Baader: Ein steiniger Weg. Lebenserinnerungen einer Sozialistin. Berlin/Bonn ³1979. S. 9f. – Ottilie Baader. In: Lexikon der Frau. Bd. 1. Sp. 281.

  Kindheit und erste Arbeitsjahre 268
  O. B.: Ein steiniger Weg. Lebenserinnerungen einer Sozialistin. Mit einer Einl. von Marie Juchacz. Berlin/Bonn: J. H. W. Dietz Nachf., ³1979. S. 11–15.

  Nähmaschine und Heimarbeit 330
  Ebd. S. 17–21.

  Forderungen* 364
  Ebd. S. 87–89.

  Frauenwahlvereine. 423
  Ebd. S. 95–97, 109–112.

AUGUST BEBEL

Köln-Deutz 22. 2. 1840 – Passug, Kt. Graubünden, 13. 8. 1913
August Bebel, dessen frühverstorbener Vater preußischer Unteroffizier gewesen war, wuchs in ärmlichen Verhältnissen in Wetzlar auf und ging nach dem Besuch der Armen- und Bürgerschule in die Drechslerlehre. In seinen Gesellenjahren durchwanderte er Österreich und Deutschland und kam 1860 nach Leipzig, wo er sich niederließ und in der Arbeiterbewegung aktiv wurde, 1865 als Vorsitzender des Arbeiterbildungsvereins und ab 1867 als Vertreter der Sächsischen Volkspartei im Norddeutschen Reichstag. Entscheidenden Einfluß auf Bebel gewann Wilhelm Liebknecht, der ihn mit Marx' Schriften bekannt machte. Auch die zwei Jahre (1872–74), die Bebel mit Liebknecht wegen Hochverrats auf der Festung Hubertusburg verbrachte, benutzte er zur Weiterbildung. 1875 gründeten Bebel und Liebknecht in Gotha die Sozialistische Arbeiterpartei Deutschlands, deren Aktivität durch den Erlaß des Sozialistengesetzes (1878) fast lahmgelegt wurde. In dieser Periode erschien Bebels Werk *Die Frau und der Sozialismus* (1879) in Zürich, die 2. Auflage unter dem Titel *Die Frau in der Vergangenheit, Gegenwart und Zukunft*. Erst nach Aufhebung des Sozialistengesetzes benutzte Bebel in der 9. Auflage 1891 wieder den ursprünglichen Titel (Evans, S. 41). Das Buch wurde zu einer der wichtigsten Aufklärungsschriften, vor allem für das weibliche Proletariat; es erlebte über 60 Auflagen in deutscher Sprache, davon 50 zwischen 1879 und 1919. Clara Zetkin sah in Bebel und seinem Werk den »bedeutsamen Bahnbrecher der revolutionär gerichteten proletarischen Frauenbewegung Deutschlands und aller Länder« (*Zur Geschichte der prole-*

tarischen Frauenbewegung Deutschlands, S. 118). Durch Übersetzungen beeinflußte Bebel sowohl die europäische als auch die amerikanische Frauen- und Arbeiterbewegung. Sein Ziel war die sozialistische Betrachtung aller Aspekte der Frauenfrage. Er gibt in seinem Werk zunächst einen historischen Überblick über die Entwicklung der Stellung der Frau von den urgesellschaftlichen Anfängen bis zur Gegenwart und kritisiert ihre Unterdrückung in der bürgerlichen Gesellschaft, die sich in Erziehung, Ehe, Frauenarbeit und Prostitution manifestiere. Die Unfreiheit der Frau äußert sich nach Bebel einerseits in der »sozialen und gesellschaftlichen Abhängigkeit von der Männerwelt«, andererseits in der ökonomischen Abhängigkeit, unter der sowohl Proletarierfrauen als auch -männer leiden. Eine Lösung der Frauenfrage sieht Bebel nur in der Aufhebung der Klassengegensätze, wie er in dem utopischen Zukunftskapitel seines Buches noch einmal zusammenfaßt.

Bebel war ein ausgezeichneter Redner und erzielte deshalb auch große Erfolge als Parlamentarier. Er nahm zeitlebens eine zentrale Stellung in der Sozialdemokratischen Partei ein, bei internen Auseinandersetzungen vertrat er meist eine Mittelposition. Er wollte einerseits durchaus den großen gesetzlichen Wandel der Gesellschaft, setzte sich aber andererseits ebenso für sozialpolitische Spezialfragen ein; er wandte sich gegen den »Revisionismus«, begegnete dann aber »den theoretischen Gegnern in den gemeinsamen Einzelentscheidungen« (Heuss, S. 684). Im Alter wandte er sich »gegen den doktrinären Radikalismus«, vor allem aus außenpolitischer Besorgnis. Vielen jungen Arbeitern und Arbeiterinnen wurde August Bebel Vorbild.

Schriften (Auswahl): Unsere Ziele. Leipzig 1870. – Der deutsche Bauernkrieg mit Berücksichtigung der hauptsächlichsten sozialen Bewegungen des Mittelalters. Braunschweig 1876. – Die Frau und der Sozialismus. Zürich 1879. – Charles Fourier. Sein Leben und seine Theorien. Stuttgart 1888. — Zukunftsstaat und Sozialdemokratie. Berlin 1893. – Die Sozialdemokratie und das allgemeine Stimmrecht. Berlin 1895. – Klassenpolitik und Sozialreform. Berlin 1898. – Akademiker und Sozialismus. Berlin 1898. – Aus meinem Leben. T. 1–3. Stuttgart 1910–14.

Über den Autor (Auswahl): August Bebel. Sein Leben in Dokumenten, Reden und Schriften. Mit einem Geleitwort von Willy Brandt. Hrsg. von Helmut Hirsch. Köln 1968. – Bartel, Horst [u. a.]: August Bebel. Eine Biographie. Berlin 1963. – Burgard, Roswitha / Karsten, Gaby: Die Märchenonkel der Frauenfrage: Friedrich

Engels und August Bebel. Berlin 1975. – Ebersold, Günther: Die Stellung Wilhelm Liebknechts und August Bebels zur deutschen Frage 1863 bis 1870. Heidelberg 1963. – Evans, Richard J.: Bebels Die Frau und der Sozialismus. In: R. J. E.: Sozialdemokratie und Frauenemanzipation im deutschen Kaiserreich. Berlin/Bonn 1979. S. 40–52. – Die Frau und der Sozialismus / August Bebel, als Beitrag zur Emanzipation unserer Gesellschaft. Hrsg. von Monika Seifert. Hannover 1974. – Gemkow, Heinrich: August Bebel. Leipzig 1969. – Hennig, Günther: August Bebel. Todfeind des preußisch-deutschen Militärstaats, 1891–1899. Berlin 1963. – Heuss, Theodor: August Bebel. In: Neue Deutsche Biographie. Bd. 1. Berlin 1953. S. 683–685. – Hochdorf, Max: August Bebel. Geschichte einer politischen Vernunft. Berlin 1932. – Janssen-Jurreit, Marielouise: Die Väter des Sozialismus: Patriarchen oder Erlöser der Frauen? In: M. J.-J.: Sexismus. München/Wien 1976. S. 191–218. – Klühs, Franz: August Bebel, der Mann und sein Werk. Berlin 1923. – Leidigkeit, Karl Heinz: Wilhelm Liebknecht und August Bebel in der deutschen Arbeiterbewegung, 1862–1869. Berlin 1957. – Schraepler, Ernst: August Bebel – Bibliographie. Düsseldorf 1962. – Schraepler, Ernst: August Bebel, Sozialdemokrat im Kaiserreich. Göttingen/Frankfurt a. M./Zürich 1966. – Sozialdemokratie und Sozialismus: August Bebel und die Sozialdemokratie heute. Hrsg. von Wolfgang Abendroth [u. a.]. Köln 1974. – Stampfer, Friedrich: August Bebel. In: Die Großen Deutschen. Bd. 3. Berlin 1956. S. 552–561. – Victor, Walther: Ein Kranz auf Bebels Grab. Skizze zur Geschichte der deutschen Arbeiterbewegung. Weimar 1948. – Wendel, Hermann: August Bebel, eine Lebensskizze mit einem Nachwort. Offenbach a. M. 1948. – Wittenberg, Erich Hellmut: Sozialdemokratische Bildungsfremdheit – aufgezeigt an Bebels Bildungslehre im Rahmen der siebziger Jahre. Ein staatswissenschaftlich-pädagogischer Versuch. Berlin 1933.

    Die Frauenfrage ist nur eine Seite der allgemeinen sozialen Frage* 88
    A. B.: Die Frau und der Sozialismus. Stuttgart: J. H. W. Dietz, [25]1895. S. 3–8.

    Bürgerliche und proletarische Ehe* 154
    Ebd. S. 124–131.

LILY BRAUN geb. von Kretschman

Halberstadt 2. 7. 1865 – Berlin-Zehlendorf 9. 8. 1916

Die Literatur über Lily von Kretschman-von Gizycki-Braun hinterläßt den Eindruck einer umstrittenen Persönlichkeit. Besonders scharf äußerte sich Franz Mehring in Rezensionen über ihren Roman *Im Schatten der Titanen* (1908) und über die Autobiographie *Memoiren einer Sozialistin*, die zweibändig als *Lehrjahre* (1909) und als *Kampfjahre* (1911) erschienen war. Nach Ansicht Mehrings hatten die *Memoiren* einer »Geschäftssozialistin« mit Sozialismus nichts zu tun (S. 429; 432). Hierbei darf nicht vergessen werden, daß Mehring sowohl Lily als auch Heinrich Braun als Revisionisten heftig angegriffen hatte.

Von bürgerlicher Seite wurde Lily Braun sehr viel positiver beurteilt, wie vor allem aus der Biographie von Julie Vogelstein ersichtlich wird. Von der gemäßigten bürgerlichen Frauenbewegung her äußerte sich Helene Lange allerdings kritisch über Lily Brauns *Die Frauenfrage (Handbuch der Frauenbewegung.* Bd. 1. S. 2), während Anna Blos 1930 von radikal-bürgerlichem Standpunkt her das Verdienst Lily Brauns für die proletarische Frauenbewegung hervorhob. Auf Brauns Bedeutung für die Entwicklung der Frauenfrage in ihrer Zeit und heute konzentriert sich schließlich die kurze Darstellung der Sozialistin Marie Juchacz.

Wer war Lily Braun? Eine Antwort darauf und eine Begründung für die vorher erwähnte Kontroverse um sie soll ein kurzer Einblick in ihr Leben geben, das sich in drei entscheidenden Etappen entwickelte: ihre Jugend unter dem Einfluß der Eltern; die Arbeit und Ehe mit Georg von Gizycki; schließlich die Ehe und enge Zusammenarbeit mit Heinrich Braun. Lily Braun stammte aus einer adligen preußischen Offiziersfamilie und führte bis zu ihrem 25. Lebensjahr das oberflächliche glanzvolle Leben der Tochter aus adligem Hause, bis die Familie durch den Verlust der Stellung des Vaters in finanzielle Schwierigkeiten geriet. Die veränderte gesellschaftliche Situation bewirkte eine Wandlung in Lily von Kretschmans sozialem Bewußtsein; Wohltätigkeitsbesuche bei armen Arbeiterfamilien, die sie in Augsburg für ihre Tante unternahm, und die Lektüre von Hauptmann und Ibsen trugen weiter dazu bei, daß sie über soziales Unrecht nachzudenken begann.

Obwohl sie sich anfangs in ihren Aufsätzen mit der späten Goethezeit beschäftigte, kam es ihr in den neunziger Jahren in steigendem Maße auf die Probleme der Gegenwart an, und ähnlich wie den

Schriftstellerinnen Gabriele Reuter und Helene Böhlau ging es ihr darum, die Lage der Frauen und der Armen zu verbessern. »So ist es, lege selbst Hand an, daß es besser werde«, schrieb sie in ihrem Aufsatz »Hermann Sudermann und die Frauen«, der 1893 in der *Ethischen Kultur* erschien (S. 25). Schon 1891 hatte sie den schwer leidenden, gelähmten Universitätsprofessor und Katheder-Sozialisten Georg von Gizycki kennengelernt, der ihr Lehrer, Freund und Ehemann wurde. Unter seiner Anleitung vertiefte sie sich in psychologische und philosophische Studien; er weckte in ihr das Interesse für den Sozialismus und die Frauenfrage, das durch die Lektüre von Bebels *Die Frau und der Sozialismus* verstärkt wurde. Auf einer Versammlung der Gesellschaft für Ethische Kultur lernte sie die Sozialdemokratin Ottilie Baader kennen, deren mutiges Auftreten sie beeindruckte (Juchacz, S. 54). Lily Braun trat zunächst dem links-gerichteten bürgerlichen Frauenverein Frauenwohl bei, der von Minna Cauer geleitet wurde und zu dem auch Hedwig Dohm gehörte. In Zusammenarbeit mit Minna Cauer gründete Lily Braun dann auch 1895 für den linken Flügel der bürgerlichen Frauenbewegung die Zeitschrift *Die Frauenbewegung*, welche jedoch seit 1896 von Minna Cauer allein herausgegeben wurde.

Lily Braun versuchte zwischen der bürgerlichen Frauenbewegung und den Arbeiterinnen zu vermitteln, doch als sie die Arbeiterinnenfrage in ihrem Verein anschneiden wollte, verweigerte man ihr das Wort (Juchacz, S. 55). Dadurch wurde ihr Entschluß beschleunigt, sich von der bürgerlichen Frauenbewegung zu lösen und sich der Sozialdemokratie zuzuwenden. Schon 1891 hatte sie an ihre Kusine und Freundin Mathilde geschrieben: »Wie ich längst im Herzen zum Sozialismus neigte, aber zu ängstlich war, um mir's einzugestehen, so trete ich jetzt mit voller Überzeugung auf seinen Boden und hoffe die Umwälzung noch zu erreichen. [...] Inzwischen helfe ich wo ich kann mit, an den faulen Balken zu rütteln, die nichts mehr stützen, sondern nur im Wege sind« (Brief vom 27. 12. 1891, Vogelstein, S. 34). Georg von Gizycki starb 1895, und erst jetzt trat Lily Braun offiziell zur SPD über, wo sie von Clara Zetkin, der führenden Frau unter den Arbeiterinnen, zunächst herzlich willkommen geheißen wurde, was sich dann aber später entscheidend ändern sollte. Das offene Bekenntnis Brauns zur Sozialdemokratie hatte den völligen Bruch mit ihrer Familie zur Folge, und in ihrer Einsamkeit war ihr die Freundschaft des sozialdemokratischen Publizisten Heinrich Braun willkommen, den sie 1896 heiratete. Sie versuchte auch jetzt noch zwischen bürgerlichen und proletarischen Frauen zu vermit-

teln, aber 1896 wurde ihr und allen anderen Sozialistinnen die Teilnahme am bürgerlichen Frauenkongreß untersagt, was den endgültigen Bruch zwischen beiden Frauenbewegungen zur Folge hatte.
Lily Braun wurde aber auch von den Sozialistinnen nie ganz anerkannt. Man konnte ihre adlige Herkunft nicht vergessen und glaubte, daß sie zu stark von bürgerlichen Vorbildern beeinflußt sei, vor allem, als sie sich mit Heinrich Braun auf die Seite der »Revisionisten« stellte und für die Freiheit der individuellen Entscheidung eintrat. Die Mitarbeit an nichtsozialistischen Zeitschriften wurde ihr vorgeworfen. Gegen einen Angriff Clara Zetkins wehrte sie sich 1901 in der *Gleichheit*, indem sie darauf hinwies, daß sie es immer als ihre Pflicht ansehen werde, »auch der eigenen Partei kritisch gegenüber zu stehen« (Jg. 11, 1901, S. 141). Fünf Jahre später wurde ihr verboten, in der *Gleichheit* zu veröffentlichen. In Zusammenarbeit mit Heinrich Braun gab sie inzwischen unter größten finanziellen Opfern *Die Neue Gesellschaft* heraus, die 1903 und nach zweijähriger Unterbrechung von 1905 bis 1907 verlegt wurde.
Lily Braun hinterließ eine große Anzahl von theoretischen und literarischen Schriften. Im Diskussionsrahmen dieser Anthologie sind vor allem *Die Frauenfrage* (1901) und *Die Memoiren einer Sozialistin* (1909–11) von Interesse. Nicht nur um die Jahrhundertwende wurde Brauns *Frauenfrage* von August Bebel als einer der bedeutendsten theoretischen sozialdemokratischen Beiträge zur Frauenemanzipation anerkannt (*Die Neue Zeit*, Jg. 20, 1902, S. 293), sondern auch heute noch wird das Buch neben Bebels, Engels' und Zetkins Publikationen als Standardwerk zum Thema betrachtet.
Braun gibt »zunächst eine gedrängte Geschichte der Entwicklung der Frauenfrage und der Frauenbewegung von den ältesten Zeiten bis zum 19. Jahrhundert« (Vorwort) und setzt sich dann ausführlich mit der wirtschaftlichen Lage der Frau in verschiedenen Ländern auseinander, deren Problematik für die Darstellung der Frauenfrage entscheidend ist. Sie untersucht die treibenden Kräfte der bürgerlichen Frauenbewegung und deren Stellung zur Arbeiterinnenfrage, sie übt Kritik an sozialpolitischen Gesetzen und versucht einen Ausblick auf mögliche Lösungen der Frauenprobleme. Entscheidend scheint für sie das Problem einer Verbindung der Aufgaben von Ehefrau, Mutter und beruflicher Betätigung zu sein, die sie im Gegensatz zu Auffassungen in der bürgerlichen Frauenbewegung (Helene Lange) nicht trennen will. Als eine der ersten Frauen setzte sie sich deshalb für die Mutterschaftsversicherung ein.

Lily Braun hatte einen zweiten Band der *Frauenfrage* geplant, der die rechtliche Stellung der Frau und die psychologische und ethische Seite der Frauenfrage behandeln sollte. Aber der Band erschien nie, zum Teil wohl wegen der geteilten Aufnahme des ersten Bandes. Statt dessen veröffentlichte sie ihre *Memoiren einer Sozialistin*, die in kaum verschlüsselter Form ihre eigene Entwicklung darstellen, aber auch als Zeitdokument wertvolle Einblicke in die sozialen und historischen Entwicklungen um die Jahrhundertwende vermitteln. Die beträchtliche Anzahl literarischer Werke Lily Brauns ist im Zusammenhang mit der Entwicklung der Frauenemanzipation von geringerem Interesse.

Schriften: Aus Goethes Freundeskreise. Braunschweig 1892. – Deutsche Fürstinnen. Berlin 1893. – Die Stellung der Frau in der Gegenwart. Vortrag. Berlin 1895. – Zur Beurteilung der Frauenbewegung in England und Deutschland. Berlin 1896. – Die neue Frau in der Dichtung. Stuttgart 1896. – Die Frauenfrage. Ihre geschichtliche Entwicklung und wirtschaftliche Seite. Leipzig 1901 (Neuausg. Bonn 1979). – Frauenarbeit und Hauswirtschaft. Berlin 1901. – Die Frauen und die Politik. Berlin 1903. – Im Schatten der Titanen. Erinnerungsbuch an Jenny von Gustedt. Braunschweig 1908. – Memoiren einer Sozialistin. 2 Bde. München 1909–11. – Die Emanzipation der Kinder. München 1911. – Die Liebesbriefe der Marquise. München 1912. – Mutter Maria. München 1913. – Die Frauen und der Krieg. Leipzig 1915. – Lebenssucher. München 1915.
Ausgabe: Gesammelte Werke. 5 Bde. Berlin 1923.
Über die Autorin: Blos, Anna: Lily Braun. In: Die Frauenfrage im Lichte des Sozialismus. Hrsg. von A. B. Dresden 1930. S. 35–38. – Gärtler, Gina: Lily Braun. Diss. Heidelberg 1935. – Heimpel, Elisabeth: Lily Braun. In: Neue Deutsche Biographie. Bd. 2. Berlin 1955. S. 546 f. – Juchacz, Marie: Lily Braun. In: M. J.: Sie lebten für eine bessere Welt. Hannover [2]1971. S. 53–57. – Lily Braun. In: Lexikon der Frau. Bd. 1. Sp. 508. – Lily Braun. In: Lexikon Sozialistischer Deutscher Literatur. Den Haag 1973. S. 111 f. – Pataky, Sophie: Lily Braun. In: S. P.: Lexikon deutscher Frauen der Feder. Bd. 1. Berlin 1898. S. 100 f. – Sauerlander, Annemarie: Lily Braun. A Study of Her Personality, Her Socialistic and Literary Activity and an Estimate of Her Place in German Literature. Diss. Cornell Univ., Ithaca, 1936. – Vogelstein, Julie: Lily Braun. Ein Lebensbild. In: L. B.: Gesammelte Werke. Bd. 1. Berlin 1923. S. V–CXXXVI. – Wilbrandt, Robert: Lily Brauns »Frauenfrage«. In: Die Frau 9 (1901/02) S. 480–490.

Mutterschutz* 187
   L. B.: Die Frauenfrage. Leipzig: S. Hirzel, 1901. S. 547 f.

Fortbildungsschulen* 285
   Ebd. S. 538 f.

Die wirtschaftliche Lage der Lehrerinnen* 328
   Ebd. S. 183 f.

Das Sklaventum der Dienstmädchen* 335
   Ebd. S. 394–401.

Prostitution* 344
   Ebd. S. 555–557.

Die Pflichten der Frau im politischen Kampf 416
   L. B.: Die Frauen und die Politik. Berlin: Vorwärts, 1903. S. 42–47.

Siehe auch S. 55.

MINNA CAUER geb. Schelle

Freyenstein/Ostprignitz 1. 11. 1841 – Berlin 3. 8. 1922
Von ihrer Biographin Else Lüders wird Minna Cauer in erster Linie als Politikerin und nicht als Frauenrechtlerin charakterisiert. Auch Lida Gustava Heymann, die um 1900 mit Cauer zusammenarbeitete, lobt Cauers politisches Geschick und betont ihre Begabung als Versammlungsleiterin, die sich auch durch das bis 1908 geltende Verbot politischer Versammlungen nicht abschrecken ließ (*Erlebtes – Erschautes.* S. 22 f.). Minna Cauer war schon 47 Jahre alt, als sie mit vollem Einsatz in der Frauenbewegung tätig wurde. Sie hatte schwere persönliche Schicksalsschläge hinter sich.
Sie wuchs in einer konservativ-bürgerlichen Pastorenfamilie auf, erhielt eine gute Pensionatsausbildung und heiratete 1861 den Arzt August Latzel. Die Schicksalsschläge setzten ein mit dem Tod des zweijährigen Sohnes und der Geisteskrankheit des Gatten, der 1866 starb. Auf sich selbst angewiesen, begann Cauer mit der Lehrerinnenausbildung und bestand das Examen 1867. Erfahrung als Lehrerin sammelte sie zunächst in Paris, kehrte jedoch schon nach einem Jahr nach Deutschland zurück, wo sie am Gymnasium in Hameln 1868 ihre zweite Stellung antrat. Ein Jahr später heiratete sie Eduard Cauer, Direktor des Gymnasiums und Witwer mit mehreren Kindern. 1876 wurde Eduard Cauer als Stadtschulrat nach Berlin berufen, wo er sich sehr bald als Pädagoge mit seiner Schrift *Die höhere*

Mädchenschule und die Lehrerinnenfrage (1878) einen Namen machte. Dieser Einfluß übte große Wirkung auf Minna Cauer aus, die selbst behauptete, daß sie sich erst jetzt zu einem selbständigen Menschen entwickelt habe. Der Frauenbewegung wandte sie sich aber erst später zu. Eduard Cauer starb 1881, und die vierzigjährige Witwe verließ Berlin, um in Dresden Ruhe zu finden. Sie vergrub sich in die Bibliothek und begann zu schreiben, zunächst kurze Aufsätze über Mme. de Staël und Charlotte Corday. Die intensive Auseinandersetzung mit der historischen Vergangenheit der Frau vermittelte Cauer einen deprimierenden Einblick in die Probleme der Situation der Frau.
1888, nach ihrer Rückkehr aus Dresden, engagierte sich Cauer intensiv in der Berliner Frauenbewegung. Sie gründete mit fünf Frauen den Verein Frauenwohl, den Kern des radikalen Flügels der Frauenbewegung. In den Vordergrund trat sie vor allem mit der Herausgabe der erfolgreichen Zeitschrift *Die Frauenbewegung*, die sie 1895 in Zusammenarbeit mit Lily Braun und seit 1896 allein herausgab. 1896 organisierte Cauer mit Lina Morgenstern den Internationalen Frauenkongreß in Berlin, der von den Frauen des gemäßigten Flügels sehr kritisch beurteilt wurde. Ein Hauptanliegen war für Cauer die Erlangung des Frauenstimmrechts, worin ein Grund für die zeitweilig enge Zusammenarbeit mit Anita Augspurg und Lida Gustava Heymann liegt. Cauer verschaffte Augspurg ab 1907 die Möglichkeit der Veröffentlichung ihrer *Zeitschrift für Frauenstimmrecht* als Beilage zur *Frauenbewegung*. Etwa ab 1911 beginnt Cauer sich von der radikalen Frauenbewegung zu lösen, zum Teil durch ihre eigene komplizierte Persönlichkeit bedingt und zum Teil darauf beruhend, daß sie größere politische Ziele für wichtiger erachtete als »nur« Frauenprobleme (Hackett, S. 258). Einer der wichtigsten Beiträge zur kulturellen Stellung der Frau im 19. Jahrhundert ist heute noch Cauers *Die Frau im neunzehnten Jahrhundert*.
Schriften: Die Frauen in den Vereinigten Staaten von Nordamerika. Berlin 1893. – Die Frau im neunzehnten Jahrhundert. Berlin 1898. – 25 Jahre Verein Frauenwohl Groß-Berlin. Berlin 1913.
Über die Autorin: Hackett, Amy K.: The Women of the Movement. In: Hackett, S. 246–258. – Heimpel, Elisabeth: Minna Cauer. In: Neue Deutsche Biographie. Bd. 3. Berlin 1957. S. 178. – Lüders, Else: Ein Leben des Kampfes um Recht und Freiheit. Berlin 1911. – Lüders, Else: Minna Cauer. Leben und Werk. Gotha/Stuttgart 1925.

(Enthält Bibliographie mit Hinweisen auf Artikel in Zeitschriften.) – Minna Cauer. In: Lexikon der Frau. Bd. 1. Sp. 598.

Text s. S. 55 und 117.

HEDWIG DOHM geb. Schleh

Berlin 20. 9. 1833 – Berlin 4. 6. 1919
Wer war Hedwig Dohm, die immer noch viel zu wenig bekannt ist und bis vor kurzem höchstens im Zusammenhang mit Thomas Mann erwähnt wurde, weil sie Katia Manns Großmutter war. Katia Mann charakterisiert »das Urmiemchen« – so nannten die Urenkel Hedwig Dohm – als eine »sehr naive, dabei begabte Frau«, welche Romane schrieb, »die heute wahrscheinlich nicht sehr aktuell wären« (Katia Mann: *Meine ungeschriebenen Memoiren*. S. 13 f.). Ganz anderer Ansicht sind allerdings westdeutsche und Schweizer Feministinnen, die Hedwig Dohm inzwischen wiederentdeckt haben.
Hedwig Dohm stammte aus einer gutsituierten bürgerlichen Fabrikantenfamilie in Berlin, wo sie 1833 als elftes von achtzehn Kindern geboren wurde. Sie verlebte eine sehr unglückliche Kindheit und fühlte sich inmitten dieser großen Kinderschar als »Kukuksei [...] im fremden Nest« (*Schicksale einer Seele*. S. 6). Sie litt zeitlebens an dem schwierigen lieblosen Verhältnis zur Mutter, die keinerlei Verständnis für das sensible, stille Kind zeigte und die Tochter »Ekelbiest« nannte, wahrscheinlich weil sie die kleine Hedwig nicht hatte nähren können (*Schicksale*. S. 31). Hinweise auf Kinder, die ohne Mutterliebe aufwachsen, und Kritik an der Nur-Hausfrau und deren überreicher Kinderzahl finden sich häufig in Dohms polemischen und literarischen Schriften. Ebensosehr litt sie unter der ungleichen Schulausbildung und Erziehung von Mädchen und Jungen und wünschte sich nichts sehnlicher, als die vielen Brüder abzuschaffen, die so große Vorteile hatten (*Kindheitserinnerungen*. S. 52).
Entscheidend für ihre politische Einstellung wurden die Ereignisse der Revolution, die Dohm im März 1848 in Berlin selbst miterlebte. Hier sah sie die ersten Toten in ihrem Leben und schreibt darüber erschüttert: »Seit jener Stunde, wo ich den Adel im Volk geschaut, und wo zwei todte Augen mein Innerstes durchschauert, war ich – man nannte es damals Demokratin. [...] Ja, ich wurde eine blutrothe Revolutionärin« (*Schicksale*. S. 86).

Die frühe Ehe der Neunzehnjährigen mit Ernst Dohm, dem Chefredakteur des bekannten humoristisch-satirischen Wochenblattes *Kladderadatsch*, bedeutete eine Erlösung von dem engstirnigen Elternhaus und der kaum begonnenen Lehrerinnenausbildung. Das Haus Dohm entwickelte sich sehr schnell zu einem der geselligen Mittelpunkte Berlins, wo sich die geistige Elite der Stadt traf. Hier lernte Hedwig Dohm Ferdinand Lassalle und Alexander von Humboldt, aber auch berühmte Frauen wie Fanny Lewald und Bettina von Arnim kennen. Als Mutter von fünf Kindern spielte sie zunächst eine recht passive Rolle an diesen geselligen Abenden und litt besonders an ihrer mangelnden Ausbildung. Doch durch eifriges Zuhören und Lesen bildete sie sich selbst und fing schließlich sogar zu schreiben an. Schon als junges Mädchen hatte sie davon geträumt, Dichterin zu werden; sie identifizierte sich mit Bettina von Arnim und Rahel Varnhagen und las mit Begeisterung George Sand. Weibliche literarische Vorbilder beeinflußten sie also besonders stark, wie sie selbst betonte, obwohl sie auch mit Werken von Heine, Goethe und Schiller vertraut war (*Schicksale*. S. 83, 278). 1865 veröffentlichte sie ihre erste Arbeit über spanische Literatur, danach einen Essay über George Eliot (1869) und 1872 ihre erste emanzipatorische Streitschrift *Was die Pastoren von den Frauen denken*. Darauf folgten weitere polemische Schriften, Romane, Novellen und Aufsätze, die sich vor allem mit einem Thema auseinandersetzen: mit der Emanzipation der Frau in der Gesellschaft ihrer Zeit. Sie starb 1919, ein Jahr nachdem den deutschen Frauen das Stimmrecht zuerkannt wurde, wofür sie sich selbst so intensiv eingesetzt hatte.

Hedwig Dohm war eine der radikalsten Kämpferinnen für die Rechte der deutschen Frauen gegen Ende des 19. Jahrhunderts und wird von Jurreit als »die erste mutige Frau im Deutschland Bismarcks« bezeichnet, »die geheiligte Institutionen des preußischen Männerstaats angriff: die protestantischen Pastoren zuerst, dann die deutschen Philosophen und die Frauenärzte« (Janssen-Jurreit, S. 11). Dohm war durch die Ideen der bürgerlichen Frauenbewegung (Louise Otto-Peters) beeinflußt worden, wuchs aber sehr bald durch ihre weitblickendere Zielsetzung und durch die Schärfe ihrer Forderungen, die sie in brillant polemischen Formulierungen zum Ausdruck brachte, über die bürgerliche Frauenbewegung hinaus. Hier muß auch erwähnt werden, daß Dohm eine der wenigen deutschen Frauen war, die verhältnismäßig früh in England und den USA bekannt wurde. Constance Campbell übersetzte *Der Frauen*

Natur und Recht 1896 ins Englische und bemerkte im Vorwort: »The little volume contains a great deal of information in a small compass, and, as far as I could discover, it had no English equivalent« (S. III).
Während es Louise Otto-Peters und auch Helene Lange und Gertrud Bäumer in erster Linie um eine bessere Schulausbildung für Mädchen ging, forderte Dohm vor allem das Frauenstimmrecht, das ihrer Ansicht nach die notwendige politische Voraussetzung für darauffolgende Schul-, Familien- und Arbeitsreformen bildete. »Die Gesetze sind *gegen* die Frau, weil sie *ohne* sie sind«, schrieb Dohm in ihrer Schrift *Erziehung zum Stimmrecht der Frau* 1909 (S. 18). Schon in den frühen siebziger Jahren hatte sie sich ähnlich geäußert und forderte damit als eine der ersten das Wahlrecht für Frauen, sogar mehrere Jahre vor dem Erscheinen von Bebels erfolgreichem Buch *Die Frau und der Sozialismus.*
Doch Hedwig Dohm setzte sich auch ganz entschieden für andere Rechte der Frau ein. Sie kritisierte die unzulängliche Ausbildung für Mädchen, die ihnen das Universitätsstudium unmöglich machte. Wie Virginia Woolf in bezug auf Shakespeare fragte Dohm in Hinblick auf Friedrich Schiller, was wohl aus ihm geworden wäre, wenn er als kleine Friederike zur Welt gekommen wäre und nur die Mädchenschule in Marbach besucht hätte (s. S. 244 f.). Ebenso glaubte Dohm, daß weder Goethe noch Humboldt oder Darwin in der Lage gewesen wären, ein einziges ihrer Werke zu schreiben, wenn ihre Bildung mit der Töchterschule abgeschlossen hätte. Dohm wies dabei auf ihre eigene minderwertige, nicht abgeschlossene Lehrerinnenausbildung hin, die zum größten Teil im Auswendiglernen von Liedern und Bibelzitaten bestand und jeglichen Ansporn zum selbständigen, kreativen Denken unterdrückt hatte. In ihrer Schrift *Die wissenschaftliche Emanzipation der Frau* (1874) plädierte sie für das Studium der Frau, das in Preußen erst ab 1908 erlaubt wurde. Damit verbunden verlangte Dohm gleiche Berufsmöglichkeiten für die Frau nach abgeschlossener Ausbildung. Sie wandte sich gegen die Auffassung, daß nur unverheiratete Frauen einen Beruf ergreifen sollten, wie es Louise Otto-Peters Jahre vorher gefordert hatte. Aber auch um die Jahrhundertwende sah die bürgerliche Frauenbewegung die Hauptaufgabe der verheirateten Frau noch immer vorwiegend in der Rolle als Hausfrau und Mutter. Dohm verteidigte statt dessen das Recht der verheirateten Frau auf einen Beruf und war keinesfalls der Ansicht, daß eine arbeitende Mutter ihre Hausfrauenpflichten aus Zeitmangel vernachlässigen

müßte, wenn sie ihre Zeit nur richtig nutzte. Dohm sah zeitsparende technische Einrichtungen wie Waschmaschinen, gemeinsame Küchen und Kindergärten für die Zukunft voraus und schlug Änderungen in der traditionellen Rollenverteilung der Familie vor, indem sie die Väter zur Teilnahme an der Kindererziehung aufrief. Für die Jahrhundertwende eine beachtliche Forderung! Dohm suchte nach gleichwertigen Alternativen für die Frauen, die den sogenannten Idealvorstellungen der Zeit nicht entsprachen und deshalb als Außenseiterinnen von der Gesellschaft verachtet und zum Teil auch ausgebeutet wurden. Sie setzte sich für unverheiratete Frauen ein, deren Berufsmöglichkeiten nicht nur auf den Lehr- oder Krankenschwesternberuf beschränkt bleiben durften, damit ihnen die finanzielle Möglichkeit gegeben wurde, sich aus der Rolle der »armen Verwandten« zu befreien. Obwohl Dohm nach eigener Aussage das gutgestellte Bürgertum vertrat, kritisierte sie die ungerechte Behandlung der proletarischen Frauen, die nicht nur im Vergleich zu den männlichen Arbeitern ausgenutzt wurden, sondern auch im Gegensatz zu bürgerlichen Frauen schwerste körperliche Arbeit verrichteten und oft bis zu 20 Stunden täglich unter primitivsten Umständen arbeiteten, wobei auf ihre »schwache Konstitution« und auf Behinderungen durch Schwangerschaft und Menstruation wie bei den Bürgerfrauen keine Rücksicht genommen wurde. Und schließlich war Dohm eine der ersten, die Verständnis für die Probleme der älteren Frau zeigte, die ihre gesellschaftliche Funktion als Kindergebärerin erfüllt und damit wie der Mohr seine Schuldigkeit getan hatte und jetzt gehen konnte. In der Abhandlung *Die Mütter* (1903) rief sie der alten Frau zu: »Habe Mut zum Leben! [...] Wenn du nur noch einen einzigen Tag lebst, hast du eine Zukunft vor dir!« (S. 220). Sie forderte alte Frauen zu körperlicher und geistiger Aktivität auf und riet ihnen, Schlittschuh zu laufen, zu radeln und Universitätsvorträge zu hören.

In ihren damals viel gelesenen Romanen und Novellen gab Hedwig Dohm ihren emanzipatorischen Ideen und Forderungen literarischen Ausdruck. Immer wieder steht die ihre Identität suchende Frau im Mittelpunkt, obwohl der Autorin im Grunde keine Frauengestalt gelungen ist, die nach der Befreiung von den Zwängen der Gesellschaft weiterleben konnte. Am interessantesten und aufschlußreichsten als persönliches und kulturgeschichtliches Dokument ist Dohms autobiographischer Roman *Schicksale einer Seele* (1899), der vor allem im ersten Teil ihre eigene Entwicklung widerspiegelt. Hervorzuheben wäre außerdem Dohms Novelle *Werde, die*

Du bist (1894), die eine ihrer besten schriftstellerischen Leistungen darstellt. Fast psychoanalytisch wird hier das Leben einer alten Frau untersucht, die im typisch bürgerlichen Hausfrauendasein dahindämmerte und schließlich erst als Witwe, im Wahnsinn, zu sich selbst findet.
Nach den radikalen Streitschriften zu urteilen, würde man in Hedwig Dohm eine Frau erwarten, die auch in der Öffentlichkeit durch überzeugendes Rednergeschick für ihre Ideen eintrat. Aber sie war »unfähig zum öffentlichen Auftritt. Sie war keine Durchsetzerin« (Jurreit, S. 26). Sie zog es vor, ihre Gedanken schriftlich zu äußern. Sie war sich dieser Diskrepanz durchaus bewußt, denn als alte Frau schrieb sie, auf ihr Leben zurückblickend: »Die grübelnden Träumer, das sind die Menschen, die nie zu Taten reifen. In ihren Gedankenschöpfungen möglicherweise Revolutionäre, Umstürzler, die kühn und frech an dem Weltenbau rütteln, in Wirklichkeit nicht das kleinste Steinchen zu bewegen die Kraft haben. Blutlose Feiglinge dem Leben gegenüber – wie ich« (*Kindheitserinnerungen.* S. 53). Dohm »führte ein psychisches Doppelleben als familienorientierte Mutter, geliebte Großmutter und als radikalste Frauenkämpferin ihrer Zeit«, und die Frage stellt sich hier, ob eine Synthese von »Privatperson und öffentlicher Kämpferin« für die damalige Generation überhaupt schon möglich war (Jurreit, S. 25 f.).
Schriften: Die spanische National-Literatur in ihrer geschichtlichen Entwicklung. Berlin 1865–67. – Was die Pastoren von den Frauen denken. Berlin 1872. Wiederabdr. Zürich 1977. – Der Jesuitismus im Hausstande. Berlin 1873. – Die wissenschaftliche Emancipation der Frau. Berlin 1874; Wiederabdr. Zürich 1977. – Der Frauen Natur und Recht. Berlin 1876. – Der Seelenretter. Wien 1876. – Vom Stamm der Asra. Berlin 1876. – Ein Schuß ins Schwarze. Erfurt 1878. – Die Ritter vom Goldenen Kalb. Berlin 1879. – Lust und Leid im Liede. Hrsg. von Hedwig Dohm und F. Brunold. Berlin 1879. – Frau Tannhäuser. Breslau 1890. – Plein air. Stuttgart 1891. – Wie Frauen werden – Werde, die Du bist! Breslau 1894. – Sibilla Dalmar. Berlin 1896. – Schicksale einer Seele. Berlin 1899. – Christa Ruland. Berlin 1902. – Die Antifeministen. Berlin 1902. – Die Mütter. Berlin 1903. – Schwanenlieder. Berlin 1906. – Sommerlieben. Berlin 1909. – Erziehung zum Stimmrecht der Frau. Schriften des Landesverbandes für Frauenstimmrecht. Berlin 1909. – Kindheitserinnerungen einer alten Berlinerin. In: Als unsere großen Dichterinnen Mädchen waren. Berlin 1912. S. 19–57. – Der Mißbrauch des Todes. In: Die Aktion. Berlin 1917 (verfaßt 1915). – Zahlreiche Aufsätze in: Sozia-

listische Monatshefte, Zukunft, Vossische Zeitung, Westermanns Monatshefte.
Über die Autorin: Bookhagen, Renate: Vorwort. In: Hedwig Dohm: Emanzipation. Zürich 1977. S. VII–IX. – Cauer, Minna: Hedwig Dohm. In: Die Frauenbewegung (1913) S. 139. – Hedwig Dohm. In: Lexikon der Frau. Bd. 1. Sp. 811. – Heimpel, Elisabeth: Marianne Adelaide Hedwig Dohm. In: Neue Deutsche Biographie. Bd. 4. Berlin 1959. S. 41 f. – Janssen-Jurreit, Marielouise: Geschichte und Familiengeschichte: Die radikale Feministin Hedwig Dohm und ihre Enkelin Katia Mann. In: M. J.-J.: Sexismus. München 1976. S. 11–27. – Lange, Helene: Hedwig Dohm. In: Die Frau 21 (1913/14) S. 43 f. – Mann, Katia: Meine ungeschriebenen Memoiren. Frankfurt a. M. 1974. S. 13 f. – Plothow, Anna: Die Begründerinnen der deutschen Frauenbewegung. Leipzig ⁵1907. S. 137–141. – Rahm, Berta: Nachwort. In: Hedwig Dohm: Emanzipation. Zürich 1977. S. 189–195. – Schreiber, Adele: Hedwig Dohm als Vorkämpferin und Vordenkerin neuer Frauenideale. Berlin 1914. – Zepler, Wally: Hedwig Dohm. In: Sozialistische Monatshefte 19 (1913) S. 1292–1301.

Im Schoße der Zukunft ruht das Ideal des Frauentums* . 66
   H. D.: Der Frauen Natur und Recht. Berlin: Friedrich Stahn, ²1893. S. V–VIII.

Auf der Unabhängigkeit der Frau beruht eine durchgreifende Reformierung der Ehe* 123
   Erziehung zum Stimmrecht der Frau. Berlin: Preußischer Landesverein für Frauenstimmrecht, ²1910. S. 14–16.

Das männliche Geschlecht muß die Gleichwertigkeit der Frau erfahren* 170
   H. D.: Ehe? Zur Reform der sexuellen Moral. Berlin: Internationale Verlagsanstalt, 1911. S. 7 f., 10–14.

Sind Mutterschaft und Hausfrauentum vereinbar mit Berufstätigkeit? 180
   H. D.: Die Mütter. Berlin: S. Fischer, 1903. S. 66–69.

Die alte Frau 192
   Ebd. S. 201–205, 213–215, 216–224.

Einheitsschule und Koedukation* 232
   Erziehung zum Stimmrecht der Frau. Berlin: Preußischer Landesverein für Frauenstimmrecht, ²1910. S. 3–9.

Verzeichnis der Autorinnen, Autoren, Titel und Quellen 471

>   Ob Frauen studieren dürfen, können und sollen?* 242
>   H. D.: Die wissenschaftliche Emancipation der Frau. Berlin: Friedrich Stahn, ²1893. S. 8, 29 f., 42 f., 59–61, 62–66, 178–186.

Die niedrigsten und schlechtestbezahlten Arbeiten für die Frau!* 304
>   Ebd. S. 10–19.

Das Stimmrecht der Frauen 373
>   H. D.: Der Frauen Natur und Recht. Berlin: Friedrich Stahn, ²1893. S. 262–264, 350–365.

© Hedwig Dohm Erben.

DIE FRAU

Was wir wollen 49
>   Die Frau. Monatsschrift für das gesamte Frauenleben unserer Zeit. Hrsg. von Helene Lange. 1 (1893) H. 1. S. 1–4.

DIE FRAUENBEWEGUNG

Programm 55
>   Die Frauenbewegung. Revue für die Interessen der Frauen. Hrsg. von Minna Cauer und Lily von Gizycki[-Braun]. 1 (1895) Nr. 1. S. 1.

Über das Fundamentale der Frauenbewegung 117
>   Ebd. 6 (1900) Nr. 18. S. 137 f.

DIE GLEICHHEIT

An die Leser! 63
>   Die Gleichheit. Zeitschrift für die Interessen der Arbeiterinnen. Hrsg. von Emma Ihrer. Red. Clara Zetkin. Probenummer. 2 (1891) S. 1.

Reinliche Scheidung 107
>   Ebd. 4 (1894) Nr. 8. S. 63.

HANDBUCH DER FRAUENBEWEGUNG

   Die absolute Höhe der Frauenlöhne 325
   Handbuch der Frauenbewegung. Hrsg. von Helene Lange und
   Gertrud Bäumer. T. 4: Die deutsche Frau im Beruf. Berlin:
   W. Moeser, 1902. S. 397–399.

LIDA GUSTAVA HEYMANN

Hamburg 15. 3. 1868 – Zürich 31. 7. 1943
»Januar 1933. Friedenskundgebung im Münchener Hofbräukeller! Die Massen strömen herbei. In Frankfurt a. M. haben uns die Nationalsozialisten ausräuchern können. Hier bewachte Lida Gustava Heymann selbst den Saaleingang. Noch sehe ich sie stehen, wie ein Erzengel so imponierend in Haltung und Erscheinung, daß mancher braune Schreier zurückweicht«, berichtet eine Augenzeugin der wohl letzten großen antifaschistischen Kundgebung der Internationalen Frauenliga für Frieden und Freiheit (I. F. F. F.) in Deutschland vor der Terrorherrschaft der Nationalsozialisten (Renate Wurms, S. 212). Für Lida Gustava Heymann war das einer der letzten öffentlichen Auftritte in Deutschland, ehe sie und ihre Lebenspartnerin Anita Augspurg in demselben Januar des Jahres 1933 eine Ferienreise nach Nordafrika und Spanien unternahmen, von der sie nicht mehr nach Deutschland zurückkehrten, weil Hitler inzwischen zum Kanzler ernannt worden war.

Wie Anita Augspurg gehörte Heymann zum radikalen Flügel der bürgerlichen Frauenbewegung. Über ihr Leben und Schaffen und ihre Mitarbeit in der Frauenbewegung berichtet sie in ihren Memoiren *Erlebtes – Erschautes*, die sie ganz aus dem Gedächtnis aufzeichnete, weil ihre Schriften und Notizen von den Nationalsozialisten verbrannt worden waren. Bevor Heymann in der Frauenbewegung aktiv wurde, widmete sie sich in Hamburg vor allem sozialer Tätigkeit. Als Tochter eines wohlhabenden, angesehenen Hamburger Senators, der durch Kaffeeimport seinen Reichtum erworben hatte, war ihr nach dessen Tod ein ansehnliches Vermögen zugefallen. Und sie war entschlossen, mit Hilfe dieses Besitzes ihre feministischen Ziele zu verwirklichen. Sie erkannte, wie wichtig wirtschaftliche Unabhängigkeit für die Emanzipation der Frau ist, und schrieb darüber: »Wirtschaftliche Unabhängigkeit [...] ist die erste Voraussetzung für die Selbstbehauptung und unbeeinflußte Weiter-

entwicklung nicht nur der Frau, sondern überhaupt jedes Menschen« (S. 36).
1896 richtete Heymann in einer der besten Geschäftsgegenden Hamburgs, zum Leidwesen der Kaufleute und der Polizei, einen sehr billigen Mittagstisch für arbeitende Frauen ein und einen Kinderhort, der Mädchen und Jungen gemeinsam erzog. Dabei halfen ihr vor allem sogenannte höhere Töchter aus der oberen Bürgerschicht. Heymann sah Unterdrückung und Ausbeutung der Frau am stärksten in der in Hamburg florierenden Prostitution verwirklicht und setzte sich intensiv für den Kampf gegen die Reglementierung der Prostitution ein. Sie geriet dadurch in Konflikte mit der Hamburger Sittenpolizei, bei der sie als »das verrückte Frauenzimmer« verschrien war (S. 41). Heymann unterstützte außerdem Berufsorganisationen zur Förderung von Handels- und Bühnenangestellten und einen Verein für Kleider-Reform; sie begründete eine Zweigstelle des fortschrittlichen Berliner Vereins Frauenwohl, der Gleichberechtigung der Frau auf allen Gebieten forderte und den ersten Schritt dazu in einer Reformschule für Mädchen und Jungen sah, die auf dem Prinzip der Koedukation basierte. Auf die Dauer gab sich Heymann jedoch mit privater sozialer Betätigung nicht zufrieden. Sie erkannte, daß durchgreifende ökonomische und politische Umgestaltungen notwendig waren, »um die Masse der Frauen und der Arbeiter frei und wirtschaftlich unabhängig zu machen« (S. 59). Zur Erreichung dieses Zieles seien politisch gebildete Männer und Frauen notwendig. Mit gutem Beispiel vorangehend, entschloß sie sich zum sechssemestrigen Studium von Geschichte, politischer Wissenschaft und Volkswirtschaft in Berlin und München, wo sie allerdings nur als Gasthörerin zugelassen wurde.
Mit Hilfe dieser neuen theoretischen Grundlage hoffte sie in der Zukunft um so wirksamer tätig zu sein. Wie Anita Augspurg, die sie 1896 kennengelernt hatte, kämpfte Heymann für das Frauenstimmrecht; sie wurde Mitbegründerin des Vereins für Frauenstimmrecht (1902), beteiligte sich durch Beiträge an der *Zeitschrift für Frauenstimmrecht* und gab von 1919 bis 1933 mit Augspurg die Zeitschrift *Die Frau im Staat* heraus. Die Herausgeberinnen sahen ihr Hauptziel in der politischen Bildung der Frauen, die 1918 das Stimmrecht erhalten hatten. Außerdem standen Fragen über den Weltfrieden zur Diskussion. Heymann und Augspurg hatten schon zu Beginn des Ersten Weltkrieges zur Minderheit der bürgerlichen Frauen gehört, die für den Frieden eintraten und deshalb auch den Internationalen Ausschuß für einen dauernden Frieden 1915 mit begründeten.

Heymann unterschied sich wie Augspurg von der Mehrzahl der Frauen der deutschen bürgerlichen Frauenbewegung durch eine bewußt antimännliche Haltung, weil sie davon überzeugt war, daß Frauen nur durch eigene Kraft und Solidarität untereinander Veränderungen bewirken können. Sie starb 1943 in Zürich im Exil.
Schriften: Wird die Mitarbeit der Frauen in den politischen Männerparteien das Frauenstimmrecht fördern? Hrsg. vom Bayrischen Verlag für Frauenstimmrecht. Gautzsch b. Leipzig 1911. (Kultur und Fortschritt. Bd. 392.) – Frauenstimmrecht und Völkerverständigung. Leipzig 1919. – Erlebtes – Erschautes: Deutsche Frauen kämpfen für Freiheit, Recht und Frieden. 1850–1940. In Zusammenarbeit mit Anita Augspurg. Hrsg. von Margrit Twellmann. Meisenheim am Glan 1972.
Über die Autorin: Heymann, Lida Gustava: Erlebtes – Erschautes..., S. 24–79. – Hackett, Amy K.: The Women of the Movement. In: Hackett, S. 265–277. – Lida Gustava Heymann. In: Lexikon der Frau. Bd. 1. Sp. 1398. – Rotten, E.: Eine Kämpferin für den Weltfrieden. In: Friedenswarte (1943) S. 328 ff. – Wurms, Renate: Lida Gustava Heymann. In: Wir Frauen '80. Köln 1980. S. 212 f.

    Die konservative und radikale Frauenbewegung   85
       L. G. H. / Anita Augspurg: Erlebtes – Erschautes. Hrsg. von Margrit Twellmann. Meisenheim am Glan: Anton Hain, 1972. S. 85–87.

    Reformschule 239
       Ebd. S. 57–59.

    Deutscher Verein für Frauenstimmrecht 400
       Ebd. S. 97–99.

RICARDA HUCH

Braunschweig 18. 7. 1864 – Schönberg im Taunus 17. 11. 1947
Zu den bedeutendsten Schriftstellern des späten neunzehnten und frühen zwanzigsten Jahrhunderts gehörte Ricarda Huch, die auch als Literaturkritikerin und Historikerin hervortrat. Nach einer vielseitigen Erziehung im gebildeten Hause des Großkaufmanns Richard Huch und nach dem frühen Tod der Eltern entschloß sie sich 1887 zum Studium der Geschichte in Zürich. Für ein deutsches junges Mädchen ihrer Zeit war das ein ungewöhnlicher Entschluß,

denn Frauen waren die Türen der Universitäten hier im Gegensatz zu anderen Ländern bis 1908 verschlossen. Huch gehörte also zu den ersten deutschen Frauen, die sich in die Schweiz begaben, um dort zu studieren. Sie promovierte fünf Jahre später (1892) als eine der ersten Frauen mit einer Dissertation über ein historisches Thema. Während der darauffolgenden vier Jahre, die sie weiterhin in Zürich verbrachte, arbeitete Ricarda Huch als Bibliothekarin und Lehrerin. Hier veröffentlichte sie 1893 unter dem männlichen Pseudonym Richard Hugo ihren ersten Roman *Erinnerungen von Ludolf Urslu dem Jüngeren*. Aufgrund ihres beachtlichen schriftstellerischen Erfolges entschloß sie sich, freie Schriftstellerin zu werden.

In den Jahren 1899–1902 etablierte sie ihren Ruf als Literaturhistorikerin mit ihrem zweibändigen Werk über Blütezeit, Ausbreitung und Verfall der deutschen Romantik. Ricarda Huch hinterließ ein umfangreiches Werk. Außer zahlreichen Romanen, Novellen, Gedichten und Essays veröffentlichte sie historisch orientierte Darstellungen. Bekannt wurde vor allem das dreibändige Werk *Der große Krieg in Deutschland* (1912–14), das politische, kulturelle und religiöse Entwicklungen zur Zeit des Dreißigjährigen Krieges dichterisch gestaltet. Huch setzte sich mit historischen Persönlichkeiten wie Wallenstein, Garibaldi und Bakunin auseinander. Sie äußerte ihre philosophischen und religiösen Überzeugungen in *Luthers Glaube* (1916) oder *Entpersönlichung* (1921) und *Urphänomene* (1946).

Eine Frau, die sich so intensiv mit revolutionären historischen Entwicklungen auseinandergesetzt und die sich im eigenen Leben Unabhängigkeit erkämpft hatte, ließ 1933 Protest gegen den Nationalsozialismus erwarten. Der erhaltene Briefwechsel mit dem Vorsitzenden der Preußischen Akademie der Künste bezeugt ihren mutigen Einsatz gegen den Ausschluß jüdischer Schriftsteller. Sie selbst trat aus der Akademie aus. Wenn ihre Bücher auch nicht verbrannt wurden, so konnte sie dennoch nur unter großen Schwierigkeiten weiter publizieren. Nach dem Zweiten Weltkrieg hielt die 83jährige 1947 auf dem I. Deutschen Schriftstellerkongreß in Berlin die Eröffnungsrede und wurde zur Alterspräsidentin gewählt.

Ricarda Huch setzte sich ihr Leben lang für demokratische Ideale und besonders auch für die Freiheit der Frau ein und hat versucht, diese Forderungen in ihrem eigenen Leben zu verwirklichen.

Schriften (Auswahl): Erinnerungen von Ludolf Ursleu dem Jüngeren. Stuttgart 1893. – Blütezeit der Romantik. Leipzig 1899. – Ausbreitung und Verfall der Romantik. Leipzig 1902. – Aus der

Triumphgasse. Leipzig 1902. – Vita somnium breve. Leipzig 1903. – Die Geschichte von Garibaldi. Leipzig 1906. – Der Kampf um Rom. Leipzig 1906. – Der letzte Sommer. Stuttgart 1910. – Der große Krieg in Deutschland. 3 Bde. Leipzig 1912–14. – Liebesgedichte. Leipzig 1912. – Gottfried Keller. Leipzig 1914. – Luthers Glaube. Leipzig 1916. – Der Fall Deruga. Berlin 1917. – Entpersönlichung. Leipzig 1921. – Michael Bakunin und die Anarchie. Leipzig 1923. – Im alten Reich. Bremen 1927. – Aus dem Dreißigjährigen Kriege. Breslau 1932. – Römisches Reich Deutscher Nation. Berlin 1934. – Das Zeitalter der Glaubensspaltung. Berlin 1937. – Frühling in der Schweiz. Zürich 1938. – Mein Tagebuch. Weimar 1946. – Urphänomene. Zürich 1946.
Ausgabe: Gesammelte Werke. Hrsg. von Wilhelm Emrich. Köln/Berlin 1971–74.
Über die Autorin (Auswahl): Baum, Marie: Leuchtende Spur. Das Leben Ricarda Huchs. Tübingen 1950. – Bäumer, Gertrud: Ricarda Huch. Tübingen 1949. – Baumgarten, Helene: Ricarda Huch. Von ihrem Leben und Schaffen. Weimar 1964. – Bernstein, Jutta: Bewußtwerdung im Romanwerk der Ricarda Huch. Frankfurt a. M. 1977. – Emrich, Wilhelm: Vorwort. In: R. H.: Gesammelte Werke. Hrsg. von W. E. Bd. 1. Köln/Berlin 1971. – Hoppe, Else: Ricarda Huch. Hamburg 1936. – Kappel, Hans-Henning: Epische Gestaltung bei Ricarda Huch. Frankfurt a. M./Bern 1976. – Weber, Brigitte: Ricarda Huch. 1864–1947, ein Bücherverzeichnis. Einführung und Bibliographie. Dortmund 1964.

Über den Einfluß von Studium und Beruf auf die Persönlichkeit der Frau 256
R. H.: Gesammelte Werke. Bd. 2. Köln: Kiepenheuer & Witsch, 1972. S. 743–753. – © 1966 by Verlag Kiepenheuer & Witsch Köln.

EMMA IHRER

Glatz 3. 1. 1857 – Berlin 8. 1. 1911
Emma Ihrer war bürgerlicher Herkunft wie Clara Zetkin und Lily Braun. 1881 zog sie aus Schlesien nach Berlin, wo sie sich bald für die Rechte der Arbeiterinnen einzusetzen begann und eine der führenden Frauen der proletarischen Frauenbewegung wurde. Ihr organisatorisches Talent trug erste Früchte in der Gründung des

Vereins zur Vertretung der Interessen der Arbeiterinnen (1885), der in kurzer Zeit mehrere Tausend Mitglieder zählte. Als Ziel setzte er sich die »Hebung der geistigen und materiellen Interessen der Mitglieder, Besserung der Lohnverhältnisse, gegenseitige Unterstützung bei Lohnstreitigkeiten und Aufklärung durch fachgewerbliche und wissenschaftliche Vorträge« (Juchacz, S. 23). Nach dem erfolgreichen ersten Jahr fiel der Verein jedoch dem preußischen Vereinsgesetz zum Opfer, angeblich wegen zu stark politischer Orientierung.

Die Teilnahme Emma Ihrers als Berliner Delegierte am Internationalen Arbeiterkongreß 1889 in Paris zeigt, daß sie keineswegs aufgegeben hatte. Zusammen mit Clara Zetkin war sie eine der wenigen weiblichen Vertreter auf dem Kongreß. Ende 1890 begründete Ihrer die Zeitschrift *Die Arbeiterin*, die sie mit finanzieller Unterstützung ihres Mannes, eines Apothekers, herausgab. Als das Blatt schon bald in finanzielle Schwierigkeiten geriet, übernahm der Verleger J. H. W. Dietz in Stuttgart die Herausgabe unter dem neuen Titel *Die Gleichheit*. Sie wurde von Clara Zetkin redigiert, obwohl Ihrer in den folgenden Jahren weiterhin als Herausgeberin fungierte. Außer ihres Verdienstes für diese bedeutendste proletarische Frauenzeitschrift wurde Ihrer durch zwei Abhandlungen bekannt. 1893 veröffentlichte sie im Selbstverlag die Schrift *Die Organisationen der Arbeiterinnen Deutschlands, ihre Entstehung und Entwicklung*; fünf Jahre später erschien das Buch *Die Arbeiterin im Klassenkampf*. In beiden Schriften wird die Unabhängigkeit der Arbeiterinnenbewegung betont, deren Ziele die Autorin bewußt absetzt von denen der sogenannten Frauenrechtlerinnen, den Vertreterinnen der bürgerlichen Frauenbewegung. Wie Zetkin erscheint Ihrer die Veränderung der Lage der Proletarierinnen nur durch gesellschaftliche Revolution im Sinne der Sozialdemokratie jener Zeit möglich. Sie schreibt: »Mit der Befreiung der Arbeit aus den Fesseln des Kapitals ist auch die Befreiung des Weibes aus socialen und politischen Ketten erreicht« (*Die Organisationen der Arbeiterinnen Deutschlands...* S. 3). Zur Durchsetzung dieses Ziels erkannte Ihrer die Notwendigkeit der Entwicklung des politischen Bewußtseins und der praktischen Verwirklichung durch gewerkschaftliche Organisation. Seit 1891 war sie anerkanntes Mitglied der Generalkommission der Gewerkschaften.

Schriften: Die Organisationen der Arbeiterinnen Deutschlands, ihre Entstehung und Entwicklung. Bearb. und zusammengest. von Emma Ihrer. Berlin 1893. – Die Arbeiterinnen im Klassenkampf.

Anfänge der Arbeiterinnen-Bewegung, ihr Gegensatz zur bürgerlichen Frauenbewegung und ihre nächsten Aufgaben. Hamburg 1898.
Über die Autorin: Brinker-Gabler, Gisela: Emma Ihrer. In: Frauenarbeit und Beruf. Hrsg. von G. B.-G. Frankfurt a. M. 1979. S. 435.
– Juchacz, Marie: Emma Ihrer. In: M. J.: Sie lebten für eine bessere Welt. Lebensbilder führender Frauen des 19. und 20. Jahrhunderts. Hannover 1971. S. 21–24.

Text s. S. 58.

HELENE LANGE

Oldenburg 9. 4. 1848 – Berlin 13. 5. 1930
Helene Lange ist eine der wenigen Frauen, die für würdig befunden wurden, in die Serie *Die Großen Deutschen* aufgenommen zu werden, dazu die einzige Vertreterin der Frauenbewegung, der diese Ehre zuteil wurde. Von weiblichen und männlichen Kritikern aus bürgerlicher Perspektive ist sie immer wieder als wichtigste Figur der Frauenbewegung charakterisiert worden, und vor allem die Anhängerinnen des gemäßigten Flügels der bürgerlichen Frauenbewegung verehrten Helene Lange als ihr großes geistiges Vorbild. Doch auch von heutigen Feministinnen wird ihr Verdienst für die Entwicklung der Frauenfrage im Rahmen ihrer Zeit anerkannt. »Eine kulturgeschichtliche Deutung der Frauenfrage vertritt Helene Lange, eine der wichtigsten Theoretikerinnen und Führerinnen der bürgerlichen Frauenbewegung«, schreibt Marliese Dobberthien (»Zur Theorie der Frauenfrage«. In: *Pelagea* Nr. 7/8, 1978, S. 25).
Helene Langes Vater war ein angesehener, wohlhabender Kaufmann, während die Mutter aus einer der ältesten Bauernfamilien Hollands stammte. Helene wuchs größtenteils auf dem Lande zusammen mit ihren Brüdern auf, denen gegenüber sie sich keinesfalls benachteiligt fühlte. Schon früh zeigte sie politisches Interesse, wenn sie ihr Zimmer mit Bildern von Garibaldi, dem Freiheitsdichter Theodor Körner und dem nationalgesinnten Herzog von Augustenburg schmückte, der sein Anrecht auf die Herrschaft über Schleswig-Holstein gegen den dänischen König mit allen Mitteln verfocht. Das Vorherrschen eines intellektuellen Doppelmaßstabs, der Frauen geistig als zweitrangig behandelte, kam der Sechzehnjährigen zum erstenmal zum Bewußtsein, als sie 1864, nach dem Tode ihres Vaters, ein Jahr bei einer befreundeten Pastorenfamilie in

Tübingen verbrachte. Sie selbst stellt dazu in ihren *Lebenserinnerungen* für ihre eigene Entwicklung fest: »Vielleicht war diese Stunde die Geburtsstunde der ›Frauenrechtlerin‹« (S. 75). Finanzielle Unabhängigkeit aufgrund einer kleinen Erbschaft ermöglichte ihr 1871 einen Aufenthalt in Berlin, wo sie das Lehrerinnenexamen absolvieren wollte. Nach bestandenem Examen wurde aus dem geplanten kurzen Besuch ein permanenter Aufenthalt. Drei Faktoren wirkten entscheidend mit bei der Entwicklung Langes zur engagierten Verfechterin für die Rechte der Frau. Sie lernte in Berlin feministisch orientierte Frauen kennen wie Henriette Tiburtius, die erste Zahnärztin Deutschlands, ihre Schwägerin Franziska Tiburtius, die erste Ärztin, und Jeannette Schwerin, die spätere Herausgeberin des *Centralblatts*. Außerdem fing Lange an, sich mit theoretischen emanzipatorischen Schriften zu beschäftigen. Sie las John Stuart Mills *On the Subjection of Women* und Hedwig Dohms *Die wissenschaftliche Emanzipation der Frau*. Lange hielt aber deren Ansichten für zu positiv und entwickelte ihre eigene feministische Theorie mit dem Gedanken der Verschiedenheit der Geschlechter als Grundidee, die auch später in ihren Schriften entscheidend blieb (Hackett, S. 214 f.). Der dritte Faktor in Langes Entwicklung war ihr Engagement für die Lage der Lehrerinnen, das schließlich 1890 zur Gründung des Allgemeinen Deutschen Lehrerinnenvereins führte, dem sie jahrelang ihr Hauptinteresse widmete und der unter ihrer Leitung zwischen 1890 bis 1897 immerhin auf 10 000 Mitglieder anstieg (*Lebenserinnerungen*, S. 193). Lange war selbst seit 1876 an einer Privatschule für Mädchen angestellt. Sie verfügte also über genügend praktische Erfahrung in den minderwertigen Bildungsmöglichkeiten für Mädchen und den beschränkten Ausbildungs- und Berufsmöglichkeiten für Lehrerinnen, als sie 1887 mit der »Gelben Broschüre« großes Aufsehen erregte (s. S. 25 f. und S. 207). Die führende Funktion, die Helene Lange in der Bewegung einnahm, kam zum Ausdruck durch ihre Mitgliedschaft im Vorstand des Bundes Deutscher Frauenvereine von 1894 bis 1905 und durch ihre Stellung im Allgemeinen Deutschen Frauenverein, der sie nach dem Tod Auguste Schmidts 1902 zur Vorsitzenden wählte. Im Jahre 1898 begegnete Lange der 25 Jahre jüngeren Studentin Gertrud Bäumer, die sich ihr voller Begeisterung anschloß. Die entstehende Freundschaft wurde für beide Frauen sowohl menschlich als auch beruflich von großer Bedeutung. Lange litt an einer Augenkrankheit und hätte ohne die Hilfe Bäumers kaum weiterarbeiten können. Bäumer andererseits wurde von Lange zur gemeinsamen Herausgabe des *Handbuchs der*

Frauenbewegung angeregt (1901–06), das noch heute als eine der wichtigsten Informationsquellen über die verschiedensten Aspekte der Frauenfrage um die Jahrhundertwende gilt. Ein weiteres Verdienst Langes war die Herausgabe der Zeitschrift *Die Frau*, die 1893 zum erstenmal erschien und neben der einige Jahre später erscheinenden radikaleren *Die Frauenbewegung* zum wichtigsten Organ der bürgerlichen Bewegung wurde. Auf intellektuell hohem Niveau wurden hier die jeweils brennendsten Probleme aufgegriffen und diskutiert. Die Beiträge waren sowohl theoretischer als auch literarischer Art, und die angeschnittenen Probleme spiegeln die Entwicklung der bürgerlichen Frauenbewegung wider. Von 1893 bis 1903 herrschten Themen über Bildung, Arbeit und Rechtsstellung der Frau in Familie und Staat vor, von 1903 bis 1913 Fragen des Frauenstudiums und des Kampfes um sexuelle Freiheit, von 1913 bis 1923 Themen über Frauen und Krieg, Frauenwahlrecht und das Recht auf Habilitation, von 1923 bis 1933 politische Themen und soziale Gesetzgebung (Frandsen, S. 69). Bis zu ihrem Tode 1930 blieb Lange die Herausgeberin der Zeitschrift, die dann von Gertrud Bäumer übernommen wurde (bis 1943) und immer mehr unter den Einfluß des Nationalsozialismus geriet.

Helene Langes Feminismuskonzept ließe sich mit Amy Hackett so beschreiben: »Lange ranks high on the feminist scale among moderates« (S. 220). Frauen sollten ihrer Meinung nach das männliche Geschlecht ergänzen; sie sollten sich in Positionen der Macht neben die Männer stellen und nicht versuchen, sie zu ersetzen, und schließlich sollten Frauen lernen, *selbst* zu handeln.

Schriften (Auswahl): Schillers philosophische Gedichte. Berlin 1886. – Handbuch der Frauenbewegung. 5 Bde. Berlin 1901–06. (Bd. 1–3 hrsg. von Helene Lange und Gertrud Bäumer. Bd. 4 hrsg. von Robert und Lisbeth Wilbrandt. Bd. 5 hrsg. von Josephine Levy-Rathenau.) – Wissen und sittliche Kultur. Berlin 1903. – Die Frauenbewegung in ihren gegenwärtigen Problemen. Leipzig 1908, ²1914, ³1924. – Lebenserinnerungen. Berlin 1921. – Kampfzeiten. Aufsätze und Reden aus vier Jahrzehnten. 2 Bde. Berlin 1928. – Was ich lieb geliebt. Briefe 1919–1930. Hrsg. von Emmy Beckmann. Tübingen 1957.

Über die Autorin (Auswahl): Bäumer, Gertrud: Helene Lange. Zu ihrem 70. Geburtstage. Berlin 1918. – Bäumer, Gertrud: Helene Lange. In: G. B.: Gestalt und Wandel. Berlin-Grunewald 1939. S. 359–411. – Frandsen, Dorothea: Helene Lange. Hannover 1974. – Hackett, Amy K.: The Women of the Movement. In: Hackett,

S. 210–220. – Helene Lange. In: Lexikon der Frau. Bd. 2. Sp. 363. – Plothow, Anna: Die Begründerinnen der deutschen Frauenbewegung. Leipzig 1907. S. 202–218. – Velsen, Dorothee von: Helene Lange. In: Die Großen Deutschen. Bd. 4. Berlin 1957. S. 175–185.

Das Endziel der Frauenbewegung 73
  Der Internationale Frauen-Kongreß in Berlin 1904. Hrsg. von Marie Stritt. Berlin: Carl Habel, 1905. S. 601 f., 606–615.

Es gab keine sozialdemokratischen Frauenvereine 112
  H. L.: Lebenserinnerungen. Berlin: F. A. Herbig Verlagsbuchhandlung, ²1928. S. 221–226.

Die Stellung der Frauenbewegung zu Ehe und Familie . . 127
  H. L.: Die Frauenbewegung in ihren modernen Problemen. Leipzig: Quelle & Meyer, 1908. S. 58 f., 60–76.

Die höhere Mädchenschule und ihre Bestimmung. Begleitschrift zu einer Petition an das preußische Unterrichtsministerium und das preußische Abgeordnetenhaus. Berlin 1887. . 207
  H. L.: Kampfzeiten. Aufsätze und Reden aus vier Jahrzehnten. Bd. 1. Berlin: F. A. Herbig Verlagsbuchhandlung, 1928. S. 7–10, 14–16, 19 f., 21–23, 24, 29–31, 31–33, 37 f., 39, 40, 41, 43 f., 45, 51–53, 58.

Die wirtschaftlichen Ursachen der Frauenbewegung . . . 311
  H. L.: Die Frauenbewegung in ihren modernen Problemen. Leipzig: Quelle & Meyer, 1908. S. 8–16.

Frauenwahlrecht. 382
  H. L.: Intellektuelle Grenzlinien zwischen Mann und Frau. Frauenwahlrecht. Berlin: Moeser [1899]. S. 29–41.

Siehe auch S. 49.

FANNY LEWALD [-STAHR]

Königsberg 24. 3. 1811 – Dresden 5. 8. 1889
Fanny Lewald war eine der bekanntesten Schriftstellerinnen um die Mitte des 19. Jahrhunderts. Den besten Einblick in ihr Leben und ihre Zeit vermittelt die Autobiographie *Meine Lebensgeschichte*, eine der aufschlußreichsten und informativsten Darstellungen der sozialen Zustände des Bürgertums im 19. Jahrhundert. Lewalds Weg

zur Unabhängigkeit kommt in den drei Teilen dieses Werkes zum Ausdruck, die sie »Im Vaterhause« (I), »Leidensjahre« (II) und »Befreiung und Wanderjahre« (III) betitelt. Sie beschreibt ihre Jugend im Kreise der angesehenen gebildeten jüdischen Kaufmannsfamilie, in der jedoch der strenge, patriarchalische Vater dominierte. Mit Bedauern stellt Lewald den Abbruch ihrer nur bis zum 14. Lebensjahr währenden Schulausbildung dar, obwohl sie eine ausgezeichnete Schülerin gewesen war, die nur von Eduard Simon, dem späteren Präsidenten des ersten deutschen Parlaments 1849, übertroffen wurde.

Aufgrund ihrer jüdischen Herkunft litt sie – ähnlich wie Rahel Varnhagen eine Generation vor ihr – unter doppelter Diskriminierung. Theoretisch und praktisch wandte sich Fanny Lewald gegen die damalige Institution der Ehe. Sie sah darin den Hauptversorgungszweck für wartende Mädchen der Bürgerklasse, weil gerade ihnen andere Versorgungsmöglichkeiten wie öffentliche Arbeit aus gesellschaftlichen Gründen versagt waren. Am Beispiel aus eigener Erfahrung zeigt sie, wie man eine arrangierte Ehe verweigern kann. Als notwendige Alternative setzt Lewald sich hier ganz entschieden für eine »Emanzipation der Frauen zu Arbeit und Erwerb« ein, die das gesellschaftliche Stigma der Arbeit abschafft und es Frauen aus dem gebildeten Mittelstand ermöglicht, auch handwerkliche Berufe zu ergreifen. Diese Forderungen bedeuteten für die Emanzipation der Frau einen großen Schritt vorwärts. Lewald selbst hatte diesen wichtigen Schritt zur Unabhängigkeit getan, indem sie sich den Wünschen des Vaters zum Trotz entschloß, Schriftstellerin zu werden und für Geld zu schreiben, obwohl sie ihre ersten Romane anonym veröffentlichte. In »Befreiung und Wanderjahre« reflektiert Lewald die Schwierigkeiten, die ihr als Schriftstellerin begegneten und die durchaus als symptomatisch für die Autorin im 19. Jahrhundert gelten können.

1855 heiratete Fanny Lewald den Kritiker und Kunsthistoriker Adolf Stahr, mit dem sie schon seit vielen Jahren in Beziehung gestanden hatte. Ihr Salon entwickelte sich zu einem der angesehensten und intellektuell anspruchsvollsten in Berlin. In ihrem umfangreichen Werk setzte sich Fanny Lewald nicht nur mit der Frauenfrage, sondern ebenso mit politischen und sozialen Fragen ihrer Zeit auseinander.

Schriften (Auswahl): Clementine. Leipzig 1842. – Jenny. Leipzig 1843. – Eine Lebensfrage. Leipzig 1845. – Diogena. Roman von Iduna Gräfin H... H.... Leipzig 1847. – Erinnerungen aus dem

Jahre 1848. Braunschweig 1850. – Auf roter Erde. Leipzig 1850. – Meine Lebensgeschichte. Berlin 1861–63. – Osterbriefe für die Frauen. Berlin 1863. – Von Geschlecht zu Geschlecht. Berlin 1864–66. – Erzählungen. Berlin 1866–68. – Für und wider die Frauen. Berlin 1870. – Reisebriefe aus Deutschland, Italien und Frankreich. Berlin 1880.
Ausgaben: Gesammelte Werke. Berlin 1871–74. – Gefühltes und Gedachtes. Das Tagebuch von Fanny Lewald. Hrsg. von Ludwig Geiger. Dresden/Leipzig 1900.
Über die Autorin (Auswahl): Bäumer, Gertrud: Fanny Lewald. In: Die Frau 18 (1910/11) S. 487f. – Fanny Lewald. In: Lexikon der Frau. Bd. 2. Sp. 411. – Goldschmidt, Henriette: Fanny Lewald-Stahr. In: Allgemeine deutsche Biographie. Bd. 35. S. 405–411. – Lewald, Fanny: Meine Lebensgeschichte. Hrsg. von Gisela Brinker-Gabler. Frankfurt a. M. 1980. – Möhrmann, Renate: Die andere Frau. Emanzipationsansätze deutscher Schriftstellerinnen im Vorfeld der Achtundvierziger Revolution. Stuttgart 1977. – Möhrmann, Renate: Fanny Lewald. In: Frauenemanzipation im deutschen Vormärz. Hrsg. von R. M. Stuttgart 1978. S. 235–242. – Poppenberg, Felix: Fanny Lewald. In: Die Frau 7 (1899/1900) S. 477f. – Schlüpmann, Grete: Fanny Lewalds Stellung zur sozialen Frage. Diss. Münster 1920. – Segebarth, Ruth: Fanny Lewald und ihre Auffassung von Liebe und Ehe. Diss. München 1922. – Steinhauer, Marieluise: Fanny Lewald, die deutsche George Sand. Ein Kapitel aus der Geschichte des Frauenromans im 19. Jahrhundert. Diss. Berlin 1937. – Weber, Marta: Fanny Lewald. Diss. Rudolstadt 1921.

Behandelt uns wie Männer, damit wir tüchtige Frauen werden können* 201
F. L.: Für und wider die Frauen. Berlin: Otto Janke, 1870. S. 62–69.

ELSE LÜDERS

1880 – ?
Trotz der überlieferten Veröffentlichungen von Else (Peipers) Lüders ist nur wenig Biographisches über sie ausfindig zu machen. Sie gehörte zum »radikalen« Flügel der bürgerlichen Frauenbewegung, den sie selbst in ihrer Schrift als »linken Flügel« bezeichnete. Am bekanntesten ist Lüders' umfangreiche Arbeit über das Leben und Werk Minna Cauers. Im Jahre 1929 erschien einer ihrer Aufsätze in

englischer Sprache unter dem Titel »The Effects of German Labour Legislation on Employment Possibilities for Women« in der *International Labour Review*. Sie war zu der Zeit als Oberregierungsrätin im Arbeitsministerium in Berlin tätig.
Schriften: Arbeiterinnenorganisation und Frauenbewegung. Berlin 1902. – Der »linke Flügel«. Ein Blatt aus der Geschichte der deutschen Frauenbewegung. Berlin 1904. – Heimarbeitfragen in Deutschland. Berlin 1910–12. – Ein Leben des Kampfes um Recht und Freiheit. Minna Cauer zum 70. Geburtstag. Berlin [1911]. – Frauengedanken zum Weltgeschehen. Gotha 1920. – Minna Cauer. Leben und Werk. Gotha 1925. – The Effects of German Labour Legislation on Employment Possibilities for Women. In: International Labour Review. Genf 1929. – Die Sanders. Ein Familienschicksal aus Preußens Notzeit und Aufstieg. Leipzig 1941.
Über die Autorin: Brinker-Gabler, Gisela: Else Lüders. In: Frauenarbeit und Beruf. Hrsg. von G. B.-G. Frankfurt a. M. 1979. S. 438 f.

Die berufstätige Frau und Mutter* 356
   E. L.: Zum Problem Beruf und Ehe. In: Die Frauenbewegung 19 (1913) S. 36 f., 44 f.

NEUE BAHNEN

An die Leserinnen! 46
   Neue Bahnen. Organ des allgemeinen deutschen Frauenvereins 10 (1875) Nr. 1. S. 1 f.

LOUISE OTTO-PETERS geb. Otto
Meißen 26. 3. 1819 – Leipzig 13. 3. 1895

Aufsehen erregte Louise Otto zum erstenmal, als sie 1843 in Robert Blums demokratischen *Sächsischen Vaterlandsblättern* auf einen Artikel antwortete, der die Frage stellte, auf welche Weise Frauen ihre Teilnahme an Fragen des Staates äußern sollten. Louise Otto antwortete entschieden: »Die Teilnahme der Frauen an den Interessen des Staates ist nicht ein Recht, sondern eine Pflicht!« Zu Beginn desselben Jahres (1843) hatte sie ihren ersten Roman *Ludwig, der Kellner* veröffentlicht, dem bald ein zweiter unter dem Titel *Kathinka* (1844) folgte. Schon hier beschäftigte sie sich mit der weiblichen Emanzipationsidee. Die Romane beruhten zum Teil auf ihren Erlebnissen im Erzgebirge, wo sie auf einer Reise zu ihrer Schwester die elenden Lebensbedingungen der Arbeiter und Arbeiterinnen kennengelernt hatte. Sie selbst stammte aus einer wohlhabenden Bürgersfamilie; ihr Vater, Gerichtsdirektor in Meißen, war ein fortschrittlicher Mann, der für eine gute Ausbildung seiner Tochter sorgte und ihr damit die Möglichkeit gab, sich nach dem frühen Tod der Eltern (1835) selbst in literarischen, historischen und politischen Studien weiterzubilden. Sie veröffentlichte ihr erstes politisches Gedicht 1831.

Louise Otto-Peters ist heute weniger wegen ihrer literarischen Werke bekannt als vielmehr wegen des Versuchs, durch ihre Ideen eine praktische Wirkung zu erzielen und sie einem möglichst breiten Leserpublikum verständlich zu machen. Das gelang ihr mit der Veröffentlichung der ersten deutschen *Frauen-Zeitung*, die länger als nur einige Monate überlebte (1849–52). (Frühere Frauenzeitungen, die nur jeweils einige Monate existierten, waren Mathilde Franziska Annekes *Frauen-Zeitung*, 1848; Louise Astons *Freischärler*, 1848; Louise Dittmars *Sociale Reform*, 1849.) Unter dem Motto »Dem Reich der Freiheit werb' ich Bürgerinnen« forderte sie alle Frauen auf, sich nicht selbst zu vergessen und gemeinsam die Gleichberechtigung der Frau zu fordern, indem sie sich bewußt von den »Emancipirten« distanziert, die »das Weib zur Carricatur des Mannes herabwürdigten«. Wichtig ist, daß sie sich hier, wie schon in dem aufsehenerregenden Aufruf vom 4. März 1848, für die Lage der Arbeiterinnen und vor allem der Klöpplerinnen einsetzte. Otto-Peters' Bedeutung liegt darin, daß sie die Frauenfrage als nationales und soziales Problem erkannte und die Forderungen nach Gleichberechtigung zum erstenmal programmatisch zum Ausdruck brachte. Mit Recht wird sie als Begründerin der deutschen Frauenbewegung bezeichnet.

Die *Frauen-Zeitung* wurde 1852 verboten aufgrund eines Gesetzes, das Frauen untersagte, als Redakteure tätig zu sein. Auch im persönlichen Leben wurde Louise Otto nichts erspart. Sie verlobte sich 1851 mit dem Arbeiter und Dichter August Peters, der in Bruchsal im Gefängnis saß und erst 1856 entlassen wurde. Die Verbindung dauerte nur 8 Jahre, denn 1864 starb Peters an einem Herzleiden. Louise Otto-Peters wandte sich danach in verstärktem Maße der Frauenbewegung zu und gründete 1865 den Allgemeinen Deutschen Frauenverein, der die Forderungen nach Gleichberechtigung konkretisierte und auf Probleme wie ungelernte Frauenarbeit, Lohndrückerei und Doppelbelastung durch Beruf und Familie hinwies.

Dieser Frauenverein wurde die Keimzelle der bürgerlichen Frauenbewegung des 19. Jahrhunderts. Louise Otto-Peters blieb bis ins hohe Alter hinein schriftstellerisch tätig, obwohl ihre Romane, Gedichte und kritischen Abhandlungen heute vergessen sind.
Schriften (Auswahl): Ludwig, der Kellner. Leipzig 1843. – Kathinka. Leipzig 1844. – Die Freunde. Leipzig 1845. – Aus der neuen Zeit. Leipzig 1845. – Schloß und Fabrik. Leipzig 1847. – Lieder eines deutschen Mädchens. Leipzig 1847. – Ein Bauernsohn. Leipzig 1849. – Westwärts. Meißen 1849. – Buchenheim. Leipzig 1851. – Cäcilie Telville. Leipzig 1852. – Vier Geschwister. Dessau/Halle 1852. – Andreas Halm. Plauen 1856. – Zwei Generationen. Leipzig 1856. – Eine Grafenkrone. Leipzig 1857. – Heimische und Fremde. Leipzig 1858. – Die Erben von Schloß Ehrenfels. Leipzig/Plauen 1860. – Aus der alten Zeit. Leipzig/Plauen 1860. – Die Schultheißentochter von Nürnberg. Prag/Wien 1861. – Nebeneinander. Duisburg 1864. – Neue Bahnen. Prag/Wien 1864. – Mädchenbilder aus der Gegenwart. Leipzig 1864. – Das Recht der Frauen auf Erwerb. Hamburg 1866. – Zerstörter Friede. Jena 1866. – Die Idealisten. Jena 1867. – Drei verhängnisvolle Jahre. Altona 1867. – Der Genius des Hauses. Wien 1868. – Die Dioskuren. Altona 1868. – Gedichte. Leipzig 1868. – Aus der Börsenwelt. Berlin 1869. – Privatgeschichten der Weltgeschichte. Bd. 4: Einflußreiche Frauen aus dem Volke. Leipzig 1869. – Der Genius der Menschheit. Wien 1869. – Rittersporn. Leipzig 1869. – Viktoria regia. Leipzig 1869. – Der Genius der Natur. Wien 1870. – Ein bedenkliches Geheimnis. Leipzig 1875. – Aus vier Jahrhunderten. Norden 1883. – Zwischen den Bergen. Norden 1883. – Deutsche Wunden. Norden 1883. – Nürnberg. Bremen 1883. – Rom in Deutschland. Norden 1883. – Gräfin Lauretta. Leipzig 1884. – Die Nachtigall von Werawag. Freiburg 1887. – Das erste Vierteljahrhundert des Allgemeinen Deutschen Frauenvereins. Leipzig 1890. – Mein Lebensgang. Gedichte aus 5 Jahrzehnten. Leipzig 1893.
Über die Autorin (Auswahl): Bäumer, Gertrud: Gestalt und Wandel. Berlin 1939. S. 312–348. – Blos, Anna: Frauen der deutschen Revolution 1848. Dresden 1928. S. 9–15. – Boetcher Joeres, Ruth-Ellen: Louise Otto and her Journals: a Chapter in Nineteenth-Century German Feminism. In: Internationales Archiv für Sozialgeschichte der deutschen Literatur 4 (1979) S. 100–129. – Cauer, Minna: Die Frau im neunzehnten Jahrhundert. Berlin 1898. S. 113 f. – Fränkel, Ludwig: Louise Otto. In: Allgemeine Deutsche Biographie. Bd. 52. Leipzig 1906. S. 737–742. – Lange, Helene: Louise

Otto-Peters. Ein Gedenkblatt zum hundertsten Geburtstag. In: Die Frau 26 (1918/19) S. 169f. – Louise Otto-Peters. In: Lexikon der Frau. Bd. 2. Sp. 825. – Menschik, Jutta: Grundlagentexte zur Emanzipation der Frau. Köln 1976. S. 13–28. – Menschik, Jutta: Feminismus. Geschichte, Theorie, Praxis. Köln 1977. S. 19–28, 67–77. – Möhrmann, Renate: Louise Otto-Peters. In: Frauenemanzipation im deutschen Vormärz. Hrsg. von R. M. Stuttgart 1978. S. 252–258. – Schmidt, Auguste / Rösch, Hugo: Louise Otto-Peters, die Dichterin und Vorkämpferin für Frauenrecht. Leipzig 1898. – Twellmann, Margrit: Die Deutsche Frauenbewegung. Ihre Anfänge und erste Entwicklung 1843–1889. Meisenheim am Glan 1972. (Marburger Abhandlungen zur Politischen Wissenschaft. Hrsg. von Wolfgang Abendroth. Bd. 17, I und II.) – Zetkin, Clara: Zur Geschichte der proletarischen Frauenbewegung Deutschlands. Frankfurt a. M. 1971. S. 15–59, 151–160. – Zinner, Hedda. Nur eine Frau. Berlin 1954.

Das Recht der Frauen auf Erwerb 297
   L. O.: Das Recht der Frauen auf Erwerb. Hamburg: Hoffmann und Campe, 1866. S. 14–16, 35, 103–105.
Siehe auch S. 46.

PETITION DES ALLGEMEINEN DEUTSCHEN FRAUENVEREINS

Petition des Allgemeinen Deutschen
Frauenvereins [1888]. 226
   Louise Otto-Peters: Das erste Vierteljahrhundert des Allgemeinen deutschen Frauenvereins. Leipzig: Kommissions-Verlag von Moritz Schäfer, 1890. S. 79–82.

ADELHEID POPP geb. Dworschak

Inzersdorf bei Wien 11. 2. 1869 – Wien 9. 3. 1939
Kein Geringerer als August Bebel leitete die *Jugendgeschichte einer Arbeiterin* ein, die Adelheid Popp 1909 anonym in München erscheinen ließ. »Ich habe selten mit tieferer Regung eine Schrift gelesen als die unserer Genossin!« schrieb Bebel (S. 19). Die Schrift erschien im gleichen Jahr in drei Auflagen, woraufhin die Autorin sich auf Drängen Bebels entschloß, ihren Namen bekanntzugeben. 1930 erschien die kurze Autobiographie sogar in 6. Auflage, geriet dann

aber in Vergessenheit und ist jetzt wieder neuentdeckt worden. Wichtig sind diese Aufzeichnungen nicht nur, weil sie das Leben der bekanntesten österreichischen proletarischen Vorkämpferin für Frauenrechte beschreiben, sondern viel eher, weil sie ein Schicksal schildern, das typisch für proletarische Frauen war. »Ich schrieb die Jugendgeschichte [...], weil ich in meinem Schicksal das von hunderttausenden Frauen und Mädchen des Proletariats erkannte, weil ich in dem, was mich umgab, was mich in schwere Lagen brachte, große gesellschaftliche Erscheinungen wirken sah« (S. 21). Adelheid Popp, deren Bedeutung in der österreichischen Arbeiterbewegung mit der Stellung Ottilie Baaders und Clara Zetkins in Deutschland verglichen werden kann, durchlebte eine schwere Kindheit. Ihr Vater war ein armer, dem Trunk ergebener Weber, der die Mutter schlug und den fünf Kindern das Leben zur Hölle machte, bis er an einem Krebsleiden starb, als Adelheid Popp sechs Jahre alt war. Die Mutter, die 15 Kinder geboren hatte, konnte weder lesen noch schreiben und ernährte die fünf überlebenden Kinder mit großer Mühe. Für ein Proletarierkind typische Entbehrungen kennzeichnen die Jugend Popps. Ihre Schulbildung bestand aus drei Jahren Volksschule, mit 10½ Jahren war sie zur Lohnarbeit gezwungen. Sie arbeitete als Näherin, dann bei einem Bronzefabrikanten und schließlich in einer Metalldruckerei und in einer Patronenfabrik, bis sie dreizehnjährig wegen völliger Erschöpfung ins Krankenhaus eingeliefert wurde. Dort gefiel es ihr am besten, weil sie sich zum erstenmal satt essen und ausschlafen konnte und sich sogar durch Lektüre von Schillers Werken und anderen Klassikern weiterbildete, die sie sich von Ärzten auslieh. Sie hatte schon immer großes Interesse für Bücher gezeigt, das sie aber bis jetzt nur zu wahllosem Lesen von billiger Unterhaltungsliteratur geführt hatte. Durch Freunde des Bruders fiel ihr eines Tages ein Exemplar des sozialdemokratischen Parteiblattes in die Hände, das sie von da an regelmäßig las; sie begann sich für politische Lyrik zu interessieren und arbeitete sich schließlich durch repräsentative Werke des wissenschaftlichen Sozialismus hindurch, ein aufgrund ihrer mangelnden Schulausbildung schwieriges Unterfangen. Sie las Engels' *Die Lage der arbeitenden Klassen in England*, Lassalles *Die Wissenschaft und die Arbeiter* und war begeistert von Lafargues *Das Recht auf Freiheit*. Über die Frauenfrage wußte Adelheid Popp nach eigener Aussage zunächst sehr wenig; auf einer Versammlung hörte sie zuerst von den Problemen der Frauenarbeit, und da sie aus eigener Erfahrung mit der menschenunwürdigen Lage der Arbeiterinnen vertraut war, begann sie an den Diskussionen teilzunehmen. Unter großen Schwierigkeiten – wegen ihrer unzulänglichen Schulausbildung – verfaßte sie ihren ersten Artikel, der in der sozialdemokratischen Arbeiterzeitung erschien. Schon 1885 war sie der sozialdemokratischen Partei beigetreten. Sie beteiligte sich an der Gründung einer Arbeiterinnenzeitung, die im Januar 1892 zunächst als Frauenbeilage der *Wiener Arbeiterzeitung* erschien und im Oktober desselben Jahres von Adelheid Popp als Redakteurin übernommen wurde und sich zum wichtigsten Organ der sozialdemokratischen Frauenbewegung in Österreich entwickelte (Schütz, S. 8). 1893 heiratete sie den sozialdemokratischen Funktionär Julius Popp, der schon nach neunjähriger Ehe starb. Trotz seiner Krankheit unterstützte er die durch Beruf und Haushalt doppelt belastete Frau und übernahm während ihrer durch Teilnahme an Parteiversammlungen bedingten Abwesenheit häufig die Verantwortung für Haushalt und Kinder. Er war es auch, der ihr half, ihre Bildung zu vervollständigen. Unter seinem Einfluß schloß sie sich der revisionistischen Richtung der österreichischen Sozialdemokratie an, die unter Führung von Victor Adler stand. Dessen Frau, Emma Adler, nahm sich vor allem der jungen Arbeiterin an, deren Entwicklung als Redakteurin, Schriftstellerin und Rednerin sie entscheidend förderte (Juchacz, S. 75). Adelheid Popps Forderung nach dem Recht der Frau auf Freiheit im öffentlichen Leben, in der Familie und am Arbeitsplatz stand in all ihren Schriften und Aufsätzen im Mittelpunkt, ob sie sich nun gegen die Scheinheiligkeit der Ehe ihrer Zeit wandte oder sich für Streik- und Wahlrecht der Frauen einsetzte. Literarisch und historisch am bedeutendsten ist auch heute noch die schon zu Anfang erwähnte *Jugendgeschichte einer Arbeiterin*, die sich sowohl durch anschauliche Schilderung als auch durch die Darstellung der Konsequenz auszeichnet, mit der eine Frau der Arbeiterklasse unter schwierigsten Bedingungen menschliches und politisches Selbst- und Klassenbewußtsein entwickelt (Schütz, S. 13). Die *Erinnerungen* sind als Fortsetzung der *Jugendgeschichte* anzusehen und legen die Ziele der proletarischen österreichischen Frauenbewegung dar. Hervorzuheben ist außerdem die Abhandlung *Der Weg zur Höhe* (1929), eine historische Darstellung der sozialdemokratischen Frauenbewegung Österreichs. Nach 1918, als auch Frauen in Österreich das Wahlrecht erhalten hatten, wurde Popp Mitglied des österreichischen Parlaments. Sie wurde später als 1. Vorsitzende des Internationalen Frauenkomitees die Nachfolgerin Clara Zetkins. Nach schweren persönlichen Schicksalsschlägen – sie verlor beide Söhne und war

jahrelang mit der Sorge um die nicht mehr arbeitsfähige Mutter belastet – erlebte sie 1934 den Zusammenbruch der Arbeiterbewegung in Österreich und damit auch ihres Lebenswerkes. Sie starb 1939.
Schriften: Die Arbeiterin im Kampf ums Dasein. Wien 1895. – Die Jugendgeschichte einer Arbeiterin [anonym]. Mit einführenden Worten von August Bebel. München 1909; Neuausg. u. d. T.: Jugend einer Arbeiterin. Hrsg. von Hans J. Schütz. Berlin/Bonn-Bad Godesberg ³1980. – Mädchenbuch. Wien 1911. – Gedenkbuch: 20 Jahre österreichische Arbeiterinnenbewegung. Wien [1912]. – Haussklavinnen. Ein Beitrag zur Lage der Dienstmädchen. Wien 1912. – Erinnerungen. Aus meinen Kindheits- und Mädchenjahren. Aus der Agitation und anderes. Stuttgart 1915; Wiederabdr. in: Jugend einer Arbeiterin. Hrsg. von Hans J. Schütz. Berlin/Bonn-Bad Godesberg ³1980. S. 97–187. – Frauenarbeit in der kapitalistischen Gesellschaft. Wien 1922. – Der Weg zur Höhe: Die sozialdemokratische Frauenbewegung Österreichs, ihr Aufbau, ihre Entwicklung und ihr Aufstieg. Wien 1929.
Über die Autorin: Friedrich, Cäcilia: Adelheid Popp. In: C. F.: Aus dem Schaffen früher sozialistischer Schriftstellerinnen. Berlin 1966. S. 187. – Juchacz, Marie: Adelheid Popp. In: M. J.: Sie lebten für eine bessere Welt. Hannover ²1971. S. 71–76. – Adelheid Popp. In: Lexikon Sozialistischer Deutscher Literatur. Den Haag 1973. S. 404 f. – Pataky, Sophie: Adelheid Popp. In: S. P.: Lexikon deutscher Frauen der Feder. Berlin 1898. Bd. 2. S. 148. – Schütz, Hans J.: Einleitung. In: Adelheid Popp: Jugend einer Arbeiterin. Hrsg. von H. J. S. Berlin/Bonn-Bad Godesberg ³1980. S. 7–15.

Die neue Frau 104
    A. P.: Erinnerungen. In: A. P.: Jugend einer Arbeiterin. Hrsg. und eingel. von Hans J. Schütz. Berlin/Bonn-Bad Godesberg: J. H. W. Dietz Nachf., ³1980. S. 185–187.

Freie Liebe und bürgerliche Ehe 162
    Freie Liebe und bürgerliche Ehe. Schwurgerichtsverhandlung gegen die Arbeiterinnen-Zeitung. Wien: Verlag der Ersten Wiener Volksbuchhandlung, 1895. S. 6–9. – © J. H. W. Dietz Nachf., Berlin/Bonn.

Ich meinte oft unter der doppelten Bürde zusammenbrechen zu müssen* 182
    A. P.: Die Jugendgeschichte einer Arbeiterin. In: A. P.:

Jugend einer Arbeiterin. Hrsg. und eingel. von Hans J. Schütz. Berlin/Bonn-Bad Godesberg: J. H. W. Dietz Nachf., ³1980. S. 89 f., 91–94.

Kinderarbeit* 347
Ebd. S. 34 f., 36 f., 40–45.

Der Streik – Freispruch 367
A. P.: Erinnerungen. Ebd. S. 139–143.

RESOLUTIONEN DES DEUTSCHEN BUNDES FÜR MUTTERSCHUTZ

1905–1916

Gegen die Obdachlosigkeit der Gebärenden [1909]. . . . 189
Resolutionen des Deutschen Bundes für Mutterschutz 1905–1916. Hrsg. von Helene Stöcker. Berlin 1916. S. 11.

Zum Abtreibungsproblem [1909] 189
Ebd. S. 14 f.

Frau statt Fräulein* 190
Ebd. S. 26 f.

SATZUNGEN DES DEUTSCHEN FRAUENVEREINS REFORM

Satzungen des Deutschen Frauenvereins Reform für Eröffnung wissenschaftlicher Berufe für die Frauenwelt 230
J. [d. i. Hedwig] Kettler: Was wird aus unseren Töchtern? Weimar: Frauenberufsverlag, ³1891. S. 38 f.

KÄTHE SCHIRMACHER

Danzig 6. 8. 1865 – Meran 18. 9. 1930
Eine der weltgewandtesten und gleichzeitig kontroversesten Vertreterinnen der deutschen bürgerlichen Frauenbewegung war Käthe Schirmacher. Als »élégante, souriante, frou-froutante« wird sie von der Genfer Zeitung *Le Peuple* beschrieben (3. 2. 1906), und der Pariser *Le Figaro* lobt an ihr den Mangel aller typisch deutschen Eigenschaften (Hackett, S. 287). Kontrovers war Schirmacher deshalb, weil sie sich von einer der liberalen Vertreterinnen des »linken« Flügels der bürgerlichen Frauenbewegung zu einer äußerst konservativen Nationalistin entwickelte.
Der frühe Lebensweg Schirmachers unterscheidet sich kaum von

dem vieler anderer deutscher Frauenrechtlerinnen. Sie stammte aus einer gutsituierten Danziger Kaufmannsfamilie, die ihr eine für Mädchen aus bürgerlichem Hause »angemessene« Ausbildung mitgab. Als der Vater jedoch das Studium ablehnte, gab es für sie – wie für viele ihrer Zeitgenossinnen – das Lehrerinnenseminar als einzigen Ausweg. Schirmacher bestand die Prüfung 1883. Danach führten Unternehmungsgeist und finanzielle Notwendigkeit sie zunächst nach Paris, wo sie romanische Sprachen studierte und 1887 die Agrégation erwarb. Sie verließ dennoch Frankreich sehr bald, zum Teil weil sie sich durch die antideutsche Haltung der Franzosen verletzt fühlte. Schirmacher sammelte weitere Lehrerfahrungen in Liverpool, und 1893 gelang es ihr, am Frauenkongreß in Chicago teilzunehmen. Dieses Erlebnis wirkte sich entscheidend auf ihre Entwicklung als Kämpferin für die Rechte der deutschen Frauen aus, denn hier erkannte sie, daß Frauen anderer Länder ihren eigenen Landesgenossinnen weit voraus waren. Die Rückständigkeit der deutschen Frauen auf dem Gebiet der Bildung empfand Käthe Schirmacher besonders heftig, und das einzige Mittel zur Verbesserung der Lage sah sie in der Erlangung des Frauenstimmrechts. Die Fortsetzung ihrer eigenen Ausbildung war zunächst Voraussetzung für weiteres erfolgreiches Engagement.

Schirmacher promovierte 1895 in Zürich mit einer Dissertation über Théophile de Viau und begab sich danach im Auftrage ihres Schweizer Professors Avenarius nach Paris, um in der Bibliothèque Nationale an einer Biographie über Voltaire zu arbeiten. Sie hielt jedoch den Kontakt mit der deutschen Frauenbewegung aufrecht und schloß sich dem Bund fortschrittlicher Frauenvereine (1899) an. Anita Augspurg, die Schirmacher in Zürich kennengelernt hatte, fand in ihr eine Mitstreiterin für die politische Gleichberechtigung der Frau. Schirmacher wurde Mitbegründerin des ersten deutschen Vereins für Frauenstimmrecht (1902).

Schirmacher blieb bis 1910 in Paris, den Aufenthalt dort freilich durch häufige Vortragsreisen unterbrechend. Vorwiegend persönliche Gründe, ihre enge Beziehung zu Klara Schlenker, bewegten sie schließlich, nach Deutschland zurückzukehren. Schirmacher, die noch 1904 an der Begründung des Weltbundes für Frauenstimmrecht beteiligt war und sich als einzige deutsche Feministin in ihrem Buch *Die Suffragettes* (1912) ausführlich mit der geschichtlichen Entwicklung der Frauenbewegung in England auseinandergesetzt hatte, entwickelte sich während des Ersten Weltkrieges zur überzeugten Vertreterin des konservativen Nationalismus. 1919 wurde

sie als deutschnationale Abgeordnete in die Nationalversammlung gewählt. Die Folge davon war der Bruch mit den Frauen des radikalen Flügels: Augspurg, Heymann und Stöcker. Bemerkenswert bleibt an Schirmacher, daß sie im wahrsten Sinne des Wortes als professionelle Feministin bezeichnet werden kann, die sich ihren Lebensunterhalt allein durch schriftstellerische, journalistische und rednerische Tätigkeit über frauenrechtlerische Themen verdiente.
Schriften (Auswahl): Der Libertad. Zürich 1891. – Halb. o. O. 1893. – Der Internationale Frauenkongreß in Chicago, 1893. o. O. 1894. – Züricher Studentinnen. Leipzig/Zürich 1896. – Herrenmoral und Frauenhalbheit. Berlin 1896. – Aus aller Herren Länder. Paris 1896. – Litterarische Studien und Kritiken. Paris 1897. – Le féminisme aux Etats-Unis, en Angleterre, France, Suède, Russie. Paris 1897. – Sociales Leben: Zur Frauenfrage. Paris 1897. – Voltaire. Leipzig 1898. – Salaires des femmes. Paris 1898. – Le travail des femmes en France. Paris 1900, dt. 1902. – Die Frauenbewegung, ihre Ursachen, Mittel und Ziele. Leipzig 1904. – Die moderne Frauenbewegung. Leipzig 1905, ^{2}1909. – Die Frauenarbeit im Hause. Leipzig 1905, ^{2}1912. – Deutschland und Frankreich seit 35 Jahren. Berlin 1906. – Wie und in welchem Maße läßt sich die Wertung der Frauenarbeit steigern? Gautzsch bei Leipzig 1908. – Zwischen Schule und Ehe. Prag 1908. – Moderne Jugend. München 1910. – Das Rätsel: Weib. Weimar 1911. – Die Suffragettes. Weimar 1912. – Das Frauendienstjahr. Berlin 1915. – Die deutsche Vertretung im Ausland. Berlin 1915. – Deutsche Erziehung und feindliches Ausland. Lissa i. P. 1915. – Völkische Frauenpflichten. Charlottenburg 1917. – Frauendienstpflicht. Bonn 1918. – Flammen: Erinnerungen aus meinem Leben. Leipzig 1921. – Die Geknechteten. Berlin 1922. – Unsere Ostmark. Hannover 1923. – Was verdankt die deutsche Frau der Frauenbewegung? Querfurt 1927.
Über die Autorin: Brinker-Gabler, Gisela: Käthe Schirmacher. In: Zur Psychologie der Frau. Hrsg. von G. B.-G. Frankfurt a. M. 1978. S. 350 f. – Hackett, Amy K.: The Women of the Movement. In: Hackett, S. 277–291. – Krüger, Hanna: Die unbequeme Frau: Käthe Schirmacher im Kampf für die Freiheit der Frau und die Freiheit der Nation 1865–1930. Berlin 1936. – Käthe Schirmacher. In: Lexikon der Frau. Bd. 2. Sp. 1176.

    Der praktische Nutzen des Frauenstimmrechts 398
      Der Internationale Frauen-Kongreß in Berlin 1904. Hrsg. von Marie Stritt. Berlin: Carl Habel, 1905. S. 536–538.

AUGUSTE SCHMIDT

Breslau 3. 8. 1833 – Berlin 10. 6. 1902

Auguste Schmidt wird meistens in Verbindung mit Louise Otto-Peters erwähnt, weil beide Frauen, die eine enge Freundschaft verband, fast 30 Jahre lang der bürgerlichen Frauenbewegung vorstanden und sie entscheidend prägten. Auguste Schmidt scheint in der sozialgeschichtlichen Rezeption im Schatten der älteren, bekannteren Freundin zu stehen, obwohl auch sie sich große Verdienste für die bürgerliche Frauenbewegung erwarb.

Die Voraussetzungen dafür waren durch eine sorgfältige Erziehung im Hause der Eltern gegeben, die auf Gleichberechtigung der Söhne und Töchter bedacht waren. Ab 1842 besuchte sie die Königliche Louisenschule in Posen und bestand 1850 die Staatsprüfung als Lehrerin. Auguste Schmidt übte ihren Beruf unter anderem in Breslau aus und schließlich ab 1861 in Leipzig an der von Ottilie von Steyber geleiteten höheren Mädchenschule. Nach deren Tod übernahm Auguste Schmidt die Leitung der Schule, die sie zu einem der bekanntesten Seminare aufbaute.

Mit Louise Otto-Peters gründete sie 1865 den Leipziger Frauenbildungsverein und den Allgemeinen Deutschen Frauenverein, der zum Kern der Frauenbewegung wurde. Auguste Schmidt war Mitherausgeberin der 1865 gegründeten Zeitschrift *Neue Bahnen*, dem Organ des Allgemeinen Deutschen Frauenvereins. Nach dem Tode von Louise Otto-Peters war Schmidt zeitweilig alleinige Herausgeberin des Blattes.

Als Vertreterin der älteren Richtung des gemäßigten Flügels der bürgerlichen Frauenbewegung ging es ihr um Bildungsfragen und um das »Recht auf Arbeit«, das sie vor allem den unverheirateten Frauen der Bourgeoisie verschaffen wollte. Gemeinsam mit Helene Lange und Marie Loeper-Houselle gründete sie 1890 den Allgemeinen Deutschen Lehrerinnenverein, der sich für bessere Ausbildungs- und Berufsmöglichkeiten der Lehrerinnen einsetzte.

Von ihren schriftlichen Zeugnissen ist die Biographie über Louise Otto-Peters, die sie in Zusammenarbeit mit Hugo Rösch verfaßte, am bekanntesten geworden. Viele ihrer Aufsätze, die in den Zeitschriften *Neue Bahnen* und *Die Frau* erschienen, sind noch heute lesenswert. Ihre literarischen Versuche dagegen sind zu Recht in Vergessenheit geraten.

Schriften: Aus schwerer Zeit. Erzählungen für jung und alt. Leipzig 1895. – Louise Otto-Peters, die Dichterin und Vorkämpferin für

Frauenrecht. Ein Lebensbild von Auguste Schmidt und Hugo Rösch. Leipzig 1898.
Über die Autorin: Auguste Schmidt. In: Die Frauenbewegung 8 (1902) S. 98. – Auguste Schmidt. In: Lexikon der Frau. Bd. 2. Sp. 1183. – Friedrichs, Max: Auguste Schmidt als Frauenrechtlerin. Eine Einführung in die Theorie der frauenrechtlerischen Bestrebungen. Berlin/Leipzig 1904. – Lange, Helene: Auguste Schmidt. In: Die Frau 9 (1902) S. 577–582. – Pataky, Sophie: Lexikon deutscher Frauen der Feder. Bd. 2. Berlin 1898. S. 250f. – Plothow, Anna: Die Begründerinnen der deutschen Frauenbewegung. Leipzig ⁵1907. S. 27–35.

Text s. S. 46.

HELENE STÖCKER

Elberfeld 13. 11. 1869 – New York 24. 2. 1943
Wenn Helene Lange sich in ihren Schriften gegen die Gefahren zu großer sexueller Freiheit wendet, die ihrer Ansicht nach von einigen Frauen der Bewegung gefordert wurde, dann richtet sich ihr Vorwurf hauptsächlich gegen Helene Stöcker. Diese gehörte dem »linken« Flügel der bürgerlichen Frauenbewegung an. Stöcker hatte in Glasgow und Berlin studiert und 1902 in Bern mit einer Dissertation über das Thema »Zur Kunstanschauung des 18. Jahrhunderts« promoviert. Bekannt wurde sie schon vor der Jahrhundertwende durch ihre Forderung einer umfassenden Revolutionierung der herrschenden Sexualmoral. Im Jahre 1905 gründete sie den Bund für Mutterschutz und Sexualreform und gab von 1905 bis 1932 dessen Zeitschrift *Mutterschutz* heraus (ab 1908 u. d. T. *Die neue Generation*). Die Ziele und Aufgaben des Bundes faßt Helene Stöcker noch einmal rückblickend in der Einleitung des Sammelbandes *Resolutionen des Deutschen Bundes für Mutterschutz* (1916) zusammen: Verbesserung der Stellung der Frau als Mutter – vor allem auch der unverheirateten – auf wirtschaftlichem, sozialem und ethischem Gebiet. Es ging dabei um Beseitigung der Vorurteile gegen uneheliche Mütter und um die gesetzlich festgelegte Besserstellung des unehelichen Kindes. Eine Mutterschaftsversicherung wurde für alle Frauen gefordert. Bei den gemäßigten Frauen der bürgerlichen Bewegung stießen diese Vorschläge auf Widerstand, und die Aufnahme des Bundes für Mutterschutz in den Bund Deutscher Frauenvereine wurde abgelehnt. Dennoch erweiterte sich der Bund für

Mutterschutz ab 1911 zu einer Internationalen Vereinigung. Wie Anita Augspurg und Lida Gustava Heymann setzte sich Helene Stöcker während des Ersten Weltkrieges für die Friedensbewegung ein und wurde nach Beendigung des Krieges Vorstandsmitglied der Deutschen Friedensgesellschaft. 1921 gründete sie in Holland die Internationale der Kriegsgegner. Das kaum bekannte Werk Stöckers umfaßt eine große Anzahl kulturkritischer Essays, die zum Teil separat, zum Teil in Zeitschriften erschienen sind. Helene Stöcker starb 1943 in New York im Exil.
Schriften: Zur Kunstanschauung des XVIII. Jahrhunderts. Berlin 1904. – Die Liebe und die Frauen. Minden in Westf. 1906, ²1908. – Karoline Michaelis. Berlin 1912. – Zehn Jahre Mutterschutz. Berlin 1915. – Geschlechtspsychologie und Krieg. Berlin 1915. – Moderne Bevölkerungspolitik. Berlin 1916. – Sexualpädagogik, Krieg und Mutterschutz. Berlin 1916. – Deutscher Bund für Mutterschutz. Resolutionen 1905–1916 (Hrsg.). Berlin 1916. – Die Liebe der Zukunft. Leipzig 1920. – Das Werden der neuen Moral. o. O. 1921. – Liebe. München 1922. – Erotik und Altruismus. Leipzig 1924. – Verkünder und Verwirklicher. Berlin 1928.
Über die Autorin: Brinker-Gabler, Gisela: Helene Stöcker. In: Zur Psychologie der Frau. Hrsg. von G. B.-G. Frankfurt a. M. 1978. S. 352 f. – Helene Stöcker. In: Lexikon der Frau. Bd. 2. Sp. 1362.

Ehe und Sexualreform 148
 Resolutionen des Deutschen Bundes für Mutterschutz 1905–1916. Hrsg. von H. S. Berlin 1916. S. 52–57.

MARIE STRITT geb. Bacon

Schäßburg/Siebenbürgen 18. 2. 1855 – Dresden 16. 9. 1928
Kaum bekannt ist Marie Stritt, die als eine der fortschrittlichsten und bedeutendsten Feministinnen in Deutschland bezeichnet worden ist (Evans, S. 188). Und selbst Helene Lange, die nicht gerade als Strittfreundlich bezeichnet werden kann, erkannte ihre Leistung an, den Bund Deutscher Frauenvereine als Organ der bürgerlichen Frauenbewegung auf einen Höhepunkt geführt zu haben (S. 4). Stritt engagierte sich 1896 im Vorstand des Bundes Deutscher Frauenvereine und wurde 1899 zur Vorsitzenden gewählt; die offizielle Bestätigung als Präsidentin des Bundes erfolgte ein Jahr später. Gleichzeitig übernahm sie, kurz nach dem Tode von Jeannette Schwerin, der

Herausgeberin des *Centralblatts*, die Leitung dieses wichtigen Presseorgans des Bundes. Im Hinblick auf Organisation, Forderungen und Verwirklichung der Forderungen entwickelte sich unter ihrer Führung die bürgerliche Frauenbewegung um die Jahrhundertwende zu einem bedeutenden gesellschaftlichen und politischen Faktor, der zur Auseinandersetzung herausforderte. Beweis für die Anerkennung, die der deutschen Frauenbewegung auf internationaler Ebene gezollt wurde, ist die Wahl Berlins als Gastgeberin für den 3. Internationalen Frauenkongreß 1904 unter Leitung Marie Stritts. Die deutsche bürgerliche Frauenbewegung war in diesen Jahren nach den USA und England zur drittgrößten Bewegung angewachsen.

Über das Leben Stritts ist nur wenig überliefert. Sie stammt aus einer angesehenen bürgerlichen Rechtsanwaltsfamilie, die in Siebenbürgen ansässig war. Stritts Interesse für die Rechte der Frau wurde durch ihre Mutter geweckt, »die heute noch«, wie Ika Freudenberg 1901 schreibt, »als 77jährige Greisin, dem Ideal ihrer Jugend treu, für Frauenbildung und Frauenerwerb in Siebenbürgen arbeitet« (S. 422). Stritt erhielt zusammen mit ihren drei Geschwistern eine für damalige Verhältnisse durchschnittliche Ausbildung durch Privatlehrer und entschloß sich für eine Bühnenausbildung in Wien, eine ungewöhnliche Entscheidung für eine Frau ihrer Herkunft, die aber wohl für ihre Selbständigkeit sprach. Später kam ihr diese Erfahrung oft zugute, wenn sie sich als ausgezeichnete Rednerin bewährte. Während ihrer künstlerischen Tätigkeit am Hoftheater in Karlsruhe (1876–81) heiratete sie 1879 den Opernsänger Albert Stritt. Nach der Geburt von zwei Kindern und einem kurzen Aufenthalt in Frankfurt und Hamburg ließen sie sich schließlich in Dresden nieder, wo Marie Stritt zu Beginn der neunziger Jahre durch ihre Mutter in die dortige Frauenbewegung eingeführt wurde. Stritts Interesse richtete sich vor allem auf die Rechtsinteressen der Frauenfrage und dabei speziell auf die Stellung der Frau im neuen Bürgerlichen Gesetzbuch. 1894 war sie führend an der Gründung des Dresdener Rechtsschutzvereins für Frauen beteiligt, der 1896 heftig gegen den vorliegenden Entwurf des Bürgerlichen Gesetzbuches agitierte. Außerdem war Stritt an der Herausgabe der Schrift *Das Deutsche Recht und die Deutschen Frauen* beteiligt. Diese Erfahrung prädestinierte sie dann auch zur Übernahme des Vorsitzes des BDF.

Wie läßt sich nun die feministische Haltung dieser Frau charakterisieren, die in den Jahren 1899–1910 eine so entscheidende Rolle in der bürgerlichen Frauenbewegung spielte? Ideologisch fühlte sich Stritt wohl immer dem radikalen Flügel der bürgerlichen Bewegung zugehörig, und auch als sie sich mit ihrem Eintritt in den Vorstand des BDF dem gemäßigten Flügel zuzuwenden schien, blieb sie doch – wie Amy Hackett schreibt – »in some ways the single most radical force within the Federation« (S. 244). Stritt war eine der wenigen deutschen Frauen, die auch mit heutigen Kriterien als Feministin bezeichnet werden kann, da sie in erster Linie für die Rechte der Frau kämpfte, ohne diesem Ziel ein anderes, wie z. B. den Kampf für den Sozialismus, voranzustellen. Als zentrales Problem der Frauenfrage galt für Stritt – außer der rechtlichen Stellung – die Sexualität der Frau. Sie verlangte das Recht der Frau auf ihren eigenen Körper und setzte sich dementsprechend für Geburtenkontrolle und die Abschaffung des § 218 ein, die auch heute noch nicht voll verwirklicht ist. Ebenso trat sie entschieden für die Verbindung von Ehe und Beruf ein und geriet dadurch in scharfen Gegensatz zu den Frauen des gemäßigten Flügels, was schließlich im Jahre 1910 ihre Absetzung als Präsidentin des BDF zur Folge hatte. Stritt wurde durch die sehr viel konservativere Gertrud Bäumer ersetzt.

Stritts Feminismuskonzept beschränkte sich keineswegs nur auf die deutsche Entwicklung. Sie bewunderte die amerikanischen Feministinnen Elizabeth Cady Stanton und Susan B. Anthony und vor allem Charlotte Perkins Gilman, die wie Stritt die wirtschaftliche Unabhängigkeit aller Frauen, auch der verheirateten, für unbedingt notwendig hielt. So übersetzte sie Gilmans *Women and Economics* (1898) und *The Home: Its Work and Influence* (1903) ins Deutsche. Nach 1910 konzentrierte sie sich auf die Herausgabe des *Centralblatts* und unterstützte die Frauenstimmrechtsbewegung. Von 1912 bis 1922 fungierte sie als Stadträtin in Dresden. Marie Stritt starb 1928.

Schriften: Stritt, Marie / Freudenberg, Ika: Der Bund deutscher Frauenvereine: Eine Darlegung seiner Aufgaben und Ziele und seiner bisherigen Entwicklung. Berlin o. J. (Schriftenreihe des BDF. Bd. 5.) – Der Internationale Frauen-Kongreß in Berlin 1904: Bericht mit ausgewählten Referaten (Hrsg.). Berlin 1905. – Stritt, Marie / Macmillan, Chrystal / Verone, Marie: Frauenstimmrecht in der Praxis. Dresden/Leipzig 1913.

Über die Autorin: Freudenberg, Ika: Marie Stritt. In: Die Frau 8 (1901) S. 419–422. – Hackett, Amy K.: The Women of the Movement. In: Hackett, S. 236–246. – Lange, Helene: Marie Stritt. In: Die Frau 36 (1928). – Marie Stritt. In: Lexikon der Frau. Bd. 2.

Sp. 1374. – Waescher, Johanna: Die Wegbereiter der deutschen Frau. Kassel 1931.

>Eröffnungsansprache zum Internationalen Frauenkongreß in Berlin 1904 68
>Der Internationale Frauen-Kongreß in Berlin 1904. Hrsg. von M. S. Berlin: Carl Habel, 1905. S. 1–6.

ZEITSCHRIFT FÜR FRAUENSTIMMRECHT

>Programm 403
>Zeitschrift für Frauenstimmrecht. Hrsg. von Anita Augspurg. 1 (1907) S. 1 f.

WALLY ZEPLER

1865 – ?
Über Wally Zepler ist fast nichts Biographisches bekannt. Sie war engagierte Sozialdemokratin und arbeitete mehrere Jahre lang als Redakteurin der *Sozialistischen Monatshefte*.
Schriften: Welchen Wert hat die Bildung für die Arbeiterin? Berlin 1899, ²1907. – Der Weg zum Sozialismus. o. O. [1919?]. – Akademiker und Sozialdemokratie. Berlin 1919. – Sozialismus und Frauenfrage (Hrsg.). Berlin 1919.
Über die Autorin: Brinker-Gabler, Gisela: Wally Zepler. In: Frauenarbeit und Beruf. Hrsg. von G. B.-G. Frankfurt a. M. 1979. S. 445.

>Welchen Wert hat die Bildung für die Arbeiterin? 273
>W. Z.: Welchen Wert hat die Bildung für die Arbeiterin? Berlin: Expedition der Buchhandlung Vorwärts, ²1907.

CLARA ZETKIN geb. Eißner

Wiederau/Sachsen 5. 7. 1857 – Archangelskoje bei Moskau 20. 6. 1933
Schon zu ihrer Zeit und größtenteils bis heute wird Clara Zetkin als die führende Gestalt der proletarischen Frauenbewegung Deutschlands anerkannt. Westdeutsche Feministinnen haben allerdings in den letzten Jahren versucht, Zetkins Verdienst für die Arbeiterinnen

kritischer zu betrachten. Sie werfen ihr unter anderem vor, daß sie ihre »Schlüsselrolle« in der sozialistischen Bewegung nicht genutzt habe, »um innerhalb der Arbeiterbewegung den Arbeiterinnen so weit wie möglich Autonomie und Handlungsspielräume gegenüber einer bereits mächtigen männlichen Funktionärshierarchie zu erkämpfen und zu behaupten« (Janssen-Jurreit, S. 228).

Bekannt wurde Zetkin auf dem Internationalen Arbeiterkongreß in Paris vom 14.–20. Juli 1889, dem Gründungskongreß der II. Internationale. Als eine von sechs weiblichen Teilnehmerinnen unter 400 Delegierten hielt sie ihren aufsehenerregenden Vortrag über die Frauenfrage, der sich auf die schwierige Lage der Arbeiterinnen in der kapitalistischen Gesellschaft konzentrierte. Dieses grundlegende Referat wurde ausführlicher 1889 unter dem Titel *Die Arbeiterinnen- und Frauenfrage der Gegenwart* veröffentlicht. Es faßt in drei übersichtlichen Teilen die sozialistischen Theorien der Frauenemanzipation zusammen. Trotz der Unterdrückung durch den Kapitalismus propagierte Zetkin Arbeit als ersten Schritt zur ökonomischen Unabhängigkeit und zur »Emanzipation des weiblichen Geschlechts« (S. 9). Sie wies auf die gesellschaftliche und politische Rechtlosigkeit der Frau hin und forderte Teilnahme am öffentlichen Leben als unbedingte Notwendigkeit, um den Frauen Rechte zu verschaffen. Sie forderte schließlich Alternativen für die Erziehung der Proletarierkinder, die durch die Umgestaltung der Familie der Gefahr der Verwahrlosung ausgesetzt waren. Zetkins Lösung bot planvolle Verlegung der Erziehung in die Gesellschaft, die jedoch – ihrer Meinung nach – zu einer sozialistischen umgestaltet werden müsse.

Clara Zetkin wurde in einem Weberdorf in Sachsen geboren, wo sie früh Zeugin des entsetzlichen Weberelends wurde. Durch beide Eltern wurde ihr eine gute Erziehung zuteil; ihr Vater war der Lehrer des Dorfes, und die Mutter gehörte zu den wenigen Frauen, die sich dem Allgemeinen Deutschen Frauenverein unter Leitung von Louise Otto-Peters und Auguste Schmidt angeschlossen hatte. Diese Verbindung ermöglichte ihrer Tochter Clara den Besuch des Lehrerinnenseminars in Leipzig, das von Auguste Schmidt geleitet wurde. Zetkin hat dieser Führerin der bürgerlichen Frauenbewegung, trotz der späteren feindlichen Haltung gegen die Ziele der Bewegung, oft in Dankbarkeit gedacht. In den Jahren 1874–78 in Leipzig war sie zum erstenmal mit Sozialisten und russischen Emigranten zusammengekommen. Sie trat der sozialdemokratischen Partei bei und heiratete 1883 den russischen Revolutionär Ossip

Zetkin, mit dem sie 1882 nach Paris emigriert war. Nach dem frühen Tod ihres Mannes (1889) kehrte sie mit ihren zwei Kindern 1890 nach Deutschland zurück. In den Jahren 1891/92 – 1917 leitete Zetkin *Die Gleichheit*, das Presseorgan für den sozialistischen Flügel der deutschen Frauenbewegung, das Beiträge über politische Probleme, Erziehungsfragen, Kunst und Literatur brachte. Seit 1892 nahm Zetkin aktiv teil an fast allen Parteitagen der SPD, an sozialistischen Kongressen und Frauenkonferenzen. Auf ihren Vorschlag hin wurde 1910 auf einer Sozialistischen Frauenkonferenz der 8. März zum Internationalen Frauentag erklärt. 1915 organisierte Zetkin die internationale sozialistische Frauenkonferenz in Bern, die sich scharf gegen den Ersten Weltkrieg wandte. Aus Enttäuschung über die sozialdemokratische Partei und die proletarischen Frauen trat sie 1918 der Kommunistischen Partei bei, die Ende Dezember desselben Jahres gegründet worden war. Zwei Jahre später wurde Zetkin Mitglied des Deutschen Reichstages, wo sie am 30. August 1932 zum letztenmal bei der Eröffnung als Alterspräsidentin sprach und das deutsche Volk vor Faschismus und Kapitalismus warnte und zur Schaffung einer Einheitsfront aller Werktätigen aufrief. Kurz vor ihrem Tode wurde sie auf dem Internationalen Frauentag 1933 mit dem Leninorden ausgezeichnet. Zetkin schrieb nicht nur politische und sozialkritische Abhandlungen, sondern machte sich ebenso einen Namen als Literatur- und Kunstkritikerin und als Schriftstellerin.

Schriften (Auswahl): Die Arbeiterinnen- und Frauenfrage der Gegenwart. Berlin 1889. – Zur Frage des Frauenwahlrechts. Bearb. nach dem Referat auf der Konferenz sozialistischer Frauen zu Mannheim. Berlin 1907. – Zur Geschichte der proletarischen Frauenbewegung Deutschlands. [1928.] Frankfurt a. M. 1971. – Erinnerungen an Lenin. Wien 1929. – Lenins Vermächtnis für die Frauen der Welt. Mit einem Vorw. von N. Krupskaja. Basel 1933. – Über Literatur und Kunst. Zusammengestellt und hrsg. von Emilia Zetkin-Milowidowa. Berlin 1955. – Über Jugenderziehung. Berlin 1957.

Ausgabe: Ausgewählte Reden und Schriften. 3 Bde. Berlin 1957–60.

Über die Autorin (Auswahl): Alexander, Gertrud: Aus Clara Zetkins Leben und Werk. Berlin 1927. – Bauer, Karin: Clara Zetkin und die proletarische Frauenbewegung. Berlin 1978. – Clara Zetkin. In: Lexikon der Frau. Bd. 2. Sp. 1687f. – Dornemann, Luise: Clara Zetkin, ein Lebensbild. Berlin 1959. – Dornemann, Luise: Clara

Zetkin. Leben und Wirken. Berlin ⁵1973. – Gittig, Heinz: Clara Zetkin. Eine Auswahlbibliographie der Schriften von und über Clara Zetkin. Berlin 1957. – Hohendorf, Gerd: Revolutionäre Schulpolitik und marxistische Pädagogik im Lebenswerk Clara Zetkins. Berlin 1962. – Mallachow, Lore: Clara Zetkin: Ihr Leben in Bildern. Leipzig 1960. – Pieck, Wilhelm: Clara Zetkin. Leben und Kampf. Berlin 1948. – Söllner, Christa: Clara Zetkin und die sozialistische Frauenbewegung in der Zeit von 1890 bis zum I. Weltkrieg. Köln 1970. – Walther, Rosemarie: Clara Zetkin zur proletarischen Familienerziehung. Berlin 1959.

> Für die Befreiung der Frau! Rede auf dem Internationalen Arbeiterkongreß zu Paris – 19. Juli 1889 96
> C. Z.: Ausgewählte Reden und Schriften. Berlin: Dietz, 1957. Bd. 1. S. 3–11.
>
> Die Frau und die Erziehung der Kinder 174
> C. Z.: Die Arbeiterinnen- und Frauenfrage der Gegenwart. Berlin: Verlag der Volks-Tribüne, 1889. S. 23–28. – © Dietz Verlag Berlin.
>
> Die Schulfrage 287
> C. Z.: Ausgewählte Reden und Schriften. Berlin: Dietz, 1957. Bd. 1. S. 251 f., 259–262, 263, 264–266, 269–271.
>
> Die Umwälzung in der wirtschaftlichen Stellung
> der Frau 320
> C. Z.: Die Arbeiterinnen- und Frauenfrage der Gegenwart. Berlin: Verlag der Volks-Tribüne, 1889. S. 3–8. – © Dietz Verlag Berlin.
>
> Die Frau und das öffentliche Leben 407
> Ebd. S. 14–22. – © Dietz Verlag Berlin.
>
> Siehe auch S. 63 und 107.

Der Verlag Philipp Reclam jun. dankt für die Nachdruckgenehmigung den Rechteinhabern, die durch den Quellennachweis oder einen folgenden Copyrightvermerk bezeichnet sind. Für einige Autoren waren die Rechtsnachfolger nicht festzustellen. Hier ist der Verlag bereit, nach Anforderung rechtmäßige Ansprüche abzugelten.

Autorinnen bei Reclam

Aichinger, Ilse: Dialoge, Erzählungen, Gedichte. 110 S. UB 7939

Arnim, Bettina von: Ein Lesebuch. 349 S. 21 Abb. UB 2690 (auch geb.)

Austen, Jane: Kloster Northanger. 296 S. UB 7728 – Mansfield Park. 572 S. UB 8007 – Stolz und Vorurteil. 460 S. UB 9871 – Überredung. 320 S. UB 7972 – Verstand und Gefühl. 431 S. UB 7836

Bachmann, Ingeborg: Undine geht. Das Gebell. Ein Wildermuth. 76 S. UB 8008

Brontë, Anne: Agnes Grey. 285 S. UB 8627 (auch geb.)

Brontë, Charlotte: Jane Eyre. 816 S. UB 8647 (auch geb.)

Bronte, Emily: Sturmhöhe. 461 S. UB 8279

Dickinson, Emily: Gedichte. 222 S. UB 7908

Domin, Hilde: Abel steh auf. 96 S. UB 9955

Droste-Hülshoff, Annette von: Gedichte. 176 S. UB 7662 – Die Judenbuche. 62 S. UB 1858

Ebner-Eschenbach, Marie von: Aphorismen. 69 S. UB 8455 – Das Gemeindekind. 222 S. UB 8056 – Krambambuli und andere Erzählungen. 64 S. UB 7887

Eliot, George: Adam Bede. 768 S. UB 2431 (auch geb.) – Middlemarch. 1176 S. UB 8080 – Die Mühle am Floss. 759 S. UB 2711 (auch geb.)

Frischmuth, Barbara: Unzeit. 78 S. UB 8295

Gilman, Charlotte Perkins: The Yellow Wallpaper. 48 S. UB 9224

Goethe, Catharina Elisabetha: Briefe an ihren Sohn Johann Wolfgang, an Christiane und August von Goethe. 328 S. UB 2786

Gottsched, Luise Adelgunde Victorie: Die Pietisterey im Fischbein-Rocke. 168 S. UB 8579

Hrotsvitha von Gandersheim: Dulcitius. Abraham. 64 S. UB 7524

Huch, Ricarda: Frühling in der Schweiz. 79 S. UB 7638

Karschin, Anna Louisa: Gedichte und Lebenszeugnisse. 208 S. UB 8374

Kaschnitz, Marie Luise: Caterina Cornaro. Die Reise des Herrn Admet. 71 S. UB 8731 – Der Tulpenmann. 87 S. UB 9824

Kiwus, Karin: 39 Gedichte. 71 S. UB 7722

Kronauer, Brigitte: Die Wiese. 126 S. UB 8921

La Fayette, Marie-Madeleine von: Die Prinzessin von Cleves. 236 S. UB 7986

Lagerlöf, Selma: Abenteuer des kleinen Nils Holgersson mit den Wildgänsen. Auswahl. 83 S. UB 7669

Langgässer, Elisabeth: Saisonbeginn. 80 S. UB 7723

La Roche, Sophie von: Geschichte des Fräuleins von Sternheim. 416 S. UB 7934

Lasker-Schüler, Else: Die Wupper. 175 S. UB 9852

Le Fort, Gertrud von: Die Letzte am Schafott. 80 S. UB 7937

Lessing, Doris: To Room Nineteen. 72 S. UB 9151

Mansfield, Katherine: The Garden-Party. 85 S. UB 9152

Matute, Ana Maria: El salvamento / Die Rettung. Spanisch/Deutsch. 74 S. UB 9868

Mayröcker, Friederike: Das Anheben der Arme bei Feuersglut. 79 S. UB 8236

Rinser, Luise: Jan Lobel aus Warschau. 77 S. UB 8897

Seghers, Anna: Fünf Erzählungen. 159 S. UB 9805

Shelley, Mary: Frankenstein oder Der moderne Prometheus. 327 S. UB 8357

Spark, Muriel: The Prime of Miss Jean Brodie. 189 S. UB 9193

Stechäpfel. Gedichte von Frauen aus drei Jahrtausenden. 399 S. Gebunden

Wohmann, Gabriele: Treibjagd. 88 S. UB 7912

Wolf, Christa: Neue Lebensansichten eines Katers. Juninachmittag. 69 S. UB 7686

Woolf, Virginia: Mrs Dalloway's Party. 93 S. UB 9196

Philipp Reclam jun. Stuttgart